KUWEI
酷威文化

图书 影视

非我倾城

墨舞碧歌 著

终章

FEIWO
QINGCHENG

上

江苏凤凰文艺出版社
JIANGSU PHOENIX LITERATURE AND
ART PUBLISHING

目录

第一章

谁敢笑谁太疯癫　谁又笑谁看不穿

院子有三处入口——正拱门、左右侧拱门。他眸光锐利，很快落到院子右侧拱门处，沉声道："是哪个大胆奴才，给爷滚出来！"

翘楚呼吸一促，她知道，夏王只是有意如此喝斥，这来的必不是夏王府的仆人，因为一般奴仆，谁敢来而不报？

"九弟好气派！"

一声慵慵低笑，两个人从右侧拱门门外缓步走进来。

"拜见太子殿下、曹总管。"

前方，夏总管和众小厮的声音响起。这来的是上官惊灏？！上官惊鸿刚走，上官惊灏怎么又跑到这里来了？

翘楚大惊，手足已是一片冰冷。

和她相比，夏王却比她镇定多了，笑道："二哥日理万机，怎么到臣弟这里来了？臣弟这府中的右拱门通往后院，二哥真是别出心裁，有大门不走走后门；只是这走后门也便罢，不见通传，倒不知是如何进来，莫不是攀岩附壁？当然，二哥功夫俊，否则，被府中护卫发现，下人不知二哥身份，还以为是什么刺客歹徒，误伤二哥便麻烦了。"

太子的声音笑着传来，春风拂面一般："九弟有心。今朝酒楼偶遇九弟，孤想起也许久没到九弟这边来坐一坐了，遂过了来；一时玩心既起，便避开你府中护卫的耳目，悄悄进来了。这没给九弟造成什么困扰吧？"

翘楚分明感到太子的目光透过树干逼迫而来，心里一紧。

上官惊灏此行似乎就是冲她而来！可此时她根本没有任何脱身之计，何况太子知道她在这里，怎会善罢甘休？

他到底想做什么？

为今之计，她也只能见步走步了。

她目光轻扫，密切注视着侧方的夏王，却见夏王突然微微一震，冷笑道："二哥，这拱门外还有许多客人，怎么不一并请进来？二哥不会是一时玩心起，还有在臣弟这里摆宴招呼贵客的打算吧？"

太子大笑，往前走近数步，眸光慢慢暗下来，方一字一字道："九弟好耳力！孤看兄弟们也许久没聚了，便将这毗邻的四弟、六弟、七弟、十弟和他们的元妃请过来一聚。只是，兄弟们不比孤顽劣，攀岩附壁的，走的是后门，他们是正儿八经地进来。九弟的府邸最是华贵，吃穿用度皆是一绝，便是孤的府邸也是远远比不上的。孤便寻思，这地儿就选在九弟这里了，九弟不介意吧？"

翘楚心惊胆战，好个上官惊灏，竟如此毒辣！

他要所有人作证——她，睿王侧妃私会夏王！

消息顷刻便能传遍整个朝歌。

上官惊鸿将蒙羞；皇帝现在看重上官惊鸿，则必重罚上官惊骢；她的下场更难以设想，若真要深究，她只能是死罪一条。

容不得她多想，右侧拱门外，两名女子为首，八名服饰华贵的男女言笑而进。

翘眉和翘容都过来了？这两人背后的却是曾在大婚和狩猎时看到过的几名皇子和他们的正妃。

还在酒楼里，太子当时必定已从什么地方认出了她吧！他也立刻离开，让手下人逐个通知邻近的各王各府，最后汇在此处。

这帮人乃至翘眉也许还不知道发生了什么事吧，虽心感太子举措奇怪，却到底因着太子之尊来这夏王府吃酒。

翘楚此时心急如焚，夏王只比她更为冷峻。他并不担心自己，但若翘楚被捉……

和翘眉及各个皇子见过礼后，他立即看向夏总管："夏叔，请太子殿下、各位爷和娘娘到大厅去，今日我夏王府将设重宴宴请各位贵客。"

他说着，眼梢暗暗张看突围离开的最好位置，若万一事穿，他以最快的速度赶在太子之前，将翘楚抱过，掩在怀里，将她的脸容掩住，施展轻功跨墙离去，能不能成？

夏总管刚紧张地应了声"是"，翘眉已一笑谢过，心里却一腹深疑：太子差人回府，将自己和翘容急召过来，又请了这许多皇子，到底是为了什么？

这时，曹昭南却眉头一皱，道："殿下、九爷，这院里似乎还有人隐在暗处，莫不是刺客？"

翘楚脚下一软，强自稳住，心跳却已随着快步走近的曹昭南而急遽地跳动起来。夏王身形一动，拦到曹昭南面前，眼泛厉色，冷冷道："总管多心了。总管莫不是认为本王治府不严，可容人随意进出？"

太子却道："九弟切莫轻忽。"

他嘴角微笑，声音却同样强硬，纵身一跃，落到夏、曹二人之间，伸手便向她藏身的树木抓去。

众人见状，顿时惊疑起来，却又隐隐明白那树木后似乎藏着什么人。

"人声？曹总管耳朵真灵，比狗耳朵还灵上十分。二哥可是要找惊鸿？臣弟正好也在找人。"

一声轻笑，从左侧拱门朗朗传来。

太子一震，翘楚更是大震，只听到那抹有些邪佞的声音又沉声道："我说过，你身子未愈，不能轻易出府玩，你却嫌我无暇陪你去绸缎庄看新裳，去买胭脂水粉，乔装私自出府。爷可是亲追着你出来，在背后看得仔细。你跑到此处，看无路可走，竟逃进九弟的府邸。"

"翘楚，给爷出来，否则，爷可绝不轻饶，你仗着爷宠爱，倒越发长了胆子。我说过，你想要什么，我都可以给你，着人送到王府便是，倒是……"声音猝然一止，方又淡淡道，"倒是这外面的布匹要比我睿王府定购的布匹美？这外面的胭脂要比我睿王府里定购的胭脂香？家里的便比不得外面的好？"

是他。

他来了。

那小厮说他走了，也许，他根本从未离开过！

——倒是这外面的布匹要比我睿王府定购的布匹美？这外面的胭脂要比我睿王府里定购的胭脂香？家里的便比不得外面的好？

家里和外面的，哪个更好？

他话里深藏了的怒气，所有的暗喻自嘲……灌木丛后，翘楚心头乱跳，浑身颤抖，半是欢喜，半是惊乱茫然，竟一动也动不了，和他这一番相见，只怕祸福纠缠难料。

太子的手还略有些僵硬地定在树前，翘楚蓦地反应过来，再没有迟疑，立刻从灌木丛后站了起来。

众人本就盯着这边看，听到上官惊鸿一番话，更是惊疑凝视，看她出来，不知是哪位皇子的元妃一声低呼。

看神色，却是惊于骤见丑陋容貌多于她这个人。上官惊鸿的话果然奏效了。

翘楚一摸脸上，面纱方才已被夏王摘掉。她微微苦笑，终是缓缓抬头直面所有人。

她没有看夏王，哪怕他就在太子身旁。左首，太子拧眉盯着她，眸里有些抑压的怒气；旁边，翘眉眸有惑色，翘容看去却有些慌乱。

这位金枝玉叶还能怕谁？

她心里一颤，终于慢慢看向右首。

数步开外，宁王之旁，上官惊鸿率着睿王府众人，眸光浅浅盯着她："倒是肯出来了？"

他神色极淡，只是，眼梢一抹浓烈赫然，不知是什么。

是恨吗？

因为他的妻子和他的弟弟在一起。

便连宁王和老铁等人眼里都有责，他又怎能不恨？

只是，怎么才一朝不见，已像经年。看着他仍然轻笑的嘴角，她心里像被什么堵住一般，叫也叫不出来。她不敢多想，这时也容不得她多想，弯腰一福："爷，翘楚知错了，不该擅自出府的。"

她说着又向太子和夏王盈盈拜倒，道："擅闯九爷府邸，碍了殿下雅兴，翘楚罪过。"

"八嫂多礼了，八嫂进府一游，是夏王府的荣幸。"

夏王旋即回应，嗓间却尽是喑哑。

她心里涩然，看太子瞥来，说"夏王哪里话"，又朝太子一福。

太子看她神色竟似无畏，眉眼一挑，眸里已是一片寒峭。

她也不是不怕，不知为什么，她下意识里其实有点怕这个男人。腰上突然一沉，她一惊，上官惊鸿已将她揽进怀中。他的气息让她心乱，却又让她顿感踏实。

他环着她走到太子面前，她看到他仍是笑意浅浅，微微贴近太子的耳畔："二哥，一石二鸟之计好是好，让臣弟知道发生什么事之余，二哥更亲自捉鳖，这鳖一捉，必定大是有趣。只是下次二哥还是多提点一下手下人，看清楚人是不是真走了才好。方才臣弟看春光甚好，在王府花园游了一圈。"

太子不怒反笑，同样附嘴到上官惊鸿耳边："谢谢八弟提点，哥哥手下人不得力，幸好女人还是干净的，倒有几分欣慰。"

握在腰上的手倏然一紧，旁人听不清他们的话，翘楚却听得清清楚楚，心头颤如筛，却见上官惊鸿淡淡看了翘眉一眼，低声笑道："那倒也未必，人人都爱倾城，二哥还是多操点心为上，否则哪天也私自出府，要二哥也去别人府里寻，岂不麻烦？"

太子没有说话，眼中轻笑依旧，翘楚却分明看到他腰侧的手青筋兀起。

旁边的翘眉不知有没有听到他们的话，眸里竟闪过凌乱之色，随即警觉地垂下眸子。

那两个人看到了吗？

只是，这上官惊鸿和翘眉之间……却还没完吗？

这一局，谁胜谁负，只怕谁也说不清楚。

上官惊鸿一笑，环场中人一眼，朗声道："臣弟府中还有事，先行回府，便不碍二哥和诸位兄弟相聚了。"

众皇子虽是太子叫来，翘楚知道，他们也忌惮上官惊鸿。方才，甫见她容貌，除去其中一个王妃出于本能叫了一声，各人眼中都不敢轻露夷色，此时也都纷纷回应。

经过夏王身边的时候，上官惊鸿稍稍顿住脚步，以二人之间才能听到的声音说："九弟，将府中护卫调开以避耳目，也有不好的时候，会看不住东西，尤其不是你自己的东西。"

翘楚一震，夏王一直站在原地，没有动过一步。这时，他头轻轻垂着，她以为他必定冷然回应甚至不应，哪知他却回道："谢谢八哥教诲。"

他们是步行回府的。

一路上，上官惊鸿紧揽着她，却不肯和她说半句话。她只听他和宁王说起朝中的事来，多是宁王告诉他一些人事，直到分岔路口宁王告辞回府。宁王看了她一眼方离去，这个男子眼里的责备和叹息都是清晰的。

一进睿王府，上官惊鸿便即松开她，径自领着老铁等人走上前去。

翘楚一怔，抬头看去，见不远处郎霖铃和许久不见的碧水正走过来。

郎霖铃看了她一眼，笑道："翘妹妹玩笑说出府思过，爷倒真去捉了？"

"哪能，在外街碰上罢了。"上官惊鸿搂住郎霖铃依过来的身子，"你是这府里的正主子，思责思罚，那是你的职责，我抢来做什么。我倒是想看看还有谁敢说你是拿来供着的。"

郎霖铃一笑嫣然，握住他的手："午膳已好，爷随臣妾过去用膳还是……"

翘楚见她说着又看了自己一眼，却听到上官惊鸿说："自是到你房里去。"

两人便要离去，翘楚苦笑上前："爷，午膳过后，你可不可以到臣妾房里一趟？"

她既和夏王说清楚，对他也一样，不管两人以后怎么样，都不想留一根刺梗在两人心里。

"有什么事，你差人告诉我便是。"上官惊鸿淡淡道，眉间已有一分不耐。

翘楚心里一黯，双眼酸涩。她伸手抚去，肩肘方动，忽觉双肩疼痛无比。这异常方才在夏王府就已出现过，她禁不住弯下腰，身旁劲风一掠，却已被人抱住。

手腕也随即一紧，被人扣进手里。

痛怔之间，翘楚抬头看清来人，随即再次愣住。上官惊鸿不知什么时候折了回来，一手抱着她，一手搭在她腕脉上。

看着那修剪整齐、微微泛着光泽的安静又有些强硬的指盖，她一瞬反而无声，四处也是静静的，除去郎霖铃唤了一句"爷"，和碧水紧随过来。郎霖铃神色已有些愠怒，冷冷看着她，末了，又复杂地看向上官惊鸿。

"心脏没有犯病。"上官惊鸿皱眉，眼中厌恶一闪而过。

他失忆后几曾对她有过这种神色，翘楚被堵得透不过气来。此时两人靠得极近，不似方才，她也没用敬语，不像刚刚那般唤他爷："惊鸿，你用过膳后，过来我这边一下，今天的事，我可以解……"

"你什么时候也会使这些诡计，也是，你今儿个借口出去本来也是一场诡计。"

她虽压低了声音，但郎霖铃在这里，到底不便详说，是以并没有多说，上官惊鸿却冷笑着打断她。

"我答应过你出兵的事，不会反悔，你没必要勉强自己迁就。我倦了也厌了，但我绝不会放了你。你即使要死，也只能死在我睿王府里。我要说的便是这样，我们之间，能说的也只有这么多。你不必再说，你再说，我也是不会听的了。信了，我再做一回傻子？不，不了。"

他狠力捏着她腰，眸里都是浓重讽刺和嘲笑，透过铁面的霜芒，刺进她眼里。

直到他搂着郎霖铃远去，翘楚才从浑身冰冷中找回点力气，伸手抚住肩膀，慢慢站起来。肩上的疼痛，似在提醒她什么，但她却不想花力气去想，也没去求他医治。

回到房里，四大和美人已经回来，正在房中等她。

她只觉特别疲倦，午膳随便吃了点东西，就回床上躺着。肩疼就像老人的间歇性风湿，后来又不疼了，她更是没有理会。

她歇息，四大和美人坐在房中守着。

她一觉醒来，已到晚膳时间，早上本就没有胃口，睡醒，精神清醒了，更不想吃东西。两个丫头体贴，立刻出去张罗了热水进来。

她洗罢澡，坐在桌边，待想想看接下来该怎么做，却发现脑子一片空白；随后又想，还能怎么办，他既慷慨，不负承诺，她不该还按原来的计划吗，何来这么多纠结？

正想着，碧水领着几个婢女进来，每人手上都捧有东西。待四大和美人打点着放下来，她看去，见是首饰匣子、布帛，还有胭脂水粉。

布帛整卷整卷都是蓝色的，湖海的蓝，天空的蓝，明晃晃的那般刺眼。

想起夏王府里的他的话，第一次，她觉得这种舒心的颜色也是刺眼的。

碧水站在一旁，有些羡慕却又冷漠地看着桌上的东西，说是爷送给翘主子的。

她点点头，让碧水去忙。碧水因她而被关，今天因郎霖铃被放。见碧水的这份羡慕，她倍觉可悲。这些东西，不过是他用来讽刺她的。碧水却突然苦笑道："翘主子，有句话，奴婢知道不当说……"

碧水这样说，她倒是不好拒绝，示意碧水说下去。

"爷喝得烂醉，在书房里一直唤着你的名字。"

直到庭院里的护卫和她见礼，她才意识到自己做了什么——她已走在书房的路上。

她和上官惊鸿，谁更像傻子，这时，她也不知道了。

她走得急，微微喘着气来到书房门口。她一怔，门外竟没有人，一个护卫都没有，甚至，连老铁他们也不在。

也是，他本就是个好脸面的，又怎么允许手下人看到自己失魂落魄的样子？

手抵在门上，她心里又迅速紧张起来——他早已说过，是不再听她的解释了，她这般紧赶慢赶过来又是为什么？

可是，身体却不受控制，手一抬就想敲门，随即又失笑，他早已烂醉，她还敲什么门？

心念一动，她还没想好和他说什么，手已推开了门。

看四大和美人略一迟疑，便要追出去，碧水淡淡道："翘主子怕也想求一个和爷相处的机会吧。"

她说着看了看桌上的东西，朝众婢道："都随我下去吧。"

走在廊道上，她慢慢顿住脚步，落在人后。

那些东西贵重又漂亮，不是吗？睿王的礼物自是贵重的。她心头恨恨地疼挛着，随即将一直紧捏在手里的纸团打开。

纸上字迹刚劲飞舞，是大理寺卿的一手好字。

她的嘴角这才有了一丝笑意。

方明卧室。

此时，灯火下，除去方明、老铁、景平和景清都在，又另有两名来客，却是宁王和宗璞。

"不行，我还是要去看看爷。他将我等都屏退了，但他喝了酒，身边没个人侍候可不行。"

众人脸有虑色，正说着话，景平突然起身。

宗璞眸光微动："景平，八爷身边怎算无人侍候呢？还是说，你不想他们两个人重修于好？"

景平一凛，看向宗璞，说不上为什么，他心里终是不安，道："宗大人真会说笑，景平自是不敢打扰主子的，只是想过去远远侍候着，万一爷有什么吩咐，没个熟稔的人在身边打点终究不好。"

"景平，你素来沉着，怎么突然像变了个人似的，八爷倒是少了你不行？你这过去总不能悄无声地杵在门口，少不得请安一番，这一打诨，他们两个还能好好说上几句话吗？"

宗璞看他似乎不死心，有些沉了声。景平暗自留心，看宗璞向宁王看去，知宗璞想让宁王说项。

一旁的老铁和方明也是有些迟疑的，是以一直没有出声；景清那毛头想支持宗璞，早被他一眼瞪得将话缩了回去。

宁王似乎也有些思虑，没有立即说话。宁王是爷的兄长，若宁王出声，他倒不好说话。乘着这个空子，他立马道："宗大人说得有理，但窃以为……还是过去为好。"

论口才他自是不及这位才华横溢的大理寺卿，花费唇舌不如行动。

他说罢，即刻便朝门口走去。

"景平。"

宗璞追来，往他臂上抓去。他足尖往后一勾，听到背后脚步踉跄，宗璞微微咬牙的声音传来。他心笑，却转身致歉："宗大人莫怪，有人来袭，景平本能地便自卫了。宗大人该学学武功的。"

他虽是仆，但只听命于睿王，且和宗璞也是多年交情，宗璞今晚的做法，他其实有些不赞成，是以借此涮一涮这个男子。

没想到宗璞本只是微拧了眉，听罢最后一句，却变了脸色，倒似他说了什么犯到的忌讳似的。

他看宁王眉头紧皱，似要说话，不敢再留，没走几步，却听到背后脚步声杂乱，倒都跟过来了。嗯，人多更好，他立即施展起轻功。

景平心里本有些自责，毕竟，他会到书房来，是存了私心的。

当看到翘楚紧紧扶在门框上，他才觉得，他是真错了，他的私心应该更重一点。若他早些过来伺候爷，便不会是现在的局面。

翘楚没有戴面纱，脸色苍青。她扶住门框，是因为她快站不稳了吧！那样的姿势让他心疼，不管他有没有这个资格。

书房里，爷和沈清苓站在榻边，爷也没有戴铁面，铁面跌在软榻上，两人并肩紧贴，身上衣衫都不甚整齐，爷的外袍甚至脱了，只着单衣，两人……看似就像刚从榻上起来，爷喝了酒，脸上一片潮红，身子略有些微晃，吃惊抑又凌厉地盯住翘楚。

爷目光虽厉，幽深黑亮，眼里却又分明有些慌乱。

爷的酒量很好，但爷自下午让下面的人在朝歌最好的店肆买了一大堆东西回来，就开始喝酒，连续喝了一两个时辰，照这样下去，再好的酒量，胃腹也是承受不住的。他们劝不住，他提出去将翘楚找过来，爷却发了大脾气。后来，他们不得已，派人去找宁王和宗璞，告知他们爷的情况。

宗璞却是和沈清苓过来的。

几人赶到的时候，爷已经醉得六七分，却仍不管不顾喝着酒。郎妃午膳的时候求情，今日碧水被放出来，便在书房里侍候爷。爷突然掷了酒壶，一指碧水，恶狠狠说："去，将这些东西给翘楚送去。"

爷坐在书桌后，桌上堆满写着"翘楚"二字的纸笺，狼毫横乱，笔墨倾泻。宗璞本吁了口气，在旁收拾，这时突然追了出去。他下意识看去，宗璞高挺的身子将碧水挡住，只听到他淡淡交代碧水："姑娘务必说这是八爷对翘主子的心意。"

后来，宁王和宗璞提议让沈清苓留下，其他人全部退避，让清苓小姐和爷好好说说话，劝他一劝，也好让他们重于好。

他心里其实有些反对睿、沈独处，哪怕今日目睹翘楚和夏王在一起，他却始终感觉翘楚深爱着爷。

而他对翘楚……

翘楚会在这里，这时仔细想来，方才众人看着，宗璞虽没对碧水说过什么，但未必就没有给过她什么，毕竟，他一直在纸墨之旁。说他小人之心也罢。

眼前，他也不必费心揣测，一眼分明，爷和清苓姑娘本来就有情，爷心里想着翘楚的事，又喝了酒。本来，他们让这二人独处，也有几分猜到会有这种事发生。

只是，宗璞对清芩姑娘不是有情吗？想不到宗璞竟隐忍至斯。

他侧头看了宗璞一眼，宗璞和所有人都已赶到。宗璞的脸色和翘楚很像，双眸似乎淡淡打量着眼前一切，但眸光这时却是遮也遮掩不住，有几分凄意。

宗璞本就已有准备，还是如此，众人也是一脸凝色——翘楚会怎样？

翘楚这时，其实已没了思绪。

哪怕沈清芩两颊嫣红，微微垂着眸，眼尾却带着丝轻笑。上官惊鸿因酒气略染上丝浑浊却依旧犀利无比的眼眸死死盯住她，灼辣得仿佛要在她脸上烧出一个洞来。

脸颊旁，一缕发丝滑下，她突然意识到，她出来得急，只浅浅绾了个髻，用簪子簪了，这时，簪子有些松脱，头发也随着跌下来，那般狼狈。

她心里很清楚，这是一场算计。碧水是什么人，她也不是第一天认识那个女子了。其实，她一直防着碧水，只是，本能却背叛了理智。

她脑里空空的，突然只想回房将发髻重新簪好，或者将头发散了睡觉。她有些费劲地将手从门框上拿下来，正要转身，却听到上官惊鸿的声音粗嘎而来，凶狠地质问："你来这里做什么？"

他的声音带着极大的戾气，却又不必费劲听去，便能听到其中的颤抖，还有强制的什么情绪。

她有些机械地抬头，答道："我来是谢谢你的礼物，现在吗，也许还想告诉你，你后面那张榻子，大婚那天，我就是在那里成为你的新娘。"

她的话出了口，想想却是傻，在这里成为他的新娘，这么说又是为了什么。

她一笑，转了身。

一阵疼痛针刺般从心口蔓延开来，她没有力气再走，慢慢弯下身子。

怪命运吗？

若他没有失去记忆，她即使还不能走，却是不会再爱他了，不至于陷在后来的孽障之中。

他宛如白纸地在她眼前，宛如深爱着她，她终于回应了他。在天神村两人同寝一榻那晚，她已拿定主意——爱到不能爱，聚到终须散，他出兵的时候，她就带着回忆离开，自此相忘于江湖。她死去，他老去，何尝不好？

因为，她心里的伤太深，而今日的他毕竟不是完整的他。

可命运却这么多参差，便连她这一个小愿也无法达成。

他这般敏感，竟看穿她心里的离意，求一个孩子；她和上官惊璁见一面，也波折至此，有了这重重的误会。

该怪命运摆弄还是该怪他太执着，怪她可以给他所有，唯独不能是孩子。

也许，他人看来，她如今一身潦倒骄傲，左右不过是该死。

那又怎样？

她终是不悔天神村那晚的决定：惜取眼前。

可惜的是，他的爱不过如此。若她爱一个人，她不会让别人再碰她，他却终是和沈清苓有了牵扯。

而她，如今方完全真正明白秦歌的话：情动智损。

明知碧水有诈，她还是过来了。

沈清苓果然是她的梦魇，只是眼见他们这般模样，她孱弱的心脏已无法承受。

所以，这样的结局很适合她。

既然，他已答应非我倾城，也不负承诺。

"翘主子……"

她蹲跪到地上，那刀剜的感觉让她呼吸也开始……随着焦急慌乱的声音在头上响起，有人伸手来搀她，却随即被厉声打断："不准碰她。"

景平的手一震，僵在她身前，竟一时进退不得。

"翘楚，这样的诡计你还要用多少回？"

背后上官惊鸿的声音布满冷锋讥诮。

真讽刺，午时她的心脏尚好，这时，他便再也不肯信了。

也不知哪里来的力量，她咬牙站了起来，回看他，想看看他此时的眼里有着怎样的决绝。

"爷，不若奴才送翘主子回房。"

背后，方明提议，宁王也随即出声："八弟，我和宗璞商讨过了，翘妃如今……是再也不适合参与到我们的事里来了。"

"谢方总管，但不必了。"

宁王的话让她身上寒意更甚，她回绝了方明，终于淡淡看向眼前的男人。

上官惊鸿深眸仍厉，沉鸷地盯着她，身子不知是因为酒气还是什么原因而有些颤动不稳。

沈清苓眸光一动，抬手拉住他的衣袖："惊鸿……"

上官惊鸿瞥向臂间柔荑。

翘楚喉间一痒，有什么涌上来，甜腥的一片，有些就这样溢出唇。

她抬手一擦，手背上一抹红黑，触目惊心。她有些不知所措地放下手，抬眼间，却见前面的上官惊鸿和沈清苓都变了脸色。

上官惊鸿一双黑鸷的利眸，一瞬涌上震惊和慌怒。

他怒，她知；至于慌，她极少在他脸上看到这种神色。她突然有些苍凉又有些好笑，一笑，立刻牵动心腹。她伸手紧紧按住心口，却还是疼得蜷低了身子，身体的力量开始一点一点被抽走。

"翘妃。"

"翘楚！"

耳畔，上官惊鸿厉叫一声，盖过了似是宁王和景平等人的声音。她有些模糊地看着越来越近的地面，身子却被迅猛地抱进一个坚硬的胸膛里。

"为何会这样？"

旁边迅速围上来男人们高大的身影，出声的似乎是宗璞。

她眯眸看了看抱着她的男人，一身浓重的酒气让她鼻翼一抽。他半跪在地上，她左手被他压挟在怀中，动弹不了。她便想抬起右手，捂一捂鼻子。

"乖，莫动。"

上官惊鸿声音不稳地说着，粗鲁地将她的手腕扣到自己的长指下。

他方搭上她的腕，已骇了眸，将她横抱起来，快步走到榻边。

翘楚这时已绞疼得汗湿额头，却见他怒斥尚怔立在榻边的沈清苓："滚开，这里她要用！"

沈清苓终于也动了怒气，冷笑道："上官惊鸿，终有一天，你恢复了记忆会后悔这些天对我所做过的事！"

她还待再说，却见上官惊鸿眸里已是一片凶光，像只受了伤的野兽。她一惊，看他那样子，若非手上还抱着人，他似随时就要对她动手。

一边，宁王和宗璞迅速将沈清苓拉开。

上官惊鸿立刻将翘楚放到榻上。

翘楚看着自己置身的地方，身子猛地一颤，不顾说话会增加心房的负担，用力盯着上官惊鸿："不要在这里，我死也不要死在这里。"

上官惊鸿随着她的话也蓦然一震，看到她眼里的泪光，想起她方才说，她是在这里成为他的新娘的，他却和别的女子在这里……沈清苓对他发出邀请，他深恨着她，于是没有拒绝。他虽没有同沈清苓真的做什么，但他确确实实和沈清苓一同躺在榻上……他一念及此，顿时心如刀剜，全身的血液一下冷却下来，怕彻底失去她的恐惧席卷过每一寸肌肤。

这是翘眉当日下的毒诱发出原本就有的心疾，早在天神村里他便检查过，毒本身还不到发作的时间，她却发作了两次：一是在天神村里，一是此时。

她告诉过他，毒药在王府里有，被他用计从翘眉处拿过来。

昨晚他将她折磨到昏睡过去，就立刻起来到王府里的药房去找药。他没有了记忆，就一个抽屉一个抽屉，一处一处地找，找了半宿才将原来的自己藏得极密的药找出来……解药现在在炉里炼着。

毒还好，只要稍后服下解药就可以解掉，现在是她的心神受到了大刺激，而被毒诱发了心疾。

这次比在天神村更严重。

只是，为什么她最爱的既不是他，而是他弟弟，看到他这般，她的心脏还会再次犯病？

大手颤抖着抚住她汗湿的额，他朝榻前的手下人喝道："立刻到翘妃的房间，将我的药箱取过来。"

老铁闻言，立即奔了出去。

翘楚想挣开紧握在自己双肩上的大手，奈何力不遂心。上官惊鸿急得通红的双眸在她眼前晃动着，她想说话，他却低头轻轻吻过她的唇，贴在她唇上的唇抖动得厉害："别说话，别再多费力气。我知道你不想在这里，但现在你的身子不能移动，否则只会增加心脏的负荷。等我为你施过针，情况一稳定，我就立刻带你回房。"

她吃力地抬起双手，抵在他胸膛前。上官惊鸿一震低头，一咬牙，直起身子坐好，将她抱进自己怀里："好，好，你说。"

"你认为，我向你解释，不过是因为我母亲的事情，你说，我再说，你也是不会听的了，我还是要说，我今天出去，只是想和夏王说清楚，我和他只是朋友。你信也好，不信也罢，我也只说这一次了……"

她勉力说话，不过是和自己过不去。一阵强烈的疼痛立刻掩上心头，她的整个心腔就像被撕裂开一般。

翘楚自嘲着笑，不知是笑自己还是笑他，突然，脸上冰冰的凉，有什么一滴滴地落到肌肤上。她本眯着眸，这时有些费劲地抬头看他，只见他也在笑，那笑意洁白，竟有点像初见那天他伪装得毫无瑕疵的干净，遗憾的是，他嘴边的弧度却像落满尘土般的陈旧苍凉。

他的眼仍紧盯着她，眸里却都是潮光。

她伸手抚上他的脸，笑道："惊鸿，你的爱，总不过是如此。"

上官惊鸿紧紧闭了闭眼。

她的话，他信。

他如今是信了，她的病说明了一切。

他也突然有些明白，她不肯给他孩子，心有离意，是因为上官惊鸿这个人对她来说，有多么不堪。那是他无法想象的。

他早已遗忘！

他只听她简单地淡淡带过，唯独天神村那次，她情绪激烈，说上官惊鸿想过杀她，更对她施过暴。

可是现在却晚了。

上官惊鸿心房紧缩，痛苦得说不出一句话来，方才那把刀像一下变大了数倍，一下一下往他的心深处剜。自她摸上他的脸，他欣喜若狂，一颗心激烈得像要跳出来一般，这时迅速委顿下去，咬紧牙，才说得出话来："楚儿，便当我求你，莫要再说话，你的心力承受不住。是我卑劣混账，你好了以后，我让你打骂；你不喜欢，我就在你房外睡，像在医庐那般守着你，好不好，现在你什么都别说。"

上官惊鸿这般神色，这般说话，泪光满眶，每句话听去都低下了声气。除去出了书房的老铁，房中各人都听得胆战心惊，却又不由得不承认，不管翘楚和夏王之间怎样，翘楚和上官惊鸿之间根本轮不上其他人说上一句什么。

上官惊鸿已是爱惨了她！

沈清苓咬紧牙，死死抑住想拔脚便跑的冲动，同悬崖那次一样，她不要翘楚有事！

她要亲见翘楚无事！

这样，当真正的上官惊鸿回来，才会知道自己怎样亏待了他真正爱的女人。

她心里虽理智地想着，却又突然想，在她看不见的地方，原来他这般待过翘楚，堂堂一个亲王守在一个女人房外，这是怎生的宠溺了！

日后若他……若他恢复记忆，不如此相待于自己，自己必不再理他！

上官惊鸿说罢，却见翘楚没甚声息，眼神竟已有些涣散。他大惊，抑制住快要从嗓子眼跳蹦出来的心脏，强自笑着轻拍她的脸蛋，哄她道："翘楚，说话，你有什么想跟我说的，尽管说，你好了我就给你去办。"

他心疼她说话痛苦，但现在她若睡去反而麻烦，只怕再也不能醒来。

他想，这时，无论她说什么，他都承着，她好起来，即使要他立时去死，他也是答应她；却又突然想他不能死，他也许该设法恢复记忆，只有知道两人的过往，才能想法打开她的心结，让她重新接纳他。

因为他清楚知道，这一次，她是无论如何都不肯再原谅他了。

翘楚意识困倦已极，环着她的怀抱宽暖，眼皮重重，只想睡去，却听到耳边的声音只是不休。他的话她是听到的，但她要他睡在她屋子外面做什么！她听着觉得想让他别吵，抬手劈手往眼前男人的脸上打去。

"翘主子，你这是做什么！"

旁边有人急怒道。

她看去，见是景清，笑了笑，这个自她进府以来就与她不对盘的小子——却随即听到上官惊鸿呵斥道："景清，有你这样和主母说话的吗！"

景清吃瘪，却不敢说什么，立刻噤声。

翘楚心里是彻底空了，这时只感觉有些好笑，精神反稍稍恢复一些，想起汨罗，微微抬起眼睛，道："你出兵的时候，将我母亲救出来。她现在在翘部，翘眉将她捉起来了，给囚在那边，你将她带回她的部落。我父亲不爱她，却又因为脸面不肯放她。放了她，我父亲怕被部众和别的部落说，他连个女人也管不住。你和我父亲都是一样的。"

上官惊鸿正伸袖给她擦汗，闻言心里又是一疼。这些年来，她母亲苦，她自是不会好到哪里去。她话里的指控他并不嫌，只是他留着她，却和她父亲截然相反。他想否认，却见她微微眯着眸，眸光始终淡淡的，他那般说，反为讽刺，话到口里，翻来覆去，最后只柔声说了声"好"。

他虽没了记忆，但想往日必是意气风发，如今竟是这般，倒比在天神村里更似个长工了。

他看翘楚嘴角弯弯，终昏睡了过去，似摘下什么牵挂。旁边的宁王和景平等人分别叫了一声"八弟"和"爷"，语气俱凝重起来。

在她心里，便只记挂着她的母亲了，至于他……上官惊鸿只觉辣辣地痛，浑身空荡荡得让人心尖发堵，心里紧接着又是一沉，立即看向门口，老铁刚好飞快奔闪进来。

他精神一撤，景清已负荆请罪般迅速将药箱递了过来。

书房门外，众人静立，上官惊鸿在书房里替翘楚施针，将所有人赶了出来。

众人知他医术，心想他必能将翘楚救下，且除去最初微乱，方才看他模样已极是镇定沉着，一如寻常。

"清儿，你先回去吧，晚了不好，万一让太子思疑更不好。"宁王劝道。

沈清苓淡淡摇头："爷，我必须要看翘楚无事才能走得安心。"

"这等善心难受的只有你自己。"宗璞看她一眼，眸里一抹轻嘲，似乎为她，也为自己。

方明也劝道："清苓，先回去吧。单是一个翘主子已让人担心，倘你出了什么差池，如何是好。"

沈清苓笑道："叔父一番关心，清儿受宠若惊。只是，叔父因清儿母亲之事，心里本对清儿有隙，何必为难自己，凑得几句违心之言。"

方明一怔，随即苦笑摇头，不再言语。

景平忍不住道："姑娘何出此言？岂不闻老和尚背女子过河之典，小和尚犹为此耿耿于怀，那老和尚却早已放下。景平大胆一言，姑娘之母当年确实有错，方叔是大度之人，这多年来已经放下，放不下的只有姑娘吧？姑娘对翘主子如何是如何，怎可将气撒在方叔身上？"

他自幼孤苦，极是看重这天伦孺慕之情，又知再经夏王的事后，众人之中，也只有他和方叔对翘楚存了包容之心。宁王心胸虽甚广，却身份尊贵，男权至上，对这些事不可能不介怀；铁叔一心为爷，也不可能不心存嫌隙；宗璞自是不消说；景清是个倔人，只凭眼睛看事情。

沈清苓闻言一震，随即咬牙冷笑："景平，往日我当爷、宗璞和你最是知我，却原来是我错了。都道故人心易变，你主子变了你也便变了，本已对我生了嫌隙，今日你看我衣履不整，一身狼狈，更是轻瞧了我。倒是我愿意轻贱了自己吗？怎不问问你的好主子，还不是他酒醉来欺我！"

景平眉眼俱毅，微微躬身，谨遵着主仆之礼，没有说话。

"清苓姑娘，你莫恼，我哥哥不是这个意思。"景清急道，"你是我们爷心尖上的人，景清是明白的。爷他日记起姑娘，也自是愧疚去了。"

他对沈清苓极是尊重，对翘楚本也渐有好感，但两次夏王的事却让他五味杂陈，又怕沈清苓恼怒景平，来日上官惊鸿恢复记忆，必严惩了景平去。

宗璞冷冷笑道："景平，倒有你这般说话的！若非你我相交多年，我必不饶你。还不向清儿道歉？"

"清儿，谁都不能看轻了你！"宁王说着，又看向景平，"景平，向清儿道个歉。"

景平紧了紧微微成拳的手，身子更弯下几分。老铁平日不多话，这时微叹了口气。方明苦笑，突然上前一揖："清苓，叔父向你道歉，景平也只是……"

众人一怔，沈清苓抿了抿唇，景平按住方明，自己飞快一揖到地。

各人一时无话。

宗璞吁了口气，终道："景平，不管翘妃如何，派人送个信给我吧。"

他说着径自出了庭院。

又是一阵寂静，及至书房的门开了，上官惊鸿快步走出，眼里血丝密布，眉眼冷峻。众人看此，都是惴然，倒是宁王和他兄弟多年，反笑道："翘妃的心疾压下来了吧？"

上官惊鸿微一颔首，若有所思看向沈清苓："方才的事，是我不是。其后恶言，也是上官惊鸿的错，我会尽快安排你出太子府。"

自此再不相欠于她，方可和翘楚重新开始。

沈清苓浑身却是一颤，心里既怨又喜——上官惊鸿，方才一番缠绵，你现在倒是终于有些记起当日对我说过的话了吗？

她看他一眼，也不答话，这是个好现象，且慢慢来，让他反思去，她不能急！

众人也自记得围场内，上官惊鸿便曾说过，要沈清苓回到他身边，此时听上官惊鸿说起安排出府之事，都心里或喜或忧。

"你先回去吧。"上官惊鸿眸光从沈清苓身上一收，凝眉沉默半晌，突然看向宁王，声音有些凌厉，"五哥，宗璞呢？"

众人一惊，宁王忙道："他已先行回府。"

"嗯，铁叔，你立刻派人将宗璞给我逮回来。景清，将碧水带过来。"

玄湘酒楼。

宗璞出得马车，贴身小厮从马夫旁边跃下车，低声道："大人，你午间回府吩咐奴才，奴才一间一间酒馆儿找去，后来发现二小姐和她的朋友又折回在这里吃酒。"

宗璞眉色一厉："她竟敢如此嗜酒，一吃便是整天！"

那小厮支吾道："约莫是和朋友一道，喝出兴致来了。"

宗璞冷冷"嗯"了声，随即又想，朋友，她的哪个朋友？

他一掀衣摆，正想进去，突然想起什么，淡淡问道："我嘱你买的糖葫芦呢？"

那小厮一笑，立刻向马车车厢跑去，未几，折了回来，手里拿了支糖葫芦。果子颜色红艳，天气尚有些轻寒，一层透明晶莹的糖浆不至于化了。宗璞伸手接过，有些厌恶地看了眼这黏糊甜腻的零嘴儿。

小厮自小跟在他身边，看出他的心思，笑嘻嘻道："不若宫里的爷。

大人常到这里喝茶，里面认识大人的人自不少。这委实……有些不雅。"

宗璞一声轻哼，从怀里拿出块帕子，将糖葫芦包好，方大步往楼里走去。

不比日间，他现已恢复原貌。酒楼门口僮儿一看他，立即满脸堆笑地迎上来："宗大人，快请进来。"

宗璞正要随那僮儿进去，突然两个人从里面走出来——一男一女，女子双颊醺红，粉嫩似花，她的身子有些不稳，那男子微一迟疑，终于伸手挽住她的纤腰："冬凝。"

宗璞火冒三丈，走到二人面前："樊侍长，闺中小姐岂可容你这般，还不放手！"

这两人却正是尽兴而归的樊如素和秦冬凝。

秦冬凝酒量甚好，和樊如素两人多是谈侃为主，辅点小酒，只是今日心情抑郁，又知樊如素虽是武人，却有君子之风，不是什么心术不正的人，遂多喝了几杯。这时看宗璞俊颜严厉，一脸怒意看着二人，她低声咕哝道："你怎么到这里来了？"

宗璞却看也不看她，只冷眼打量着樊如素。

樊如素剑眉微蹙："见过宗大人，冬凝小姐喝醉了……"

冬凝小姐？宗璞冷笑，方才一声冬凝他可听得清清楚楚，一介武夫竟敢肖想冬凝！

"今日之事，我必向你顶头上司夏海冰夏大人参一本。"

几番交往，樊如素对冬凝已有情愫。他知朝歌皆传冬凝是方镜的红颜知己，本不敢表露心意，但方才席间谈起方镜，无意中却听冬凝说方镜已有意中人。虽然冬凝似乎并不想多谈，很快转了话题，他心里已是大为惊喜。

平日并没听说大理寺卿和冬凝有交情，此时看来，这位风治严谨的宗大人和冬凝之间的交情竟似不轻，但冬凝微醺，他怎么放心将她交到别的男子手上？宗璞是一品文官，官阶较他高上许多，他扶着冬凝，自己低头一躬，却终是回绝："下官知罪……请大人容下官先送冬凝小姐回府再问责罚。"

宗璞并非喜怒形于色的人，听樊如素这样说，又看冬凝脚步虚浮，依偎在樊如素怀里，和他说得一句，已瞳眸微眯，迷迷瞪瞪的像只慵懒的猫咪，心下怒极。樊如素竟敢如此猥亵他的女孩儿，他必寻这樊如素的不是，将之狠治一番；冬凝这丫头也太不自重，他必定将她好好训一顿。他脸上犹自沉静，将手中帕子放进怀里："小幺，过来我这里。"

他沉声说着，已伸手过去，欲将冬凝揽过，带进自己怀里。

冬凝虽醉，神志尚有几分清醒，没有回他，只对樊如素说："樊大哥，我们走吧。"

"二小姐，你和宗大人认识吧，要不要和他说一声……"

"哦，宗大人追求冬凝的一位姐姐，我和他是薄有些交情。只是，连我爹也不管我，冬凝只自己管自己。"

宗璞手一僵，看樊如素朝他一点头，携冬凝在自己面前走过，心里的怒气再也不可抑制。

他绝不允许樊如素带冬凝走！

他一瞥身边小厮，小厮当即会意，一小溜向前方的马车跑去——寻马夫。

那马夫是名高手，专职保护宗璞。就凭一个樊如素，无论如何拼不过这个人。

现在，他只要将二人稍稍拖住便可。

他幼时出身寒苦，才华却是万里挑一，是以才在几年前刚逾弱冠之年便坐上全国刑法执检最高之位。他此时愈怒愈笑，淡淡道："听说，樊侍长母亲出身于烟花之地，难得樊侍长奋发向上，得夏大人赏识，有了今日的一番成就。不知樊侍长可已寻回生身之父？这红牌姑娘的恩客多，想来委实难寻，宗璞有些人脉，若樊侍长需要帮忙，宗璞必定尽力。"

他博闻强识，对朝中各官的家世来历如数家珍，此时，几句话说下来，樊如素果变了脸色，僵在原地。

冬凝既惊且怒，圆睁了眸子看向眼前男子。往日，她爱他俊朗无双，才华出众，冷酷高傲，却原来他也可以卑劣至此，用他的才华这般伤害别人！

宗璞双眸犀亮，如鹰般盯住她，一字一字道："秦冬凝，过来，回我身边来。"

冬凝冷冷一笑，伸手握住樊如素的手，柔声道："冬凝读书不多，却也知道英雄不问出身。宗大人说得好，樊大哥出淤泥而不染，是冬凝心中的真正的男子汉大丈夫。"

樊如素闻言一震，眸光赫亮，缓缓覆上冬凝的手。

冬凝笑道："我们走吧。"

目光从两人相握的手上移开，宗璞只觉心中如刺般堵沉，他们已触了他的底线！樊如素，你今晚怎么能全身而退！秦冬凝，你今晚也别想回府，要回你便回宗府！

眼梢微扬，见小厮已携马夫从不远处过来，他挡到二人面前，正要出言，正逢着冬凝猛一抬头，似不意他过来。他吃了一惊，眸光如惊鸟一般。他蓦然一震，这走得近了，她左颊上微微高起的一块清晰可见，红肿难看。

一天时间了，竟还肿着，她似乎并没有怎么理会，没有敷药。她怎么如此大意！他心里一紧，心口竟突然闷疼了起来，到嘴的狠话已说不出半个字来，心里只想着，一会儿回府，他就帮她上药。

冬凝却戒备地看着他，咬牙道："宗璞，你又要耍什么手段？"

樊如素松开她，自己往前一步，一臂挡在她前面，眸光炯炯，尽是警惕。

宗璞抿唇沉默了一会儿，慢慢探手进怀里将东西掏出来，方看向冬凝，哑声道："小幺，这是我给你买的。"

宗璞知道，自己是后悔了，从他成年以来，还没有过一件事能让他后悔的，但那一个耳光，他后悔了！

"谢谢，但大人的好意，冬凝消受不起。"

冬凝声音微冷，一口回绝，朝樊如素道："樊大哥，我们走就是，莫与他耗，他这人最会算计人。"

樊如素点头："冬凝，恕我失礼了。"

他说着主动握住冬凝的手，想带她离开。

一番波折，冬凝这时更是清醒了几分，不比方才微醺依偎在樊如素怀里，脸上一热。

宗璞为冬凝所拒，捏紧手中布包糖葫芦，一瞬脑中竟空白一片，此时看冬凝俏脸甜美，一派腼腆，心里顿时一紧，痛怒之感随即汹涌而来。她性子豪爽，除去他，她何曾对别人如此忸怩过？他将帕子放回怀里，伸手便向冬凝手腕抓去："跟我走！"

冬凝笑道："你休想！"

她跟他走做什么，多年恋慕，纵使她一时还不能将这份感情放下，但那一巴掌确将她的心打碎了。

她说着却见他嘴角阴诡一挑，她一惊，一抹身影向樊如素袭来，是马夫！

"冬凝，你先回去。"樊如素怕误伤了她，立刻松手和马夫战在一起。

冬凝猝不及防就被一股大力扯过去，如麝一般的男性气息立刻萦上鼻端，手上抵住的是坚硬的胸肌，她被宗璞紧紧抱住！

她从没想到宗璞的力气也这般大。

宗璞眼里带笑，但那笑意沉毅峻鸷，是不同寻常的。她心里一颤，一咬牙，抬手便向他打去。两股劲风却同时扑到，她一怔，宗璞已将她推开，低喝道："什么人？"

"大人，爷要见你。"

冬凝只觉眼前一花，两名便装男子已携宗璞消失在眼前，惊乱中，只余下离去前宗璞眼里仍对她如鸷一般的眸光。

为什么将他带走？她微有些恍惚地思量，那两个人她也是认识的！

冬凝是在睿王府的书房外院再次寻着宗璞的。

眼前的情况很是混乱，让人不安。

碧水跪在地上，一脸恐慌，已是半身的伤血。若非老铁死死拦着，上官惊鸿怕是要杀了她了。

上官惊鸿冷冷看着宗璞，说："你我既是生死朋友，你算计我，我可不计较，但这一次你几乎把翘楚害死，这笔账我不能不算。你不会武功，我也不用内力，不用任何招式，和你打一场。"

宗璞摇头一笑："你打吧，我绝不还手。"

"你若不还手，不出尽全力打，我便杀你府上的人，一炷香杀一个。"

"上官惊鸿！"

"哦，你倒是知道，不杀伯仁，伯仁却因你而死的无奈吗。"

"若你不曾对清儿做出逾规之为，翘楚也不会出事！"

"所以，我也该打。"

……

上官惊鸿势在必行，锋利得像把刀。

谁也劝不住上官惊鸿，沈清苓一急，挡在宗璞面前，也劝不下上官惊鸿。

除去老铁，每人背后站了不下三名暗卫，想强行拦下上官惊鸿也不行，因为他们一出手，暗卫必定阻拦！

何况上官惊鸿的一身武功也不是任何人能拦下的。

老铁不敢离开碧水半步，否则上官惊鸿必定出手杀了她。

上官惊鸿要的便是这效果。

他知道暗卫拦不住老铁，而他不想分身，在吩咐老铁派人去将宗璞带回来之后，他便立刻将府里的暗卫召出。

现在谁也不可阻他！

冬凝躲在门口，看得胆战心惊，这样，宗璞必定会被上官惊鸿活活打死，上官惊鸿也会受伤。她想去劝，但知连沈清苓和宁王都劝不住这位哥哥，自己又怎么能行！

她心急如焚，却不敢贸然出去，怕被暗卫生擒住，正急得如热锅上的蚂蚁，却见老铁突然朝她的方向看过来，嘴型无声，飞快说了两个字。

书房？

翘楚觉得，自己大抵是这个世界上最倒霉的病人了，这沉沉睡着也能被人叫起来。

但要怪也怪上官惊鸿那个人的医术确实是好，施针灌药之后，她已从昏迷中清醒，只是身体吃不消，睡着罢了。

冬凝挽着她走，苦笑致歉，却又庆幸："翘姐姐，我也只是搏一搏，幸好你醒了。"

翘楚点点头，安抚地拍了拍她的手臂，也还有几天便能离府了。

这时，她知道自己该做什么。

爱还是不爱，已经远了，淡了，有一天终将消失，但她不能让上官惊鸿真的杀了宗璞。宗璞是他势力集团内的主力。

及至她俩走到，推开院门，只见里面一片整肃，众人被暗卫守着，院中，两个男人拳肉相搏，身上衣裳都染了血。

"翘……翘主子。"景清眼珠子几乎都凸了出来，不可置信地喊了一声。

上官惊鸿一震，被宗璞一拳击在脸上。他啐了口中鲜血，挥袖一甩，将宗璞摔到一边，立即纵身跃到门口。

翘楚看他一脸血沫地盯着自己，半是大惊喜，半是责备："你怎么过来了？"

他说着随即凌厉地看向她旁边的冬凝。

冬凝一惊，低头不敢说话。

翘楚想了想，道："你明日请兵符，我想明日大抵是有个宫宴给你饯行的。明晚你自是大醉，我们也说不上什么话了，你后天便出征，今晚，我想和你说说话，聊聊天，可以吗？还是说你比较愿意在这里？"

她其实也不想发出这个邀请，只是对他的性情，她自问还算清楚。若让他这么饶过宗璞和碧水，他可能会饶，背地里却指不定有什么动作，唯有人盯人才能放心。

宗璞等人惹不起他，至少能躲过他。

上官惊鸿本一直盯着她，神色极是小心翼翼，这时眸光闪亮，嘴角开始弥出笑意，点点头，往前一伸手便将她横抱起来，将脸往她脸上贴了贴："我本来就是要去陪你的，只是处理一下这边的事情。"

翘楚也不矫情什么了，疼症虽已暂时压下，但她身子疲乏，有人抱着也不错。

上官惊鸿看向宁王："五哥，碧水的事你处理一下。"

宁王点头，明显松了口气。

他又瞥了宗璞一眼，宗璞躬身，以一礼谢罪。

他轻声道："若你不是我朋友。"

"我明白，我知你当我是朋友，否则没必要这么做。"

"没有下次。"他抱着她往门口走去。

"爷，你要怎么处置奴婢？奴婢虽有错，也是爱你啊。你就那么爱翘楚，多年情分都不念吗？你就不能饶奴婢一回吗？"

"翘楚，我诅咒你不得好死。我诅咒你……"

背后，碧水哭泣嘶喊的声音传来。

翘楚心笑，倒是时移世易，若是从前，碧水怕是诅咒沈清苓了。但这也不过是雾里花，碧水，你看不清，我也不知道，即便连上官惊鸿自己也不清楚他心里真正爱的是谁吧。

宁王呵斥，碧水犹自骂着。上官惊鸿本置若罔闻，听到诅咒一句，脸色一变，侧头看去，眼底一片寒意。

众人脸色也变了，碧水半身血污，本肆意骂着，这时遭他一看，也自惊住，一双眼睛睁得大大的，却住了嘴。

碧水没能理解上官惊鸿方才的意思，翘楚却是明白，道："你既决定交给宁王处置，活罪我不知，但这死罪我知道你是打算恕她了，何必现在再来杀她。"

"我不杀她，是看在你的面子上，现在不行了。"

"再饶她一回吧，毕竟是跟在你身边多年的人了。"

"我就不在你屋外睡了，可以吗？"

耳边，他突然压下的声音让翘楚有些愕然，想起天神村的情景来，寻思了片刻，终于点了点头。

上官惊鸿既得好消息，心里反微微一沉，他不想再留，现在，他只想确定，她对他的所有感觉和感情。

他遂道："五哥，将她送出朝歌，派人看着，永不可再踏进这里一步。若她回来，我必定杀了她。"

碧水不止一次擅自行事，但这次责任多在宗璞身上；再者，因为碧水是上官惊鸿的通房丫头，上官惊鸿彼时深爱沈清苓，考虑到碧水会因嫉妒而做出妨害之事，很多事情都没有让她介入，众人都是心知肚明的。当然，上官惊鸿维和功夫一流，在碧水看来，也不过是上官惊鸿心疼她，没让她习武，也不愿意她涉入危险中罢了；甚至对于那位黑袍女子，她也想，上官惊鸿不让她知道，有顾全她感受之意。

这时，碧水仿佛明白了过往种种，定定地看着上官惊鸿和翘楚，脑袋一时空白，一时又想到底翘楚答应了上官惊鸿什么。

众人倒是为这再次紧张又松了口气，毕竟是多年情分，却也与碧水想着同样的问题。

翘楚突然想，碧水和他们这些人的牵涉就到此为止了吧。开始和结束之间，界限这样不明显。

很多事情，在你从没有想过它会开始的时候它已经开始了，正如她当日来到朝歌；而很多事情，在你从没有意识到它会结束的时候就这样突然结束了，就像碧水。

她有些困倦，微微闭上眼睛。上官惊鸿低头亲了亲她，将她抱紧了一些，阔步离去。背后，碧水的啜泣声一下一下传来。

她睁开眼睛，看到沈清苓冷笑着紧盯着她。众人看她回望，出于仪礼，各自避开她们目光，但脸色却不无凝重。

她明白他们的想法。

她似乎能影响上官惊鸿，而这并不是他们期许的！

他是他们认定的帝王。

一个帝王，可以宠一个女人，但最好不要爱上一个女人，而且这个女人不是他们认可的人。

虽然，她不认为，她和他之间是爱。

"小幺，谢谢。"

待四周众人散去，冬凝也正想离开，听到背后声音，淡淡道："要谢你便谢翘姐姐吧。"

宗璞听她语气淡漠，他和上官惊鸿多年朋友，事前虽知上官惊鸿犀利，未必便察觉不出这事，但不至于损了两人情谊，毕竟翘楚和夏王之间，翘楚负了上官惊鸿，没想到终是低估了翘楚在上官惊鸿心里的分量，今晚几乎和上官惊鸿反目，心情低落，这时冬凝又是这般，仍和他拗气。他身上负伤颇重，心里一躁，不想再管冬凝，却又无法忍受，上前一把拉住冬凝的手臂。冬凝转身："宗璞，你这是什么意思。"

她声音微厉，一下众人都向他们看来。

看着同伴们的惊诧神色，冬凝苦笑，自己过去都是宗璞和沈清苓戏里的青衣，这时倒是怎么了？她看沈清苓有些伤痛的眼睛带着冷清看过来，运劲从宗璞手里抽出手："你看看清姐吧。"

她极快说完，身形一展，施展起轻功，没入院门外的黑暗里。

"老宗，你和小幺怎么了？"宁王拧起眉头，走过来。

宗璞没回他，从怀里掏出帕子，身上的血水沾到帕子上，有些红彤彤的。他打开，里面的糖葫芦已烂成一团，糖浆也糊了。

他拣了一块放进嘴里，低低道："这东西苦苦的，五爷，你说她以前怎么会爱吃？还缠着我给她买？"

床帐撩开，上官惊鸿带着一身清爽上来，帐外是方明领着婢女将浴桶抬出去的声音。

她本面内壁躺着，上官惊鸿将她的身子搂进自己怀里，让她枕到他的臂上。

他的动作很轻，是那种宛如捧着珍瓷的温柔。

他很小心，甚至还带点试探。

她慢慢转过身，他突然便像一个困在深漠很久的人看到水源发狠去喝水一般将她紧紧抱进怀里。

"放开，我喘不过气来……"

翘楚不得不抗议，上官惊鸿这才将她稍稍拉离了一点，一条手臂仍探过她的颈肩，紧紧环在她背后，另一只手慢慢在她脸上摩挲着，那指腹间的粗糙让她的肌肤如烫刺。

帐外还留着淡薄的烛火。

他盯着她，眸光幽深炙热，欲语还休。

这般俊美，像一个神，又这般深情。

他的神色像个三十多岁有着深邃阅历却不知为何又带着苦涩不安、小心试探的沉着男子，可他脸上一处一处落了些青肿，又像个十五六岁会和人干架血气方刚的少年。

这样面对面，他们的最后一晚。

第二章

承卿一诺征北地　宫宴西夏起风云

上官惊鸿，保重。

没有什么话了，即使有，千言万语到最后想也是会浓缩成这一句。

夜里说过的话似乎还在嘴边，灯火已经弱成一个小点，翘楚抚着有些沉重的脑袋坐起身来。床帐撩起，她的目光便落到桌面的煤油灯上。

这时已是满屋白昼。

短短一夜，却宛如过了很久，头重又有些通体舒泰不少的感觉。

盯着眼前的煤油灯，翘楚蓦地一惊，这房中摆设根本全数不同，这不是睿王府！

她昨晚明明还睡在睿王府自己的房里，如今——

她飞快下床穿鞋。

许是动静惊动了屋外的人，门立刻开了。

进来的是四大和美人。

两人脸上都有些惶惶之色，四大道："主子，你终于醒了。"

翘楚立问："这是哪里？"

美人苦笑："睿王的别院。"

"别院？"

一丝说不出的冷战之感从心底迅速溢出，翘楚突然意识到什么，缓缓抬头："我到底睡了多久？"

"翘主子，你睡了整整十天。"

门外，老铁淡淡答道。

翘楚本已穿好靴子站了起来，这时重重跌坐回床上。

她们是在睿王出征当天被送过来的。

四大和美人也被用了药，到这边才醒过来。

这幢别院在朝歌郊外，是睿王的产业之一，一直以来都有奴仆在打理。

这十天来，几名婢女帮着四大和美人打点，侍候她洗浴。

上官惊鸿令老铁亲自在这里照看着，另有三十名暗卫负责保护她的安全，十名朝歌有名的大夫守侍。四大和美人一旦发现她情况有异，便立即传大夫诊治。

这天午间，翘楚默然不语，正和四大、美人在用膳，婢女的声音在门口恭谨又惊喜地传来："翘主子，爷凯旋，宫里设宴，爷派马车来接主子进宫吃酒呢。"

翘楚手中的箸子跌到地上。

本待吃过饭，身体有了力气设法逃出这牢笼，上官惊鸿却把她的心思都猜透，将时间算好，用药让她昏睡十天。

算得真准！

从她醒来也不过半朝时间。

现在，他已回来！

母亲的事已圆满解决，她心里是大欢喜，但同时，她的怒气也在这一刻达到顶点。

翘楚不是第一次进宫了，却是第一次欣赏御花园里的花卉。

花姿摇曳，御花园里的花长得真好。

也是，还有什么地方的东西能媲美宫里的？所以普天之下，有多少男子都想君临天下，又有多少女子想飞上枝头当凤凰？

不远处，宫中禁军百尺一岗。

四大和美人已让老铁派人送回睿王府。

听老铁说，宴会还没开始，这个宴会既庆祝睿王凯旋，并庆祝西夏使节来朝。之前，睿王走得急，皇帝身体也一直抱恙，今日一并庆祝。皇帝记挂睿王，睿王一进朝歌，便立即派人迎他进宫。

果然有宫宴，只是时间却紧捏在他手上！

翘楚淡淡看着满园春花。

她方才下得马车，经过重重宫阙，进得御花园，听那经过的碎嘴宫人兴高采烈地和同伴说，西夏使节还没到，宴席尚未开始，皇上和各位主子、各位大人正在殿上候着。

她遂让老铁先过去回复睿王。老铁没有坚持，宴会还没开始，也深谙皇宫里，她无论如何逃不脱。进宫出宫，若非相关的人，没有令牌，都插翅难为。

老铁走后，她遣散跟在身旁的几名婢女，迅速思考两条出路。

一是待宴罢回到睿王府再做打算；二是就在这硕大无比的宫里设法躲藏起来，稍后再设法离宫。

两条都千难万难。

若没有上官惊鸿的允许，自此以后，她根本不可能离开睿王府半步。藏在宫里也不行，除非在搜宫之前她就能逃出来，否则一样被揪出来。

翘楚思虑着，心中益发烦躁。她实在是不想再面对上官惊鸿，也不想再沾惹相关的人等。

微微一拂袖下花草，她朝御花园其中一个门口走去。宴席还没开始，她突然想到常妃的宫殿走一走。

她还没出去，已听到一阵热闹的人声走过来。

她一凛，退到一侧，只待让来人进园才出去，不至于冲撞了这宫中的哪一位主子。

"皇子，两位公主，快这边请，皇上在殿里可是望眼欲穿了。"

一道尖锐中带着厚厚笑意的声音骤然入耳。

翘楚知道是太监正引人而进，心里倒起了丝好奇：皇子？公主？倒不知是哪位皇子和公主，要让皇帝也望眼欲穿？除去她认识的那几个人，可从没听说过哪位皇子、公主如此受皇帝青睐。

只听到一道浑厚的男音道："那有劳这位公公带路了。东陵皇帝陛下待我等是大礼遇，这些天让太子殿下多番陪伴我们参观朝歌风情。"

"使得，使得，皇子太客气了。"

"倒没想到那天遇到的茶客便是太子殿下。"忽地，一个女子扑哧浅笑。

"你这丫头，倒是想着做陪客的人是九皇子吧。可惜，听说九皇子染了风寒，不得不歇在府中。"又一道女声接口，声线甚是婉柔。

"哟，姑姑，你乱说什么，我哪有！我又没见过他，哪能想他。"

"我们九皇子今儿个就在席上恭候公主，公主一会儿便能见着。"先前的太监笑吟吟道。

"哎呀，公公，你怎么也……"女子突然笑道，"姑姑，听说你给睿王备了礼物，祝贺他凯旋。你倒是笑我作甚，我可还没笑你呢。"

"呵呵，恕奴才多嘴，我们八爷曾和皇子、公主兵戎相见，长公主心胸着实不输男儿。"

听到这里，翘楚知道，这一行人就是西夏来使了。只是这些声音，却似乎有几分熟悉。

许是掐着时辰知使节快到了，略远之处，皇帝设宴的宫殿不断有鼓乐之声传来。她想辨别，丝竹声却让众人说话声音模糊，变得不真切起来。

长公主笑道："彩宁素慕英雄。"

"是是是，你素慕英雄，皇兄最爱美人，来东陵十数天，收获颇丰，网罗了不少美人。"那第一道女声啐了一口，道。

男子笑骂："能让爷看上，也是她们的福气了。"

没想到在西夏使节口中听到了那几个男人的名讳。英雄？八爷、九爷各领风华……翘楚心中暗笑，却也生了怒意，这寻常百姓的姑娘便容你们这等欺负吗？蓦地又怔住，彩宁，还有这声音……

她省悟想走开，已来不及了，一行人踏进御花园里。

正是当日酒楼所见——淳丰三人，还有那两名老者。

原来这几人竟是西夏来使！

前有引领太监，后有宫里内侍宫娥多名升着仪仗。

翘楚此时一身女装，仍蒙了脸，眉眼并没有如当日刻意化了妆，只是寻常薄妆，估摸众人也认不出，只待走开，孰料淳丰一眼看到她，竟饶有兴致，问身旁的太监："这女子是……"

那太监瞥了她一眼，笑道："回皇子，想必是宫中的舞伶。今儿个有数场表演相庆，听说有一出便是舞伶们掩了脸面献舞，曰美人纱。"

"妙，妙，倒是好意蕴。"

淳丰大笑，眯眸朝她打量起来。

翘楚冷笑，突然，淳丰背后一名老者道："皇子，这女子就是当日酒楼的少年！老臣画人物丹青多年，对面谱、面相最是熟悉。这世间没有两双一模一样的眼睛，即便是双生子，眼中神韵也自不同。老臣必不会错认。"

这人正是西夏一品文臣乾仲。翘楚一凛，世上果然有异人，可惜这天赋却用在不当的地方。

那太监王公公是内务府里专事外事的内侍，虽品级甚高，却并不认识翘楚。他不知前事的来龙去脉，看淳丰和彩宁、银屏对望一眼，眸露惊喜，对翘楚似极有兴趣，立刻对翘楚颐指气使起来："喏，还不快向皇子见礼！"

翘楚心想，姑不论她和上官惊鸿怎样，这是在东陵的国土上，你虽贵为西夏王族，皇帝有安内的考虑，不想在短期内再与他国动干戈，礼让三分，但怎可任你如此欺凌东陵百姓，强占民间女子！这事她必定让上官惊鸿管一管！

她正要表明身份离去，淳丰眼中谲光一闪，嘴角上扬，说："这回我可不会再给任何机会让你推诿脱身。"他说着突然跨步上前——翘楚虽有警觉，却到底不及淳丰习武之人动作迅速，她只觉身上一麻，整个人已被淳丰揽进怀里。

要待出声，她却发不出声音来。

这浑蛋，还点了她的哑穴！

她立时看向王公公，王公公却并无半点眼色，也可说是早便惦记着去献媚。他是曹昭南的手下，早得授意，好生接洽淳丰等人。

彩宁掩嘴一笑，道："倒叫你得来全不费工夫。"

淳丰伸手擒住翘楚下巴，眼中掠过一丝掠夺之芒，冷笑道："一个奴才竟敢和爷斗！一会儿有你好受的！"

他转看向彩宁："东陵皇帝不是为我们准备了一出美人纱吗？我们也借花敬佛，来一个更好玩的与他们一乐，想来东陵也不至于吝惜了一个舞伶去。"

大殿。

帝后主座，左右首依次是各妃、各王和众多朝官。

每人案前各备美酒果蔬，觥筹未开。

许久不见的贤王也被召出席了，只是他一手萎垂，竟似废了一般，埋头独自喝着闷酒。

除了个中人，众臣都对这位亲王的境况暗暗吃惊，虽然不知道他发生了什么事，但知他确实大势已去，此番皇帝召他出席，未必没有一定宣示惩警之意。郎后颜容憔悴，郎相气色却大好。

另一边，睿王座前，不少官员陆续过去敬酒，在西夏使节进殿之前先祝睿王战捷。

太子也微微笑着举杯遥祝，睿王嘴角轻扬，举杯回敬。

皇帝神色淡淡，眼下有抹青疲，但目光仍锐利异常，睐睐打量着座下诸子，偶尔看看太子和睿王，偶尔看看也沉默喝酒的夏王或是和王妃玩笑的宁王。

宁王其实没有面上的轻松，上官惊鸿北征十天，他和宗璞的忧虑终于成真！虽然狭道上上官惊鸿用计折损了太子在皇帝心中的信任，但皇帝毕竟深爱太子。那时上官惊鸿尚未寻回，皇帝心里对太子生了嫌隙，但上官惊鸿最后平安归来，皇帝对太子的怒气便小了；加之围场屯守期间，太子花大工夫在皇帝身上，让父子之情日益好转，而回到朝歌之后，上官惊鸿立即请兵符北伐。

这无疑衍生出两个问题。

第一，狩猎赛三局决胜负，按皇帝许下的承诺，兵符本已是上官惊鸿的囊中物，但自请和皇帝赐予却不同！到底果真是为翘妃而请，还是睿王怕生什么变数，借此拿下兵符？皇帝生性多疑，若偏于后一种想法，心里必有不愉快。

第二，太子在上官惊鸿北伐期间，对皇帝嘘寒问暖。人心和世间任何东西都是一样，都是此消彼长。

但现在两人几乎势均力敌也不假。

皇帝的心向着太子，也是向着上官惊鸿的。

这时，上官惊鸿必须慎重再慎重。

上官惊鸿一笑喝下一个官员递来的酒，淡淡收回一直暗投在殿门的目光，站了起来。

"惊鸿？西夏使节快到了，你要到哪儿去？"

皇帝出声。

"回父皇，翘楚还没过来，儿子出去接一接她。听家仆说，她身子还有些不爽，有些心闷，殿外空旷，她便在外面透一透气方进殿。"

皇帝点点头。

"西夏使节到！"

居殿门外，仪礼官报喏。

皇帝朝上官惊鸿一看，上官惊鸿微一皱眉，对背后的老铁低声吩咐道："将翘楚带进来。若她不愿，暂且使一次强。"

老铁颔首。一边，皇帝并殿上众人起座相迎，笑说了寒暄之词，淳丰等也低腰交臂还礼。

皇帝命令赐座，祝酒过后，皇帝朝太子微一点头，太子起座，说："今日大宴以祝西夏使节并孤八弟平乱凯旋。"郎相德高望重，率众臣掌声以祝。

淳丰和上官惊鸿各自起身，以酒敬皇帝和众人。太子击掌，让上歌舞。

淳丰哈哈一笑，道："陛下，殿下，方才闻得你们王公公所言，你们有一出精彩歌舞曰美人纱。承蒙厚待，先来个抛砖引玉，让大家乐一乐，何如？"

"皇子还有节目娱兴，吾等自当拭目以待。"太子笑着接口，又看向皇帝。

皇帝一笑点头。

"将她带上来！"

说话的是银屏。她本来笑颜娇嚣，目光和对座静啖美酒的华服男子一擦而过，身子微震，顿时曳住声音。

淳丰和彩宁看到了，也大是震惊，那人岂非当日酒楼所见的男子？如今看座次和服饰，竟是个皇子？

对方举杯一礼，继续安静喝酒。

却说这人正是夏王。

甫见几人，他也不是没有震惊的，只是脸上没有表现出来罢了。今日一宴，他早已风闻，当中将牵涉他的婚事。

换作往日，他已知答案，但如今——

往日，母亲庄妃常说，他喜怒过形于颜色，他不是不知，只为肆意。

这么多天来，他想过许多，猝然知道，他也可以将一身骄傲磨平，只为探索。

探索那个如青瓷素淡的女子和他之间的以后。

她能放，他不能。

她那天那样的神色，纵使她口中辩词再笃，他心疼心怒，但他知道她并不开心。

她曾说，有过短暂的开心。

但他希望能让她永远开心。

于是，他探索自己和父亲此时位置之间的差距，还有即将被提出的婚事。

他该怎么做。

承还是不承。

他的思绪被堂上的声音打断。

"陛下，殿下，诸位，大家不妨猜猜这纱帽女子是美是丑？是美人如玉、寻常女子，还是丑陋颜色？"

淳丰戏谑高笑之声传来，"若在座诸位有半数以上的大人猜中，淳丰自愿罚酒三杯，好图陛下和诸位一笑。"

堂上倒有一半人大觉惊奇，纷纷看向刚才被人带上来的女子。皇帝道："这等乐子，倒也有趣。"

女子由两名西夏婢女搀扶着，也身穿西夏服饰，体态婀娜，头上一顶深灰纱帽，帽檐上长纱垂下，将她的模样严实盖住。

夏王心中咯噔一下，看这女子身体僵硬，分明是被人点了穴道。

并非自愿？

倒不知是倾城色还是丑八怪？

堂上声响渐丰，各自猜测起来。

"都说闻香识美人，依我看，辨服识美人也可。"淳丰看四周兴致甚高，心想，点这女人麻哑二穴，使人替她换上西夏颜色斑丽妖娆的服饰果然是对的，此时看来倒别具一番风韵。他说着顿时也来了兴致，大步走到堂中，一把拉开女子衣襟，女子身上登时露出一片雪肤。

锁骨下，隐见兜肚。

上官惊鸿心下轻嘲而笑，本擎着酒杯喝着酒，听四处声音大肆，眼梢一掠皇帝，却见他微皱着眉头，知他不喜欢这淳丰的骄淫之气。这，毕竟是两国交谊，会宴之所。

他心里紧紧惦记着翘楚，但知此时出去不妥，强自抑住了，遂随众人看去，目光落到那深纱女子的衣领下，却随即翻了酒盏，湿了手指。

翘楚咬紧牙关，那屈辱之感让她浑身冰冷，只听到处声音轰轰，知大势难为，这回是麻烦了。

面纱若被揭——

确实无论她和上官惊鸿怎么样，但若面纱被揭，她的尊严、上官惊鸿的脸面统统……

"睿王，你做什么！"

她快将牙齿咬碎，眼边也微泛起一丝湿润，又死死抑住，忽听耳边一声惊叫，两指指尖在她身上飞快点过。她登时浑身一松，头上纱帽已被人狠力扯下，上官惊鸿暴风般凌厉染满怒气的眉眼在她面前赫现。

她闭了闭眼，在他环上她腰肢之前，飞快移步上前，淳丰便在她两步之外，正满脸惊慌失措。她乘他不备，伸手狠狠掴了他一记耳光。

清脆一声，满堂响彻。

"你是何等贼人，竟敢将我劫持，点我身上各处大穴，让我不能听不能说？"

淳丰一摸脸，大怒："我堂堂西夏皇之子，你这女人竟敢打我！"

他身份尊贵，从小到大，何曾受过谁当众掌掴？怎能不大羞大怒？

"哦，西夏皇子？"翘楚紧抓衣襟，一笑过后，劈头就问，"我在御花园经过，看你一身异域服饰，听你说为网罗东陵美丽女子，逼害东陵百姓，正纳闷是西夏使节携赴东土手下哪个不长进的官员！莫以为你发现我撞听到你的恶事，点我穴道，蒙我头脸，让我不能听看说话，我便会以为你是皇子。堂堂一国皇子，会如此糊涂、是非不分掳掠一名女子？堂堂一国皇子，当为两国和睦做出表率，会如此淫逸骄恶破坏两国邦交？打你？我打一个陷两国于不睦的恶棍有何不可！"

这女子语锋又快又利。她脸上原来的面纱早被他摘下，当时看她脸有疤痕，淳丰也吃了一惊，心想倒枉费当日酒楼一番纠缠，心思一恶，索性替她罩上更难窥面容的纱帽，将她带到这堂上来现丑。

她颜容丑陋，此时一双眼睛却晶莹透亮，眼中气势自具。

丹青手、一品文官乾仲早在离国之前便和父皇分析过，东陵皇帝不乘胜追击，回攻西夏，必是瞻顾到东陵内政，此番东访，大可不必过于恭顺，显西夏之慑于东陵，为邻国所笑。西夏他日趁东陵新旧君王交替之机，未必便不可乘势灭了东陵。

淳丰因此纵情而行，而这许多天太子相陪，也并无多说一句。

他笃定，东陵虽知他做了什么，却自不会问责一句，怎么想到这个女人竟敢当众打他，并揭他所为，说出这番话来！

"这淳丰皇子怎能如此辱我东陵！"

四下一片沸腾。

惊怒之间，淳丰猛地抄手往翘楚脸上打去。

翘楚淡笑，站在原地只是不动。淳丰却很快止了动作，冷冷笑问："睿王这是什么意思？"

上官惊鸿将翘楚揽进怀里，右手一柄长剑直指淳丰眼前，铁面如霜。

他今日归来，被皇帝直宣进宫中，被允许卸甲不卸兵器。

"我父皇以和为贵，你却在我东陵国土上横行，逼害我东陵百姓。种种言为，我如何能放过你？我怀中女人，你可知她是谁？"

淳丰听上官惊鸿逼问，后者又突然语锋一转，冷冽之中，恣怒长笑，他身上一个激灵，猛地看向一旁的王公公："这……并非宫中舞伶？"

那王公公看堂上人震惊莫名，已知不对，颤声道："奴才……奴才也不敢肯定。"

"这位娘娘是睿王的侧妃。"

堂上不知谁说了一句。

淳丰浑身一震，顿时定在原地。

座上，彩宁也是大惊。她暗暗一咬牙，立即走出："睿王，如今看来，是我等生了误会了。淳丰皇子绝无……冒犯王妃之意。只是那王公公告诉我们说，王妃是宫中舞伶，皇子方……"

"误会？"上官惊鸿眸光一暗，冷冷打断她，"若事事皆可释以误会，则国也不必以法治了。长公主，上官惊鸿今日必定要为妻讨一个公道！"

彩宁一急，太子离座，看了翘楚一眼，沉声斥道："八弟，诚如长公主所言，乃误会一场，何不快带翘妃回座，再续典庆，再续两国和谈之契。"

翘楚明白，两国的帽子扣在头上，这时不管上官惊鸿再怎么睿智机辩，也断不可在言语上与太子一争高低对错。她早就知道，是以方才趁机捆了淳丰一记耳光，并佯装不知淳丰身份一番抢贵，当是报了淳丰欺侮东陵百姓和民间女子的半仇。

她以为上官惊鸿会带她退下，焉知上官惊鸿嘴角微沉，眼中的光波暗闪，竟不答话，一剑朝淳丰前胸刺去。

距离过近，淳丰甚至来不及叫喊，堂上却无人不惊，彩宁一声颤叫，皇帝拍案而起，急怒道："惊鸿，住手！"

上官惊鸿听到皇帝训斥，似乎微一迟疑，手腕一沉——

一股温热洒到脸颈上，淳丰方惊骇得厉声大叫出来。

众人不知是该惊怕，还是该松口气。

堂中，一个人的身躯缓缓倒下，却是那王公公。

他胸前血如泉涌。

朝臣想，睿王终是听了皇帝之言，可惜收势不及，刺死了王公公。

其中，也有人心细，知道那王公公却是太子的人。

太子眼里浮起一丝冷笑。

上官惊鸿垂下血红长剑，揽着翘楚向皇帝跪下："儿子鲁莽，实不该因家之小私、因国之小民而伤西夏贵客，请父皇责罪。"

"你！"

这等激将之言！

皇帝眉头紧皱，越发气恼，久久地盯着上官惊鸿，却终归摆手道："起来吧。"

"皇子、公主，朕礼敬贵国皇帝，看重两国邦交，如今看来，贵国似乎和朕之意并不相同，看来缔结和盟不过是朕的一厢之念吧！"

皇帝仍未坐下，此时身子微微前仰，脸色青苍，眼中却锐光不减。

夏王率先离座，走到堂上，一撩衣摆直身而跪，朗声道："父皇明鉴，万岁万岁万万岁。"

"皇上万岁万岁万万岁。"

众臣随即于座旁跪呼。

淳丰一抹脸上腥血，变了脸色。

这时，翘楚忽听上官惊鸿在她耳边低道："只装作晕倒。"

堂上正暗涌如涛，他这是要做什么？

她随即闭上眼睛，跌进上官惊鸿的怀里。

虽物是人非，时过境迁，她突然想，围场之后，这是他们第二次合作，不说感情，却原来契合。

宫墙深处，古井幽荒。

宅门外，有宫人经过，也自快步而过，谁也不会在这里久留。

因为，这里是冷宫。

常妃殿。

丝竹之声从不远处的宫阙里传来。

皇帝允许睿王带着因情绪激动而突然昏迷过去的翘妃出殿料理。

不知是讽刺还是好事，殿里，歌舞在西夏使节文武官的叩拜、皇子公主的一整旧风、谦礼致歉下升起。一切恢复平和。

翘楚突然发现常妃这幢宫殿所处的位置其实并不符合宫闱建筑的安排。这幢院子就在皇帝办公宴会常用的几个宫殿后侧方，经过几个大殿轴心所在的御花园，折过一段并不太长的幽道便能抵达，所以宴殿上的歌乐在这里能闻，也有宫人在外头经过。

但这不是有悖常理吗，皇帝为何独独将常妃安排在离自己最近的地方，那是对芳菲情意的借代还是什么？

当然，过去的事都已归于烟尘，谁也不知道了。如今，人心难测，何况是君王的心。

"为何想来这里？"

"为何要我装晕，不留在殿上？"

上官惊鸿和翘楚几乎是同时出声。

翘楚本来蹲在井边看着井沿的野花，闻言，微微转过身，却骤然跌进那一个还带着淡淡汗血味道的怀抱。

他只是简单打理过，还来不及洗浴吧。

上官惊鸿半蹲跪在地上，将她紧紧往怀中深处按，嗅着她发顶的清香，低声道："你怎么会想待在大殿上，对着那些人。待歌舞全毕，起码得个把时辰。"

翘楚想挣开他，却被他钢铁般的手臂圈住，纹丝不动，遂作罢，道："我是不想，但你应该在。郎相和郎妃还在里面。今儿个我给你添麻烦了，我不能不报堂上淳丰之辱，但你没必要用激将之言让你父皇在众妃子大臣面前若不责淳丰便下不了台，虽然那是最直接最好的办法，但对你的前途说，不是件好事。"

殿上，他说，家之小私、国之小民，家之小私是她，国之小民是东陵民间女子。

她知道，皇帝也深恶淳丰等人之行，但基于不想多生波折，顺利一签和约，民间女子之事不会深究，在她掌掴淳丰之后，她被淳丰掳掠的事也待平息了，但被上官惊鸿一激……

"不，"上官惊鸿沉默良久，方哑声道，"是我。我没能好好保护你。若非淳丰拉下你的衣领，我看到你肩上的伤痕，殿上你便被他侮辱了。幸好……幸好……"

他声音越发低沉，像张凹凸难平的粗砂纸，在殿上深抑着的寒戾杀气一丝一丝透将出来："天神村你我亲热之时，我问过你那伤口的来历，你说是在围场所伤……你等着，我日后必定打下西夏送你玩乐。还有上官惊灏，总有一天，我一定杀了他！"

翘楚没有吱声，浑身却是陡然一颤。

"翘楚，这些天我一直在想你，在军帐里布兵的时候，上战场杀人的时候。你呢，可有半分想我？"

翘楚闻言，身体陡然僵住。

上官惊鸿心里一空，一股空乏凉意蹿上心头，用大手顺着她的头发，道："你恨我，我知道你是恨我至极了。我将你困在别院里十天。我不敢将你留在王府里，怕郎妃算计你。我曾一度想带你出征，但不管我的军力有多雄厚，战场终是一个危险的地方，你的身子刚施术完毕，经受不住颠簸。我怕你母亲出事，你身子不好，我更怕你在东陵出事，怕你离开，只敢定下十天之期。十天……你知道这是个怎样的将军令吗？

"三军未动，粮草先行。我时间紧迫，思忖你父亲欺你母女，于是八百里快马派人先到北地，强令他在那边先备下粮草。这样，我便能挣到更多时间。你母亲和敌方部落就在北地边陲，一抵达北地，我即刻就可拿到粮草。兵士也不必负重运粮，日行更快。"

翘楚闭了闭眼："北地既唯东陵马首是瞻，战斗之令难为，但粮草之令，他是不会不从的。只是，不比天神村隐蔽，这一次，你是公开开罪我父亲了。他是个睚眦必报的人。"

"嗯。我在北地见过他，他和凤清似乎已全数忘记天神村里的事。我有种感觉，翘眉也可能如此。"

翘楚一怔，又听到他轻声道："我没设步兵。朝歌虽有足够的马力，但带后备战马，却会拖慢整个行军。我向父皇请了皇令，派人快马通知途经之地的官府必须在我率军过去之前就备下足够的马匹，这样，每到一地我的士兵就能换上新马。"

这下到翘楚久久沉默，过了很久，才低声道："我从来没想过，兵马粮草……仗还能这样打，但又何苦让睿王落下劳民伤财之名。

"我母亲，她好吗？"

"她很好，我已将她送回你外公那边。翘楚，这样都不行吗？我愿以倾城之力换你母亲安稳，你却吝惜给我一个机会？放下你的怨恨，好不好？让我照顾你，好不好？"

她刚问罢汨罗的情况，上官惊鸿将她推开，眸光紧裹着她，狠狠捏揉着她的肩膀，一双墨玉眼睛，全然没了方才殿上的锐利，尽是苍凉。

"你知不知道你已经……"

突然，他眼中跃起一丝亮光，却又随即黯淡下去，自嘲一笑："告诉你，你必定愈加恨我！"

他紧抱着她，让她坐在他腿上。

翘楚微微奇怪，还是道："我方才出来的时候，心里大是愤怒，但恨么，和从前不同，书房那次犯病之后，我便不再恨你了，完全不恨你了。而现在，我也再无半点怒意。你做了这么多，完成了我的愿望。"

爱情，经不起一再伤害、不信任。

翘楚凝视着井边的野花。花已有些枯萎，井早已空竭。这些花天生天养，有时晴天多一些，没有雨水，花便萎败下来。

"我带你来这里，是想告诉你，我不走，终有一天会像你母亲的下场一样。"她低低说着，笑着，"若你还有些怜惜我，便放我走吧。留在这里，我只会郁郁而终。"

上官惊鸿有些艰难地一下一下喘着气，狠抓着她的肩，双眸簇动着巫盼、凌厉："你对我一点感觉都不剩了吗？"

所以，方才他问她可有想他，她的身体才会那样僵硬。

从身体到心里，最后，从心到身。

会恨，便是还爱。如今，她恨也不恨，是因为她再也不爱他了。

那陌生又熟悉的痛楚又从肩膀透将出来。翘楚将目光慢慢移到上官惊鸿脸上："没有了……但我还是希望你好。惊鸿，休了我，也放了你自己吧。"

也许曾经爱到很深，如今，当爱情不在，再当不成朋友，却也做不成敌人。

以前听到这些，她总觉得好笑。

可以吗？是这样的吗？

原来，真到了最后，也许确实是这样。

上官惊鸿一双大手仍旧钳在她身上，那般紧，就像那本来就是长在她身上的东西一般。手上的青筋一条条暴起，手背上有些深深浅浅的伤口，红红的，糊糊的，是战场上得来的吧。

翘楚轻轻想着，说不上喜悲。

大手猝然跌下。

"好，我答应你。"

声音轻哑缓沉得让人心里发堵。

翘楚随上官惊鸿低垂深浊的目光看去，却见他也正在看井边衰败凋零却仍在斜阳里轻曳着的野花。

第三章

风恨吹不散眉弯　决然回首言不悔

夜，邺城，悦来客栈。

翘楚其实很想考究考究为什么书里、电视里，便连这里的客栈都是悦来的分号，可惜没有这个余暇。

离开朝歌，离开睿王府几个日夜了，可是——

她抚住眉头，深吸了口气，看向房中熟悉的面孔。

若让人看见眼前情景，必定大吃一惊。

堂堂皇五子宁王、大理寺卿宗璞都在她这狭小的客房出现，还是跪在地上。

跪在地上的还有睿王府的一干人，除了方明，老铁、景平和景清都在。

方明其实也在，不过是在客栈楼面里陪着上官惊鸿喝酒，听来往客人讲述走南闯北的故事。

房中气氛很是严肃。

四大和美人看了地上五名男人一眼，又相互一看，低声道："主子，这……"

翘楚看向站在身边的佩兰和冬凝："将他们扶起来吧，丫头们也一起帮忙。"

房中，只有沈清苓没有过来。

佩兰和冬凝神色凝重，却没有动。佩兰走到宁王身前，欲伸手相扶，宁王仰头苦笑："翘楚，若你不答应，我们都不会起。"

四大本去拽景清起来，闻言，气不打一处来，狠狠踹了景清屁股一脚，将气撒到他身上。景清"哎呀"一声，却敢怒不敢言，狠狠回瞪了四大一眼。

四大冷笑，走过来一把拉开翘楚，指着宁王的鼻子，破口就骂："睿王回不回王府，关我主子什么事？他天天睡在我主子房门口，我还嫌他烦呢！他老跟着我主子作甚，往日打打骂骂，唉，如今是怎么了……"

"四大，不得对五爷无礼！"

翘楚一声低斥，四大一跺脚，走到一边。

翘楚吁了口气，心里着实烦躁。

事情演变到现在，是她完全意料不到的。

上官惊鸿放她离开。

她在宫宴翌日天还没亮便带着两个丫头悄悄离开王府。她知道他对外会有一套休妃的说辞。哪知道，当晚投宿，她睡至中夜做噩梦惊醒，立时有人推门进来。门是内闩了的，非有武功底子不能如此容易打开。她本以为是睡在隔壁的美人，高大身影一笼，立时将她拥进怀里的却是……上官惊鸿！

接下来几天，他也没再隐匿，率着老铁等人沉默地跟在她们后面。

她本以为他出尔反尔，倒也没有太大怒气，却不与他说一句话。

她不说话，他也不说什么。直到今晚宁王等人秘密到来，她才知道宫里出了大事。

也许，该说睿王做了什么事。

在她离开当日，他将一封书信交到宗璞手上，让宗璞转交给皇帝。宗璞这时倒是显出关键作用，因他往日与谁也不结交，最是严正，睿王让他传书，皇帝反不疑窦。

宗璞当时并不知道书信内容，直至皇帝拆信，当场发怒，他才知道，上官惊鸿竟是上书皇帝，请辞爵位，自此离开朝歌，不再插手任何政事；他已写了休书给郎霖铃，言明睿王府资产全数以为赠，以后郎霖铃婚嫁自由。

上官惊鸿送信给宗璞后，便立刻带老铁等人离府，根据一直暗暗跟在她背后的暗卫留下的线索，赶到她身边。

他有备而至，她毫无防范。不同于之前跟踪她的暗卫，这次他派出的是精挑的人，跟踪功夫极了得，连美人也察觉不出来。

今晚，她连晚膳也没吃，正在房里和两名丫头商量怎么将他甩掉，宁王等人过来了。

他和宁王还有联络，宁王知道他们的行踪。

但方才门被敲响，四大去开门，看到宁王等人站在门口，睿王府一干人也在。

宁王问："翘楚，能说几句话吗？"

她吃了一惊，他站在院子另一边，远远看着她。

她气不打一处来，指着通往客栈楼面的方向说："你给我到那边去。"

他大是高兴，铁面下，嘴角高翘："倒是终于肯和我说话了吗？你晚膳还没吃，是不是没胃口，现在可是想吃什么，我这就过去帮你点。方叔，你也过来帮我一起看看菜式。"

她没理他，宁王和宗璞互望一眼，无奈苦笑。除去景清一张嘴抿到就快扭曲，众人似乎都是有些见惯不怪了，都朝她一笑。她微微一报，哭笑不得，迎了宁王等人进来……

宁王的来意其实很简单，却难为。

他想让她劝上官惊鸿回朝歌，重掌睿王府！

佩兰紧跟着说："妹妹也一并回来。你不回，八爷是决计不会回去了。"

她几乎是立刻道了歉，说她办不到。

于是，有了眼前的情景。

烛火幽幽，几个男人都跪在她脚下。

别说这几个人的身份，男儿膝下有黄金，她怎能不为难？

她知道，她是扶不动这几个人的；但她好不容易离开，又怎能再回去？

她不愿，不想！

宗璞突然道："翘妃……"

"翘楚姑娘，"他很快又意识到什么，改了口，"往日多有开罪之处，望姑娘包涵。姑娘若有什么恼怒，尽管撒到宗璞头上。但有几句话，请姑娘务必听一听……"

翘楚轻轻吸了口气："宗大人有什么话，尽管说。"

"有些道理，我相信姑娘心里一定也是雪亮的，只是没有去想吧。八爷是必须要回到睿王府的！抛开一切不说，太子为人心狠手辣，若最后登基的不是八爷，很多人都要死，包括众多皇子和朝臣，包括今晚这个房里的所有人，而八爷首当其冲！我和五爷既拥八爷为主，早已将生死置之度外。八爷的前程和性命，我们却不能不管。八爷既能为姑娘舍下一切，姑娘便忍心看八爷日后被太子迫害追杀吗？"宗璞说着，自嘲般低笑道，"八爷和太子一样，都是君主之才。自私说一句，宗璞和五爷都认为，在八爷的统治下，我们才能实现更大的治国抱负。但这些我们都能忍痛舍弃，只希望八爷安好。"

翘楚呼吸微微顿住，蓦然转过身。

"八弟身上还负着常妃的血海大仇，他自己的治国理想。"宁王的声音随即传来，压得她有些透不过气来，"翘楚，你知道他母妃是怎样死的吗？"

……

"这皇帝怎能如此……太残忍了！"

四大喃喃低道，翘楚捏紧眉心，方才，宁王口中那段宫闱秘事，原来常妃是这般死去的。她只知道常妃死得落寞，原来，不止！

她没有作声，心中千丝万缕，尽是凌乱。

房中突然静下来，呼吸能闻。她走到窗前，将窗推开了丝细隙，抬头望向高悬在空的月轮，尝试让心绪安静下来——背后，越发寂静了，每个人似乎都屏息等着她的答案，带着深切、悲凉的哀求和期盼。

死，她也是怕的，但为自由，她宁愿……但其他人——四大、美人，这房里的人，远在朝歌的上官惊骢，还有，他！

"清苓，你真聪明，知道这么多治国的故事。我也要当王，我要让天下的百姓都过上好日子，繁盛东陵，让它成为云苍最强大的国家。"

"小八的理想真了不起！我最怕你只为复仇而盲目，这样想就对了，百姓的福祉才是最大的！"

"不要叫我小八，你还没我大。清苓，你永远和我在一起，好不好？永远陪着我！"

"好啊，那你到时给我一个大官做。"

"我给你最大的官当，只比皇帝小一点儿，其他人都要听你的。"

"最大的官？只比皇帝小？唔，好冲的口气，一国之相？"

"你到时便知道。"

恍惚中，两道并不清晰的稚音从心底升起，又似乎从遥远而来。她惊讶着，那是他和沈清苓？她怎么知道？她不觉一擦眼角，已一片湿润。

不知是为那男童气势赳赳后小心翼翼的声音，还是女童的笑声……

"我知道你顾虑什么，我们一回去，便立刻设法帮八爷恢复记忆。那么，到时你再离开，他未必就……"

她正痛苦挣扎着，宗璞的声音在背后传来，带着似乎看穿她挣扎的深抑的激动。

翘楚一怔，转过身，低笑道："宗大人总是最清楚你最好朋友的心意，他心里的是谁……对，那时，若我能离开，他也许会顾及睿王府的脸面派人来追，但他自己必定是不会了。"

"我不是那个意思！"宗璞猛地盯住她，眸光复杂。

宁王拧住眉，佩兰和冬凝互看一眼，同时跪下。

翘楚心里也是一急，想劝众人起身，却知道没有用。她闭了闭眼，美人微微沉声："主子，莫答应！你不能再回去了，你会在那里死掉的！"她说罢，一拉四大，也双双跪下。

"都别再说了，容我想想。"翘楚低低叫了声。

众人和她各有共处过，知她平日沉稳，这时如此，情绪已大是不稳，一时都不敢再说。

便在这时，啪啪两声，门突然被敲响。

众人都是一怔，有谁会在这时过来，随即又省悟必是上官惊鸿或方明。四大嘀咕一声，从地上起来，过去开门。

"你是……"

四大疑惑的声音传来，翘楚一惊，立即朝宁王看去。宁王会意，众人立时跃起，美人已吹熄了桌上烛火。

来的不是他们认识的人！

若让有心人知道宁王和宗璞在这里便麻烦了！

来人速度极快，四大一声惊呼，人已进来了。

"主子莫怕。"

翘楚听到美人的声音在耳边响起，黑暗中，只见两个黑影打了起来。

她正惊疑，忽听对方一声轻笑。老铁低啸的声音随即传来："大家小心，是个极厉害的练家子。护住翘主子，立刻找人通知爷。"

众人闻言俱惊，与来人交手的是众人里面武功最高的老铁。老铁的武功，这天下只怕也找不出几个敌手，这来的到底是什么人？

"不对！这武功路数，你是……师祖？"

"五爷，大家且出来。"

翘楚一怔，桌上油灯已重新燃起，霎时亮了一室。

景清半个身子已悬在窗几上，正准备跃出去求救，这时是谁都能受伤，唯独翘楚不能，不然上官惊鸿还不得发狂——听到老铁的声音，赶紧退了回来，却见众人一脸惊然看着跪在地上的老铁。

老铁虽是仆人，但谁都知道，他有着怎样的身手和骄傲。他一生只认常妃和上官惊鸿为主。这能让他跪下的何人也？

竟是一名看去只有二三十岁的青年男子？！

他脸容清隽，神色从容，道："阿铁，快起来吧。"

这青年竟这般称呼老铁？众人越发惊奇，却见他突然走到翘楚面前，低头一揖："小姐，别来可好？"

这下，谁都彻底惊住。老铁也缓缓从地上起来，微微吃惊地看着青年和翘楚。

这人到底是谁？老铁和他似乎是旧识，且听起来他竟是老铁的长辈，但他却认识翘楚，并对她甚为恭谦？

一声钝响，翘楚被四大关门的声音一震，从看到这人的恍惚中惊醒过来，立即弯腰一福："吕先生，许久不见。先生办事回村了？"

青年一笑颔首。

翘楚口中的吕先生正是吕宋！

"早已回去了。太子妃不是在你们出谷那天也一并送了回去吗？"

翘楚心头又是一震："若雪既是翘眉，她到底——"

"也许一些感觉还在，但那些记忆早已不复存在，令姐和领主、大妃皆是如此。小姐也不必再去求究前缘，只要知道，从今往后她只是翘眉便好。"

翘楚点了点头，又疑问道："先生今日到此是……"

吕宋神色复杂地盯着她："我是早该过来了。若非琳琅娘娘身子有恙，后来又一再请求，让睿王和你多相处一段时间。"

翘楚又惊又喜，一把捉住吕宋手臂："你认识琳琅？琳琅她现在怎么样了？她可好？她可还好吗？"

"她已成婚，如今还是不错的，往后的事，也非你我能知。"

最起码她现在是好的！翘楚连连点头，心里激动，很是欣慰，随即意识到他方才的话，一字一字问道："多相处一段时间？"

"是，小姐这边的情况，吕宋都是知道的。今日吕宋过来，便是要替睿王恢复记忆。"吕宋也是一字一字有力回答，眸光幽深沉凝，"和令姐的事一样，此番之后，我是再不能插手什么了。这事，终是难为了小姐。小姐千万珍重。"

两人一边对话，另一边，宁王以下，每个人都既是震惊又无比振奋，这青年似乎便是上官惊鸿和翘楚曾提过封住上官惊鸿记忆的那个人！

宁王飞快看向老铁，老铁也是震然点头："五爷，奴才师承仙砚台，师傅是师祖的徒弟，我少时曾和师祖见过一面，他是方外修行之人，爷交给他不会有事！"

宁王、宗璞和景平同时都不无疑虑，这方外之人牵涉尘俗中的事，却是为什么？但这暂且搁到一边，劝服上官惊鸿立刻赶回朝歌并恢复记忆才是最要紧的事！皇帝此时已是大怒，怒上官惊鸿，更怒翘楚！

客栈楼面。

虽入夜一段时间了，桌椅还是坐满泰半，约有三四十人，都是今晚宿在客栈的住客，此时出来楼面三五一伙喝茶吃酒，或是听听看其他人说话，侃点天南地北的事儿。

翘楚满怀心事走过来的时候，宁王各人已经分坐在客栈四周的桌椅上，冬凝早替各人准备了人皮面具。若非在房中看过各人的易容，翘楚还真是认不出来。

吕宋暂且回避……只是，她和宁王击掌订下誓约，他们一行离开房间之时，吕宋突然脸色一变，说："我方才竟没注意察觉，你这身子分明……"

她看他似是对自己所言，甚是奇怪，不觉打断了他："先生这话怎么说？"

吕宋却反为一怔，神色古怪，低声说了句："原来你还不知道。"

她苦笑，道："先生是指我身上的心疾？"

她身上的毒，除去绝颜丹，已经全部解去。翘眉下的毒的解药也已被上官惊鸿提炼出来，在她离开王府前夜，他亲自拿过来给她。

现在最让她朝不保夕的只剩下心疾了！

吕宋却没再说什么，只是从怀里拿出一个小瓷瓶，倒了颗药出来递给她："这药对你的身子大有好处。"

她服下了，确实有种宁神舒泰的感觉。她有种强烈的感觉，吕宋不会害她，但他的神色却极是古怪。

"主子，这边！我和美人在这边占了桌子。"

四大的大嗓门打断了她的思绪，翘楚点了点头，却向厅中央的一张桌子走过去，分明看到那桌的青袍男人怔怔盯着她看，打翻了茶杯，湿了一手也不自知。

上官惊鸿！

不说老铁等人就在那一桌，宁王他们都在四周呢。

他能不能表现正常一点？

翘楚叹了口气。当她走到他面前，他霍地站起来，眸光越发炙热。

景清本来坐在他旁边，立下被他吩咐："坐一边去。"

景清立下挪了位子。翘楚正要坐下来，上官惊鸿突然伸手去扶她的腰。翘楚一恼，便要侧身避开。他马上说，这里湿了，语气微灼，另一只手竟伸袖去擦桌子。

翘楚一怔，想也没想便攥住他的衣袖："倒抢起小二的活来了。"

她方说完就后悔了。手上又糙又暖，已被上官惊鸿顺势握住，他一双眸紧紧看着她，眸里的亮光让她浑身不自在起来。

她来了气，想将自己的手拔出来，才一动，他已轻声嘀咕："大庭广众的闹别扭好看吗。"

翘楚这下气也不是，不气也不是，坐下来，咬牙道："你也知道大庭广众，还不放手！"

上官惊鸿却突然在她耳边道："我这样对自己的妻子有什么不对？"

热气呵在耳边，翘楚微微一颤，不怒反笑，也在他耳边道："你再这样，我立刻就走，哪怕闹到要将桌子掀翻我也走。"

上官惊鸿眸光暗了暗，缓缓放开她："我点了些东西，一直让厨房热着，我现在让他们送上来，你先吃点再说。我不吃荤，让方叔试的味道，那些他说了行的，你应该能进口。"

翘楚又是一怔，过了阵子，方道："不用了，我一会儿回去吃点干粮就行。"

"不行！"上官惊鸿眼里毫不掩饰的都是心疼，又抿进一丝严厉，却低了声，诱哄一般，"其他的，你说怎么样便怎么样，唯独你的身子，我……"

"够了，不要再说了！"

这样的神色，从来没有在他眼里出现过的神色，不要给她看！翘楚蓦然将话题转过，打断了他的话。那不觉拔高了的微厉的声音，让四周吃了一惊。宁王等人，这桌老铁几人都微讶又神色复杂地看着她，便连其他客人都纷纷抬眸或扭头看着她。

在这些认识不认识的人心中，她是个怎样的女人？是个恶人吧。一个有着疤痕的狰狞女人，一个不懂体谅的女人。

出了朝歌，她为求真正的自由，没有再戴面纱。

邻桌一个小女孩儿愣愣看着她，似被慑着，突然哇的一声哭出来。翘楚心中苦笑，看孩子的祖父母父母仔细哄着，又有些责怪地看向她。但似乎畏惧他们一桌上都是高壮有力、气势不凡的男子，虽有些不满，却也不敢说一句话。

这时，有个络腮大汉却冷笑着说："哪里来的恶妇！生得这等模样，还敢……"

粗豪的声音蓦然而止。

随即又有数声清脆摔在地上。

原来是走堂正往大汉邻近一桌送酒菜，一惊之下，将东西摔了。

半截筷子没入臂膀，那大汉瞬间嘶吼出来，声音夹着痛苦，血水顺着他的手臂流下来。与他一桌的几名汉子都是江湖人，此时都义愤填膺纷纷站起，怒视突然出手伤人的青袍男子。

翘楚心头一跳，上官惊鸿微微垂着眸，玉白的手上伤口坑洼，此时正握着刚折断的半截筷子。

他嘴角一挑，反手往地上一掷，剩下的半支箸钉入地面，只余一个小点。

连着受伤的大汉，几名大汉都惊愕在地，看着地上兀自摇颤着尾尖的箸子。这样的内力……

"诸位在这里的消费，都算在我账上，当作我代内子的赔礼。"

上官惊鸿看向小女孩一桌，对座中似乎是孩子祖父模样的老者开口，又站起来，低头作了一揖。

店里本已静肃一片，那老者起身还礼，连连摆手，颤声道："使不得，使不得。"

上官惊鸿又眯眸看向几名大汉："她怎么样，还轮不到你们来说。她怎么样，你们这些人又懂什么！"

话音未落，语气里深重抑压已全部化为萧飒杀气。

"你真是疯了，没有男人会这样，那不过是个女人，你的婆娘。"那受伤的大汉喃声说着，又意识到自己说了什么，立刻噤声。

翘楚看着四周害怕的人，惊怔之下，回过神来，起来一拉上官惊鸿，怒道："你还能不能再疯一点！"

上官惊鸿盯着她看了片刻，却对方明道："方叔，让小二上菜。"

一桌人，本来悄悄看着二人打闹都又是深深的担忧，又是有些忍俊不禁，这时都心急心紧起来。方明低声应了，立即起身去吩咐犹自怔在堂中的走堂小二。

小二原本还僵愣着，被悄然走过来的掌柜一拉，忙道："哎，好嘞，马上……马上就来！"

……

"先吃点东西，你今天一直赶路，路上只吃了一个粗饼一个馒头。"

被上官惊鸿一岔，翘楚用力咬住唇，又突地听到他压轻了的声音如数家珍炸在她耳边。他一路窥跟，连她吃了什么都仔细看着，这般清楚！一股激烈的情绪也登时在心上随即炸开，她一把推开他抚向她发顶的手，压着要抑制不住的怒气，缓缓道："抱歉！你有能伤害别人的强大力量，但武力不是这样用的！"

"他方才的话侮辱了你，我不会道歉。"上官惊鸿深深自嘲一笑，眸光灰暗，"我错了，赔礼便是，又有何难！"

翘楚不明上官惊鸿所指，他的动作却那般快，啪一声，她方诧异声响，却见一点鲜红从他左臂上迅速滑下，滴到她的手背，明明是热液，却一抹凉意直逼心底。

"爷……"

景清急呼。掌柜和小二正端着菜肴上来，看到眼前情景，小二手上又是一颤，幸好猝然稳住了，才没将菜肴摔跌，手上突然一重，却是那青袍男人已伸手来接，将东西稳稳当当接过放到桌子上，又轻语吩咐道："将这里擦一擦。"

"这样可以了吗，你先吃东西。"

上官惊鸿的声音又在耳边响起，翘楚看着小二勤快地擦拭她面前的桌子，握紧手，手心都是汗。这一刹，她当真不知要说什么，要做什么，眼里微微晃动着的是眼前上官惊鸿同样被断箸刺下的左臂。

"爷，奴才给你处理伤口。"景清急得什么似的，也不理老铁和旁桌宁王等人示意，已离椅奔到上官惊鸿身旁。

"不必，你先给那人止血包扎一下。"

上官惊鸿目光一扬，掠过那络腮胡汉子。

"可爷……"

"景清，听爷吩咐。"

景平沉声吩咐，和方明一道布起菜来。

肩上的疼因男人的按压窜了出来，翘楚默然坐下。眼下是一只大手握着箸子递来，她没接，看向老铁："铁叔，你帮他清理包扎一下。"

"不，你先吃东西。"

上官惊鸿止住老铁。

翘楚吸了口气，没有说话，将新箸接过。

"你过来找我什么事？"

他放下不停给她布菜的箸子，目光仍是灰暗，却又有些隐抑的柔意，落在她吃了泰半米饭的碗上。翘楚咽下口中的米饭，放下碗，轻声反问："你不是已经猜到了吗，也许说，在你的计划之内。"

沙哑的笑一丝丝从他喉中逸出，而后慢慢变得冷硬。

"翘楚，我知道你在想什么。但是，我可以告诉你，不是！我扔下睿王府，细细想来有一箭数雕之效，让父皇更笃定睿王宁要美人不要江山。而你也许就此不忍我前途尽毁、我性命有虞，跟我回去！但信不信在你，我确实早已料到五哥他们必会过来当说客，也希望你能改变主意。但不管你改不改变主意，我既做了决定，就不会更改。我绝不会离开你！天涯海角，你翘楚去到哪里，我上官惊鸿也到哪里！"

翘楚正咽着茶，听他哑沉着声音一句一句道来，双手微微颤抖。她咬牙，将有些不听使唤、想掉下的茶杯紧紧握住。上官惊鸿的眉宇突然有些绝望又有些邪佞地挑起，猛地一击掌。她一惊之下，整个人已腾空，被上官惊鸿抱到大腿上。老铁等人迅速将桌子围住，瞬间，又有些黑衣男子快速走进来，将两人所在的桌子团团围住。

上官惊鸿突然摘下铁面，粗鲁地塞进她怀里。

细小的缝隙处，仍微微可见四处窥探的目光，不远处两桌年轻男女暗暗打量的好奇目光，几名少女都害怕又害羞地围拢在一起低声密说着什么，一双双眼睛却睁得大大地看着。

"上官惊鸿，你要做什么？"她惊惧不安，忘记了手上还握着茶杯，伸手去推他。

瓷片碎响，水汽芬芳。

翘楚一愣，已被上官惊鸿俯头吻住，同时大手突然抚住她的肚子，轻轻摸着，极尽温柔地抚按着。她浑身麻软颤抖，屈辱又另有些什么感觉将心尖缠得死紧，这个疯子，她要将她也逼疯才甘心吗？

她重重锤打着他，呼吸渐渐急促起来，他才猛然离开她红肿的唇，嘴唇却抵在她唇上，口齿不清地低语道："你吃饱了，该我了……我这些天跟在你后面，看你吃那些垃圾干粮。我给你准备的银两银票，你就是不肯用，忍着看你吃那些粗糙的粗粮，忍着不去骂你，忍着不去碰你……你知道我忍得快要疯了吗？"

"疯子，你就是一个疯子。你傻了还是一个疯子，你说放我走，你骗我！你骗我！"

那些声音就像咒语，翘楚心里莫名疼痛起来。她气怒到极点，终于扬手狠狠扇了眼前男人一记耳光。

上官惊鸿待她打完，方握上她的手，轻轻地笑，眼里的灰暗却重得要将人压没："你终于气我恼我了。翘楚，我不要你对我没感觉，不行，不可以！"

翘楚一震，猛地闭上眼睛，紧紧的，眼缝间却都是冰冷湿润。

"惊鸿，回去吧，我们回去吧。"

"不，翘楚，那不是你的真心。你心里现在甚至没有我，回去做什么！我们到民间去，你爱做什么便做什么，你想怎么活就怎么活，我会用我的命保护你不被上官惊灏伤害。"

"不，我愿意跟你回去！只要你肯恢复记忆，并和我订立一个契约，我就跟你回去，永远不再离开你。"

"契约？"

惊鸿，我骗了你。

契约只是对恢复记忆的你的防范。

没有永远。

我还是会走，很快。

你也不再需要我。

但这才是对大家最好的选择。

永别了，只属于翘楚的傻子。

傻子，其实我爱你……和你一样多。

第四章

太子暗计试睿王　翘楚涉险显身孕

在所有人的深深屏息凝气中，翘楚却低头淡淡看着铐在自己手上的镣铐。

镣铐的另一端在男人健硕的手腕上。

上官惊鸿曾说，翘楚，我要做两件事。

上官惊鸿在接受吕宋的手术之前安排了几件事。

其中之一，便是这副镣铐。

这副镣铐不知道上官惊鸿在哪里弄来的，却足以防止她在他昏迷的时间里离开。

制成这副镣铐的铁材，坚硬得任何宝剑也斩切不断。

所有人都运内力试过，都不行。

除非，将他或她的手剁了！

镣铐的钥匙，上官惊鸿将它藏在其中一个暗卫身上。

上官惊鸿的暗卫多达千人，没有人知道那个暗卫是谁。

暗卫可听命上官惊鸿和他指定的任何人，但最终只听命于上官惊鸿。

只有上官惊鸿醒来，暗卫才会将钥匙交出来。

至于第二件，没有人知道。

"他的眼皮在动！"

此时，众人里，谁振奋的声音传来，翘楚心里蓦然一颤，侧方，他即将醒来！

恢复了记忆的上官惊鸿！

这里是朝歌，是他的书房，她和他的生死爱恨在这里开始，也将在这里结束。

"这里是……哪里？"

手上被扯得一疼，身边沉重的身躯突然跃起，翘楚不得不跟着站起来。

"爷。"

所有人情绪激动，除去吕宋、宁王、翘楚、四大和美人，都齐齐跪倒在地上，凝望的眸里，都蕴满泪光。

此时，上官惊鸿没有戴面具。他眯眯一一看过众人，眸光微动间，幽深锐利。末了，他淡淡一笑，道："哦，想是爷昏迷很久了吧，怎么都一副如此的模样？"

除去宁王和宗璞神色仍稳，其他人闻言都有些惊怔，却又见上官惊鸿顺着手上镣铐，目光慢慢移到旁边一直一言未发的翘楚身上。

翘楚极为安静，也微微眯眸看着他。

眼眸鹰鹘般越发犀锐，上官惊鸿突然猛地扬起手臂……

上官惊鸿这一动，牵动了镣铐，翘楚手上又是狠狠一疼，虽然没有叫出声音，神色终是变了变。

上官惊鸿看她撕去平静表情，嘴角微微扬起："我还以为你不知道疼呢。"

翘楚轻轻笑了笑："是，我疼，很疼。"

其他人见状，却早已面面相觑，愣住了。四大和美人惊怒，待阻止，翘楚摇头。

景平一咬牙，出声道："爷，你为何……这般对翘主子。"

上官惊鸿也如翘楚一般，轻笑道："因为她贱。"

"景平，你怎么不问问她当初是怎么推本王下崖的？"

虽然他早已做好落崖的准备和措施，但她放手，不啻推他一把！

众人闻言，都大为震惊，虽然谁都不如当事人清楚当天坠崖的事，但如今听来，却是翘楚谋害了上官惊鸿。

也在这一刹，谁都明白了，上官惊鸿的记忆是回来了，却也停留在了坠崖那天，否则，他绝不会如此憎恨厌恶翘楚。

翘楚和夏王是有暧昧，若说翘楚这样做是为了夏王，但一路走来，又有谁敢说她对上官惊鸿无情？可上官惊鸿却这般笃定。

一时，众人惊怔难为，都不知道是该为翘楚说句话还是不该。

上官惊鸿眼中光影薄薄，流光溢彩一般，却全都是浓烈的轻蔑和憎恶。

"睿王，她是你的妻子。不管怎样，你都该善待之。"

突然有人插话。

却是吕宋。

上官惊鸿眸光一转，淡淡定在吕宋身上，手一挥，示意众人起来。

老铁忙向他解释了吕宋的身份，上官惊鸿颔首，然而心中却莫名地不喜吕宋，仿佛这个人曾做过一件什么让他厌恶的事一般。但面上，他还是声色未动，长身一躬，谦礼答谢。

众人也随他谢了吕宋。

吕宋立刻还了一礼，眉间有抹深重的叹息，末了，看向翘楚，轻道：

"小姐，吕宋告辞了，余生将天天为小姐祈福。"

翘楚忍住鼻中微涩，却只是笑道："先生不觉得欠翘楚一个解释吗？翘楚命薄，余年太长，何况是先生的余生。翘楚只求先生一件事，请代为转告琳琅，她的恩德，山高水长，今生我是无以为报了，来生我一定找她报答，海蓝有生之日将天天为她祈福，祝她安好幸福。请她一定要幸福。"

"好！吕宋知道，小姐其实不需要这个解释。若小姐真个责问，吕宋倒好受许多。"

吕宋苦笑，朝她飞快一躬。众人只觉眼前微花，他的身影已消失在门外，像来时一样猝不及防。

"阿铁，保重。"

声音在外间传来，又寂然远去。

老铁想问他来日还会再见与否，随即释然一笑，自己年岁有限，和这位前辈也许就此一面了吧。人生离合。

只是，和此时众人一样，他遽然明白翘楚话里说的"欠她一个解释"的意思。

吕宋有意抹去了上官惊鸿近日的记忆！

为什么？

上官惊鸿看翘楚眼圈微红，淡淡看着门口的方向，心中戾气更起，抬手便狠狠扣住她的下颌："琳琅是谁？给过你什么大恩？本王的侧妃似乎还认识不少奇人异士！"

他用的是环着镣铐的手，也带动了翘楚的手。

他手腕的皮肤登时被磨破，鲜血直流。

翘楚亦然。

她忍着疼，轻声道："我没有推你下崖，不管你信不信，我这次也只解释一……"

"解释一次？倒是你以为你解释我便要听了！"上官惊鸿冷声打断她，沉沉低笑，神色越发不齿。

就像之前的误会，即便是"傻子"上官惊鸿，也不肯听她解释，何况是他？

翘楚也住了声，不再说什么，正要让他放她回房，上官惊鸿盯着镣铐，眸光一阖，轻噬道："为何要用这副玄铁镣铐……"

"爷，这是你找了很久方翻出来的。"方明低声道。

上官惊鸿眼梢冷冷一瞥镣铐，利眸攫紧翘楚："这是怎么回事，倒是不用这东西我便拴不住你？"

翘楚微微侧开头去。

上官惊鸿看向老铁："钥匙！"

老铁颔首，迅速出了书房，未几，领了一个暗卫进来。

暗卫向上官惊鸿见了礼，又立刻出去了。

原来，按上官惊鸿昏迷前的设定，由一个极擅易容术的暗卫在书房外守住，只要亲见他醒转，才会去通知持着钥匙的暗卫。

只有这个守岗的暗卫知道拿着钥匙的是哪一名暗卫，若不见上官惊鸿醒来，他即便被杀死也不能说出持匙暗卫的身份。这样就防止了任何人在上官惊鸿昏迷期间用易容成上官惊鸿的模样的方法或胁迫他问出钥匙的下落，从而将翘楚放走！

空隙里，上官惊鸿对宁王道："五哥，一会儿且与我说说近日之事。"

宁王神色深凝，看了翘楚一眼，随即点点头，知他还有话要对翘楚说。

四大和美人咬牙压住怒气，景平双手紧握垂首站在一侧，和所有人一样，他们都知道上官惊鸿有话对翘楚说，都没有出声。

翘楚反似有些不在意，似乎除去和吕宋说话，和上官惊鸿说的那一句解释坠崖的话，她是费了心力去说的，其他时间，她一直有些不在意，神色淡淡，眼底一抹青黑，带着浓重的疲惫轻轻看着有些血肉模糊的手腕。

真好！上官惊鸿挑眉一笑，手臂一探，突地将她扯进怀里。

翘楚蓦然一惊，只听到他厉声在她耳鬓一字一字警告："今晚我就要你！要逃离我，你妄想！"

翘楚闻言一颤，这时，一名暗卫来报，说刚才宫里来人传下口讯，皇帝知道睿王已返王府，让睿王和翘妃明日一早进宫面圣。

上官惊鸿拧眉，众人心下一片凝重。很快，老铁又领着一名暗卫进来。

那暗卫手上拿着一枚古拙的钥匙。

随着银铛响声，翘楚看向地上的镣铐。

这束缚是解了，那真正的束缚呢？

她稳了稳心绪，正要说话，忽听上官惊鸿低声问宗璞："苓儿呢？"

在上官惊鸿初醒时，宗璞欣喜异常，其后便一直沉默。这时听上官惊鸿一问，宗璞与宁王互视一眼，说："爷且稍等。"说罢，宗璞大步奔出。

未几，门再开的时候，宗璞旁边，沈清苓眼眸通红，定定看向上官惊鸿。

上官惊鸿眼眸立刻漾上一层光芒，落在沈清苓身上："为何一直躲在外面？"

沈清苓看了翘楚一眼，苦笑："若你不问我，我是断不会出来的。惊鸿，你不需要我了。"

"你胡说什么！"上官惊鸿眸里掠过一抹心疼，沉声责着，一个跨步上前，将她拥进怀里。

"你终于回来了，我快等不下去了。"

有多久没被他这样抱着了的，沈清苓低低哽咽……他还是她的，他本来就是她的！

"苓儿，你的样子怎么这般憔悴，我可是昏迷很久了？"

头发被男人轻轻抚着，一股委屈从沈清苓心底直透上来："中间发生过什么事你都忘记了吗？"

"五爷，宗大人，各位且好好聚，翘楚先回去了。"

枕在上官惊鸿怀里，却能清楚感到翘楚便在男人宽阔的肩膀之后，她眼眸仍湿，又猛然冷下来。正待说话，忽然听到翘楚的声音，她心下冷笑，从上官惊鸿怀里挣出，定睛看着翘楚。

"翘楚比我早清醒过来，她做了对你不好的事，对不对？"上官惊鸿眉锋一划，轻声问着，看向翘楚的眼眸已抿进厉色。

枉费他在她受到浅浅箭伤之后，便将一直珍藏的最后一颗百草丸给她服下，那是本该给清苓的东西！枉费他拼着受伤，将她从崖下救起！

沈清苓低头："过去了，我自己的便莫要再提了。倒是……我没有背后说一个人的习惯，今日冲着开罪谁，也要和你一说的是，惊鸿，你好好和景平聊一聊吧。当然，他所做的也不过是受了唆说。但翘楚……她毕竟是你妻子，几次三番对夏王那般已是不该，如今又是景平。景平怎么对我，我是无所谓，闭眼便过了，可翘楚这般，惊鸿，我是替你心疼。"

"你为了常妃娘娘和她母亲的交谊，做了多少事，护过她多少回……"

"苓儿，莫说了！"

那如伤兽般的冷笑厉喝，让沈清苓也猝然一惊，住了声。上官惊鸿已放开她，一脚踢翻景平，快步走到翘楚面前。

景清大惊，去拉景平，颤声道："清苓小姐，上次是我哥哥不对，景清代他赔罪，你莫要再怪他。"

他说着，又急忙对景平道："哥，你快向清小姐告个歉。"

他心里又惊又急，心想果然是不能得罪了清苓小姐。

景平摇头，自己爬起来，跪到地上，一股腥甜拼命涌上喉咙，幸好，念在多年情分，爷这一脚仍是留了五分的力，否则，他只能死在当场。他咬紧牙关，将血沫团团吞下，重重叩头："爷，清苓小姐是误会了，对景平来说，敬重翘主子就如同敬重爷一般。"

上官惊鸿冷冷而笑。

翘楚安静地看着高高扬在自己面庞上方的手掌，也只是笑。

心中却早已悲凉麻木到极点，深深的寒意和愤怒也到了极点！他不听她辩解，沈清芩冤她，她都可以忍受，但他怎么能容沈清芩这般去说景平！对她一直默默维护的景平……

"四大、美人，若你们仍当我是你们的主子，便不要过来。"她看了眼分别被老铁和方明紧紧按住的美人和四大，仰起脸，像方才上官惊鸿对她一般，也一字一字对他道，"是想打我吗？你已打了对你忠心耿耿的景平，何不把我也一并打了？若你真认为我做错了什么，打啊，尽管打，把我打死最好！"

但尽管这样，她不敢替景平多辩解几句什么，多说，怕上官惊鸿会重责景平。

其他人对她怎么样，她不敢说，但对景平，方才也不敢向上官惊鸿求情，也是同她一样想法。

上官惊鸿看着眼前的脸，那张尖削如巴掌般大小的脸，却那般倔强，心中的怨恨激烈如凶猛的浪涛，一波一波快要将他淹没，却也是这时突然看清她脸颊上那道丑陋的疤痕。他微微一震，她什么时候多了这么一道疤痕？

一股难言的疼痛隐隐晦晦从心底窜出，他一惊，更强烈的怒气随即充溢整个胸腔。

便是这样丑陋的一张脸，却敢去勾引其他男子，将他的感情玩弄得团团转！

手颤抖着……他这时真的只想将她摧了毁了，自此一干二净。

"八弟，够了！"

"爷，饶过翘主子吧。"

室内，只有沈清芩走过来，还站在他身边，所有人一瞬纷纷跪下。宁王抓住他高扬的手，冬凝甚至扑过来抱着他另一只手。

翘楚一笑，低道："八爷，打还是不打？若不打，我先回去了。还有，我这个脏女人，你不屑听我任何解释，也当是再不屑碰的。若你看着不顺眼，还想对我做上次围场里的事，请好好看看这份契约！"

啪的一声，一份纸绢被翘楚从怀里掏出掷到地上。

上官惊鸿目力极好，只见上面写着在得到翘楚允许之前，他绝不碰翘楚，上面赫然盖着睿王的印鉴！

这是他对她的承诺？他什么时候对她做过这样一个承诺？也就是说，方才他即便真要打她，也是不行？！

似乎，他醒来之前，发生过很多匪夷所思的事。

他绝不会用睿王的印鉴去向一个女人承诺什么！哪怕是清苓，他也不会！

对他来说，这就等同是一个将军的军令！

清苓知道他的印鉴放在哪里。有一次，清苓和他开玩笑，将他的印鉴藏了起来，他当时就和她翻了脸，哪怕事后他将她哄回。

政治和感情，他向来分得很清楚，正如全天下，他可以为清苓这一个女人去死，但绝不会因她放弃报仇和夺嫡！

他不再是多年前那个任人鱼肉的孩子、少年！

他可以被杀死，但他的命运只能由自己来掌握！

上官惊鸿这时也是怒到极致，不怒反笑，身子微一运劲。宁王和冬凝只觉一股凌厉的力量逼迫而来，一惊之下，已被震开数步。

翘楚扔了纸绢，再不言语，也不去看上官惊鸿，只是静静看着地上——写这份东西的人，再也回不来了。

昨晚的灯光却似乎还萦绕在眼前，他一边看着她，一边认真写着这份对她的尊重。在现代来看，这算什么呢，但最起码，这是完全不属于这个时代的。

她有点想笑，又有些想哭。

眸光碰触上另一束眸光。沈清苓正凝眸盯着地上纸绢，浑身微微颤抖。

她摇头一笑，双肩突然一疼，又已被上官惊鸿紧紧捏上，低低笑语："行，本王不碰你，本王手下也还是有些人的，将你赏过去，也不失为一个好主意。翘妃，你说是吗？"

像灵魂早被剥离开身体，似乎还有一个自己站在她和眼前男人之外，淡淡看着他们的一切。

他的神色让她相信，他说得出，就做得到。

也许，他们之间，永远不会有结果，她却从来没有想过，会这样的不堪。

莫说这几句狠话他能轻盈带笑来说，一个男人想打一个女人，和一个男人已经打了一个女人，这之间的差别又有什么。

若不是她答应了宁王和宗璞，就此一走了之，自此以后是不是也可以有些快乐。

他们的生死又和她有什么关系？

可是这些人里，却偏偏有她想祝福的人——景平、冬凝、方叔……

终于，她轻声回他："好。"

上官惊鸿却像如遭火煨一般突然狠狠推开她。抬头的时候，她却见他嘴角的笑意不再，眼里是沉鸷和杀意。

"那你等着。"末了，他也盯着她轻声道。

她淡淡点点头，正想招呼两个丫头离开，突然见沈清苓快步过来。她只觉得眼前一花，脸上已结结实实挨了一掌，脸颊辣辣地痛。她一笑，好，这正好，沈小姐，若非你一直在上官惊鸿怀里，我没有下手的可能，我早就想打你了！

幸好上官惊鸿的注意力从景平身上转到我身上，幸好上官惊鸿认为是我勾引的景平，否则，景平已被上官惊鸿杀了！

若你果真爱这个男人，就不该伤害他身边从小长大的同伴！若你果真是来自现代的人，就更不应该！一条性命怎容你这般糟蹋！

她毫不迟疑，反手狠狠扇了回去。

而几乎是同一时刻，她脸上又吃了一记耳光。

这一掌，和方才的不同，因为，那是来自男人的力气。

满嘴咸腥，她也狼狈地摔到地上。

"主子……"

四大和美人挣脱钳制，颤抖着跑到她身边，将她搀扶起来。看她满嘴鲜血，两个人都急哭了。

主仆多年，这是翘楚第二次看到美人哭，第一次，是选妃赛却几乎生死离别的那一天。

书房里，所有人都再次从地上起来，惊骇地看着她。

上官惊鸿没有下命令，他们还是起来了。这也是第一次她看到他们没有等待他的命令便自己行动。

只是，好笑的是，上官惊鸿为何放开了一直扶在怀里的女人，明明在他一身戾气甩她巴掌之前，他还紧紧搂着被她掌掴回去的沈清苓。

第一次。

还是第一次，看到上官惊鸿这个模样。

他低头愣愣看着自己的手掌，盯了半晌，又猛地抬头看她，那双素来鹰隼一般的眼睛，和众人一样，装满惊骇，再没有一分冷静。

他的手在颤抖，浑身都在剧烈地颤抖，嘴巴一下一下蠕动着，声音嘶哑："翘楚，我……"

原来，一个男人想打一个女人，和一个男人已经打了一个女人，确实有差别。

她一笑，一颗牙齿疼痛，不得不轻了声："八爷，翘楚恭候你的休书。明天面圣之时，若等不到你的休书，我就自刎在金銮殿上。"

"翘楚。"

出声的是宁王，伴随着的还有两声钝响。

翘楚看向宁王和宗璞。

两个猝然掀起衣摆，朝她跪下的男人。

"对不住。"宗璞苦笑，眼角眉梢都是愧疚。

"若说是为了吕宋剔除上官惊鸿天神村记忆的事而致歉，不必了。"翘楚抬手拭了拭嘴角溢出的血水，低声道，"我知道是你和五爷的主意。回来之前，我就知道你和五爷会这么做。只是，我别无选择，不是吗？除非我忍心看你们有事，不肯妥协。否则即使我对你们说，不能剔除他现在的记忆，你们假装答应我，但只要我答应让上官惊鸿进行手术，你们还是会按原来的计划，吕宋也有这个意思。五爷，你我当日击掌订下的约定今日也一笔勾销。我不需要你协助我离开睿王府，我自己会离开。若走不了，我就死在这里吧。"

"原来你都知道。"

宁王浑身一震，随即低低苦笑，和宗璞起身，看着眼前嘴角红肿、脸色却越发青苍的女子。他想说一句什么，至少说一句道歉的话，却恍觉嘴里一片苦涩。

"亏你们做得出！"

震动一波接一波，至此，书房里众人都不知该做什么，该说什么。冬凝如同宁王，只觉有满腹的话想说，出口也只剩下这句悲愤的质问，她走到翘楚面前，冷冷盯着那两个男人，末了，轻轻一笑，一字一字道："宗璞，我错了，当初，我根本不该去求翘姐姐救你！"

"小幺。"宗璞上前一步，却有人比他更快，青袍擦过，已拂开了冬凝，走到翘楚面前，伸手去拉翘楚。

美人出手极快，已一鞭甩了过去。

靠近的男人脸上顿时多了一道猩红的鞭痕。

翘楚没有想到，自方才她和宗璞、宁王说话伊始便一直沉默的上官惊鸿，竟然没有挡这一鞭。她动了他最爱的女人，他不是恨不得把她甚至她的人都杀了吗？

她淡淡迎看他。

这时，谁都想说话，却终于谁也没有说话。四角灯架，烛火明艳，却压不住一股不知从何而来的晦暗的沉重感。

"美人，杀了他！"

随着四大惊怒的声音，啪的一声，美人又一鞭凌厉挥去。

这一次，上官惊鸿伸手捉住长鞭。

生平第一次，上官惊鸿觉得自己混乱至此。

他虽熟读云苍有纪年以来各国历代兵书，在皇帝放任生灭的时间里，也曾机密奔赴过其他国家看过多场战事。

西征却是他打的第一场仗，再非纸上兵，再非过路客，曾在一场战事里遭到围堵伏击，当时，无数流箭射来，他想过会死，但不悔不怕，更无丝毫混乱。乱了，只能是死。

这时他到底是在做什么，到底想做什么？

右手竟还不受把持地轻颤着！

打她的那一记，现在想来，竟然不知道是因为她动了清苓，她勾引了景平，还是他恨她脸上的漠然，情愿被别的男人碰也要反抗他，她就这么想离开他？

没想到五哥和宗璞那一礼，这中间似乎产生了他不知道的事情。这些事他会向五哥查探明确。

但这时，他满头脑竟不可克制地只是想看看她的伤势。他虽恨她至极，却终是留了手，她却似乎伤得不轻……

她总是这么孱弱，却倔强。

眼圈红得吓人，他认为她要哭，但她没有。她似笑非笑地看着他，眼里的冷淡越来越浓重。

她是该打的，这般不驯！

他却猖狂地去看她的眼睛，连那丫头的攻击也不去躲闪。

他心里很疼，含混模糊的，心底忽然就生了个更猖狂的念头，若她向他求饶，她和九弟之间的事情，甚至悬崖上的事，他都可以一笔勾销。自此，他还是像以前想过的一样待她，给她最优渥的生活，替她治病。只要她向他求饶，好好爱他……

"惊鸿。"

沈清苓本来激烈欣喜的心情忽然一下黯淡下来，止不住浑身发起抖来。

若时间能重来，她还是会打翘楚这一巴掌。翘楚怎么能趁上官惊鸿没有了记忆便胡作非为，让他连睿王的印鉴也拿出来！

她不怕翘楚，真正的他已经回来了，她给得起翘楚这一记耳光！

只是，为什么他对她的声音却仿佛置若罔闻？他一手揪紧那婢子的鞭子，仍一步一步向翘楚走去。

她快步上前，握住他的手臂。

他随即顿住脚步。

他果然停了下来！

沈清苓淡淡一笑，扬眉看向翘楚，掌下手臂忽然青筋暴起，耳边噼里啪啦数声，上官惊鸿执在手里的长鞭已被他崩扯得全部碎裂，碎屑簌簌从空中扬落。

"翘楚！"

上官惊鸿厉声叫道，沈清苓的手猛然被甩开。他大步跨前，却又浑身一震，定在原地。

"今晚，睿王府城郊的别院借我一用。"

翘楚的声音轻轻传来，沈清苓心里一沉。一步之外，翘楚手里握着的一把匕首是从她身旁的婢子腰间拔出来的，那婢子身上分明拴着一只空鞘。

匕首抵在翘楚自己的脖子上，已划下一道深深的血痕。翘楚的手微微发抖着，下手却狠得毫不迟疑。

上官惊鸿眼里的是……心疼。

金銮殿。

早朝的时间已过，殿上本应只剩下皇帝和随身侍从，这时却还有睿王府的主子。

陪在皇帝身侧的，除去莫存丰和几名贴身内侍，还有夏海冰。

此时，莫存丰心里正七上八下。

他自小便跟在皇帝身边，虽忠于皇帝，但考虑到皇帝大行之后，曾为贤王办事；惋惜后来贤王失势，他和郎相私下见面，有意向睿王投诚。但京畿这几天的事着实惊了他！他是宫中老人了，可任凭怎么猜，也都猜不出睿王为什么要请辞爵位。

皇帝办甚大隐晦的事，有时会避讳他，他心里明白。但这次皇帝让夏海冰派探子出入汇报，却没有避过他。

据探子回报，翘妃并非如坊间所说，是回乡省亲，而是要离开；而睿王也并非如他交予皇帝的信函所说，心生归隐念头，而是尾随翘妃离去。

这到底是怎么回事？睿王果真无夺权之心？

他大是疑窦。

皇帝这时却已抚案而起，冷冷盯向前方地上的翘楚。

且探子回报，返程之前，睿王还为翘楚在民间做了些荒谬事——为她伤人自戮，二人甚至当众亲昵！

莫存丰越发惊异，忽听皇帝冷笑道："朕方才问你当日为何离开睿王府？你说你是无法忍耐睿王还有别的女子而离开。哪个男人不是三妻四妾，何况堂堂一个亲王！睿王府上也只有郎妃、你，还有一个通房丫头吧，你竟也无法与之和融共处。你可知你已犯七出里妒之罪，睿王可随时休了你！你可知罪？"

翘楚抬头，轻声道："翘楚知罪。也知此次罪无可恕，睿王也已做出决定……休了翘楚。"

皇帝本怒不可遏，这时倒略有些怔忪。本来，惊鸿回到朝歌马上向他讨要兵符，他还心存一丝疑虑不安，但从开罪西夏使节到辞去爵位，惊鸿对翘楚分明用情已深！

他有他打探消息的眼线。据说宫宴那天，彩宁长公主备下重礼，以庆惊鸿凯旋。这彩宁分明对惊鸿有意，惊鸿却情愿开罪之，对淳丰动手。若彩宁下嫁，惊鸿无疑又多了一份壮大的力量。

若惊鸿不爱翘楚，这两件事根本不会发生。虽说这孩子没有夺嫡之心让他欣慰，但这番作为却实在让人痛心，竟将郎妃也休了，这岂非白费了他当初一番苦心！

经了些事，他本对翘楚甚是怜惜，认为她聪慧，识大体，如今看来，他终是看错了这女子。

她到底不如郎妃！

睿王离府的事，他虽压下了消息，对外只称战事毕，睿王送翘妃回乡省亲。但当事的人，又该怎么想。这数日以来，若换作其他女子，早就闹得什么似了，郎霖铃却静若处子，只安静回到郎府，说爷出门，特抚恤她，让她回家小住数天。郎相在朝上也是个没事的人一样。

事到如今，他倒真盼望惊鸿休了这女子。只是，惊鸿既如此深爱翘楚，甚至不在乎她容貌丑陋，又岂是说休就休！

他正阴森思虑着，又觉有什么不妥，眼角一翻，往翘楚左颊看去。今日，翘楚并没戴面纱，果然见她颊上红肿起一块，嘴角也有些破损。

惊鸿打了她？

惊鸿果真想通了？莫怪她脸色青白，却是悔了罢，之前终是恃宠而骄了。

她没说求饶之言，可是认为惊鸿舍不得了？

他此时反而微微一振，虽对上官惊鸿所为动了极大的怒意，但到底是自己的儿子，遂看向翘楚身旁一直沉默不语的上官惊鸿："老八，你怎么说？"

"父皇，儿子近日所为，大错至极，致父皇伤心扫兴。不瞒父皇，儿子此去路上，父皇派了不少探子随着，儿子始知父皇担心，惊鸿痛定思痛，已幡然觉悟，除非翘氏……"上官惊鸿说到这里，淡淡看向翘楚，"除非翘氏省悟，否则，我愿休翘氏。"

翘楚迎上他的眼力，轻轻一笑。

一道皇命选妃，从没想到，和这个人会那样开端，今天这样结束，仍是在皇帝面前。

在这个年代里，唯一是一种可笑。

何况是一个身份并不尊贵的女子请求的唯一。

对象是一个一人之下、万人之上的皇子、亲王。

她知道这正戳在皇帝的痛处。

他必定同意睿王休妃！

上官惊鸿也是仰头一笑，眼神锐利。

昨晚一夜，他没有入眠。

他让铁叔将清苓送回去，又派了数十名最厉害的暗卫送她到别院；然后，用了一晚，听所有人说这段时间来发生的事。

本来，他并非才醒来，中间发生了这么多事情。

他曾经那么宠她，那般猖狂。

苏醒的他，根本不可能做这些事。不知是她利用了他哪一点，还是他确实傻过。

看着夜空，手仍在发抖，他却慢慢地平静下来。

无论如何，他必定不会放弃复仇和理想。

谁都不能阻止他。

连清苓也不可以，她自是更不可以！

连一晚都不愿意和他待在同一个处所？

以死相胁，他便没有措施了吗？别院之胁，一次已够！

你既自贱到连名分也不要，皇帝也相轻于你了，我又何妨暗下将你软禁？

人吗，有时想活很难，想死，却也不是一件轻易的事。

他淡淡想着，知道自己心里的坚硬，眼梢擦过皇帝，向她一瞥之下，已然收回眼力。他心里忽然感到她的模样，自负明媚，竟有些炫目。比之翘眉，她似乎竟也丝毫不逊色。那个天下最美的女人，他哥哥的女人，总有一天，会是……他的！

翘楚并没有求饶，到这时也没有求饶！她眼里一片安静，又有些说不出的夺目。皇帝这时反微微皱眉，盯着上官惊鸿看了片刻，见上官惊鸿只淡淡看了翘楚一眼，再无其他，这孩子是决断的，不拖泥带水，是大事之才。

且这孩子刚才道出了他派探子的事，那些探子都非泛泛之辈，眼神倒厉害，也实诚，且总算明白父亲的苦心，心里微松，快速一计量，仍厉声道："存丰，你带他二人到供奉我东陵历代帝王的英灵大殿，向祖先跪拜。老八，你也好再好好考虑一下，这决定是否不悔！"

他实在是不喜翘楚了！郎霖铃和彩宁能力助上官惊鸿。

若上官惊鸿悔了，那么，他只怕还得重新估计这个儿子日后能否担负大任。这些日子，他甚至动了想改立上官惊鸿为储君的念头。

他这个八子会善待他所有的兄弟。他所有的儿子，他真的不盼望他们死在上官惊灏那个他最爱却狠辣的儿子手上。

英灵大殿。

翘楚有些好笑，这不同的待遇！

那位莫公公给上官惊鸿准备了蒲团垫膝，她就跪冰冷的地板。

上官惊鸿本思考着事情。他应是猜对了，皇帝还是派了探子随他出京，借探子来说那个人关心他，让他痛悔当初的决定，委实不错。

只是，那个人的关心？父亲的关心？

他心下轻嗤。

失忆的上官惊鸿，给他留下不少烂摊子。

感到身旁有异，眼梢微扬，旁边的女人身子微微打着战，双膝尤其发抖得厉害，这个孱弱的女人！

"若你叫一声爷，这东西我给你。谁知道要在这里折腾多久。"

翘楚正想着离宫以后的事情，冷不防听到上官惊鸿的声音。她索性闭上眼睛，闭目养神，她已是一句话都不想与他多说。

膝下忽然被什么一撞，她一怔，睁眼一看，却是蒲团。

她也不客气，拿过来垫到膝下，继续闭目养神，没必要和自己过不去。

莫存丰奉命守殿，直到皇帝旨意过来，才能让二人出去。他就站在殿门处守看着，手下内侍在殿外远远站着。他距离二人不远，这时看得有些暗暗心惊，这位爷是真的要休妃吗？

列祖列宗面前，上官惊鸿放纵地盯着安静闭着眼睛的翘楚看，看到翘楚拿过他掷去的蒲团，冷峻的嘴角微微扬起。

忽然，上官惊鸿眼梢往他身上一抹而过。他一惊，迅速一看门口，左右并无他人经过，他立即弯腰鞠躬。

上官惊鸿一颔首，也微微阖上眼睛。

他心里却是一喜，明确上官惊鸿算是正式吸收他的投诚。这睿王已和郎相接洽过了吗？

不知道跪了多久，翘楚只感到垫着蒲团的膝盖也快要跪麻了，忽听一阵急急的脚步声传来。是皇帝的旨意过来了吗？她微微睁眼，见身边的上官惊鸿仍一副老僧入定的模样。她侧目看去，只见一个内侍模样的人，正俯身和莫存丰悄声说着什么，脸有焦虑之色。

莫存丰听罢，脸色明显一沉，挥手让那小太监离去，他自己马上朝他们走过来。

他尚未走到，"入定"的上官惊鸿已遽然睁开眼来，莫存丰随即低声对上官惊鸿说了几句什么。

翘楚一凛，这位莫公公竟也是他的人吗？

正想着，上官惊鸿已豁地站了起来，看到她正打量着她，深深看了她一眼，随即一掀衣摆，快步出了殿门。

上官惊鸿这只狐狸怎会如此歧视皇帝的命令？

方才那传话的小太监分明不是过来传皇帝放人的旨意。

既不是让他们离去，他这是去哪里？

他虽身份赫贵，但这里到底是宫里，又岂能像在睿王府一般出入离去，想做便做！

难道说宫里出什么事了？

但若是宫里出了事，莫存丰不应耳语告之他。

她心里困惑，只见上官惊鸿一袭雪袍，高大挺拔的身影已消失在英灵殿外院门口。院里阳光灿灿，映得她探视的眼睛微微酸涩。

莫存丰向她弯腰一福，退回到殿门口。她心笑，倒是托了上官惊鸿的福了。像莫存丰这样的大太监，权力地位往往比那些普通的皇子还要高上几分。

四下一片安静，她面前是历代东陵王的神位，香火自是鼎盛，檀木、烟艾之香源源不绝扑入鼻端。

她想起昨晚离去，佩兰和冬凝送她至睿王府后门，她和两人飞快提起过的事。

想着，她正有些出神，背后外院里起了一丝声响，又是一阵脚步声闯入。

这次的脚步声有些零乱，似乎进来的不止一个人。只是，这英灵大殿算得上是宫中重地，进出的也不能是平常人，这次又是谁？

"郎妃娘娘，这，您怎么过来了？恕奴才不敬，这里若非有皇上的旨意，谁都不可以随便进来。"

一道尖锐微急的声音惊恐道，似乎是守在殿外的内侍，追着来人进来了。

翘楚微微一震，这来的是郎霖铃？！

"你出去吧。"

莫存丰的声音紧接着响起，打发了几名内侍，又恭恭敬敬道："老奴见过郎妃娘娘。说来娘娘今儿个也接旨进宫了，这会儿不是陪皇上聊天吗，这过来是……"

"莫总管快莫多礼，霖铃过来是有事找翘妃，想带翘妃出去一下，说几句急话。不知道总管可否看在我家八爷面上，行个方便？"

翘楚听得分明，果是郎霖铃的声音，只是，她近日过得似乎不甚好，声音略有些憔悴、沙哑。

"这……娘娘不能在此间说话吗？"

"总管是自己人，霖铃也不瞒总管，霖铃这是要带翘妃出去见一见一位宫中的老人。"

宫中老人？莫存丰一怔，随即想，宫闱之事，谁说得清？他沉吟了好一会儿，才低声道："冲着八爷和娘娘的面子，老奴是豁出去了。只是，郎娘娘，这英灵殿到底是非同小可的处所，更是皇上亲自下了圣旨的，万一皇上差人过来或是他亲自过来，那老奴便是大罪了。这八爷刚刚也有事离去，答应了老奴最迟半炷香时间便回。"

郎霖铃立马道："好。"

郎霖铃几乎是话语一落，已奔到翘楚身边。翘楚一凛，已被郎霖铃拉起，只听她淡淡道："霖铃有些事要和翘妹妹商量，妹妹且随我来吧。"

翘楚略一思考，终是没有拒绝，随郎霖铃出了殿外。

莫存丰看着两名女子远去，自己在殿里踱步走了一会儿，正微微思虑着，忽听有凌厉示警的声音从殿外传来："快来人，有刺客！"

出了英灵祭殿，郎霖铃并未停下，警惕地朝四面一看。见前方有些宫女走过，她马上拉着翘楚转进一处花丛树坳。

走了一会儿，眼前是数条蜿蜒小路，郎霖铃择了其中一条幽径，继续带着翘楚急走。

看着熟悉的风景在眼前铺展开来，翘楚忽然甩开郎霖铃的手，压低声音，一字一字问道："你到底是谁？"

郎霖铃闻言，慢慢地回过身来。

莫愁湖。

一个白衣男子隐在湖畔一棵大树后，捏紧手中的东西，眉间一抹凝急。

他往湖边的方向看去，果见那个女子已在湖边。

女子一身华丽宫装锦服，凝眸向四处张望，脸色带了一丝思虑和焦灼，似乎在等着什么人。

忽然，女子回头，更仔细地向四面环看起来，但见她容貌婉约秀妍，却正是睿王元妃，郎霖铃。

而男子实则并非男子，是身揣太子吩咐过来的沈清苓。

她进宫早朝，只作平日方镜的装扮。

今天，很多人都进了宫。

上官惊鸿早朝后即被皇帝留下，翘楚和郎霖铃也分别被皇帝召了进宫。

其他人不知道睿王府的事便罢，沈清苓却明白，皇帝宣郎霖铃觐见，有谈话安抚之意。

继上官惊鸿和翘楚以后，郎霖铃被皇帝宣进金銮殿。

想也是刚出殿来到这里。

这里距常妃的宫殿很近。莫愁湖再往后不远，就是常妃的宫殿，如今的冷宫。

郎霖铃到底到这里来做什么？顺道过来凭吊常妃吗？

不像。

上官惊鸿昨晚必定已修书派人送到郎府，设法与之言归于好了吧。

虽然，上官惊鸿并不爱郎霖铃，却也有一定的友谊在。郎霖铃不是个轻易对付的人，她以后还得多加留心。

郎霖铃尚好，翘楚却是个隐患。

上官惊鸿已经恢复记忆，可对翘楚，她越发摸不准那种感觉。

但不管如何，上官惊鸿最爱的始终是她！且翘楚也即将退出东陵皇室的舞台！

她会按上官惊鸿本来的打算，即便拿不到绝颜丹，也将改了容貌，进入睿王府。

今天也许是她最后一次替太子办事，最后一次做上官惊鸿的眼线了。

只是，今天的事却来得蹊跷。

太子探到郎霖铃在这里，正领着曹昭南、王莽等人，与夏王一道带西夏使节在宫内游览。听说，夏王和银屏公主的感情与日俱增；因之前宫宴上官惊鸿半路离场后又离府，彩宁长公主提出，待睿王回来，请皇帝再摆筵席，好为先前淳丰的失礼向睿王正式道歉，并和东陵签订和约，商议银屏的婚事，是以西夏一行仍在东陵。

太子既无法走开，便让她替他走动，办一件事——和郎霖铃接洽，将一颗蜡丸交到郎霖铃手上。

她当场震惊。

太子竟和郎霖铃有接洽？还是当中另有更复杂的底细？

她假装不经意笑问太子，太子却低声道："孤说过，你哪天肯做孤的女人，孤便将所有的机密都告诉你。"

太子虽有意于她，两人又是多年情谊，但太子的耐性日复一日越发磨殆了，这也是上官惊鸿当初大为紧张，狠令她马上回到他身边的原因。

呵呵，翘楚。她心里抹过一丝轻甜，紧接着计量起来。

按情理来说，郎霖铃并不应和太子有任何牵连才是。郎霖铃既是睿王正妻，一旦睿王登基，她就是后！

和太子合作，郎家能得到比这更大的光荣？

弟弟的女人收作姬妾无妨，但若将弟弟的女人收为后，天下会怎么看？太子不可能这样做，这一点郎霖铃和郎家也是明确的。

可世事往往难测！若郎霖铃果真和太子有染，那对上官惊鸿来说，无疑是个最大的麻烦！

为今之途，只有在将蜡丸交到郎霖铃手上之前先将之打开，一窥里面的机密。

她有感，这里面装着的信息必定不简略，否则，太子让手下小厮来送便可，不会让她亲自走这一趟。

然而，蜡丸是用火漆封了口的，蜡丸一开，势必损坏火漆，郎霖铃必定猜忌。若私下扣下蜡丸，说路上遗失了，太子会怎么想？

她反复思量之下，马上派出平日跟在身边扮作贴身小厮的暗卫通知宁王，宁王将会派暗卫打扮成宫里面的内侍通知英灵殿的上官惊鸿。听说，皇帝让上官惊鸿和翘楚进了英灵殿。原因没有人知道，消息再也没能流出来，宫里的消息向来最疏也最密。

这事必须上官惊鸿亲自过来处理才行！

盼望他有措施在不损坏蜡丸封漆的情况下，将里面的东西拿出来，盼望他尽快赶到。

御花园。

闻得此起彼落的叫嚷声从金銮殿、英灵殿的方向传来，一行人全数变了脸色。

那一道道骁武的声音叫嚷的是"有刺客，快掩护皇上"。

皇城城门守卫森严，没有身份的人根本不可能进宫，是以若宫里涌现刺客，刺客也只会是少数，因着宫里人的接应或是绝顶身手避开守卫潜进宫里，而宫中各处都有禁军守卫，尤以皇帝身边为最，皇帝所在的处所必有上百禁军掩护，除非刺客能耐到乔装了身份在皇帝眼前发难，否则，皇帝不至于有危险才是。刺客武功再高，但一番车轮战下来，杀死就近禁军，一批又一批的禁军已从宫中各处赶到。

然而，刺客几乎只在夜里举动，此白日行刺岂不叫人吃惊？

这时，太子以下，夏王、曹昭南等都马上领了御花园的禁军，朝金銮殿的方向赶去。

看着前方太子等人的背影，彩宁微一沉吟，道："我们过去看看。"

淳丰低笑："咱们西夏皇宫也发生过大大小小几次行刺了，没想到这东陵皇宫也热烈。"

彩宁低斥道："淳丰，莫乱说话！"

她说着惊道："银屏呢？"

淳丰抬手指了指前面，彩宁看去，却见那小祖宗已追上夏王，和他并肩走着。

走至半途，太子微微皱眉，顿住脚步："九弟、曹总管，你们且先过去，孤再去别的殿调些人手过来。"

"九弟，掩护父皇！"

夏王眸光一动，却没说什么，只是点了点头，太子马上改向御花园另一个方向而去。

常妃殿前，莫愁湖。

"翘楚，是我。"

郎霖铃伸手往额上用力一掀，一张人面剥落。

翘楚一笑，是佩兰！

佩兰看她脸色，也笑道："眼神真利，你方才便猜到是我或是小幺了吧？"

"我其实也不敢确定，毕竟去英灵殿这做法太冒险了。我虽盼望你和冬凝帮忙，但绝不想连累你们。我没想到你会在这时候过来，但你方才看我的脸色和郎霖铃平日很是不同，和你面对莫公公的时候也是不一样的，我就猜你是有意做给我看。左右是死，我为什么不跟你出来，搏一个机会呢？"翘楚说着一拉佩兰蹲下，隐进花坳里。

佩兰一惊，只见湖边的女子忽然转身向她们的方向看来。这一下照面，她又是一惊，翘楚也有些吃惊，低声道："郎妃？她怎么也来了这里？"

佩兰也心有余悸："方才只看到湖边有人，远远的又隔着花木，看不明确，没想到竟在这里碰上真的。"

"昨晚离开睿王府的时候，你在府门口对我和小幺说，八爷即便答应休妃，事后未必就肯放你走，若我们愿意帮你，只能在宫里搏一个逃走的机会。莫说是我丈夫亏欠了你，我和小幺自身都是愿意帮你的。妹妹，天大地大，随便去哪里都好，离开睿王府那个囚笼！"佩兰握紧翘楚的手，也压低声音道，"我是五爷的正妻，不必领旨意就能进宫。况我平日多进宫探望五爷的母妃郦妃娘娘，今儿个正好随五爷上朝过来。小幺和我玩得好，也深得郦妃喜爱，宫里都是知道的。郦妃曾向皇上拿了准许，让小幺自由出入，小幺是秦将军的女儿，皇上是准了。

"也是天意合该如此。我们在郦妃娘娘那里聊着家常，五爷一直密切留心你和八爷的情况，不断有内侍过来报告你们的情况。本来五爷在，我是走不开的，只能小幺过去接应你，后来清芩的暗卫静静过来报讯，五爷安排事儿去了。我对娘娘说，想和小幺出来走走，便离开了她的宫殿。小幺负责将她今早驾来的马车赶到这边的宫门来，我们按照你的话，昨夜连夜将不少人的人皮面具都制了出来，男女衣裳也都准备好了，今天果然有用。我知道你在英灵殿，便易容成郎妃过去。我和小幺走得近，易容术虽不如她，也还肖了一点。你虽没学过易容术，不知道怎样模仿声音和动作，但马车进出，守城的官兵也只看个模样，应无大碍。"

"你该易容成谁的模样离开最好呢？"佩兰轻声说着，手上做了个动作，示意两人持续在丛坳里静静前行。翘楚想了想，笑道："既然是冬凝的马车，那我就易容成方镜吧。"

佩兰看翘楚将方镜的名字说得轻松，似并不认为忤，不觉一怔，连自己也看不过去，她真的可以不在乎吗？忽然她又想起什么，微微蹙了眉。

翘楚见状问佩兰怎么了，佩兰苦笑道："我忽然想到，你这一走，只怕八爷会为难你母亲那边。"

"姐姐，还记得篝火宴上皇上曾说过送我一件礼物吗？在去英灵殿之前，我已经跟皇上说了，我要他的祝福，对我母亲部落的祝福。"翘楚说着，微微一顿，脸色有些遥远。

"嗯，有皇上在，八爷是不会动手的，只是……"

"姐姐是担心皇上百年以后吧。人都是善忘的，何况是一国之君。当他坐上那个地位，自有江山如画，美人如涛，我和他之间的恩怨，也不过是他生命里的一粒尘埃……姐姐，我只有一事相求，他曾对我有过一个承诺，这里有一封书函，里面是他送我的最后一个承诺，有他的印鉴。"翘楚淡淡一笑，从怀里拿出一封书信，交给佩兰。

"这是？"佩兰看翘楚模样郑重，不禁好奇，但看她似乎并不愿多提，遂没有再问。

佩兰并不知道，这里面其实是天神村里翘楚曾请求上官惊鸿许下的百年后不修陵墓的承诺。在吕宋替上官惊鸿施行手术之前，她就猜到他们会封住上官惊鸿现在的记忆，返回朝歌之前，她请求他写了下来……

翘楚盯住信函看了好一阵子。

她这一生兜兜转转生生死死心心念念要完成的事，都做完了。

将这封书函交给佩兰之后，终于全部尘埃落定。

不管上官惊鸿会不会履行承诺，她都不欠谁的了。

秦歌的命，"上官惊鸿"的情。

终于可为自己活一次。

即使她在宫里失踪了，皇帝会困惑，会追查，但为了上官惊鸿好，绝不会将她找回来。不过是一名被休了的妃子。

两人警惕行进着穿过这里，再前行一段不长的路，就是另一处宫门，就是自由，冬凝已等在宫门外面。

忽然，郎霖铃盯住她们的方向，低喝道："谁在哪里，出来！"

佩兰一震，差点便叫出声来，幸亏翘楚出手极快，马上伸手掩住她的嘴巴。她一拍佩兰，眼眸向前方一扬。佩兰定睛看去，只见和她们相隔甚远的一处花树丛中，一名白衣男子缓缓站起来，走了出去。

那人正是方镜——沈清苓！

倒真是说曹操，曹操到，扮曹操，曹操在。

真险！这两人似乎都比她们早到。幸亏这莫愁湖畔四处都是花木，她们声息又小，才没有被发现。而在这要命关口，沈清苓自己先走了出去！

两人正庆幸着，忽然一阵烟尘呛鼻之味传来，空气忽似被什么蒸煨过，变得炽热起来。两人一惊，侧身看去，顿时震动住，说不出话来！

背后不远处，猩红的火焰从常妃殿冲出，直冒上空中。

这无声无息的惊变，两人还没能从震动里回过神来，嗖嗖的声音从湖畔遽然传来。

翘楚当即拉过佩兰回看前面，只见十数道黑影从湖畔侧方的林木里窜出，凌空掠起，其中两道黑影俯冲下来，一人一个，竟将郎霖铃和沈清苓都抓了起来。

扑通两声，已将两人投进湖里，速度快到郎、沈两人竟来不及发出任何声息。

佩兰大骇，心肝乱跳，伸手紧紧掩住嘴巴，方没叫出声来。这些人黑衣蒙面，是刺客？！

下一瞬，情况又变，一道白影从远处林里飞奔过来。他动作极是迅捷，一下已飞掠到湖畔。十数名黑衣人也全数跃到地上，将来人团团围住。

双方也不多话，迅速战在一起。

翘楚也不知好笑可恨还是解恨好，两个给她小鞋穿的女人都被扔进湖里。这湖看去又大又深，若不识水性，这回那两位是够呛了，着实可喜可贺。

惋惜，她似乎从没有被幸运之神眷顾过，这临门一脚了，还在这里遇上这个人！

和众黑衣人战在一起的是上官惊鸿……

惊鸿，对她来说是惊吓。

刚才和佩兰说话，一直没有多想，这时却不由得思虑，这郎霖铃和沈清苓怎么会到这里来？

为什么上官惊鸿也过来了？若说上官惊鸿离开英灵殿是要到这里来，时间也不对！

他先她出来，该比她先到才对。

这些黑衣人是刺客还是只为针对上官惊鸿？火烧常妃殿是不是同一伙人所为，他们为什么这样做？

从郎、沈二人出现在这里、常妃殿走水、两名女子被扔下湖到上官惊鸿到来，一切都让人难安难解。

当然，翘楚不知道，上官惊鸿早已在路上遇过一批黑衣人，打斗了一场。

激烈打斗中，上官惊鸿眸光冷峻，掠过大火的常妃殿，又看向莫愁湖。

佩兰握着她的手发着抖，脸色苍白。翘楚明白，自己现在的处境有多为难。

不能轻易走动，外面的似乎都是高手，一有动静，难保不被发现；当然，发现了也未必有余暇理会她们。

湖畔形势严重，上官惊鸿被围斗；他武功厉害，虽已开始占上风，但局面未明；沈清苓生死一线，多年感情，佩兰担心上官惊鸿和沈清苓，是不会走了。

她不能扔下佩兰自己跑了。上官惊鸿怎么样，她可以不管，但若佩兰在这里出了什么事，她一生难安。

佩兰却忽然一咬牙，道："翘楚，你先走，我得去找救兵。八爷被围堵住，没有措施救人。清苓和郎妃都还在湖里，郎妃我不知道，但清苓不通水性。"

便在这时，一名黑衣人一声咆哮，除去被上官惊鸿打倒在地上的，所有人都迅速向四处散去。上官惊鸿毫不迟疑，马上跃进湖里。

水花在阳光下跌宕轻耀。

佩兰正想向相反的方向奔去，却被翘楚抓住。她一怔，心中正急，却见又一名白衣男子从前方的林木里走到湖畔。

这人却是太子！

她大惊，听到一阵阵声音从两人后方传来，似乎不少人朝这边赶过来。

也是，常妃殿起火，这火势飙高，宫里怎会不来人救火？

佩兰一喜，她不通水性，下不了水救人，太子似乎并不知道清苓在水里，他应是看到上官惊鸿下去了，自是不会施援的，幸好宫里有人赶来了。

已经看到影影绰绰的人影了，居中明黄色亮眼，皇帝亲自率人过来了？她捏着人面，正想往皇帝的方向过去，翘楚却不肯撒手。她也生了怒意，斥道："我知道你恨，但我不能见死不救啊！"

"不，郎霖铃、沈清苓、上官惊鸿、刺客，火烧常妃殿，中计了！"

翘楚本急声说着，似被她的眼力刺到，垂了垂眸，却又忽然夺过她手上的人面："佩兰姐姐，我知道你不能见死不救，否则，我早已走了。"

"你们所有人都是一体的，友谊深厚，一荣俱荣，一损俱损！罢，滴水之恩当涌泉相报，生死都好，我今日就还你和冬凝这恩惠。谁都不欠！"

佩兰一惊，却见翘楚将人面往脸上一戴，放开了她，飞快向湖边跑去。

她奔跑之快猛，裙裾、衣袂鼓鼓飘扬起来，佩兰竟心惊胆战定在原地，难移一步。

"殿下，你看看我是谁？"

阳光洒在湖面，如无数在水波里酣然游动着的锦鲤的鳞，明媚刺眼。

既近男子，翘楚脚步不停，声音淡淡带笑传来，佩兰看得逼真——太子一瞥湖心，衣袍疾动，本已准备离开，听到声音，猛地侧过身来，看到"郎霖铃"，顿时变了脸色；也是那微微一滞，水花再次溅响，颤人心脉，上官惊灏已被翘楚撞入莫愁湖，翘楚也收势不住，一同跌入湖中……

翘楚水性极好，又有备而来，方一落进水里就飞快游开，太子却是微微一顿，猛地伸手来擒她的时候，已经扑了个空。

上官惊鸿就在不远的处所，在沈清苓身旁。沈清苓已昏了过去，双目闭上，头发像水藻般漂浮在水中，脚却陷在一块剥出一道细缝的宏大岩石中间。

湖里多岩峭。

往后一点的处所，郎霖铃头磕在另一块岩石上，也昏死过去了。

翘楚淡淡想，他果然是爱沈清苓的。爱不爱一个人，危险的时候最可见。两个女人之中，他选择先救沈清苓。

他这时却睐睐盯着她，眸光幽深沉鸷，并不如太子方才的惊奇，她自知必定是落水时人皮面具掉了。

她迎上他的眼力，随即重重看了郎霖铃一眼，便向其他处所游去。

她想，她的意思，他会懂。

游出一定的距离，她微一侧头，只见他和太子冷冷盯住对方，眼中锋芒流畅如刀，像凶猛的狮子，似乎一个不留心便会将对方吞噬撕碎。

水里无声无息，忽然，上官惊鸿手掌使劲一划，立下带出一大片雪白泡沫和晶莹水花。他向一个方向游去，动作矫健俏丽得像一条龙。

他果然是懂了！

幽冥昏暗里，翘楚只觉一丝疼痛从肚腹扩散向四肢，眼前这片雪白无瑕仿佛苍茫了全部世界。

"有人上来了！"

人群里，声音沸腾。湖畔，数十名正准备纵跳入水的禁军暂时止住动作，看向夏海冰。夏海冰脸色严峻，这时伸手止住了。

"是八爷和郎妃。"

"看，太子和方主簿在那边。"

众人中间，皇帝原本紧紧皱着眉，看着禁军分别搀扶着两名白衣男子上来，他们手里各抱着人，眉宇方松开。

老铁等人原本候在距离金銮殿不远的一个专门辟给各王亲随稍息的院子歇脚，等候上官惊鸿出来。因为关系到翘楚，昨晚书房之变以后，众人惦记，除了老铁，方明、景平和景清都进了宫，后来听到金銮殿传来"护驾"的声音，众人马上赶了过去。

金銮殿外二十多名刺客，武功虽高，但毕竟人少，很快被夏海冰带领的百名禁军和从宫中各处率人赶来的夏王、曹昭南、宁王或杀死或擒下活口，甚至不必他们动手。紧跟着过来的西夏使节一行，淳丰还暗道无热闹可看了。

一场刺杀，祸起金銮殿殿门外，来得突兀诡谲。皇帝考虑宫内各处可能还有刺客潜入，正待命夏海冰派人一一去查看，忽然便看到常妃殿火光冲天。他心头一震，马上率众人赶了过来。

途遇脸色忙乱的佩兰，说方镜、郎妃被刺客掷下湖里，太子、睿王和翘妃下水去救。佩兰自是含混了经过，没说太子是让翘楚给使计撞下湖里的。

睿王、翘妃本在英灵祭殿里，皇帝闻言一惊，这时也无暇顾及二人和太子等人为何来了此处，是被刺客掳掠还是什么，立即命令禁军下水救人，又让夏、宁二王率人到常妃殿救火。老铁等人都知上官惊鸿水性，又曾在睿王府的地牢里得悉翘楚的好水性，并不太担心。常妃殿是他们心里最不可亵渎的处所，马上也参与到救火之中。

幸好，太子和睿王很快上来了，又各自救了自己的人。

两个昏迷的人都被放到地上。上官惊鸿马上替郎霖铃按压施救，推宫过血。他医术高深，郎霖铃落水不久，很快，郎霖铃便吐了胃腹中淤积的水，嘤咛一声醒来。

郎霖铃看着眼前的男人，想起多日来的委屈，想起昨晚深夜在郎府收到的他的书信，信上写着：铃儿，惊鸿道歉了，尽快回府以释休书一事，甚念。

方才从金銮殿出来，一个内侍忽然塞了一张纸笺给她，纸上是"莫愁湖见，莫要带人，惊鸿"几个字，她马上过来了。

不曾想她看到的却是方镜，又经历了一场惊变生死，饶是平日沉静自若，这时环住上官惊鸿的头颈，不禁低声哭了出来。上官惊鸿伸手将她抱住，轻轻哄慰，眼梢不动声色看向另一边。太子一番捏拿，沈清苓也已悠悠醒转过来。

湖畔，佩兰却浑身冰冷，方才夏海冰看翘楚还没上来，便命禁军下水去搜救，但这时还没救上来。

她深深呼吸着，试图平息体内波波战栗的不安，忽然被一个熟悉的强健臂膀揽进怀里。

"兰儿，怎么了？"

耳边是丈夫熟悉的声音，她怔怔抬头，看宁王近在咫尺，夏王、老铁等人也已回来了。

常妃殿的火扑灭了？

她没有丝毫喜悦，满心都是慌乱，终于忍不住哭了出来："翘楚还没上来。"

这时，她终于完整明确了翘楚落水前的话。

中计。

有人似乎早知沈清苓和郎霖铃都不谙水性。两人都落水了，上官惊鸿会最先考虑救谁？

生死面前，自是他最爱的人。

她真傻，皇帝方才已迫在眉睫了，她居然还想过去向皇帝求救！

常妃殿失火，是要引皇帝过来。从黑衣人缠住上官惊鸿打斗到皇帝过来，是要制作一个恰到好处的时间，一个让皇帝来到刚好看到上官惊鸿抱着沈清苓上岸的时间。

太子，是太子！

他会在这里出现，是要确保一切按他的打算进行。刺客只是幌子，扰乱所有人的幌子。

皇帝若看到上官惊鸿舍郎霖铃而救沈清苓，会怎么想？

一荣俱荣，一损俱损。

睿王只要一子错，宁王和他们都会出事！

夏王高大的身子忽然一震，银屏微微蹙眉看向身边的男子。

本来，四面的声音喧杂，但佩兰这一声却过于尖锐，一下盖过所有声音。

皇帝蓦地一怔。

上官惊鸿猛地松开郎霖铃，站起身来。

她还没上来？这都有多久了，起码一炷香的时间了！她的水性明明极好。

禁军在水里扑腾寻找，荡起大片水花。上官惊鸿心里却遽然一沉，疯了一般狂奔向湖心，忽然只觉眼前这片雪白无瑕仿佛苍茫了全部世界。

"找到了，找到了！翘妃娘娘落在两颗大岩石的凹口里面，幸好岩石外面有只东西在发光。"

水咕噜咕噜地刚漫上头脸，惊喜的声音蓦地划过来，上官惊鸿马上甩开水波从湖中跃出，只见一个禁军从水中揽着一名女子向湖边洄去，数名禁军游过去帮忙。

湿漉漉的头发半覆住脸庞……

是她！

上官惊鸿心口狂跳着，飞快游到那禁军身旁，将女人抱过来，又将那禁军恭敬递过来的物件接过。

那是一只类似腕饰的镯子，一条带子拴着一个椭圆的东西，那东西里面有些稀奇的符号。就是这只镯子会发光？一眼之下，并没见其发光发亮。他见多识广，却也不识这东西，心里微疑，是她的吗？

他此时也没有心思多想，随手放进自己怀里。

佩兰看上官惊鸿将翘楚放到地上，心却仍吊在嗓子眼里。翘楚双目紧闭，脸色青白，两手紧紧握着，出事的时候似乎想抓着些什么东西。

她还好吗？她会有事吗？佩兰紧紧靠在丈夫怀中，说不清是歉疚、恐慌还是冰冷的情绪盘踞了全部身心。

上官惊鸿用力屈了屈微有些发抖的手，一掌平放在翘楚心口，一掌适力挤压，却并不奏效，她毫无反响。他眸光一暗，更用力地握了握手，然后迅速伸手一探她的鼻息。

"老八，她可还能救？"皇上看翘楚如此模样，叹了口气，心里的怒意也一下减轻了几分。

上官惊鸿却没有答复。

这一刻，这位平日温暖有礼的八皇子仍是沉静如常，却又有些失态。他并没有答复皇帝，只是半跪在地上，对着地上的女人哺着气，一丝不苟的，一下一下，接着又用力按压着她的心口。

似乎只要她还没醒来，他就会长长久久这般做下去。

也是，睿王对郎妃敬爱，对翘妃是宠爱。除了少数人，随行的人都是这样想的。

银屏看了眼冷笑的淳丰、有些紧绷的彩宁，又看了看身旁的夏王，却见他眉眼淡淡，似乎方才的震动不过是她的错觉。是啊，那只是他的嫂嫂，是以当日酒楼里会出手掩护，但也仅限于这样吧。

眼角映着女子的容颜，夏王心里却早已翻涌如潮。

说你是下水救人。人家落水，生还是死，关你什么事。翘楚，你终是没有变，我却已变了。

往日这般情景，他早已冲上去，但就像在之前的宫宴上一样，今天他也没有做出一丝出格的事情来。

只要他一过去，她的名声将有损，他的前途也不利。

他只能站在这里看她生死。

她会熬过来的。

他咬紧牙关，他将来必定许她最好，而如今他能做的只有握紧袖里的手。

佩兰下意识地看看沈清苓和郎霖铃，不禁凄然一笑：你们终是已经得到，或将会得到宠爱或权位，世上的女人从没有得到过，即使八爷要给，她也是得不到了，以前是得不到，往后，还有往后么……你们还有什么好在意。

她又看看自己的丈夫——宁王眉宇之间尽是苦笑，对面睿王府众人，人人脸色黯然，各自或别过脸，或垂了眸。

"你幼时聪慧，只四五岁的光景，却会装成别人去勉励朕的八子练箭，为何如今却刁了脾性。"皇帝并未责怪上官惊鸿无礼，反又长叹了口气，温声道，"老八，翘妃她已去了吧，你且让她去，好好葬了。"

众人并不明白皇帝说什么，尤以退朝后并未马上散去后又随皇帝过来了的朝臣为甚，听到这话，都大是惊异，只想，这翘楚本来和睿王早有渊源……

沈清苓浑身一颤，紧紧闭住眼睛。太子眼末轻轻擦过她，看向地上的女子，眸光越发沉了。

这时，一直低头不停按压的上官惊鸿蓦然抬头，冷星的眸熠上一层灰浓的芒，好似一只被重重围堵住的豹子，决绝又危险。他缓缓站起来，紧盯皇帝，声音却是轻柔："父皇，儿子不懂你在说什么。儿子在救翘楚，她还是能救的，儿子知道，她能救活的。什么练箭，父皇怎么净说些玩笑的话。父皇是好意，却终是扰了儿子施救。"

皇帝一怔，脱口道："你不知道？朕还道这丫头早便告诉了你，你才将她宠得越发不像话去。她幼年倒是讨喜，套个花袄子，在你母妃的宫殿里，满花坳地去找那些珠子，看你来了，吓得躲到树后去，没一会儿，却又毛起胆子捏嗓子扮起你表妹来。"

上官惊鸿忽然低低笑了。

不知道？

是，他不知道，从来不知道。

他错认了人，错认的人从来没有告诉他，她也从来没有跟他说过。

宠她？

不，他没有，从来没有过。

水里，他知她眼里有示警的意味，他还没有尽数盘桓出来，及至上来，皇帝便在湖边，于是，他一瞬了然，明确了一切。

她必是看到皇帝过来了，明确了计谋。

上官惊灏必定已经开始猜忌沈清苓了。太子他是个阴险聪慧又谨慎的人，设计一切，又过来确保一切。

太子是被她弄下水的吧。

否则，太子不会在水里。

将上官惊灏弄下水，真是个聪明的办法。

在还没有确实证据让皇帝知道沈清苓是他的人之前，上官惊灏不能不救清苓，否则，于情于理不合。

这样，沈清苓和郎霖铃都能在第一时间被救上来，不会有事。

她一个不会武功的女人，怎么将一个武功高强的男子推下水？

她其实很聪慧，却为何笨到不去告诉他，她当年为他做过的事？

陪他练箭的，是她。

本来是她！

她水性好是她的事，他该去找她的。

他为何不在将郎霖铃弄上来之后，就马上下水去找她？

他低头轻轻打量地上她安静又惨淡的脸容。

她发丝混乱，难看地贴在脸额上，眼底的浮肿层层叠叠，左颊还微肿着，颊上一道丑陋的疤痕横在那里，嘴角破了皮，胭脂早已洗净嫣红。

那怎么会是她的脸？

女子都是爱美的，那怎么会是一张女子的脸？

他为什么要打她？

她又为什么还要帮他？

翘楚，你是爱我的，不过是因为我不爱你，你才会对九弟、景平示好；我那天又那般要了你，你才会想杀我。

你这就醒来，悬崖上你杀我的事，我永不再提。

我们重新开始，我把欠你的都还你。

牙关微微发颤，他咬牙忍过眼里突涌上来的酸涩，眸里抿进一抹凌厉。他重新半跪到地上，一膝弓起，将她抱起来，在她耳边低道："翘楚，会痛，忍一下。"

他心疼，但这是唯一的措施了。

人群里，不知谁惊呼了一声，只见上官惊鸿双手抱着翘楚，让她的腹部狠狠敲撞到他的膝上……

黑暗昏沉里，翘楚只觉胃腹一阵鼓胀，肩上疼痛，下腹本就一下一下地疼着，忽然被什么狠力撞上。她大疼，低吟出来，胃腹的积存涌上咽喉。

"翘妃娘娘醒了！"

这些吵扰纷纷的声音都是谁？翘楚含混地思忖着，背脊被人轻轻抚住，一道低沉又带着心疼的声音在耳边说："乖，把水都吐出来，吐出来就好，一会儿就不难受了。"

这声音，她一僵，腹部一阵抽紧，一股炽热的热流从下面汩汩流出。她还没反应过来，鼻端只闻到一股淡薄又熟悉的薰香，整个人被拥进一副矫健坚实的胸膛里，忽听有人惊叫道："翘妃娘娘她……她下面流血！"

随着一个官员的声音乍起，所有人从各自或惊喜或低沉各种复杂的心情里，向上官惊鸿怀里的翘楚看去，只见她的裙子混着水湿，已被一抹鲜红爬蜿而过。

上官惊鸿全部胸臆本都是汹涌而出的狂喜，闻言一惊，也不嫌污秽，立时往翘楚裙下一摸，抬手一看，果然是一手红湿。

胸口仿佛被人狠狠打了一拳，他迅速握过她纤细的腕，长指发抖着扣上去……

第五章

世间安得双全法　万水千山回不去

　　身子像被车轮子碾过一般，酸痛乏力，翘楚的意识还有些含混，头也是沉沉的痛，真想这样一直睡下去，但那手掌握在在疼痛的两肩的力度，带着试探辗转在唇上的湿热柔软，还有那阵带着强烈男性气息的味道，虽像冷菊松果般好闻，却让她难受。她直觉讨厌这种接触，伸手抵着，胡乱之中，触到一处坚固。

　　双手随即被包裹进宽暖粗糙之中。

　　"楚儿。"

　　这低蔼熟悉的声音让她猛地睁开眼睛，上官惊鸿的脸便在她身子之上。他没戴铁面，双眸深深地看着她。

　　翘楚想起所有事情来，忽然的腹痛让她在湖里失去了意识……

　　如今，她眸光微扬，看房中的摆设，知道又回到了睿王府。

　　这个鬼处所！

　　脸上有些糙暖，颊上的疤被抚按住。

　　"撒手。"她冷声说着，对上上官惊鸿的眸光。

　　上官惊鸿的手怔僵住。她认为他会置若罔闻，没想到他却慢慢抽起手。他原本坐在床边，俯着身子，这时，两臂撑到她肩膀两侧，沉痛又痴然凝视着她的脸。

　　翘楚自嘲一笑，呵，为何这般看她，因为她这次帮了他？

　　她搞不懂，也不愿去想，索性笑问道："休书好了，皇上也批了，现在你要将我软禁起来，对不对？"

　　这就是她下水的代价！

　　上官惊鸿摇头："没有休书，永远没有休书。"

　　他一说话，只觉满嘴苦涩。

　　她语气里了然的讽刺，无疑在他已然被剐烂的心里又捅上一刀。

　　软禁。

　　她可真是懂他！

　　那是他原本的打算。

　　现在，他还能这般做吗？

他倒盼望自己还能做到如此决绝。

可是，不能了。

永远不能了。

他抬眸望向桌子。

医箱旁，有一枚磁石，磁石上还有两枚金针。

那是从她肩膀上取出来的！

针身上，有没完全消融的薄如蝉翼的软泥。

那是种非凡的软泥，用它裹着针身，能防止金针被磨蚀，保持锋利。

他虽少用金银针作暗器，但涉猎极广，知道这种内行的保养方法。

这种软泥会消融在人体关节的体液里。金针本来是裹着软泥射入的，针身也硌人，但只要软泥一天没整融掉，除去入体一刹，或是被外力狠狠按压、撞击到关节，会感到疼痛，否则，其余时间痛感不明显。

用这金针有个大利益，中针的人不会意识到自己是中了暗器，即使事后皇帝问起详情，她也说不到暗器这一点上去。

给人感觉也不外是女子体力不支松了手。

只有当时，紧紧拉着她双手，感到她的肩膀在剧烈地颤抖着。

他想，他能猜出这阴毒的东西是谁的手笔！

可笑的是射暗器的人当时羞怒之下，存心先要了他的命，再设法和皇帝修补关系，倒未必要挑拨他和她的关系，因为那人当时是要他掉崖而死。

幸而他为防意外，早让暗卫连夜在峭壁上植上攀手之石，又早备下那非凡的长银鞭在身，她撒手之时，他立甩银鞭卷上凸石，随即借力跃过去攀住石块，若非如此，他确实已经毙命。

可他不知道。

他对自己的能力是自负的，然而，无论一个人有多大的能耐，总有眼睛看不到的处所，思虑达不到的处所。

他却认为是她放了手。

若非昏迷中她不断抖着肩膀喊疼，他还不曾察觉！

她的肩胛必定是在湖底受到了岩峭的碰撞，也幸好受到了这番撞击，让他明确，他这般亏待了她！

用磁石从她身体里吸出金针的那一刻，他要站起来，却几乎稳不住身子。

他错认了他人是她，又错怪了她。

幸亏，她肚里的孩子，他们的孩子终是保住了！

若他从没有这般医术，那个孩子必定去了。

是个福大命大的孩子。

她和他的孩子。

他从来没有感到这一身医术如此有用。学医，不过是仅继承母亲的衣钵。

他没有慈悲的心，救人，有时，不过是为睿王的名声。

骨子里，他更爱好冷眼看人生死。除去睿王府的人、五哥他们，谁的生死又与他有什么干系。

如今，幸好，这身医术保住了她和孩子。

否则，她必定恨死了他。

孩子。

她有了他的孩子，她似乎还不知道，睿王府的人也不知道。

可恨，他也不知道，本来以他的医术，不必号脉，就能看出她有孕。

能做到这般的人很少，但他确实已做到一眼就能看出的地步。

有时，走在路上，哪个还没有显身形的女子有孕，他一下就能分辨出来。

然而，她体内似乎有些什么东西抑住她的胎息，这一次，轮到他自己的孩子，他却走了眼。

他猜是吕宋做的。

这个能封住他记忆的男人有这个能耐！

吕宋，不要让他找到他！虽然吕宋是修仙之人，但是他要杀他，一样有方法！

推算日期，孩子是在他们回睿王府那天怀上的。

打她那晚，听罢铁叔他们告诉他在失忆的时间里，他为她做的事。宿在她房外，这折损了男子的威严，这是如何的滑稽。

他感到好笑。

此时，他感到，最可笑的是他自己。

方才，凝视着沉睡的她，他说不清心里那满满的，酸疼得快要溢出来的情绪是什么，如今想来，这种感觉他在很早之前就有了。

他从没对谁有过这种感觉。

这种感觉是什么？

以前，很浅很轻，可以克制。

如今，尤其是方才，听她漠然说出软禁两字的时候，那重重堵塞住他心口的胀痛之感，让他连说话的力量都没有了。

终于，他咬紧牙关，一点一点挤出声音："我不会软禁你，我会……会待你好。我们……"

他尚未说完，手又不觉想去摸她的头发。她的额头都是汗，他想替她擦一擦，她眼里立时明确透出一抹浓烈的抗拒："别碰我。"

他苦笑着，竟不敢再强硬碰她，怕她动了胎气。

没有休书也不软禁？翘楚倒是有些意外，只是，和方才一样，她确实不想去弄清楚原因，那是没有意义的，起码对她来说早已没了意义。

翘楚遂问道："你若不软禁我，那我现在就可以走，是不是？"

现在？上官惊鸿心里狠狠一抽，她就这么迫不及待要离开他？

"翘楚，你听我说，悬崖上的事，我已经知道你不是故意的。我从你身上的骨节中取出暗器，知道你是被人暗害才放的手，所以我们以后……"

他再也克制不住，伸手抓住她的肩，脱口便出。

"你这话是什么意思？"话音未落，却被她笑着打断，她微微眯着眼，似乎在看着什么好笑的东西般睨着他，眼里并没有一丝的惊愕和欣喜。

他认为她会惊喜，他们之间的误会终是解开了不是吗？没想到她却是这般表情。

这多年来养成寡言沉敛的习惯，但若说真正的口才，他亦是能言博辩，不输宗璞，此时，面对她的笑意和质问，他竟说不出一个字来，只能听她慢慢附嘴在他耳边说："上官惊鸿，你的意思是不是说，那件你一直介怀的事，你现在终于知道不是我做的，我就该歌功颂德、感激涕零地回到你身边，然后你可以施舍给我一分半丝的爱怜？

"我不怕告诉你，当然，你也可以像当日一样选择不信，选择不给我一丝一毫的机会就全盘否决了我的解释，但我如今还是要告诉你。那天，你认为你用鞭子缠住我，我就必定会摔下去吗？上官惊骢在背后抓住了我，是我推开了他。我也是人，我也怕死，但我情愿被你卷下去，情愿陪你去死，哪怕我知道你不信，我还是毫不迟疑地这样做了。你知道为什么吗？"

上官惊鸿一震，刚想抓住她的肩臂，她却一下退开，淡淡看着他，嘴边却绽出笑意："因为，我爱你，我爱你爱到一次一次被你伤害完还可以为你去死，懂了吗？你还我的是什么，是和你的女人在旁边亲热！

"每个人做每件事都有他的理由。那是我往日做的种种愚蠢的事的理由。如今，你那是什么理由？你做错了事，我倒还要接受你的施舍？崇高的睿王，八爷，你不嫌好笑，听的人还感到讽刺呢！

"你如今是要施舍我，是吗？可惜，自从你打我那一刻开始，我就对自己说，无论是你死了，还是我死了，我都不想再见到你。谢谢，我翘楚谢谢你睿王的施舍。可以了吗？你满足了吗？若你满足了，就他妈的放了我或者杀了我！你说你不会再软禁我，这就是前路，放了我或者杀了我！"

翘楚说着也禁不住拔高了声音，一手抚住隐隐作痛的肚子，一边毫不畏惧地迎着他的眼神。她本认为自己已能平静如水，原来不行。在湖里的时候，她还能强行令自己冷静，做自己认为该做的事。

听完他这番话以后，她却被彻彻底底地挑起了一直死死压在心底的痛。

对于"傻子"上官惊鸿，她可以爱恨两消，可以在他永远离开的时候再爱上他；但对于现在眼前这个男人，她明确，往日她有多爱他，现在她就有多恨他。

说什么爱之深，恨之切！

这一刻，她无比确定，恨，就是恨了。没有其他。

干干净净的！

上官惊鸿眸里一抹一抹仿佛瞬间被揉进大片的浓灰、黑鸷。

忽然他的瞳眸又被掏空成空白，他捏紧拳头，腾地站起身来，嘶吼着便要向床榻砸下去，眼梢明明灭灭却始终印着她的模样，她苍白尖锐的眉眼，她瘦得快成骨的身躯。

他大叫一声，怕伤了她，跨步走到桌旁，数拳不停。皮破血流之下，轰隆一声，那用最名贵坚实的木材做的桌子碎成一堆烂木。

他体内的痛，却半点也没能平复下来。虽已背对着她，但她指控的眉眼、她苍白的倔强和苦楚、她的话一句一句地撕剪着他的心腑。

"哦，很生气是不是？杀了我吧。"

背后，她的声音沙哑带笑而来，还有她起来的响声。

生气，杀了她？

是，他是生气，可那不是对她。上官惊鸿笑着，盯着自己皮开肉绽的双手，他从没这么恨过一个人。

比恨他父亲更甚。

那是，他自己……

背后的脚步声传来，他一惊，眸光一厉，却见她已摇摇晃晃地几乎走到门口。

她要上哪里去？

不能！她不能离开他！

她还有他们的孩子，都要在他身边！

翘楚只感到胸腹一紧，那阵松菊般的香气迅速环上她的身子，紧紧的。

"不要离开我！翘楚，楚儿，只要你肯留下来，怎么都行……"

颈上温热急促猖狂而来，他箍着她，唇舌在她后颈狂乱地吻着，声息迷糊不清却又强硬地掷落在她的身上。

忽然，他的手微微一僵，从她肚腹的地方警惕地移到她锁骨下的地方，改箍住那里。

翘楚微疑，但到底无暇顾及他这古怪的动作！

怎么都行？这话她听得太多了，只觉越发的可笑。

她失了理智，使劲挣扎，他的手臂却硬得像钢，她挣不动半丝。他还在暴风雨一般热烈吮吻着她。翘楚这时也是怒到极点，反稍为恢复了理智，笑刺他："八爷，怎么都行？那我要你沈小姐的命行吗？"

上官惊鸿果然蓦地一僵，止住动作，却又随即将她扳过来，双手捧住她的两颊，粗嘎地道："楚儿，沈清苓陪过我，在我最需要的时候帮过我，没有她，就没有今天的我……其他的，好不好？其他的，我都给你办，好不好？"

他眼睛紧紧盯着她，簇着些火般的光线，如他的吻一般，也是狂乱的、炽热的、浓烈的，似乎看到她终于开口，像本已濒临失望又见到什么盼望似的，混浊着却又竭力保持一分理智。翘楚轻轻一笑，仰起脸，淡淡道："八爷，你方才那样说，让我记起，往日你也是这样一次一次地对我许下承诺——只要我乖乖留在你身边，依仗你的鼻息而活，你可认为我办些什么事。当然，以往那些，只要遇上沈小姐，总是不作数的。但你方才说的，却又让我生起一丝盼望，我认为你忽然发现你爱上我了，比爱沈小姐还爱。我记得那时，她让你杀我，你是如何毫不迟疑；我便又想，你如今爱我了，你也会那样做。原来不是，还是我自作多情。

"既然如此，我也不必要留下了，是不是？"

看她眼里笑芒绵长讽刺，脸色却偏不如她的话语一般刚强，眼角眉梢都是一股死气的苍白，她的肚腹还是扁平，有几分坚强地孕育着他们的孩子。

生和死的气味便那样交错在她身上，似乎她随时就会那样消散不见。

就像她来的时候。

忽然她就那样出现在他的眼前。

虽然，他早知道她会来，并派冬凝到路上助她顺利过来。

那时，他西征完毕，其实已秘密回到朝歌。冬凝信鸽来信说起她，说起她路上无钱的窘困，很是惋惜同情。

他和五哥、宗璞、沈清苓阅着信，还笑得轻快。

娶了她，由开端便是宛似倾城一般的宠爱，了却母妃的一桩心愿，又多了一颗有用的、用以困惑父皇的棋子，有何不可。

忽然，便时日翻跹。但屈指来算，却也不过是区区半载，看着她的模样，怎么却像过了半生。

"我爱你，翘楚，我爱你，我爱你。"

心里又是被尖刃划过的一般疼痛，他一把将她抱进怀里，已是脱口而出。

"不要走，我们永远在一起。你永远陪着我。我爱你，我爱你……"

那粗嘎喑哑的声音一遍一遍地在她的耳边重复着。

翘楚心头一震，耳朵有些轰鸣，就像昨天被他狠狠扇了一个耳光，耳朵轰轰地鸣响。她随即用尽全身力量，奋力推开他。

上官惊鸿正沉浸在她的气味里，猝不及防，微微踉出一步，却见翘楚轻轻笑着，眼里都是嘲弄和不信。

她淡淡地盯着他看了一会儿，忽然便转过身，手往门板摸去。

她方才的眼神告诉他，她没有丝毫迷恋，一点都没有。

只有浓浓的决绝。

上官惊鸿的心一下凉透。他狠狠一闭眼，迈步上前，伸手往她背脊一拂。

女人的身子骤然软跌下来，他赶紧伸手抱过，将她横抱起来，放回床上，替她盖上棉被，抬手替她将汗湿的额头仔细擦拭干净。

而后，他慢慢顺直身子，盯着她看了好一阵子，方转身出去。

夺嫡前后，他从来没想过他现在就要孩子，每回和她或是郎霖铃房事完毕，他都让人在翌日饭食里放下药物，防止她们怀孕。

并且，他讨厌孩子。

很厌恶。

因为，荣瑞便有很多孩子，但他对他们并非都一样好。

但是，这一刻，他不那么想了。

那种堆满胸臆的感觉，他终是明确是什么。

庭院静静。

老铁四人悄然静立在廊道上。

看上官惊鸿出来，想起方才从房中传出的种种激烈的声音，迟疑着，却又纷纷围上去。方明开的口："爷，翘主子可好？"

上官惊鸿脸色沉静，微微颔首："她会好起来的。方叔，你进去看着她，一有什么异样或不适，马上过来通知我，我现在去地牢一趟。沈清苓和冬凝都在地牢，是不是？"

方明点头，说好。老铁应道："是，她二人都在地牢，按爷的打算，过来了。"

地牢。

弦月当空，温泉的热气混着硫黄的气味随薄风氤氲而来。

书房地底，也有着一片世界，也能看到夜空、月色和花树。

上官惊鸿淡淡眺着天空，这里仿佛将外面的繁荣生生切断，让人生出一丝简陋的安定。

每年犯病的时候他总会到这里来，平日偶然也会过来，什么也不想，什么也不做。

但也只是偶然。

幼时他还在宫中跟太傅学习，太傅教的第一课不是"人之初，性本善"，而是"忧劳兴国，逸欲亡身"。

人总是会累，他疲累的时间不多，但也有这么个时候。

累了他便要找个处所一歇，找个人一聊。

这里，便是那个处所，只有大自然。

沈清苓……就是那个人。

眼力不经意从竹屋前的竹栅擦过，这玩意儿之前坏了，后来老铁修补好，几乎看不出痕迹。

翘楚。

嘴里慢慢咀嚼出这个名字。

这竹栅是那晚他和她在这里的时候弄坏的。他在冰泉里昏厥，她无意中闯进来救了他，他后来却要杀她。

想起旧事，他忽而一笑，低头看了眼血迹斑驳的双手。

前一刻，她还在他手里，他就像个疯子一样，心里脑里都像脱了缰一般，净说些卑微的话；如今，他突然有种恍如隔世的感觉。

他有些疲惫地闭上眼睛，她熟睡的容颜一下跃上眼帘，心一下很空，一下又很满，很快又是沉甸甸的重。

他狠狠抿了抿唇，自嘲一笑。

"惊鸿。"

清婉的声音将他飘往远方的神志一下拉回。

沈清芩和冬凝从前面温泉侧的小径走了过来，老铁在后面跟着。小径通向外面，方才他未到，两个姑娘似乎沿路散步去了，遂让老铁将她们找回来。

叫他的是沈清芩，他点了点头。

沈清芩已换回女装，一袭白色衣裙，像朵玉兰似的，很是清雅好看。他往日甚是爱好她这副装扮。当然，这个清傲女子多是不愿，笑说，惊鸿，我和你是站在一起的，我只有男装装扮，才有能力和你站到一起。

半是借口吧，她心里有人。

此时看去，这样一身风度，不知为何，他却并无太大感觉。

"惊鸿哥哥。"

冬凝低低唤了他一声，声音有些凝重、不安。

"你胆子倒是越来越大了。"

他淡淡地说了句，见冬凝马上咬住唇瓣，遂没再说什么。

上官惊鸿没说，冬凝却明白他话里的意思。她和佩兰要助翘楚离开的事，他猜到了。方才老铁来寻她和沈清芩，她问老铁，爷和夫人可有过来。她知道佩兰担心翘楚，应会过来探看。

老铁却沉吟了一下，说，爷让五爷和夫人今晚都不必过来了，夫人今日一番扑腾波折也是累了，应当回府好好休息。

还在白天宫里发生了大事之后，上官惊鸿找得她急，她本候在小宫门外焦虑等着翘楚，浑然不知，还是景平找到了她。

她在常妃殿四周的马车，上官惊鸿微一思虑佩兰和翘楚都在莫愁湖的事，别人便罢，她这哥哥怎会不知道她们要做什么呢！

宗璞往日总说她头脑不好使，这时她却是明白，他暂时禁止了佩兰过来，不想让佩兰和翘楚接触。

若非要她履行任务，估摸他暂且也不会让她过来。

还在宫里，上官惊鸿将翘楚救起，皇帝看翘楚有孕，又惊又喜，立时安排了处所给上官惊鸿施救。上官惊鸿屏退了所有人。佩兰因担心，宁王逐带她暗中过去了。上官惊鸿从二人那里得悉她也进了宫，遂一边照顾翘楚，一边让老铁几个人立即将她找出来，要她借婚事修书给秦将军，要离家出走。

她这才知道，本来早朝之后，夏海冰向秦将军笑言她的婚事，当时，殿上的朝官都是知道的。夏海冰原是代樊如素向秦将军提亲。

这些天，她和樊如素多有走动，两人相处愉悦，但她并没有想到那么远，更没有想到他会向夏海冰说起两人的事。

上官惊鸿指出，太子已经开始猜忌沈清苓，沈清苓绝不能再回太子府！他立下想出这个方法，她离府，方镜修书向宗璞请假，外出寻找。

朝中人都知道，方镜和冬凝是什么关系，虽不知方镜为何迟迟不向秦将军提亲，冬凝又牵扯上侍卫长樊如素，但方镜去寻冬凝却是情理之内。

两人却是机密到了睿王府地底，暂避了风头！

此时，上官惊鸿虽没再出声，脸上线条却是刀刻般的冷毅。她心里一惊，她从小爱他也惧他，虽认为助翘楚离开并没有做错，但看他的脸色，这时却不敢再出半丝声音。

"惊鸿，莫要责备小幺了。"

沈清苓轻轻出声。

冬凝朝沈清苓道了声谢，心里却并无甚感谢之心。她暗下自嘲一笑，倒是因宗璞的事，恼了这位往日亲如姐妹的姐姐了吗？但她确实没有那种想法，也不知道为什么。

沈清苓似乎听出她的言不由衷，微微冷笑，轻道："倒是我多事了。"

她一怔，只听到上官惊鸿淡淡道："小幺，你也累了，先进竹屋休息吧。在我定下替你清姐洗白身份之策之前，委屈你几天了。"

"哥哥莫要这样说，小幺为哥哥舍命也是愿意的，何况这等小事。你和清姐且说话去，小幺到那边走走。"

冬凝说着，朝上官惊鸿福了福，微一迟疑，又向沈清苓如此这般做了，心想，惊鸿哥哥总归最爱清苓吧，两人必有些体己话要说。她既敬他，也当敬她，只可惜翘妃姐姐……

她重重叹了口气，快步向花树深处走去。

上官惊鸿瞥向一直安静侍立在旁的景平和景清："你们且先随铁叔出去吧。景清，你到厨房看那两帖药好了没有，好了先温着，万莫让它凉了。"

景清记起以前也听上官惊鸿这般吩咐过自己，为了这位经常要喝药的翘主子。他虽仍最敬清苓小姐，因为清苓小姐是爷最爱的人，现在却也甚敬这翘主子，她其实很好，今天又这般帮他们，如今她更有了爷的孩子。他想了想，道："爷，那既是翘主子的药，好了我就直接送到房里去，让方叔侍候着她喝了吧？"

"不，"上官惊鸿眸光微暗，"我回去处理便好。"

众人一愣，本想其他婢女上官惊鸿不放心，翘楚自己的两个丫头，又让他派了大批暗卫出去，在朝歌某间客栈里逮了回来锁住了。这两人今日已离开别院，看来是要在客栈和准备从宫中偷走的翘楚会合。方叔早年是内侍，本来服侍翘楚是最好不过，稍微有些肌肤之碰也没什么，没想到上官惊鸿也介怀，不让碰。

景清还在发愣，景平一拉他，恭敬道："爷，那咱们先行退下。"

沈清苓淡淡看着几个男子渐去渐远的背影，手紧紧攀着木栅栏，指节绷得泛出青白。

她本认为上官惊鸿会说话，半晌，他却没有丝毫声音。她咬牙侧身看去，见他负手静静地凝视着前方的冰泉。

"若睿王没有其他吩咐，清苓便先进屋休息了，也不打扰八爷歇息，软香满怀。"

忆及今日莫愁湖畔那男人宛若痴了一般的施救动作，翘楚有了身孕，她心里一疼，冷笑出声。

"嗯，那你好好歇息，我先回去了。"

上官惊鸿转身便走，一抹白衣清冷如月霜。沈清苓一震，踟蹰之间，终是忍不住追了过去，从背后紧紧抱住他。

"谁陪你练箭，当真便那么重要吗？重要到你又爱上另一个女人！还是说，你本就已经变了心，你让她有了你的孩子！"

"言下之意，你是认为不重要了。只是既然不重要，你为何还要瞒住我？才几岁孩子的心机？"

上官惊鸿没有动，也没有像素日一样将她反抱住，只是淡淡地问着，语气里有些凉薄的讽刺。

沈清苓只觉一丝冰凉从心底迅速渗出，迅速漫过肢骸，让人说不出的堵慌。

"我不说，是因为我知道，你希望那个人是我，而不是任何人。"

她稳了稳心神，让自己的声音尽量轻快一点，反击回去。

"你敢说，你不希望那个人是我？从孩提开始你就喜欢我，你敢说你不是？"

她说着声音也慢慢厉了，开始逼问他，想为自己找回力量。

"还是说你确实该实诚一点，承认自己变了心！除了那次你无法控制的意外，你曾说过你不要任何女人替你生孩子。但若我喜欢，你说……我可以有你的孩子。"

手上一阵剧痛传来，沈清苓一惊，上官惊鸿倏地转过身来，眸光比方才离开的身影更冷上几分："不，陪我练箭的人是谁对我来说很重要。何况，你心里一直有人，又凭什么要求我只爱你一个？"

沈清苓如坠冰窖，浑身颤冷。她本只是无法忍受他冷冽的态度，用话去逼他。

孩子，她知道，是他在失去记忆的时候让翘楚怀上的。那时，他疯狂迷恋翘楚，不过是因为翘楚是他遇难后看到的第一个女人。

恢复记忆的他，对翘楚的感情虽和其他女人不同，但她笃定他最爱的还是自己，甚至可以说，他其实并不爱翘楚，只是对翘楚有些特别。

因为翘楚舍命帮过他。

但也仅此而已。

爱情不是买卖，谁对谁有用，谁就要爱上谁。

如今，他竟这样说，言下之意，不是说他也爱翘楚又是什么？这叫她情何以堪。

上官惊鸿说罢甩开她的手，快步离开。

沈清苓心里一疼，泪水涌上来。她咬紧牙关，也不去叫他。

不知过了多久，她模糊的视线里，只余下那扇通向书房上面的铁门纹丝不动，在眼前紧紧闭着。

他没有回头。

沈清苓掩上脸庞，慢慢跌滑到地上。

她突然又生出一丝力量，若她告诉他，她只爱他……

不知为什么，这一刻，她发现，她不再爱太子，她只爱他。

本来，她深爱秦歌，不管是和林羽还是海蓝在一起的秦歌，后来，她遇到太子和他，如今，她只爱他了。

真的只爱他了。

她要告诉他。

他不能爱翘楚！

爱情，从来只能是两个人的事，三个人便什么也不是了。

冬凝在竹林里缓缓走着，突然又收住脚步，倚到一株花树上。这里已是温泉竹屋的深处，看不见也听不见上官惊鸿和沈清苓。

夜静幽幽的，除去偶尔传来一两声虫鸣。

她也是有些疲惫了，今晚，估摸没有谁不累。身累，心累，最累的也许是惊鸿哥哥吧。她有些心疼他，想起翘楚，又有些恼他，而后想到自己，想起这么多年来的感情错付，想起每个人越来越乱的感情，东陵朝堂越来越乱的局势，不由得痴了。

突然肩上一紧，一只甚有气力的手扣上她的肩膀，她一惊，这个地方该绝对安全才是，另一侧出口还有暗卫守卫着。

那是男人的手！

她立即回过神来，反手便抓住对方的手，欲借力将其向前狠摔过去。一阵香气在鼻端幽幽擦过，她眼前一阵眩晕，一阵莫名的惊惧重重压过心头，如同将她沉沉压住的男子身躯……

庭院，翘楚卧室。

"爷，怎么还不进去？"

老铁从地牢上来，知景平、景清到厨房看药，便回到这边候着，怕上官惊鸿有什么吩咐。此时，他看上官惊鸿快步走近又突然顿住，忙迎上去。

"铁叔。"

上官惊鸿已经戴上铁面，眸光在月色的淬浸下，仿佛和银铁面具融为一体，淡淡的，却有种冷艳。

方才出了翘楚的房间，他便戴上铁面。

这时，他背过身，声音极轻，让人听不出情绪。

"爷？"

"铁叔，我难道还没真正恢复记忆吗？我觉得我变了。"

"爷何出此言？"

老铁看着年轻的主子剪手而立，仰头盯着天空，心头微微一震，有多少年没有看到这个主子如斯模样。

这个青年早已强大到不需要任何人的意见就能一步一步按他的计划走下去，一点一点达到他的每个目标。他也不再和他们说心里的话，一个强大的领导者不需要。

见他的脸上绽出一丝淡淡的笑，老铁既心疼也有些吃惊，低声道："爷慢慢说，奴才在听。"

"嗯，以前，我很清楚自己要什么……我要天下，要清芩。"上官惊鸿的声音淡淡传来，有一丝凉静、凝冷，"但是，今天，我只知道我要这天下，我应该也要清芩，但我还想要翘楚。"

"翘主子不是爷的侧妃，本来就是爷的妻，爷的女人。"

"铁叔，不一样的。如今我与太子相争，成王败寇，若成，君王的后宫会有很多女人，但那都是不一样的，那并非是我心之所钟。我从前那般爱清苓，可今天，我对翘楚说，我……我爱她。不知为何，当时我管不住自己，便这般说了。我从没如此失仪滑稽过。我记得母妃曾对我说，一生爱一个女子便好。

"你说，世间安无双全之法吗？我便不能兼而得之？"

"爷有这个顾虑，是因为爷自己不愿意对她们都如此相待，希望能做到常妃娘娘所希冀的那般只取一瓢，还是怕清苓小姐或翘主子心里难受？"

"我不知道。"上官惊鸿的声音越发淡了下去。"两个不好吗？"他像随口而言，又像自问。

末了，轻声道，"铁叔，你比谁都清楚，若没有清苓，便没有今天的睿王。练箭的事，她虽骗了我，但我母妃没了的那段时间，是她陪我过来的。我永远记得她说，惊鸿，鸿鹄之志，鸟飞得有天空。传书给夏海冰到后来出宫开辟府邸，她虽没有参与，权相谋术，渐渐她已不及我懂得多，但最开始是她让我懂得这些，让我知道自己离宫以后该看什么，该学习什么。这些年来，她骄傲又任性，但我始终忘不了我和她在冷宫那段日子，再说，她陪了我这么多年。

"方才她质问我，练箭的事对我来说当真那么重要么。她认为我自小便喜欢她，那时，她只和上官惊灏玩。上官惊灏已拥有父皇全部的宠爱，我什么也没有。她是二哥的妹妹，也是我的妹妹，但她开始却看也不看我一眼。连天也如此不公，我才那么想和她玩耍，实际上我并不喜欢那时的她，不过是……"

"恕奴才斗胆，爷指的是求而不得吧。"老铁看上官惊鸿突然停住，微微沉吟，遂接口道。

这个少主子是明敏的，遇事也是一针见血的，只是，论及自身，有些简单的事，他反当局者迷。

上官惊鸿似乎一怔，背脊几不可见地动了一下，良久才道："并非如此。我只是想也有这么个玩伴。练箭的事，对我来说的确重要，我也是从那时开始方才喜欢上她。"

"后来，冷宫那段日子，对我来说，更是谁也不可取代的。那时，陪我的不是任何人，不是翘楚，是她。我无法忍受任何人伤害她。"

"所以爷昨晚打了翘主子。"

"翘楚，"上官惊鸿声音里突然抿进了一丝温柔，"方才我甚至想，若我有朝一日能成事，我愿立她的孩子为储君。我嫉妒失了忆的自己，因为孩子是'他'和翘楚一起有的，不是我。

"从地牢上来，我一直在想翘楚的事，我亏欠她太多。我想，是不是因为亏欠，我才会对她说那些古怪的话，说我爱她，说要她永远留在我身边。我这般想的时候，心里就有个声音说，不是，不是因为亏欠。方才她那样子，我心疼。我以前只心疼过我母妃。我知道，我是真的爱上她了，就像爱上当年在冷宫陪着我的清苓那样。我爱她，不比清苓少，甚至……"

上官惊鸿正说着，蓦地顿住，过了好一会儿，才低低笑了起来。

老铁一惊，看这男子一身白衣都陷在白玉月亮的光晕里，有股说不出的荒凉感，好似他爱上的不是一个才认识数月的女子，而是一个想了念了千百年的女人，却又偏偏冲突了什么大不韪。

"我今晚说得太多了。"

上官惊鸿突然微冷了声音，转身过来，眸色已是如常。

这个他自小看着长大、宛如自己孩子一样的男子，老铁心里一疼，诗书什么，他识得不多，但他想，他明白这位少主子说的心疼的感觉。

他想了想，低声道："窃以为，爷其实希望做到娘娘的期许。若当年皇帝能全心爱芳菲小姐或娘娘，就不会有今日。他是兼而得之，却害惨了娘娘。"

"哦，原来我和我的父皇都是一样的。"上官惊鸿冷笑，淡淡盯着自己的手。

"爷，也许真有这双全之法，只要你待翘主子和清苓小姐都一样好。翘主子吃的苦也够多了，你好好待她……"

"双全之法？"上官惊鸿慢慢嚼着这几个字，突然轻声反问，"那你为何这么多年都只守着我母妃一个人？她已经死了，死了多年了。"

老铁浑身一震，原来他知道，原来他都知道自己这么多年来心里不可告人的秘密。也许，他甚至知道自己其实希望他只爱翘楚。

老铁闭眼苦笑，听到上官惊鸿长长一笑，眸光越来越暗："母妃，儿子对不起你，但儿子便要这双全！"

"爷，药好了。"

景清的嗓门传了过来。廊道上，景清和景平正走过来，二人身旁还跟了一名暗卫。像这些话，上官惊鸿对翘楚的心思，老铁明白，上官惊鸿并不愿意也绝不会在人前说，哪怕是自小便跟着他的景平、景清。他本想说句什么，遂也住了口。

景清道："爷，你方才派人过去厨房，奴才琢磨着你要用了，便索性将药端过来。只是，两帖的分量不怕重了吗？翘主子的身子只怕受不住——"

"爷自有分寸。"景平一斥，打断他。

老铁看上官惊鸿看景清二人一眼，目光最后落在他身上，似乎知道他有些什么想说，忙道："爷，莫忘了明天接郎妃娘娘回府。"

上官惊鸿淡淡应了声，老铁这一说，他立即明白，老铁想说的也许还是和翘楚有关，在景平、景清面前借郎霖铃打发了。

老铁最是懂他。

他要做的事，怎么会忘记？

郎霖铃。

今天离宫的时候，他让她先回郎府，他明天将亲自到郎府接她回来。

而现在，他将再见翘楚。

不管药好还是没好，他已经想进去看她了。

很好笑，才没见多久，他已经开始想她了。

可她呢？

"爷。"

方明搬了张椅子在床前坐着，看上官惊鸿进来，忙站了起来，将椅子挪开。

"她可好？"

上官惊鸿撩起衣袍在床沿坐下，除非犯病，否则她自是好的。他点了她的穴道，她熟睡到几无知觉；她若不好，方明也会去找他。他不是多此一问吗？偏偏话就这么蹦了出去。

方明只恭谨禀说无事。上官惊鸿睨了眼怀里睡梦中仍紧紧蹙着眉的女人，心里微微一沉，握了握手，才替她解开穴道。

他们方才争斗得如此激烈，他竟来不及告诉她，她有了他们的孩子。

那小东西现在还小，诊不出男女。

他希望是个男孩，那样，他可以教那孩子一切他会的东西，教那孩子文韬武略，让那孩子继承他的一切，这样，她会很高兴吧？

但若是个女孩也好，像她这般，他也是很喜欢的。

他微微一怔，他喜欢……喜欢孩子？

心中一半是剧烈的不安，一半却带着强烈的冀望。

突然他又想，她听到孩子的事，会怎么样？

她会高兴吗？

这时他的心情竟比当天从皇帝手上拿下西征的兵权还要激烈许多，那是他重新踏进东陵朝堂的第一步——谁能懂他那时的心情，即便是老铁他们也不懂。那是蛰伏经年的成败一线。

他心潮正起伏着，她嘤咛醒来的声音，让他心里轻轻震了一下。

"楚儿，该吃药了。"

翘楚眯眄看着他，惺忪的眼睛，透着一丝娇憨。烦躁仿佛一扫而空，上官惊鸿忍不住低叹一声，摘下铁面，俯身就她唇上深深吻了一下。

翘楚一下清醒过来，变了脸色，抬手便扇了上官惊鸿一个耳光。

景平、景清手上各自拿着一碗药，又另拿着些蜜饯，在旁候着。听见这清脆的一声，景平微微变了脸色，景清已倒抽了口气。

他什么时候被人这般在手下人面前打过？上官惊鸿顿时勃发了怒气，眉眼一冷，却见翘楚目光也是冷的，嘴角却笑靥如花："八爷，何苦这种脸色，我给你打回便是！"

上官惊鸿看她仰着脸，眼里一泓清芒，那微微颤抖却倔强苍白的模样，颊上那抹未消的红肿，那是他昨晚打了她。

那刚升起的怒气顿时消失无踪，他将她放开，微用了些力将她不肯合作的身子按到床栏上，从景平手上拿过一碗药，沉声道："吃药。"

翘楚看老铁和方明微微侧过头去，景平和景清手上拿着东西，有些尴尬地站在一边，上官惊鸿一侧脸上红红的一片，数道轻浅的指甲抓挠过的血痕，眸光沉鸷，却并没有发作。

一阵苦腥的气味重重压过来，翘楚不觉抚住心口，只觉喉咙发痒，想吐出来。上官惊鸿却目光一亮，稳稳拿着碗的手也有些颤抖，一些药汁从碗里溅落到他手上。药汤还冒着热气，他却宛如不觉痛，他的神色似乎昭示着……他很高兴。翘楚一怔，倒是看到她痛苦，他便高兴了？

她警惕地盯着他。上官惊鸿一手拿着药汤，另一只手轻轻抚上她的头发，幽深的目光透出一丝温柔，大手慢慢滑落到她的肚腹去，眼中那抹柔和竟越来越浓。

"你现在的身子便是这般了。吃过药，我就陪你歇息，我有件事要跟你说。"

"不，我不喝。"

"楚儿，你先吃药，吃过药咱们吃蜜饯。你看你喜欢哪些口味，我让方叔亲自跑一趟，给你订一批回来。你看你们女孩儿家爱吃的零嘴，我也不爱吃，不知道哪些好吃，哪些不好吃，你喜欢什么，跟我说。"

翘楚见上官惊鸿的笑意越发大了，双眸也不稍稍闭眨一下，明明眼里充满密密的血丝，他却似不知疲惫般盯着她。

他这是怎么了？

就像他真的爱她一样。

怎么可能？

她在他心里什么也不是。

她越发觉得讽刺，手也像有了自己的意志。他还笑着低低说着，她抬手一推，重重推在他擎碗的手上，那阵刺激的气味霎时重了十分！

药汤滚烫，向着她的手掌泼泻过来。

她不在乎。

烫就烫，疼就疼。

"翘主子……"

旁边，景平惊叫出声。

上官惊鸿倏地沉了眸，本来按抚在她肚腹的手迅速抽出，飞快覆到她的手上，似乎只有几滴零星汤液溅到，她还是微微哆嗦了一下。果然是很烫。

上官惊鸿的手却惨不忍睹，整个手背黑黑红红，黑的是药汁，红的是皮肤。她以为他必定要打骂她，他却极快地将药碗往景平手上一推，问他："有没有烫着哪里？"

手往自己衣衫上一揩，他粗鲁地将湿了大片的被子扯开，往旁边一扔，一手拉起她的手，一手便往她的肚腹摸去。

"说话，有没有烫着哪里！"

翘楚也有些颤惊。上官惊鸿胸膛激烈起伏着，双眸狠狠盯着她，声音里尽是浓烈的怒气。

她一怔之下，目光有些迷茫。上官惊鸿却以为她哪里伤到了，一把将她抱出床帏，坐到床侧的小榻上，手在她小腹上仔细探摸过，大掌随即包起她的双手，又仔细看了一遍，方将她紧紧箍在怀里。

一旁，众人看上官惊鸿将铁面摘了，不敢出去唤早被调到园中远处守听吩咐的奴仆，更不敢惊动二人。方明打开柜子张罗出新被子，景平飞快将湿被子换了，老铁看房里碧玉架上铜盆里还有些干净的清水，绞湿了晾在架上的帕子，拿过来递给上官惊鸿，只有景清还有些愣愣地拿着剩下的一碗药和蜜饯站在原地。

翘楚看众人忙碌，心有不忍，迎上紧抱着自己的男人的阴沉目光，心里的怒气也随即爆发了出来："上官惊鸿，放我走！"

"翘楚，你有了我的孩子，你还要到哪里去？"

上官惊鸿没有接老铁递来的帕子，受伤的手捏住她的下颔。

翘楚只觉得整个世界都静了下来，只看到上官惊鸿开阖的嘴唇，眼中是他绝美的眉眼，更美的笑——冷冷的，挟持着怒气，却又有种危险的宣判意味。

她深深呼吸着，却犹觉得呼吸困难，被他握着的双手也在发抖。他却仍冷冷艳艳地笑，一只手伸到她背脊上，一下一下给她拍着。

心里堵得慌，她忍着眩晕，紧紧盯着他，却尽量镇静分析："你何必骗我？我知道，宫里我走不成，你必定会囚禁我，但你不能看在莫愁湖我终是帮了你的分上，将悬崖上的怨恨一抵吗？足够抵了！我们彼此都不爱，我不懂，你为什么非要留下我不可？"

不爱？她不爱他了？

上官惊鸿心里原来为终于对她宣告消息带出的冀望也被耳边的声音一点一点磨蚀了，本来打算告诉她孩子的事以后便对她说金针的事，告诉她，他以后会好好待她……这时，都被她眼里的冷淡冲开了。

难怪他受伤了，她眼里一丝波动都没有。

他怒她伤害自己，却为能护住她而喜悦，她却没有一丝感觉。

手上辣辣的痛突然绞上心头。

"我说，你有了我的孩子。"

他微厉了声音，仍笑着看着她："我为何要骗你，几个月以后的肚子显形，你不就知道了吗？"

孩子，她和自己说过，不能有孩子，无论如何都不能有他的孩子。

不可能，怎么可能，她之前仍有月事来，这孩子只能是在医庐或是回来那晚怀上的。但那两次，事后她都有喝药。

翘楚止不住浑身冰冷，怔怔看向景清，一字一字道："那天，上官惊鸿让你拿给我喝的到底是什么药？不是避孕的药？"

景清云里雾里，看她这般失魂落魄的模样，虽心疼上官惊鸿的手，更怕上官惊鸿责怪，忙道："翘主子，那是健身安宁的药。"

翘楚一震，他骗了她，傻子骗了她。

围场那次，她躲过了，为什么王府这次她躲不过？

她将手从他的掌里挣出来，颤抖地抚上自己的肚子，里面真的有一个生命吗？

落湖那一刻，她便有过最坏的打算，若最后真的没有办法得到自由，她便自己结束自己的生命。

但孩子，孩子……

即便她不再爱他，孩子却是她的。

"怪不得你变了性情。"她低低笑着，忽而扬起手掌。

"你浑蛋！"

上官惊鸿却并不避开，盯着她，冷冷笑道："打，继续打！你认为我是因为孩子对你这般？"

翘楚自嘲一笑，的确，打他，何必？费了自己的力气。她不明白他话里的意思，不是因为孩子？她只觉得深重的疲惫将她死死包裹住，几乎用了全身的力量才能勉强再抬起头和他对峙："是也好，不是也好，想替你生孩子的女人很多，血统高贵的，你心爱的，只随你的喜欢。这孩子对你来说，并没有那么重要。放我走，上官惊鸿，我不想死，我不想亲手杀死这孩子，你不要再逼我！"

上官惊鸿没有说话，扣在她下巴的手却如同往常动怒一般，要把她捏碎。他眼中闪着笑意，眸光却暗得吓人，好似他随时会将她杀了一样。

她握紧手，一笑以回。

"你信不信我杀了你，"他紧紧拧住眉头，眼眸的红浊越发凌厉，那残哑阴冷仿佛是从喉骨里迸出来的一样，他的手却渐渐松开她的下颌，复将她紧紧搂在怀里，哑道，"若我能杀了你……若我能杀了你……翘楚，你就是个妖精，你将我迷得昏昏沉沉。我下不了手，无论怎么也下不去手……"

翘楚心里全数是不甘不愿，使劲挣扎。他避开她的肚腹，又像之前一样，环着她心口。乳尖也在他矫健的手臂上擦过，他一挑眉，忽而已邪佞地笑起来。

众人又惊又不得法，一时都不知该劝该默。

疯子！翘楚怎么甘心身体被他这般接触，低头便要往他手臂咬去，却听到老铁低声道："翘主子，你道为何爷一直没有孩子，其他几位势力最大的爷也没有孩子？"

冬凝想呼救，全身却使不出一丝力气，那如蚊蚋的沙哑声音大抵只有自己和身上的男子能听见。

鼻端那阵幽香她并不陌生，是——

这个男人知道她的武功，对她用了迷香。

泥土的腥香扑面而来，头上是一片蓝色的夜幕，弦月，稀稀疏疏的几颗星。她被压在地上，无法动弹，脑中眩晕，只能狠狠盯着紧紧压在身上的男人，咬牙道："宗璞，你到底想怎么样？"

她没有想到是他。

可知道这个地方，又能通过重重暗卫从毗邻飞天寺的入口进来的，除了他们几个人又还有谁?

所以,暗卫也没有阻拦他。

只是,她没想到他会这样对她!她心里一阵屈辱,若非死死忍住,泪水已经滑了下来。

宗璞轻轻笑着,两手却狠狠握紧她的肩膀:"你不是很有能耐吗?这段日子一直避开我,现在就在你哥哥的地方,怎么反避不开我!"

"宗璞,沈清岺在那边,你找她就好。你来找我干什么,这样对我又算什么?"

男人的鼻息混着雄性的气息重重打在她的脸上,冬凝咬牙侧转脸,他却含上她的耳垂,厉声警告:"秦冬凝,我谁都不找,我就找你。今晚你必定要给我说清楚你和樊如素的事,否则,我宁愿毁了你!"

宗璞这个人,秦冬凝觉得自己从来没有明白过他。

上官惊鸿北伐、其后离宫这段日子,他数次派人送信给她,约她出来,她只当作没有看见。除了后来随宁王出去找上官惊鸿,她再没有和他碰过面。

她不像往时那样多往外窜,大多时间躲在府里,一来担心上官惊鸿和翘楚,二来也是为了避开他。

有时樊如素约她,她便派暗卫到宁王府送信,宁王夫妇会到秦府来,她随他们的轿乘离开,再赴樊如素的约。

本来,宁王看二人似闹了不快,有意撮合,她开始不愿多事,不得已之下,只好将宗璞打她的事告诉了宁王。宁王一听也怒了,倒乐意帮她。

以前宗璞笑她愚笨,上官惊鸿说,除去少数天生便出类拔萃的人,人都是一样,无所谓智慧愚钝,都靠历练来练达,我妹妹当真就不如你了?

她终是明白,她虽不及宗璞聪明,但未必就要受迫于他。

如今,她似乎是彻底惹怒了他。

这里本是最安全的地方,却变得危险。

上官惊鸿还不知道二人的事,至于她和宁王他们,任谁也想不到宗璞会选在这里动手。

她不明白这些日子以来他百般刁难是为什么,她和樊如素之间又干他什么事了?!

他方才说,毁了她?

要再打她吗?

那样的记忆虽不堪，但她实在不想再和他有什么纠缠，宁愿被他打。她虽对樊如素并无男女之情，但何不索性借求亲的事暂时打发了他去。

"宗璞，以前是我不懂事。"冬凝有些艰难地看了一眼压在她身上的男人，他此时已从她的颈侧撑起身子来——面上笑得肆邪。这哪像素日里对属下不苟言笑，嬉笑挖苦她的他。她这时想起，仍是心惊胆战。眼前，他眉峰蹙成一团，越发严厉了。

"继续说下去！小幺，别惹我，乖乖地说话，就像以前一样。"

白净修长的手指勾起她的头发把玩了片刻，又捉住她的手，将之放到自己的脸上。

她以前爱他，也爱他这双看似永远洁净的手，不像她，舞棍弄棒，时常将自己双手弄得脏脏的，他常皱眉嫌她。冬凝忍住两人肌肤交接那阵强烈的战栗，咬了咬牙，继续道："我认为上回咱们已经说得足够清楚，我以后都不会再烦你。夏大人代樊大哥向我爹求亲，你也是知道的。我明白，你从没将我当女子看待过，甚至用这种方法来掣肘我，但我要成亲了，你这样对我于礼不合，你起来！"

"你要成亲？"

宗璞本来还印着些许笑意的眼梢全暗了，像瞬间涂上一层厚厚的黑色。

"你的意思是说，若非八爷让你借求亲一事助清儿，你会答应樊如素？"

"是。"

"你喜欢的是我，却为了置气去和别的男子成亲？"

"宗璞，我已经不喜欢你了……"

那斩钉截铁的一句话还没说完，唇瓣已被堵住。

他爱喝茶，往日说话，总能嗅到他身上芬芳的茶香，现在她却只觉得那美丽的味道让她难受。

他是东陵最高的执法者，但此时，他那双惩治罪恶、宛似洁净无瑕的手，只让她痛苦。她脑里净是空白，她吃力地伸手去打他，但麻药让她的拳头成了花拳绣腿。

她施展不出力气，便用女子尖锐的指甲在他身上狠狠抠挖。她感觉到皮肉被抠破的温热，他微微嘶了声，却依旧施恶，她上裳被他全数拉敞开来。

她嘶哑呼救，却发不出声响来，那声音反似嘤咛更鼓动了他。

足上一冷，绣鞋被他的脚勾掉。

死死盯着和自己近在咫尺的清俊的脸，他也紧紧盯着她，满眼灼热冷痛，冬凝的泪水终于夺眶而出，天幕的蓝和男子如墨的衣衫却瞬间将她湮没……

天色还没破开，窗纱还映着蒙蒙的黑。

外面的敲门声将翘楚吵醒了。声音虽轻，但她本来就睡得不熟，意识虽然还有些朦胧，还是立即惊醒过来。

她也没有睁开眼睛，只假寐着。

"进来吧。"

一直强硬地环在她后脑上的手臂终于小心地松开。

进来的似乎有好几个人，脚步声都放得极轻，进来之后，又很快站定，息了声息。

翘楚知道，上官惊鸿准备上早朝了，老铁等人进来侍候洗漱。

想起昨晚两人订下的休离协议，她将信将疑，但为今也只能一试。她并不惧怕上官惊鸿。

正淡淡想着，上官惊鸿的唇已压了下来。她不想和他说话，遂忍着，任他在她唇上来来回回地吻了好一阵子。

唇瓣轻了，她以为他要起了，哪知发上一重，一只大手在她发顶上微微用力摩挲："楚儿，起来替我穿完朝服再睡。"

"你手脚没事，自己不会穿吗？"

翘楚心里一冷，霍地坐起身来。

"你倒是终于肯和我说句话了吗？"

上官惊鸿语气里已没有了方才的颐指气使，倒有些自嘲的意味。

翘楚一怔，看他目光淡淡落到指上。她一笑，靠到床栏上。

他食指上一排深深的牙印，是她昨晚咬的，准确来说，她要咬的本不是他，是自己的舌。

昨晚的情景缓缓涌上心头。

彼时，老铁说，在风浪尖上，这些皇子注定是你死我活，所以谁都不会在大局稳定之前要孩子。父亲死，儿女也不能幸免于难。

她听罢怔了半晌，是啊，这个最简单的道理，她这个学史的人怎么忽略了，终究是在那个法制的时代生活久了。

末了，老铁说，翘主子，这孩子爷想要，爷对你……

对她怎么样，老铁没说。上官惊鸿深骛地盯着她看，她当时又怔了很久。她这么悲剧吗，在她已经不再爱他的时候，他真的爱上她了？

说不清那是什么感觉，她只知道，过去的已经过去了，她会遗憾，但不会回头。她想了想，饶有兴味地问了他一句"沈小姐呢"。

上官惊鸿本是专注地看着她，似迫不及待地等着她听罢老铁的话的答案，闻言沉默了很久，才道："她将来会和我们一起生活，但我会待你好，待你最好。"

果然，沈清苓是他心头永远的红玫瑰、白月光。她也笑了，趁着他不留意的茬儿，狠狠往自己的唇舌咬去。

上官惊鸿脸色一变，他的手很快，一手捏住她的下颌，一手手指塞了进去。原来他一直注意着她。

那一下她并不是开玩笑，咬得很狠，他的手指拿出来的时候，皮绽肉破，血汩汩地流，老铁等人都惊呆了。

方明见状拿了药箱过来，想替上官惊鸿包扎。上官惊鸿冷笑，一掌打翻了药箱："翘楚，你这是威胁我吗？"

她在他膝上，被他的掌风扫得微微一震，却仍说："除非你将我当死物一样锁着防着，否则，我要死，不难。"

威胁。

他说得对，她是在威胁他。

她要这个孩子。

她虽渴望自由，却再也不愿意就这么死了，她会努力活到将孩子生下来。

当然，将孩子生下来的想法，她不能告诉他。否则，她的威胁将毫无用处。

他的眸光变得越来越灰暗，末了，捏着她的下巴，说："你当真那么不想要这个孩子？"

"是。"

她早有准备，答得毫不迟疑。

上官惊鸿又是一阵沉笑，良久，方轻声道："你有没有想过，若我让你离府，你和孩子都会有危险，因为我二哥不会放过你！哪怕我死了，你眼泪不流一滴，我二哥也不会放过你。你不笨，铁叔说的话你怎么就不懂？你就这般不怕死吗？没有我的看护，你……熬不过今年！"

她一惊，只想着要离开，一时确实没有考虑到这些。

她的手，不由得按紧肚子。

圈在她心口的手掌慢慢移到她的肚腹，轻轻环上，不似动作温柔，他的声音冷冷的："翘楚，我们订一个协议吧。三天，你好好考虑三天，若你当真不念这个孩子，也不管你自己的生死，三天之后，我签休书放你离去。"

他的话反让她一震，他真的肯放她走？她警惕地盯着他。他眸光一黯，淡淡道："吃药吧，我只让景清熬了两帖药，这是最后一帖，别再把它摔了。"

景清端着药碗走过来，神色有些凄然。

她闭了闭眼："三天之后，若我一定要走，你真的肯答应让我走？"

彼时，他眼睑轻垂，大掌温柔地安抚着她的肚子，她却嗅到危险不安的气息。他就像一只潜藏着的兽，随时跃起扑人于死地。

"是，我答应你。"

"你没有条件？"她质疑道。

他没有接方明递过来的药膏，示意景清将药碗递给自己，又让老铁等人出去，方道："当然有。这三天，我要你爱我，我们就像其他普通夫妻一样，像五哥他们一样。"

"我不爱你。"

"那就……假装你爱我。"

她一怔之下，随即沉默，也不说话。

他也没再说什么，只是喂她吃药。

她吃过药后，他唤了几名婢女进来服侍她洗浴，他却出去了，不知干什么去了，过了好一会儿才返回屋里。

这一夜，他们仍然同床，就像普通夫妻一样。

他抱着她，拍着她的脊背，突然就在她背后说起他幼年学射箭的事情来，又说她那时随她母亲过来，她爱黏着他玩，说到一些地方，他轻轻笑了。

她不想听，一句也不答。他将她扳过来，冷冷提醒："记得我的条件吗？"

什么练箭、什么随母亲来朝歌谒拜东陵皇帝，那本就不是她，是"翘楚"吧。她漠漠道："我十多岁那年，被我大娘狠打了一顿，生了场大病，脑子也坏了，记不起以前的事了。你不是早就知道吗？"

"我只听说你生了场病，丢了些记忆，却原来是你大娘干的好事。"

他突地将她紧紧按在怀里，一遍一遍唤她的名字。她被他勒得几乎透不过气来，狠狠揣了他一拳。他也不恼，只道："我会替你报仇。"

他语气淡淡，却很是阴鸷。她听去有些惊颤，却终究没有回答，渐渐睡了过去。朦胧中，他抱着她说了很多话，她没有听，更没有答，直到现在。

"替我穿衣。五嫂每天都是这样服侍五哥的。"

上官惊鸿抓起帷帐外方明递来的衣袍和铁面，扔到她前面。翘楚原本微微出神，思绪一时倒被这衣服打断了。

"你有毛病吗？"翘楚低斥了一句，也不管他，便要躺下。上官惊鸿却长臂一探，将她带进怀里："你不是想离开我吗？那便合作一点。"

翘楚反驳："你不是说要像你五哥一样吗？你要我假装爱你，你怎么不假装爱我一下？你五哥爱佩姐，不会发神经四更多的天就把他妻子叫醒侍候他穿衣。"

上官惊鸿突然低头吻了她的额头一下："话多了是好事。只是，我不必假装爱你……"

翘楚一怔，抬头之间，不觉碰着他的眼眸，他的眼睛有些淡淡的光亮，手已自发地在她腹上轻轻摩挲起来。

敢情他还计较着她昨晚不理睬他的事，一早便变着法儿来整她。她闭上眼睛，他却轻轻吻着她的耳垂，呢喃道："我并非故意叫醒你，我也想让你多睡会儿。你睡得不稳，听到声音就醒了。明儿我便不让他们叫早了，好让你睡到自自然然地醒。"

翘楚一把推开他，狠狠盯了他一眼，犹不解恨，朝他下巴挥了一拳。上官惊鸿却摸着下巴，轻轻地笑。

他方才吻她的时候就知道她醒了，这浑蛋！

她原本是不愿与他多说话才假寐的，最后倒让他碰了，又和他说了话。

"莫要生气了，我有东西给你。"

他说着放开她，极快地下了床，未儿，便折了回来，手上拿着一枚东西。

翘楚一怔，这是琳琅他们给她的手表，她昨天既打算从宫中逃走，便随身带着，那珠子给这人吞了，这手表她留作纪念，纪念那个只有一面却胜似多年的朋友。她随即道："给我。"

上官惊鸿本要替她戴上，这时看翘楚被他逗弄的模样含嗔带急，脸上红晕丝丝，不复昨夜苍白，药是见了些效了。他心里一宽，又微微一荡，反而迅速缩回手，低诱道："楚儿，你吻我一下，我就给你。"

翘楚没料到他这般无耻，咬牙说得一句"我还没漱口"便气得说不出话来，仰头躺下。

上官惊鸿却不罢休，将她抓进怀里。她正要往他脸上打，他另一只手一抓，已将她双手裹住，吻上她的唇。

直到早退到靠近门口的地方和老铁等人站到一起的方明的轻咳声传来，提醒上朝，他才有些不舍地将她放开。翘楚怒极，挥手就给了他一记耳光。

上官惊鸿没有避开。

他摸了摸脸颊，自嘲地勾了勾唇，深深看了她一眼，抱着她躺下，拿起被子替她盖好，手表却往自己怀里一放，方拈起外袍和铁面出了床帏。

洗漱的声音快速传来，很快又随着众人及他的脚步声远去而消失，只遗下他低低的声音："早膳想吃什么，只管吩咐下面去做，我让景清炖了药汤，你用过早膳就喝。等我回来用午膳。"

翘楚闭上眼睛，若放在些许天以前，这些岂非她梦寐以求的情景？

有风掠过，床帐似乎突然被轻轻缩起，她一惊，只见两颗脑袋拱了进来，却是她的一双丫头。

原来，两人也随老铁等人进来多时，只是不敢惊扰了上官惊鸿和她。

数目相对，美人咬牙，四大眼圈红红："主子……"

翘楚就着美人的搀扶起来，摸了摸她的头。俩丫头本已候在城郊的客栈，还是给上官惊鸿捉回来了。这一间一间地搜，美人又是机灵之人，得用多少人手！

兵权在手的上官惊鸿越发霸道了。

只是，上官惊鸿既待她这般，必不至于为难了她的两个丫头，她还是有几分宽心，并没有追问他，也知道他有意将她的丫头隔离开来，让她孤而无援只能倚靠他，但似是怕她慌闷，到底还是将她们放了出来陪她。她最疑虑的是，三天之期，那男人到底在想什么？

昨晚，她本打算和他硬碰到底，让他立时放了她，但她知道，自己的身体还虚弱，这样不顾后果地走，若一个差池，只会将孩子流了，而且，他说得对，他的政敌——太子是个大麻烦。她也须好好计量，离开这里以后怎样避开太子的耳目，否则只会将孩子和两个丫头的命都搭上，可这三天之期到底是怎么回事……

门口突然传来敲门声，四大揩了揩眼泪，没好气道："谁？我家主子正在歇息呢！"

"翘主子，有个人想见你，你见一见吧。"

景平的声音恭恭敬敬地从门外传来，翘楚心里一动，客人，这个当口，天还没亮会是什么客人？景平是谦礼的人，但此时的措辞却甚是奇怪，并非询问她的意见。

但既是景平开的口，她并不想拒绝，遂道："先生让客人到大厅稍等，翘楚洗漱一下就过去。"

景平却道："客人是女眷，就等在门口。翘主子若方便，让她进去即可。"

景平语气有些急促，翘楚越发奇怪，让四大去开门。

一个人随四大走了进来，景平在门外迅速关上门。

翘楚因尚未换衣服，不方便让景平看到披头散发的模样，遂又扯下了床帏。这时，门一关上，她立即打开罗帐，只见一名女子站在帏外，形容委顿，静静地凝视着她。

美人却已迅速挡在她前面。

四大迎客进来，也挡到她面前去。

两个丫头都警惕盯着来人。

来的是……碧水。

然而，她眸含苦涩看着翘楚，脸上并无往日的敌意。

翘楚反而心头微微一跳，从两个丫头中间走出去，低声询问："姑娘不是碧水吧。"

四大和美人一怔之下又是一惊，却听到碧水低低道："他们都说我的易容术很是精湛了，往日也只有惊鸿哥哥偶尔看出破绽来。我的易容术是跟数百年前西凉古国的玉致公主学的。她有秘册传世，是备受宠爱的公主，也是个易容大家。姐姐，你怎么看出来了？上回在围场，你也看出来了。"

不知为何，翘楚心里滑过一阵忧戚，快步走到她面前，执起她的手来："因为你没有掩饰你的神色，因为你哥哥这人决绝的时候最是决绝，碧水应该是不会再回来了。冬凝，是你吗，你发生了什么事？"

四大和美人这才明白景平为何说话这般谨慎，虽还是四五更天，睿王府数百奴仆也起来了。有些人和事，不能活在白日下，秦冬凝是不该出现在睿王府的。

只是，这位小姐今日到底怎么了？素日里见她都是鲜活得花骨朵儿或清晨水露似的。

冬凝抿紧嘴唇，有些迟疑地看了看四大和美人。翘楚立道："丫头们，到厨房给厨娘说一下，做两碗米粥过来。"

四大和美人对冬凝甚有好感，并不忌讳她和自己主子独处，立下便退了出去。

"姐姐，我知道她们和你情同姐妹，我不是故意要她们避嫌，我……"

翘楚摇摇头，拉着冬凝的手，袖子微泻，目光早已为她臂上的痕迹惊住。

看到这样的痕迹，她是成婚的女子了，并不陌生。

她心头也是扑扑急跳，慌乱异常，握紧冬凝的手，要问却不敢问。冬凝回握住她的手，手心都是冷汗。她等冬凝说话，冬凝却垂着头，一声不响。她越发担心，咬了咬牙，正要询问，冬凝却哽咽着突然偎进她怀里："听说玉致公主很幸福，为什么我……地牢里只有清姐在，可我和她早已不是从前那般，也回不到从前那样了，且她认为我是放浪的人……任务还没完成，我还不能回家；回家我也不能和谁说，那个也不是家，我娘已不在，和雨姐终是有隔阂；我不敢告诉惊鸿哥哥，他一定会杀了宗璞。"

睿王府花园。

"景平，我能信任你吗，像以前一样？这是睿王令，若翘楚在府里有什么事，你拿着这个可随时进宫。若我上朝，禁军不让进，你只需硬闯便行。一切后果有我承着。"

方明拿着茶点经过的时候，景平正想着上官惊鸿离去前对他说的话，手不经意摸上自己的衣襟，心里有种冲破窒闷的激动，却又越加晦涩。

这世间最控制不了的是感情，最辜负不得的是信任。他对翘楚的心思，上官惊鸿知道，他明白上官惊鸿的意思，知道自己该怎么做。

他闭眼一笑，应了方明的招呼，淡淡问了句："方叔是要给那位小姐送膳食吗？"

方明点了点头，停住脚步，眉眼间有抹涩然："爷临行前交代过，给那两位送点爱吃的东西过去。"

景平微微吸了口气，方压低声音道："景平明白，到底是方叔的至亲，方叔难为。这是百花酿的香气，是她的最爱，爷还是很记挂那位小姐的，方叔何必如此难过？"

方明苦笑："她方才要见爷，爷没去，直接上朝去了。"

清晨，驶向皇城的马车。

车内。

"爷，恕奴才多嘴，清苓小姐今儿个让方总管来找爷，似有折服之意。清苓小姐素日里最是骄傲，即便是像如今被迫半幽禁的境况也是难让她屈服的，爷为何看去还是心事重重的模样？"

老铁看上官惊鸿突然眉头一沉，掷了手中卷册，他平日最是爱惜这些医学卷册，忍不住问道。

昨夜，上官惊鸿将他们遣了出去，后来自己又出来了，吩咐了他两件事，其一便是将书房里一部分医书搬到平日使用的马车车厢里来。

"是啊，那么骄傲的人……"上官惊鸿淡淡说了句，勾唇笑了笑，便没有再说什么，过了一会儿，却问道，"铁叔，昨晚我交代你的事，办妥了吗？"

老铁看上官惊鸿俯身捡起书册，声音有些凝峻，心里一凛，立即道："奴才按爷的吩咐交代了，三天必定妥当。"

"嗯。"上官惊鸿又拿起另一本医书，飞快翻过，将之重重一放。

老铁疑道："爷？"

"没有，我印象中也是没有，这些书我几乎都能背出来了，只是不死心吧……我上朝之后，你便去找太医院的人，让他们将宫里的典籍全部送到睿王府。"

老铁一惊，脱口而出："爷，是不是翘主子的病……"

"嗯。"上官惊鸿低下头，从怀里拿出一只蓝色荷包，颜色有些旧了。老铁一怔，这东西是方才出门前上官惊鸿吩咐方明去准备膳食给沈、秦二人之后，问景清讨要过来的，似乎是景清一直替他保管着。

只是，这东西他左右看着，只觉得都像当日翘楚送给方明装枣儿的荷包。说来也怪，方明是个谨慎人，也十分中意那礼物，却在围场的时候无故不见了。

当然，关于这个，他不敢多问，心里有些好笑，又有些凄然。

上官惊鸿将荷包拿在手里捏弄了几下，似是十分喜欢，又从怀里拿出一只腕饰出来，是件模样奇怪的饰物。他跟在上官惊鸿身边多年，虽是奴仆，却非一般，什么宝物都见过了，却从没见过这东西，不禁也起了一丝好奇："爷，这是什么好东西？"

上官惊鸿将那玩意装进荷包里，又捏了捏，小心放进怀里，才笑道："是北地那边的物事。"

老铁有些恍悟，也笑问道："是翘主子送给爷的吧？"

上官惊鸿怔了怔，随即道："嗯，是她送给我的。这东西她宝贝得紧，但还是送我了。"

老铁心里替他高兴，又笑道："翘主子口硬心软，终有一天，她会待爷一如既往的。"

"终有一天，"上官惊鸿轻声重复了一句，眸光渐渐现出几分幽邃，"若太医院的典籍也没有彻底医治的方法，过些时间，大局稍定，我便带她到西凉走一趟。"

"西凉？"

"嗯。"

上官惊鸿仍淡淡应着。春风微微带起帐帘，阳光落在男人的铁面上，光影就像一只正在扑翅的蝶。

老铁有些心惊胆战，苦笑道："奴才不知道世间是否有神佛，可却有像奴才师祖那样修仙不老之人。我听说，西凉是个最吉祥却也是个最不祥的地方，那地儿是被神封印的，入者死。爷为何要到那地方去？"

"西凉曾出过两个最有名的妃子，一是西凉大帝龙非离的妃子年璇玑，二便是他弟弟龙梓锦的王妃崔霓裳。崔霓裳可不仅仅是一名妃子，还是西凉第一个女院正，统领太医院，医术天下无双。她自己就曾罹患过最严重的心疾，需服千岁莲吊命。"

"那千岁莲可就是爷以前常服的莲丹？"

"不错。这种花千年开花，世间难求，当然，也只能吊着性命，不能根治。那崔妃后来想着千岁莲尽，又在民间义诊的时候遭遇意外，中下剧毒，几乎罹难，龙梓锦搜尽天下替她寻莲，终是寻着少许。崔霓裳凭借这星许莲花延下两年性命，在这两年里她似乎是想出了治病的方法。"

"史册上没记载她最后还活了多久，野志说她在很年轻的时候便死去。可我母妃的医术师承自一个游历修行的尼姑，传说那尼姑祖上就是崔霓裳的徒弟，尽得这位医女之传，并传下帝国公主龙玉致的易容志。我一定要到西凉走一趟。我总觉得，崔霓裳虽未必长寿，但必定还活了些年，才传下一身医术，她必定写下有关医治毒患心疾的方法。"

"另外，铁叔，广发我们的人手，我要找一个人！"

"谁？"

"吕宋。"

"爷是想让师祖替翘主子治病？"

"也许。"

老铁看上官惊鸿眸光一深，又投进书册里，正拟不再打扰他，想起一事，终是出了声："爷，奴才和方总管都琢磨着什么时候和你说一说景平的事，今儿个看你对他的嘱咐，奴才是放心了，但还是多嘴和爷说一句，景平和翘主子——"

"并无什么，对吧。你们那晚不和我说，也不劝我，是怕反有火上加油之虞，是吗？"上官惊鸿抬头，淡淡打断他。

"是，爷明察。"

"那晚，我打了景平，是给他个提醒，也给翘楚一个提醒。我当时虽然生气，但清苓那样说，虽未必无嫉妒之意，却也必定有一点理据。我昨晚观察了景平一晚，他有悄悄打量翘楚。翘楚是我的女人，我不容许任何人对她有非分之想。景平肖想翘楚是事实，但我知道，他是个有分寸的人，我对他也是手足一样的情谊，所以给他机会。"

"现在，还有九弟。"

老铁没想到上官惊鸿看得一清二楚，且早已算量过，又看他说到夏王微微眯眸，眼里透出一丝暗沉，不禁微微一惊，没想到这位主子对翘楚的占有欲竟似乎比昔日的沈清苓有过之而无不及。

气氛有些凝滞，他遂笑着岔开了话题道："恭喜爷，清苓小姐有了嫉妒之意，倒是了却了爷的一桩心事，爷和清苓小姐琴瑟和鸣之日也将近了。"

往日，上官惊鸿虽将重心放在计划政事之上，但对沈清苓的用心，也是谁都看得一清二楚的。

半晌，老铁没听到上官惊鸿回答，却见他低头看着手上的东西，却又是方才的旧荷包，他不知什么时候拿了出来，看得专注，甚至没有听到老铁的话。

第六章

大理寺卿求赐婚　朝堂势力新划分

朝堂。

之前狭道行刺的事，皇帝让太子亲自查了，后对外宣称是民间反动组织所为，并让太子继续追查，便暂没追究，仍将精力放在其他朝事、民生上。

当然，大多朝官都不知道悬崖上行刺的内情，但也有少数人知情，譬如在上官惊鸿恢复记忆当晚接到其书信的郎相。

今日，皇帝却为昨日行刺一事怒火未消，勒令刑部尚书协同大理寺卿宗璞查清这件事，查出刺客来头。

的确，白日行刺、火烧常妃殿，都让人费解。

同时，皇帝又再次问了睿王有关翘妃的身体情况。众臣知道，昨天睿王携翘妃回府之后，必定已派人问了情况。翘妃的事，属于家事，家国天下，皇帝向来分得很清，绝对不在朝堂上多说家事，今日迫不及待便问起，欣喜之心可见一斑。

皇帝最宠爱的四个儿子谁都无所出，现在，睿王侧妃却有喜了，皇帝怎能不喜？

堂下，夏海冰却暗暗吁了口气，想起昨晚皇帝对他说："海冰啊，朕对翘楚那是又恨又喜哪。你说谁不能替朕这些儿子生儿育女，可他们都不愿意，朕知道他们都在想什么。翘楚这孩子甚好，却终是太倔，要朕的八子只爱她一个，甚至躲气出走。朕是不愿她生下皇嗣的，但她毕竟有了惊鸿的孩子，就这样吧。朕已让惊鸿收回休书，朕也想抱抱孙儿。"

当然，朝上人多是人精，和皇帝一样，都明白这些皇子膝下无子的原因。只是没想到一场意外，竟揭出翘妃怀孕，不禁都大为疑虑，又想睿王行事每次都是难测，这次有高调之嫌，莫非皇帝已暗下向睿王漏了口风有另立新君的可能？但除去狭道上的古怪波折，看太子和皇帝间的相处却仍是宛如以前无异，又不像。

众朝官虽猜测纷呈，也碍着郎相面子，毕竟怀孕的不是郎妃，但还是纷纷恭喜上官惊鸿。

睿王和太子既已有平分之势，除去少数党派分明的，很多朝官这时看政局未明，都有中庸中立之姿，两相不得罪。

上官惊鸿一一谢过。

这位亲王虽看去向来温尔淡然，这时眼眸中也现出一丝将为人父的淡淡喜悦。

皇帝随即又将大宫宴的时间确定在明日。上官惊鸿欠身询问："父皇，可否将宫宴定在三天之后？"

"睿王为何有此提议？"

"惊鸿斗胆，心想既是大宫宴，事系两国和睦，让那未出世的孩子沾染一下喜气岂不大好？只是，翘楚这两天身子仍甚是虚弱，不便多走动。"

"嗯，"皇帝微微沉吟，末了，颔首道，"西夏一行也有意见见翘妃，说是向你和她赔个礼。也罢，那宫宴便定在三天之后。"

"谢父皇。"

众人都知道，这是要与西夏签和约、订婚事了。这些天来夏王和银屏公主两人越来越好。虽说睿王之势愈强，夏王势力也自此见长！

听闻彩宁长公主和太子也走得甚近，倒不知道届时喜事会不会一桩变两桩？

只是，夏王近日越发内敛沉静了。方才众人上前恭喜睿王，连太子和宁王都上前去了，他只是淡淡一笑，遥遥拱手虚祝。

皇帝又道："太子协管六部，手上需协理之事太多，朕本拟让贤王代助些许，奈何贤王患病以来终不见好。这样吧，惊鸿，今日开始，兵、吏二部的事，由你全权协理。两部尚书，此后凡遇决断之事，非干系利害大事，请示睿王便可，遇急事更是如此，睿王可先行审批执行，再报朕知悉。"

两部尚书闻言，立即出列谨声答应。

朝臣也都微微一震，皇帝开始分权了！

郎相看上官惊鸿朝自己一点头，姿态仍旧谦礼，心里本一紧一喜——郎妃暗中被休、翘楚怀孕是紧，而这分权一事则是一喜，这时心中微微一宽，又想起郎霖铃曾说今日上官惊鸿会亲自到郎府，接她回睿王府，到时必定要好好与之一聊近日种种！

这时，太子突然出列。

有人正暗忖太子不满，太子却笑意淡淡，道："父皇，儿臣有一事，想烦劳烦劳宗大人。"

皇帝看太子态度淡定，心里反叹了口气——这个儿子才华出色，乃天之骄子，自己的做法必定是伤了他的心了，但自己目前也是在苦痛考虑之中，立长还是立幼，不能不给睿王机会，一察其政治才能。

这六部权力分权一事，加剧了东陵政局的变化，为来日两王之争酿下祸端，牵及睿王侧妃，举国震惊。

当然，这是后话，暂且不表。

且说皇帝终是不禁有些心疼，遂温言道："你说吧，宗卿务必协助。"

众人都大感奇怪，思忖宗璞铁面，自成一派，素日里与谁皆不亲近，最得皇帝信任与喜爱，这什么时候和太子牵系上什么事了？

又见宗璞不似往日目光严谨清亮，今日眼底一派阴霾，眸色深沉，又隐隐带着几分大痛。他也是个内敛之人，此时却毫不掩饰地将神色挂在脸上，似在思索着什么大事。

此时，宗璞闻言，快速出列，微微躬身道："殿下请说。"

太子笑道："宗大人，方镜不是向你告了假吗？孤想这假还是销一销吧，毕竟，国家大事为首，儿女私情是副。"

他说着眼梢朝上官惊鸿一掠，随即转看向一个人，淡淡问道："你说是吗，秦将军？"

秦将军一凛，自是知道太子指的是什么事，心里将冬凝骂了一通，忙出列道："殿下所言甚是。"

皇帝一笑，若有所思地看向太子，又道："宗卿，便按太子说的办吧，方镜是该回来了。这宫宴过后，指不定是一桩又一桩的喜事哪！"

宗璞微一拧眉，却随即谦应了声"臣遵旨"。

皇帝又是一笑，说道："有事奏，若无事，众卿退朝吧。"

众人听皇帝如此说，虽大为奇怪太子所言，又想，皇帝说的这喜事，可是指方镜与秦冬凝的婚事，太子也有意代方镜向秦家求亲？只是，日前，却又听到夏海冰代樊如素向秦将军求亲，那秦二小姐方才离了家。

若是如此，这秦二小姐回来，到底是配哪家才是？

众人想着，正待退走，却见原本微微低头的宗璞突然掀衣跪下："皇上，微臣有事奏。微臣请求皇上赐婚！"

请求皇帝赐婚的朝官不多，因为非一定地位者不敢为之，但也有过，只是，没有人想到今天会是宗璞。

朝中帮大理寺寺卿说过媒甚至自荐过自家闺女的大有人在，却都被这宗大人一一婉拒了。

对于宗璞这个人，最让人在茶余饭后做谈资的还有两点：他不上烟花地，他家中甚至没有一个通房丫头。

一度有人猜测过他是否有断袖之癖。

听说，他对属下管制甚严，也只对大理寺主簿方镜有几分霁颜，但素日里二人交谊却又不密。

于是，他的私生活彻底成谜。

是以，此刻，要退、半退的朝官都自发回来了……

皇帝也顿时来了兴致，目光炯炯地落到宗璞身上："宗卿，这是谁家小姐、哪家姑娘如斯荣幸？"

皇帝还记得公主也给这个少年判官配过了，他只是不要！

"禀皇上，微臣钦慕秦家二小姐，望能与之结百年之好。"

堂下，宗璞眸光微垂，声音有些沙哑，却隐隐带了一丝坚定的沉稳。

他一声落下，朝堂儿乎炸了。

又是秦冬凝？

这秦二小姐岂非要配三家了？

果是喜事一桩接一桩，这倒是继睿王侧妃有孕、夏王与银屏公主的婚事、太子与彩宁长公主的关系之后，朝歌最轰动的事了。这朝歌的事竟是越发复杂了。

夏海冰也猝然怔住。他既是樊如素的上司，却也是宗璞的义父。他代喜爱的下属向秦将军提亲，竟不知道这义子也……

皇帝是什么人，这时也愣住了。秦将军甚至脱口而出："宗大人说的是秦某的长女吧？"

"将军，宗璞说的是秦冬凝，秦氏冬凝。"

于是，秦将军也愣住了。

宗璞眸光一动，又一叩到地："宗璞另要向皇上告罪，二小姐此次出走，皆是宗璞之故。宗璞与二小姐早已互生情愫，只是宗璞屡感业未有所成，暂时不想谈婚事，又逢樊侍卫长之事，二小姐心有郁悒，方离家而去。"

众人一听，似觉有些理据，毋怪秦冬凝出走了；但方镜和秦冬凝向来亲密，又是怎么回事？

秦将军此时心里也异常复杂。

众人皆知，他以宁王为主，若冬凝配方镜，凭方镜与太子的关系，则他与太子攀上些许姻亲关系；若冬凝配樊如素，樊如素上司是夏海冰，夏海冰属夏王一派，则他与夏王也多了层联系；宗璞是哪派都不从，但官居一品，掌管大理寺，办事出色，将来无论谁称帝，反而都不受影响，又不至于得罪宁王，且若论官职，其属文一品，和自己平起平坐，宗璞绝对是最佳之选。万万没想到冬凝平日顽劣，竟得这宗璞青睐。

父母子女，女子未出阁之前，女凭父贵，一旦出阁，在皇室朝廷，反是父凭女贵了。

他又惊又喜，当然，这时他不便表态，得罪了谁背后那位都不好。

他突然又想起长女秦秋雨近日对自己说的密话，考虑这派系间的利害干系，念及秦家将来的福荫，心头又是一重。

且说堂上众人的疑云重重之际，樊如素突然从后面出列，走上前来跪下叩禀道："皇上，微臣斗胆，但依微臣看来，二小姐和宗大人并无甚牵系。婚姻之事，事关重大，此事可否等二小姐回来再定夺？"

皇帝倒没有看樊如素，反而若有所思地盯着宗璞。众人都知道，宗璞甚得帝心，却从来没有求过什么。

这时，太子微一沉吟，道："当务之急，还是要将方镜和秦二小姐先找回来方好。父皇，儿臣有个提议。"

"对，先把人寻着了。各卿都是东陵之才，朕也不好决断，届时当看秦将军和秦小姐的意思。宗卿，这秦小姐若和你一心，朕亦当为你二人做主。"

众人听皇帝话里意思，知他已有指婚之意。

樊如素一震，夏海冰朝他微微摇了摇头。

皇帝又问："太子有甚好提议？"

"惊灏素觉八弟才能出众，八弟现执掌吏部，管辖东陵官吏人事，这寻人之事不若就交给八弟去办，相信八弟必定能将人完好无缺地带回。甚至，依儿臣猜测，以八弟之才，宫宴前兴许就能将事情办妥，届时父皇赐婚，正好一并热闹了。"

"不错。"皇帝颔首，看向上官惊鸿，"睿王，这事便由你来办。"

宁王一惊，宗璞一凛，上官惊鸿眸光微微一暗，却仍迅速回道："儿臣遵旨。"

走出金銮殿的时候，宗璞看到樊如素愤怒的目光，冷冷回视过去，随即又看到宁王暗暗投来的一瞥。

他知道，今天必须要到睿王府走一趟，他们需要他交代请求赐婚的事。

即便宁王不提，他也是要过去的！

冬凝。

他握了握手，想暂时不去想那些事。太子用了道狠招，他们都要好好计量清苓的事。那些强压住的影像和话语却直直撞进脑海里，将他的思绪狠狠切断。

"宗璞，你是执刑的人，你知道你在做什么？"

"我早预计了后果。"

"是，你预计了后果，知道我即便自刎也绝对不会说出去……"

身体便那样僵住，彼时，背后一声带着轻颤的冷笑传来："你们在做什么？"

睿王府。

"翘姐姐，那我们说好了，三天之后，我也随你走。"

"好！"

太子府。

"听说殿下又进了些古琴，往日倒没发现殿下如此喜爱这些玩意儿。"

翘眉将茶盏放到太子面前，环视了书房一眼，低声笑道。

太子没说什么，揽过她在脸上吻了一下。突然门外有声响传来，翘眉脸上一热，挣开了他。太子说了声"进来"，随即有人推门而进。

进来的有两人。

翘眉却吃了一惊，曹昭南，还有一个竟是失踪了一天的方镜！

她正忧虑体内毒药之事，掂量着什么时候单独找方镜一谈，正怕方镜因追寻秦冬凝而出了远门。

太子的声音在侧方淡淡响起："眉儿，你回房等孤吧，孤处理完此间的事便过来。"

翘眉心虽不喜，脸上却笑应了，退了出去。

"怎样？事情办得可还顺利？"太子看翘眉出去，看向方镜。

方镜一笑，突然往额上一抹，赫然剥下一张人皮。

方镜顿时变成王莽。

曹昭南嘴角微勾："太子妃也算是平日与方镜相处甚多之人了，她尚且认不出，那个人又怎会认得出？"

"嗯。"太子轻声应着，突然打开抽屉，从里面拿出一个小荷包，荷包旁边，是一支折成两截的玉笛。

他将荷包拿在手里把玩揉捏，唇角勾起一抹不易察觉的笑。

王莽和曹昭南相视一眼，都微微一怔，曹昭南随即眸光一深："御史大人，你说死灰复燃，祸起萧墙，会怎么样？"

"必定有趣至极。"

郎府，郎相卧室。

来人一身深衣，坐在桌沿，背对门口坐着，看不清模样。

小厮低声道："您请稍坐，相爷说，他很快就到。"

"嗯，不急，让他先应对了上官惊鸿再说。"

同时，郎府庭院。

两人正在弈子。

"怎么，八爷确定要走这一步吗？"

"是。"上官惊鸿放下棋子，淡淡看了旁边的郎霖铃一眼，郎霖铃却微微侧开头。

"铃儿，八爷似乎有事情要和你说呢。"

郎夫人捏了捏有些冷淡的女儿一下，郎霖铃抿了抿唇，再看时，却见上官惊鸿已全神贯注执子而下。

突然，郎相捻须一笑："八爷，你执着于左翼这片的子儿，却连续卖了几个便宜给老夫。恕老夫倚老卖老说一句，若你再如此，这局只怕是……难保了。"

上官惊鸿笑了笑，只继续走子。

又走了数步，郎相拿起茶碗，明白这局是胜券在握了，正琢磨着是否要一让上官惊鸿，却冷不防听到郎霖铃一声低叫："爷爷，这局只要爷往这边再走两子，你便输了。"

郎相一惊，见郎霖铃已在棋盘上比画起来，郎相恍然而悟，额上已是一额冷汗。他站起身来，一揖到地："是老夫输了。老夫以为八爷执着于左翼这片的子儿，心忖八爷的杀招都围绕此处开展，是以铆足全力攻击，孰知执着的其实是老夫，八爷乃是故意诱的老夫。只要八爷在铃儿所说的这两步舍左翼子，右翼后方之子合拢之势立成，则老夫腹背受敌，全盘落索。"

郎霖铃淡淡道："郎家和这片左翼子岂不相像？"

上官惊鸿嘴角微扬，轻声道："铃儿，观棋不语方是真君子，何况……"

他蓦地止了声，自己执白迅速走了一步，又从郎相匣中黑子再走了一步，如此来回，六子以后，白子吞黑子而盘踞，黑子覆。

"这……"

郎相怔住，郎霖铃更是扶着桌子缓缓站了起来，神色怔忪："原来还可以这般取胜，我没有想过。"

"若惊鸿不按铃儿所述下子而这般走，敢问惊鸿对相爷下子位置的猜测有没有错？"上官惊鸿一笑，问道。

郎相神色有些凝重，点了点头。

棋盘上，仍是上官惊鸿的白子胜，却并非舍左翼地盘，仅以左翼子诱敌深入。

"老夫愚钝，同是取胜，八爷何苦要多走四步？"

郎相微微皱眉，盯住上官惊鸿，眼眸一利，那是对这数天来上官惊鸿所为的质问和冷怒，更有深沉的审度。

上官惊鸿迎上他的目光："不错，铃儿说得对，对惊鸿来说，左翼子就像……郎家。"

他话音方落，只见郎相的贴身小厮匆匆走过来，对郎相耳语了几句。上官惊鸿笑道："相爷既有事，那惊鸿便不多打扰了。"

"如此，老夫与八爷改日再聚。"

郎霖铃尚在思忖中，只见上官惊鸿颔首，又低头和郎相说了两句什么。郎相有事，便和郎夫人离开了，庭院顷刻只剩下郎霖铃和上官惊鸿。

"不知爷和霖铃爷爷说了什么？"

郎霖铃本以为上官惊鸿会先说话，上官惊鸿却只淡淡看着她，此时闻言，方笑道："没说什么，就说我现在便接你回去。"

"若我不回去呢？"

"铃儿，那我只好先回去了。"

郎霖铃原本闭着眼睛，嘴角浮起一丝冷笑，低声说着，却骤然听到上官惊鸿回答，很快又没了声息。她心头微微一跳，猛地睁开眼来，却见庭院空空，上官惊鸿已然不在。

她咬紧牙关，却又见地上躺着一枚锦囊。

有风拂过，带来一阵清幽香气，隐约似是莲花。

第七章

唯有别时今不忘　暮烟秋雨过枫桥

睿王府。

翘楚原本站在一株花树下，一阵急风吹过，她微微一怔，四大的声音从背后焦急传来："主子，要变天了，你还站在外面！"

冬凝离去，翘楚心里堵得慌，便出来走走。

"就是山雨欲来风满楼才有意境。去去，这不还没下雨么，别来吵我。"

这时，她扭头笑斥四大，四大求援地看向美人，美人摇摇头，四大无奈地叹了口气。这几天来，主子难得像此时一般开了一丝心怀，她也不愿打扰主子。

美人有些面无表情地晃了晃手中的油纸伞，四大扑哧一笑："那便下雨再说吧。"

翘楚心里其实还是有些抑郁难舒的，倒不为自己，是为冬凝那孩子，怎么就遭受了那份罪，差点便……只是一想即将便能也带她一起离开，她们即将有新的生活，心情就放宽了几分。

上官惊鸿说，离开他，她活不长久。但民间也有好大夫，她会熬到生下孩子，孩子以后就交给她们抚养或送到汨罗那边去。

冬凝的加入是件好事，只要她们足够谨慎小心，冬凝的易容术也许可以让她们逃离太子的追捕。

天色越来越暗，风越发有几分焦急，她看了看手上的玉笛，有些奇怪，这东西前些天掉了，却刚刚在枕下找着，也不知是那傻子还是疯子放的。

她顺手牵了出来，只是只笛子吧，谁的都好。

她将笛子凑到嘴边，调了个音旋，闭眼慢慢吹奏起来。微凉的风刮到身上，让肌肤起了层疙瘩，用力吹奏，有种稍稍淋漓尽致的痛快。

一曲既罢，睁开眼来，她才恍然发现，自己吹的竟然是围场里的旧曲。

她摇头一笑，忽觉有些异样，放眼看去，才看到上官惊鸿不知什么时候竟站在前面另一株树下，目光灼灼盯着她。

虽然他戴着铁面，但她却仍能第一时间便感觉到他眼里的灼热。

这一瞬间，她莫名想起那句被人念烂了的诗句：桃之夭夭，灼灼其华。

这位爷出入自有多名小厮奴仆跟随，不算王府里送往迎来的又是一堆人，都随在他身后，声响免不了，她竟无所觉。

她暗骂了自己一声，见他目光落在她手上，嘴角笑意融融，想了想，将笛子用力扔过去，权当相还。

雪白衣袖一曳，他利落地将笛子抄在手里，眉目飞扬，低头就着她吹奏过的地方吻了一下。

她心头一跳，顿时又羞又怒。众人面前，他怎么竟做出这种轻浮动作！那一下，就好似吻在她嘴上唇上一样，倒叫众人直勾勾又红了脸地噤声看过去。

她正想转身离去，突然柔婉的一声"惊鸿"令她微微定住，只见一道身影极快地跨进大门，偎到男子背后。

原来是郎霖铃回府了。

只是，倒是很少看到她这种涩苦的模样。

郎霖铃是那种不张扬的聪明女人，知分寸，又貌美，相较沈清苓，反而是大多男人都喜欢的类型。

在权力的角逐上，她也是上官惊鸿的红颜知己了，何况又是发妻的身份，上官惊鸿想必也是喜爱的。

翘楚想着，不禁哑然失笑。这和她有什么干系，若让人知道她此时心里在想什么，要说她酸葡萄了。只是，她确实并非什么难过难受，纯粹自娱自乐一样客观评审一番。

突然，一丝刺痛从眼窝传来，她一惊，下意识举手去揉眼，一滴清凉重重砸在脸上，她反而宽了心，下雨了！

隐约中，看到上官惊鸿变了脸色，她也管不了这许多，撩起裙子转身就走。

进了房间，她反手关门，才想起四大和美人没有进来，刚想开门招呼她们，一股重力从背倚着的门板而来。门还没合拢，她一下被从缝隙强插进来的手箍住腰肢。

她一惊，还没怎么反应过来，门已被大力挥开，又旋即不知被门口的谁拉上，她被迅速地扳过身子，上官惊鸿的铁面已大特写般在她面前。

"你过来做什么？"她刚好奇地随口问了句，上官惊鸿已捧起她的脸，两只拇指便往她双眼揩去。

他走在后面，被这场似乎酝酿已久的雨打湿了身子，头发、面具、眼睛都沾着水珠子。

有些水珠儿沾在他眼睫毛上，将他眼里的表情映得有些氤氲，但那种心疼又带点小喜悦的神色让人看去却感觉特别清晰。

他的两只大手正在专心地摆弄她的脸庞、眼睛，并没分心去顾及自己的表情，哪怕她总觉得这样的神色不应该出现在他这样的男人身上。

"莫哭了，我这不正陪着你吗？方才我又没有碰她，真是个傻瓜。"

翘楚正想问他又发什么神经，听到他这一句，扑哧一声倒笑了。

她笑过之后，突然觉得自己似乎又回到第一次离去时的那种心境，也许，更平静淡然许多。那记耳光带来的恨和痛埋进了一个很深的地方去，会牢记，但不再多想。两天之后就解脱了，有皇帝的承诺，他也不能轻易动她的族人。她似乎只要到时决绝说离去便能离去，她的心开始慢慢安静下来。

"翘楚，再笑一个……"

上官惊鸿眸光却蓦地一深，嘴里宛如低喃地说着，手缓缓下滑，来回抚摸她的脸颊。翘楚正要推开他，他却将铁面狠力往地上一掷，不由分说便吻住她的唇。

他最是直接，用力一顶，登堂入室，唇舌立刻狂浪地勾住她的舌，又用力往她唇上挤压，活像他饿了很久，她就是他的食物。直到她不知是怒还是本能地抗拒，使劲捶打他的胸肩，他才缓缓放开她，戴上铁面，开门对外面说传膳。

门外，老铁立即让几名奴仆去厨房宣膳。翘楚气得想打人，看到外面随侍的人不少，终是没有。

吃饭的时候，上官惊鸿突然说："你想打我是吧，我让你打。"

若是平日方明等人在尚好，但各人身上兼有王府庶务，也不是时常在，四大、美人方才不知被他遣到哪里去了，老铁领着一班奴仆、婢女在布菜。

翘楚正扒着饭，闻言一怔。她给他面子，他倒不要了。

除老铁外，一众人都又惊又愕。

这个男人是主子，自是百无禁忌。翘楚想了想，到底还是道："爷真会开玩笑。"

上官惊鸿突然挥了挥手，将为她布菜的婢女使开，拈起衣袖，为她布起菜来，一会儿便将手侧的碟子堆得满满的。

"多吃点肉。"

简单一句,翘楚竟想起天神村那段日子。拥有过的已是云烟,她摇头一笑,有几分释然。

旁边的老铁低声说道:"翘主子,这个菜单子是爷上朝前仔细拟下,交代厨子做的。"

"嗯。"看到是老铁跟她说话,翘楚笑笑点点头。旁边,上官惊鸿停了箸子,沉默地看着她吃饭。她轻声道:"吃饭吧。"

"楚儿,你心里是不是已经少了几分怨恨?"

耳边,他的声音带着些许冀望,有些清净的笑意。

翘楚听他问得直白,一时不知道怎么回答,遂没有出声。

她已是不爱他了,除了实在不喜欢他身体上的碰触,她已经没再怎么恨他。

因为很快就能离开,她反而有些轻快起来。

她想了想,眼梢环视了四周奴仆,仍旧道:"吃饭吧,菜都快凉了。"

"那便说说方才,"上官惊鸿拿起碗,眸光依旧淡淡拢住她,"你要怎么才不恼?"

翘楚突然心里一动,有些明白,他为何没有遣退这些奴仆。若没有人在,她也许根本不会回复他,这时被他的有意无意磨得恶从心生:"爷赏个脸吧。"

两人的菜肴是分开的,他的是些素菜,绿油油的,做得好看,但不多;她的菜却极为丰盛,各式菜肉,还有些她叫不出名的珍馐,颜色明美,香气四溢,另有些看去精致好看的糕点蜜饯,林林总总竟有数十盅碟,将整张桌子都摆满了;旁边还有只盅子,放在小炉子上煨着,隐隐有些涩苦甘香传来,想来是药汤什么的。

她说着举箸夹了块卤肉到他嘴边,努努嘴:"你吃了它,我就不恼。"

上官惊鸿身旁的老铁先变了脸色,上官惊鸿微微眯眸,眼里折射出几分危险和深重。翘楚一笑,话音刚落,上官惊鸿便已低头就到她的筷子上。

纱窗微开,雨水在风中斜霰,雨声滴答,明明离窗甚远,那水滴却似打到手臂关节,翘楚的手一抖,上官惊鸿却伸手握住她的手,吃了。

他的手很稳,力道很大,她想缩开,却无法。

他吃得很快,不似平日细嚼,很快便吞咽下去,却又很快站起来,大步走到窗畔长榻玉盂前,低头呕吐。

她看到他高大的身子微弯。那从咽喉深处发出的沉闷的声音,让她跌了箸子。

立即有婢女斟了茶水，惊颤颤地走到他身边侍候。上官惊鸿拿过茶盏，仔细漱了口，直起身子，伸手一挥，让所有人撤下。

片刻之间，众人撤得干干净净，门扉合上，关住庭院花草春雨。

上官惊鸿盯住她，眼光炽烈。翘楚莫名起了一丝慌乱，生了个荒唐的念头：他不会想揍她一顿吧。

她下意识便抚住肚子站起来，有些警戒地退后了几步，一时退得急了，脚步踉跄。上官惊鸿眸光一沉，也不知怎的已来到她身边，将她抱起来。

他抱她回到饭桌边坐下，让她坐在他膝上。

"放开！"她挣扎道。

"笨女人。"

他的声音有些凶狠，重重一咳，突然凑嘴便去吻她。

翘楚忍不住尖叫着去躲避："你刚吐过，脏死了，别来碰我。"

他低声笑道："你乖乖坐着我就不碰你。"

他这一下起了威慑作用，翘楚反而不敢再动，任他兴致勃勃却一点也不浪漫不好玩地喂吃了满满一碗饭菜。

又填鸭般被灌完一盅药汤，她皱着眉头，他却摸着她吃得有些圆滚滚的肚子，颇有些满意地唔叹了一声。

只是，直到她吃完饭漱过口，他也没有放开她。他将下颌轻轻枕到她略有些瘦削的肩上，声音低沉："还得长些肉。"

翘楚被他折腾得有些犯困，他又不让她走，不觉眯上眼睛昏昏欲睡。

蒙眬中，她感觉男人的大手一下一下轻轻抚拍在背脊上，深陷的怀抱坚实温暖，腰肢上的臂膀紧紧的。窗隙雨花，天色阴阴，更远一点的亭榭楼阁如烟笼罩。纵是时节不对，她突然就想起那首诗：唯有别时今不忘，暮烟秋雨过枫桥。

唯有别时今不忘，可惜错过了时节。

后来，不知怎的她就被他抱到床上。

意识迷迷糊糊之间，有细微的声音传来。

翘楚微微睁开眼，见上官惊鸿低头在吃饭，才想起他方才只顾逗弄她，自己还没吃饭。

他似乎一下感觉到她的视线，看了过来。

两人的视线微微纠在一起，他突然搁下碗筷，拿帕子揾了嘴，便走了过来。

翘楚有些不自在，遂立刻闭上眼睛。

床一下就陷了下去，他在她身边躺下来，将她搂进怀里。

翘楚也是累了，不知是不是怀孕的缘故，身体总觉得累乏。她虽不想让他抱着，但还是困乏得懒得动，窝在他怀里，一下便睡了过去。

"翘楚，你开始变得高兴起来，是因为两天之后便能离开我吗？即便我做什么都不行，是吗？"

上官惊鸿盯着怀里的女人，自嘲一笑。

她的身子有些凉，像窗外的雨。将她抱紧，上官惊鸿闭上眼睛，心头早已微凉。很快，他又睁开眼睛，眼中划过一抹狠厉。

过了好一会儿，他方轻轻击了击掌，老铁推门进来。

"铁叔，替我备些东西。前些天我名下的玉器店不是缴了些好货过来吗？"

翘楚无奈地发现，自己的睡眠质量变差了。声音很轻，隔着帷帐，从房门口的地方传来，她还是被惊醒了。

"爷，暗卫报，宗大人已经到了，从另一个入口进竹屋等你，五爷和夫人估摸很快便到。"

是方明压低了的声音。

翘楚抚抚睡得有些胀痛的头。上官惊鸿似乎知道她醒了，声音在她耳畔滑过："楚儿，我出去一下，一会儿就回来陪你。"

她模糊不清地回过去："不必。"

唇上一痛，她被他狠狠在唇上啃咬了一口。她吃痛，骂了句，毫不客气地咬回去。上官惊鸿不知又发什么疯，竟也没制止，或是报复，双掌紧紧按住她的肩，任她咬。

翘楚感觉到舌尖沁上一丝甜腥，恍然惊醒过来，上官惊鸿的脸便在她前方，离她极近极近——他摘了铁面。

如今，他摘下铁面的时间似乎多了。他的唇瓣被咬破了，流着血，他却不愠不火地淡淡看着她。

翘楚一惊，随即冷静下来。她不知道说什么好，想干脆不说，最后还是附和着说了句："你去吧。"

"你睡得熟，我便没有叫你。等我回来吃夜宵。"

上官惊鸿下床穿靴子，声音有些冷硬地掷了过来，和吃饭的时候判若两人。翘楚透过被上官惊鸿稍稍带起的罗帐，瞟了眼窗外的天色，已是浓黑一片，住了雨水，廊道上坠了些星火灯光。

这一觉，她竟睡了如此之久，连晚膳都错过了。

他素来善变，翘楚也不以为意。目光随意落到床上，看到有本医书，外沿的小榻上还放了一大摞，她也没在意，只想是上官惊鸿方才看的。他不似是会午憩的男人，只是没想到他处理的并非政务，而是看这些术业书，这些早已不是他的重心才是。

翘楚嘴上只道："郎小姐回来了，你做你该做的事吧，不必陪我。去她那边吧，那样对谁都好。"

上官惊鸿的身子蓦然僵住，忽而转身冷冷一笑："翘楚，我真想将你的心挖出来，看看是什么做的！"

竹屋里。

冬凝又仔细看了眼桌上的图，这一下终将画中人的容貌全部记住，才将图叠好，从工具包里拿出做人皮面具用的特殊针线在刚做出来的人皮上挑弄勾勒起来。

她在帮沈清苓做一个全新的人皮面具，现在，她在画皮。

本来，她过来的时候身上便揣着之前做的一些人皮面具——这些本来是要给翘楚离宫的时候用的，有他们身边人的人面，也有陌生人的。

她心里抑痛，早上便易了容出去找翘楚，估摸着上官惊鸿快下朝的时候回来。回来的时候，沈清苓说让她帮做一个人面。她明白沈清苓很快便需要一个新身份了，她遂说，若沈清苓想到王府去，她这边有些陌生的人皮面具，或者将自己那个碧水的人皮面具给她用。

沈清苓却递了个图给她，让她按这图上的女子做。

以前和沈清苓好，她知道，明天便是沈清苓的生辰。二人虽因昨晚的事又生了一丝嫌隙，她还是不想太拂沈清苓的意，自己虽有些疲倦不适，还是答应了。

除方明送饭食过来，吃了些东西，整个午后她都在捣弄这个人皮面具，直到晚上。

这样也好，不至于和沈清苓有什么交集。

竹屋被方明差暗卫重新布置过，将原来的小榻改安了两张床；宛若女儿家的厢房，又怕她们闷，送了些书过来。

于是，沈清苓倚在床上看书。她问方明讨了些工具、药料，便在窗前的桌上做人面。两人不必交谈，省却尴尬。

什么时候想到过她们会变成今天熟悉的陌生人。

她却也渐渐有些明白，人生总有这样的际遇。有些人，以为会久远，却来了又去。昨日彼此相欢，今日在你想不到的时间已对你相恶诛伐。

变的是谁，已说不清。谁看自己都是对的。

只是，毕竟付出过真心，无论大家如今怎么样，她都不想伤害，她仍希望沈清苓像从前一样安好。

她想得出神，不小心将针弄跌到地面。她弯腰去捡，身子埋在高大的桌下，突然有脚步声进来，一道沉稳的男人声音随即响起："清儿，是我，我买了些东西给你。"

冬凝一听这声音，身子一颤，针刺破了指头，怔怔看着血花晕散在地上。

她不想待在屋里，收敛了心神，慢慢站起来。

"你……也在这里。"

来的是宗璞。

沈清苓坐在床沿边看书，闻言，嘴角一抹似笑非笑。

他本朝沈清苓走去，这时蓦然顿住脚步，微拧着眉看向她，目光暗哑，有抹沉抑。

冬凝突然觉得有些凄然又有些好笑，她不在这里还能在哪里？他以为她在花林里才进得来？若她在，他就让人直接将沈清苓请到外面了是吗？

"你们聊吧，我出去。"

她说着将针放回工具包里。人皮上有些黏液，盛水的铜盆在床侧，她不想过去洗手，顺手往系在腰带下的帕子上揩了揩，心不在焉，一手黏稠抹到裙上，也没在意，只向门口走去。

"秦冬凝，这有多脏你知道吗，你一个女孩儿家怎么老这副德行？"

宗璞的声音随即低斥而来，冬凝瞥了裙子一眼："我本来就又野又脏，比不得你们读书人。"

还是被宗璞眼里那种宛似嫌恶的光芒刺到了，冬凝自嘲一笑，快步出了门。

"秦冬凝！"

"宗璞，你去看看小幺吧。"

"且先不必管她。"

背后，微厉的声音中混着沈清苓的轻叹。

果然不出所料宗璞没有追来，冬凝跑到林深处，也不管地上脏不脏，身子往一棵树桩一靠就坐了下来。

身子还有些本能的战栗，昨晚的记忆如潮水般涌来。

夜黑如墨，她衣衫半褪，而沈清苓恰好走到，看到了他们二人。

"小幺，你怎能勾引宗璞？女子须懂得自爱。"

沈清苓声音惋伤，又带着些许讽意。

不知是她先推开了微微僵住的宗璞，还是宗璞先离开她的身子，乌天黑火，林木绰绰如人影里，她仓皇离开。

宗璞自是没有追来。

"谢谢你的礼物。"

两人对站着，一枚翡翠戒指躺在沈清苓掌中。那潋滟如碧绿烟云流淌在玉石中，一看便知是上等好货。

"你喜欢就好。"宗璞笑了一下，随即道，"我和冬凝……"

"你不必向我解释什么。"沈清苓盯着手中翡翠，"你不嘲笑我和上官惊鸿，我又有什么资格去说你和冬凝。是我不是，不该让你迁就冬凝的，倒让她越发没了个样，做出这些事来。你以后不要再随了她去，将她娇惯坏了，生出小姐脾气，对她反而不好。"

宗璞一怔，方才其实想说昨晚是他相逼于冬凝。

他因少年往事不喜大多女性，虽对清苓极为爱慕，却并无下作肖想过风月之事，昨晚本只想和冬凝好好聊上一聊，焉知后来却发展至此。那个小丫头居然说要和樊如素成亲。

近身相接，她身上少女的甜香，和她刺激的话语，竟让他有了欲望。

若清苓不曾碰巧出现，大概会发生不可挽回的事。

当时他有种想法。

宗家的烟火也是要人继承的，清苓是不可能了，若注定要娶妻，他既不会喜欢别的女子，那就她吧。

她虽不如清苓聪慧，但和她在一起，他心里是舒坦的。

他看着她长大，她就像他的妹妹一样，樊如素无论才学和官阶都配不上她！

欲望过后，冷静却很快回来。

他怎么竟想到娶她为妻？

她不适合的。

会有欲望，不过是他从没碰过女人。

甚至来不及和清苓说一句什么，他便迅速离开。

第一次，他自发踏进青楼。

床软榻酥，那名头牌女子身上香汗淋漓，然而最终，他还是一把推开了她。那刺鼻的香气让他厌恶。

脑海里翻覆着之前的念头，若注定要成婚，就她吧，更何况他已毁她名节。

进屋之前，他下意识地从半开的窗子看去，发现她不在。

昨晚之后，他做了个梦，梦见她在他面前低声啼哭。他从来没怕过什么，这时却忽而有些怕见到她，同时心里却又好似渴望着什么。

她不在最好。

买了生辰礼物给清苓，每年必备，戒不掉的习惯了。

"宗璞，我本以为你与其他男子不同，万没想到你……"

沈清苓看宗璞嘴唇张合，眉宇成川，心想他许是要解释，想起昨晚所见，心里愠怒。

宗璞心事正重，手下意识摸进怀里，那里用绢帕包了些零嘴，焐得有些热了。此时闻言，他勾唇自嘲。

正想答她，背后脚步声响起，他侧身一看，却见是上官惊鸿和宁王、佩兰、老铁、景平、景清等人随在后面。

"宗璞，朝堂的事你怎么说？"

出声的是宁王。他面上素来温和无害，这时却是一脸肃色。

"是啊，如此一来，太子会思疑到宗璞和我们的关系吗？"佩兰忧虑道。

上官惊鸿摆摆手："五嫂不必忧虑。宗璞向来独来独往惯了，冬凝和我们关系深厚，假作真时真亦假，上官惊灏反而会想若宗璞和我等真有关系，必不敢这般张扬。"

"只是，"上官惊鸿眸光陡然狠厉，"老宗，我听五哥说，你对冬凝动过手，你现在请求赐婚却是什么意思？你往日待她怎样我姑且看之忍之，今晚你必须给我一个交代！"

"赐婚，什么赐婚？你们到底在说什么？"沈清苓心头疑虑，脱口问道。

她一边问着，一边看向宁王，本来看到上官惊鸿，一时百感交集，又悲又喜，问的本应是他，却终是改了主意，只与他拗着。

宁王见沈清苓看过来，叹了口气，道："宗璞向父皇请求赐婚，他要娶小幺。"

"宗璞，你是因为昨晚的事吗？"沈清苓怔住，苦笑道，"你何必这么傻，那本是冬凝任性。"

上官惊鸿和宁王迅速交换了个眼色。上官惊鸿眉峰一沉，盯向宗璞。宗璞一声低笑，端的却是半腔哑然。佩兰忍不住出声："清儿，你是不是知道些什么？"

沈清苓闭了闭眼，终是应了佩兰："佩姐，你不是不知道小幺素来恋慕宗璞。昨晚她在林子里勾引宗璞，他们有了肌肤之亲。"

　　她这涩然一声，所有人都惊愣住，景清甚至失声叫了出来。

　　"怎会如此？"佩兰捂住嘴巴，声音发颤。

　　"这丫头真是疯了！"宁王狠狠一拂袖，恨铁不成钢。

　　上官惊鸿略一沉吟，却道："不，我不信冬凝会这样做。"

　　宁王却越发生了几分怒意："老八，你又不是不知道她对老宗有多上心，如今竟做出那种丢人之事，她……"

　　他一直将冬凝当妹子来看，这种失德寡耻，他如何能不恼？

　　佩兰苦笑："虽说对宗璞向来爱慕，这丫头怎能干出这样的事来！"

　　"五哥，郦妃娘娘一直陪伴着你，你没有那种感觉。"上官惊鸿眸光微折，打断二人，"小幺的出身和我却大是相同，我不信她会舍了那点骨气，这般没出息。"

　　沈清苓自嘲一笑："反正，这丑角我也当多了，不差这一回！上官惊鸿，你当哥哥的就不该护短，那才是对秦冬凝真正的好。"

　　"莫要再辩了，"宗璞忽而微厉了声，迎上上官惊鸿的目光，"惊鸿，昨晚的事，是我逼的冬凝，和她无关，是我败了她的名节！"

　　众人一震，上官惊鸿已上前揪住宗璞的衣领："说清楚，给我说清楚，你动了冬凝？"

　　上官惊鸿语气极冷，众人都是熟知他性情的，听去即知，宗璞已彻底惹怒了上官惊鸿。

　　温泉竹林。

　　"若小幺答应，惊鸿，我们便让宗璞迎娶她吧。毕竟，她的身子已被宗璞看过；她素日里最爱的便是他，宗璞碰她，她心里未必不高兴。"

　　除了宁王，众人谁都没有出声，不敢劝。上官惊鸿却拂袖一笑："五哥，若冬凝不允，我必定不会放过他！他从来有将小幺当人看过吗？动辄责骂。我往日不制止，也是知她心里苦，便和我一般。"

　　宁王闻言，长长叹了口气，没有再说。

　　沈清苓站在众人背后，闻言心情复杂，惊喜半参。宗璞所言大出她意料之外，上官惊鸿的话又让她想起两人过往种种。对于今晚，她有种感知，又有些期待——曾经的深情，他怎么会放？

　　她心情微微一振，随即又有些紧了，远远看着，只见宗璞已快走到冬凝身边。

　　往日倒没有察觉冬凝也会心计，是这种欲拒还迎撩拨着男人的心吧，否则，宗璞不会这样。至于说到答应，她怎会不答应宗璞！

冬凝倚着树干在打瞌睡，心里迷迷糊糊地想，今晚便在这里睡吧，不至于回去扰了谁。还有两天就能离开这里，这样挺好的，还能护送翘姐姐。

她昨夜受了凉，今天又赶工做了大半天人皮面具，想赶好送给沈清苓当生辰礼物。身心伤痛之下，身子发起热来，她觉得冷，便像猫般将身子团了团，往树桩靠紧一些。

还有几步，宗璞突然便这样定住脚步，目光落在冬凝腰间的帕子上，眼眶竟有些湿润。

他突然记起，这块帕子是许久之前他们一众人在飞天寺聚集的时候，他匆匆赶到，她以为有歹人，一杯茶水泼泻到他身上，后来递给他擦手的帕子。

那时，他没有接。

他又突然记起，她知道他喜欢喝茶，常常漫山遍野地去采摘各种上等茶籽送他。

有一回，正值几人聚议，他看她满身泥巴，问她是去采茶籽还是去滚泥巴。她结结巴巴说她去山上采茶，不小心摔了一跤。

他用帕子裹手接过她递来的茶筐，玩笑了她一天。

上官惊鸿信任他和清苓，他也时而约清苓出去。但若清苓和上官惊鸿独约而推了他邀约的时候，她会悄悄易容成马夫的模样，去他府邸找他。她自己吃点小酒，陪他喝茶。

还有……

他们之间，原来竟有过这很多很多。今夜月明星稀，他的记忆突然清晰起来。

冬凝昏昏沉沉之间，觉得有丝冰凉从指尖沁过全身。她吃力地睁开眼睛，看到有人蹲在她身旁，大手握了她的手，拿着帕子在仔细擦拭。那握着她的手很有力，一股甘醇甜香从她的手指盈上鼻端。

那似乎是酒的香气，她一愣，低低柔柔地叫了声"樊大哥"。

手一下被握得生疼。

冬凝一惊睁眼，眼前的人，那俊逸严正的容颜是宗璞，不是樊如素。酒气让她产生了错觉，樊如素喝酒，宗璞不怎么喝的。

宗璞的眼眸像一只打翻了的墨砚，浓浓地漾着什么，好似濯着抹水色，只有那痛怒的情绪是分明的。

"我不是樊如素，你是不是很失望？"

他冷笑着问，眼里的墨色愈浓，朦朦胧胧看不清。

冬凝虽会武功，但此时无力抵御，身体深处又有着对这个人的恐惧。方才在竹屋，隔着沈清苓，这种战栗的感觉还没有那么清晰，现在却像针扎在心上，都是惶恐。

她下意识向背后的树桩靠去。宗璞的冷冽不知怎的蓦然消失，猛地握住她的肩，将手垫到她背脊和树干之间："别蹭了，不痛吗！你不必怕我，你哥哥他们就在那边，我……"

宗璞其实想说"我不会对你怎么样"，却恍觉话说错了，即便上官惊鸿他们不在，他也不会再对她怎么样了。

他舍不得。

他用只细小的碧玉葫芦装了些酒，连着零嘴带来，都是给她的。

方才看到她脏黏的指尖垂在裙膝，心头一蓦又疼了。这里有两眼泉水，她出来，怎么不去洗一洗？

在意识到自己做了什么的时候，他已经三步两步走到她身旁，掀衣蹲到地上，拿帕子蘸了些酒，替她清洗起来。

听她叫着樊如素的名字，他的怒火腾地便升起。

然而，也许是自小看大的小孩，月光清白，看她不断往后退，那副苍白委屈、如惊弓之鸟的样子，他心里堵得发慌。

在他的记忆里，秦冬凝几乎是不哭的，似乎也没有不快乐的时候。

手掌被她的背和树皮磨得生痛，他却没有放开的念头。她的身子很热，似乎病了。

他们以后就在一起吧，他会像对清苓那样对她。

他为自己的念头吓了一跳，心里却又一下子涌起些难言的渴望。

她身上淡淡的清香不断随风拂来，他低咒一声，终于忍不住伸手将她抱进怀里。

冬凝眯着眸，模模糊糊的视线里，是侧方林木深处的身影。

他们都来了。

大家都知道了吗？

那些身影里，有一抹高大伫立，像树般沉稳。

是惊鸿哥哥。

冬凝的惶恐一下变轻，突然想起翘楚对她说，也许不是那个人，但总会有人爱你；即便谁都不爱你，那么我们自己爱自己，至少自己爱自己。

于是她笑着反驳他："宗璞，你也会怕我痛吗？你打我的时候怎么不怕我痛？"

宗璞浑身一震，突然放开她，却依旧握紧她的肩膀："那次是我不好。冬凝，我已经向皇上请求赐婚。我们……成亲吧。你发烧了，你现在也不能回秦府。你易个容，我带你回我那里，我可以照顾你。"

宗璞这时的神色不像平日，他脸上线条本就如刀刻般有些冷硬，现下更是微微绷紧，越发显得狠厉。他像审讯那般紧盯着她，似乎在等她的话。他的脸皮白净，在月下又古怪地泛着丝薄红。

冬凝没有想到，宗璞竟会向皇帝请求赐婚。若换作以前，她会是怎样欣喜若狂，这时除去惊讶，她竟然再没什么感觉，反而有些好笑："我以为，要喜欢一个人，才会想和她结姻。你这是为什么？因为昨晚的事？"

莫说她真的放不下那记耳光的事，即便她真的放下了，昨晚的事，她听不出他语气里有一丝愧疚。

宗璞眸光略略一垂，突然又猛地抬起头，咬牙附到她耳边，道："我想娶你，我想让你当我的妻子。秦冬凝，这样说你满意了吗？"

冬凝微微一震。

她知道，宗璞素来骄傲，甚至比她两个哥哥都骄傲上几分。

因为哥哥们有生来便被赋予的权力和身份，他少时却什么都没有。

他父亲家对他母亲家有恩，双方长辈订下婚约，他母亲却另有所爱，求他父亲毁去婚约。他父亲深爱他母亲，只是不肯，他母亲自此恨极了他父亲一家。婚后数年，她母亲曾经的恋人掌了地方权力，设计将他父亲一家打入牢狱，后来娶了他母亲。

都说虎毒不食儿，他并不为她母亲所爱，可哪怕他父亲怎样求他母亲，他还是被一道投入了牢狱。

他是囚犯的儿子，也是囚犯，他父亲、祖父祖母都死在牢里。

多年以后，他成为最高执法者，经手的第一宗案件便是亲手处决了他母亲后来的丈夫，将他母亲逼进庵堂永伴青灯。

在他心里，也许除了沈清苓，其他女子，他都不喜欢。

他将她箍得紧紧的。她感觉到他的怒意，仍是笑道："你想娶我不过是因为你永远都不可能娶清姐。我就像你廉价的墨一样，你本就有珍贵好墨，自是不会去用廉墨。可突然有一天，你却发现廉墨也会被人拿来用，你便不愿了，因为你认为那本来就是你的东西。宗璞，何苦？"

冬凝知道，自己在对翘楚说出随之离开的时候已拿定主意。

宗璞一句"不是"几乎便要脱口而出，却被冬凝轻声打断："你扶我一下，咱们过去惊鸿哥哥那边，我告诉你答案。宗璞，你不知道，那时我真的很喜欢你。现在，我也不会让惊鸿哥哥伤你的。"

宗璞心头一颤，他本想说，他并不怕上官惊鸿怎么处置他。听到她的话，他顿时做了决断：不告诉她。她是爱他的，她怕上官惊鸿会杀他，是以，她必定会答应他！

宗璞看着洒在掌心的月光，手指还呈着微微弯曲的形状。

眼前是空荡荡的花林，她方才还在他怀中，安静温驯地任他揽抱着走过来。

"两位哥哥，若你们当冬凝是妹妹，那么不要再追责前事了，也不要让我和宗璞成亲。宗璞，我不会嫁给你。"

"冬凝，你病了，我先带你回竹屋。宗璞，温泉畔见。"

宗璞想起，上官惊鸿将跪在地上的她扶起的时候，他们也曾看过彼此一眼。她眼里有抹轻盈，没有恨，淡淡的。

沈清苓蹙眉看了过来。他本想看看她要和他说什么，终是没有，一瞬间，身体的力气仿佛被全部抽走。

酒香在风里吹送，他猛然想起什么，将方才塞在怀中的帕子拿出来。

攥紧她的帕子，他沉沉一笑，秦冬凝，我们还没有完。

温泉畔。

"她怎么样？"

宗璞走到的时候，众人在泉水四周安静站着，神色复杂。宁王突地走过来，冲他面门便是一拳。

他没有避开，也避不开，突然想起，她曾笑说，宗璞，我早说过，你该学武功的。

他揩掉嘴角的血，宁王正待再打，沈清苓挡到他前面，老铁和景平过来拉宁王。

"你走开。"

也许，他这一声厉喝，让沈清苓一怔，随即抿唇走到一边。

他说："铁叔，你们别管。五爷，你若想打，尽管来吧。"

佩兰低声道："宗璞，这次你确实该死至极。"

"是。"他笑答，眼梢掠过竹屋灯火。宁王冷冷一笑。景平看宁王似乎缓了过来，对老铁使个眼色，两人退开。

宗璞知道，有上官惊鸿在，秦冬凝不会有什么事，但还是步子一跨，往竹屋走去。

上官惊鸿却正从竹屋里走出来："宗璞，她睡了，你莫要再打扰她！我答应她这次不动你，但并不代表我允许你再接近她。除非有一天，她亲口告诉我她愿意让你靠近。否则，你别怪我不念兄弟之情。"

宗璞勾唇一笑："你可以打死我，我要进去看她。"

"老宗，你莫要再发疯了！我当初对你说过什么，你若不喜欢小幺便别惹她，你却……"宁王深吸一口气，咬牙道，"你知道小幺最重老八，现下你若真想小幺高兴，便和我们好好合计一下父皇交给老八的事该怎么办！"

宗璞猛地一闭眼，收住脚步。

"这事没有转圜的余地，冬凝总是要'回来'，方镜还是要'失踪'或'死去'。"上官惊鸿的眸光淡淡地落在前面的水烟上。

"这次好生棘手，我们无路可走。"宁王重重踱了几步。宗璞看向上官惊鸿，"你比任何人都清楚太子的心思，在所有人乃至皇上看来，方镜不过是追冬凝离开。你堂堂睿王，现下又是兵权在手，手下人众多，追一个人怎么追不回来。若你没有办法将方镜交出，皇上会怎么想？你们是幼时玩伴，皇上本就知道。你知悉方镜真正身份，少时对清苓也甚有好感。若我们仍按原计划制造方镜的死讯或报失踪，那本是一劳永逸的方法，但现在被太子一打岔，届时若他再向皇上进上数言……"

景平苦笑："那皇上未必不会认为，是爷有意加害太子的女人。"

太子府。书房。

"殿下，你打算怎样处置清苓小姐？"

王莽已离去，曹昭南问道。他到底是照料太子长大的大太监，有些事情王莽不敢多问，他看太子眉宇深锁，心想太子大抵是想起沈清苓，遂问了。

太子却淡淡反问："曹总管，你说孤是不是很愚蠢，现下才发现。"

"她自小就与殿下亲近，任谁也想不到。依老奴说，殿下却是英明，当日在玄湘酒楼就看出了端倪。"

"嗯，女人的神色最是骗不了人。她往日隐藏得确实好，却也不仅是在这酒楼里了，从围场堕崖开始，她就显出些痕迹。"

曹昭南看太子说着，随手拉开书桌抽屉，又拿起日间的荷包来看，随即又将抽屉里的断笛拿出来，小心问道："殿下，这笛子和睿王的笛子一样，都是皇上所赐，殿下何以……"

"孤素来不爱箫管，放着既无用，毁了倒干净。"太子眸光一深，"孤那八弟喜欢的，孤都不喜欢，他的女人除外。沈清苓，孤的好表妹，孤何必要动她？孤还没玩过呢。"

"敢问殿下一句，那位……翘妃呢？"

"殿下，娘娘问，殿下今晚可还到她那边去？若殿下不去，娘娘说自己有些不适，想先歇下了。"

曹昭南若有所思，刚问得一句，门外突然响起侍卫的通传声，接着，翘眉婢女的声音恭谨地传来。

"她既不适，便早些歇吧，孤便不过去了。"

待那婢女离去，太子轻轻而笑："曹总管，你说这翘眉是不是见过修仙之人，沾染了习气去？她回来以后倒越发冷淡了，以往可巴不得孤天天过去。"

"殿下似乎并不在意。"

"她美则美矣，那身段风情，孤也不是没见过能和她媲美的。"

"噢？"

"翘楚。"

"翘楚？"

"嗯，她容貌虽普通，现下又破了相，但她的身子很美丽，孤曾见过。若她有一副好容貌，你说会是怎生一个模样？倾国倾城？"太子说着突然一顿，淡淡看向前方榻案的几把琴筝，"这些都是上好古物，你说，若有一天看到，她会喜欢吗？"

曹昭南微微一震。

第八章

出其门有女如云 虽如云匪我思存

睿王府。

翘楚辗转良久，终于忍不住掀被而起。老铁还是方明方才报上官惊鸿的时候，说宗璞过来。她担心冬凝，想去地牢看看冬凝。

她打开门，见门外方明率人在值夜。

上官惊鸿总是隔三岔五就把她两个丫头掷到某个角落。念及此，她不禁有些莞尔，仿佛他离去之前，两人之间并无嫌隙和不快。

他也不派别人值守，方叔好歹是府里的总管，这人……

她刚和方明打了个招呼，廊道上郎霖铃屋里的门也开了。

约莫是听到她这边声响吧。翘楚想着有些奇怪，按说那人去办事，多将郎霖铃药睡，今晚却没有，为什么？

郎霖铃门外也守着好些值夜的婢女，大约是换了装的暗卫，明为护，暗为监。

有好些日子没见，郎霖铃的脸色看去有些憔悴，眉间蕴着一丝凝色，似在思虑什么重要的事，此时正淡淡地看着她。

翘楚心里一片释然，朝郎霖铃点点头，又欠身一福。

郎霖铃看她不卑不亢，也不骄不屈，大概有一丝奇怪，微微蹙起眉，却也颇有气度地颔首回了礼，在贴身婢女香儿的搀扶下走回屋里。

郎霖铃转身的时候，翘楚无意中发现她手上捏着一张纸笺。

这是个聪慧女人，犹记三道试题，崭露头角，表现出色。翘楚突然想，若她们不是嫁同一个男人，能布诚一聊，想应有番意思。

郎霖铃卧室。

"小姐，相爷给你的家书可是说了什么？"香儿好奇地问着，又气愤道，"如今翘妃那狐媚子又有了爷的孩子，爷对她更爱惜几分，对你却……相爷也生气了吧。"

郎霖铃看香儿愤然又好奇，阖眼淡淡道了句"爷爷"，然后没再说什么，将信笺往烛火凑去。

书信瞬刻成灰。

信里有大事。爷爷说，来信须保密。香儿虽是贴心之人，她终是没有多说。

香儿微微蹙眉，但见郎霖铃浓密的眼睫毛在青白的肤色上投下一层阴影。

和方明走在通往书房的路上，对上官惊鸿并没有药昏郎霖铃的做法，翘楚虽心有疑虑，终是没有多问。那和她并没有关系。

她原本担心上官惊鸿正在处理要事，方明不会带她过去。方明却说，其他人便罢，爷深爱翘主子，还有什么是翘主子不能参与的。

她没有说话，倒是方明几次看她，目光有些复杂。

"方叔，若有什么，不妨与翘楚直说。"

方明略一沉吟，才低声问道："翘主子可是为方才与爷闹不快之事烦恼？"

"我和你家爷来来去去都是那样，有什么好不快的。倒是记挂着冬凝，不然也不必劳你走这一趟。"翘楚说着也压低声音，"方叔是睿王亲近之人，想必也知道，我很快就要离开这里。"

"嗯。"

不知为何，翘楚发现方明的声音隐隐有一丝轻颤。

她也没追问，只道："方叔好生珍重，也请方叔代我和景先生说声保重。翘楚一直得你们真心相待，无以为报，也只有这一句了。"

"翘主子早已报了。翘主子施而不记，方明却是记住的。爷之前中毒，是翘主子赠珠护命。"

"那是朋友的东西，我不过是借花献佛罢了。"

翘楚笑了笑，往事早已不可记。

方明却突然顿住脚步："翘主子当真如此想离开这里？离开爷？"

这次，翘楚清清楚楚听出方明声音里的古怪。

她也不动声色，道："不自由，毋宁死。"

月色清幽，云仿佛在蓝幕上缓缓流动，让人迷醉。

沈清苓枕在上官惊鸿肩上，两人坐在温泉畔边，四处花树缭绕。景平、景清送宁王等人离开，老铁外出帮上官惊鸿办一件要密之事，冬凝在背后的小竹屋里沉睡。

"我以为，你要回去陪翘楚。"

"子时已过泰半，现下是你的生辰。"

沈清苓心里本来还有些许涩意，听上官惊鸿这样说，涩意仿佛一下蒸发去，一笑低头去看手腕的碧玉镯子。

他们吵过许多次，最后他总会念着她，先沉默妥协。

"我一会儿就回去。"

听上官惊鸿突然一声，沈清苓心头一颤，直起身子来。

她心里悲苦，道："今天是我的生辰，你就不能陪一陪我吗？因为我心里那个人，你当真说到做到，爱上了翘楚？"

上官惊鸿没说话，抬眸看向夜空。那皎洁的月轮仿佛是那个女人的眉眼，弯弯的，嘴角还有一丝尚未清醒的笑意，风淡云清，似乎万事都再不萦怀。她说，不用陪，别回来陪我……

"好，我今晚不走。"

"惊鸿。"

沈清苓鼻子一涩，眼眶湿润地偎进男人的怀里。

他伸臂搂住了她。

"还记得你我的生辰之约吗？"

"嗯。"

沈清苓抑制住微微激荡的心情，想了想，低声笑道："惊鸿，若我告诉你，我其实不是这里的人，你会怎么样？"

"这话怎么说？"

上官惊鸿侧身看她，眸有疑讶思凝之色。

"我是想通了，为什么我们不珍惜现下，偏费煞这许多曲折，说不准哪一天，我就要回到我的世界了。谁说这世界没有神佛，即便你是万人之上，也无法阻止。我心里那个人，是我在那个世界爱的人。可现在，我……我只爱你一个了。我不要回去，惊鸿，不要让任何人带走我。"

她说着，见他眉头深拧，眸光越发幽深沉涤，心里喜欢，明白他必定震疑痛惜，忽听女子一声咳嗽从背后传来。

说沈清苓似陷在回忆中，之前没有发现他们并不奇怪，但翘楚知道，上官惊鸿耳力极好，应发现有人过来才对，不明白他为何一直不出声，直到沈清苓发现了他们，才和沈清苓一起转身看过来。

她也并非想如此煞风景，打扰他们，想听清苓将话说完，她心里也是起伏异常。虽早怀疑沈清苓是现代人，是秦歌身边的人，但之前仅限于疑惑，此时听沈清苓亲口说出来，她怎能不震动。

可惜她的嗓子不争气。

今晚的刺激委实太多，方明告诉她的上官惊鸿做的事，还有眼前。

方才怒恼之下，她已隐隐感到一股甜腥涌上喉咙，也是经历了各种，方能收敛心神调整过来，否则，只怕难保不发病。

这时不知为何，喉咙轻痒，她忍不住轻咳了出来。

沈清苓眉眼里有些警惕，没有说话。上官惊鸿出声："你来做什么？"

瞟了眼白月光，翘楚淡淡一笑："良辰美景，你们继续，我只是来看看冬凝。她在哪里？"

方才看去二人背影你侬我侬，上官惊鸿的心情该很好才是，他的脸色却不大好。翘楚因记挂着冬凝，遂好脾气地和他对望。倒是方明有些诚惶诚恐地和他见了礼。

沈清苓突然道："冬凝有些不适，已经睡了。今晚是清苓生辰，不若翘妃也留下来，我们一道喝杯水酒？"

"谢谢，不必了，你们相聚便好。"

原来今晚是沈清苓的生辰。翘楚有些了悟。她自认修行未够，不能大方地忘了与这位小姐的前事，回了一句。揣着听了一半让人又惊又痒的秘密，正要离去，一股室闷的感觉突地从胃腑腾起，她忍了忍，没忍住，呕了出来。

那种好似让人掏心掏肺的感觉，让人难受。她半天没有进食，没什么能吐的，只吐了些黄水出来。

她正在想沈清苓会不会认为她是故意的，上官惊鸿会不会想揍她一顿，一只大手已在她背上轻扫起来。她抬起头，刚说了声"方叔，这里脏"，却见上官惊鸿眉峰紧拧看着她。

他们靠得很近，近到她可以嗅到他雪白衣袍上的淡淡薰香，也近到他可以看到她的狼狈。

"很难受吧。"

他还在拍着她的背，脸色越发难看。

嘴角还有些脏秽，她想掏帕子擦了，鼻上一阵软香袭来。她微微一怔，他忽而将她揽开，并替她仔细地擦了嘴唇。

那是他的帕子？

两人的目光又微微绞住。他眼里有些冷硬，又有些什么东西缓缓漾着。

脚步声将她有一丝走神的思绪拉回，原来是景平、景清从花林里走过来，看到她都有些发愣。沈清苓眸含冷笑，目光紧紧。

她用力一挣："我走了。"

才转过身，她的手臂却被大力握住。

"我去去就回。"

上官惊鸿对沈清苓交代了一句，便送她回房了。

他替她施了针，说这会让害喜的症状减弱一些，又让景清吩咐下去做新鲜的吃食、熬药。看着她简单洗漱，将她抱上床，这时他准备回地牢去。

方才，他们在门口遇见再次闻声出来的郎霖铃。郎霖铃什么都没说，盯着二人看了片刻，随即低眸安静回房。

翘楚以为上官惊鸿会去安抚郎霖铃，但出乎意料，上官惊鸿并没有这么做。

她发现自己越来越不懂这个男人。

最起码，她不曾将他想成是狠辣到丧失人性的人，方明的一番话，她才明白他其实是。

三天之期，她该怎么办。

她将心里那抹寒意压紧，想了想，道："你去陪沈小姐吧，今晚不必回来，真的。"

上官惊鸿走到门口，闻言，心里狠狠一抽，回头冷笑道："好，如你所愿！"

他开了门，步子一跨，正要出去，却听到背后道："慢着，你过来一下好吗？"

上官惊鸿薄唇一抿，翘楚以为他不会理会，却见他一甩袖袍，已回到她身旁。

她暗里一咬牙，一声不响环上他的脖颈，将他的头颈勾下。上官惊鸿明显一震，随即随她动作俯下身子。她闭眼往他唇上碰去，还没触上，唇蓦地一疼，已被揉进一双温热软腻的唇舌里。

门还没关上，两人激烈纠缠到一起……

廊上一众奴仆脸红耳赤，一个婢女惊叫了一声。上官惊鸿眸光一沉，扬起手。门外，方明慌忙将门掩上。

"楚儿……"抵在胸膛的手突然有些用力推他。上官惊鸿看怀中女子低喘连连，念及她此时身子，咬牙离了她的唇，一把将她抱到膝上。

他自嘲一笑，便是她稍稍主动，他就弃械投降，身体更实诚地起了反应。他看她闭着眼睛，忍不住低头啄吻她的眼鼻颊唇，很快又浑身燥热起来。

翘楚忍着揾擦嘴唇的冲动，忍着男人已移到她脖颈的狂热吻吮，听着他粗哑沉重的鼻息，只低声问道："若我要你今晚留下来陪我，你怎么说？"

"我陪你。"

也许是他回答得太快太沉着，似乎没有一丝犹豫，翘楚微微一震，猛地睁开眼来，却见上官惊鸿紧盯着她，眸里都是浓烈吓人的暗潮。

他大手抚住她的肚子，有些用力地按着摸着。那手背疤痕累累，有些地方甚至凹凸坑洼，已不复原来的美丽。他眼里都是情欲，手上却甚是温柔。

翘楚闭了闭眼，轻声问："你吻我，不嫌我脏吗？我方才吐过。"

"不嫌。"

"若留你的是沈小姐，你会留下来吗？"翘楚挣脱他，在他膝上找了个位置躺下，尽量让自己放松。

上官惊鸿没说话，微微眯眸，似在审度着她。

翘楚笑了笑，继续问："上官惊鸿，你认为怎样才算爱一个人？"

"给她最好的东西。"

"不。沈小姐有没有告诉过你这样一句诗：出其东门，有女如云。虽则如云，匪我思存。"

这诗句沈清苓从没说过，甚至他也没有听过！上官惊鸿的眸光变得危险："翘楚，你到底想说什么？为何沈清苓应该知道这首诗？这又是谁作的诗句？"

"那是她的世界里的东西。或许说，三千弱水，只取一瓢。"

"什么叫她的世界？你又怎么知道她的世界的东西？"上官惊鸿双眸锁紧她，疑色愈重。

"重点不在这里。"

"重点在你想我独宠你？"

翘楚摇头一笑："你终是不明白，没有多爱少爱、一样爱，只有爱她一个，只会碰她一个。

"当你以那样的心意去爱一个人，那个人会很快乐，你也一样；否则，都不会快乐的。因为你爱着别人，那个人就不可能快乐。正如你若真爱我，我心里还有谁，你自是不高兴。那个人不快乐，你也不会快乐。所以，谁都不会快乐。当你可以一心只为她的快乐而去经营的时候，那就是说你只爱她了。

"当你只爱那个人，当你深爱那个人，你会为她做任何事。

"上官惊鸿，你可不可以这样待我？"

盯着枕在膝上那张似乎含嗔带笑，眉间却又蓄着浓重忧伤的脸，上官惊鸿心头一震，竟突然想对她说，他可以。

虽则如云，匪我思存。

他随即想到什么，狂怒骤起，钳住她的下颌："你吻我，你说要我留下来，说这些鬼话，是怕两天之后，我不放你走？什么当你深爱那个人，你会为她做任何事，你是想让我放你走！

"翘楚，我爱那样东西，只有将它拿在手里，我才认为是爱！"

门被重重甩上，板儿还在摇晃。

翘楚绝望地闭上眼睛，终是让她试探出来了。

这短暂的两夜一天，她有种感觉，他是真的爱她。

这种感觉在方才地牢的时候特别强烈。

甚至，他宁愿舍了陪沈清苓过生日。

他真的爱她！

但他不会放手！

可是，除非她死了，否则她是离不开这里了。

上官惊鸿早已看穿了她，昨晚，他就已经知道她再也狠不下心自尽，因为肚里的孩子！

所以他设下三天之期，然后再次牵绊她。

见鬼的只要她想离开，他就让她走。她本以为他要用这三天让她再傻傻爱上他，然后不走，又想汨罗的部族受到皇帝的干预，他不会拿部族来威胁她。

他派人将汨罗和她的外公外婆都接了过来，说是让他们来看看她，其实他早在那边就让人对他们下了剧毒。

他们现在还欢天喜地地在路上。

她真的能看汨罗死吗？

现在，她唯一有利的地方，就是她已经知悉他的心思，而他还不知道，方明终是不忍告诉她。

还有两天，她要想办法！

他呢，他现在去了哪里？沈清苓那里吧。

温泉畔。

"苓儿，若你想留在我身边，那便试着接受翘楚，还有，你不能再动她，永远不要再打她！

"我今晚哪里都不去，就在这里等你答案。无论父皇怎么想，我将一力揽下方镜失踪的事。若你承，后天开始，你便开始用另一个女子的身份生活；若你不承，我派人送你离开，永远保护你。"

"上官惊鸿，这就是除碧玉镯子以外你送给我的生辰礼物？"

耳畔，他似乎还听得到方才沈清苓奔进花林前悲恸的哭声。

她看到他过来，抬手便想打他。他扣住她的手举高了，一字一字告诉了她那几句话。从没看到清苓哭成那般，她怔怔看了他很久，而后飞奔进花林里。

上官惊鸿负手站在泉畔，冷眼看着簌簌落花的花树，春天了，有些花竟还在落宕。

他竟然没有去追那个他发誓爱护一生的女人！

他只让老铁尾随过去看住沈清苓。

他心中一碾一碾都是痛和躁，却不是为这个终究决意爱他的女子，而是为那个含笑勾引他又将他舍弃的女人！

弱水三千，只取一瓢。

虽则如云，匪我思存。

脑海里都是她的声音。

他狠狠咬牙，蓦地仰天一笑，扬掌一挥，泉水如涌，被掀至半空，泻落如潮。

"爷。"

景清的声音在背后怯怯传来。景平低声道："我去找翘主子。"

"不准去找她，谁也不准去找她！"他冷冷地打断景平，"去替我取酒来，将地窖里的酒都给我取来！"

第九章

青鸟殷勤为探看　来使再出新考题

睿王府，大厅。

翘楚看着桌上的精美衣袍，听着绸缎庄老板娘的口若悬河。

明天就是宫宴。

这件衣服是他命人给她特地做的。一天一夜，她没有看到他。

四大和美人被送回她身边侍候。

听四大碎嘴说，他夜里宿在书房。

他是和沈清苓在一起吧。

"娘娘，不是老身自卖自夸，这衣服可是八爷花大心思命我们做的，这两天里紧赶慢赶赶出来，可了不得。"

翘楚想着事情，听她喋喋不休，心里烦躁，随口回了句过去："机织出来的能有多好？！"

两天只能是机织，人工做不来，最好的衣服当是人手所做。

老板娘笑了："娘娘，衣裳是早已做好的。人手所制，本就是我店里之宝。这衣襟处的瑞鸟图才是新绣上去的。这套衣裙料子上乘，做工一流，八爷别出心裁，又让加了这图案，可不正是越发不同凡响了吗？娘娘可知仅是针线就有哪些奇巧吗？"

若这老板娘再说衣物料子怎么优质、配饰怎么华贵，翘楚只怕还是兴致缺缺，但听说到针线，她反而生了一丝好奇。

那妇人虽聒噪，却自有些本事，更懂察言观色，看翘楚先前神色平淡，这时却凝眉看来，立刻顺势道："娘娘，那可是东陵深矿做的针，北地珍兽皮绒做的线。"

她说到这里一下住了声。翘楚明白她的心思，知道她有意卖关子，这小小针线已是如此，这衣服如何价值不菲。

翘楚又睇了眼桌上被妇人延展开来的衣袍。

衣袍方才还被妇人掖着，她有些心不在焉的，这时细看，果然别有一番不凡。

那衣裙做自一幅蓝紫缎料，她以前是挖墓的，那绸子一看便知极好。裙上处处错落着印花，每朵花花蕊上皆嵌着各色碾碎了的宝石——祖母绿、猫儿眼、血玛瑙。这些宝石颗颗成色上乘，这已难说价值，衣袍右心口处拓着一只引颈而歌的青鸟。那青鸟颜相美丽，眸光极是精炯狠猛，眼末却又含缱绻之意，让人忍不住多看几眼。一看，便觉它要展翅而飞，翱翔穹宇。活灵活现至此，端的是那镶嵌在鸟眼上熠熠生辉的黑宝石，那明美的绣线，还有那至臻境的手艺。

她虽不知道上官惊鸿为何要在衣裙缝上这样一幅图案，但这东西看来确实价值连城。

四大是小孩心性，对敌人恼归恼，倒看得两眼发光，美人也赞了句。

"翘主子，爷现在就在书房，他若知你喜欢，心里必定欢喜。"

一旁，方明轻轻插了句话。

翘楚明白方明的意思，也知道方明为泄言而不安。他心里还是希望她和上官惊鸿好，希望她趁机到书房走一趟，和上官惊鸿说几句话。

"哦，是什么好料子？"

淡淡一声从厅门传来，翘楚一怔，却见郎霖铃携人走进来。

这一眼让她心头怦跳，震怔在地。

莫怪她惊讶，当看到和你自己长得一模一样的人，怎会不惊？

郎霖铃身旁的女人是海蓝？

除去一身古装，那张脸确确实实是海蓝。

倒是那妇人人来熟，闻言立时一脸堆笑迎了上去："郎娘娘可来了，这是八爷命老身给您做的新袍呢。您快来看看，可还有什么地方要老身改的？"

那好人说着朝那酷似海蓝的女子打量了几眼，笑问："哟，这位小姐是？长得可真够标致的。"

郎霖铃朝妇人点点头，却并没有回答，直接看向翘楚："来，妹妹，姐姐给你介绍个人。这是我的表妹，姓林，闺名海蓝。我姨娘住在别地，林妹妹过来探望我娘和我，会在王府小住些天。"

"见过翘妃。"翘楚看林海蓝微微笑着看着自己，眸光并无掩饰，淡淡浮着一抹思量。她心里一凛，握了握袖中已冰凉一片的手，打了个招呼，心想倒真是天上平白掉下个林妹妹。

海蓝。

连名字都和她一样，怎么会这般巧合？

翘楚几乎可以肯定，这个人就是沈清苓，她戴了人面。

她已遭太子思疑，老住在地牢也不是办法，她需要一个新身份，陪伴上官惊鸿左右。虽然篝火宴上，一曲过后，自己虽以常妃作幌子，她也已开始怀疑自己的身份，但为什么她偏偏易容成海蓝的模样？

她必定认识海蓝。她到底是现代里的谁？会是林羽吗？

只是，翘楚万没想到上官惊鸿会用郎家来替沈清芩洗白身份。郎妃妹妹？这个郎妃妹妹以后将是睿王府的新夫人吧。

有郎家做后盾，比起任何外面进来的女子，更不引起宫里思疑，也更能给她一个好名分。

但上官惊鸿这样做，郎家必定不高兴。

还是说上官惊鸿已经厌烦了郎家的约束？

他现在也确实有了可恣意的权力。

她看不透。

她正想着，忽听一声尖锐的声音传来："表小姐，你丫头那是在做什么？这可是爷给我家小姐做来赴宴的衣服，价值连城，那丫头粗手粗脚的，怎可乱碰乱扯？"

却是郎霖铃的贴身丫头香儿和沈清芩的丫头争执起来。

这香儿绝不是个善茬，此时想是趁机替自家小姐撒气，但沈清芩身旁那名眉目清冷的女子似乎也是个狠角色，一把挥开香儿，那力道之大，竟让香儿跌撞到郎霖铃身上，两人几乎同时摔倒。

郎霖铃终是恼了，脸色苍白，这时秀眉一冷，扶着香儿稳住身子，扬手便往那丫头脸上狠狠扇过去。焉知，那丫头竟然往后一仰，避过去了。

本来，主子教训丫头，即便你能避开也是绝不能避的！

翘楚无意看戏，但沈清芩顶着她的脸庞，让她实在难忍。她必定要设法弄清楚这个人到底是谁，遂没有立刻离去，还想多观察一下。

那老板娘是被慑到了，略有些颤抖地退到一旁。她正有些奇怪方明为何不出言劝一劝，这时一看，才发现方明已不在屋里。

她看着前方两个女人，困扰了两天的事情，蓦地有什么从脑海里擦过。

郎霖铃看沈清芩站在原地，只淡淡看着，冷冷一笑，道："海蓝妹妹，可还记得我们郎家家训，奴婢就该有奴婢的模样，奴婢不驯，主子有责。既然你的丫头我教不来，那妹妹教一教吧。爷现下不比以往，政务繁忙，总不好劳烦到爷。"

"姐姐言之有理，只是这丫头自小跟着我长大，生不在郎家，也不知该遵守些什么规矩。再说她方才似乎也没什么做错的地方，只是不小心碰撞到姐姐，姐姐莫恼。"沈清芩不卑不亢地朝郎霖铃欠身一福。

"妹妹，"郎霖铃轻声说着，突然上前一步，走近沈清苓。沈清苓低叫一声，郎霖铃已出其不意举手往她脸上打去。

岂料沈清苓那丫头眼明手快，斜地里，已抓住郎霖铃的手腕。

这丫头原是暗卫，从小被上官惊鸿训练，暗侍在太子府四周保护沈清苓，和沈清苓的关系非同小可，兼之很早以前就被上官惊鸿嘱咐，不论遇到什么事都必须全力护主，是以这时上了明面，她仍是一样。

"阿绣，放手。"

沈清苓命令道。她虽为生辰的事伤了心，却忍了下来，必定要将上官惊鸿从翘楚手里夺回来。至于对郎霖铃，她知道这是个厉害角色，但她以后既然要生活在这里，若先服了软，反被郎霖铃欺了，倒不如明面上斗。

她知道，现在上官惊鸿心里，约莫是因着对翘楚的亏欠而惑了本心，才将翘楚看得比她更重，但来日方长；而郎霖铃虽有郎家倚仗，到底不如她重。

阿绣看沈清苓没有特别示意，她跟在沈清苓身边久，懂她的心思，这时手腕一抖，将郎霖铃直直挥出去，另一只手将怒红了眼欺身上来的香儿狠狠推到地上。

郎霖铃跌倒在地上，气得浑身发抖。但她岂是寻常女子？她一直留意厅里的情况，知道方明方才出去了，极大可能是去找上官惊鸿。

她也不传院里的护卫，迅速计量起来——是吃了这暗亏继续刺激林海蓝直到上官惊鸿过来替自己拿个公道，还是现下离去，突然，手上一暖。她一怔，却见翘楚正弯腰搀扶她。翘楚会帮她，怎么可能？

她正疑惑着，只听到翘楚道："美人，将阿绣给我捉起来。"

沈清苓一惊，随即冷笑道："翘妃这是什么意思？"

"管治的意思。我这人粗浅，不懂哪家的丫头该归哪家来管，但这里是睿王府邸，我既是睿王的侧妃，还不能管治一名丫头吗？"

她说着一瞥美人。美人一凛，笑答道："是！"

她和四大自进睿王府，也忍气吞声多了。翘楚这两日和她说了些府中的事，她也猜出几分这女人就是沈清苓。她和四大早已恨死沈清苓了，这时虽不能动这女人，但将她那恶婢教训一顿倒是个撒气的好机会。

一阵搏击拼斗，绣儿被美人擒了下来。沈清苓脸色微变，眼梢一掠厅上方才方明站过的位置，心里轻轻一笑，脸上却不动声色，蹙眉看向翘楚。

对于翘楚，郎霖铃心中越发疑虑，又听到翘楚轻声道："郎姐姐，这丫头，你看看怎么处置吧。"

她闻言，倒有些犹豫。这时，冷冷一声在厅外而来："发生什么事了？"

"见过睿王。"

阿绣被美人反扭着双手，这时咬牙呼叫道："八爷，请救救我家主子，翘主子她——"

她话未完，手已被美人狠力一拧，顿时疼出一额冷汗，说不出话来。

厅上有奴仆，有绸缎庄的老板娘，厅外有护卫，沈清苓因着身份，只能说明面上的话。她弯腰朝上官惊鸿一福，低声苦笑："原本只想看看两位姐姐的漂亮衣裳，哪知最后反惹翘妃不高兴。我这丫头阿绣又是个强出头的主……"

上官惊鸿眉宇冷拧，盯向翘楚："你都做了些什么好事？"

郎霖铃看了翘楚一眼，这事最后烧到翘楚身上是她没有想到的。她虽恨翘楚，但翘楚方才毕竟帮了她，且看模样似乎并非出于什么歹心。她正迟疑要怎么说，却见翘楚对上官惊鸿道："不该做的都做了。表小姐既然如此喜欢这些衣服，那给你好了。"

她说着，将桌上的青鸟衣袍一扯，径自递给沈清苓。

沈清苓一怔。上官惊鸿目光在衣袍上一顿，脸色顿变，眸光一暗，正要说话，却见翘楚突然弯腰抚住肚子，微微蹙起眉头。

"翘楚！"

众人只觉眼前一花，上官惊鸿已大步走到翘楚面前，将她连着那青鸟衣袍拦腰抱起，快步出了大厅。

当翘楚再想起这些事的时候，人已穿着那件青衣长袍，坐在酒气流香的宫殿上。众王众臣众宾已落座，只等皇帝帝妃过来。

翘楚握着自己仍旧冰凉的手心，稳定着心神，今晚一定不能乱一点，时间也绝不能错一点，因为她能不能走，就看今晚，就在今晚。

她案下的手突然一暖，被一只温暖干燥的大掌紧紧包住。她侧头看去，却见她身旁的男人脸上若无其事，正擎着酒盏遥遥回敬对面的太子和夏王。

今晚，这两名皇子各有一美在身侧——北地第一美人翘眉、西夏美人银屏。

翘楚有种强烈的感觉，今晚注定多事。

没多久，上官惊鸿放开了她的手。

她手心冰冷不复。

翘楚突然想起昨晚他带她回房之后，他伸手向她手腕摸过去。她知道他的医术，大方承认，说我没事。

上官惊鸿淡淡掷了句"我知道"，便离了房间。

她倒愣怔甚久。

她并不怀疑他能看出来，只是，他为何还要替她诊脉？仅为肌肤相亲？

她随后为自己这个念头感到好笑。他怎么会？

皇帝不久之后携皇后、诸妃过来。

翘楚留意到郎后不比郎霖铃，气色倒是较以前好了许多，有一丝奇怪。

热闹非凡的祝酒过后，淳丰递交了文书，和历例不同，并非在朝堂上，而是在这宫宴上定下了和约，随后又定下了夏王和银屏公主的婚事。

夏王和银屏公主走到殿中，谢了皇恩。

众臣道贺。

翘楚心里又生了一丝奇怪，见庄妃怀中小九儿向她眨眼。她多日不见他，也笑着多看了这孩子几眼，却发现庄妃似乎并不特别高兴，眉间有一丝悒气。本来夏王定亲，对方又是一国公主，她该喜悦才对，倒不知她在宫里发生了什么事。

夏王正要回座，这时，上官惊鸿却举杯站起来，笑道："祝贺九弟大喜。"

夏王侧身走近，颔首致谢。

她就坐在上官惊鸿身边，夏王这一走近，两人的目光也微微擦过，随即各自错开。她淡淡的，他虚扶一脸娇羞的银屏回座，亦然。

翘楚心里有股说不出的感觉，想起前天早上的事来。有个婆子在睿王府外用北地方言叫卖北地的小吃，想是知道此间住着个甚是得宠的北地王妃。

门房见状告诉了方明，方明看上官惊鸿上朝未回，便将那婆子带了进府让翘楚高兴一下；若上官惊鸿在，怕他不高兴。

北地方言，东陵甚少人会。

翘楚从那婆子手里接过一封密信，方知夏王用心。他为不让人思疑，特地命人从北地带了个人过来，在上官惊鸿不在府邸的时间帮他传信。

信上只写了三字：你可好？

落款是元宝。

元宝让上官惊鸿带回来，后来半夜自己跑了。元宝已经不知所踪，一切物是人非。她知道他即将成婚。那天她和冬凝聊天，冬凝曾略略提起宫里的大事。

她没有回信。

直到昨天青袍的事之后，方明告诉她那婆子约莫是尝到了甜头，又来吆喝买卖。她想了又想，到书房找上官惊鸿问些话，才让方明将那婆子带进来，回了信。

一切事情仿佛冥冥中自有定数。

敬过酒，上官惊鸿坐下来，淡淡看了她一眼。翘楚立时知道，他是故意的，提醒她上官惊骢成婚的事。

她心里紧张之余，有一丝惆怅。

便在这时，忽听彩宁长公主笑说，上次宴会匆忙，这次，特送上礼物向睿王赔罪。

彩宁指的是淳丰冒犯之事。

上官惊鸿起来谢了。彩宁命人送上数个锦盒交与在上官惊鸿背后侍候的方明，自己又从位子上过来，将自己脖子上一条类似藏民哈达的东西，递给上官惊鸿。

翘楚自来云苍，因前生喜好，对各国人情都做些钻研，看彩宁如此，顿时一震，知道这是西夏那边的风俗——女子若向男子献这东西，有结姻之意。

殿上原本觥筹交错，这时也都得静一静。西夏毗邻东陵，知道这礼俗的人不多，却绝不少。这些日子来，本以为彩宁和太子大有可能联姻，没想到彩宁看中的却是睿王。

翘楚正心笑上官惊鸿艳福不浅，脖上突然一暖，上官惊鸿竟将那东西拢到她脖颈上，拱手道："谢谢长公主。公主珍礼，正好让惊鸿小儿叨叨光。"

翘楚一惊。郎霖铃因和带进宫一道参加宫宴的"表妹"一起坐，两人一案，坐在他们隔壁，并没按往常礼仪坐在上官惊鸿旁边，反成了她和上官惊鸿共一个桌案，此时她自然而然成了他的祸害对象。

她一看殿上众人表情便知不少人知道这东西的寓意，上官惊鸿是什么人，绝不可能不知道。

他婉拒了彩宁？！

她正不明白上官惊鸿为什么要这样做，皇帝和殿上众人都有些变了脸色，倒是彩宁还甚是冷静，淡淡盯着上官惊鸿。上官惊鸿迎着彩宁的目光，不闪不缩："承公主厚礼，惊鸿无以为报。公主若有需要惊鸿效劳之处，只管吩咐，惊鸿必定全力置办，水火不辞。"

彩宁垂眸片刻，方抬起头来道谢。

皇帝看彩宁涵养功夫极好，才稍为舒了眉头，淡淡看了上官惊鸿一眼，随即笑命殿上所有内侍为众人斟酒。太子似不以为意，很有风度地与皇帝一道敬西夏使节一行。

酒过三巡，银屏突然站起来，笑道："皇上，银屏素慕东陵大国地灵人杰，听闻睿王医术便是一绝。银屏有个问题想请教，不知可否？"

众人一怔，彩宁长公主被拒，此时不知这银屏公主是有心解围还是有意刁难。皇帝眸光一深，却只笑道："公主请说。"

有人看向夏王，心忖看言行举止，银屏对这九爷似用情甚深，不知他会约束与否。夏王却并没说什么，眉眼含笑，倒似也生了一丝兴致。

上官惊鸿自是没有拒绝："公主请赐教。"

银屏慢慢敛去笑意，盯着上官惊鸿，一字一字道："睿王可曾听说过心蛊？"

"心蛊是云苍十大奇蛊之一，兴于古国西凉，但早已失传。不知公主为何问起此蛊？"

"言则睿王也不知道此蛊的详细制法？"

"公主博学，惊鸿甘拜下风，确实不知。"

上官惊鸿一说，皇帝也微微皱起眉头，殿上也是一片失望之色。银屏看上官惊鸿仍是不卑不亢，掩嘴笑道："这……银屏还以为东陵必定有人识得，睿王也是必定知道的。哦，无妨，无妨。"

她这有意无意一笑，谁都看出皇帝已有愠怒之色。彩宁低声道："银屏，九爷的酒樽空了，你还不给他斟满？"

银屏也不争辩，依言坐下，似乎也不过是心血来潮偶有一提。太子笑道："所谓术业有专攻。公主，孤八弟只是余暇习医。父皇，孤看不若传太医院院正过来为公主解答，如何？"

若院正能解答，则可保东陵泱泱大国脸面，但此一来，更折睿王面子；若不能，则更有损东陵之名。

众人也不好去揣测太子的心思，却知道皇帝此时自是答应。

果然，皇帝大手一挥，道："宣院正。"

莫存丰立刻传令下去，不一会儿太医院两名院正匆忙赶到。

然而，面对此问题，二人也答不上来。

一时，殿上人人面面相觑。

"听说太子妃母亲擅蛊术，太子妃可听说过这心蛊之术？"

郎霖铃的声音适时响起来，暂时化解了殿上的尴尬，将矛头指向太子府。

翘眉岂是易压之人，立刻便笑答："郎妃见笑，八爷不识，翘眉才疏学浅，又怎知这心蛊之奥妙？"

这一下明讽暗刺，又将球踢回给睿王府。只是，若有人仔细留意，会听出翘眉话里微微的迟疑，似乎她并不十分情愿说这讽刺之话。

"这心蛊可是以百足、毒蝎、毒蛛数种毒虫各自选百数而斗，最后胜出的三只分别放进一种叫作'苍'的死去多时的大毒蝮蛇体内，灌以孔雀胆、鹤顶红毒液饲养。那蛇因死生出尸虫子，这尸虫子尽吸三只浸泡在毒液里的毒王之髓。待毒王全数变成空壳，尸虫子与从其体内衍生出来的小尸虫子便成蛊，这蛊就叫作心蛊。"

"敢问公主可是这样？"

当温温清清数声在殿内响起，银屏立时从位子上站起来，一脸吃惊，脱口便道："你怎么知道？"

上官惊鸿看向翘楚，殿上之人也看向翘楚。

答案是这位方才一直沉默的睿王侧妃给出来的，而这个听去让人寒恶的答案似乎……正确。

睿王不知道，翘眉不知道，这翘妃却知道，不能不让人又惊又奇。太子眸光微深，皇帝已是龙颜大悦，正要嘉许，银屏却低声笑道："且慢。"

"请问翘妃娘娘，这心蛊有何作用？"

银屏咄咄而来，众人屏了声息正待看翘楚如何解答，哪知翘楚却缓缓摇头，说："我不知道。"

皇帝一阵失望。这时，彩宁严厉地盯了银屏一眼，压低声音道："你哪看来的古怪东西！"

突然又有人从案座上站起来，笑道："说到这心蛊的作用却是非比寻常。心蛊又叫子母蛊，其毒能置人于死地，却并非拿来杀人，而在用于掣肘别人。若两个人分别中母蛊和子蛊之毒，则互相牵制，一人死，蛊虫亦会将另一人杀死……"

"东陵果然是人才鼎盛，便是睿王府里也卧虎藏龙。"

银屏的声音有一丝懊恼，脸上却是一片诚服。皇帝大喜，手一撑竟从座上站起："这是谁家姑娘，学识如此渊博？好，朕重重有赏。"

所有视线一瞬从翘楚身上转到郎霖铃旁边那个刚站起来的女子身上去。郎霖铃略一迟疑，随即起身回禀道："回皇上，这是霖铃的表妹，林氏海蓝。日前她正从外地过来探望臣妾，今日臣妾携她过来开开眼界。"

皇帝连连点头，看向郎相，赞道："郎卿，你郎家倒真是一门杰出呀！"

郎相赶忙回道："谢皇上夸奖。"

这位老相却似乎并无众人想象中的欣喜，眉宇间反有一丝凝重。

沈清苓跟着道了谢，笑道："皇上谬赞，其实这不过是睿王跟公主开的一个玩笑，方才在等院正过来的时候，睿王已将答案告诉我和两位王妃姐姐了。"

"哦，竟有这么一回事？老八，你倒真是顽劣。"

皇帝眸光一动，只是笑斥上官惊鸿。

上官惊鸿淡淡一笑，起身告罪。翘楚看到他眼梢在自己身上一掠，又凝落在沈清苓身上。

夏海冰微微皱眉，飞快看了沈清苓一眼。

睿王又一次赢得君心。众人暗忖，悄悄打量过去，只见夏王微微垂下眼睑，看不出表情，太子却似笑非笑地轻轻睨了沈清苓一眼。

沈清苓侧身朝上官惊鸿看去，两人目光交叠，上官惊鸿轻声道："海蓝，坐吧。"

"是。"

心蛊，倒没想到林羽的心蛊会在这里被提及，这银屏和林羽有什么关系吗？翘楚也懂心蛊，她到底……沈清苓思虑着，但见上官惊鸿眸光幽深盯着，心忖终是帮了他。她微微笑着正要坐下，突然看到翘楚朝自己轻轻瞥过来。

她回以一笑，却忽听翘楚一字一字道："思微，别来无恙。"

她心头一跳，竟生生定在原地。

翘楚这一声甚是清亮，皇帝也听到了，来了兴致，问道："翘妃，林姑娘的闺名不是海蓝吗，你怎么称呼她思微？"

"回皇上，林姑娘进府数天，翘楚与她相熟起来，只觉唤她小名更见亲近，林姑娘的小名正是……思微。"

皇帝自是没有再说什么，只沉吟了句：海蓝这名字朕从前似乎也在哪里听过。"

当然，他这一声甚低，谁也没有听清。

西夏使节一行以及众臣举酒祝贺睿王。

郎霖铃将一脸震惊的沈清苓拉坐下，眼梢划过翘楚，心里疑惑越发深重。

翘楚微微闭了闭眼，已是一手冷汗，手掌突然又被人握住了。上官惊鸿方才没有怎么理睬她，这时眸光微沉。

一股暖流从掌心透来，这难道就是传说中的运功御寒？

她想着，过了一会儿，终于说道："我有些胸闷作呕之感，可以出去走走吗？"

上官惊鸿盯住她看了片刻，替她向皇帝说了。皇帝颜色温和，淡淡"嗯"了声。

上官惊鸿吩咐老铁跟着她。

见她没将两个婢女带进来，郎霖铃微一沉吟，道："爷，铁叔护卫安全甚好，但这近身到底需要个婢子侍候，不如让香儿跟着，也好有个照看。"

上官惊鸿颔首，温言道："还是铃儿考虑周全。"

郎霖铃轻轻一笑。她今日穿着一身上官惊鸿特地定做的珊瑚红袍，颜色较之翘楚的青鸟蓝衣更华美几分，收到不少贵妇艳羡的目光，此时她一笑，脸上微晕，更见美丽，只是眉梢却依旧带了一丝淡淡的青苍。

"姐姐，我陪翘妃姐姐出去吧。"

沈清苓突然插话。上官惊鸿看了翘楚和沈清苓一眼，淡淡道："嗯，你两个感情甚好，宛似相识，去吧。"

翘楚出去的时候，刚有戏班上台表演，不知唱的是什么曲目，只听到开始的那个青衣唱道：典之大庆，与君共醉，千岁结缘，相识难守，百年并蒂，相识相惜，不离不弃。

酒香流盈里，有些人淡淡瞥过她和沈清苓，当然，也不过出去一下，一瞥便了。太子、夏王……上官惊鸿案上独酌。

翘楚一眼之下，没有再回头看，这里纸醉金迷，即使想看也看不清。

第十章

双姝联手造空城　侧妃踪影难再寻

数曲既罢，殿上每个人似乎都有了几分醉意。郎霖铃看上官惊鸿突然朝殿门一瞥，遂道："翘妹妹许久未归，虽有铁叔和海蓝跟着，到底让人挂虑，还是让香儿走一趟吧。"

"爷，奴才也过去看看。"

二人背后，景平、景清互视一眼，也出声道。

上官惊鸿眸光一霜，冷冷一笑吞下杯中酒液。而今倒是人人都看出他的心思了？

郎霖铃也擎起酒盏抿了口酒，微一迟疑，终于道："香儿，你且和景平他们出去，各自分散找找吧。"

香儿答应着出去了。

景平、景清只听令于上官惊鸿，看上官惊鸿不语，景平正要说话，突然，殿门一声焦急传来："爷，翘主子晕倒了。"

殿上一惊，上官惊鸿已掀衣而起，一瘸一瘸却快奔到翘楚身旁。

不少人随过去。

老铁在殿口，翘楚昏倒在他怀里。

上官惊鸿将翘楚揽过，眉峰一利："她中了迷迭香？铁叔，这怎么回事？"

老铁回道："方才两位主子一路走着到了常妃娘娘的寝殿，林姑娘只说有事要和翘主子商谈，两人遂进去了，奴才守在殿外。二人倾谈了好一会儿，突然，林姑娘一脸怒气从殿里奔出来。奴才担心翘主子，正要进去察看，翘主子却说，让奴才莫过去。奴才听她声音哽咽，不敢惊扰。直到一盏茶时间过去，里间却无一丝声息传来，奴才担心，顾不上其他，遂闯了进去，便见翘主子昏倒在地上。"

他说着，上官惊鸿已从怀中掏出解药，喂翘楚服下。

翘楚嘤咛一声醒来。

"翘楚。"

"翘主子……"

翘楚蛾眉轻蹙："你们说什么，我是……海蓝。"

她说着看众人脸色骤变，微有些不解，又觉怀里有些轻硌，于是探手进内，将里面的东西掏了出来。

众人听她自称海蓝，以为她刚醒来神志模糊，又见她拿出来的却是一只奇怪的腕饰。

她无意按了下镯上一处凸起的地方，一丝沙沙的声音从里面传出来。众人惊得不轻，便连走过来的皇帝也眼含疑惑。一道细碎的声音紧跟着响起：铁叔，莫进来，让我自己静一静。

这分明是翘楚的声音！

只是，翘楚既在此，她的声音又怎么能从一只镯子里传出？

人人吃惊。

上官惊鸿手指翻屈，紧紧握住，猛地闭上眼睛。

他想起两件事。

其中一件，方才银屏说起心蛊的时候，他已念及。翘楚昨天曾到他书房，问过他心蛊之事，他只说不知道，那是失传已久的巫蛊，制法和作用已不可考究。

第二件，却是她问他讨要眼前腕饰。他当时没有理睬她，她却突然吻住他，他没有……拒绝。腕饰，他终是给了她。当她看到装着镯子的荷包时，她怔了一怔。他心中薄怒，冷冷道："你之前不是不要吗？"她朝他一笑，说，那是她一个好友送的，再说，她想看看这小玩意能不能防水，还能不能用，她记得它有录音功能。

她的话很奇怪，防水，录音……他从没听过这些，那到底是什么东西？极为贵重？谁送她的？他要问她，她眉眼有着一丝薄薄的俏皮，又吻上了他……

马车飞驰。

风吹拂起帐帘，轻轻拍打着女子的秀发。

女子支肘，凝视窗外漫天星野。

心蛊，她其实也不知道制法，只有林羽知道，但只要问问题的人不拆穿，任你随意去说也无妨。但那年的灵堂上，却有两个女子知道了它的效用。

一个是海蓝，一个是林思微。

一直和睿王府的奴仆守在马车旁等待宫宴结束的"林海蓝"的贴身丫头阿绣，被迷昏了。

本来要迷昏武功不弱的阿绣并不容易，但讨巧在于阿绣对她并没有防备。

因为，她现在是"林海蓝"。

这时，"林海蓝"因为身体不适，自己先行离宫"回府"，谁会阻止？

当然，"林海蓝"不可能再回睿王府了。

让人感慨的却是，她本来就是海蓝，如今却顶着海蓝模样的人皮面具。

而被老铁带回去的沈清苓却戴上了她预先准备好的翘楚模样的人皮面具。

翘楚的人面是她昨天让冬凝做的，并问冬凝要了迷迭香。

迷迭香是上官惊鸿亲自发明的好药，他们一众人都有。

若夏王没有因等不到她的回信不罢休，昨天又派了婆子在睿王府外吆喝，整件事，本来未必能成。后来，一切似乎都自有定数。

从她看到沈清苓和郎霖铃相斗起，她就生了个念头：能不能借助她们的力量逃走？

昨天，上官惊鸿连人带袍送她回房之后，她就开始谋算逃走的办法。

她一直想揭开沈清苓的身份。午间蒙眬睡着的时候，她梦到当年秦歌的灵堂，梦见林羽在说心蛊——那一切情仇的开端。她又迷迷糊糊地想，临走前，要拿回琳琅送她的手表。

这些因素、人事糅合在一起，她午休醒来的时候猛然想出了一个办法。

她先试探了上官惊鸿知不知道心蛊。

若他知道，她再谋他法。

他说不知道，于是，她趁机问他拿回手表。她记得这手表有录音功能，当然，琳琅当初给她的时候，也许并没有想到这手表他日还有用处。

只可惜了这手表，最后是不能带走了。

拿回手表，她立即回信给夏王，一事相求——让银屏翌日在殿上先后询问心蛊的制法和作用。

信上附上假的心蛊制法和真的心蛊作用。

由银屏来问，最有效果。

她既已肯定沈清苓是现代人，虽不知道清苓是谁，林羽、林思微还是和秦歌有关的别的女人，但当日秦歌灵堂上，不存在他以前的女人，只有她们三个。

林羽是知道心蛊制法和作用的，她和林思微却只知道作用。

她捏造了制法，若沈清苓就是林羽，必定会戳破她，但沈清苓没有。

终于她排除了沈清苓是林羽。

随后，她有意说不知道心蛊的作用，沈清苓却将其作用清清楚楚说了出来。

那一刻，她终于肯定，沈清苓就是林思微。

沈清苓变了很多，但身上隐约还有一丝思微往日的影子。

她当即出言提醒沈清苓，唤她思微。

沈清苓果然吃了一惊。

沈清苓本就怀疑她有可能是海蓝或是林羽，将自己易容成海蓝，已存试探之意。所以，当她揭穿沈清苓身份并提出要外出的时候，沈清苓随她出来。

沈清苓对她的身份已到了迫切需要知道的时候。

知己知彼。

对她来说，揭开沈清苓的身份，一为知道和自己纠缠到今天的女子到底是谁，更为了紧跟着的出逃伏笔。

她提出去常妃殿。

有些事情，她认为，沈清苓并不想让老铁知道。

果然，沈清苓提出进殿密谈。

进殿以后，她们关上门。两人特意走到较远的地方，以防耳力厉害的老铁听出动静。

她早已准备好迷迭香，沈清苓全神贯注询问她的身份，反而没留意她暗里的动作。

她早服下冬凝给的解药，将药粉扬手一散，沈清苓即中香昏迷。

她揭了清苓脸上"海蓝"的面具，戴到自己脸上，按冬凝所教的，迅速拾弄好，直到对镜看去再无破绽，又替沈清苓换上自己一直戴在身上的"翘楚"人皮面具。出门的时候，她有意让美人察看了沈清苓梳的发式，自己梳了大同小异的，又脱下彼此衣衫和饰物互换了。

而后，她把早已录好自己声音的手表放进沈清苓怀里，按下按钮。

随即她以"林海蓝"的模样掩脸奔出殿外。

翘楚毕竟有孕在身，老铁不会去追沈清苓。

那段录音有个小窍门。

先是一段时间的空白，后来才出现她的声音：铁叔，莫进来，让我自己静一静。

那段空白的时长，她已计算出大概，这样直到她走出殿外一段距离，老铁才听到里面翘楚发出的声音。

而到老铁察觉不妥，奔进殿内的时候，她已经以"林海蓝"的身份走到取马车的地方。

她也不要睿王府的马夫驾车，推说身子不适，让阿绣驾车回府。

一出宫门，她即让阿绣改了路向，说想到外面透透气，先不回府。

去到幽密街道，她再让阿绣停下马车，唤阿绣进车厢，再用迷迭香。

这是约定的地点，很快有数人上了马车，其中有人将阿绣搬下去，放进胡同里，另有马夫立刻继续驾车。

这车夫不是夏王的人，而是郎霖铃的人。

夏王并不知道她要离去。在夏王看来，那是一封奇怪的求助信。

虽一次次欠下他的恩情，但她不希望和他再有什么牵系，这对彼此都好。

她昨天帮郎霖铃解围，一来是看不过去，二来便是尝试和郎霖铃谈下这桩买卖。她走了，对郎霖铃只有好处。

她逃走并不容易，上官惊鸿很快就会发现。他的追兵厉害，必定全城缉拿。若没有接应，她根本不可能离开朝歌。

且现在也根本不适宜离开，沿路走，只会让人捉回，哪怕用上人皮面具还是不保险，易容术仅靠人皮面具还不行，若对模仿者不熟悉或是不将自己的习性戒除，时间稍长，难免露出蛛丝马迹，只有等这几天风声一松，她才能出朝歌。

而在这之前，她需要一个安全的住所和食物，也要准备好以后上路所需的东西。

上官惊鸿曾有意将三天之期延长，说宫宴不可不去，让她参加完宫宴明日再决定是否离开。而汨罗一行明日一早就到。她在这之前离开，他没有办法和她谈。

一天捉不到她，他绝不会动汨罗等人。他本来带他们过来，也只是喂下毒药，让她亲眼看看不驯的后果，他不可能将他们留在这边很久。皇帝不知毒药的事，但皇帝会干涉她外公这一族之长的滞留问题。他终是要让他们回去。

她告诉了冬凝她的计划。

冬凝说自己先不走，因她这一逃极为凶险，想替她留在上官惊鸿身边打听些情况。

她劝说不下，遂留了信给冬凝，让冬凝日后转告宁王和佩兰帮忙，当她身死的消息传过来，就让他们求上官惊鸿替汨罗等人解毒。

她知道，他们会帮她这个忙。

四大和美人在他们离府后，应该已按计划出府，等在郎家别庄。本来上官惊鸿要禁足的也只是她，她们的行动倒还好。

此时唯一要防的是郎霖铃会不会趁机对她下杀手。

因为，由始至终，上官惊鸿都不知道郎霖铃插手进来。

同是可怜人，她并不想将人心想得过于丑恶，但仍做了防备，将秘密另写了一封信交给冬凝。

若冬凝回府一段时间，还收不到她设法送来报平安的信，那么，就是郎霖铃已经将她主仆三人杀了。

冬凝知道该怎么处置那封信——将信交到上官惊鸿手上。

昨天，她一并将这事告诉了郎霖铃。当然，她没有告诉郎霖铃持信的人是谁。

郎霖铃闻言不语，良久，方道："你既已集三千宠爱在身，我真不懂你为何还要离开他；若是我，我无论如何不走。你这样做是对的，我确实不知道自己会不会杀了你。"

她没说什么，只道了句保重。

宫宴上，即便沈清苓醒来意识模糊之下说了什么，那个人必定有办法解决。

至于以后他们如何，和她已没有关系。

她凝眸看着天际的星光，等下一站平静……

是夜，睿王府。

人人面色凝重，看着自宫宴回来后一直沉默的男人。

"有消息了吗？"

"爷，没有。"

"嗯，应当的，她不笨。五哥、铁叔、景平，你们协作将人手分开四路，一、沿路追去；二、大肆搜城，若她还在城内，我要她不安有所行动；三、暗中在市井庄院各处查探，朝歌大，这做起来难，不要紧，将我的暗卫都派出去；四、派人监视夏王府。"

"好（是）。"

"另外，景平你协助冬凝挑一个本来便会易容术的女暗卫易容成翘楚。翘楚离府的事，不能传进宫里。"

"是，爷（哥哥）。"

谁都知道，皇帝若知，必有重责！

"宗璞，夏海冰未必便知道苓儿本来是谁，但已看出易容。今儿个我仔细观察过，他神色有异。我这样做本着两手准备，若无法从翘眉母亲那里拿下绝颜丹，便让苓儿暂时以这个身份栖息。将苓儿送到别处始终不安全，如此也不必再在地牢辛苦度日。只是，这绝颜丹的事，我暂时无法去处理。你义父虽拥我九弟，对我也是极好。林姑娘的事，你便让你义父卖我最后一个人情吧。"

"是，我立刻便去办。"

"爷。"

"老八。"

"都走吧。"

上官惊鸿坐在书房椅中，目光极淡，声音也很平静，却让人心寒，就像风雨到来前那种闷和静。

众人想劝，宁王眸光一凝，环过各人，所有人终是散去。劝无用。

上官惊鸿什么都没说，没有谁比这一刻更明白，但翘楚之于他，已不只是侧妃。

一室沉静。

"你怎么还不走？"

"惊鸿，让我陪你。翘楚的事会过去的。爱一个人，便该包容，我不愿你为难。我这几天想了很多，甚至想试着和她相处，可她……"

"你和她以前是不是相识？真的有另外一个世界，该怎么理解？另一个大陆吗？"

沈清苓原本微微哽咽柔声说着，闻言，心头一跳，他会为那个女子是异界女子更迷恋吗？愧疚还是迷恋？

她突然又听到上官惊鸿道："你回去歇息吧。"

"若她不回，为更方便计，你会要我顶她的身份吗？"

"你想？"上官惊鸿反问。

"我自是不希望，但若你……"

"苓儿，你还是林家小姐，去吧。"

"我不走。"

手刚碰上椅中男人的手臂，男人忽而将她抱起。沈清苓身上一热，上官惊鸿已将她放到椅上，温重的吐息喷打在她脸上："今晚出入奔波，你亦累了，回房歇息或是在这里都行。你若不走，我走吧。"

"惊鸿……"

灯火昏靡簌簌摇摇，床帐里，郎霖铃抑住心底不断涌上的羞涩又带着极大的期许，等待着那即将到来的眩晕时刻。

上官惊鸿却突然抽身而起，披上外袍，又替她拢好衣服，方下了床。

"惊鸿？"

"你好生歇息。"

门开，在外守侍的香儿怯怯走进来，上官惊鸿吩咐道："好好服侍你家小姐。"

香儿应了。郎霖铃倚在床栏上，止住香儿按捏，轻声道："不必了，你去替我收一下桌上笔砚。"

上官惊鸿进来前，她正在作画解闷儿。香儿看她颜色苍白，甚急，把毛笔挂回笔挂上，又将桌上淡淡两方砚台残墨一倒，叠到一起放好，匆匆洗了手，走回她身边。

"爷要留下？"郎霖铃自嘲一笑。

上官惊鸿淡淡看着香儿拾掇，目光似落到桌面画上——花雏形。

"爷见笑，画尚没好。"

"没好才好，能画出无限可能。"

郎霖铃看门口婢女带上门，却一下趴倒在被上，低声啜泣起来。

"小姐莫哭……真该让相爷好好训斥爷几句。"

郎霖铃闭上眼睛："那天他们下棋，你不也在吗？什么不肯舍郎家这片左翼子，谁会信？爷爷心里也已是不满了，只是没说出来，他怎么还不收敛？"

家书里，郎相已说了重话。

"哎，小姐！"

翘楚卧室。

方明和景清进去的时候，看到上官惊鸿站在床畔正弯着腰似往里头捡着什么东西。

两人交换了个眼色，仔细看去，随即有些心惊胆战。上官惊鸿正在捡枕上的头发，然后极认真地一根一根放进手中的荷包里。

上官惊鸿见方明愣愣地盯着自己，径自将荷包放进怀里，笑道："嗯，这个和她送方叔的很像吧。她这些玩意儿总是很多，也送了我一个。"

方明眼鼻有些酸涩，又听到上官惊鸿吩咐景清道："去地牢让冬凝易容过来，说我想找人陪着吃点酒。"

景清咬咬唇，随即跺脚出去了。

方明倒了杯水给上官惊鸿，随即一咬牙，想跪下告罪，却见上官惊鸿眼睑微垂，问道："方叔，出其东门，有女如云。虽则如云，匪我思存。这诗你听过没有？"

方明越发心惊，看他有些喃喃地说着，嘎嘣一声响，竟捏碎了手中杯。

瓷片陷进手心，他却仍如之前安静。

是夜，郎家别庄。

翘楚抚着肚子，盯着床顶，脸上终究是有些不舒服的。她又换了一副新的人面，一副寻常女子的人皮面具。她暂时还是得用人面，除非拿到绝颜丹的解药。

她正想着，忽听美人的声音似从外面传来，随即又没了。这个时间，隔壁的美人该睡了才是。她听得不是很真切，只觉那声息里隐隐似有一丝恐慌。她心里一紧，立时穿衣下床，悄悄走到门后。

门，突然嘎吱一声，开了。

数天后，深夜。

朝歌大街上安静得似乎只剩下他们马车辘轳的声音。

车内，冬凝犹在不安。

这几晚，上官惊鸿夜夜找她喝酒。她害怕上官惊鸿那像鹰鹫一样的利眼，还有眼里日益深重的沉郁。

人皮面具是她做的，翘楚说上官惊鸿会从她身上找线索。她有些后悔没有听翘楚的话，随即离开。

当时想，她留下来一来能留意上官惊鸿动向，必要时设法送信示警；二来也能确保翘楚的安全，暂防郎霖铃动手脚。

上官惊鸿到底是疼她的，并没有责备，甚至没有问她一句，只让她陪着喝酒。但那来自他身上无形的巨大压力，让她越来越不安。酒醺的时候，他说，翘楚现在处境危险，他必须尽快找到她。

幸好，上官惊鸿不知道，她其实知道翘楚的下落。

因为，按常理来说，为防止被逮回，翘楚不可能告诉任何人自己的去向，上官惊鸿并不知道有郎霖铃这一环。

她想回秦府。

可上官惊鸿一直还没上报皇帝"方镜失踪的消息"，也没批准她"出现"，她只能仍留在睿王府。但今晚她实在忍不住了，她不敢再和上官惊鸿独处。

她怕看到他隐忍痛苦的眼睛，更怕他发现她知道翘楚下落的秘密。

她对上官惊鸿说，易容成婢女上来难免遇着沈清苓，但住在地牢实在苦闷，想易容到宁王那里住些天。

上官惊鸿说，宁王那边不行，这几天发生了些事。

她问他是什么事，他脸色微凝，只说他们会处理好。他知道她和沈清苓有嫌隙，问她愿不愿意到宗璞那里。

这几天并没见宁王和佩兰过来，她明白宁王那边的事定是棘手，她迟疑了一下，答应了。

正想着，一直坐在她身旁就着车内煤油灯安静看书的宗璞突然伸手将她揽进怀里。

她一惊挣扎："宗璞，你做什么，你临走前答应过惊鸿哥哥什么？"

宗璞淡淡道："我不会对你做什么。你若不愿意，我送你回睿王府。"

冬凝咬咬牙，终是没有再动。

他遂将她按在怀里，两手圈着她看书。有时，他会轻诵出声。他那吹息便呵在她颈侧薄嫩的肌肤上，让她不禁微微颤抖起来……

同刻，睿王府书房。

冬凝刚离去，上官惊鸿将目光从门口收回。外面虽有重重暗卫把守，他仍道："门关上。"

景清本和景平、方明两人站在一起，闻言，忙过去将门掩上。

"你确定？"

问话的是缓缓从屏风之后走出来的男子，正是近日棘手之事缠身的宁王。

"本来只是怀疑，现下确定了。"上官惊鸿嘴角微扬，露出这么多天来第一个笑容。

宁王疑道："你何以如此肯定？这几天又让我不得与小幺碰面，为什么？"

"按说翘楚不会告诉任何人去向，是我不愿放过任何机会，做这试探，倒没想到……"上官惊鸿一顿，方又道，"冬凝若只是害怕面对我，不会选择离开睿王府。我说你有事，她甚至宁愿避到宗璞那里去。她和宗璞嫌隙已深，除非她知道翘楚的下落，怕终被我问出来。"

众人一听大喜，这些天来找不到翘楚任何一丝消息，上官惊鸿夜夜酗酒，几乎所有人都开始泄气了，原来上官惊鸿却始终没有放弃。他此时如同前几天一样，仍是一身酒气，但眼里没有一分醉意，又锐又利。

上官惊鸿却很快敛去笑意，低头盯着案上的烛火。

方明问道："既已得知翘主子的下落，爷还有甚顾虑？"

"因为她本来不该让任何人知道她的下落，哪怕是她信得过的人。只有这样才是最妥当的，她却告诉冬凝，这不奇怪吗？"

宁王微一沉吟，低声道："老八，你认为这其中还有诡秘？"

"嗯。"

景清这时想到一事，顾虑道："即便冬凝小姐知道翘主子的下落，她也是断不可能说出来的。她不是宗大人牢里的犯人，我们不能用刑逼迫她。"

景清这一说，众人都心下一沉。

上官惊鸿眼里却流过一丝薄芒："我有办法让她说出来。"

"只怕天总不爱遂人愿。"

众人又惊又喜，却忽然听到上官惊鸿淡淡一句。这个男人素来不怕天地，不畏鬼神，还是第一次听到他说出这样的话来。

宁王重重拍了拍他的肩："老八，你多想了。"

"嗯，这两天我便向父皇禀报方镜失踪的事，好让冬凝回府。今晚倒是白白便宜宗璞那小子了。"

众人闻言俱笑。上官惊鸿也随即笑开，景平却发现他眼梢始终阴霾重重。

宁王笑罢，脸色却有一丝沉重："方镜失踪，父皇必定不悦，认为你办事不力。"

众人本来欢快的心情也霎时肃去。届时太子必会进言，说上官惊鸿有意谋害他最爱的女人。皇帝虽然未必相信，但总生疑心。毕竟，冬凝寻回，方镜却突然失踪，这未免过于蹊跷。

这时，门外传来老铁的声音，景平过去开门。

老铁进来，便向上官惊鸿禀报道："爷，这几天没有任何动静。"

上官惊鸿点点头。众人正疑惑间，宁王问道："老八，又发生什么事了？"

上官惊鸿伸手敲着桌子，缓缓道："我发现了一件古怪的事。"

她是昨夜来到宗府的，一夜一天下来，冬凝快度日如年了。

幸好，上官惊鸿的消息过来，让宗璞今晚稍晚便将她带回睿王府，再从睿王府转送回将军府。明日上朝，上官惊鸿就禀报方镜的事。

已是入夜，她躺在床上等时间过去。

窗外花香浓郁，从窗隙送将进来，她有些倦意，慢慢合上眼睛。

不知过了多久，突然一道微弱的呻吟声从门口传来。她猛地惊醒，目光一转，却发现房内景物尽数不同。

她吃了一惊，恍惚中，感觉脑勺疼痛，有种天旋地转的眩晕感。她明白自己是做梦了。

日有所忧，夜有所梦。

桌上烛台火薄，窗子洞开着，外面黑森森一片，风幽幽拂进来，那滴滴答答的宛若液体滴落到地上的声音混着呻吟声又从门口传来。

她自问胆子不小，此时也吓了一跳，只想着快些醒来。门外的声音却越发清晰起来，滴滴答答，一下一下，打在地上，也仿佛打在她的心上。

她把心一横，下床走到门口，猛地将门打开，随即失声尖叫出来。地上，卧着一个女子，满身鲜血，血水从她身上一滴一滴跌到地上。

那被头发蓬乱的额脸，半阖着冷冷看着她的血污眼睛。

"翘姐姐，你不是在郎家别庄吗？怎么到我梦里来了？郎妃果然害了你？我该跟你一起走保护你，我……"

她哽咽着去扶翘楚，突然一股寒气从背后而来，一只手向她腰眼疾抓而来……

半个时辰后，睿王府地牢。

众人胆战心惊，看着坐在温泉之畔喝酒的男子。

没有人敢上去说句什么，谁都看见他之前眼里残戾如血的气息有多浓重。

突然，他跌跌撞撞站起身来，将地上酒坛子一个一个掷地砸碎。

"求你了，莫要这样折磨自己。"

众人中，一个女子掩脸哭道。男人猛地回过头来，眼眸像淬了毒的刀，厉冽地盯着她，冷冷笑道："莫要逼我杀了你，若我早知你……"

他说着跟跄地往铁门的方向走去："这个时候我不能乱……我绝不能乱……"

有人将跌倒在地上的女子搀扶起来："小幺，别这样。"

冬凝泪眼朦胧，哽咽着怔怔看着眼前的男人。

宗璞一声低叹，将她拥进怀里："不是你的错，不是谁的错。"

冬凝这一次没有挣扎，疼痛、茫然、不知所措，想起两个时辰前那个梦。

有人向她腰间袭来，她一惊之下，竟忘了还击。

直到被人紧箍在怀里，那股熟悉的气息……

此时，门口前面，一身血污的翘楚从地上缓缓站起来，全身发出咯咯的响声，仿佛分筋错骨。她猛地一震："缩骨功，到达上乘者，身体可伸缩自如。你是……"

翘楚的身形瞬间从娇小变得高大，眸光冷冷："我虽然没有办法像夏海冰那样，仅从外貌便能很快看出易容，但你的易容术是我教的。我教你易容术的时候，早告诉过你，若不学缩骨功，易容术永远无法达到臻境。"

若非背后的宗璞紧紧扶着她，她早已跌在地上。

她苦笑着，看着人从廊道两侧走过来，宁王、老铁，景平、景清……"翘楚"缓缓揭开脸上的人皮面具，脱下发套，衣袍一甩，身影已消失在眼前。

变幻过后的容貌，她再熟悉不过——她的惊鸿哥哥，传授她易容术的男人。

"不是梦。我曾以为，他即便生疑，也只会逼我问我，我只要无论如何也不说便行。"

众人看了看她，随即，紧随男人的身影迅速离去。

她又哭又笑。背后，宗璞轻声道："是，不是梦，是迷幻的药。这里是你哥哥的别院，翘楚也曾在这里住过。"

上官惊鸿连夜搜了郎家三处别院。

第三处别庄近郊，没有任何奴仆，只有庭院的一摊鲜血，如断线珠子一直延伸到门口，就断了。

血迹不鲜，已是几天之前的旧迹。

翘楚主仆仿佛在一夜里匆匆而来，又在一夜里匆匆消失。

郎霖铃卧室。

香儿颤惊地搀扶着郎霖铃退到一边。郎霖铃静静看着桌上被男人一把掀翻的画，砚台横倾，浓墨淡墨倾泻一地，滴滴答答。

眼前男人铁面如冰，眸光残酷，如来自地狱深处的修罗。

"说，你将翘楚从别庄移到哪里去了？若你不说，莫怪我对郎家不客气。今晚，我就先杀你的婢女。"

第十一章

宁失权睿王点兵 逆圣搜闯太子府

心口很重，似被什么挤压着，翘楚慢慢睁开眼睛，映入眼帘的却是一只横在她胸前的男人健硕的手臂。

她吃了一惊，那肌肤滑腻相接的感觉——她没穿衣服！

月夜下，昏迷前那一幕可怖的情景顿时全数在脑海里清晰起来。

突然，臂膀被大手扣住，她吓得往床栏退去。力道过猛，撞上床栏，她吃痛。一道声音在她耳边响起："可有撞到哪里？"

她缓缓侧身看向旁边和她同床共榻的男人，对方披散了一头发丝，支肘眯眸盯着她，眸光温柔又深沉。

她脸如死灰："上官惊鸿。"

"不，你不是上官惊鸿。"

是和上官惊鸿模样一样的男人——当朝太子，上官惊灏。

初醒的微眩，此刻已经清醒过来。两个男人若刻意模仿对方，她难说能不能很快辨认出来，但若自然而然，经过这些日子，她一下就辨了出来。

"你看过他的模样了？嗯，也应当是的。听说他极宠你，连孩子都有了……"

上官惊灏挑挑眉目，眸光有意无意落在她的小腹上。

翘楚心头肉跳，即刻扯过被子遮挡在身上。上官惊灏本来半盖着被子，这一下，被子从他身上滑下来。翘楚虽低着头，眼角余光还是看到他只着裤子，上身单衣半敞，露出一片结实的胸膛。

上官惊灏嘴角瞬时扬起，勾起一丝邪佞："你身上还有孤没看过的地方吗？"

翘楚一阵羞怒，嘴上却淡淡回应："是，堂堂太子爷自是不会用强，何况对方是你弟弟的女人。"

"弟弟的女人？"上官惊灏一声轻嗤，低低笑了许久。与上官惊鸿相较，这男人多了分妖魅，但两人一样的狠辣。

"翘楚，你不必用激将法。孤不会因为你是上官惊鸿的女人就不动你，孤不过是不喜用强而已。"

她要的就是他这句话，这才稍为安下心来。她容貌毁坏，但方才照面一瞬她看到这男人眼里的情潮，虽不可能，但她还是极为不安。

她压了压心里的慌乱，抬头问道："我的两个丫头呢？你可有对她们怎么样？美人的伤怎么样了？"

"翘楚，你该知道孤将你带回来到底是为了什么。你那丫头虽倔，孤只伤了她，并没有对她怎么样。如何？满意了吧？"

上官惊灏看眼前女子脸虽有疤，坏了容颜，两颊此时因怒气却别有一番朝霞，加之她警惕地盯着他，眼波流转，顿时仿佛被什么拂过心尖。

翘楚心里松了口气，幸亏美人没出大事。当时门打开，她只见院里数名黑衣人，四大被打晕押解在其中一人手上，美人倒卧在鲜血之中，这个男人在月下似笑非笑地看着她。他抬手往她眼前一拂，她顿时失去知觉……

"满意？殿下认为一个女子无故被掳、浑身赤裸地躺在丈夫以外男子的床上醒来，会生荣焉之感？"

她按着被子反诘，心里却快速盘算，上官惊灏怎么会知道她的事，是郎霖铃出卖了她们还是中间哪一环出了纰漏？

他要怎么处置她？拿她来要挟上官惊鸿？

除此，她确实想不出自己别的用处来。

只是，她没想到这男人如此狷狂，与她同睡一床。

"你身子不好，胎息也不稳，孤让大夫给你施了针，让你沉睡数天将养。方才你昏睡中吐了孤一身，不让婢女替你洗身漱口行吗？"

翘楚闻言一怔，好一会儿方道："谢谢殿下，也烦劳殿下让人拿套衣服给翘楚。"

"嗯，是不是觉得孤要比老八好多了，否则，你也不必逃离他。"

上官惊灏笑问，声音却略有些沙哑。

"多谢殿下关心，那终究是翘楚与睿王之间的事，不敢劳扰殿下挂心。请殿下将衣服给翘楚。"

上官惊灏眸眼深深，不置可否地盯着她看了一会儿，掀开帷幔下床，开门出去。

他一盏茶功夫折回，将一套华丽崭新的女裙扔到她身上，散落下来的还有兜肚、亵裤等贴身之物。

他高大的身子杵在床前，将罗帐撑开，目光灼灼地落在她身上，没有走开之意。

翘楚咬了咬牙，从被子里伸出手来迅速捞过衣物，将被子盖过头脸，在被子里穿戴起来。她越是忸怩，他越是高兴。

上官惊灏盯着那微微鼓动的被子，里面的情景看不见，却能想象。方才的温软滑腻仿佛还在手中，他眉头一拧，喉里却已生了一丝痒意，一团燥热像火在腹下烧将起来。

翘楚刚套上亵裤，正系着兜肚，被子忽然被扯下，上官惊灏俊美的脸出现在她眼前。她才张开嘴，他已吻上她的唇。她在惊慌中只听到他哑声喃喃道："那句不强人所难，孤后悔了……"

三天后，睿王府。

郎霖铃漠漠盯着桌上的画纸。

这是新画，可三天过去，她还没画完。

她低声笑着，突然扯下画纸揉成一团，狠狠地掷到地上。

朝上的消息传得很快。

方镜的事，皇帝很是不悦，却不知方镜正在他们府中。别人不知道方镜是谁便罢，从他要求郎家给方镜新身份之后，她就从他口中知道了。他为了沈清苓，江山也不想要了吗？

还有翘楚……

在他心中，她到底排第几？

她咬牙想着，却又想，他终究没有杀死香儿。香儿和她多年情分。那晚她苦苦求他，说自己不知翘楚去向，他放了她们。

只是，接下来这些天，她几乎看不到他。翘楚外家的人过来，谒见皇帝之后，他将他们安顿在其中一座别庄里，带假翘楚过去一见，只说翘楚身体不适，很快将他们送了回程。其余时间他便在书房里喝酒。

他对翘楚竟痴恋至此！是因为悬崖下的那段日子吗？

她心里一痛，心想她不能让那些女人打败了，又想翘楚到底去了哪里，是自己离开了还是被谁捉走了。

她心里烦躁，看香儿低头捡画，道："莫捡了，坐下陪我说说话吧。"

香儿点点头，坐了下来。

"你说，一个人没有了记忆，那性情可是最真？"

"小姐何出此言？"

虽说是秘密，但香儿是她贴身丫头，性子虽泼，但也是粗中有细，她遂道："爷爷告诉我，爷……他失去过记忆。"

香儿惊在那里："小姐，爷看去并不像啊。"

"呵，有什么是他不能装扮的，装成并无失忆不行吗？可翘楚逼出了他的心。不知翘楚为何下定决心一定要走，也不知为何那次他容着她，他休了我，放下睿王府。如今他又为了方镜，情愿惹怒皇上。"

"休妃一事，你那时对奴婢说爷应是有什么谋划来不及对你说，原来是他失掉了记忆，是他真心所为。小姐，这事儿可靠吗？"

"我确曾那么认为，因为是我表哥贤王暗中告诉爷爷的表哥不知从哪里得到这消息，爷爷后来写信告诉我。可笑我自己夫君的事情，还要从表哥那里得知。他如今已恢复记忆，不然不会到郎府接我，只是他亦是容不得我逾越他的底线。那天，我不过说了句赌气的话，他竟将当初我装莲丹给他的锦囊还给我。"

"所以，爷说左翼子什么的，相爷面上没说什么，似乎已坦然接受了爷的话，可相爷打心里……"

"嗯，爷爷心里已有重新扶拥表哥之意。虽然表哥失去君心，要扶持千难万难，但总比拥护一个视郎家如敝屣的人为好。他失忆的事，表哥竟也查了出来。表哥如今似与往日不同了，越发聪睿许多。我一直想为他向爷爷说句好话，但他如今这样，我又该怎么帮他说？可我心里偏偏放不下他……"

"不，小姐，奴婢还是不懂，若爷即便当真认为那天相爷已经谅解了他，为何这些天不好好待你，你那天不是已追他回来了吗？他便当真不怕你不高兴，而失去郎家的支持吗？"

"因为这些天我总是和翘楚的事相抵，我甚至帮翘楚逃走。他为了翘楚又有什么不能做的？"

"他当真如此爱那翘主子？"

"是啊，我从没想过，他会为一个女人做到如此，为方镜，为翘楚，甚至宫宴那天为了翘楚拒绝彩宁长公主的美意。我本已做好那位公主入门的准备。他那天看了翘楚好几回，我看得清清楚楚。他知道我在看他，但他并没有避讳。他虽然不知道翘楚那时已做好逃离的计划，但他看她的眼神，就好似她随时会消失似的。"

"小姐，"香儿不安起来，哽咽道，"那我们现在怎么办好？小姐受太多委屈了……"

"我不知道。往日，我总希望他爱我，他能成就大业，我能成为他的皇后，郎家能一直光耀。如今我方知，他不应当真爱上一个女人。他爱上翘楚，就像走上一条渐渐毁灭的路。帝王吧，本就不该有爱情。我现在希望翘楚死，又不想让她死。"

"为什么？"

香儿听郎霖铃语气幽幽，不禁诧异起来。

"即便我再劝爷爷，爷爷也未必听我说的了。上官惊鸿这个男人我从来看不透，他也许终究会成就大业，那时郎家……方镜，不，该说沈清苓，不会放过我的。香儿，你懂吗？我虽不惧怕她，敢和她斗，但在上官惊鸿心中，爱她多于我。所以无论如何，我已经先输了。翘楚不同，往日我虽与她争，她似乎终是没存相报之意。若她此次没死，若她终有一天回来，或许，她能救下郎家。只有她才能制衡沈清苓。当然，上官惊鸿也许就此毁掉，谁知道呢？"

三天了。

这里是太子府的地底。

上官惊灏不愧是上官惊鸿的亲兄弟，同样在自家地下建了一个地宫。这地方比睿王府的地牢大，也更豪华。数个院落，将她和四大、美人分隔开来。

上官惊灏说，翘楚，我不会拿你来要挟上官惊鸿，我便不能胜过他吗？我要你，但你得暂时受些委屈，我登基之前你必须住在这里。我会广派人手出去找名医替你治病，以后我也会给你荣华富贵。你当日负我，处处与我作对，坏我之事，我却……甚是喜欢你。你本来亦是喜欢我的，不过当日恼我用你。如今，我们重新开始。别以死威胁我，我会先杀了你的两个丫头。

喜欢？那是她不曾想到的。

那晚，她死死反抗，他终是放了她，没有对她如何，只搂着她睡。

后来几天，他竟夜夜来找她。他放了七八把琴在房里，他要她弹琴，和她共眠。

她很少和他说话。他不做过分的事，她也不去反抗他。她的呕吐情况日益严重，胎心不稳，她不敢拿身体较劲，人在一些情况下要学会妥协。

她甚至没有以死相胁，上官惊灏终究不是上官惊鸿。上官惊鸿宁愿千里用毒，亦始终不动她的两个丫头。

哪怕其实只要杀死其中一个，就自然有效果。

这些天，她突然想通了些东西——上官惊鸿其实也没她想的那么坏，至少对她。

上官惊灏却不是。

也许因为这样，她是不可能逃开这里了。

她该怎么办？怎么才能离开？

翘楚想着，打开房门走出去，仰望满天星辰。房间院外护卫婢女很多，唯独没有自由。

突然，腰上一紧，整个人被人搂进怀里，潮热的气息轻扫过她的耳窝："你的身子也养得差不多了，肚里的孽种今晚拿掉吧。"

是夜，朝歌大街。

一名少女从摊档老板手里接过找零，正要转身之际，却见摊主变了脸色。

她有些奇怪，反身只见铁面男子淡淡看着自己。

"爷？"少女讶道，"你怎么出来了？"

"你呢，你出来做什么？"

少女脸色也变了，勉力一笑："给小姐买点桂花糖。"

"香儿，既然你家小姐爱吃这个，那便将人带回府专程给她做好了。"铁面逸出一丝轻笑。

香儿心头一震，才一侧头，却见老板已被老铁用匕首架住脖子。

她眸中光芒疾闪，袖下一亮，已持小刀向男人的胸膛刺去。男人袖手在后，目光如霜。她心笑，手上动作加急，另一只手悄然从袖中扣出一只烟球，刀尖去到男人胸口寸处竟一动不能动，却是男人突然伸手横在刀前，掌风裹住刀刃，刀子寸分不能近前。她一惊，将烟球往地上掷去，却见斜地一只乌靴猛地将球踢起——

睿王府，温泉畔。

两人被缚在两棵树上，上下颚都被竹片撑着，唾液直流，模样恐慌又狼狈。这样连吞毒咬舌自裁也不能做到。

两人面前，站着睿王府一干人、宁王夫妇、宗璞和冬凝。

"老八，你怎么知道这奸细是香儿？"

宁王紧握从地摊摊主身上搜来的信，又惊又喜。

殿下，郎家已存异心，睿王寻翘楚未果。

那是信笺的内容。

上官惊鸿眸光暗沉，却无一丝欣喜："也许该说，这人早已不是香儿。"

众人一惊，冬凝已飞快上前，往香儿脸上一摸，随即嘶的一声，一张人面应声而下。

众人又是一惊。那是一名矮小无须的男子，伪装之好，竟无人能看出半丝端倪。冬凝颤声道："缩……缩骨功？这人是易容高手。"

方明仍是一脸不敢置信的表情："我平素和奴仆婢女交道打得不少，自问也不是粗莽之人，这人惟妙惟肖，竟看不出一点破绽……"

"爷，你怎么知道他不是香儿？"

景清性急，在众人震惊之下齐看向上官惊鸿之际，已忍不住嚷了出来。

上官惊鸿眸光微凝，仍盯着宁王手中的信，闻言，轻声道："那天，我在郎妃房里看到他收拾砚笔。香儿为人虽粗鄙，但到底跟在郎妃身边多年，即便学不会才学，却连收个砚台也不会？再急，这多年的习惯下来，他也断不可能将两个砚台叠放在一起，这样会将好砚刮坏。"

"当然，那时我还不肯定。"

众人一瞬恍悟，却又仍疑惑，冬凝尤甚。宗璞一笑，接口道："那天，八爷不是说，他发现了一件有趣的事吗，便是这件事。"

景清搔头道："可爷当时没说，只吩咐宗大人你替他向夏大人传一个口讯。"

"嗯，"宗璞颔首，"继清儿的事之后，八爷那晚又让我找义父询问一事，那便是宫宴当晚，除清儿之外，是不是还有人戴着人面。"

"义父果然说，郎妃的丫头易了容。"

"原来是这样。"

众人大悟，冬凝又连连看了缚在树桩的男人数眼："这么精妙的易容术，喉结，缩骨，变音……"

"爷却是为何今晚才将他揭出来？"

景平看向上官惊鸿，却见上官惊鸿眸色越发冷峻，有些心惊，众人亦然。倒是宁王这时想到什么，脱口道："老八，你早已怀疑是假香儿将翘楚逃走的信息带去给他背后的人，但你不知道指使他的是谁。你怕是死士，宁死不供或诬陷他人。那晚你从郎家别庄回来，去找郎妃，胁迫郎妃说出翘楚下落，并扬言杀香儿，都是假的！你要郎妃对你生恨，假香儿有信可传。只有那样，你才能准确无误地揪出他背后的人到底是谁。"

宁王突然又想起什么，心里一沉，当即住了口。

宗璞也想到了，看冬凝疑惑，低声续道："小幺，还不明白吗？香儿既是郎妃的丫头，必定参与郎妃协助你翘姐姐逃走的事情中去。"

冬凝仔细一想，终是明白了，失声道："也就是说假香儿本是太子派来打探消息的人，翘姐姐要逃走的事，他自然报告给了他主子知道，所以，所以……"

众人黯然，一时，谁也不知也不敢说什么。

所以，翘楚在太子手上。

宁王咬了咬牙，终究说出口："老八，按咱们以前看的，上官惊灏对翘楚似乎存了些心思。若发生了什么事，你……"

他说到这里，被佩兰一把拉住，低声道："好了，你莫要再说了！"

她心头一颤，也蓦然住了口。

"我不管她发生了什么事，只要她没死就成。"

众人怔然，只听到沙哑一声，青袍一闪，上官惊鸿已向铁门走去。

"老八，你要去哪里？"

"点兵，去将她要回来。这么多天，她必定是很害怕了。"

"你疯了！你这一闯太子府，若搜不出翘楚，父皇必定大怒，你这些年来辛辛苦苦建立的东西就毁于一旦。从你知道香儿是奸细开始到现在，你既能忍下这么多天，为何不能再忍这一晚？咱们从长计议！"

"不，五哥，那时是无法，一步也不能错，我只能忍，像那些年每一天一样，死都要忍着。今天说什么也不行，毁就……毁吧！"

太子府，地宫。

一个大夫模样的中年女子指挥着两名婢女擎药碗走进来。上官惊灏倚在门口，如野兽一般毫无感情地盯着翘楚，眸光阴沉："乖，将它喝了。"

翘楚浑身颤抖，拼命摇头，急急往后退去。

"上官惊灏，我求求你。"

背后便是床帐，已经退无可退，翘楚闭眼阖掉泪花，朝上官惊灏缓缓跪下。回看前半生都是磕碰，这一生若说唯一属于她的，就只有肚子里这个孩子了。

"不好。"

"若你一定要拿掉这孩子，我也不会活下去。"

"翘楚，别尝试威胁孤。你会活下去的，否则，你两个丫头便给你陪葬好了。"

虽然明知不可为，她还是迅速站起来，朝被褥下摸去。现在能延得一时便是一时——这几天她借口做针线活，让婢女拿了工具过来，悄悄在床下藏了一把剪子。

上官惊灏脸色一变，身影一掠，已先大夫和婢女到了她身旁。电光石火之间，一股鲜血溅到她脸颈。上官惊灏横手抵在她颈间，拦下她引颈自伤的威胁，夺过剪子。

这几天两人相处尚算和睦，香儿潜隐在睿王府打探郎家和上官惊鸿的关系。翘楚和上官惊鸿之事极密，香儿虽没能将二人为什么决裂的消息传回，但上官惊灏想她对上官惊鸿早已灰心，否则不会如此受宠仍逃走。

没想到她此时像疯了一般。他手上痛，又怕她伤了自己，劈手便给了她一巴掌："孤还以为你是个识时务的聪明女人，原来也这么愚不可及。记住，孤可以给你宠爱，但绝不容许你挑衅。"

翘楚吃痛反笑："殿下该去买个人偶相伴，必定听话。即便是翘眉等人，也是听你话的，你又何必执着在一个丑陋的女人身上。"

"你是不是还爱着上官惊鸿？"

上官惊灏冷冷一笑，伸手点住她的穴道，将她软滑的身子抱进怀里。

"若我爱他，我何必要逃？我这些天想了想，我的行踪被泄，是因为郎小姐身边有殿下的眼线吧？难道他没能告诉殿下我和睿王的事？"

上官惊灏微微皱眉，看她眸带慌急，泪痕染腮，脸颊被他打得高高肿起，却仍撑着和他款款谈辩，心里不由得生了些怜惜，却又随即想到什么，心中蓦然一沉，将她的哑穴也点住，将她放到床上。

"翘楚，你和孤说这些不着边际的，是想拖延时间？到这时你还想拖延时间？没有用的。谁会来救你？上官惊鸿吗？他甚至什么都不知道！"

他说得肆意却又有些烦躁地看着泪水从她眼角缓缓跌出来。她此时一动也不能动，眸光却有着强烈的乞求。她处处与他为敌，这是他第一次看到她求他。

他冷冷摇头，她的眸色也一点一点变成灰白。

"你是民间有名的医女，孤信你医术。给她灌药，好好料理，那孽种流出之后使人唤孤。一切务必小心，若伤她一毫，孤要你们的命。"

"是，殿下。"

中年女子连同两名婢女悚然跪下。

他不想看她那眉眼，袖袍一拂，出了门。

太子府，书房。

曹昭南和王莽看到上官惊灏进来，都微微吃了一惊。两人心知肚明，他方才去了哪里，要做些什么。

王莽见他脸色阴鸷，忙道："殿下，虽尚未接到眼线来信，但王莽估计，必是好消息，郎家和睿王之间的嫌隙是越发大了。"

"嗯。"上官惊灏点点头，脸上方露了点笑意。

曹昭南笑道："倒不枉御史大人之前易容成'方镜'再去游说了贤王一把。睿王失忆一事乍看无甚，却是一个转折点。郎家知道睿王失忆，知道休掉郎妃一事，并非睿王来不及向他们解释的计策，而是睿王真心所为。

"假车驾图是'方镜'给贤王的，狭道上，贤王的刺客莫说行刺殿下，连殿下的影儿也没见着。贤王早已不信任'方镜'，但此次'方镜'带上碧水佐证，且说的事对他有利，他自是听之，再转告郎家。"

王莽颔首："都说红颜祸水，睿王行事是越发颓败了。要派人混进睿王府不难，但装扮的若非睿王近身之人，容易被他发现；若是寻常奴仆，根本不可能打探到消息。

"若非他远遣碧水，被我们埋伏在睿王府四周的探子得知，路上悄无声息地杀掉押解的人，消息报不回去睿王府，我们根本不可能从碧水口中知道他失忆之事；若非他休掉郎妃，郎妃回郎府，我们亦不可能让郎府里的眼线观察模仿香儿，最后将香儿换过来，还将翘——"

他说到这里，很快住了口，这事关太子秘事，自是不宜多说。

上官惊灏眸光果然暗了暗，王莽正有些忐忑，却听到他淡淡吩咐道："让那假香儿行事小心些，孤这八弟不简单，莫被他发现了。"

"是。"

"只是，即便将来被他发现了也不要紧，他再怎么做也难买郎家人心。左翼子？若孤是他，倒不如不做。"

上官惊灏嘴角微扬，突然袖手将案上一块铜镜推倒。

哐啷一声，顿时镜碎景裂。

王莽一惊，曹昭南是宫中老人了，立时明白："破镜难圆，再圆亦是有痕。"

三人笑。

突然，门口传来急遽的敲门声。

王莽开门。

一名小厮一脸恐慌，跪到上官惊灏面前，颤声道："殿下，药……全灌下去了。医女说，胎心已寂。但那胎死是死了，却不知为何就是流不出来。医女说，须得再用药让死胎流出来，可夫人身子出了不少血。殿下，这到底该不该再用药？"

上官惊灏脸色大变，即刻起身。这时，又有一名小厮在门外高声报告："殿下，睿王来访。"

是夜，夏王府。

"你这女人倒是大胆，还没成婚，却天天来我王府。"

"我可学不得你们东陵女人扭捏。我喜欢你，自是时时刻刻盼望见到你……这离吉日也还有十多天了的，到时，我可是天天在这里。"

"你既如此大胆，爷今晚就办了你。"

"啊……不要……"

女人被拦腰抱起，咯咯尖着声音叫着笑着去躲男人亲下来的唇。

看着园中亲密的两人，几名姬妾嫉妒地走开。

夏王看着怀中女人娇媚喘息，眼梢划过一丝冷漠。

翘楚，我在你心中到底算是什么，呼之来，挥之去？我可以不问情由帮你，这许多天你却吝于回我一封信？心蛊，你怎么会识得这些东西？你脑海里到底装着什么？

他正凝眉想着，心里不知为何又有些莫名的不安。突然夏总管走过来，神色有些奇怪："爷，有客到。"

睿王府，地牢。

小屋灯火透彻。

"我才下得来，才知出大事了。佩姐，你和爷也不阻止他？！"

沈清苓惊急，压下心底怒意，咬牙问道。

男人基本已全数出去，各有分配，只余下冬凝、佩兰和方明等在屋里。

"惊鸿哥哥说，他不能慢慢查探，让翘姐姐再受苦……"

看冬凝低低说了半句便没了声息，佩兰和方明又默不作声，沈清苓冷笑："不能慢慢查探，除非是强闯。强闯是个什么后果，你们和我都清楚。你们就眼睁睁看着翘楚把他的基业毁于一旦吧。在你们心中，我这原主如今倒成了坏人。但容我提醒你们一句，且不说太子府里有秘地，便是太子在朝歌的别院也还有两处。若太子将翘楚藏在别院里呢？那两个地方都有护军重守，谁敢轻易去搜？他既去太子府，那两处就鞭长莫及，更别说太子可能将翘楚藏在太子府或别院以外的地方。若翘楚真的不在太子府，他闯得一处，打草惊蛇，太子暗中嘱人将翘楚转移，他如何是好，到时面对的可是皇上的雷霆大怒。"

冬凝和佩兰一惊，又听到沈清苓忽而长长一笑，哑声道："再说，若翘楚真爱上官惊鸿便罢了，她不爱他，她爱的是另一个男人——秦歌。"

太子府，地宫。

“殿下，你快出去主持大局。”

上官惊灏挥去房间前面向他行礼一脸惶恐的奴仆婢女，正要推门进去，却被背后急急传来的声音喊住。

上官惊灏正为翘楚的事闹心，闻言转身，怒道：“没用的东西，曹总管不是已经过去处理了吗！”

小厮惶恐道：“是曹总管让小的过来找殿下。睿王说王府里进了刺客，一口气杀了王府两名仆役，曹总管也制不住……”

上官惊灏眉峰一沉：“太子府的护卫都是死人，便这样任人砍伐？”

“对方是睿王，底下的人没有殿下的命令，不敢动手，且他还带了兵过来，和太子府外的护军形成对峙之势。”

上官惊灏怒极反笑：“好啊，老八，连杀两人，你这样分明是要逼孤出面。孤倒要看看你是因何而来，今天还真反了不成。

“穴道久封，气血难免闭塞，她现在的身子只怕支撑不住。那医女会解穴，你让她先替夫人解开穴道，后立刻下药。”

胎不可不除，短痛总胜于长痛，他原本狠下心来，打算亲自看翘楚服药，此时，匆匆交代了房门口一名婢女，立刻随小厮离去。

太子府，大厅。

人影林立，翘眉、曹昭南、四下持刃警戒的府中护卫，还有一身碧血青袍的上官惊鸿和睿王府老铁数人。

“殿下。”

翘眉看上官惊灏进来，走到他身边，扶住他的手臂，想起上官惊鸿方才的狠戾，怎么会是平日那个温淳谦礼的人，她不明白为何她越发对这个男人上心。恍惚中，又觉得曾在哪里见到过他这样的一面，她却莫名地嫉妒。

她赶紧压下奇怪的心思，却见上官惊灏淡淡横了眼地上两具尸首：“八弟不问情由，闯府杀人，敢问是什么意思？”

翘楚，等我，心像被什么紧紧挤压，一下一下都是细密的疼，上官惊鸿躬身施礼，迎上上官惊灏的目光：“臣弟新掌刑部，刑部最近捉了一批犯人。这批犯人当中，有人为减刑责，竟供出当日宫中行刺之事，说是民间一个杀手组织所为。他是这组织的一员，虽并未参与当日刺杀，却对情况知之甚具。大理寺宗大人那边尚没查出，实际上，这刺杀当日是针对父皇，如今又生新事。那犯人说，他虽不知谁是幕后主使，但组织已派人潜进太子府，这两天即将动手行刺二哥。听说杀手甚多，又有会乔装易容者。按那犯人所形容的容貌，臣弟方才杀了两名可疑之人，但祸患终究未除。臣弟顾虑哥哥安全，遂带兵过来保护。"

当日宫中那批刺客的来历，两人都心知肚明。上官惊鸿如今这一番不过是托词，只是，闯府杀人，重兵包围，他为什么要这么做？不管如何，父皇又不糊涂，怎么会将这托词当真？明日父皇面前且看你如何交代。

上官惊灏眸光一厉，笑道："这不过是八弟片面之词。若孤认为，八弟是蓄意闹事呢？"

"那便当臣弟闹事好了！"

太子府，地宫。

翘楚腹中绞痛，一额汗湿。她一直强忍着不让自己晕死过去，下身被褪了亵裤，腿脚被架起分开。

她的心底却仍存着那么一丝希望——孩子还没死，还没有……

看医女又擎药走近，她疼痛脆弱得几乎想哭出来，突然竟想起那天雨后，那个人抱着她坐在桌边——她小憩，他盯着她，眸眼沉醉。

上官惊鸿，你在哪里……

她说不清为何现在突然就想起他，明明这些天他的音容从清晰到渐渐模糊，哪怕她在这个和监狱差不多的地方，她也没想过他会来救她。他一定很生气吧，且他们之间已经完了。

这几天她很绝望，却又仍抱着希望找出四大和美人，并设法逃出去。

她尽量不去与太子对抗，希望能争取多一点时间，可如今……

她痛得几乎说不出话来，闭了闭眼，缓缓伸手摸到头上，而后咬牙忍住痛楚，虚弱道："这位姑姑……我如今狼狈，你可否让婢子出去，再行施药。"

那医女皱眉看了她一眼，只见她下身一片狼藉。

医女的命便捏在这个女人手里，虽心里恐惧，眼底隐隐落了些厌恶，但面上却极为恭谦，只让两名婢女出去。

"姑姑，我求求你，你跟太子说，说我身子不行，不能再用药。我求求你，医者父母之心……"

医女将药碗放到床边的小案上，将翘楚扶起来，却听见她的低声哀求。医女盯着前面那青白起泡的干裂唇瓣、颌下衣服汤药污迹，心里又是一阵厌恶，嘴上只道："殿下给夫人服过百草丸，又熬了支千年老参备着。这参珍贵，加之老参用药温和，现下夫人的身子受些痛苦，过后服下参药便可缓过来。倒是你现下千万莫动，牵动脉络却是麻烦。"

她虽然不知翘楚身份，但知太子极不喜欢这女子腹中孩子，自是不会手软。方才翘楚不肯合作，她便是让两名婢女强驾着掐开她的咽喉，将药灌下去。

这时，她正要去拿碗，却见翘楚泪花夺眶而出，一脸绝望，哆嗦道："姑姑，我还有一句话想说，我说完这句就……吃药，我……"

医女越发不耐烦了，但见翘楚声息微弱，半天也说不出一句话来，遂俯下身子，凑耳到她嘴边听，却仍旧听不到任何声音，反是背后一阵冷风疾起。她还没反应过来，只觉颈窝一阵刺痛。她惊恐地看着红液一络络从她颈上掉到床上直起身子的女人身上。她疼痛张嘴呼喊，却被女人死死按住嘴巴。她伸手往颈上抠去，却忽地被一阵近乎疯狂的狂戳歪软了身子……

"姑姑，可要我们进来帮忙？"

听到屋内声响，门外婢女立刻询问。翘楚用尽最后的力气将身上的医女推到床下，将颤抖无力的手缓缓放到喉咙上，按着某个地方，依照冬凝教的变换声线的方法，道："没有我的传唤，谁都不准进来！"

"是。"

翘楚做完这一切，眼前昏黑，几乎要晕死过去。身下的疼痛已痛得麻了，她咬了咬牙，伸手拔下头上另一支发簪，往手腕一划，那兀然的痛感让她清醒了些许。她吃力地将亵裤套起来，这才倚到床栏边，死死掩住嘴巴哭了出来。

那个孩子已经死了吧，只是她不肯死心，为之杀了人……

她恐惧地看着床下那颈窝被发簪刺成蜂窝般的妇人——死不闭目，森森睁大眼睛看着她。

她杀了人！

她呆呆盯着地上的妇人，浑身颤抖，手心却仍旧本能地握着簪子……

太子府，大厅。

"明人不说暗话，孤委实好奇，你此番如此作为到底是为了什么。"

"臣弟以为方才已交代清楚，二哥府中有刺客。臣弟宁肯冲撞，也要保护二哥安全。"

上官惊灏不答话，瞥了眼灯火通明、众多兵士环立的院子。那些兵士，有些是他的，有些是上官惊鸿的。

这时，有人从院中快步走进，却是王莽。

他和上官惊鸿见过礼，从怀中摸出一封信递给上官惊灏："殿下，这是王莽方才出门时接到的。"

上官惊灏并不着急拆信，眼梢掠过曹昭南。曹昭南轻轻点头。

曹昭南果然老练。看王莽从外面走进来，上官惊灏已经明白，太子府极大，上官惊鸿率兵围府也需要些许时间，曹昭南已先一步让王莽在包围之势未成时从小门悄出进皇城……

也就是说，皇帝很快便到。

这时，上官惊鸿道："臣弟现下便协助二哥搜府吧。"

"承蒙八弟盛情关爱，虽在外人眼里看来，是八弟无理挑衅所为，但哥哥必定应允。八弟少安毋躁，只等父皇过来便搜府吧。"

他说着果然见上官惊鸿变了脸色，他嘴角微不可见一扬，随即拆了信。

他旋即心头一坠。

许久再未有过的心惊肉跳之感猛地扑来。

"皇上驾到，辇驾候在大门口，太子殿下、睿王外出接驾吧。"

院外，莫存丰的声音尖尖传来。

太子眉头紧皱，脸色阴寒，突然低声吩咐了曹昭南几句。他一时亦没顾翘眉扶在他臂上，一个甩手，便大步向外走出。

上官惊鸿伸手虚虚一扶从他身前跟跄跌来的翘眉，翘眉低声道了谢。上官惊鸿身形一闪，已挡到向门口急走而出的曹昭南面前："曹大总管这么着急要去哪里？"

曹昭南微微一震。上官惊灏眸色一冷："八弟，孤的容忍是有限度的。"

他出手抓向上官惊鸿手臂，上官惊鸿却更快一步，凑到他耳边："原来她真的就在这府邸里。"

上官惊灏闻言反而又是一惊，他不是已经知道了吗？

方才那信写着：睿王已得知翘楚在太子府里。

他猛地想到什么，眸中已起狠戾之色："信是你写的，你有意试孤？"

上官惊鸿声音同样冷骛："是，是我写的，不是你那个眼线。我一直在想，你到底将她藏在哪里，是别庄，别的地方还是就在这太子府大宅？

"最危险的地方最是安全，按二哥的谨慎，惊鸿猜，你大有可能将翘楚囚在太子府或是别院。出发来你府邸之前，我已让五哥和老九过去搜你的别院。别人便罢，五哥和老九，你的护卫不敢拦！

"我计算好路程、时间，他们此时应已折返，等在太子府后门。若在约定时间里，我没接到他们派人来报，便是说，翘楚不在别院。

"二哥是天之骄子，害怕过什么？但方才看信一瞬，臣弟看得清清楚楚，你眼里闪过一丝虑色。我敢肯定，翘楚就在这里。你开始不知我来这里的目的，方才你却猜测我必是要当着父皇的面将翘楚搜出来，你……慌了。太子府秘地再隐秘，我不信一寸一寸搜，搜不出来！你将人转移，你认为府外，包围重重，我的人能让你们带一个人出去？"

两人声音虽低，曹昭南和翘眉却听个一清二楚。翘眉心下惊颤。上官惊灏一震之下，却很快恢复平静："是你故意让王莽顺利进宫报讯，让父皇过来，亲眼看你将翘楚搜出来！"

上官惊鸿一声轻笑，不置可否，并没掩饰眼里的沉沉杀意。

"老八，父皇怎么会以为你纯良，嗯？！"上官惊灏眸光亦然。两人都知道，对方无时无刻不想将自己扯下高位，用最残酷的方法将之杀死。

上官惊灏这时反而淡定下来，挑眉笑道："上官惊鸿，你选择在这时说出来，便是说你不会搜府。容孤猜一猜，若是翘楚在这里被搜着，孤少不得受父皇一顿狠罚。但是翘楚呢，一个不洁的女子，父皇会让她继续留在你身边吗？无论她是自愿还是不愿意，等着她的不过是三尺白绫。皇孙？天下难道只有一个翘楚能为皇家生育吗？你的心思，孤猜得对不对？"

他嘴角噙笑，满意地看到自己说到"不洁"二字时，上官惊鸿的肩膀微微一颤，却见他眸光一暗，凌厉地落在己身："二哥，你以为选择权在你手上？是，我并不打算当着父皇的面将翘楚搜出来，但我要你现在立刻交出她。若你太子爷不允，我们便一拍两散。我搜府，你受责。你便姑且试试，谁更不利。我只问你一句，允，还是不允？"

"父皇一走，我立刻放她！"

"不，上官惊鸿是小人之心，只可惜二哥你也不见得是君子。我怎么保证你事后一定交人。我要你现在立刻交出她，我要亲眼看着她和她的两个丫头离开！"

"你疯了，父皇现在就在外面，如何交？"

"易容。"

"易容？你倒是早想好了。你莫忘了父皇出宫，夏海冰必定跟着保护，他一眼就可看穿。"

"若是……九弟以刺客的名义将她们押解下去呢？"

"楚儿。"

当低沉悲恸的声音在耳边响起，翘楚猛地睁开眼。她眼前一片黑眩，仅凭着本能，紧握着发簪，便向声音传来的方向胡乱刺去。

"孩子，谁也别过来，孩子，我的孩子……"

"我来晚了，对不住……"来人说了一声，声音已哽在喉中。他不费吹灰之力便将她的簪子打落，一把将她搂进怀里："楚儿，是我，不怕了，孩子不会有事的，我不会让你的孩子有事，我们回去就请最好的大夫救他。乖，让我帮你戴上人皮面具。我这就要逾规了，得替你换套衣服。已有人去找你的丫头，我这就带你走。"

"孩子没事？四大和美人没事？"

翘楚一震，一瞬，身子似被注入了一股力气，哪怕很是单薄，却在模糊的视线里，看到眼前男子的面容："上官惊骢？"

夏王俊容却微微扭曲着，双眸深红，显然已是愤怒到极点。他一揸眼末轻湿，唇往她额上轻轻一触，迅速从旁边早已备好的包袱里，拿出衣物来。

"我自己换。"

夏王立刻转过身去。翘楚颤抖着褪下身上的湿衣，手上却蓦然一凉，原来是泪水止不住从眼里簌簌跌下。

每次她最需要援手的时候，总是他，不是别人，不是上官惊鸿……

太子府，大厅。

趺伏在地，凝视着院中数抹渐行渐远的身影，男人铁面下绽出一丝笑意，轻轻闭上眼睛。这种结果，他早已预料到。

身上板杖重重落下，是曹昭南按皇帝吩咐执的刑。众人边上立着，宁王和睿王府一干人跪在地上。

刑罢，他就去找她。

皇帝大怒，冷笑而出的话言犹在耳——

"哼，刺客？！海冰，你过去看看老九那边搞什么鬼。太子府便没有力量防卫，要你睿王如此劳师动众。老八，朕是病了，还没糊涂还没死！你如今得了权柄，竟怂恿兄弟们来向你二哥挑衅。若此举朕不制止，你是不是认为朕已默认改立你为储君？你变了，你甚至等不及了，朕迟迟不表态，你就急了！

"你的兵权，朕今日便收回。惊灏，兵权暂由你接管。杖刑一百，以作惩戒，若有再犯，朕定不会轻易饶恕你。刑罢，滚回你的睿王府，明日起，你也不必上朝了。"

第十二章

此情可待成追忆 你亲手来写离别

夏王府，夏王卧室。

"惊骢，你回来了？你……抱着的是谁？"

银屏吃惊地从小榻上站起来，怔怔看着夏王怀里的人——一个模样寻常的男人。

"我不是让你回去吗，你怎么会在我房里？"

夏王抱着翘楚进来，看到银屏也是心里一惊。他眉眼一利，语气也沉了。

"我这不是要给你个惊喜，才偷偷进来这里等你。"银屏委屈，两眼却好奇地盯着昏迷的翘楚。

翘楚身子剧痛，恰好这时幽幽醒转，无意识地低喃了句："疼……"

银屏一听声音，顿时惊住，随即大步走到夏王面前，伸手便去掰翘楚，一边怒问："惊骢，她是谁？"

夏九早已非当日的夏九，但情绪仍沉浸在方才翘楚一身鲜血、恐惧无助地蜷缩在床角的情景当中，这时看银屏去动她，顿时又疼又怒。他微一侧身，已冷了声："你先回去。"

"你说什么？"

银屏不可置信地瞪着他。二人不打不相识，她喜欢他，他之后对她也甚是娇纵，她哪曾听过这种语气。她一急，怒冲冲便向翘楚掰去："她是谁？"

"滚！"

夏王大怒，身形一闪，迅速避过她。

银屏怔住。

"夏九，你狠！"

她一咬牙，甩门离去。

翘楚这时已有些清醒过来，心里内疚："九爷，对不住，是我连累了你。"

夏王摇头，隐隐的怜惜和宠溺敛在眼底，轻斥道："你没有连累我，半分也没有！"

他看翘楚又疲惫地闭上眼睛，立刻大步过去，将她放到自己床上。这时，夏总管刚领着府中医女敲门而入。这医女曾是宫中医女，夏王要了出来，专为府中女眷看症治病。

她替翘楚把脉，半会，颤声道："怎么会这样？这孩子明明没了脉息，怎么突然又有些微弱反应？"

"能治吗？孩子能救吗？"夏王微一迟疑，终是问道。

"爷，原本尚好，可这位夫人身子明显经过剧烈动作，奴婢没有把握。"

"孩子……"翘楚仿佛听到医女的声音似的，在昏睡中低呓出声。

夏王想起救翘楚的时候，房中那个死去的医女，心里又是一阵疼痛，闭了闭眼，沉声命道："一定要将夫人和孩子都救回来。"

医女听他声音里隐有肃杀之意，心里一骇。

医生施针半刻，见翘楚突然哇的一声醒来，秀眉紧蹙，汗水不断从额上沁出，看样子痛苦至极。

夏王一惊，将医女推开，将翘楚轻轻拥进怀里，怒道："她怎么了？"

医女哆哆嗦嗦地看着翘楚下身不断涌出的血水，只是惶恐地拼命摇头。

夏王把心里的骇然与惧怕死死地抑下了，当即看向夏总管："快去请睿王，无论他那边情况怎么急，也一定要让他过来！"

朝歌大街。

皇帝的辇驾已走在前面甚远的地方，其后一辆马车随着辇驾缓缓而行。

车内，众人看着一直垂首沉默不语的上官惊鸿。他背后和右腿都是一片血迹——背上没有用内力抵御，因为那样皇帝只会更怒；曹昭南也是存了心，拣了右腿下杖，皇帝竟然也不阻止。

众人担忧，此时没有医药在手，便是上官惊鸿也不能疗理伤口，老铁方才只好草草替他包扎了一下。

皇帝下令行完杖责之后，怒气依旧不减，又令上官惊鸿一行到常妃殿里思过，看清自己的身份。

"爷，你方才为何不辩？"景清想起这多年的努力，付诸流水，悲从中来，又担心上官惊鸿的伤，低声哭了出来。

"怎么辩？"

上官惊鸿淡淡反问，随后沉默了。

景平看上官惊鸿一只手捂在怀里，不知在摸什么。

"她出来了，不知道有什么事没有，你们方才看到了吗？"

上官惊鸿突然抬头，声音有些沙哑。

众人一愣，摇摇头。

"嗯，她现在暂时跟夏九在一起，夏九会护住她安全的。"

众人竟不知如何答话，突然，一阵马蹄声急急划过，上官惊鸿立刻伸手揭起帐帘。

"八爷，奴才问了太子府的人方知你进宫，谢天谢地，终于找着你了。"

帘外，却是夏府总管压低声音说道。

众人只见上官惊鸿眸色一变，已伸手揪住夏总管的衣领："可是她出什么事了？"

"夫人……她出了很多血，现在很是痛苦。太子让人灌了药，那孩子……怕是保不住了，你快……"

众人闻言无不大惊，却见车内青袍一闪，上官惊鸿已跃下马车，转瞬不见了踪影。

"爷，你这是抗旨——"景清正惊着，却又本能地倒抽了口气，颤声道。

他话未说完，前面传来武官厉声吆喝："皇上问，后面发生什么事了？"

夏王府。

"翘楚，不怕，八哥很快就到了，你和孩子都不会有事！"

看了紧紧抱着自己一声一声低低安慰着的男人一眼，翘楚脑里心里只是空白一片，低低笑出声来："上官惊鸿……"

"嗯，他快到了——"

"莫要说他！"

她浑身冰凉，忍着疼痛提高声音制止，眼前蓦地又是一阵昏黑，忽听嘎吱一声，门被人推开，有人奔了进来。

明明已不想再见，听到声响睁开眼睛，看清奔进的人的模样，翘楚心里还是莫名地颤了一颤。两人之间，她早已说不出其中滋味。

医女先前已被夏王遣了出去，夏总管迅速关上门。上官惊鸿在她数步之遥的地方，看她的目光近乎贪婪，眸里盛着太多的情绪——震惊，更多的是心疼和一闪而过的浓烈仇恨。

他往常都极是整洁，这时竟一身血腥，右腿的地方尤其严重。

她心里竟又止不住像被什么一刺。

他的目光突然变得有些狠厉，落在夏王环抱着她的手上。

夏王薄唇微抿，将翘楚小心放到床上："我已让医女留下药箱——"

看到上官惊鸿手上药箱，他一时怔住，短短时间里，这人还回了府将药箱取了过来。

"你们在这里不便，先出去吧。"

上官惊鸿已快步走过来，眸中抿进一抹严厉，目光却随即紧紧落在翘楚身上，沉痛斐然。

"我府中医女说，她本没伤得那么重……是为了你们的孩子，她将给她下药的妇人杀了，损了筋络，但她体内似乎有股不知名的力量在支撑着。"夏王深深看了翘楚一眼说道。上官惊鸿的背脊微微一震，说："老九，你去取一些热水进来。"他再不迟疑，领着夏总管出去了，关上门。

上官惊鸿带着温热的唇，毫无预兆地快速落到她的唇上。翘楚一震睁开眼来，随即被忽而侵近的强烈的汗腥之气熏得想呕吐而出。

上官惊鸿已经摘下铁面，放到她的枕边。

他头额重汗淋漓，脸色有些青白，汗水一串串地滴落到她身上，似乎经历了山山水水，长途跋涉。他深深看着她，眸里泛着痛苦："我知道这很痛，你很勇敢，剩下的交给我。我会帮你治好，我们的孩子一定会没事的。"

他看她蹙眉瞪着他，又苦笑道："我身上脏，味道不好，你忍耐一下……"

翘楚闻言，眼睫毛一颤，闭上眼睛。

纵使不愿两人再有什么牵系，但她深知，只有他才能救下孩子。

上官惊灏！上官惊鸿眸色一厉，大手握过翘楚的手，嘴角忽而又勾起一丝自嘲的笑，若孩子没有了，他们还可能在一起吗？

他也许其实并没有多爱这个孩子，他爱的只是……她。

这些日夜，他曾无数次设想两人再见的情景。他想，他必定狠狠责骂她一顿。她可知这回惹上了什么麻烦，她可曾想过？他想到上官惊灏碰了她时那种痛怒。如今，他却全然收起自己所有的情绪。

他从来没想过她也会杀人。

不管谁对谁错，不管她是不是不洁，无论如何，他这辈子都不放手……

他忍住身上的伤痛，绾起袖子，抑下心上颤意，做这辈子最难做的手术……

替她清洗下身的时候，他一次一次心如刀割。直到施针、喂下药丸，又写了药方让夏王吩咐下去煎药，汗水将眼睛浇得酸涩疼痛，他方疲惫地坐下来，将她抱进怀里。

她已经睡着了。

累的。

这些天，她的精神绷得太紧了。

幸好，孩子保住了。也许该说，孩子并没有事，只是一时寂住脉息。她到底曾服食过什么？

那东西让他当日无法一眼看出她的胎息，也将打胎药的药性化了绝大部分去，只消损了她体内的膜壁，导致出血。

且这孩子也怪异，安静的时候极为安静，若非他用金针引导，引出这小东西轻微的反应，其他人诊脉，便觉得它安静得就像死了一般。

他眉头一拧，突然想起一个人来——吕宋。

"老八，她怎么样了？情况一旦稳定，你须得马上回去，父皇大怒。"门外，突然传来宁王的声音。

宁王冒险过来通知他。上官惊鸿眸光一沉，才见面就要分开吗？

他今晚一晚计算谋划，明知结果怎么样，竟也冷静异常，没有一丝紊乱，哪怕以后再难。可此时，他舍不得放下她。

那种感觉，就像有什么强力要从他手上夺走她一样。

他戴上铁面，心里一狠，用力吻住她。

翘楚被嘴上的疼痒逼醒，朦朦胧胧地只去挣脱上官惊鸿。

"翘楚，我先让五哥暗中送你回府，我很快就回来。"

"我不回去。"

"不回去你去哪里？你知道我花了多大力气才将你救回吗？"

翘楚看了眼上官惊鸿仍有些血迹的手，这手术很难吧，抬头轻声道："谢谢，我想休息了，可以吗？"

他们之间，他做什么也弥补不了了吗？她甚至不愿多听他说一句……上官惊鸿全身血液像被瞬刻冰凝了一般，到口的那句"我只要你"被她淡漠的目光生生打了回去。

翘楚下意识低下头，只是短短一瞬，不知为何，他满目荒凉的模样又狠狠刺了她一下。

这时房门突然被推开，夏王、宁王和老铁等人走了进来。

他自嘲一笑，却仍像没看向宁王："五哥，你先送翘楚回去。"

"上官惊鸿，翘楚先留在我这里。"夏王冷冷打断他，"你进宫不知要在里面待多久，翘楚现在的身子又是这种状况，你府中情况复杂。我先将她送到我的别院，我亲自守着。你府中有个假翘楚，别人不至于怀疑，便是上官惊灏也只以为翘楚已经回去，真换了假。"

宁王走过来，重重按在他的肩上，苦笑道："我赞成九弟。你如今自顾不暇，如何保护她？"

夜，常妃殿。

"那烦劳公公了。"

"睿王稍等，奴才手上还有些活事，这扫帚儿可未必三时五刻就能送过来哪。"

其中一名内侍语气有些为难，眼梢瞥了他一下，和另一名内侍迅速远去。

上官惊鸿原本微弯着身子请求，这时慢慢直起来，踱回殿内。

走到常妃房间门口，见里面尘埃满布，外面是斑驳灰黑的墙身。

当日常妃殿大火，幸好火方烧到母妃的房间便被扑灭了。

进宫已经四天。那晚之后，皇帝愈加愤怒，勒令他在这里思过，不许擅自离开，直到圣旨过来。老铁等人被禁在宫中别处。

这情景，和少时一样。

这四天他枉为人子，什么都没有做，直到今天，才挣扎起来想好好打扫一下母妃的房间。

这些天，有宫女定时送饭菜过来。他除去肚子饿得难受的时候，翻一翻食物，其余时间便躺在幼年住过的房间里一动不动。他冷冷看着屋顶，但那里仿佛都是那个女人的模样，淡漠而抗拒。

他疯了，确实疯了，如此不计后果。

她消失的那些日夜让他几近癫狂，却偏偏得保持清醒。

他甚至想，将她找回之后，便对她说，今后只要她一个。

弱水三千，只取一瓢。

他可以不要清苓，只要清苓安好便行。

但无论她怎样，病了，死了，好，还是不好，哪怕被上官惊灏碰过了，他却不能不要她。

即便如今闲散，他还是一个亲王，何尝需要一个失洁的女人，他不是疯了是什么。

这四天也发生了很多事，他的事足够传遍朝野和宫闱。

宫中的人最是势利，他权势被夺，此时，谁也不会冒着得罪太子之虞而对他示好，那不是愚蠢是什么？

他蹲下身子，伸手去抓墙角的蛛丝，突然背后轻轻一声"惊鸿"，打断了他的动作。

他没有动，对方慢慢走到他面前。一袭素色衣裙，头戴罩帽，来人将罩帽缓缓拉下，蹙眉看着他。

却是一名女子。

"这里危险，你进来做什么？"

上官惊鸿并无惊色，只眯眸淡淡问。

"你我多久没在一起好好说过话了？围场那次也是匆匆一见即别。这里有谁会来？以前是一个妃子的冷宫，如今是一个落拓皇子的思过堂。你说你大婚之后，我们尽量不要再碰面。我虽想你，却怕坏了事，终是没有再去睿王府。如今倒落得一个物是人非。"

"好一个物是人非！我如今落寞，你该和我彻底了断方是聪明的做法。"

"你该知道，我和你在一起，本为利益，后来却为你。不管你今日如何落魄，我心亦不变。"

上官惊鸿挑眉轻笑，手指危险地抚过女子的脸颊："只为我吗，呵呵，你认为我还能有翻身之日？连我自己也已死心，你哪里来的把握？"

晴雨闻言一震，秀眉蹙紧。

"惊鸿……"

"你回去吧。我当年虽受迫于你，但终受过你之恩惠。若我还有他日，自有你的好处；若没有，我们便如此吧。"

晴雨娇嗔："后来你我……倒也是逼你来着？"

上官惊鸿只是低笑。他垂着眼睑，晴雨看不清他的神色，心里却是一喜："你不会就此落败，我却是信你的。"

她说着继而又柔声道："你今晚想要我的身子吗？"

"我不要任何人的身子。"

"你这话是什么意思？"

晴雨看上官惊鸿将墙角最后一把蛛丝拔下，又脱下外袍仔细地盖住床上尘灰的枕子，瘸着右脚，慢慢走出房间，又是一惊："你尚在罚戒当中，要去哪里？"

"悄悄出宫一趟。你会向父皇告密吗？"

他的声音远去，晴雨眸光一暗，这种时候，还出宫去？有什么事值得他冒险？她想着他到底去办什么事，不知为何突然又想起常妃殿失火那天，后来她过来，混在人群中，见他在湖边为翘楚施救的模样。

四处林木霏霏，远处还有淙淙水声传来。翘楚有些出神地看着窗外的星空。

没想到上官惊骢这所别院会在这么个地方，朝歌郊外的林腹，很是隐秘。

星空高垠，院里植着花树。

花香轻扬。

一切宁谧美好得不可思议。

若没有每晚梦见杀人的噩梦，千帆过尽，这岂非她梦寐以求的简单安宁？

上官惊骢白天像平日一样上朝，处理一些政事，晚上就过来这里守夜。林里四周布满暗哨，听上官惊骢说，有他的人，还有那个人精选的数十名武功高强的暗卫。

美人的伤已经大好。夜里，四大和美人就在她房里的榻上睡，夏王则在隔壁的房间。

上官惊骢刚到不久，两个丫头看到上官惊骢似乎有话想对她说，沏了壶茶给二人，便相携到林间散步去。

她不知上官惊骢要跟她说什么。此时她心里很是宁静，却又有一丝什么缠住心尖，隐隐有些疼痛，透不过气来。

她也不明白自己为什么会那样。

那晚，她看着那个人一拐一拐走出她的视线，忍不住问上官惊骢，他为什么会受伤。

上官惊骢微一迟疑，还是告诉了她他们营救她的经过。

这些天，她会问上官惊骢他的情况。

上官惊骢是磊落之人，没有隐瞒她。

他很不好。她站在窗前，闭上眼睛，将眼末的湿意盖去。

她现在想见见他。

可又怎么可能，他在宫里。

"翘楚？"

突然，背后的声音将她的思绪划破，她正要转身，见上官惊骢已经走到她身旁。

两人对面而立。

翘楚笑了笑："你说。"

上官惊鹋目光幽深，眼里有抹奇异的光芒。翘楚一怔，心里有些不安。上官惊鹋伸手向她的手握来，却又随即自嘲一笑，定在半空："老八现在这个情况，我不该乘人之危。我以前想，你和他在一起不开心，那么不管我用什么手段将你抢过来，也是对的。

"可是，他虽有百般不是，经过这些天，我明白，他亦是爱你的。

"但是，翘楚，有件事，我想问你，我想……要你的答复。"

翘楚心里越发不安，想说话阻止他，只听上官惊鹋轻声道："听我说完好吗？"

翘楚闭了闭眼，点点头。

"这些天对你来说也许并没有什么，但对于我俩说却是很快乐。我们在院子里喝茶，聊天，互道晚安。翘楚，我知道，你喜欢这样的生活，繁华洗尽。我知道你心里没有我，但你可以给我一个机会吗？只要你愿意，老八的事一过，我想办法带你离开这里。我们可以去你母亲的故乡，或许去哪里都可以，牧马放羊，种花养草。我会照顾你一辈子，我会将你和他的孩子当作是自己的孩子来疼爱。"

翘楚原本低着头，静静听罢，终于抬起头，却被拉进上官惊鹋深深的眼里。

她也不过是个女人，听到这些话又怎么会完全没有感觉？有个人一而再肯这样为她，甚至舍弃这天下最华贵的身份和权力，她怎能不心存感激？她睁大眼睛，眺向远方。

星光荧荧。

那样的生活真的很好。

她能想象出，嘴角不觉浮上笑意。

良久，她却终在上官惊鹋紧窒深凝的目光中给了答复："惊鹋，谢谢，但我不能。我还是以前的答案，那对你不公平，你值得更好的。放弃你现在拥有的，不可惜吗？"

况且，在这里你还有婚约，还有母亲。

上官惊鹋眼中的光芒一点一点黯淡下去，但这次他却不复以往的沉痛或是激烈，而是沉默很久，方道："没有公还是不公，也没有可惜不可惜，每个人心里，都有轻重之分。对我来说，那些都没有你重要，我又有什么好可惜的？我只知道，和你在一起，就是我这辈子最大的快乐。楚楚，你好好考虑几天，给你自己也给我一个机会，好吗？"

林子深处。

有多久没看到她这样的笑靥。

她笑得那么幸福。

星光下，灯火里，他方才在树后看得清清楚楚。

他甚至不必等，便知道她的答案。

上官惊鸿猛地收住脚步，在溪边站住。

他从宫里出来，让暗卫不要惊动她，想给她一个惊喜。

却原来是自欺欺人。

看到他，她只有惊怕，不会有喜欢。

她真心的笑让他第一次真真正正感觉到，他们再也回不去了。

无论他再做什么。

腿脚上该死的酸痛传来，他慢慢坐到溪边的一颗大石上。

他从怀里将荷包掏出来。

又将里面的东西拣出来。

一小绺青丝。

还有一张卷成皱褶的纸——那是前些天在书房案桌的抽屉里无意发现的。

纸上的内容，这些天，他看过多遍，早已能背诵。他还是将纸卷慢慢展开，轻轻笑着，仔仔细细去看上面有些潦草的字迹。

> 事末，终决意重返帝京。自知楚乃迫于众而随吾返，实则早已不愿相随，然若吾爱之，则无甚不能克服。灏狠毒，非匹夫之勇能为，唯权势方可护楚一世安宁。记忆必不可留，记一世无双，记予楚愉悦，则其他俱往矣。

落款是，上官惊鸿。

他猛地站起身来。

院子里。

两个丫头还没回来，上官惊骢说出去走走。

翘楚拿着小勺，一勺一勺去给院中几个花圃浇水。她身子尚没大好，只能慢慢走动，不敢大动作。

她缓缓直起身子，擦了擦额上的汗，突然想，往日那个人喜欢花草，也许不是真正喜欢吧，擅长医术也许不是真正想要的，不过是闲散在家。

从小到大，这世上，只有巅峰的权力还有沈清苓才是他真正想要的吧。

她摇头一笑，又去舀了勺水，背后有抹粗重的呼吸声忽而传来。她大吃一惊，勺子掉到地上，同时已被人从背后紧紧抱住。

五天后。

这一天，阳光很好。

东晓，这条朝歌最热闹的大街，人来人往络绎不绝，店铺林立，商贩忙得热火朝天。

而最重要的是，跨过前面那座古拙的牌楼，便是通向下一个城郡的道路。

阳光像碾碎的黄金镀在人身上，给所有人和物都增添了一层温暖又矜贵的美丽。

翘楚想，也许她不该选这里，这里太热闹。

上官惊鸿不该选在早晨，阳光太好。

原以为，在最热闹的地方告别，谁都会少一点惆怅，但她心里却有股沉甸甸的感觉。

四大和美人已经在牌楼的另一边等着她，她却顿住脚步，侧身看向后面数十尺之距安静站着看她离开的男子。

那晚，他过来。她不明白本应在深宫的他为何突然就过来了。

他紧紧抱着她，却用很淡的语气说："翘楚，你走吧。我放你走。等你身子再养好一些，父皇也放我出宫，我就即刻安排一切。我会让你平安离开，不会让上官惊灏再……伤害你。"

许是惊喜过甚，又似不敢置信，还是其他什么感觉，她当时很是失态，只是全身抖得厉害。

他却仿佛看穿她的心思，轻声说："没有算计，我不会再拿你身边的人来牵绊你，解药我会派人送去给你母亲他们。"

疏微的风卷过她的身，他说完这话，就松了手，气息远去。

她转身看去的时候，院门的地方已经杳无人迹。

他的声音却极轻极轻地传过来。

"翘楚，若我在恢复记忆那天没有打你，若你问我那天，我对你说，任凭它弱水三千，我也只取一瓢，我们……"

他没问完，她也没答。

要答也答不了，就像她从来没有想到他会放她离开那样不确定。

他似乎是爱她了，却又放她走。

她不懂。

也许他认清他最爱的终究是沈清苓。那晚在房中，他说他情愿留下陪她，这是他一时冲动吧。

是谁说过，爱她，就要伤她，因为内疚是维持爱情的最好方法。

是这样吗。

其实她并不这样认为。

而他现在也清醒了吧。负疚不是爱。

只是，为什么他还要这样救她，那晚，他还要从宫里出来对她说那些假设。

不要想了。

该走了。

以后自由自在，再无伤害。

她又深深看了他一眼。

他已非他原来的模样，她也是，两个丫头也一样。

他们都易了容，在这热闹的大街上，他们是最熟悉的陌生人。

这一场宛若假面化装舞会的宴会。

他淡淡盯着她，神色有一丝冷漠。

她摇头一笑，又缓缓看向四周。冬凝和所有人都易了容混在人群里，她辨不出谁是谁。

她心如潮动，起起伏伏，酸涩难描，不管好还是不好，和他们都是一场缘分。

人的一生这么短，世界这么大，能相识相交不是一件容易的事。

她举起手，轻轻挥了下，人群里没有回应，但她看到有多道目光用力看来。

她闭了闭眼，便要转身，他却忽而向她走来。

她有些颤抖地看着他在她面前站定，递给她一个荷包。

她不由得心中惶惑，她有很多这类小玩意儿，但记忆中，她从来没给过他。

"里面是绝颜丹的解药。"

她心里一震，却又听他道："还记得吗，以前我对你说过，绝颜丹的配方已经失传，但解药我却能做。这是我替你解的最后一种毒。"

"谢……谢。"

"睿王府里假翘楚会一直扮下去。按照我给你的路线图走，去江南一个隐蔽的小镇。沿途所有客栈我已打点好，随你选哪一间，你每到一处报上林羽的名字便好。"

"林羽？"翘楚一惊。

"你名里不是有林羽两字吗？"他淡淡反问。

翘楚犹在轻颤之中，他的话语继续传来："江南很美。你不能回你母亲那边，不安全。在江南你虽不能牧马放羊，至少可以种花养草。"

种花养草……翘楚心头的战栗愈大，像石子投进湖心。

"好。"她深吸了口气，又扯了点笑，"这次没有条件？"

"有。"

上官惊鸿一直波澜无波的眼睛微微眯住，目光紧了紧。

她一怔。

"我会派暗卫沿途保护你的安全，其中有甚擅医术的人。他们在暗处看着你，你不要在意。去到那边，我会定期派人送药给你，你不要拒绝。"

翘楚鼻子突地重重酸涩起来，赶紧点头，又笑了笑，问："还有其他什么要说的吗？"

"没了，你走吧。"

"嗯。"

翘楚答着，看上官惊鸿微微侧头去看旁边的店肆，阳光将他的眼眸映得有一丝逆光，看不清他的神色。

她想说句保重，却始终开不了口，最后只道："那……我走了。"

直到她转过身去，他还是一直没有出声，绕身而过的只是这春日淡淡的风。

第十三章

螳螂捕蝉黄雀等　为何仍醉烟花梦

数天后，邺城。

和失去记忆的上官惊鸿一起住过的那间客栈，翘楚没有去。

是夜，众人正在房里的桌上吃饭。

看男人夹菜送过来，翘楚递碗接过："谢谢。"

他们这桌有四个人。

翘楚、四大、美人，还有一个模样清隽、温文尔雅的男子。

男子很快站起来，朝众人一鞠，而后关门出去。

翘楚低头吃饭。

四大和美人交换了眼色，都担心起来。

他们似乎并没有预期中的高兴，因为翘楚不开心。

虽然，翘楚没有说一句，但她不开心是很明显的，因为这些天来，她很少出声。

两人悄悄出去的时候，翘楚还在默默吃饭，似乎连她们出去也没有察觉。

"美人，怎么办？"

"我看，要不明天开始就莫要再让那人给主子布菜了。"

方才的男子却是上官惊鸿的暗卫，擅医，每天吃饭的时候会出来给翘楚把脉，然后给翘楚布菜，说是爷的吩咐，进食那些东西对夫人的身子有好处。

翘楚开始婉拒这人布菜，但他很是彬彬有礼，一而再地请求，翘楚后来也不好再拒绝了。

两个丫头的声音在外面低声啾啾，凝视着碗中的菜肴，翘楚深深闭上眼，一颗泪悄然滚进碗中。这批暗卫连着这名男子还会跟着她们很久，到达目的地以后，有些将成为她的家仆，有些会在附近住下来，一直保护她……那是他的吩咐。

睿王府。

沈清苓看着书房里举步待出的男子，他近日染了风寒，虽医术高明，竟不知为何不见好，身子迅速消瘦了一圈，此时身上还烧着。她恼怒又心疼，终究忍不住快步过去："惊鸿，你还要这样颓靡下去多久？五爷、宗璞过来你也不见——"

"苓儿，你有想过离开朝歌，回到你的世界吗？我曾在书上看过附身的说法，只是不知真假。"

上官惊鸿突然问道。沈清苓一怔，随即握住他的手臂，摇头一笑："我不是翘楚，我不会在你有难的时候一走了之。我会一直留在你身边，看着你登基为王。"

"登基为王？"上官惊鸿莞尔一笑。

"惊鸿，你别气馁，这个坎，我们一定能过去。"

她们相识！翘楚，你到底是什么人……上官惊鸿一震，目光落到女子握在他臂上的手："给我说说你们那个世界的东西吧！那个地方在哪里？该怎么过去？有些什么国家？"

沈清苓听他问起这个，精神微微一振："该怎么说，除非神佛的力量，否则人是不能到那里去的，所以我说我怕自己会因不可抗力而消失。"

"随时消失吗？"上官惊鸿眸光一暗。沈清苓心里有一丝喜悦，却又听到老铁的声音传来："爷，马车备好了。"

"回来再说吧。"上官惊鸿轻咳了声，伸手握过她的手放下，快步出了门。

书房里，众人都微有喜色。景清雀跃起来："爷今儿个说了很多话，他这些天几乎没有说过什么话。"

"幸好清儿你在。"方明也有些欣慰。

"嗯，幸好我现在没有在太子府。"

"清苓小姐，什么叫你们那个世界？附身又是什么？"景清微一迟疑，问道。

"下次我跟你们爷说的时候，你和大家一并听吧。"沈清苓微微一笑。

景平和方明虽然也疑惑，但终究更担心上官惊鸿。景平看老铁没有随行，苦笑问道："铁叔，你不随爷过去吗？"

老铁摇头，神色深凝："他让人跟吗？这些天，我们跟过去劝，还不是让他给点了穴道让小厮送了回来。"

沈清苓看众人一筹莫展，淡淡道："笙歌作乐，逢场作乐，且让他去宽宽心吧。他夜里回来，我好好和他一谈。若他再去，我便亲自过去走一趟。我倒不信他能放任我去那种地方。"

方明道："清儿，这事便有劳你了。"

老铁看了方明一眼却心忖，这事沈清苓去劝只怕也未必能行，除非是那位。

老铁微觉有异，却见是景平双眸含忧，若有所思地向自己看过来。

天香阁。

这是朝歌一处极有名的烟花之地，虽然一整条街道莺鸣柳翠不绝，但这里绝对是热闹中的热闹。

此时，一名女子正在台上抚琴弹唱，但见她不施脂粉两腮自红凝粉，柳眉似黛，美眸流盼间便是那方桃譬李，若非脸颊稍有微瑕，有一道小指指节大小形如新月的小疤嵌在颊上，却是个绝色美人，清中带妩，且琴技音色亦是一绝。

这正是近日这勾栏院中的丑颜花魁崔明霜。

此时，她一边唱弹，一边悄眼看座下众多客人中那名青袍铁面男子。

她知道这名男子是什么人。

昔日一时权倾，今日落难王孙。

但他却独独吸引着她，因为他与那些觊觎她身子的达官贵人不同，他是喜欢她，来听她弹琴的。他曾使院中婢女送上一张纸笺给她，纸上指出她琴艺上的罅漏，并写着：我可替你治愈脸上之伤。

他几乎每天都会来，也不叫姑娘陪伴，独自饮酌，饮到大醉，那驾车的小厮方战战兢兢进来搀扶他离去。她本是商贾女儿，因父亲生意失败，欠下巨债，被迫沦落风尘。

只是，此间精明的鸨母却是要她这张微瑕的脸蛋来做卖点，因为公子哥儿已看惯太多艺色双绝的美人。除非，数天后的竞价之夜，他能出高价将她买回去，否则这一生她注定零落成泥。

他这两天似乎病了，不停地咳嗽，铁面下眸色如灰，冷冷的，暗暗的，气色很差。他却仍是不停地喝酒，一双眸一直紧紧盯着她弹奏。

她心喜且疼，眼末看到鸨母亲自领进来的几名华贵男子，又吃了一惊。

其中一名是西夏的淳丰皇子，另两个却是东陵的七皇子、十皇子。

淳丰皇子看她的眼神让她很不舒服，邪佞色厉。

他私下里找过她，笑谑调戏过好几回。

她有些害怕数天之后的宴夜——听说他的皇妹银屏公主不久就与九皇子成婚。西夏使者一行必定等到公主大婚之后方才离开朝歌，是以这人到时定会过来。

这时，几人自上官惊鸿桌边走过。淳丰眉眼一挑，笑道："呵，这瞅着眼熟，我道是谁，不正是睿王吗？桌上酒樽子可不少呀，莫不是从早些时候便开始吃酒到现在？"

他看上官惊鸿只是低头喝酒，沉默不语，冷冷一笑，转向两名皇子道："两位早上朝午办事，你们这兄弟却清闲得紧，这也太不公吧！"

七皇子和十皇子闻言，随后也笑起来。

二人虽知夺权无望，但上官惊鸿毕竟由籍籍无名到深受帝宠，二人却不曾，是以虽是同父兄弟，二人却难免心生妒恨之意。这时二人看上官惊鸿落魄，唇上青苍邋遢，少不得冷嘲热讽了几句，方与淳丰皇子到另一桌坐下。

崔明霜见状，又看四周宾客悄然指点议论，也暗里相轻了那八皇子去，不免唏嘘心酸，很快又见上官惊鸿咳嗽着踉跄起身，深深看了她一眼，微拐着向门口走去，心里越发悲恸起来。

只又看得淳丰盯着她，眸光不怀好意，道："过几天这丑魁儿，本皇子请客，两位皇子赏个面过来，我将太子夫妇、夏王、我妹妹和姑姑也邀过来一并热闹。"

"先谢淳丰皇子邀请。"七皇子替三人斟满酒，一笑问道，"皇子要竞下这妞儿？"

"正是。你们可要来看吗？"

"这听着便有趣得紧，只是到时只怕我们那兄弟不让你轻易标了这妞儿去。"

"太子在此，倒有他出声的分儿？什么铁面将军，我呸！"

"好，我们兄弟敬大皇子。"

崔明霜心下一颤，嗡的一声，弦断琴住，曲音蓦然而止。届时，睿王会过来吗？只是，即便他来，又怎么与这太子和西夏皇子斗？

是夜，睿王府。

"爷。"

背上原本微凉，却蓦然一暖，站在亭中凝视着天边月色的郎霖铃听到身旁婢女恭敬的声音，顿时微微一震。她伸手执过披落在肩上的薄袍，猛地回头，那抹高大的身影已远成一个黑点。袍上一阵浓重的酒气袭来，她顿感愤怒，却随即又痴了。

那酒味似乎一直缭绕不去，睡至中夜，她突然便醒来，披衣想出外走走。她出得房间，只见外头守夜的奴仆婢女都有些惊惶地望着廊道尽头，那是通向睿王书房的方向。

四处灯火竟有些通明缭乱，又见一些仆役从园子方向急匆匆地往书房那头赶。

她奇怪，沉声问了门外一个婢女："怎么回事？"

婢女颤声道："睿王半夜发病，高热不退……"

她大惊，领着人赶到书房的时候，见门洞开着，老铁等人或凝重或慌乱地散立在房中小榻四周；睿王躺在榻上，沈清苓坐在榻边，紧紧蹙着眉心；旁边，一名大夫模样的男子一脸为难之色；地上一只玉盂里有些秽物。

她一惊，问道："爷情况如何？"

"药吃下去，全数呕吐出来。"方明涩声道，闭了闭眼。

郎霖铃走到榻前。沈清苓瞥了她一眼，眼圈微红，又伸手轻轻抚了抚上官惊鸿的背脊。郎霖铃心里一怒，正要说话，却见上官惊鸿原本微微阖着眼，忽而从榻上挣坐起来，轻声道："不行，我要好起来，还有几天便是竞价之夜……"

众人一时惊住，却见他已一把夺过榻边大夫手上的药箱，打开寻了金针，往自己身上穴位扎刺下去。

景平心里酸涩，忽听门口传来些微响声，却见老铁的身影消失在廊道处。

两天后。

邺城，夜，客栈。

翘楚站在窗前，凝视着窗外景致，手里紧紧捏着当日那人交给她的那枚荷包，里面的解药她一直没有服食。

女为悦己者容。她缓缓闭上眼睛。

"主子，早些歇息。"

四大嘀咕着过来拉她，她点了点头。她这些天总有些心神不宁，又呕吐得厉害，不得不在这客栈里滞留两天。

她正任四大搀着往床榻走去，却见坐在桌旁的美人突然猛地起身，喝道："外面的客人，请问是哪位？"

翘楚微微一震，她们四周是暗卫守着，谁能如入无人之境来到她们房间外面？

门，突然被推开。

美人眸光一冷，一鞭甩去，鞭子却倏地被人伸手挟住："奴才见过翘主子。"

三天后。

朝歌，皇宫。

庄敏正逗着怀里的小九儿玩着。见小九儿笑得欢，她眼底却落了些阴霾。突然，宫殿外传来莫存丰的声音："皇上驾到——"

她将小九儿放到地上，赶紧迎了上去："臣妾见过皇上。"

皇帝将她挽起："这些虚礼就免了吧。去，换套便装，陪朕出宫。"

庄敏大为惊讶："皇上这是上哪儿去？"

"天香阁。"皇帝缓缓扔了三个字过来。

殿门外。

看莫存丰出来，数名内侍立刻迎上："总管大人。"

"快去检查马车物什，皇上和娘娘很快就出来。另外，此事势必不能走漏风声，懂了吗？"

"是！"

莫存丰眼色一鸷，众人自是明白这是杀身之祸，即噤了声，蹑了手脚迅速散去。

一旁的夏海冰赞道："莫总管辖下可谓严谨。"

莫存丰一揖到地，笑道："大人过誉了。"他直腰之际却见夏海冰微微垂着眸，不知在想些什么。

夜色四下向人逼来。

宫墙侧，众内侍检点马车安全。其中一名唤小六子太监"哟"的一声，旁人问怎么了，他呸了句，只道"小爷内急"。众人笑骂，让他快去，没得躁了皇上的马车。

小六子嘻嘻笑着小溜跑了。

到得一处花木丛外，他却突然站定。很快，一个宫女急急走了出来。小六子脸色微沉，低道："莫总管让告诉郦妃娘娘，皇上前去天香阁，请设法通知宁王。"宫女神色深凝，一点头即刻离去。

待得那宫女远去，小六子嘴角浮上一丝冷笑。这时，侧方林木后转出两人。

这二人却正是曹昭南和王莽。

小六子向二人恭身一躬。曹昭南颔首，小六子方循原路折回。

王莽轻笑："可知螳螂捕蝉……"

曹昭南的眸光随着渐渐黑下来的天亦慢慢而深，道："狡兔三窟，殿下早就嘱咐过。殿下布防之重，不是寻常人能想到的。这次，睿王……是可惜了。"

天香阁，夜。

灯火如白昼，酒醉熏人醉。

楼下台上热闹正酣。

天香阁二楼，硕大的柱子后，庄敏有些不安地睨了皇帝一眼。皇帝的目光在楼下的夏王身上有意无意掠了一下，眸光竟透着一丝诡厉。

夏王此刻正和太子夫妇、七皇子、十皇子及西夏使节一行等人一桌。竞标已经开始！

庄敏心惊胆战，害怕皇帝看夏王的这种眼光，这让她有种秘密被窥破的感觉。

便在这时，皇帝的声音又淡淡过来："敏儿啊，老九近日来性情越发稳敛，朕甚是喜欢。然我东陵虽不惧它西夏，但他既将大婚，声色犬马亦该收敛些了。你这当母妃的也自当对他教诲一二，你说是吗？"

庄敏玲珑，此时竟也不明白皇帝话里到底是什么意思。她越发心惊，却又听到楼下吆喝、笑谈、惊叫等各种声音大作。她看了眼楼下台中那个一袭单薄翠裙、曲线姿显却脸色发白、眉眼颤抖的丑颜花魁，一环百十桌来客，知道竟已到紧张时刻——

她眼角微扬，果然见皇帝已冷冷盯在睿王身上。

她不由得开启了新的紧张，标银已从方才起始的一万两涨到十三万两，竞标的人也已只剩两桌。

本来，客人之中，不论权贵，都只是图个热闹，怎么敢真跟太子一桌抢标，若只和睿王竞争反而不同。再说，谁会脑子发热花十万两买一个歌姬回去，又歌姬并非真的倾国倾城。

"十五万两。"淳丰啜了口酒，眼梢斜斜向邻桌上官惊鸿挑过。

"十六。"

驾车的小厮惊慌地看着自己的主子，他们这桌势孤力弱，只得上官惊鸿一个。上官惊鸿大病不愈，在榻上躺了五天，几乎没有任何进食，今晚却突然挣扎起来。方总管等人要制止，却让他令人困在府中。这种地方，郎妃、翘妃和林姑娘又不好跟过来，否则平白折损了名声。

往日便罢，今日这位爷已是千不该万不该与太子斗，小厮又惊又怕地想着。只见太子和夏王偶尔碰盏施然喝酒，太子妃和彩宁、银屏两位公主轻声说着什么；偶尔那彩宁公主看过来，勾唇笑笑，带起一丝淡淡的嘲弄。

"十七万。"

"二十。"

随着上官惊鸿因咳嗽而略有些哑的声音落下，人们顿时呀的一声叫出来，便连崔明霜都不敢置信惊喜难抑地看过来。旁边鸨母笑如花颤，却又有些惧怕地悄悄看向眉眼含笑的太子。

太子一按淳丰，笑道："这买卖当是讲究价高者得，但同时也还得看卖的人愿不愿意，是吗？"

天子脚下营生，宫中的消息鸨母自不会遗漏，当下立即笑道："都说咱们这些人只看银子最是无情，这话可将咱们屈苦了。老身将姑娘们养着，一来二去怎么会没有感情。如今两相争持不下，淳丰皇子和八爷都是大贵客，老身看，不如由姑娘自己挑选好了。"

她话音一落，人们立下拊掌，只说好。一时楼里声色更加璀璨。

崔明霜闻言，浑身一颤，惨淡着脸色，缓缓指向淳丰。她别无选择，除非她狠心不顾家眷。她真傻，之前竟还生了幻想来着。这不过是一场以她为饵的游戏，那位皇八子是被游戏的人。

楼里默了一默，掌声响彻此间，比方才更犀利十分，直指向那坐在桌上眼眸低垂的男人。夏王道："二哥，这价也竟完了，咱们也撤了吧，不妨碍淳丰皇子春宵一刻了。"

"孤还想吃两盏酒。"太子嘴角轻扬，婉言拒了。

淳丰一拍太子的肩膀，起身大步向崔明霜走去。

夏王略一拧眉，只道："那臣弟先告辞了。"

听到四周调笑指点之声此起彼落，崔明霜绝望地闭上眼睛。手骤然被握住，对方手心之凉，她激灵灵打了个冷战，猛地睁开眼来。

却见竟是上官惊鸿拉住她。他的眸光暗冷，便像那天一样，但与那天不同的是，他眼里血丝遍布，看去羸弱而衰败，但瞳深处却又有抹近乎矛盾的决绝狠厉。

她知道，他要带她离开。

这一瞬，她心情激荡，竟想不顾一切随他而去。

然而，他拉着她方走下台子，淳丰已一拳打过来，他被打得跌倒在地上。

她知道这个男人曾经打过仗，打的便是这淳丰的国家！这些日子她更曾私下打探过他的事，知道他会武功。她虽不知他武功如何，但皇子不比寻常百姓，自幼便要熟习骑射，若非在病中，他怎么都能抵御一下。

他的小厮上前劝阻，却立下被淳丰的随从打翻，一脚狠踹在心口，血水从口中喷出，随即凸了眼。

太子妃似乎也是惊住，微一迟疑，对太子道："殿下劝一劝吧，睿王纵有不是，毕竟是殿下弟……"

太子淡淡看了她一眼："国以法治，买卖便要遵守买卖的规矩，强取豪夺之风不可长。皇子犯之与庶民罪，更何况是他自己不肯知错放手。"

此时二楼，庄敏也是大惊，颤声问道："皇上，你不阻止吗？那淳丰皇子也未免太过了，惊鸿指不定被他活活打死。"

皇帝原本一直冷眼看着。

皇帝眼里竟无半点舐犊之情，庄敏一震。他已拂袖转身："庄敏，你最好认清，朕亦是有底线的。他死不了，惊灏自有分寸。"

台上，崔明霜听着声音隐隐约约而来，四周人们却无半点同情之色，更无人阻止，有的只是轻笑讥讽。这是个什么世道？权势便这么霸道，他好歹是名皇子啊……

她浑身冰凉，立在原地惊恐地看着鲜血从地上男人头脸涌出。淳丰和他手下却犹不住手，只对着他心口、头脸、腿脚的地方踢去。他不吭一声，亦不讨饶，好几次手足并用撑起身子站起来，奋力挥打近身的人，却终是体力不支，又被打翻在地，但他很快又站起来。

血水将他的铁面染得红红的，她只看见铁面下，那双沾着血红的眼睛在她眼前一下一下晃动，暗暗的，紧紧的。他这时神志似乎都已不清，仅凭着本能想去靠近她。

她心里大恸，终于忍不住哽咽着嘶喊出来："淳丰皇子，别打了，我这就跟你走……"

淳丰却置若罔闻，让人抓着她，率着手下打得越发狠厉。而后，上官惊鸿在地上再没怎么动，一身的红，铁面下两眼都是黏糊的。

"惊鸿——"

她痛哭着，忽听一道低低的声音从人群里传过来。

第十四章

情是坏亦忘不掉　再返君侧哪怕凋

他不应该起来的。

崔明霜惊住，却见一名女子从人群里飞快奔来。数步之外，那女子又蓦然停住脚步，怔怔看向上官惊鸿。

然后，她看到太子那边好些人都变了脸色，包括太子。

"翘妃？"

不知谁这么一说，她心头蓦然一震，原来翘妃是这个模样。

一身蓝色衣裙，发髻简梳，仅以三两支玉簪子簪着，眉锁烟笼，脸上甚至带着些不健康的苍白，唯独一双眼睛剔透晶莹。

颊上还有道疤痕。

那道痕迹比自己的尚大。那女子原本也不甚美，这道伤疤让她看起来有些丑陋。

也许是这样，反让人们好奇打量，还有谴笑嘲弄。

一时，殴打的人也都住了手。

崔明霜不由自主看向上官惊鸿，却见他眸光很快淡下去，抚着心口，冷冷道："回府去。"

他是把她当作王府里的假翘楚了吗？

三天紧赶慢赶，翘楚从没想到再见会是这么一副光景，哪怕老铁说，爷现在的情况很糟糕。

她却真的没有想到，他形如枯槁，任谁都能欺侮。

她看了崔明霜一眼，虽然拼命忍着，泪水还是从眼里一颗一颗滚下来。她凝视着他，却轻笑答道："不，我不回去，因为我自己一个人学不会种花养草。"

上官惊鸿本咳嗽着佝偻了腰，闻言，猛地抬头，灰暗的眸像瞬间被什么撕开，透出一股霎然光亮。

崔明霜不知为何心底一刹突然就涌出那么一阵悲恸，似乎明白了些什么，又似乎全然不懂。

崔明霜只能怔怔看着上官惊鸿飞快伸袖使劲擦了擦血污的眼睛，随即一动不动如猎人盯着猎物一样盯着翘楚，仿佛不认识她一般。

太子微带厉色的目光递来。淳丰看到翘楚早就沉了脸色，这时只命人去抓翘楚。翘楚本想走到上官惊鸿身边去搀他，两名西夏男子却狠狠向她肩手抓来。她一惊，想叫美人，却见横里一抹青袖挥来，那两人已被掼摔到丈外的人群之中。

人群里即刻有人吓得厉声叫出来。

那力道竟是极大，比方才这些护卫对待睿王府的小厮更惨烈数分。那两人方落地，已血沫横溅，将邻近几个人喷溅了一身。两人在地上蠕动了几下，眼看是活不成了。

这一下惊乍了所有人，连崔明霜也不敢相信地看向翘楚身边的男人。他明明已经没有还手的力气了，怎么会——

上官惊鸿动了大劲，伤上加伤，一口血沫咳出，身子不稳，又轻轻摇晃起来。他将两脚稍稍分开，撑立着高大的身体，凝眸看了翘楚一眼，等再看翘楚时，她的眸光已变得极是冷漠，唇一张，冷冷地说了个"滚"字。

四周一下变得很静，人都仿佛被什么掐住了喉咙似的，视线定格在中间的两人身上。

翘楚鼻子一酸，反而上前一步，和上官惊鸿靠得更近，近到她的鼻尖几乎要贴碰到他的衣衫，用两个人才听得清的声音，轻轻道："好，我走。只是，这次走了，我就永远不会再回来了。永远永远。你……保重吧。"

一路长途跋涉，老铁顾虑着她的身子，虽让暗卫将马车赶得极慢，她却不敢稍有停歇，晚上也不投栈，只嘱咐下去继续赶路。她就在马车里睡，颠簸一路，呕吐一路。

如今，看他负伤颓衰，她心里疼恸，肚腹也随即闷痛起来。她伸手掩住腹部，在所有人震惊的目光中，咬牙缓缓走出天香阁。

老铁、四大和美人原本随她而进，这时竟奇诡地不知都到了哪里去。

门外小厮守门，街道热闹，灯红酒气香浓，人群往来。他们的马车就停在那里，马儿低头啃着地上什么东西，赶车的暗卫却也古怪地不见了。

翘楚转身看了眼，只觉一个个人影在眼前跃动。她抚住微微眩晕的眉头，想闭眼养养神。

眼睑刚阖，一阵血腥之气猛然钻进鼻孔，她一怔睁开眼来，只见男人一身青袍，那残迹红透的臂膊已揽过来。看着那双痛苦混浊的眸，那隐隐流泻在眼底的炽烈，她没有一丝犹豫，用力靠了过去，偎进那个湿潋潋的怀抱，将泪水也摁过去，用力摁干。

大手落在她的发上，一下一下轻柔地顺着，却又带着她能清楚感觉到的僵硬和微颤。

仿佛回到那个饭后雨时，那各有所思的依偎，偷了浮生半日清闲，不问情由，不说爱恨，相依仿佛只是一种姿势，只因为旁边是那个人。

脚步声密密集集，她知道，人都跟了出来，还有街上熙攘往来的响声。

可她只知道，他站得笔直，紧紧抱着她。

嗅着他身上浓重的汗血味道，她胃部一阵紧搐，却没有退缩回避。

更不管人们是讽刺还是嘲笑。

她不在乎。

她不怕被看轻，被嘲笑。

她愿意和他一起承担，不求同福，只愿共艰。

"翘楚。"

头顶沉暗暗哑的声音传来，带着疼惜又有些无奈。她从他怀里挣脱出来，抬手想揩去他发上铁面上的血迹。手才上到他的铁面，他已一手扣住她的手腕，眼中方才的冷漠已被一股狠意取替。他狠狠盯着她，双眸近乎残厉，一字一字道："我放你走，是你自己要回来，是你自找的，那就莫要怪我。不论你生还是死，不论你爱还是不爱我，我都不会再放手！"

自问不是个爱哭的人，翘楚闻言还是重重一震，泪水在轻笑中又滚了下来。

她咬着唇瓣，点了点头。

爱还是不爱，恨又应该怎么恨，她早已说不清，也算不来。

回来的时候，她心里只是想，人生不怕无常，只怕遗憾。

"丑八怪。"上官惊鸿有些粗鲁地往她脸上用力一揾眼泪。他低声斥道，却掩不住眸中狂喜。只是看她定睛看他，他迅速将眼睑一垂，轻轻哼了一声。

翘楚学着他轻轻哼了一声，空着的手去给他揾汗和血。上官惊鸿却突然将手从腕中放下，沉声问道："你是不是有些不适？"

她一怔，他已将她横抱起来。她听到他又低低哼了一声，明白他弄到伤口了，刚说一句"你放我下来，我自己能走"，他足下一点，已然带着她旋身落到马车驾座上。

她还有些反应不过来，他已一手揽着她，一手执缰，驾起马车驰跑了起来。

"崔姑娘她……"

"她不会有事的。"

"可谁还能救她？"

"荣瑞。"

"这怎么可能？你这话到底什么意思？"

"字面的意思。我说，今晚，只有你是我的意外，致命的意外……"

"嗯？"

她的声音湮散在马车扬起的风尘里。

三道人影从墙侧转出来。

却是老铁、四大和美人。

美人若有所思，道："嗯，铁叔，我知道你方才为何不让我出去帮忙了。"

"可万一上官……睿王制不住那两个死西夏人怎么办？"四大盯着马车消失在街角，嘀咕道。

老铁轻声道："爷病势虽重，但凭这些人还伤不了他，只是他自己下意识地不去还手吧……也许该说，他心底没有还手的力量和欲望。"

四大还是有些心不甘情不愿地咬着嘴唇，还是不愿意翘楚回来。美人拍了她肩膀一下："主子开心就好。"

她说着微微皱眉看向天香阁大门前。

人还没散去。

但上官惊鸿既然罢手，没有再与淳丰争抢，淳丰也不能再动手。他神色阴沉，他旁边的彩宁亦紧紧抿着唇。太子眯眸淡淡笑着，眼末划过一丝狠骛。

崔明霜怔怔看着马车消失的方向，却突然被淳丰狠狠抄进怀里。

美人虽觉得她可怜，但目光却被人群里一个紫衣男子吸引住视线。那人模样并不出众，双目温莹。方才他们隐在人后，紧张地看着前面的情况。西夏人要抓翘楚的时候，老铁制止她出手。她知道老铁是老行尊，眼色不会错，遂反而放心了。便是那一下，她留意到这个紫袍男人。当时，男人在他们稍前的地方，也在看热闹，只是他手里扣着半截筷子，似乎随时便要出手相助，只是后来上官惊鸿击倒了那两人，他才没有动静。

他到底是什么人？谁还愿意在这时相助失去圣宠的睿王？

她正疑虑着，忽听四大低叹道："那崔姑娘怎么办？"

老铁道："四大姑娘，这事只能到这里。人都有定数，最重要的是现在我们睿王府不能再出一点差池，情势对我们来说越来越难……"

"嗯，我们回府吧，"美人颔首，"八爷和主子也差不多到了。"

四大笑了笑，说好，随即又有些好奇，撇撇嘴，问道："铁叔，今晚这等情况，怎么没见郎妃和那劳什子林姑娘过来？"

"她们到底不便过来。"

"你老人家骗谁呀！东陵民风虽不如那西夏开放，这太子都带着他的女人来了，那两只……两个怎么会不过来？"

老铁一怔，反倒露出个笑脸，这多天来也没有一刻如现在稍松一下了："约莫是景平设法阻搁了那两位主子。"

美人点点头，认真道："景先生是个好人，是见过除主子以外最好的人，他一直帮衬着主子。"

四大嚎："哟，美人，你不会是喜欢上景平了吧？"

美人赏了她一掌，面无表情道："你给我滚。"

四大吐吐舌头，却见美人又朝天香阁的方向凝眉看了几眼，不知在看什么。老铁道："两位姑娘辛苦了，随老铁来，咱们回府吧。"

然而他们回府以后，却惊愕地发现，上官惊鸿和翘楚并没有回去。

"上官惊鸿，这里是哪里？你擅闯民宅……"

翘楚被男人双臂锁死在门板上，二人之间吹息可闻。她脸上一热，心跳立时加剧，微微哑声问道。

方才累极，她枕在他肩上竟然便睡着了，却是被他从马车上抱下来的时候醒了过来，却见二人已置身在一所村屋门前。

四周星星点点的，她好奇地放眼看去，只见隐约是一片村落。

他一言不发地抱着她，抬脚暴力地将门踹开。她被他吓了一跳，他已抱着她进了门，极快地将她放到地上，又极快地关上门，随即又一言不发地微微粗喘着将她抵在这块门板上。

两人落入满室黑暗中去。

"你还没回答我。"

翘楚低声道，轻轻打了他一掌。她顾忌着他的伤势，也只是作势，不敢真用力气。

上官惊鸿却哑笑出声来，声音里不难听出有一丝得意的意味。

翘楚往他脚上一踢，骂道："死瘸子。"

上官惊鸿笑得越发猖狂，但很快又收住笑声，将头抵到她脸上，随即慢慢滑到她耳郭。她有些紧张起来，模糊又低沉的声音被送进耳里："你吻我一下，我就告诉你，我要你吻我……"

虽说两人孩子都有了，但翘楚还是听得面红耳赤。眼前那么黑，她也看不清他的模样，四下俱寂，只能听到彼此心跳的声音，也许……只有她的。

她虽然是回来了，但心底深处却还没能一下接受这种亲昵。

"你不愿意说就别说了，我也不想听……"

她反驳着，但不可否认，她还是会为他的话羞涩。她又想起他如今的处境，心里一软，颤抖着在黑暗中伸手摸上他埋在她颈窝侧的头，将他稍稍挪离自己，然后慢慢摸索上他的铁面。

也是那一下，他的呼吸又急促了不少。她清楚感觉到他锁在她两侧肩膀的手臂又紧了几分，将她的臂膀也勒得有一丝生疼。

她担心压到他的伤，赶紧道："你放开一些。"

他却有些恶狠狠地道："你怎么这么会折磨人？快。"

那声音里倒有七八分的潮哑之意。她咬了咬唇，心缩得紧紧的，终是摘下他缚得紧紧的铁面，踮了脚在他脸颊上轻轻碰了下。

她一碰之下，正待离开，一股冷风遽然从她手上擦过，啪的一声，她手中柔柔扣着的铁面被他用力挥跌。她惊叫一声，唇已被他抵个严实……

待她回过神来，他已飞快将她再次打横抱起，大步往屋子深处走去。

被他小小折腾了一番，她也开始生了一丝困意，一时忘了抗拒，偎在他胸膛里，有些昏昏欲睡地打量着四周。

无奈实在太黑，她看不分明，只隐约看到这是一个厅子，四周有些家具。

他抱着她走进一条通道，未几似乎就折进了一个房间。

这人摸黑走起来，竟神奇地没有碰到厅上任何一件东西。

她伸手去揉他的眼睛："兽眼。"

他低声回骂她一句，随即将她放到一床柔软的被褥之中，他高大的身子也随之覆上来。

事后，他倚在床栏上，拿出手帕替她擦手。末了，他将帕子甩到地上，一手将她抱住，拉高被子盖到两人身上，将她身上早已凌乱的衣服拉高，在她腹上轻轻摩挲起来。一股暖流顿时从他掌心传到她肚子上，她舒服地在他怀里蹭了蹭，突然想起什么，问道："你方才在马车上也这样替我运功治疗？"

"嗯。"他慵懒地应了声。

翘楚又享受地蹭了下，却突然一惊，他身上竟是如火烫热。她暗骂自己，他"二"，怎么自己也跟着"二"了。他身上伤势不轻，又还发着高烧。她一挣，便想从他身上爬跨出去。

"你又想去哪里？"

她才动了下，已被他严厉地按了下去。

"我去点灯。我要看看你的伤势，你还发着烧，这些都要处理。咱们还是赶紧回睿王府吧。"

上官惊鸿笑。

这些伤病还要不了他的命。她不知道他宁愿这样和她静静地待在一起吗？

她心里对他还是有些抵触，他知道。

只是，他不会再放她了。

不会了。

伸手不见五指，黑暗中，上官惊鸿黑暗的眸亦消融在浓黑里。

看她执拗，怕她担心，也享用她的担忧，他在她唇上狠狠吻了一下，终于放开她下了床，捻亮了灯火。

就着火光，翘楚看清房内布设——床榻外，只有一桌数椅，还有一张简陋的梳妆台。想起来时所见，她微惑，这里真的是农家村落？

当然，翘楚的注意力并没有太多在这个房间里，因为上官惊鸿身上的伤病不浅。

他身上袍子血迹斑驳，都是殴斗的时候伤到脏腑咳出的血水，头上破了几处，血沿着额际而下，脸上也是数处血污。

翘楚心里一疼，恨恨道："总有一天，要那淳丰好看。"

上官惊鸿本已走到梳妆台前，闻言转身看了她一眼。他唇角微微扬开，嘴上却淡淡道："哦，你要怎么给他好看？"

翘楚看他有意取笑，轻轻哼了声，却见他从梳妆台上拎起个东西。

是个箱子。

方才没注意这梳妆台上竟放了个箱子，看模样是个药箱。

她大喜，有工具和药物就好办了！

既然有药箱在这里，那这个农舍很可能就是他的。

按他的身份，有别庄、农田、佃户这些并不奇怪，但这个简陋的农舍……

她还未及问，上官惊鸿突然看了她一眼，将药箱往桌上一搁，已快步向门口走去。

她一怔："你要去哪里？"

"烧水给你擦擦身子，我方才是……"

他说着虽住了声音，翘楚却明白他的意思，哪怕他绝不会承认自己粗狂，一身血腥就想要她……她脸上一烧，微微侧了侧头："我来烧，你躺一下。我也烧些水给你，将你的伤口清洗一下好上药。"

她说着下床穿鞋，之前在凌乱中鞋子早被他蹬掉了。

她才触到绣鞋，脚掌却骤然一暖，原来是上官惊鸿已折了回来，握住她的赤足，将她塞回被子里。他摸了摸她的头："我去。"

她没有和他争，哪怕在他从桌上拿起备用的火折子生起火走出时。她悄悄下床，从门口凝视着他的身影微微晃着向廊道深处走去，一口鲜血咳出的时候，她也没有多说一句。

男人哪……

农舍简陋，却一应俱全，浴桶、皂角、布巾都有。而原来在床榻侧边还有个柜子，里面有干净崭新的换洗衣服，男袍女裙都有。

她越发奇怪，又问他是什么地方。他看她好奇，反而故意不肯说。翘楚气道："你方才怎么说来着？如今吻也吻过了，还差点……你怎能说话不算？"

上官惊鸿笑得邪佞，说："爷伺候你沐浴，如何？"

她恼了，不理他，腰间却猝然一紧。他一把抱起她，将她的衣服三两下剥了，将她放进浴桶里。

他也当真替她清洗起来，只是洗到一半，他却轻咳一声，有些粗声粗气道："你自己洗吧。"

翘楚本已从羞涩到开始享受他的伺候，闻言一怔，回头看去，却见灯火下，他眸光炙热，盯着她浸在水中半隐半现的身子。

她登时口干舌燥，赶紧洗净身子。

他洗浴的时候，却是她帮他洗，反正她又不会对他怎么样。

洗了很久。

某人说要洗干净。

她看着却觉得他有点死活都不肯起来的趋势。

最后她嘴一噘，说："我累了。"

他一听，倒是起得飞快，带起的水花将她溅了半身。

她一气，用勺子往他头上狠狠地敲了个包。

浴后，他让她帮他包扎伤口。

他是最好的医生，她知道即便伤势不轻，他自己也能打理，但她还是心甘情愿。他敞开单衣，大刺刺地枕到她膝上。她按照他的指示，替他用药酒再次清洗伤口，用纱布裹了药粉替他包扎好。

包扎完，他瞟了眼自己身上，却皱眉道："这种不好看，你往日在围场替我弄的，就按那个重新包一遍。"

翘楚一愣，随即想下床拿勺子将他再敲几个包。

那时他对她坏，她将他的伤口包成蝴蝶结。

想起从前种种，她心里一紧，就往他身上揍了两拳。

上官惊鸿看她模样，猜到她的心思，心里也是一紧，即刻起了身，将她抱进怀里。

耳畔传来一声声轻声哄慰，翘楚听到好气又好笑，反身盯着他："什么叫将你所有的家财给我？什么叫允我夜夜陪你睡？"

她说着突然止住笑，沉默着枕靠到他胸前。夜夜？

她这些天其实已经有种认知，他爱她不比沈清苓少，甚至有超越沈清苓之势。然而，她虽然是他的妻子，但沈清苓到底和他多年感情，他们之间可能断了吗？

再说，他还有郎霖铃。

若是在现代，她可以理直气壮地要求他对自己一心一意，但在这个世界、这个时代，再加上他现在所面临的处境，他没办法做到吧。

但在她心里，她只能接受一和一的对等。

可现在，她又该以什么立场对他说些什么。

她微微闭上眼睛。

眸光落在翘楚发顶上，上官惊鸿心里猛然一缩。

那种疼痛的滋味，远比身上的伤更甚。

这些天来，他很清楚两件事：其他女人勾不起他的欲望，还有他想让她甘之如饴地跟着他，想让她开心。

"夜夜……听不懂字面的意思吗？你好好养着身子，照顾好你肚里的小怪物便好，其他的都交给我，懂了吗？"

低沉的声音在耳边划过，带着一丝不容反驳的强硬。翘楚一怔，一股带着惊怔的强烈喜悦却从心底涌出。她闭上眼睛，轻嗅着他身上的药香，缓缓说了个"好"字。

夜夜，不再碰别的女人了吗？上官惊鸿，若这是你的承诺，那也是我的承诺。

绝不相负于你。

两人紧紧依偎在一起，也不说话。

翘楚心情微松，虽然记挂着上官惊鸿的前程，想仔细询问他此时处境，但奔波一天，终是抵不住倦意浓生，慢慢地合上眼睛。

"楚儿，你是真的累了，睡吧，我在这里。"

大手轻轻抚上她的头发，一股暖流从他另一只手缓缓输进她的肚腹，声音萦过她的耳畔。

不知道人在最疲倦的时候，某些意识是不是反而变得特别敏锐。翘楚突然又想起那件事，睡意立减，挣扎着从上官惊鸿怀里起来，问道："你之前说崔姑娘应该会没事，你父皇会救她，这到底是怎么回事？"

"嗯。"他淡淡应了声，抱着她躺下，低斥道，"快睡。"

"可你父皇怎么会救她？"

翘楚越发疑虑，却见上官惊鸿眸光微动，良久才道："皇帝当时也在天香阁。姑不论父皇对我的想法如何，但对淳丰这个人，这个处处不将东陵放在眼里的人，你认为皇帝会由着他吗？首先，父皇便一定不会让淳丰得到崔明霜。这口气皇帝咽不下。当然，这事皇帝也许只会暗中进行。"

他说到这里收住语锋，声音缓缓放柔："睡吧。"

翘楚心里却蓦然划过一阵寒意，她猛地坐起身来，紧紧盯着眼前的男人，灯火在他脸上抹上一层阴沉的暗影。

上官惊鸿很快坐起身来："怎么了？"

翘楚笑着缓缓道："我之前果然是傻，这也能忽略了。上官惊鸿，我在马车上问起崔姑娘的时候，你为什么不骗我到底？皇帝到那种地方会让人知道？而且这知道的人还是一名失宠的皇子。你既然知道皇帝在那里，这到底意味着什么？假的，都是假的，你从一开始就在做戏，你早有准备，包括早就知道皇帝会去那里，包括对我的思念……是我傻。"

是夜，皇宫。

金銮殿外。

"夏大人，咱家有一事不明，不知大人能否指点一二？"莫存丰疑虑道。

夏海冰微一沉吟，道："莫总管请说。"

"恕咱家斗胆说句，今日淳丰皇子所为已是太过，皇上就这样放任他对付睿王，不管一管吗？皇上即便不好出面，也可暗中使人传信给太子殿下，让殿下劝阻啊。"

太子府，书房。

男人的声音缓缓在房中响起。

"睿王此次的苦肉计算是彻底失败了。他勾上莫存丰，以为借莫存丰之口告诉皇上他在天香阁的荒唐行为，日日买醉，便可激起皇上的怜惜。可他哪知道，殿下你早已先一步告诉皇上，莫存丰已对睿王投诚，莫存丰所传的消息都是睿王指使。他今晚必定收到莫存丰通知宁王传给他的消息，以为皇上去天香阁，他的计划成功了。"

说话的是王莽。

"皇上本因搜府之事对睿王已然不满，如今知道睿王又勾结了莫存丰，演了天香阁这一出。皇上会认为睿王还是那个纯良的八皇子吗？可笑睿王却还不自知。殿下高瞻远瞩，早料到莫存丰会向睿王投诚，更一直留意睿王的动静，从他踏进天香阁每天买醉起，就已防着他。"

他说着不见上官惊灏出声，看去却见上官惊灏眼睑微垂，淡淡盯着手中的荷包，似乎并没有成功之后那种快意。

王莽看了曹昭南一眼，曹昭南亦是微微一凛然，道："殿下？"

上官惊灏抬眸看向王莽，笑骂道："你这御史，其他的没见长进，这嘴上功夫倒日见所长。"

王莽笑回："殿下确实远虑，行动亦早在睿王之前，并非莽奉承之话。"

"那女子擅琴，脸有疤痕，和翘楚有几分相像。可上官惊鸿既爱翘楚，怎么还会对那女子迷醉至此，且每日在天香阁里吃酒消沉，不是想引起父皇的注意和怜惜之情又是什么？"上官惊灏目光从曹昭南身上一掠而过，"莫存丰这只老狐狸，明白一山不能容二虎。孤这里既容不下他，贤王已倒，他自是要另找大山，彼时睿王岂非最好的选择？这个并不太难猜。想必他是通过郎家搭上上官惊鸿，可惜不久之后上官惊鸿便失了势，他现在亦是骑虎难下。"

"还被曹总管收下他最得力手下六子。"王莽轻笑，看向曹昭南。

曹昭南颔首。上官惊灏嘴角缓缓浮上一丝冷笑："双重身份，孤也是从八弟身上学的。"

"曹总管，王莽，你们也回去歇吧。便让八弟再喜悦数天，到八弟再被宣上朝那天，亦是父皇考虑清楚做出废置决断的时候。"

他说着推椅而起，冷冷将荷包扔在桌案上，出了书房。

他一直沿府中路走，走进一处院落，停驻在一个房间门前。

众守门婢女忙纳拜见礼。有婢女正要进房通传，他摆手，径自推门进去。

"臣妾见过殿下，殿下怎么过来了？"

房内，女子正从梳妆台处起身，似是听到门外声响，准备迎出来，美丽的脸蛋上还隐隐浮着一抹惊讶之色。

却正是太子妃翘眉。

上官惊灏勾了勾唇，淡淡道："孤不过来坐一坐，怕太子妃忘了自己的夫君是谁。"

翘眉一惊，明白他是为天香阁里自己替上官惊鸿求情一事发难。

自从从围场回来，不知为何她对上官惊鸿的感觉变得越发奇怪起来，总感觉谷中遗失的那段记忆和上官惊鸿有关；后又经搜府之事，她听到不该听的秘密，她明白自己是爱上上官惊鸿了。

同时她也越加憎恨翘楚，凭什么翘楚能得到这个前途无量的男人如此对待。

她心里对上官惊灏的不满也达到极点。此刻听上官惊灏如此说，她忍下心中怒意，只笑着上前，藕臂缠上上官惊灏的手臂："臣妾妇道人家，一时心软，殿下莫恼。今晚……臣妾侍寝，好好向殿下赔罪。"

上官惊灏眸光缓缓落到自己手臂的白嫩上，眼中寒光蓦然一闪，手掌一扬，狠狠扇了翘眉一记耳光。

翘眉被打得跌倒在地上，一股咸腥从牙缝涌出。她不敢置信地看着眼前的男人，颤然道："上官惊灏，你打我？"

"打你又如何？倒是孤还怕你区区翘族？外面看来，父皇为孤觅得这门亲事，是为孤以后铺垫？"上官惊灏袖手冷笑，"哦，你以为父皇真这样想，你以为孤真这样想了？娶你，不过是孤喜欢摧毁上官惊鸿喜欢的东西。不怕实话告诉你，当年，出使北地的是孤这好八弟。"

他勾唇一笑，又缓缓道："当然，孤知道，当年救他的也并非你，是翘楚。"

地上，翘眉浑身一震，仿佛被人朝心窝重重击了一掌。

当年，那个翩翩白衣少年是上官惊鸿？

是，救他的确实不是她，但后来他们同处数月，那段日子，却确确实实是她和他。

定下山盟海誓的，也确确实实是她和他，不是吗？

昏沉的房间里，唯有微弱的烛火在轻轻跳跃着。

双手手腕被用力扣住，翘楚冷冷看着同样冷冷看着自己的男人。

"翘楚，你给我听好了。"上官惊鸿眸光在光影里越发暗沉，勾唇一笑，一抹深刻的自嘲从嘴角蜿蜒而过。

"什么都可以是假的。但你认为病能假，酒能假，伤也能假吗？即便不在那里，在睿王府我亦一样会喝酒。我当日放你走，是真心放你，我……从来没有想到你会回来。当我看到你回来，我知道，我会惹上怎样的麻烦，我却一样甘之如饴，只有庆幸。"

"若我有心瞒你，你认为我会如此犯贱地告诉你荣瑞那男人在天香阁的事吗？不过是因为我知道你必定担心那个和你素不相识、你根本没必要理会的女人。"

"告诉我，翘楚，你是明白我的，懂我的。"

翘楚心中紊乱，怔怔看着眼前的男人，双手却被他紧紧执着。他暗如深穴的眸里燃着丝丝光芒，便似要喷出火来一样，却又慢慢黯淡下去。

"呵，不信是吗？那自是的，我到底不是九弟，那个骄傲恣意、磊落大方的夏九，那个可以抛弃一切和你放羊牧马、种花养草的夏九。翘楚，我们何必自欺欺人。你扪心自问，你回来是不是因为可怜我，我却只能做戏，当作不知道？"

手被狠狠一掷，晃落到床衾上，温暖蓦然从她身边抽离，声音从空中冷冷传来，脚步声已在数尺开外。

"但即便我如今的处境再难，我以后亦要如今天一样像狗那般去活，我也不要你的同情施舍！你这个夷女！"

房间本来就简陋，这时更加空荡。

上官惊鸿走了，不知道去了哪里。

他的话却仍凌厉地萦绕在她的耳边。

她伸手抚上眼睛，满心酸涩。

是啊，她甚至在心里已经许诺若他不相负，她无论如何亦绝不负他，却不得不承认，他的话，有些地方确确实实说中了彼此的心事。

原来，有些伤痕真的是覆水难收，破镜难圆。

也许，只要他真的爱她，她也真的不必要去在意他的算计是不是也将她包括在内。

可是，人都害怕算计，哪怕以爱之名。

算计的爱情，谁也不敢保证以后会怎么样。

秦歌之后，她其实也早已变得不敢去信任任何人。

这一刻，灯火薄弱，黑暗如潮水，新疤旧痕一起涌上心头。

不知过了多久，她闭了闭眼，飞快地下床穿鞋，擎起桌上的烛台，走出房间。

她突然害怕一个人待在这样安静不知名的房间里。

静得发僵。

她不知是想出去寻他，还是自己想出去走一走。

她不知道，却很快出了房间。

循着灯火的光亮，她走出甚长的廊道。到得厅子的时候，她下意识想去寻方才被他摘掉的铁面，应该是在这厅子里。

她走到门口，转过身，拿着烛火仔细映照起来。

突然她又想，他出去时肯定将铁面捡起戴上了。她轻轻笑了笑，这时，方好好看一眼这个屋厅的模样。但方一照面，她蓦然浑身一颤，一股冰凉从心底升起，八年前黑暗里的记忆一瞬在脑海里掠过。

突如其来的一阵女子尖锐叫声，令上官惊鸿差点将手里的东西全掉在地上了。这地方偏僻，少有人知晓，他只是折到隔壁农家讨点东西，一直盯着这边情形，并不见有人入侵。

她在里面怎么了？他不该扔下她的。他咬牙，一阵惊怕，早已顾不得和农家大娘、小伙道别，几个纵跃已回到屋前，推门进去。

门外星光漫天缀在男人背后。翘楚坐在地上，看着上官惊鸿将手上的东西往门侧窗前小榻一扔，便要将门掩上——

她拼命摇头："不要关门。"

上官惊鸿眸光朝她身旁物什一掠，很快便跃到她身前，将她抱进怀里，抚上她的背，低声哄慰："莫怕。"

翘楚却犹自颤抖，搂着他的脖子，又在战栗中抬头一点一点重新打量这个屋子。

雕花桌椅、香炉、木柜、挂画……这里当真是第十九号墓室的模样！

只不过一千年以后，那边是死的。

而一千年以前，这里却是活的。

只是，她万万没想到的是这厅堂当中还摆放着一具棺木！

就在她身旁。

按这样看来，墓室里的棺木根本并非东陵王的棺椁。

而是按照这个屋子设计的。

可是，为什么要弄这样一个恐怖的屋子。

谁会在厅堂里放棺木！

而他们方才甚至还在这里做那种事……

似是看出她的恐惧和疑虑，上官惊鸿将她打横抱起。她以为他会带她离开，哪知他身子往后一跃，竟坐到那红艳艳的棺木上面。她既干得考古，胆子并不小，却仍是惊得紧紧搂住他的脖子，任他抱着坐在他腿上，不敢轻易移动一分，她实在不想落到棺木上。

只因这屋子，尤其是这具棺木让她想起秦歌的死。

隔了八年，她以为自己已经忘记了，这时想起，却清晰得一如昨日。她也清晰地看到上官惊鸿嘴角促狭的笑意。

他突然将她抱离双膝，欲往旁边的棺木挪去。她只得死死抱住他的腰，又气又恼，咬牙道："你怎能如此吓我，公报私仇的小人。"

"我又不是上官惊骢。"

"你……"

她快被他气死了，他却轻轻地摘下铁面，扔到棺木上。翘楚看到门外，院子篱笆处，与他们对面而居的农家几口人都出来了，男女老少好奇地盯着他们这边。

但门小小半掩着，又隔着些距离，他们也看不清屋里的情景。

不然三更半夜的，这棺木还不把人吓坏。

何况他又摘了铁面，让人看到终究不好。

只是，这样的情景，竟多少有点像天神村的时候。

"他们才不像你这样胆小，这里平日本来就是他们负责打扫。我给他们钱，他们每天帮我打扫。"

上官惊鸿的声音忽而在她耳边幽幽响起："你就只会在忤逆我的时候有胆子。"

翘楚一怔，却没有反驳。在某个话题上，她和他有了隔阂。

他恨她不信，而她不知道她该不该信。

只是，对于那件事，谁都没有再多说，各自小心避开了。

她只惊疑地将疑虑问出来："这屋子为什么会是这样一个布局？"

"是按我母妃的喜好布置出来的。"

这回答大出意料，她微微失了声："谢娘娘？"

"嗯。"

"可她怎么可能喜欢在厅中放具棺木？"

"在宫中的时候，我常常看她画画，她就是这么画的。皇帝以为芳菲不爱繁华。若芳菲不爱，她何苦要将自己住的地方布置得那般华美？我母亲才是真正不爱，这就是她梦想的居室，和夫婿孩子一起居住，简简单单的，这样就够。"

翘楚顿时明白，难怪这里会有男女衣服和药箱。

这样想来，第十九号墓室深处，是不是也应该有如这样的房间、厨房？

但她永远不会知道了，除非她能回去。

"这具红棺，是我加进来的，里面没有东西，你怕甚。我母妃说，若有一天她爱的人死了，她会陪他一起进棺椁。"

翘楚听着蓦然一震，慢慢看向旁边的红色，突然想起在东陵墓之前，A市曾出土的凤棺也是用的朱红之色。她的专业毛病发作，问道："云苍这里都兴用红色棺木？"

"难道……你不是云苍的人？"

脑勺后，上官惊鸿淡淡反问。

"你胡说什么？"翘楚微微一慌，很快笑回，"我又不曾死过，怎么知道这些风俗，哪像你八爷见多识广。"

上官惊鸿闻言低声笑了起来，笑得似是而非，笑得她有一丝心惊。

"据古籍记载，若以红棺红衣入殓，在特定时辰里葬入极阴宝地，人死可以复生，再续前缘。听说，古西凉的国君龙非离便曾将他当时业已死亡的最爱的妃子年氏用此法下葬，后来年氏复活。当然，另有一说是年氏被仙人救回。谁知道呢？"

这倒和中国传说中的尸变大同小异。听过常妃的事，翘楚本已对这具棺木的惊怕减轻了不少，此时听罢他所说，心里却不由得发怵，回头盯着他，郑重道："你答应过，死后绝不修陵寝。这事我对你一提再提，你必定要记住你的承诺才好，别做你的什么复活千秋大梦。"

上官惊鸿眼里划过一抹微异之色，随即笑道："是傻子答应你的吧，可和我无关。"

"上官惊鸿！"

上官惊鸿只是慵慵懒懒地笑，也不说话，只看她焦急。

"骗子！你还盖下印鉴的，你自己回去看看。你便当个失信的人好了。"

翘楚气得发抖，别过头不去理他。

他笑着，已伸手捏住她的下颌，将她的脸转过来面对着自己，眸光变得同样郑重："为什么？"

"不为什么。"翘楚苦笑。那些事情根本不可能告诉他，前世今生，姑不论他信不信，若让他知道是因为秦歌，以他的脾气，她实在说不准他会不会因为嫉妒而不允，哪怕那个是他的后世。

"你就当是我喜欢吧。"她仰起头看他，迟疑了一下，轻轻吻上他的唇。

上官惊鸿没有放过她。

良久，他才让她气喘吁吁地趴在他怀中。

"好，傻子答应你，我也答应你。日后，我绝不为自己修建陵寝。"

"说话算话？"

"你当我是什么人？"

上官惊鸿阴阴沉沉说着，突然问道："若你喜欢的人比你先死，你愿不愿意像我母妃那样……"

翘楚实在不想让他在棺木的事上多纠缠，且她很清楚，她必定先他离开，她也绝不愿他起这种心思。爱一个人总是希望他活得好好的，她不敢多想上官惊鸿带她过来这里的目的是什么。她心里有一丝喜悦又有一丝不确定，是以心中虽有不同的答案，嘴上却飞快道："不会，能活着自是活着的好。"

上官惊鸿似乎没有想到她答得如此干脆，怔了怔，淡淡地"嗯"了声。翘楚心里一疼，装作不经意地反问："你呢？"

"我……当然也不会。"

"嗯。"

一时，两人无话。突然一阵急促的脚步声从院里传来，翘楚一怔。上官惊鸿挑了绺她垂在鬓边的头发把玩："应该是铁叔他们，从别院找到这里来了。"

"爷、翘主子，你们果然在这里。"

果然，进来的是老铁、景平、景清等人。

看到二人，他们都喜不自胜，却又有些吃惊地看着他们晃悠在棺木上。

老铁看了二人一眼，小心翼翼道："爷，咱们回去吧。"

"我和翘楚在这边住几天，反正我也不必上朝办事。到哪天父皇传召再回去吧。"

若非有这副棺木在，若非这里宛然便是十九号墓室的模样，她其实也很是喜欢这里，但她不希望他再留在这里。她想起方才两人争拗的时候他说过"即便我如今的处境再难"，他的处境现在似乎很不好。

是因为他的计划失败了还是其他什么？

但无论如何，他不该再留在这里，该回府好好谋划了。

他不能再消沉下去！

但这些话怎么当着他和老铁他们的面说出来，她想了想，轻声道：

"我们回去吧，我不想待在这里，我害怕这里。"

闻言，上官惊鸿没有答话，目光有些冷漠地落到窗前小榻的瓜果上，怕她饿，那些是他方才用衣服捞抱回来的玩意。

翘楚随着他的目光看去，也有些发愣，正想说句什么，却听到他淡淡道："你既如此厌恶这里，那我们回去吧。"

翘楚原来想，睿王府必定灯火通明，郎霖铃和沈清苓应该等着上官惊鸿回去，进去才发现里面却静悄悄一片。景平告罪说，两个主子之前想到天香阁去，他恐有不便，便对二位用了迷迭香。

这一夜，似乎自然而然，她跟上官惊鸿睡在一起。

她也累了，枕着上官惊鸿伸过来的手臂便睡，才合眼不久，却听见方明在门外急急敲门："爷，宫里有旨意过来，让你今儿个上朝去。"

翘楚一听睡意顿时消减不少，睁开眼来，心里怦怦地跳，这道旨意，是好是坏？

大掌抚过她的额。

"睡吧。你睡醒的时候，我约莫也下朝回来了。"

"我侍候你穿衣。"

"不必了，我自己可以。"

身子被压住，他忽而俯身下来，双唇在她唇上辗转了良久，才一撩帷帐，快步出去了。

翘楚虽然累，但到底睡得不安稳。他的手碰上她额头的时候，她清楚感觉到他一手汗湿。

她从没碰到过他这样。

他到底在紧张什么？是这早朝里即将决定的命运吗？

她迷迷糊糊睡了一阵，猛地惊醒过来，透过纱帐一看，天已大亮。

"主子，你醒了？怎么不多睡一会儿？"四大和美人不知什么时候已进来侍候，四大打着哈欠嘀咕道，美人将床帐撩起。

翘楚匆忙下床穿鞋："拿漱洗的东西给我。"

四大和美人对望一眼，美人皱了皱眉，问道："主子，你这么急是要做什么？"

"我要出门。"

第十五章

爱是雪中可送火　笑看风云共福祸

金銮殿。

看着出列后站在大殿正中的男子，朝上各人各有各的心事，都大为紧张。

太子府之事隔了多天，昨天又发生天香阁的事情之后，皇帝会怎么处置睿王？

恢复原状、降职还是如贤王当天的闲置？

所有人都悄悄往座上的皇帝看去。

皇帝本支肘在椅上，微微阖着眼，似乎在思考着什么，这时，突然睁开眼睛来，缓缓道："惊灏、老九，你们二人也出来吧。"

这话让所有人都吃了一惊，宣这两位出列到底是为什么？

太子不见慌乱，很是从容地站了出来。夏王微微拧住眉头。上官惊鸿由始至终，低垂着眼眸。

"诸卿，今日朕在这里宣布一件事。"

水珠子浑圆，从植物宽大的叶肉上缓缓滚下来，就着四处姹紫嫣红、五彩琉璃般的宫墙檐壁，映着数名女子姣好的面容。

天空下着蒙蒙小雨。

幸亏出门的时候，景平看天气阴沉，替她们备了伞。

翘楚紧紧盯着前面大殿，见殿门口有众多禁军守殿。她们自是不能靠近，也看不清里面的情况。但没有关系，她就在这里等，等他出来。

突然，背后为她撑伞的美人低声道："主子，你看那边。"

翘楚一怔，却见中间宽道的另一侧，几株硕大的花木下，站了数名女子。

余人都作婢女打扮，另两个女子却是郎霖铃和沈清苓。

她们也进宫了？

上官惊鸿进宫的消息虽然突然，却是迅速传开来了。景平迷迭香用得又不多。

她知道，她们和她抱着一样的心思。

郎、沈两人也注意到她。郎霖铃朝她微一颔首，沈清芩眼梢弯过一抹似笑非笑。

她很快拿定主意，在这边看着就好，一会儿出去，不可抢郎霖铃的光，郎相看着也好看。

"丫头们，咱们到那灌木后面去。"

四大噘嘴道："为什么嘛，这株大树好避雨。"

她抱歉一笑："委屈一下。"

这树高大，树下空旷，一下就能让人看见。她又有些奇怪，没想到郎霖铃会将沈清芩也带过来。

若没有元妃相带，"林姑娘"是没有资格进宫的，她也是得景平相赠的睿王令方能进来。

这边，郎霖铃看了沈清芩一眼，见她定睛看着殿门，心中冷冷一笑：一会儿好好看清楚，我才是睿王元妃，在所有人面前，上官惊鸿第一眼看的只会是我。

倒是翘楚……这女子退避的动作她看得清清楚楚。

她越来越看不透这个女子。

相处越久，她的疑问反而越多。

但也没有时间让她去思虑这些，前方朝官已陆续从金銮殿里走出来。

郎相看到她，眉头一皱，眸含厉色，走了过来。

"爷爷，皇上说了什么？爷他可有望复职——"

"莫要再提他了！"郎相冷冷看了沈清芩一眼，严声打断她。

郎霖铃心头一震，又听到郎相压低声音道："他是彻底完了。幸好今儿还有一个好消息。"

"爷爷，你说什么？"

听着宝贝孙女颤抖的声音，看到不少走出的朝官投来的目光，郎相长长一叹，眼中厉色却丝毫不减。

金銮殿上，皇帝的声音仿佛还盘桓在耳畔。

"睿王所为，实令朕痛心失望，原其所掌之兵、刑二部，兵部交回太子执掌，刑部则交予夏王。另朕暂交太子所掌兵权，一半拨予夏王，特此以贺大婚。"

众人虽费解皇帝突然提拔夏王，但都清楚明白睿王是彻底失势了。

君心难测，当然，也是睿王自己作的孽。皇帝是什么人，哪容他人先挑衅后试探。

幸好，还有一个好消息。睿王提出让贤王重返朝堂的事，皇帝盯着他看了片刻，说会好好考虑。

皇帝没有拒绝，便是说这事已有转圜的余地。

郎相缓缓说着，郎霖铃止不住颤抖起来。这也是沈清苓第一次看到郎霖铃这样失态。郎霖铃喃喃道："难道我真的看错了人？"

郎相狠声道："铃儿，你先随我出去吧，留在这里做什么。"

沈清苓记得自己曾对那个人说，这个坎，她会陪他一起过去，但是现在，当她看到他几乎是最后一个步伐缓慢地从金銮殿走出来，她刹那间也是满心茫然。

秦歌不是这样的，而是永远的运筹帷幄，永远的意气风发。

这个哪里是秦歌？

她却更爱他？

她爱着的是这个眸眼低垂、胡茬邋遢的男子吗？

她现在只看到四散在殿外，或群走，或独行，都带着讥讽和嘲弄，连宁王和宗璞都低着头。

"容孤猜猜，阿镜，是你吗，嗯？"

她咬牙想走到他身边，才走了几步，便被一个高大的白色身影挡住。那语气里的邪肆笑意……她蓦然一震，却落入上官惊灏暗佞的眼中，却又见他突然抬头看向前方。她侧身看去，只见却是翘眉偕同彩宁和银屏过来。

银屏笑颜闪耀，三步两步已跑到夏王身旁。

夏王微微皱眉："你怎么过来了？"

"姑姑和太子妃陪我去购置成婚的东西。你上次虽然惹我生气，但后来每天送我玩意儿，本公主这回姑且原谅你。怎么，我过来接你，你心里不喜欢吗？"

这时，众臣上前恭贺夏王，上官惊鸿正从夏王身边悄无声息地走过。看着夏王，看着身旁这个永远高高在上的男子，沈清苓心中紊乱。她知道上官惊鸿是看到她了，可脚下这时竟挪不动一步。太子淡淡盯着走近的翘眉，嘴上仍轻声说着话："怎么，可有后悔今日？"

看到四处人们的目光，翘楚已猜到殿中发生了什么事。

怔怔看着宽道上静静低头前行的男子，那微微拐着的脚步，那从来在众人面前没有摘下过的铁面，翘楚心里大恸。为何郎霖铃还站在郎相身边，不过去与他相接？

"主子，我们要回去吗？"身旁，四大怯怯地问。

"不。"

她缓缓答着，走了出去。

天地中间这块生动仿佛一下静止下来。

她看到所有人都有些吃惊地看着自己，包括站在殿门处的皇帝。

她在青袍男子前面停下来，将他的去路拦下。男人缓缓抬头，眸光深邃，眼内布满血丝和似笑非笑的淡淡嘲讽。只一照面，他却微微一震。

泪水在眼里滚动，她只是笑着朝他伸出手："惊鸿，我们回家吧。"

上官惊鸿盯着她看了好一会儿，眸中的嘲讽却愈深，哑声问："回家？家在哪里？"

"你母妃的老宅也好，睿王府也好，我们三个人在一起，哪里都行。"

翘楚已快无法维持唇边的笑了，指甲掐紧手心。看他这样，她心疼得快要哭出来却偏偏清醒地知道不能，院里每双眼睛都在看着。

半晌，她却始终不见他回答。手伸在两人之间，她又急又疼，望着他纹丝不动的眼睛，心里一点一点黯淡下来。突然，蜷缩在袖里的手上一暖，她心头一跳，他伸手将她死命捏住并拢得指节发白的手指，一根一根掰开来。

他随即伸手将她揽住。

"铁叔，你送郎妃和林姑娘回府。若郎妃今日要随相爷到娘家走走，你便先送林姑娘。"

翘楚一怔，正感觉到他手臂上绷紧的莫大力气，却听到他盯着前方吩咐道。

老铁正走过来，眸里也是忧心忡忡，闻言，立刻颔首应了。

翘楚欣慰，有些人永远都不会离开他。

他缓缓放开她，转身，看了郎霖铃和沈清苓一眼，朝郎相一揖。

他仍和从前一样谦礼。

老铁走过去。

郎相仍皱着眉，有些不自在地还了一礼。

"走吧。"

四周朝官，包括上官惊灏、上官惊骢、郎霖铃、沈清苓和彩宁等人的目光都多了份异样。嘲讽也好，焦虑也罢，翘楚看着他缓缓而起、站得笔直的身子，一笑点头。

两人携手正要离去，威严的声音从背后而来："翘妃近日身子可好？"

是皇帝！

声音淡淡，语气却并不善意。

此时，上官惊鸿的手也突然在她手上重重一按。

两人一起回身，翘楚向皇帝见礼。

皇帝似笑非笑地盯着她："起吧，你身子不便，宫里你还是少些过来为妙。"

话里的一语双关，隐隐透着股让人惊颤的阴寒之气。

翘楚惊怔，是恨屋及乌还是其他什么她不知道的秘密，皇帝对她……她隐约感到有股欲杀之而后快的感觉。

但此时，她和他的处境不是乞求便有用。

他紧紧握住她的手，让她渐渐平静下来。

她抑住恐慌，抬头缓缓笑道："谢皇上关心。翘楚自知不该，只是翘楚昨夜做了一个梦，梦见常妃娘娘抱着个女婴对翘楚说，明天下雨，小八没带伞。她要照顾妹妹，是永远也来不了了。翘楚只好过来，给我家爷带把伞。"

皇帝原本嘴角噙笑待她回答，闻言，竟浑身一晃，脸色瞬间变得铁青。两侧的夏海冰和莫存丰赶紧将他搀扶住。

"父皇。"

上官惊灏、上官惊骢和宁王也连忙上前。

"父皇保重，那儿子和翘楚先行告退，不妨碍父皇休息了。"

皇帝冷笑："好，好，从明日开始，你也不必过来上朝，你那女人也不必来送伞。"

"儿子……遵命！"

翘楚还跪在地上，已被上官惊鸿拉起，抱进怀里。

群臣亦纷纷而前。混乱中，上官惊鸿淡淡看了郎霖铃一眼，目光最后缓缓落到沈清苓身上。翘楚看沈清苓眼含泪光，似要走过来，握在手上的大手似乎变松。她一怔，抿了抿唇，正想将手抽出，手上却骤然一紧："跟我来。"

她心里纷纷乱乱，直到被上官惊鸿用力强行拖到一处站定。

前面是莫愁湖，背后是外墙角焦黑的常妃殿。

途中，穿过花草，穿过幽径，穿过宫门，仿佛穿过时间，穿过岁月。

两人站定，上官惊鸿才松开她。

手腕一圈通红，翘楚看着一抹厉色从上官惊鸿微澜不兴的眼里破涌而出。

"我方才不该那样说，你不该带我走，就让你父皇责罚我，好让他出口气，对你反好。我回去请罪。"

她说着正要转身，却已被上官惊鸿手臂一探，拽回怀中。

"不，你那样说很好，做得很对。"

"那为何你还要生气？"

"不要放手。即便看起来我似乎要放开你，你也不要放手。我不会放手，永远也不会。你只能是我的，我也只是你的……"

他身上细雨湿身的潮意将松兰的薰香带出，扑打在她的口鼻上。翘楚浑身一颤，僵硬在上官惊鸿怀中，双眼已尽湿。

"我知道，跟着我，你受委屈了。将所有委屈都哭出来……即便我今天什么都没有了，我也必定护你到底！"

声音轻尔，却那般坚定随风扑进她耳中。翘楚紧紧闭上眼睛，泪水终于忍不住夺眶而出。不为自己。

翘楚，即便你心里对我存疑，但这样的你对我而言，已经足够。

我已经顾不得是不是施舍。

湖上雨后新阳。

抚着怀中女子的头发，上官惊鸿眸光犀利，在阳光的耀眼中深深敛起。

半晌，翘楚低声问道："我们现在该怎么做？"

上官惊鸿缓缓放开她："出去走走如何？"

"好。"

翘楚答得毫不犹豫。他压力之重，她明白。

她现在要做的不是逼迫他，而是陪伴和信任。

试着去坚定信任他，不管结果怎么样。

他能成，她替他高兴；他不能，她愿意陪他一起死。

上官惊鸿看女子眉眼安静，心里仿佛一瞬知道她在想什么。他心疼狂喜，嘴上却只笑道："爷陪你逛街去，你喜欢什么东西尽管买。"

逛街？翘楚一愣，化悲愤为购物？

"再下个馆子。"

他继续提议。

化悲愤为食量。翘楚囧。

朝歌大街。

"你好像很高兴的样子。"

美人横了四大一眼，四大一口将手上的糖人啃掉半个头："主子买吃的，都给咱们买一份。你还嫌什么？哦，我懂了。"

她瞟了眼前面两人的亲昵，偷偷笑起来。

翘楚倒没有听到背后的小非议，一边拿着糖葫芦吃着，一边往街道两旁这看看那看看。上官惊鸿看她吃得香甜，颇觉不可思议："这东西便宜，有这般好吃？"

翘楚扑哧一笑，低声道："我害喜，这东西酸酸甜甜的，我自是喜欢。你这是皇子病，东西便宜就不好了吗？东西好不好吃是要看和谁在一起吃，而不是吃的是什么。"

上官惊鸿并没有想到她会这样说，一怔之下，心里舒服受用至极。他喜欢听她说害喜，那是他的孩子，更喜欢她说和谁在一起。他自是不会表现出来，他喜欢她这样待他。若他高兴了，她未必就花心思在他身上，是以只淡淡"嗯"了一声。

翘楚看他脸色沉郁，心疼，想逗他开心，掰了块在手里递到他嘴边："你尝尝看。"

他双眸炙然盯着她，竟也就着她的手吃了下去。

"好吃吗？"

上官惊鸿看她笑靥嫣然，心里微微一荡，哑声道："好吃。"

翘楚本以为他不喜欢这些甜腻的东西，看他似乎吃得香甜不下于她，就像从没吃过的美味，心想皇家的小孩真可怜，将啃剩的半支全部进贡过去。

却见他斯斯文文咽了下方才口中的碎屑，突然皱眉道："不好吃，甜死了。"

什么味觉，迟钝成这样子，这时才尝出味道来——翘楚本来心里沉重，这时也不禁哑然失笑，佯嗔道："你是不是嫌我吃过？"

表示自己绝不是嫌她的口水，上官惊鸿恨恨将她啃了半口的那颗果子吃掉，正准备将剩下的扔了，翘楚抢回来，继续吃。

上官惊鸿看她模样娇憨，心里越发怜惜，只紧紧地搂着她，问还买不买。

翘楚心里也是快活的。以前秦歌事情多，两人这样在外面闲逛的次数屈指可数。

就这样，两人似乎漫无目的，在朝歌最热闹的大街走走看看，也不管路人投来的好奇的目光——一个铁面，一个破了相。

翘楚早已不戴面纱。若在意的人也不嫌，她还怕什么。

上官惊鸿耳利。两人说着笑着，他突然转身，道："噢，你这丫头喜欢景平？"

"美人，你看到睿王和咱们主子好，想起了景平吧。"四大说着这个正说得欢，冷不防上官惊鸿一句话过来，差点被口水呛着，看美人一副目瞪口呆的模样，又哈哈大笑起来。

上官惊鸿心情不错，对翘楚道："将景平他们也一并叫出来，怎么样？爷今儿个请客。"

翘楚一笑颔首。上官惊鸿随即在街上找了个少年，让他到睿王府报个信。他居然不用给钱，对方已恭敬地办事去了。翘楚不解，上官惊鸿说是便衣暗卫。

这暗卫和警察一样，也还有便衣的，翘楚又囧了一回。

很快，老铁等人便匆匆赶到。

众人担忧上官惊鸿，却见他在翘楚身旁，较之平日更轻快上几分，才稍为宽了心。

四大嘻嘻笑道："美人，景平来喽。来来来，你和他一起走。"

景平一怔，俊脸微红。美人到底还是少女，难得地尴尬起来，往四大脑袋上狠狠敲了一拳。四大抱着头窜到翘楚身边。美人报复道："主子，奴婢严重怀疑四大暗恋景清很久了，你要为她做主。"

四大一呆，景清已一脸惊吓："妈呀，你千万别暗恋小爷。小爷还没有饥不择食到这地步。"

翘楚笑得几乎软倒在上官惊鸿怀中。上官惊鸿看她高兴，摸摸她的头发，顺势道："看他们感情甚好，哪天帮他们两对把婚事办了，亲上加亲。"

翘楚表示赞同。

为表示对主仆配、亲上加亲半点也不感兴趣，四大、景清都沉默了，各自侧头去欣赏街边讨价还价的艺术。

老铁和方明走在最后，老铁轻声道："老方，这许多年了，我今儿个才有一丝感到爷是真正快活。我们这伙人在一起，有像在家中的感觉。"

方明点头，苦笑道："若无贬斥该多好。"

老铁沉默半晌，方道："世事岂有双全。"

说话当口，他们一行人已走到一家酒楼。翘楚一看，却是之前那间闹过大事的玄湘酒楼。

上官惊鸿看她微微发怔，柔声问她怎么了。

翘楚摇头一笑："没想到是这里罢了。"

"既是请客，总得要最好的。"

翘楚暗忖自己多心，那是属于当日傻子的记忆，他又怎么会记得；即便他真的从老铁等人口中问了，他也已不放在心上了吧。

上官惊鸿眸光一动，似乎知道她在想什么，在她鼻头用力一捏。

两人心意相通，没有多说话。

进去，上官惊鸿说不要雅座，图个热闹，便在一楼好了。

众人自然乐意。

坐定之后，上官惊鸿看了老铁一眼，却并没有说什么。翘楚轻声道："你想知道就问吧。"

桌下，她双手安静地放在膝上。

上官惊鸿的手伸来，将她的手握了，方淡淡道："铁叔，林姑娘回去，你可差人守住她？"

"是，爷在殿外的眼色，奴才懂得。"老铁正想说，突然意识到什么，立刻止住话。

"铁叔有话但说无妨。"

"守住她是怕她危险吗？"桌下狠狠将上官惊鸿的手一掐，翘楚疑虑，却还是出了声。

"林姑娘说，有事要和爷说，爷回去以后，请爷到她房间一趟。"

"好，我知道了。"上官惊鸿说到这里，立刻打住，让众人点自己爱吃的。四大和景清转问翘楚想吃什么。

这时，美人突然"咦"了一声，道："四大，你看门口进来那个人。"

四大一愣看去，随即讶道："这不是那天你在天香阁外面跟我说过的那个男人吗？"

众人早循声看去，翘楚顿觉奇怪，却见门口进来数个男人。

其中两人谈笑而进，看模样似乎极为熟稔。

其中一个，正是贤王；另一名男子，面容平凡，身穿紫服，她并不认得。两个丫头是认识贤王的，却说那个男人，莫非说的却是那紫袍男人？

贤王也看到了众人，嘴角一扬，领着紫袍男人走过来。

"八弟初掌兵、刑二部，此时正值早朝不久，新官上任，八弟不是应该在二部繁忙，怎么在这里喝茶吃酒来了？"

这个人分明已经得知今天早朝的消息。景清率先忍不住，立时站了起来，怒道："贤王是贵客，我家爷这里桌小人多，招呼不周，贤王还是去楼上雅座吧。"

这时，跟在贤王二人背后一名奴仆模样的男子突然叽里咕噜说了句什么。

他说的并非东陵最常用的方言。

翘楚一直很庆幸，她虽然没有"翘楚"十二岁之前的记忆，但这个身体的语言能力却给了她。北地是东陵属地，是以她会两地语言。

她正不知道这人说的是东陵偏僻的方言，还是其他国家的语言，却听景平已冷声道："公子言语侮辱，请向我家夫人道歉。"

景平这一声，众人都吃了一惊，尤以贤王为甚。他这位朋友并非东陵人，便连他自己也听不懂对方的方言，景平一个奴仆竟然懂得。

"景平，那厮说什么了？"

四大问着，狠狠向那说话的男子瞪去。

景平道："他说，这女人脸上也有疤。"

翘楚一怔。上官惊鸿本把玩着茶盏，蘸了茶水在桌上随手涂画着，此时也站起身来，向着那紫袍男子淡淡说了几句话。

上官惊鸿说的并非东陵语，而是对方的方言。紫袍男子闻言，眸中划过一抹凛色，随即用东陵语对背后的男子道："过来向这位夫人告个歉。"

男子二话不说，立即上前，向着翘楚恭敬作了一揖，也以东陵语道："莽撞之处请夫人海涵。"

翘楚一笑，以示接受。

这时，那紫袍男子续道："夫人莫怪，只因拙荆脸上也有疤痕。在下与妻子失散，遇到……有疤痕的女子我们难免多留意一二。"

翘楚看他样子温文，虽知他和贤王在一起，并非友善之人，却仍道："谨祝公子与夫人早日团聚。"

男子道了谢。贤王看上官惊鸿神色甚峻，自己又有要事和紫袍男子商量，遂也不再出言挑衅，一声冷笑，便和男子离去。

众人重新坐下。不待翘楚问，四大已好奇道："八爷，你方才和那人说什么来着？"

上官惊鸿一笑，神色却仍带着一丝冷峻。

"我说，我希望他尊重我夫人。若他的手下不给我夫人道歉，这顿饭今儿个是谁也别吃了。我是什么人，他可以问我大哥。我是破罐子破摔，什么也不怕。"

"他们约莫是有甚要事商讨的，不想多惹麻烦。"方明说道。

四大又问这些是什么人，景平回答说是邻近一个小国之人。翘楚却细心地发现他方才眼中飞快划过一抹诧色。

她心里沉沉一怔，想了想，没有多问。

美人点点头："他为何会在天香阁出现，后来八爷不敢，他似乎有意出手救援那花魁，我算是明白了。他在寻他的妻子，他的妻子脸上也有疤痕。"

见众人惊疑，她随即说了天香阁的事。

一顿饭，众人都吃得甚欢，上官惊鸿却几乎没吃什么，只是不停给翘楚布菜。翘楚明白他的顾虑，各方势力现下汹涌而来。

用过膳，上官惊鸿又给翘楚买了很多蜜饯什么的，糖葫芦尤其夸张，让景清整筐抬走了。

翘楚一直在想事情，并没有注意，买了东西之后才发现，说吃不了这么多，放着会烂掉的。

上官惊鸿大手一挥，说回去让厨子做糖葫芦宴。

翘楚和众人囧。

回到睿王府的时候，天已黄昏，却见沈清苓俏生生站在门口，满脸泪水。

翘楚这时突然将今天日间两件微妙的小事串联上。

对于三个人之间的感情纠葛，她虽然还有很多事情想问身旁的男人，想知道他的想法，但常妃殿前他既对她那么说过，她虽然也像所有女人一样会嫉妒会难受，但当沈清苓缓缓向他们走过来的时候，她还是低声对他说："你去吧。"

她从他怀里挣开，没有要松手的意思，只是给他一个空间去处理。

且她心里有事，也想仔细想想。

上官惊鸿却看向方明："方叔，你带林姑娘进屋。"

"我一会儿过来找你。"

他说着又淡淡对沈清苓道。

沈清苓看方明来挽，冷笑避开，看了看翘楚，继而深深看了上官惊鸿一眼，涩道："新欢旧爱，是我自己看不透吧！不管怎么样，不见不散。"

"嗯。"

听他应了，沈清苓咬牙一笑，转身离开。

翘楚心里轻轻叹了口气，她虽不喜欢沈清苓，但面对这样的情景，她总是不安。

随后，上官惊鸿将四大和美人赶跑了，自己送她回房。

回到房间，她以为他要出去了，也没理他，走到铜盆边上拿帕子绞湿擦了脸手。哪知他却悠闲地在桌边坐了下来，一拍膝盖："过来。"

她怔了怔，唤门外守值的丫头进来换了新水，关好门方走过去，坐到他膝上，拿下他的铁面，仔细给他也擦了脸。

他很是得意，说以后每天都要这样。

他享受地将头靠到她肩上，沉沉的，她感觉不舒服，推开他，臀挪了挪，改成侧坐的姿势，蜷首埋到他的颈窝，这才舒服地吁了口气。

他笑骂："你倒会享受。"

她也不说话，慵懒地靠在他怀里。她走了一天，也累了。

上官惊鸿看她不搭理，也不恼怒，一手探进她的衣服里，去摸她的肚子，一手变戏法似的又摸出件什么东西，凑到她嘴边。

翘楚低头一看，赫然又是一支糖葫芦，囧得不行。

她知道他不爱甜腻，存心整他，又掰了块喂他。哪知这次他学乖了，使坏地将她的手指含进嘴里。她身子一颤，他灼热的眼中划过一丝邪佞，放了她的手指，低头吻住她。

他在她唇上折腾了很久，才放开。她抚着几近肿胀的唇，身子还在发颤，狠狠地掐了他的脸颊一下。

他却笑得像只偷腥的猫，末了，拿过她放在桌上的帕子，仔细替她将手指都擦干净，把她抱到床上，柔声道："歇会儿，我过去一下，一会儿回来和你吃晚膳。"

上官惊鸿走了以后，翘楚想了想，下床让门外的丫头将景平找过来。

未几，景平求见。

"景平，方才在酒楼里爷到底对那紫袍男人说了什么？"

这话问得极快，景平正低头见礼，闻言果然一怔，立刻抬起头来。

翘楚也立时明白自己猜对了。

"翘楚虽想知道，但若先生不能说，也没关系。"

她怕景平为难，笑笑说道。

景平紧紧皱眉，末了，终于轻声道："翘主子，爷对那人说的话和他告诉我们的基本一样，只是少说了一句。"

……

景平走了。

翘楚回到床上倚着，夕晖虽是晚阳，从半开的窗子透进来，也有一丝刺眼。

若非当时酒楼里景平眸中一闪而过的异色，她不会想起上官惊鸿在桌上的随手蘸划。

若非在那之前她一心扑在上官惊鸿身上，她不会看到桌上的水渍。

若非她干的是考古，她不会猜测那两抹水渍是两个文字——尽管那两个字她并不认得，但有字符的特征，想来应是别国语言。

景平说，那两个字是"莫说"的意思。

上官惊鸿当时没有说出来的话是：你是九弟的人。

第十六章

方镜身份睿王劫　太子识破套中套

沈清苓的房间在另一个院落。

上官惊鸿进去的时候，她正在斟酒。

桌上一桌菜肴。

"惊鸿，给。"

看到上官惊鸿，她微微一颤，很快苦涩地笑着递了杯酒过来。

上官惊鸿接过，一饮而尽。

沈清苓看他淡淡看着自己，心里却不由得紧张起来，明明他眸里并没有丝毫责怪。

"当时，我其实想过去找你，只是，我顾忌太多，上官惊灏又在那里，我怕言语上被他看出什么端倪……"

他一直沉默，等她说话。终于她按捺不住，走到他前面，伸手抱住他。

他垂在身侧的手却一丝不动。

她心里越加恐慌起来，嘴上却咬牙笑道："翘楚是真为你好吗？好，我便当她真的是想为你好，但她这样做，惹怒皇上，只会将你害死，你如今连朝堂也不能再上了！"

"她这样做有她的道理，莫说她的不是。苓儿，这是我和你之间的事。"

他终于出声，却是为翘楚说话。沈清苓一怔，悲愤交加之下，也登时怒了："我和你之间的事？好，我不说她，但你扪心自问，为了她，你是怎么对我的？今天，你甚至派人监视我，限制我的行动！"

上官惊鸿将她从自己身上推开，轻笑摇头。

"监视？我还没有拿到绝颜丹，怕你苦闷，宁愿冒险让你用这个身份公开生活。上官惊灏从假香儿那里已经知道你的身份，但他是个极为谨慎的人，没有绝对的把握，绝对不会做戳穿的把戏。我便是赌他这多疑本性，计划在这段时间内将你转移，但看今天的情形，他已是试探出来了。我能不防范吗？派在你四周的人，也没有限制你行动，只是不让你出府，一留意到可疑之处，便带你从地牢离开。"

沈清苓心头一震，低声道："原来如此。"

她说着猛地抬头："告诉我，你还是爱我的，你爱翘楚也爱我，爱我更多一些，你对翘楚只是……负疚。"

天色在一刹暗下来，入夜了。上官惊鸿的眸光仿佛也在这夜色里变暗，平缓却深沉得像个洞，看不出，猜不透。沈清苓突然间竟打了个冷战，果然，他的声音像刀子一样而来。

"我爱她敬你。苓儿，从今而后，我不会再像以前那般逼你爱我。我已不再爱你。"

"我不懂你在说什么，"沈清苓只觉得耳边嗡的一声响，脑里一瞬空白，低喃道，"你仍为今天的事情怪我？"

"我没有。今天的事，我虽然没有预料到，但你那样是人之常情。若我能过这一关，我会给你最好的生活；若不能，我会设法送你离开。"

上官惊鸿的话却继续残酷地缓缓道来。沈清苓又疼又怒，死死抑住心思，听到他说最好的生活，却蓦然一怔，颤声反问道："什么叫最好的生活？"

他还是要娶她为妃是吗？

"荣华富贵。"

"你会娶我对不对？"

"不。"

一阵眩晕袭来，沈清苓几乎跌摔到地上，手肘却被一只有力的手臂紧紧抓住。

不，这个时候她反而更不能乱，他对她还是有感情的，她知道。

她深深吸了口气，靠到他怀中："惊鸿，你已经变心了。但不管你怎么样，我都不会变。你知道的，我和你在一起，要的不是荣华富贵。我要嫁你为妻，若你不允，我活着也没有意思。"

翘楚卧室。

上官惊鸿果然吩咐厨房做了糖葫芦。翘楚看着桌上几道糖葫芦菜，哭笑不得。

她瞥了眼窗外，天早已黑了。

等了他半个时辰，也不见回来吃饭，她将他腹诽了几把，自己吃了起来。

这些看上去很美味的东西，吃起来竟如同嚼蜡。并非晚膳不好，也许不过是味道太热闹太好。

她扒了几口，便没了胃口，索性开门走了出去，却见景清不知什么时候过来，正在门口与众婢愣愣站着。景清看她出来，又惊又喜，招呼道："翘主子。"

翘楚看他这样，有一丝失笑，道："你怎么过来了？"

"奴才是过来传话的。"

翘楚失笑："过来传话你不敲门不进来？"

景清立刻委屈起来："爷嘱咐下来，说看到你出来才让说的。"

翘楚越发奇怪："不出来不说？告诉我他让你传什么话。"

待景清将话转达，翘楚微微怔住。

她本已为景平的话忧心，如今上官惊骢也卷入了这场夺嫡之争，上官惊鸿又不知葫芦里卖的什么药。

他让景清传的话居然是：若她要找他，到地牢去。

她思索片刻，决定赴约。

到得地牢，她拾阶而下，走到铁门前，尚未来得及推门，只听到一声闷响，铁门被人从另一边缓缓推开，一片氤氲水汽随即扑面而来。

翘楚一怔，只见竹屋前不知什么时候多了一桌两椅，桌上竟是一桌的菜，炉子上还烫了壶酒。

上官惊鸿将铁面摘了搁在桌上，支着肘子，神色慵懒却又眉头凝紧，不知在想着什么——这是种有趣的表情，他似乎很悠闲，又似乎在沉思。她不由自主地担忧——他这个样子，只能说明情况确实不好。

听到声响，他嘴角顿时溢出一丝笑意，大步走过来，一把将她拦腰抱起，蹍回桌边。

俗话说得好，伸手不打笑脸人。他这个样子，倒让她原本一肚子的气恼和不安都不好发作了。但想想他着实好气，说好用晚膳却不回，让她自己一个人在房里对他和沈清苓的事胡思乱想，他却在这里好菜好饭。

上官惊鸿看她不出声，便往碗里夹了些东西，递到她嘴边，低声道："我在这里等，等着看你什么时候过来。"

见翘楚闻言一愣，他忽而又笑得得意："你等不到我，果然巴巴出去；知道我在这里，又巴巴过来了。"

"翘楚，翘楚，你在吃醋。"

翘楚没料到他竟然来这么一出，又好气又好笑，板起脸不去理他。

上官惊鸿也有一丝慌了。他看人犀利，唯独对她却不好琢磨，遂赶忙去哄她。

翘楚看他皱着眉头，一脸严肃地说些古怪的软话，归结起来就是什么提高四大和美人的福利待遇，什么买个牧场送给她，气也没办法再生下去了，笑骂道："八爷，你这人虽然恶劣，但总算没有虐待我的丫头；还有，你虽然钱多，但我不思乡。"

上官惊鸿也囧了，但随即明白她总归是没有生气，又颇为自得起来，替她布菜。

翘楚也一边吃，一边往他碗里夹些青菜瓜脯。

两人没再说什么，安静地吃饭。上官惊鸿看上去心情颇佳，很快就吃了几碗饭。

饭后，翘楚迟疑着想问沈清苓的事，却又不知道该如何开口；至于上官惊骢的事，她明白不宜多问。

她心里煞是为难，他们两个，无论是谁，她都不希望有损伤。

他将她搀起，拥着她往花林走去。两人沉默着走了片刻，他突然扣住她的腰，让她倚到他身上，轻声道："给我一些时间，好吗？"

翘楚心头一震，他话里的意思，她是明白的，点了点头。

"我必须要安置好她，但仅此而已。"

他薄眯的眼眸透出一股坚毅，翘楚微微笑着应了他一声。

他伸手将她紧紧抱住，略有些埋怨地低喃道："你怎么都不吵不闹？你这女人到底有没有心？"

翘楚有些失笑，随即更多的却是惶然。

翘楚虽然不喜欢沈清苓，或许该说是林思微，但对她却有种负疚的心理。

若论先来后到，毕竟是沈清苓先到；若说婚姻嫁娶，是他亲自选的她。

谁对谁错，她真的无法判断。但如今，她虽得到了，却会不安。

可爱情，却不能是三个人的事。

突然又想，她得到了又怎么样，时下局势坏，她的身体也一样。

她明白自己的情况，看似无异，但一旦发作起来便是无药可治，无术可施。

真到了那一天，他以后岂不寂寞？

想起这顿饭他的小可恶其实半带傻气，她脸上笑着，紧紧地回抱他……

一来二去，她不知道怎的就被他抱回竹屋，不知道怎的就拱到了床上，不知道怎的就被他粗粗喘息着半褪了衣衫，不知道怎的她也扒下了他的外袍……

他眸里嵌着情欲，却从她身上弹起，替她拢好衣衫，盖上薄被，咬牙道：“再等上个把月我便可以要你……”

她羞红着脸点头，无论如何绝说不出让他去找其他女人的话。再说，郎霖铃此时也不在府里，今天一整天都没有回来，果然是在郎相的相劝下，回了郎府小住。

他将自己的衣袍也理好，抚着她的头发，低声道：“今晚在这里陪我。”

她一怔，却听到他道：“我约了五哥和宗璞他们过来。”

她心中欣喜，他已振作起来开始重新谋划。她问他有什么想法，他却让她别操心。

她心里一咯噔，想到些什么，却只笑着承了。

两人说着话，她身子不好，而今怀着孩子，较之常人更容易倦乏，意识很快便模糊了。

上官惊鸿眼里深深划过一丝伤恸，拿起她的手，悄然注了些内息进去。

她离开的这些天，他翻览了大量的大内医书，其中有本民间古籍提到以温绵的内息刺激心脉、让心脉变得更强壮的方法，更能与病发时的剧烈痛苦抗衡而延缓死亡。

这和他设想的方案大致相同，哪怕要消耗他大量内力。只是，这终是治标不治本的方法。可现下时势困涩，他没有办法走开，否则上官惊灏一掌大权——他死了，她和小怪物又该怎么办。

他眸光倏变，抿过一抹暴戾。

“惊鸿哥哥。”

一声清脆忽而传来，他扭头看去，门外众人都到了。宁王、宗璞、佩兰和冬凝，老铁等人也来了，出声的是冬凝。

上官惊鸿眉头一皱，做了个噤声的动作。冬凝开心地看了翘楚一眼，吐吐舌头。上官惊鸿伸手替翘楚又掖了掖被子，方走过去，又压低声音道：“小幺，你和五嫂在这里陪她。”

冬凝和佩兰立即爽快应了。和翘楚一段时间没见，两人都很是挂念。

“五嫂，翘姐姐好瘦，看着让人怪难受的。”冬凝低低地叹了口气，伸手想去碰碰翘楚。佩兰立刻急道：“莫把你翘姐姐吵醒了，回来看你惊鸿哥哥骂你不骂你。”

“佩姐，没事。”

突然的一声，将两人都吓了一跳，翘楚却已经坐了起来。

原来，她虽然疲困，但心里有事，到底没有睡熟。方才众人过来的时候，她便已经清醒过来。

佩兰和冬凝又惊又喜，三人亲热地说了会儿话。翘楚问起冬凝的情况，冬凝摊摊手，笑道："幸好有三年守孝之期挡着。"

却是冬凝母亲过后年余，她便拿这个回了皇帝，无论宗璞和樊如素，两相都没有答应。

但不可避免的是终因上官惊鸿而要和宗璞见面，宗璞每次看她，她都有想逃走的冲动。

翘楚摸了摸她的头发，安慰了几句，冬凝只说没事。翘楚想了想，终是问了出来："他和五爷他们在商量沈清苓的事，对吧？"

冬凝和佩兰闻言，都微微一惊。翘楚苦笑，这天下来，怎么两件事都被自己猜中了。

沈清苓卧室。

都说活着就有希望，不管现在怎么样，只要还在他身边，她就有希望。

翘楚，你只管等着，谁笑到最后，谁才笑得最好。

沈清苓一擦眼角，眸光一利，便从这件事做起，上官惊鸿会明白谁才是他该爱的。

沈清苓将信笺叠好封印，递给旁边的阿绣："去，将这送到太子府去。"

阿绣一震："太子府？"

地牢，树林深处。

"谁，出来。"

随着老铁低喝的声音，众人警戒地向侧方阴暗的花树看去。

景平却分明看到上官惊鸿微微拧了眉头。

"说，怎么不继续说下去？"

淡淡的女音响起，翘楚领着冬凝和佩兰缓缓从林里走了出来。

太子府。

翌日午间，太子府迎来了两件事。

一是皇九子夏王的婚事，婚日早已定下，今日按例逐府相告，就在五天以后。

二是睿王和睿王侧妃的神秘到访。

这都是翘眉没有想到的。

是以在大厅与上官惊鸿和翘楚会晤，上官惊灏眸含浅笑打量着两人的时候，她却有些茫然。

上官惊鸿很宠爱翘楚，翘楚过得很好，这从二人之间的动作神色可以看出来。

她不知道该怎么形容自己此刻的心情。

她自小便是骄傲的，配她的人当是最好才对。可回想起到朝歌以来的点点滴滴，一次次短暂的见面交汇，她对他的异样感觉，特别是在围场悬崖回来之后，那种不知为何却偏偏极为强烈的感觉，无论是在他崛起之时还是到今日的最终落魄。

原来，是早已注定。

当年的质子原来是他。

她总希望，自己的良人是天底下站得最高的人。

而今，她虽对他有意，但他的处境堪虑。

尤其是在上官惊灏掌掴她之后，她明白权力有多重要。上官惊灏是天之骄子，嬉笑怒骂，因为他有权力在手。

但她却仍禁不住对他心动，亦更厌恨翘楚。

而听上官惊灏的语气，上官惊鸿并不知道当年蠡楼的人是谁。

在上官惊鸿心中，她是特别的。

几次交集，他都对她温柔以待。

何况，在北地和他相伴数月的人是她，不是翘楚。

但这时，她又该怎么做才好。

她已婚嫁，他政途黯淡。

她正凌乱无比地想着，此时，招呼打过，只听上官惊灏在旁抿茶笑问：“不知八弟和翘妃大驾降临，有何指教？”

上官惊鸿亦是淡淡一笑，仿佛上次的深仇已泯，道：“翘楚挂念太子妃，臣弟便带她过来探看一番。她姊妹虽同嫁到一处，但平日见面总归不多。”

“嗯，应该的。”上官惊灏嘴角一挑，眸光缓缓落到翘楚身上。

翘楚到底不如上官惊鸿多年以来的隐忍功夫，尤其上官惊灏和这太子府给过她最恐惧的回忆，若非有非来不可的理由，她绝对不会过来。她当下立即避开上官惊灏的目光，对翘眉道：“姐姐，爷和太子爷说的事儿也不是我们女人家懂的，你我出去走走说几句体己话如何？”

翘眉看上官惊灏半带邪佞的目光始终放在翘楚脸上，心中冷笑，又想无事不登三宝殿，就不知道这事儿是落在上官惊灏还是她头上，遂道："如此甚好。"

翘楚一笑，随即看了上官惊鸿一眼。上官惊鸿颔首轻笑："去吧，我在这里等你。二哥这太子府守卫森严，你害怕什么，你绝不能在这里出什么事。"

他说着淡淡看向上官惊灏："臣弟说得对吧，二哥？"

王莽下朝随上官惊灏过来，在旁边陪坐着，这时听上官惊鸿言语暗藏讥讽，心里一怒，便要反驳。这个男人现在已是落水之狗，便是他不必畏之。

哪知曹昭南立刻横来一瞥，他一凛，看上官惊灏始终嘴角含笑，遂没有吱声。

是，且看谁笑到最后。

当翘楚说出来意的时候，翘眉还是吃了一惊。

睿王、睿王侧妃一行，原来意在她！

她冷冷一笑，凤仙花汁染得红艳的指甲盖儿直指翘楚的脸问："小贱人，凭你就想和我讨价还价？我不管你有什么拿来做什么用，我绝不会问母亲拿绝颜丹交予你。莫忘了你身子里还淌着我种的毒。"

翘楚也不恼怒，浅浅笑道："姐姐，莫忘了翘楚夫君是什么人。你的毒，他早替我解了。倒是你，你身体里被方镜暗算的毒是个大麻烦。"

翘眉猝然一颤，随即失声道："方镜是睿王的人？"

翘楚自是不会回答这个问题，只继续笑道："我家爷算着姐姐的毒也是时候该发作了，才携翘楚上门拜会，目的是想替姐姐解毒。但这世上凡事总讲个等价交换，睿王他想要的是绝颜丹，你需要的是解毒。这里有封信，是睿王托我交予姐姐的。生命诚可贵，翘楚也不扰了，你好生考虑清楚。"

再回到大厅，各人都说了什么，翘眉心神恍惚，都听不清记不住，勉强堆叠着精神送了客，随即匆匆回到自己房间。上官惊灏待她冷淡，也没有管她唤她用膳什么的。

她只觉得浑身冰冷，仿佛那毒已经涌上心腑，扣扼着她的咽喉，让她透不过气来。

她随即又伤心起来——她这般对上官惊鸿，他却如此相待？

末了，她一咬牙，抽出信来。这信里的内容却更是让她大吃一惊。

当然，此时她并不知道，她接着所做的种种，为夏王大婚那天满堂宾客前突发的大事埋下了意想不到的伏笔。

是夜，三更时分。

她也没有点烛火，她这个独立的院落此时正好为她提供了方便，门外守夜的奴仆丫鬟也早已让她借故遣退。

她走到窗边，将一直饲养着的黑鸟从笼里拿出来，在它脚上仔细缚好信笺，然后开窗放了出去。

黑鸟在窗前微一盘旋，很快没进黑暗深处……

它在即将飞出太子府的时候，被一支袖箭射落。

当然，翘眉没有看见。此时，黑鸟和信笺都在太子府另一个房间里。

“母亲，女儿急需绝颜丹。眉知此药珍贵，母亲已无存在身，须问姨娘取之。然姨娘身处北地偏远部落，来回耗时，唯求母亲务必于七八天内设法将之送至睿王府，不可或缓。”

那是在北地也已失传的古语，早不为民众所用，但并不妨碍一些学识广博的人看懂。

男人眸光如鹰，就着旁边另一名男人所擎火折子，将信读罢，重新封印用信筒装了，缚回鸟脚上。

鸟儿被袖箭打晕，此时悠悠醒转过来。

男人抓起黑鸟，猛一扬袖，信鸟再次没入黑暗中。

三更时分的漆黑里，一切来去宛若花落无声。

第二天近午时分，翘眉方醒来。她心神不定地坐在铜镜之前，贴身丫鬟在旁边侍候着。

今天，她的院落里突然多了很多护卫。

嘎吱一下，忽而门被用力推开，翘眉吓了一跳。她手上正拿着一支花簪子，簪子一下从手里摔跌落地。

她到底是太子妃，谁如此大胆敢擅自闯入，不问便知这进来的是上官惊灏。

上官惊灏淡淡看着她，眼尾酿着丝许笑意。

翘眉最是害怕这个男人这种宛似无害的笑容。

她颤抖着咬牙见了礼，有些心疼俯身捡起簪子，看上面磨了道口子，对婢女道：“这是大妃送我的嫁妆，你且拿出去看看能不能修一修。”

婢女立刻应了，告退出去。

上官惊灏微微眯眸，眼缝间透出一丝危险和玩味：“孤听去怎么觉得眉儿是嫌弃孤府上的珠宝不够好，倒巴巴地惦念那旧物去啊，嗯？”

翘眉自是不会愚蠢到与他抗争，只笑着上前，说：“殿下净爱开玩笑。”

上官惊灏一笑，忽然将她抱起，往床榻走去。

翘楚，终有一天，会是你！

翘楚当然不知道上官惊灏此时心里的想法，只是在看似百无聊赖的居家生活中享受着午后的阳光。

用过午膳，四大和美人陪她在花园里散步。这是上官惊鸿临出门前特意吩咐下来的，因为这样对她的身子有好处。

今天，上官惊鸿没有和她一起吃饭。他外出了，去接郎霖铃回府。

她心事沉重，既为郎霖铃，更为数天之后的夏王大婚。

郎霖铃到底是上官惊鸿的妻子，哪怕她相信他会妥善处理好，但再怎么妥当，终是伤人。同是女人，她不想伤害到郎霖铃，哪怕是和她已成水火的沈清苓。

她复想起昨夜定下的计划。

不知为什么，她的心深处总有股莫名的不安，总觉得届时有些什么无法预料的事情会发生。

突然，脚步声从后面而来。

她转身一看，却是上官惊鸿携郎霖铃回来了。

她向郎霖铃见礼，郎霖铃神色淡漠，却还是颔首做了回应。

上官惊鸿正待带郎霖铃回房，郎霖铃翩然一笑，止住他："爷，不必了，臣妾自己回屋便好。方才你说晚膳为我洗风接尘，亦是不必了。"

郎霖铃明白，自己心里仍然爱着这个男人，却亦已有些看不起他了。

结识之初，他意气风发，说和郎家不过是做交易，并不倚仗郎家，他果然做到了，可后来他亲手将自己的一切毁去。也许，他压根便是个不能成大事的男人。现在他还不是得巴结郎家？！

她说罢，决然离去。

她希望他追过来求她，却又知道若他果真这么做，她只会更看不起他。

一时，这个当日在选妃赛上最受皇帝赏识的女子竟也五味杂陈，只剩一腹冷笑。

郎霖铃眼里对上官惊鸿的不屑和讽刺，翘楚看得清清楚楚。

若非上官惊鸿将她紧紧抓住，她已奔上前去，拦下郎霖铃。

可拦下郎霖铃又能怎样？她心里一疼，将上官惊鸿拉回自己屋里，绞帕子替他擦脸擦手。

上官惊鸿一直沉默着。她去晾帕子的时候，却突然被他从背后紧紧抱住。

太子府。

瞥了眼床上玉体横陈、疲倦入睡的女人，上官惊灏眼内划过一丝意味深长的笑，开门出屋，走回书房。

书房内，王莽已到。

他吩咐王莽磨墨，很快写好一封信。

王莽只见信上写着：吾欲与汝一见，唯念汝现下诸多不便，五日后，你我会晤夏王府何如？

上官惊灏随即将一名小厮召进来，吩咐了几句，那小厮立刻手脚麻利地将信揣好，颔首离去。

王莽明白决定性的时刻即将到来，心里涌起一丝压抑不住的兴奋："绝颜丹要七八天才到，殿下是准备在夏王府动手吧。"

上官惊灏眸光深凝，良久，方道："不，错了。这是上官惊鸿的套中套。"

王莽心头一震。这时，门口传来敲门声，一人推门而进。上官惊灏淡淡看向来人，神色越发谨慎："可已办妥？"

曹昭南笑道："上官惊鸿明白，来府到访，殿下必疑，于是让太子妃用那黑鸟作幌子。与殿下猜测的一样，今天看似毫无破绽出去的人才是关键。我们的神偷手在途中窃下那婢子拿出府去修的花簪，那簪子内里中空，果有乾坤。我们看信后已将之装回簪里放回那丫头身上。凤清大妃手上根本还有绝颜丹，按路程算来，这书函从簪子店过去睿王府，再由睿王府发往北地，北地将绝颜丹秘密送到睿王府，前后不过四天。"

日子似乎平淡得像水，转眼间又已过了三天。

明天便是夏王大婚，到时少不得又是一场热闹。若非碍于身份，她绝不想去，因为睿王府现在便如丧家之犬。

郎霖铃支肘在桌上，冷冷淡淡地想着。

"小姐，要传午膳吗？"婢女扇儿在背后询问。

扇儿是从郎府带回来的新婢。假香儿的事，她后来听景平过来解释了，自是知道真香儿已经死了。

香儿的事总能让她想到很多，譬如上官惊鸿确实聪明，譬如上官惊鸿太傻，为一个女人放弃多年来的苦心经营。

"不用。"她淡淡地答了一句，突然又想，若那个女人是她，她还会不会那么想。

此时，她心中的不屑里竟带了嫉妒。

门突然被轻轻推开，她心里竟也突然生了一丝喜悦。

来人手擎托盘，一身青袍，果然是上官惊鸿。

这些天，他每天都亲自送膳食和药汤过来，药汤说是给她调理身体。

是的，她现在的精神确实不好。

但除此，他却一直没有说其他什么。

她还想她求他不成，若他主动求她，若他……她也许会回去求她爷爷，不管行还是不行。她看着他幽深却平静的眼眸，心里竟越发千回百转起来，似乎是累积了多天的情感喷薄。

他放下托盘，转身便要离去。

郎霖铃忍不住开口道："爷在这里一起用个膳吧。"

上官惊鸿略略一想，开门对在门外等候的景清说："告诉翘主子我在这边吃，让她不必等我。"

他和郎霖铃一起用膳，随意拈了个话题，说的是些书中志闻。郎霖铃是个博学之人，对这些既有兴趣又知晓甚多，两人一时谈欢。

他走的时候，郎霖铃竟差点想开口让他留下来。

第十七章

君王宣旨试真心　睿王府落大危难

离开郎霖铃的房间，上官惊鸿去了书房。

应当说是他去的书房旁厢的房间。

那本是另一间他放置书籍的房间，如今是翘楚的新房。

他将翘楚的窝挪了过来，和他的书房毗邻。

门外站了几名婢女，门却开着。

婢女施礼，他没有理会，径直走进房里，却见两名婢女在打扫，饭桌上丰盛菜肴几乎未动，地上有些呕吐之物。

他心里一沉，沉声问道："翘主子呢？"

婢女怯怯答，说在前院里。

他听罢，吩咐二人仔细打扫干净，而后方领着门口众婢往前院而去。

他是在亭畔的石塑桌椅处找到她的。

她背后不远处是个湖，湖上小桥亭台，四处花木错落，阳光暖逸；四大没在旁陪着，不知被她遣到哪里去了；她自己坐在石凳上，小口小口安静地吃着东西。

他远远站着，看她吃了几口便住了手，低头静静看着自己的肚腹。

上官惊鸿看得鼻子一涩，十指弯曲起来，紧紧握了很久，将几乎涌翻到咽喉的情绪压下了，才大步走过去。

翘楚看上官惊鸿突然出现，微微一怔站了起来，却见他一言不发盯着桌上的白粥，眸色阴鸷，忙解释道："你吩咐厨房做的那些，我有吃，就是——"

"你不舒服为何不让丫头过来找我？你那丫头呢？"

上官惊鸿打断她，唇角紧抿，语气已经是非常不悦，接近于低吼。

"我想自己待一待，便让她们回去吃饭了。你是大夫，又不是不知道，我害喜症较常人重，也不是什么大事。你让景清来报，你在郎妃那边自是有事的，我怎么能……"

虽知他有事，但他到底是在郎霖铃那里，此刻他模样凶狠语气责怪，翘楚心里亦不由得生了丝酸涩，说了几句，便再也说不下去了。

上官惊鸿看她眼底一抹郁卒，嘴上却笑笑说着，心里顿疼。对于郎霖铃，他有他的想法和原则，但绝不可和她相提并论。他伸手将她抱起，坐下，冷冷看向前面众婢："到铁叔那里领罚去，每人十板，扣本月俸银。"

众婢一听，一个个脸色发白，扑通跪下。为首婢女颤声问道："爷，奴婢们做错了什么？"

上官惊鸿冷笑道："主子不适，你们却知情不报，不该罚吗？"

翘楚看他发怒，本已吃惊，这时看上官惊鸿眸光愈沉，一拉他的衣袖，急道："我又没让她们报，她们自是不报。你这是做什么？"

他行事严酷，她想对他发火，对他满心疼惜，发作不起来，求他，她也正在一股淡薄却分明的伤涩之中，一时嘴巴微张，仍是说不出话来。

上官惊鸿却突然低头在她唇上轻啄了下，复看向众婢，微微沉声道："这次看在翘妃的分上，姑且饶之。若有下次，你们当知怎么做，有些事不必主子训说，懂了吗？"

众婢又惊又喜，谢过翘楚，按上官惊鸿吩咐，退到较远的花坳旁边，远远侍候。

翘楚看了上官惊鸿一眼，想从他腿上起来，却被他紧紧攀搂着腰肢，只是不允。

带着缕缕温热，他的声音带着警告沉沉灌入她耳里："以后再有不适，若我不在你身边，不管大事小事，你都必须让人第一时间通知我。办不到，我不管谁在你身边，一律严责。"

翘楚心里难受，却到底为他的话而感到幸福，可惜现在对她来说，越幸福，越如履薄冰。

她这样执拗想将这个也许并不健全的孩子生下来，她越来越害怕，即使她肯努力，她还是不能将它生下来。

而且，现在她贪心了，这个孩子以外，她还想活长久一些——她舍不得离开他。

唇边微有些濡湿，却是他舀了一勺粥小心翼翼凑到她嘴边。

她怔怔看着他，吞咽了一口，眼泪却差点落了下来。

上官惊鸿看她眼圈通红，心中立刻乱了，将碗放下，眉毛一挑，道："不是说不罚了吗，怎么还这个模样？"

他说着略略一想，状似狐疑道："还是说其实你想让我罚她们？"

可怜一众婢女扑通一声又全部跪下，齐齐哀求地看向翘楚。

翘楚哪里还敢悲秋悯冬，正想顺毛，却见方明匆匆奔来，脸色凝重，道："爷，翘主子，宫里有旨意过来。"

翘楚有些担忧地看了上官惊鸿一眼。上官惊鸿没说什么，只将她抱起，往大厅而去。

到了厅中，郎霖铃、沈清苓和睿王府一干主要人等都已跪在地上，等候接旨。

连着郎霖铃在内，众人无疑是紧张的，为这突如其来的圣旨。

为什么这时会有圣旨过来，这圣旨到底说些什么？

宣旨的是曹昭南。

他和上官惊鸿打了声招呼。众人看去，那是不似敬却也不讽，都没有办法从这大太监脸上看出圣旨的好坏端倪。

曹昭南拿出圣旨，随即宣读道："睿王府翘氏身怀皇族后裔，朕挂念皇孙安健，特召翘氏进宫，着医女检之，睿王听旨陪同进宫。"

众人听罢，都面面相觑——翘楚有孕以来，也不见皇帝特别关心，今日却怎么突然召进宫去？再说，检查何须进宫，上官惊鸿便是最好的大夫。

上官惊鸿眸光微凝，只是安静地扶起翘楚，朝曹昭南微一拱手，道："可否让我府上两个奴仆相随进宫打点？"

曹昭南虽是上官惊灏的人，但自不会在众多宫中随来的内侍面前落了风范去，只一笑应允了。

上官惊鸿挑的是老铁和美人。

曹昭南知道，这名唤美人的奴婢是名高手，只是，此时美人看去神色凝重，身上杀气较往日消减许多。他心中轻笑暗忖，噢，都以为这是一场鸿门宴？让两名武功好手随行；若是，再多的好手也没有用，那是皇宫。

他不动声色看了沈清苓一眼，只见沈清苓淡淡盯着翘楚。

嗯，这场角逐很快便到最后时刻！

郎霖铃带着满腹疑虑回到房中。

她脑海里仍在想皇帝召上官惊鸿和翘楚进宫的事。

皇帝记挂皇孙不过是借口，到底是为什么？

她一边想着，有一丝困意袭来。在她即将入睡之际，婢女扇儿突然急急推门而入，颤声道："小姐，宫里……宫里又有圣旨过来！"

郎霖铃万没有想到，在第一道圣旨下达、上官惊鸿携翘楚离府不久，竟又有第二道圣旨过来。她浑身一震，怎么会这样？

扇儿这般惊慌却也是怪不得，现下睿王府就像悬在崖上的物什，谁都说不清下一刻会有什么事情降临。

上官惊鸿既不在家，便该由她来做主。她是决断之人，立刻率了睿王府一干人等到厅中接旨。

这次宣旨的是夏海冰。

夏海冰眉宇间透着一丝严肃。他读罢圣旨，郎霖铃大吃一惊，浑身止不住颤抖，看向旁边的沈清苓。

怎么会这样？

可偏偏上官惊鸿此时进了宫，怎么办才好？

这一回，睿王府只怕是在劫难逃了。

皇宫，皇帝寝殿。

翘楚在被曹昭南带进去的时候，皇帝正和上官惊鸿在桌案上对弈。

仿佛数日前父子二人的嫌隙不曾发生过一样。

但仿佛毕竟只是仿佛。曹昭南淡淡看了翘楚一眼，心想，倒莫怪殿下对这女子甚是上心，确实有一丝胆识。

原来，进宫以后，按皇帝旨意，翘楚被带到太医院检查身体，上官惊鸿则被宣去皇帝寝殿。

上官惊鸿微一沉吟，说先陪翘楚过去，稍后再一同过去皇帝那里。

曹昭南遂笑道："噢，睿王还怕王妃在皇宫出事不成？"

翘楚立刻劝说上官惊鸿过去，甚至让美人也不必相陪，和老铁待在宫中马车停放的地方候着便可。

当然，这检查确实只是普通的检查。圣旨既提到，总要有个落实。

君无戏言。

哪怕曹昭南有种古怪的感觉——不知为何，皇帝对翘楚似乎越发不喜、心思诡谲来。

他既将翘楚领到，便退到皇帝背后，和莫存丰一起侍候。

翘楚跪下向皇帝见礼，皇帝似乎过于专注在眼前的棋局上，并没有听到。

上官惊鸿眸光一动，一声轻咳，道："父皇，翘楚过来了。"

皇帝淡淡"嗯"了声，算是应了，却再无表示，继续下子。

他这子儿一下，立即将上官惊鸿的子围死一片。

"老八，你是个聪明人，但要谨记，什么时候该做什么事情。你现下既在下棋，思虑棋子的问题已足够，其他的……心无旁骛才可。"

"谢父皇教诲。"

上官惊鸿答着，曹昭南却分明看到他向翘楚轻轻一瞥，递了眼色。

这一记，他做得落落大方，竟也不遮不瞒，当然，遮瞒亦不见得皇帝看不到。

翘楚知道，在场的都是人精，自是都明白上官惊鸿要她做什么。她咬了咬牙，并没有假意晕倒，只是微微挺直身子依旧跪着。

上官惊鸿眸光一沉，她只当作没有看见，将注意力放到棋盘上，以图分散双膝不适的感觉。

棋盘上双方棋子纵横交错，竟看不出胜负端倪，不知谁将胜，谁会负。

不知道过了多久，这局棋始终没有决出胜负，翘楚双膝酸疼难禁，头上汗水淋漓。她一天没怎么吃东西，又饿又乏，只一直咬牙忍着，看莫存丰指挥着小太监燃上灯火。

她往窗外看去，外面，天已全黑。

他们进宫时候不过是晌午时分，竟已数个时辰过去。

皇帝也没传晚膳。上官惊鸿一直沉默着，这时，出声道："父皇，是时候传膳了。儿子和翘楚陪你过去偏厅用饭如何？"

皇帝摆摆手："朕不饿。"

他随即似又想起什么，笑道："老六、老七、老十几个的母亲都与庄妃交好，之前听庄妃说，今天他们带媳妇过来和庄妃还有他们母妃吃酒，说是先贺老九明日大婚。这个时辰他们约莫还没出宫。昭南，你且过去将他们宣过来，朕亦很久没看到那几个女娃儿了。听说，老七的媳妇也怀上了。"

六皇子几个人进来的时候——翘楚苦笑心忖，这几名皇子个个亦都不是好茬，倒也是冤家路窄，上次在夏王府遇到，太子带了他们去捉奸；后来，他们又在天香阁冷眼旁观淳丰对上官惊鸿动手。

众人看到上官惊鸿和翘楚，也都微微一凛。

睿王府。

上官惊鸿书房，灯火通明。

方明、景平和景清都在，除此，还有郎霖铃。

一个小斯进门低声禀报了几句。

众人本已焦急慌乱，此时闻言都变了脸色，郎霖铃尤甚。她抚紧眉心，喃喃道："怎么办，消息不通！"

景平苦笑道："爷他们是有意被扣留在宫里。"

而中午时分，第二道圣旨却将沈清苓带走了。

帝殿。

一凛之下，众人看翘楚仍跪在地上，心里都明白皇帝对睿王府的态度。

众人向皇帝见礼。

"父皇高明，儿子输了。"

上官惊鸿亦随着皇帝一声平身，将拈在手中久久不落的子放下，立刻起身扶起翘楚。

翘楚本想自己站稳，但腿脚发麻，肚腹疼痛，无法不倚靠着上官惊鸿。

皇帝不置可否地看了两人一眼。上官惊鸿顺势道："儿子不妨碍父皇与六哥、七哥和十弟相聚了，先行告退。"

皇帝眼睫毛一颤，却道："天也晚了，翘楚的身子不便多动，你二人便在宫里过夜，明天一早再出宫到老九那里吧。"

翘楚越发心神不宁，但二人自不能拒绝，上官惊鸿答允了。皇帝又让莫存丰带他们到偏殿空房休息，上官惊鸿只说不必麻烦，二人到常妃殿歇息便可。

皇帝极轻的一声嗤笑，倒也并未阻止。

七王妃突然低低一声："我的沉香手串呢？"

十王妃笑道："姐姐，谁让你老是拨弄？看，这不掉了吗，掉到翘姐姐那边去了。"

"哦，翘姐姐，能烦劳你捡一下吗？"

七王妃恍然，看似很随意地说道。

翘楚一怔，低头看向绣鞋边的手串。

上官惊鸿眸光仍是平静如方才，只是更暗了几分。他挽着她正要跨步。背后，皇帝缓缓道："翘妃，那玩意不是在你那边吗？"

翘楚心笑，只当是八点档剧场，若她连久跪有可能导致流产的危险和愤怒都能忍下，此时又有什么所谓委屈不能受一受的？她动了动酸痛的身子，上官惊鸿却比她快，已俯腰去捡。

耳边听到几个皇子的窃语和笑声，翘楚佯疼轻叫了一声。上官惊鸿一惊，立下抬头看她。他抬头一刹，她立刻弯腰将手串捡起来，走到七王妃身边。

众皇子止住笑，有些惊愕地看着她。她将手串递给七王妃："这位姐姐，给。"

七王妃眉头一皱，伸手来接，骤然却是一股大力拉扯而去。翘楚仍是轻笑，淡淡看着绳子在崩断，檀珠四散。

七王妃脸色却登时变了，质问道："翘妹妹，这是我成婚时皇上和我家爷的母妃亲赐的，你怎么能将它扯烂？"

翘楚没有争辩，只是赔礼道歉。这位七王妃的戏虽差，但似乎正合帝心。皇帝冷眼旁观，嘴角噙笑。

"哎哟，翘姐姐，还不帮七嫂嫂捡起来，七嫂嫂身怀六甲，行动多有不便。"声音娇滴搭话的仍是十王妃，六王妃也皱眉轻声附和了一句。

敢情自己便没有身怀六甲？翘楚摇头一笑，正要去捡，身子却被迅速定住，一动也不能动。上官惊鸿不知道什么时候走过来，点了她的穴道。

他安静地再次俯下身子。

翘楚眼鼻一酸，闭上眼睛。

走出寝殿，那几个人的笑声似乎还从背后清晰传来。

翘楚在男人的搀扶下，边走边低声道："我捡就好。这事明天肯定传出去，你不傻吗？"

冷不防触上上官惊鸿寒冽的眉眼。

"你方才为何不按我的意思去做？"

一离那是非地，他的怒气亦全然迸发出来。

她知道他心疼，却没有想到他会发这么大的火。

"我知道你想保护我，但我不相信你没有察觉出来。不知为何，你父皇很是厌恶我，比从前更甚太多。本来若非你们几个有夺嫡能力的皇子有了孩子，其他皇子怎么样，他并不见得会如此关心。他将七王妃宣来，实是想告诫我，即便我有你的孩子，他亦不会惜之怜之，我的孩子比七王妃的更不如。不是我每次乞求都有用，譬如上次金銮殿外。但是你的生死前途全部掌握在他手里，若我方才假意晕倒，你以后更难。他罚了我，心里起码会舒坦……

"皇家的游戏规则，你该比谁都清楚。"

两人停在路上。夜色迷蒙，四面亭台楼阁，宫灯火光影影绰绰。她看他握住他双臂，压低声音告诉他她心里的话。

上官惊鸿除在她说那句"我不相信你没有察觉出来"时眼皮翻了翻之外，再无搭理，用力扯下她的手臂，蹲下身子，冷冷道："闭嘴，上来。"

翘楚苦笑，却没再说什么，上了他的背。

两人一路走着，没有话，除去她饿得有些难受，轻轻抚住肚腹时，上官惊鸿亦轻轻低哼了声，约莫是她的手硌到他的脊背。

可是，他有他对她的原则，她有她对他的心疼，一时，他们竟是谁也无法妥协。

殿内尘灰，他们必须做些清洁才能下榻。若是只有上官惊鸿一个人，他还能随便住一宿。冷宫既没有奴仆，亦没有工具，上官惊鸿将翘楚背回去之后，便到外面找内侍来打扫。

翘楚在里面坐着，未几，忽听有惊恐的声音从外面传来。她一惊，走出一看，却见上官惊鸿前面跪了六七名内侍，皆是脸色发白，战战兢兢地看着上官惊鸿。其中一人右手吊垂着，模样痛苦，浑身瑟缩颤抖不已，那手……看去竟是折骨而断。

是上官惊鸿做的。

"惊鸿，住手！"

她走到前面，急怒道："你疯了吗？怎能拿这些人撒气！"

上官惊鸿闻言微微一顿，缓缓看了她一眼，随即自嘲一笑，他的嘴角依旧轻轻浮着笑，眸光却依旧残狠嗜血："怎么，几位公公现下得空了没有？吃的什么时候拿过来，打扫的事又如何安排？"

"是是……奴才这就去办。"

"留下两个人，其余的该怎么分配就怎么分配去。"

几名内侍叩头如捣蒜，从地上爬起，又有两人挽了那个断臂内侍，便待离去，却被上官惊鸿沉声喝止。

众人又惊又怕，终究悻悻凑首做了商量，三两去了，另两人蜷缩到一旁，不敢说话。

翘楚这才知道上官惊鸿的用意。她心里歉疚，却不知道怎么开口。他亦是个骄傲的男人，只是比不得上官惊骘。他自小困苦，并没有那个资本；而今失势，内侍也欺之。

他甚至不得不用这样的方法来保证他们能按他的意愿办事。否则，他们虽受斥吓，未必便一去有回。

上官惊鸿看她一副欲言又止的模样，低笑着诘道："说话啊，怎么不说话？你不是有话想跟我说吗？责怪我残酷还是什么？说啊，翘楚！

"还是你根本不信我能保护你？我不过就是一个连奴才也敢轻视的窝囊废。"他说着蓦然顿住，眼眸都是冷笑和嘲讽。

翘楚心里却是如针刺般疼痛。门外脚步声忽而传来，她一怔看去，只见几个人正缓缓走进来。

其中两人一个蛾眉翠钗、碧衣华服，一个眉宇如剑、白衣翩然似雪，是庄妃和上官惊骘……

"八嫂。"

那脆生生的童声……

翘楚正愣怔，闻声低头看去，只见小九儿被一个嬷嬷牵着，却眼珠骨碌、满脸兴奋地瞅着她。他想朝她扑将过来，却又像煞有介事地瞟了瞟上官惊鸿，随即皱眉规规矩矩地站在原地。

庄妃微微蹙眉看着二人，眸里似含心事。

"还不将东西拿给本王的八哥、八嫂。"

却是上官惊骢一声轻斥。他背后数个婢女立刻上前，一人手上提着食篮，递给上官惊鸿。另外几人拿着木桶扫帚等物什，看上官惊骢眼光所示，便要往殿内走去。

"站住。"

上官惊鸿淡淡出声制止，随即一揖答谢："娘娘和九弟请回吧！地方肮脏，莫污了两位衣衫。九弟明日大喜，今晚还是尽早歇息为上。"

庄妃眸光一利，正想说话，上官惊骢却岂然一笑，道："母妃，咱们回去吧。"

"八哥、八嫂，明儿见。"他笑说着，目光掠过上官惊鸿，最后轻轻落在她身上。

他的眸光极深，却不见波澜，像平静时的深海。

拥有这样沉敛目光的上官惊骢和初见时已是两个人。

但总是好事，人成熟了总是好事。

"谢谢。"

翘楚心里百感交集，确实没有想到此时此刻会在这里看到他。

其实倒也难怪，大婚前夕他来看看母亲的吧。

之前他应是和七皇子一干人用膳。

这得知他们的消息过来的，不知是他的主意还是庄妃的。

这个明天便即将大婚的男子，亦是她生命中极为重要的一个男人。

只记得林屋里烛火融融，天际星光绚烂，那晚，他从外面回来的时候，她正在上官惊鸿的怀里……上官惊鸿离去后，他仍站在院门的位置，轻声笑问："翘楚，我真的不行吗？"

她沉默着亦朝他一笑，在满天星光中快步奔回屋里……

和上官惊鸿在一起这些天，她偶尔会想到他，更多的时候，他在她心里。

作为珍藏的记忆。

此时，她心里是感激的。

上官惊鸿眸中含笑，目光里却都是冷削之意。

"八嫂不必客气。"

上官惊骢轻声应答，虚扶过庄妃便离去。

徒留握着手中工具悄量上官惊鸿、紧跟着颤抖离去的婢女们和依依不舍的小九儿。

她朝小九儿挥挥手，小九儿望了她一眼，乖巧地随嬷嬷离去。

手中被塞进什么硬物，耳边声音漠漠："你先吃东西。"

男人背影如风，往殿内走去——翘楚低头看着手中食篮，心里又是一疼，她原以为他也像屏弃那些清洁工具一样不会拿下，没想到他留了下来。

"我们一起吃。"

她唤了一声，想顺势和他说些心里话。上官惊鸿却蓦地转身，沉沉笑道："吃？吃这些东西？翘楚，你懂什么？你什么都不懂！"

翘楚微微一震，突然一声焦急又从门外传来："八爷，快随咱家走一趟。方才夏海冰夏大人求见，皇上与他密谈过后，勃然大怒，说要见你。"

翌日，夏王府。

在满耳喧闹声中，翘楚随宫中引导太监进了内堂，却满心张皇。她一夜未睡，上官惊鸿一夜未回。昨晚，她向前来宣旨将上官惊鸿带走的莫存丰打听老铁和美人的下落，两人竟也不知道哪里去了。

是以，当她踏进喜堂的瞬间，夏王府屋内的人亦似看热闹似的看她，她却宛若未觉。

她明白，计划失败了。

她不知道接下来会发生什么事，只知道一会儿所有人都会过来，她该怎么办？

本来按东陵皇族嫁娶婚俗，皇子成婚，先至女方处接新娘，回府拜堂，由长兄主理；而后新娘送入洞房，皇子们招呼众宾；到众人酒酣，兄弟姊妹携名门贵胄公子小姐一起进新房，看新人合卺交杯，闹洞房；翌日，皇子携新妃进宫拜谒帝后。

来到这一朝，往时便由贤王和太子一道主持。尊不避长，太子地位可见一斑。

但太子、宁王和睿王成婚，皇帝重视，都亲自过去。

今日，夏王亦一样。

恍然若梦。今日从宫中出，马车过街穿道，彩灯挂节。沿途和府外围观的百姓如潮涌，一如她成婚当日的热闹。

可是，和她成婚那天一样，她沾染不到半分喜庆。

方才一路走进，夏王府偌大美丽的院中筵席已布置妥帖，宫中过来了执事女官、内务府派出众多内侍，和王府的下人们亦渐渐收住架势，随侍在院里。

宾客此时正在眼前大厅两侧分立，一侧是皇亲国戚，一侧是朝官大臣及家眷。秩然有序，和平头百姓家压挤哄嚷大是不同。

所有人都在等待皇帝、太子和夏王的到来。

银屏公主家不在此，夏王接新娘去的是行馆。

太子夫妇亦还没有到。

皇帝则从宫里辇架仪仗而来。

此刻，夏王府里，喜字成双堂中镶金悬，绸帛艳红屋壁珠华泛，不杂乱，却人声鼎沸。

翘楚站在皇族一侧。

她并没有和宁王、佩兰靠太近。佩兰曾暗暗向她使了个眼色，她明白那是借处说话的意思，但非常时期，这里人多，她赶紧略一闭眼，回绝了。

宁王见状，眉目越发深锁，对面，宗璞也一样。连向来活泼的秦冬凝飞快向她递来一眼后，便抿唇不语，并未如姐姐秋雨一样和其他千金小姐轻声笑语。

她知道，他们是得知她和上官惊鸿进宫的消息而忧；何况，最重要的是，上官惊鸿此时并没有出现。而同时，她更为忧虑的是……郎相来了，然而，郎霖铃和睿王府的人一个也没有出现！

睿王府那边也出事了吗？！

宁王他们会知道吗？

她忆及昨夜上官惊鸿的态度，又担忧上官惊鸿，米粒未沾，此时身心疲惫之下，头目一阵眩晕。

但现在她能做的只能是等皇帝过来，一窥态度再做打算。

突然，耳边一阵鞭炮声响起，热闹的声音随即从院中噼啪而来。

人纷沓而进。

原是太子夫妇在前，淳丰、彩宁在后，喜娘搀扶着新娘和上官惊骢走进。

上官惊骢一身玄黑长袍，外罩绀色马褂，帽插赤金花，从她身边而过。

他和银屏走到堂前中央站定。

只等皇帝到来。

银屏身穿大红喜服，金线牵连，绣凰结凤，端的是华丽飘摇，虽然头披喜帕，但身姿委婉婀娜，和夏王站在一起，无疑是一对璧人。

今日又是大喜，银屏夺目程度不下于太子夫妇。

王公贵族，名门之秀，不论男宾女眷，都羡慕不已。其间，不断有皇子朝官朝夏王拱手遥贺，他都笑着回了。

众人和太子见礼，太子一笑让起。

翘楚下意识地看了夏王一眼，相较一个新郎官来说，他的笑很淡，但对于观礼的人来说或许很浓。

他似乎立刻便注意到她的注视，迎上她的目光，很快又错开。

仿佛只是不经意的碰撞，他们原本并无甚交集。

除去那满心的忧焚，这一刻翘楚心情复杂，但对他这般又感觉欣慰，只希望他从此幸福开心。

也是合该翘楚此时有事，站在前面的翘眉连连打量了她几眼。七王妃几人站在一起。七王妃素知二人不合，一来他们本身便有嫌隙，二来她想卖翘眉一个面子，眼尾一挑，便附嘴对七皇子悄声说了几句。七皇子会武功，眸光一动，很快便照办了。

七王妃眸光一扫身边六、十两位王妃，随即笑道："翘妹妹，你看我这不小心的，又将身上东西丢了，可不知道怎么又落在你那边。睿王不在，你且帮个忙吧。"

宫里的事传得快，昨夜里，睿王和翘楚寝殿里替七王妃捡拾手串的事早已传出来。

世上有两种人最招人目光：一是荣耀，二是荣耀后的衰落。

本来夏王府喜庆，随着太子夏王等人到来，人们的焦点早已从翘楚身上落到二人身上。

此时无疑是提醒了所有人再去注意翘楚。

而睿王进宫不见出现，似乎是又惹出什么大事了。

翘楚随着众人的目光，淡淡瞥了眼这一次扔在自己裙侧的碧玉戒指，昨夜是皇帝开的口，这时她自是不会去捡，因为她肚腹酸痛，亦不可多动。

她想了想，微微一撩裙摆。

物什在地上弹起一个弧度，众人和七王妃顿时变了脸色，看着戒指骨碌碌地滚到七王妃面前。

"好了，七嫂。"

"你这是什么意思？"七王妃一怔之下大怒，劈手指向翘楚。她竟敢将自己的戒指踹飞？

"七嫂不是说要帮忙吗？"翘楚一笑，只道，"七嫂没说该怎么帮。翘楚以为，七嫂行动不便，如此所为，七嫂该能捡了。"

七王妃气得浑身发抖，但她确实没说该怎么帮这个忙，倒让翘楚戏弄了。

翘眉心里冷笑，暗骂了句蠢货，眸光一扬，道："三妹，七妹妹的戒指烦劳捡一捡吧。想皇上在此，也很乐意三妹帮七妹妹这个忙的。"

佩兰看翘楚脸色已然发白，心里担忧又愤怒，刚想开口，手肘却被丈夫紧紧握住了。宁王的声音轻轻传来："她和小幺都能忍下，你便不能吗？"

佩兰一怔，看了秦冬凝一眼，却见她果然低着头，死死瞪着地面。

佩兰一咬牙，侧过头去。

"好，"翘楚仍是笑着回迎翘眉的目光，一字一字道，"翘楚谨遵二姐训示。若七嫂不急，翘楚只管等皇上来，向他报备此事。届时皇上一吩嘱，翘楚无有不为。"

她腹中绞痛，说罢，伸手掩住肚腹，脸上笑意却是不减。

睿王府便真是如此可欺吗？

若已到最坏的情况，她还怕什么？

翘眉并没想到翘楚会这样应答。

即便皇帝再不喜翘楚，但今日是夏王的大喜日子，皇帝未必愿意在这些小事上折腾。

再说，谁会愚蠢到去向皇帝禀告这些争风之事，这不是添堵是什么？

翘眉原想用皇帝来压翘楚，此时被她一驳，反而一时无话可说，一声冷笑，却没再说什么。

众人看翘楚容颜憔悴，双眸环顾之间，却自有一股气魄，便连翘眉也不再说话。腹诽也好，窃语低论也罢，却谁也不会去向她说什么。

七皇子夫妇一脸尴尬，看着地上那枚戒指，捡也不是，不捡也不是。

七皇子狠狠瞪了七王妃一眼，却忽听一道声音淡淡笑道："翘妃，若是孤希望你帮这个忙呢，将戒指捡回给七王妃，可行？"

这声音一出，四下立时一阵骚动，说话的不是别人，正是太子。

太子妃便罢，若是太子，又是大不同了。

太子的话，等于半道皇命。

夏总管见状心急如焚，一直沉默不语只淡淡看着的上官惊骢此时身子微微一动。他明白，上官惊骢看似无异，心中已动了大怒。

乌靴已向前一跨。

夏总管知道自己拦不住，咬了咬牙，正待去拦，却见一道身影已抢在他前面，于上官惊骢背后用力抓住他的手臂。

上官惊骢眸光一暗，今日早已不比昨天，他什么都能忍，但现……运功用二人才能听到的声音道："舅舅也到了？今日是惊骢的大喜日子，我绝不允许任何人在我府中滋事！谁都不可以！"

来人一身青色禁军侍卫统领服饰，眉目冷峻，正是数万禁军大侍长夏海冰。

夏海冰一刹苦笑，同样以密音相传。

"惊骢，翘妃的事，你绝不能管。今儿只要你一动手，你和她都是万险。"

堂中翘楚身子笔直，竟还是一副皑皑沉静的模样看着走到厅中的上官惊灏。

夏海冰看着翘楚紧掩着腹部，心里亦是几分涩然，这个女子总是让他想起常不谢。

那个藏在他心底一生的女人。

然而，昨天他奉命到睿王府将郎霖铃表妹"林海蓝"带走的一幕又涌上心头。

宫宴当天，他早看出"林海蓝"有猫腻，乃他人易容，他当时便猜想这名女子的真正身份只怕不简单。

后来，宗璞替上官惊鸿传话，让他卖一个人情给上官惊鸿。

他念及不谢，并没有向皇帝报告这件异事。

但是昨天，皇帝却突然颁下两道圣旨——先让曹昭南将上官惊鸿和翘楚带进宫，随后让他立即将林氏秘密带进宫。

说是秘密，其实是相对于上官惊鸿来说。

整个午后，上官惊鸿都被困在皇帝寝殿，和皇帝下棋。

睿王府无法将突发异变的消息传给上官惊鸿。

圣旨是当时才下的，事前根本不可能有人知道，而他是在睿王府所有人都出来听旨之际才宣读的圣旨。

因此，在宣旨之前，没有人知道圣旨的内容。

而宣旨以后，他立刻将"林海蓝"带走。

谁都不可偷天换日。

因为，没有间隙。

会将这林小姐带走，皆因来自太子的密奏。

太子说，这女子其实便是方镜——沈清苓。

这却是他之前万万没想到的，这个看模样已得郎家默许，寄住在睿王府里极有可能成为睿王另一名侧妃的女子竟是太子失踪的女人沈清苓？

这意味着什么？！

他当时亦是震惊万分，更莫说皇帝的震怒。

那是在宣下二道圣旨的前一晚，太子秘密觐见。

皇帝事先接太子报，有意遣开了莫存丰，只留下他。

太子进宫面陈后，皇帝当场吐了血，几乎要昏厥过去。

后来这事被生生压了下来。

但当晚，寝宫里服侍的奴才全部被秘密处死。

翌日，皇帝将上官惊鸿和翘楚先宣进宫。他随后带"林海蓝"进来。

然而，就在轿子从城墙宫道里转进去的时候，却又发生了一件事。

翘楚的婢女美人拦下了他们。

美人是早前随上官惊鸿和翘楚进宫的。

彼时美人的出现，让他吃了一惊。

美人对他说，请看在夏王的面上，让她和林姑娘说几句话。

他知道，上官惊骢对翘楚存了怎样的心思。

从上官惊鸿搜太子府，上官惊骢将易容的翘楚从府里抱出的那天，他当时只知道那名女子是易容了的，但并不知道那个女子是谁。

他奉皇帝之命跟去察看，太子府门外黑暗的角落里，上官惊骢跪下求他。

那是眼前这个皇九子平生第一次求他。

这孩子以前请求他助之成大事，但那是请求，他亦是愿意的——只要不损害到皇帝。

他问那女子是谁，上官惊骢却并不肯说。

但他终究放了二人。

几经思量之下，他后来还是私下找到了被罢朝赋闲在府的上官惊鸿。

他明白那天的事没有那么简单，绝非仅是上官惊鸿对上官惊灏的挑衅。

他相帮上官惊骢，同时也是不忍心看上官惊鸿多年的苦心经营就此毁于一旦。

他虽然一时想不出当日上官惊鸿夜搜太子府的来龙去脉，但知道上官惊骢带出的女子是关键。

到得睿王府，彼时，上官惊鸿正在喝酒……看到他来，苦苦一笑，邀他同喝。

他原本顾虑上官惊鸿不肯说出那晚的女子是谁，见上官惊鸿邀酒，他心里一计较，只陪喝酒并无相问，直到上官惊鸿大醉……他故意套话，终于从上官惊鸿模糊不清的呓语中知道了那个女子是谁。

翘楚。

皇帝本就对此事存有疑心，只是他当日有心瞒下——上官惊鸿算准了他不能从上官惊骢口里问到什么，而为帮上官惊骢，他始终未向皇帝报告"刺客"易容之事。

但那晚，他毅然进宫，将事情始末告诉了皇帝……

皇帝大怒。

皇帝对三个最钟爱的儿子同时动了怒气。

但他知道，皇帝一直在等上官惊鸿表态。

皇帝在等上官惊鸿亲手杀死翘楚。

这一次，皇帝再也容不得这个女子，哪怕她身怀皇嗣。

但哪个女子不能生下龙脉，只要这些皇子愿意。

女人和天下，女人又算得了什么。

若上官惊鸿肯杀死翘楚，他知道，皇帝必定将兵权交还。

上官惊鸿一直没有回复。

直到那一晚上官惊鸿秘密进宫，和皇帝彻夜而谈。

没有人知道，那一晚，两个人都商榷了什么。

后来，皇帝疲惫地告诉他，惊鸿已松了口风，可能会杀掉翘楚。

而后上官惊鸿夜夜周旋天香阁，似乎是爱惨了翘楚，想在那里寻找一个可以替代的女子。

然后，上官惊鸿杀了自己府中那名宠妃……

可是那晚，翘楚却闯进了天香阁。

那时，他便跟在皇帝背后。皇帝出言警戒庄妃。庄妃当时很是惊讶，似乎并不知道发生了什么事，他却明白。

他能察觉，皇帝彼时心情其实甚好。

谁也没想到，翘楚突然出现。皇帝愤然回宫，只吩咐他设法秘密从淳丰手里夺下崔明霜，还有之前被淳丰强抢的所有女子。皇帝冷笑，说东陵的子民怎能落到他国之人手里。

天香阁的事，他总觉得远不止如此简单。

但不管怎样，皇帝对上官惊鸿是彻底死了心。皇帝冷冷地说："海冰，老八看那夷女的眼神你注意到了吗？他不会杀她。朕敢赌任何东西，甚至是这东陵的天下！"

翌日，皇帝将上官惊鸿刑、兵二部的权力也一并夺去。

皇帝和上官惊鸿已势成水火。

是以昨天在宫道上，他知道只要"林海蓝"的人皮面具在皇帝面前一撕，现出沈清苓的脸，上官惊鸿便是大难。

但他不能一再因上官惊鸿而置皇帝的心思于不顾，皇帝于他有救命大恩！

何况，为了公允，皇帝对派到睿王府宣旨的人，亦是花了心思。

把"林海蓝"带进宫的不是别人，是他！哪怕是太子告的密。

他到底该不该再为上官惊鸿通融一次？沉吟不决之际，美人却突然跪下说："夏大人，可否看在常妃娘娘面上，通融一回？让奴婢和林姑娘到前面林里说几句话。只消几句便好。"

他最终还是应允了美人的请求，让"林海蓝"出来。

上官惊鸿正和皇帝在对弈，美人这婢子既懂得到此处寻他，说明皇帝第二道圣旨虽密，却不知怎的竟被宫里的翘楚得悉了，派人过来嘱咐"林海蓝"也即是沈清苓什么话。

那时，他几乎可以肯定，"林海蓝"的脸下，便是沈清苓！

沈清苓在皇帝面前怎么说，能不能辩解过来，将直接影响睿王府所有人的命运。翘楚派人过来送话大概是这个意思。虽然证据确凿，根本不可能辩解，但总归聊胜于无。

沈清苓蹙眉先行，美人正待随去，这时他突然注意到美人手上一个小细节。她的手略有些颤抖，且她的手极为白净。

方才他只顾思虑，竟没有看到！

美人仍旧是冷冷酷酷的脸，看他打量，也淡淡回望他一眼。

他却顿时惊出一身冷汗：这女人不是婢女美人，是有人易容所扮！

这女人，或者说替这"假美人"易容的人必定是个高手，脸上妆容无懈可击。

但对方忽略了一个至关重要的地方——美人会武，武器是长鞭，手心该有茧子才对。

那这个女人到底是谁？

她脸上有人皮面具，沈清苓脸上也有……

也就是说，进到林子里，她随时可以将沈清苓换过来！

她是翘楚派来的，翘楚竟想偷龙转凤？！

饶是他陪伴皇帝多年，什么大事都经历过，彼时也禁不住冷汗涔涔，胸膛急促起伏。他现在该怎么做？放还是不放？就在他这一迟疑之间，站在他背后一直沉默的年轻男人突然冷笑喝道："你这婢子，到底是什么人？"

这个人唤左兵，是皇帝暗卫的首领。

他在明，左兵便在暗保护皇帝。之前悬崖狭道一役，皇帝曾派出刺客作试探，便是由左兵亲领的"兵"。

为谨慎起见，这一次，皇帝让这男子也出动了。

左兵对易容术虽只略知一二，但目光极为犀利。他稍为犹豫，对方已迅速看出不妥。

劲风狠厉擦过，美人大惊，一张人皮面具已被猛然跃起的男人劈手夺下……

目光触及美人面具下的脸，他更是震立在原地，半晌犹不敢置信。

左兵是迅速的，一个箭步又跃过去，将走在前面的"林海蓝"也捉回。

两人一肚子疑虑，将两名女子扣住！

到得晚上，睿王、七皇子、莫存丰和曹昭南先后被皇帝遣退，二人方才将两名女子带到皇帝面前。

"林海蓝"的人皮面具再次被摘下。皇帝看看她，又看看假美人，一声长笑之下，将金銮殿上的东西都摔了。

那是近年来他第三次看到皇帝发这么大的火。

第一次是在围场密林里听到太子和沈清苓的对话。

第二次是知道夜搜太子府的真相以后。

第三次便是昨晚。

皇帝向两名女子问了话后，怒气益发难抑，随即宣莫存丰将上官惊鸿传进来。

现在，他能做的只有制止上官惊骢！

帽檐下，上官惊骢青筋暴突，但那一句"万险"，却终让他冷静下来。

上官惊骢自嘲一笑，微微侧过头。

"惊骢。"

身旁银屏这时轻轻依偎过来，他伸手将她抱住。

翘楚这时似乎向他看了一眼。他眼皮一跳，心如刀割。

翘楚眼中却有欣慰之意。

他呼吸急促，心里又似被什么重重砸了一下，唯有迅速避开她的目光。

七皇子和七王妃看有太子撑腰，相携上前几步；六皇子和十皇子夫妇和二人素有交情，也一并出列，一同看向翘楚，姿态倨傲。

倒也难怪这几个人会如此，尤其是七皇子和十皇子。

这些日子闲暇处她问上官惊鸿朝堂上的事，知道两人恰巧便在刑部任职。侍郎官阶不小，但自比不上尚书，虽是皇子，尚书亦要相让三分，上官惊鸿却曾被皇帝指派管辖刑、兵二部。

上官惊鸿不比太子，自小便备受皇帝宠爱，给予权力；或夏、宁二王，子凭母贵，外家亦有势力。

即便太子、夏王等人落难，他们亦是不会放过刁难。他原本连他们都不如，后来却越爬越高，现在落魄，和郎家也生了嫌隙，他们如何不欺？

只是，听着喜堂上众人讥嘲低笑的声音，还有眼前这群人，翘楚却感觉分外好笑——联手欺负她一个女人，便当真如此有成就感？

上官惊灏看翘楚按在肚腹上的手越发紧了，看她脸色越白，心里越是恼怒。

他要她明白对抗他的下场。

他要她求他。

淳丰心中对翘楚又爱又恨，这时也冷冷笑着出声道："我原以为东陵是个礼仪之国，没想到皇族里的人也上命不遵。"

翘楚缓缓环视了众人一眼，目光落到淳丰身上，忽而低低笑了出来。

淳丰大怒："你笑什么？"

"先不说翘楚自当遵守太子爷之命，即便不遵，那也是我皇族里的事，什么时候轮到一个异族人来指指点点？"

翘眉斥道："三妹，淳丰皇子是东陵贵客，岂容你放肆？"

"贵客？"翘楚笑了笑，道，"我只知道他是嫖客……"

翘眉脸色一变，这下，堂上亦是谁都不会替淳丰说话。天香阁的事，人尽皆知，谁说了，谁便是替嫖客说话。

何况，这个男人本来便让东陵朝官不喜。

淳丰气得发抖，走到翘楚面前，面红耳赤指向上官惊灏、七皇子诸人，冷笑诘问道："我是嫖客，那他们是什么？"

便是希望你这么说。翘楚心忖，脸上淡淡道："噢，谢谢皇子提醒。"

七皇子等在四下微僵的气氛里，也顿时变了脸色。彩宁立即上前，将淳丰拉下，压低声音却严厉道："莫要再说了。"

这下被翘楚一句话，弄得两相尴尬，众人越发憎恨她。

翘楚仍是安静站着，宛似并不要紧，亦不在意他人眼里的愤恨。

上官惊灏神色不变，只是淡淡道："翘妃还不去吗？"

翘楚瞥了眼七王妃脚下不远的玉戒，心里实无半分自怡，忍着腹中疼痛，慢慢上前俯腰将戒指捡起来。

又是一阵眩晕袭过，她咬了咬牙，缓缓直起腰来，将戒指递向七王妃。七王妃一声娇笑，不屑地巍巍两指拈去："谢谢睿王妃。"

四下一阵抽笑声立时响起。

若是七王妃不提一个"睿"字，翘楚绝不会说什么，这个侮辱她能忍，这时只轻笑道："翘楚原以为我家爷腿脚有疾，没想到七皇子也是如此，连替七嫂捡一件细小东西也不能。殿下体恤，七嫂，给。"

七皇子方低吼了一句"你乱说什么"，七王妃已怒不可遏，伸手朝她肩膀便是狠狠一推。

翘楚一跟，本来便脚下浮虚，这时，身子猛地往后摔去。她心中一惊，双手下意识抱住肚子——

"皇上驾到。"

门外，突然一声尖锐钻进她耳里，凌乱间，她只看到前方玄色长袍急跃而起。

她被一只有力的手臂圈在怀里，声音焦急擦过："可有摔着哪里？"

"儿臣见过父皇。"

她茫然地看着上官惊骢飞快掠了她一眼，对着她背后的地方弯腰见礼，低头一看环在腰上的手，手掌白皙修长，手背上却伤痕累累。她心中惊喜交加，一声"惊鸿"酸哽在喉中，竟叫不出来。

背后男人突然单手揽紧她，领着她走到七王妃面前，另一臂袖子朝七王妃狠狠一甩，七王妃大惊。

"老八，你还真反了！"

背后，皇帝的声音严厉传来。

七王妃被那一拂吓得连连后退，绞着裙摆往后跌去。亏得七皇子尚算敏捷，一惊之下，赶紧将她挽住，才没有摔到地上。

但这一吓也够她受的，一张俏丽的脸蛋几无血色，眉眼里犹自含着恐惧。

"八弟，你竟对自己的嫂子动手！"七皇子厉声质问着，放开七王妃，拱手对皇帝禀道，"儿臣恳请父皇做主。"

翘楚见上官惊鸿眸中血丝遍布，竟似乎也是彻夜未睡，但眸光炯炯，唇上带笑反问："七哥，惊鸿是看有只幺蛾子在七嫂面前飞过，怕她吓着，才替她拂去。若说动手，惊鸿可有碰到她的身子；若没有，何来动手之说？说到动手，我倒是看到七嫂方才对惊鸿的妻子做了！"

他说着蓦然收住声音，余音顿时变得阴沉。

七皇子一窒，竟一时无法反驳他，始知上官惊鸿那样做是故意的，给了他妻子教训，却没落下把柄。

他恼羞成怒，低头又拜："父皇明察，方才儿臣妾内是看翘妃身子不稳才出手相扶，八弟却是意图伤人！"

他眼角一瞟上官惊灏等人，除去上官惊灏的目光淡淡地落在皇帝身旁一名女子的身上，唇边略浮起一丝笑意，六皇子和十皇子立刻齐声附和道："诚如老七所言，请父皇定夺。"

皇帝相轻睿王，所以哪怕这指控并不真实，众人却都敢说。

第十八章

大掌权势获赐婚　千谎百计笑最后

七皇子心中暗笑，抬头间，却见皇帝身边站着数人——皇后、庄妃，另还有两名年轻女子，其中一人，若非脸上长着些许红疹，模样倒不失秀美，这女子他并不识得；另一人容颜清丽，眉目之间隐隐有股书卷之气。他怔了怔，这名女子竟有几分熟悉，倒像是在哪里见过。

这个模样……必定是见过的。

突然，他心中一个激灵，他知道这名女子是谁了！

他正惊讶间，忽听皇帝一声冷笑："老七，朕只知道先撩人者贱。今日是你九弟的婚筵，偏要生些事来折腾，你且先管好你媳妇再说。"

皇帝说罢，又抬眸看向上官惊灏，淡淡地道："弟弟胡闹，你这个当哥哥的也不好生管教一下，想是手上活儿太多了。这样吧，兵部和之前暂交于你的半数兵权仍交回给老八管理，另外，吏部亦一并交予老八。"

太子仍掌三部，但吏部贵为六部之首，且加上之前征西大军的一半兵权，太子和睿王今日竟再成对峙之势？！

仿佛没有听清皇帝的话似的，七皇子一震之下，僵在原地，其他两名皇子也是惊住，大气亦不敢透一口，堂上众人亦然。

翘楚倚在上官惊鸿怀中，如上官惊灏一样，看向皇帝身旁的两名女子。

喜悦之外，她心中惊怔不下于厅中任何人，这时又缓缓看向上官惊灏。

上官惊灏本来半眯的眸一瞬睁开，脸色很是难看。

她复看向身旁的男人，上官惊鸿眉目淡淡，竟没有丝毫波动，他身上仍是昨夜那身青袍，并未换洗，有些皱巴。但他环着她，沉静而立，与上官惊灏数步之遥，却宛如对峙之势。众人这时看去，亦突然有这种感觉，只是，若说上官惊灏一贯给人骄若天人的感觉，上官惊鸿则更像一个魔物。

权力永远不会唾手可得，这个人在背后到底都做了些什么，这个颓败衰落的男人得有多么可怕。

皇帝的脸色亦很是不好，眼底下尽是阴黑浮肿。他环视了众人一眼，看向一直躬身静候、似乎不惊不诧的上官惊骢，眸光闪了闪，透出一丝为人父的慈蔼。他脚步一跨，似乎正想过去替上官惊骢主持婚礼，忽而又想到什么，缓缓道："诸卿，借此良辰，朕再指一门亲事，在此赐婚于八子睿王和常妃表妹之女沈氏清苓。"

"睿王和沈家小姐？"

"谁是沈家小姐？"

……

堂上声音在耳边嗡嗡炸开，那种感觉便像当日被上官惊鸿狠狠扇了一个耳光一样。翘楚强撑着，忽略掉身上那股摇摇欲昏的无力，在上官惊鸿怀里用力一挣。上官惊鸿原本眸光一沉，便想将她抱好，但四目交缠，他仿佛被她的模样慑着，怕强硬会弄伤她，不得不极为小心地慢慢松开手臂。

于是，翘楚可以站出来一些，好好看清皇帝身旁的两名年轻女子。

她不知道那个红疹女子是什么人，但她想她能猜出那女子的身份，至于红疹女子旁边的女人，她却是认识的。

厅上的人目光如网，密密集集，从开始的惊讶到此时的震惊不解，却也知道了沈家小姐是谁，因为皇帝在说沈氏清苓的时候，目光落在红疹女子旁边的女人身上。

那张脸，曾为一个唇红齿白的青年所有。

青年叫方镜，曾是太子的伴读。

却原来"他"竟是一名女子，而这名女子即将成为睿王妃。

没有人能猜出这背后的来龙去脉。

但想必精彩。

上官惊鸿和沈清苓跪下谢恩。

翘楚浑身冰冷地站在原地，突然想起什么，看向身侧不远的上官惊灏，满腹绞痛中生了一丝自豪——最起码，上官惊灏眸中失措的狂怒，她没有，她有的只是一腔悲凉。同是失败者，她胜过他，不是吗？

一只手紧紧握住她的手，似乎很是不满她去看上官惊灏。她缓缓看向不知道什么时候来到她身旁的男人，他一双眸暗得像淬了最浓的墨。

"上官惊鸿，计划从一开始根本就不是我们设计的那样，对不对？"在满室凝注的目光中，她吞下喉间甜腥，笑着低声问他。

一股暖流从两人紧握的手里传递。

"你先别说话，这筵席一结束，我们就回去，回去我慢慢和你说。"

上官惊鸿眼中的冷凝安静仿佛被什么尖利的东西一下挑破，连着那片浓墨流泻开来，变成心疼和惶然。

"嗯，我知道我不懂事。"

翘楚笑笑，住了口。在这种地方确实不宜说这些，方才一句自嘲多于询问，其实事前不知，事后也不必知道。她一直以为她是值得他信任的人，原来不是。她方才为他所做所争的到底有什么意思？独角戏，傻子。

"不，我不是这个意思，你的身子……"

"你现在能不能什么都别说……"

他语气极促，她却打断了他。

他颔首，自嘲一笑，强大的暖流源源不绝从他的手流进她的身体里。

恍惚中，人群里，她看到沈清苓向她递来的轻笑。

她回沈清苓以笑，但沈清苓并没有向他们靠近，而是走到一边，眼中随即换了副抑郁之情。

计划需要？

她淡淡想着，随即却看到从门口走进的郎霖铃和睿王府的一干人等。

郎霖铃神色忪忪，看来已过来一段时间，只是方才皇帝说话，才和景平等人站在外面。

上官惊骢已经和银屏在行拜堂之礼，拜天地并父母。众人重新站好观看，也有很多人包括郎相悄然打量落在人群后的他们和上官惊灏。方才皇帝的话，似乎话中有刺。继围场狭道之后，太子似乎又一次惹火了皇帝。

翘楚眸中酸涩，突然想起方才她被七王妃推搡，上官惊骢过来实是想扶她，皇帝和上官惊鸿却在那时恰到。她多么希望他这桩并非政治的婚姻，能够幸福。

"舒爽一些没有？"上官惊鸿低声询问，眼眸里全都是担心和紧张。

他的手指一直都搭扣在她的腕脉上。

翘楚其实一直在尝试平复心情，不为自己也要为孩子，听他问话，稍静下来的心反一闷，终于出声道："我走开一下。"

上官惊鸿眸光暗了暗，终是缓缓放开她。

景平等人走到上官惊鸿身边，她则走到郎霖铃身边，唤了后者一声。

郎霖铃一怔，忽然低声笑道："翘楚，你比我看得远，他以后只会对你……"

翘楚摇头一笑，话锋一转，问了个疑问："姐姐为何此时才过来？"

她想知道什么，宁愿问他人。

"王府被宫里派人守住了，今天宫里的人过来宣旨，才放行。按爷让铁叔转交我们的锦囊，我们开始虽然很着急，想派人送信进宫通知他沈清苓被捉，但看信后镇静下来了。"

郎霖铃将声音压得极低，说罢，突然向前面走去，迎上那名向自己走来的红疹女子。

两人很快走到一起，交头接耳，形态亲密。堂中端坐受礼的皇帝这时似乎淡淡看了二人一眼。

翘楚本还为郎霖铃话里的铁叔二字惊讶——老铁昨晚明明在宫里，怎能给睿王府里的人送信？这时她看到郎霖铃与红疹女子亲密，脑里乍然闪过什么，一瞬间突将上官惊鸿的计划全部想通。

原来是这样。

怪不得老铁和美人后来都不见了。

她怔怔想着，突然眼前青影一闪，上官惊鸿已来到她面前，将向她走近的上官惊灏挡住。

上官惊灏笑着站定，眼里透出一股近乎妖娆的光芒。跟在他背后的王莽和曹昭南反而还没从遽变里调整过来，脸色一派阴霾。

"那天金銮殿外，孤确定了'林海蓝'是沈清苓的易容，你当时也自是猜到孤知道了。之后，你我都将赌注押在这女人身上。孤要揭露给父皇知道，你则要瞒下来……这一局孤输得心服口服。告诉孤，这些环节里孤到底从哪里开始出错？"

复被上官惊鸿搂进怀里，翘楚只听到上官惊灏附嘴到上官惊鸿耳边，轻声问道。

"信。"上官惊鸿淡淡回了。

上官惊灏冷笑："不可能！第一封飞鸽传书不过是幌子，你想让我误以为你拿到绝颜丹需要七八天的时间，九弟的婚筵却是在第五天，有什么比在婚筵这天当众揭穿沈清苓的真正身份更好？我若将这封信当真，便会考虑，你那天自然不会将真的沈清苓带过来，要带亦只会带一个'林海蓝'人皮面具下假的沈清苓，或是不带。

"然后，你又让沈清苓写信告诉我，说她有意因你失势而再次对我投诚，我自会约她见面，且我必定会约她到婚筵当天的夏王府见面，因为可以借此在众人面前揭穿她的身份。而沈清苓为表示出诚意，也必定愿意合作，会磨着你将她带过来。你假装并不情愿，但耐不住沈清苓的请求，还是会将她带过来。

"我与她碰面之后，在揭穿她身份之前，必定会先行确认你带过来的

'林海蓝'到底是不是沈清苓。我和沈清苓生活多年，若非她本人，任谁冒充，都会被我识破。若我确定那个人不是沈清苓，自是不会去揭露她的身份，否则，徒在父皇面前落下一个处处置你于死地的印象。但是，彼时我却会不疑有它，因为出现在我面前的确确实实是真的沈清苓。于是，我会在所有人面前戳穿她。

"只要我这样做，便落入你的圈套。因为，你真正的目的在第二封信里，你让翘眉派婢女用簪子传出去的信才是真的。你拿到绝颜丹只需要三四天，老九的婚筵在第五天，也就是说，第五天过来的沈清苓是沈清苓，却也并非沈清苓了，她早已改变了容貌。我若在众人面前撕下她的面具，吃亏的反而是我。

"北地到东陵不近，如第二封信里所说，至少需时四天。况按路程算，即便是最快的信鸟和马也要在第四天深夜才能将绝颜丹送到。我在第三天夜里便密报父皇此事，父皇第四天晌午宣你和翘楚进宫，随后立即再下圣旨将沈清苓带进宫。那时，沈清苓根本还没有拿到丹药。我奏报父皇一事极密，你更不可能事先知道，将人换过来，所以进宫的'林海蓝'必定还是沈清苓。沈清苓如今亦随父皇过来了，这就证明我的想法是对的。到底是哪里错了？"

"二哥，你要的答案，筵席完毕后，经由父皇的口，你想必会知道。臣弟失陪了。"上官惊鸿眸中碾出一点笑意，随即压低声音，亦附在上官惊灏耳边，轻声道，"太子府里的仇，臣弟……从不敢忘。"

翘楚恍恍惚惚听着，看上官惊灏眸光冷到极点，却也回笑道："那你将她看紧一点，那滋味可好得紧。"

握在手上的大掌倏然收紧，上官惊鸿眸光沉住，却也没再说什么，揽着她走开。

翘楚这时才突然意识到这个问题——她曾被上官惊灏掳去，也许，在上官惊鸿和宁王一干人心里，她和上官惊灏早已不清不白。

上官惊鸿一直没有问，她也一直没有想到去解释，而此刻，她已没有力气去说什么。

这时，沈清苓又从人群里走过来，数步之外，蹙眉看着太子。

翘楚隐约又看到皇帝不动声色向这边扫了几眼。

时间终究过去。

礼成，银屏被送进洞房，上官惊骢在外面敬酒。

盛大的筵席在院中。

院里，禁军护卫重重。

首席一桌。入座的时候，位子出了些问题。

酒席是宫中内务府协同夏王府置办的，亲疏礼制之外，看的是皇帝的喜好，这时又赶紧加了睿王府几个座次。

皇帝微一沉吟，让沈清苓过来。

依照原来的安排，帝后、庄妃、太子夫妇、淳丰、彩宁、上官惊骢、夏海冰、宁王夫妇等已十一人，桌子大小有限，最多只能再加三人。

上官惊鸿看了郎霖铃一眼，揽着翘楚便坐下。

翘楚看郎霖铃和红疹女子还站着，见郎霖铃眼中有抹自嘲的意味，道："姐姐，你和爷在这边坐，我带海蓝妹妹到邻桌坐去。"

郎霖铃一怔，皇帝淡淡瞥来，桌下她的手被上官惊鸿握得紧紧的。在她对着红疹女子说"海蓝"的时候，上官惊鸿眼中微微透出一丝异色，似乎没有想到她懂得这么称呼红疹女子。

翘楚一时挣不开，不一会儿，院中众人亦向欲起未起的她看过来。她没有办法，正想对上官惊鸿说句什么，上官惊鸿突然一笑而起，道："惊鸿先敬父皇和九弟，敬祝父皇安健，九弟今晚大喜。

"九弟，做哥哥的不比各位兄弟匠心，没备下什么特别之礼送贺。惊鸿少时蒙庄妃娘娘教养，若九弟不弃，哥哥暂且权当半个主人，到他桌代为招呼各位兄弟。"

上官惊灏眼梢一掠翘楚，笑道："如此最好，惊骢求之不得。"

皇帝淡淡"嗯"了声。翘楚只看到庄妃眸光略有些闪烁，沈清苓重重看了她一眼，便被上官惊鸿带离。

去的恰巧是七皇子那桌。其实也算不得恰巧，按原来的安排，他们本来就该坐在这里。

六皇子、十皇子等人也在这桌，看到二人都是又尴尬又敬畏。

翘楚发现他们两人占据的地方特别多，他们两侧的人，椅子都挪得极开，有点生人勿近的意思。

她不是个记仇的人，当时虽然甚是恼怒这些人的所为，这时却没说什么，没有讽刺，反觉有几分无奈的好笑。

她不觉笑了下，上官惊鸿像发现了新大陆似的，原本沉着脸色，这时很是高兴起来，阴鸷的目光有了些许柔意。

桌上几名皇子王妃一合计，也不等各人背后的婢女斟酒布菜，七皇子亲自斟了酒，给上官惊鸿递去，讪讪笑道："八弟，哥哥和你七嫂先前与你和翘妃嬉闹，如今想想是有些过了，哥哥在这里向你们赔个不是，望八弟包涵则个。"

上官惊鸿似笑非笑瞥了七王妃一眼，七王妃吃了一惊，箸子落地，七皇子尴尬地将僵在半空的酒杯收回去。

翘楚琢磨着要不要劝几句，却想这些人到底可恶，也并不想和上官惊鸿说话，遂没有出声。

背后婢女递来净手的湿帕，她也是饿得狠了，正想去接。上官惊鸿深深看了她一眼，飞快将帕子接过，先净了手，执过她的手，替她仔细擦拭干净，然后便替她布菜。

桌上各人看着，见上官惊鸿动作娴熟，似平日里做惯了的，一时都忘了吃喝，有些说不出话来。几个王妃生着怕，却又艳羡不已。

这看似寻常，难便难在那个人会不会去做，难更难在他腾达了的时候还会不会这样待你。

上官惊鸿自是不会理会这些人的心思。他看翘楚小口吃着，却吃得极快，心中一疼，忽而问道："昨晚不曾吃东西吗？"

"吃过了。"

人前，翘楚并不想让人看着二人怎么了，咽了口饭，轻声回了他。

他微一沉吟，却道："我出宫前，去母妃那边看过，食篮还原封不动在那里。"

他的声音有几分意味不明的自得。翘楚一怔，几乎握不住手中的箸子。

"你既然知道，又何必明知故问？"

她冷笑质问，何苦这样处处算计她。这些日子，她曾为当初也许是误会了他，他从没算计过让她回来，到这时方觉可笑。

那时也许是误会，但现在——

上官惊鸿看她的反应一惊，伸手便向她抓来。

她一股悲愤逼到心尖，视线模糊里看到人们向二人看来，在这喧闹的院中，主角明明是一身喜服的上官惊骢。他们瞩目，只因她身旁这个男人。他是大人物，但她不是。

她轻轻笑着，身子慢慢软跌下去。

"翘楚！"

最后的意识是上官惊鸿散在耳边慌乱的声音和全然变色的眼眸。

上官惊灏眯眸看着略有些凌乱的庭院，如同众人一样，看着前方数抹身影消失在院门外。上官惊鸿刚和皇帝告罪，率睿王府众人，抱着昏厥的翘楚匆匆奔进夜色中。

翘楚似乎病得不轻。

他幽幽想着，心里生了一抹焦虑，却又有几分快意，为上官惊鸿眼底的痛苦。他下意识向桌旁的上官惊骢瞥去，却触上皇帝冷冷盯着他。他心头一沉，却见皇帝对背后的莫存丰吩咐道："你送沈姑娘到睿王府吧，便在府内候嫁。"

这实是不合嫁娶的礼仪，众人都甚是诧异，但自是不敢说什么。沈清苓眼眸一垂，抬眸的时候，怔怔看向他。

他顿生疑虑。

后来，众人都去闹洞房了。

他没有去，随皇帝离开。

青烟袅袅，此刻他正在金銮殿上。

他淡淡盯着前方的炉案，猛地抬起头，语气也有了些不驯："父皇，沈清苓背叛儿臣，老八居心叵测，你却为他二人指婚，儿臣委实不懂父皇的意思。父皇若是属意老八继位，将儿臣遣出宫外，让儿臣与儿臣母亲一样颠沛流离便是，何苦要像如今一步一步削权那般麻烦！"

皇帝原本坐在桌案后闭目养神，这时闻言，亦倏然站起身来，眸中尽是激怒，将案上奏折狠狠拂到地上，手指颤然指向他："事到如今，你还敢反咬一口？沈清苓背叛你？她的失踪原本便是你一手策划，目的便是要将一切嫁祸给老八。夏海冰从老八府中带出的女人根本便是林海蓝！那天你告诉朕，她戴着人皮面具，朕问夏海冰，夏海冰也证实了。朕不知道你到底都安了些什么人在你亲弟弟的身边，竟连那女子戴着面具也知道。也是，你怎么会不知道，你甚至曾杀死郎妃的婢女，找人冒充，以在睿王府做内应。"

上官惊灏闻言一惊，皇帝眼利，立即看了出来，气得颓然跌下手臂。他双手紧紧扶着桌案，冷冷一笑，道："这事果然是真的！老八夜搜太子府的秘密，若要人不知，除非己莫为，他为了保住翘楚的命，死不松口，但朕后来却是知道了。

"你这逆子，连弟弟的女人也想要！"

上官惊灏心中愈沉，这时却也顾不上去追究当日的事皇帝是怎么知道的，为今之急，却是昨日之事。他压了压心头惊怒，掀衣跪下，道："父皇，你昨天命夏大人接进宫的女人怎么可能是林海蓝，明明便是沈清苓！"

"事到如今你还敢狡辩？"皇帝大怒，一指侍立在旁的夏海冰，咬牙道，"海冰，你来说。"

夏海冰心里长长一叹，一颔首，道："殿下，卑职昨天奉旨负责押送

'林姑娘'进宫，途中却遇到翘妃的婢女美人，请求与林姑娘说上几句话。但那美人根本不是美人，是易容所扮。对方易容术极为高超，若非她心存顾虑，两手不停地颤抖，卑职也绝看不出她实是易容。这女子不是别人，正是沈姑娘。"

"二哥，经由父皇的口，你想必会知道。"一刹，夏王府中，上官惊鸿的声音在耳畔划过。上官惊灏心头蓦然一震，那便是说，被夏海冰带进宫的"林海蓝"早已不是沈清苓。一阵阵痒意从喉中扩散开来，他清楚听到一种类似夜鸟嘶叫的低喘之声从自己咽喉传出来。

夏王府中，本为沈清苓出现而心忖上官惊鸿匿藏方镜一事已彻底被戳穿而生出的喜悦，到忽而疑虑那个站在沈清苓身侧的红疹女子的身份，到皇帝的突然翻脸——这时，他终于明白，那个女子到底是谁。

"夏海冰和常妃的交情你也是知道，倒似那寻常人家的兄妹，是以你将沈清苓易容成美人，沈清苓向夏海冰提出请求，想与'林海蓝'到林中说上几句体己之言。夏海冰看在常妃分上，必定允许。即便夏海冰看出美人是有人易容所扮，也未必不会放行——"

皇帝冷冷地说着，夏海冰苦笑，缓缓跪下，低声道："海冰惭愧。"

"罢，你对朕总算忠诚，否则也不会告诉朕当日夜搜太子府之事。"皇帝一声长叹，伸手一挥，让他起来，仍看向上官惊灏，"得亏朕早觉此事不简单，将左兵也派了过去。一旦计成，从林里再回到轿子的女人就是戴着林海蓝人皮面具的沈清苓，真正的沈清苓，而'林海蓝'则早已被沈清苓用药迷昏在林中，你大可随后派人将她移走。

"如此，老八便被你彻底嫁祸。若朕并未识破你之计，这一回，必不轻饶之，那他是永远不可能再回朝堂了。朕甚至会废了他，将他赶出朝歌。

"惊灏，你的心真狠，朕初时也信以为真。一个好端端的女子怎么会戴人皮面具？却原来那'林海蓝'近日脸上长了红疹，又想随其姐郎妃出入行走，并多与老八亲近。这女子皮相甚美，想是那郎家看翘楚日益受宠，助郎妃对付翘楚之用。没想到被你利用了这个机会。"

上官惊灏心中怒意如春草疯长。

原来从一开始便是局。

上官惊鸿知道，他和翘楚二人突然拜访太子府，自己必会猜他二人有所图谋。

翘楚和翘眉走开说话，可知关键就在翘眉身上。

自己必会注意翘眉所有举动。

从中查出信函，得知绝颜丹的事情。

既是索要绝颜丹，必然是用在沈清芩身上。因为沈清芩便像一杯剧毒，只要让皇帝知道她就藏在睿王府里，必是大难。易容不能一劳永逸，只有服食绝颜丹，才最保险。

却原来，第一封信是幌子，第二封信仍是幌子。

套中套里，原来还有一个套！

夜搜太子府带走翘楚的事……上官惊灏忍不住心笑：父皇，你老了，你道真是夏海冰不知从何得知而告诉你的，必定是上官惊鸿故意让夏海冰知道的。

他快步走到桌案前，与皇帝相平而视，咬紧牙关，缓缓道："父皇，这全是老八之计。你试想一下，沈清芩既忠于我，为何会在你面前供出这一切？"

皇帝眸光如霜，眼底下的青黑，随着眼睛转动一下一下跳动，脸上现出几分狰狞："因为，她到底不如你冷酷。老八自小恋慕她，虽是翘楚所伴，老八却是为她学的射箭，朕看得清清楚楚，沈清芩亦是有知觉的。她这人尚念情分，围场里曾劝你不要谋害朕。昨天，心知此举会害惨老八，心里甚是不安，才会泄露了情绪，被夏海冰和左兵察觉。事实摆在眼前，这中间的来龙去脉，只消仔细一想，谁都明白是怎么一回事，何需她供！

"她背叛你？方才在老九府里，朕见她还频频看你。这事，你是彻底伤了她的心。她原本不愿意这样做，却经不住你的逼迫。她一旦做成，朕问起老八的罪来，也必定将她问罪，杀了她也未可知。她娘亲与你母亲交情匪浅，你既如此待她，朕倒不如将她许给老八。老八必能爱之惜之，也当朕还她围场之情。"

"围场发生过什么事？儿臣不明白父皇这话什么意思。"上官惊灏心中突地漫过一阵寒意，上官惊鸿到底还在他背后做过些什么事情！

"你在密林里说过什么，做过什么，自己知道。朕给予了你大权，你倒是没落下一点，善加利用，如今连媲美夏海冰的易容高手也找到，你手下的人才是越发多了，离朕这张椅子的距离也越发近了。"

皇帝一手按上他的肩，瘦病的手背上青筋尽现，显见怒意。

上官惊灏自小权力在手，乃天之骄子，当真从未如此狼狈过。关于围场的事，事过境迁，他知道此时已不可能再问出什么来，握紧袖中两手，试着平缓怒气，仔细想了想，心中忽而一动，笑意再次爬上嘴角："天网恢恢，百密必有一疏。父皇可曾想过，老八这计划里有一个漏洞？"

丝丝凉意从额上脸上而来，沁进肌肤深处。

心头那股窒闷慢慢散去，眼皮有些沉重，翘楚慢慢睁开眼睛。

"主子，你终于醒了。"

欢跃之声从耳边传来，微曳的视线定格在前面两张脸上，翘楚"嗯"了声，对方已根据她的眼里示意，将她扶起，靠到床栏上。

挽扶她的手温暖有力，永远不如容颜冰冷，翘楚看向自己的婢女，笑了笑："美人。"

已经回到睿王府自己的房里——新的房间，与上官惊鸿的书房毗邻，房里没有其他人，只有她的两个丫头，上官惊鸿不在。

她自嘲一笑。

美人突然弯膝跪到地上，神色自责，眉眼间竟现出一丝慌乱。四大正替她擦拭着汗水，见状吃了一惊，无措道："美人，你这是怎么了？"

美人苦笑："我对不住主子。"

四大一惊，心里竟莫名也生了股怯意，不解地看看翘楚，又看看美人。两人进了宫，两天没见而已，到底发生了什么事。

翘楚摇头一笑："没事，你又不是有意瞒我，再说那时你也不可能有间隙对我说这件事。"

"睿王将事情都告诉主子了？"美人怔了怔，脸上愧疚越甚，"主子，你真的不生我的气？"

旁边，四大一头雾水，怒了："美人，你说，你到底做了什么十恶不赦的事？若真对不住主子，看我不和你绝交。"

翘楚仍是摇头，俯身去挽美人，轻声道："便是按睿王的吩咐，易容成老铁，又有多大的事。"

美人怕翘楚跌倒，连忙握住她的手。

翘楚顺势将美人扶到床上，随即缓缓看向窗外。窗户没有关，天上星光熠熠。

"主子……"四大和美人看翘楚模样淡然，心里反而越发不安。

翘楚笑了笑，轻声道："我方才做了一个梦，梦里，睿王的计划失败了。可是，他怎么会失败，他的计划如此滴水不漏。除了沈清苓，这府上只怕没有一个人知道他的全部计划。就像郎妃，昨晚拿到他早便转交给老铁的锦囊，方才知道今天要在夏王府和红疹女子装亲热，皇帝在看呢。

"就像我的美人，在曹昭南过来之前便按他的吩咐易容成老铁，这样，将最后一个漏洞也堵上了。那细节普通人未必会留意，但对方是皇帝，心思深，绝不可能不注意。若假美人是太子派过去的，若睿王是'毫不知情'的，那么随睿王进宫的美人必定还在宫中放置马车的院子候着。彼时，我去了太医院，睿王和皇帝下棋，美人的时间大是松动，只需找个隐蔽的地方，将妆容更改过来便可以。到皇帝让夏海冰等人去找美人的时候，美人仍守在马车旁，一找便有。老铁的行踪其实是个关键，但那个时候，皇帝的注意力只在美人身上，老铁其实一直在府里，在适当的时候，给郎妃锦囊，让她知道今天该怎么做。

"就像我，只知道两封信都是诱敌之计，只知道所有信里用的都并非普通墨水，到一定时候即全部褪色，只知道'林海蓝'的身份早在以前就被郎家安排好，而昨天的'林海蓝'早已被换成女暗卫，只知道到了太医院便不可再让美人跟着；可我不知道那是个红疹女子，不知道沈清苓在里面扮演了这么重要的角色……"

翘楚一口气说了很多，四大听得瞠目结舌，美人也是大为吃惊。毕竟，就如翘楚所说，她只知道计划里属于她的那部分，且是在昨天早晨，上官惊鸿吩咐她，这件事，绝不能再让别人知道，哪怕是她的主子。

她当时警惕地问原因。

上官惊鸿只说了一句："你只需要知道，只有我的事成了，你的主子才会好。"

如今看来，睿王重新掌权了，但她的主子并不好。

主子不知道的事情很多，却似乎都猜出来了；若主子不曾猜出来，会不会开心一点。

她甚恨睿王，却又不知道怎么安慰她的主子。

四大咬牙道："听说皇帝赐婚了，睿王其实只要安排暗卫将那沈小姐换过来，装扮成'林海蓝'便可，不让她妆成美人亦是可以的。如今可好，皇帝赐婚了！"

"只有这样，沈清苓才能以原来的身份得到真正自由，这世间最强大的不是药物，不是易容术，而是人心。如此一来，皇帝若动恻隐之心，必放沈清苓。只是赐婚，我也是从来没想到过……"

翘楚垂下眸光，却见床边一摊血迹，是自己的吧。她抚了抚肚子，终于问道："睿王在哪里？"

金銮殿。

盯着空空荡荡的宫殿，皇帝接过夏海冰递过来的帕子擦掉嘴角血丝，疲惫地闭上眼睛。

"皇上，可要宣太医？"夏海冰担心地问。

"不。"皇帝缓缓摇头。方才他斥退上官惊灏，便跌摔到龙椅上。

上官惊灏说的漏洞根本不可能。他当时已派夏海冰核查过，上官惊鸿确实带了美人进宫。为谨慎起见，他甚至让女官在她的脸上仔细检查过。

他满心悲凉，一时竟然茫然不知所措。

上官惊灏一再相害于上官惊鸿，若让他继了位，先别说其他人，惊鸿是首当其冲，必定要死。

"皇上，恕微臣斗胆问一句，你赐婚于睿王和沈小姐，其实另有原因吧。"

夏海冰有些迟疑地低声询问。

"嗯，惊鸿少时便对她有意，娶了她，还了心愿，对那翘楚的感情也许便能变淡。"

"皇上……必定要取翘妃的命？"

"不错！若惊鸿今晚不承婚事，朕立即便取她性命。红颜祸水，这女人是绝不能再留了。否则，他们三人必起大事。惊鸿如今既承了，朕便姑且再留翘楚几天性命，看看该怎样才能不动声色将她杀死。"

夏海冰一惊，慌忙带过话题："皇上打算什么时候让睿王成婚？"

"容朕想想日子，尽快……"

翘楚房内。

"主子，方才睿王还在，似乎是宁王他们过来了。他到地牢走一趟。他原本也说了，给你用了些药，你应该没那么快醒来的，他去来回正好。"

美人答道，下意识看看地上的血迹。睿王方才大是心焦，运功替翘楚治疗，用力过猛，反而伤了肺腑。看他方才模样，脸色煞白，抱着主子只不愿放，会到地牢去，又吩咐不可告诉主子他受伤了，倒有半数是怕主子醒来看到反而担心他。

她和四大自是不会告诉主子的，省得主子再忧心，且他也要娶别的女人了！

她暗自思量着，却忽听翘楚道："你们搀我到地下室去。上次见面匆匆一聚便散，我想去见见冬凝她们。"

"是。"

被两个丫头搀起，翘楚心里自嘲一笑：翘楚，说什么想见见冬凝她们，你是不愿自己待着，你满脑子胡思乱想，你满心不开心，还是你根本也想去见见他，因为你醒来之后他不在，你寂寞了。

地牢，数张桌案摆放在竹屋外。

众人听沈清苓说出整个计划都是又惊又喜，只觉凶险万分。

上官惊鸿一直沉默着，喝了数杯酒，这时，手中酒杯被人夺过。他抬眸，见却是沈清苓。铁门之外忽而又传来些响声。

声音小，各人兴致正高，并未曾注意到。上官惊鸿却迅速站起来。他派方明守在那个人房外，又让两个丫头在里面侍候，一旦她有任何异样，便即刻过来通知他。

他其实想陪在她身边，五哥等人虽然过来，但见面终是可缓的。

他怕看到她厌恶的眼神。

本来事情简单，如今……却不知该如何跟她解释才好。

沈清苓微微蹙眉。这时，景清说了一句："爷的计划妙极，唯独是一处，你怎么知道来咱们府里宣第一道圣旨的是曹昭南，若是夏海冰，岂不糟糕？幸亏老天爷保佑。"

上官惊鸿没有出声，景清遂看向沈清苓求解。

沈清苓却有些语塞。

众人原本亦看向沈清苓，但不见她回答，怕是不知，又见上官惊鸿神色专注，盯着铁门的方向，都随他看去。便见门开了，方明走了过来，后头跟着三个人，居中的人随意绾了个发髻，身上披着件薄披风，却是翘楚。在看到睿、沈二人并立着的时候，她明显愣了一下，随即像要避开什么似的看向旁边的景清。

"不是老天爷保佑，是爷早料到皇上会这么分派。第一道圣旨目的是带走我们，重点在第二道圣旨里，皇上自是派最信任的人执行，所以夏大人必定落在最后一道圣旨上。"

"原来是这样，我懂了。"景清雀跃着，又小声嘀咕道，"那晚商量清苓小姐的事时，翘主子你一来，爷就将我们遣散了，只和你商量。这一路过来，让我们担惊受怕得不得了。"

另一边，翘楚想起那晚的事。

他将她留在竹屋休息，让冬凝和佩兰看着，他自己出去和宁王等人商量沈清苓的事；她后来过去了，听到他们说起以绝颜丹作为诱饵。

其实，当晚她猜到上官惊鸿出去是说沈清苓的事，是因为日间金銮殿外，上官惊灏对沈清苓的试探。上官惊灏既已肯定"林海蓝"是沈清苓，必定有所行动。

林间，上官惊鸿推测，他会在王府四周设下埋伏，一旦有谁出府，都会被跟踪。沈清苓很难被送出府去，出去了亦不安全。

上官惊灏会想办法拆穿沈清苓，在府里也是不安全的，万一亦如上官惊鸿当天一样搜府便是大劫。

上官惊鸿要在他行动之前先行下手，并提出用绝颜丹作诱饵的办法。

但翘眉几乎从不出太子府，便似被太子软禁了似的，要约翘眉出去，千难万难。

众人都明白，给翘眉送信，最直接的方法就是由翘楚出面。

但宗璞方说出翘楚的名字，便被上官惊鸿狠狠斥住。

她从林中出来，告诉上官惊鸿，她愿意过去。

那时已到艰难的境地，上官惊鸿后来一狠心，承了，但无论如何不肯让她自己一人过去。后来，有了睿王携睿王妃拜访太子府的事。

翘楚想，若再有一次，她还是会去送这封信，只是，今晚她确实不该过来。

沈清苓这时也看过来，笑道："原来翘妃也知道。惊鸿与他们是过命之交，惊鸿自是不怕将计划告之。但考虑到这事非同小可，私下谈论间，稍有不慎走出一点风声便麻烦，他只跟我全盘说了。你该早过来的，好向大伙解说解说。惊鸿又是个少言的，我一个人说难免有不周到的地方。"

虽说早有心理准备，翘楚闻言，心里还是狠狠一抽。

"不，我不知道，方才说的只是猜的。我……回去了，你们好好庆祝，沈小姐，恭喜。"

众人面面相觑，对上官惊鸿事先并不告知，各人相识十数年，并不嫌隙，越少人知道确实越安全，但如今由沈清苓跟翘楚来说，却是大忌。

四大和美人已经气得不行，两人搀住翘楚便要离去。还是冬凝最快反应过来，立刻向翘楚跑过去："翘姐姐莫走，方才是看你睡了才饶过你。现下你既然来了，我说什么也不许你走。"

那道青色身影却比她快上更多，强硬地插进她和翘楚中间。美人怒极，把翘楚平素对她说的忍字诀通通抛诸脑后，五指弯成爪，狠狠向青影抓去——

对方却不闪不避，嘶的一声，一幅衣袖被撕扯下来，手背更是顿时被连皮带肉抓出一道深深的血痕。

"爷。"

众人一惊，景清惊怒，已飞身上前，便向美人攻去，美人却正为上官惊鸿并不还手而发愣，稍一迟疑，竟来不及抵挡。

她正准备受了，却见景清突然变了脸色，却是被一股劲风扫打出来，连退数步方狼狈地稳住身子。

便在这时，听到四大怒叫，她吃了一惊，方反应过来，翘楚已不在二人手上。

上官惊鸿动作极快，将翘楚夺过，身形一动，已在数步之外，此时正单手揽着翘楚。

翘楚也是措手不及，目光不争气地在上官惊鸿手背上掠过，却终是淡了声音："我要回去了。"

"不。"上官惊鸿缓缓说了句，眸里闪过一抹沉痛，更有一抹她不明所以的决绝。

他凝眸看向沈清苓。

"是，她是并不全然知情，但是，若非你是从头至尾贯穿在这个计划里的人，你也没必要知道所有事情！这一次我若败了，将永无翻身之机。她很聪明，却比我们这里任何一个人更不会做戏。我不敢保证她知道之后，能不能做到毫无破绽。她要面对的是荣瑞那只老狐狸，她脸上稍有一丝轻松之意，一旦被荣瑞看出，我们就只有死路一条。

"我当天确实没有骗你，我从没想到你会回来。那几天我是真病了，铁叔去找你，我竟然都不知道。那是我活了二十二年第一次生病。我要重新掌权，为了逼真，我借夏海冰的口告诉荣瑞夜搜太子府的真相。这样做的后果是荣瑞绝不会放过你的，但我府中的翘楚是假的，他要杀翘楚我让他杀。我也许可以设法瞒过他，万一真的瞒不过，你早已远走高飞，但你却回来了。

"这个计划里，沈清苓必须易容去接近'林海蓝'，不然计划不会成功。知道为什么吗？因为若一切果真全是太子所策划，则他必定有把握送到荣瑞面前的是真的沈清苓，否则便是诬陷，但睿王府上的沈清苓却是假的，那么就少不了他在中途调包一途。

"每一个环节我都仔细揣摩过百遍，包括上官惊灏每一步会怎么做，包括荣瑞的反应和做法。我唯一没有想到的是荣瑞会赐婚。当时，我可以不承，但若不承，他必定立即便要了你的命。一个被皇帝盯上的人，要送走几乎是不可能的事。何况，我也绝不可能放你走。记得我说过什么吗？我放你走，是你自己要回来的，回来了，我就永远都不会再放你。"

上官惊鸿低沉一笑，笑声里尽是自嘲的涩意，却又带着一股不可反抗的强势。

"我知道这样做你不喜欢，知道你必定恨我，但我自小就活在这么一个环境里，我手里握着我们这里所有人的命，你的，你腹中孩子的。"

对方的钳制，翘楚无法挣开，便侧头避开了，但头顶灼热目光让她清楚知道，他正紧紧盯住她，这句话是对她说的——

她静静听着，心情却是动荡，厚深的苦涩在他的一言一语里重重翻腾着，竟越发陷在他的怀抱里，挣扎不开来。

"五哥，你先带大家离开，我们改天再聚。铁叔，你和景平、景清也先上去。方叔，你带这两个丫头出去。"

上官惊鸿却紧禁着她，甚至不给她喘息的机会，便又再强硬地吩咐着。翘楚知道，他有话要跟她和沈清苓说。

眼里映着那双熟悉却酷冷的眉眼，沈清苓深吸了口气，本来的喜悦早已经荡然无存。她为他做了如此之多，却换来这样的对待？

上官惊鸿，这公平吗？

甚至连应允成婚也是为了翘楚。她心里又痛又恨，悲愤到极点，伸手一指众人，咬牙道："谁都不许走。上官惊鸿，你到底要说什么，说，便当着所有人面前说！我们是他们所有人见证着开始的，如今你既要相负，却不敢在他们面前说吗？你这懦夫！"

"清儿，我们还是先告辞，你和老八好好谈谈。"

宁王叹了口气，苦笑说道。他是男人，亦是一个有过姬妾的男子，明白上官惊鸿要说什么。

从送别那天，翘楚转身一瞬，上官惊鸿眼里的冷漠一寸一寸退去，万念俱灰地盯着她的背影直至消失，双脚仍钉立在原地一动也不动。从那天开始，他们所有人终于比任何一个时候都清楚，上官惊鸿对翘楚到底是一种什么样的感情。

再也并非那个残缺了记忆的镜花水月，而是真真切切。

这段时间来的处处相忍，到此时的大权回握，上官惊鸿的隐忍亦已到极点。他什么都有了，越发无法忍受和翘楚之间的隔阂，但亦不愿沈清苓难堪，才让他们离开。

沈清苓眉目间却透出一股近乎疯狂的执拗，缓缓环视了各人一眼，冷冷笑道："我知道你们亦如他一样被翘楚迷惑了，我不怪你们，但若你们还当我是朋友，便把话听完再走！"

宗璞率先停下，众人随即也慢慢顿住脚步。

"苓儿，你这是何苦？"上官惊鸿一记低笑，嘴角挂起一丝更深的涩然，亦是更深的残酷。

终于，他毫不闪避，盯着她缓缓道："若要说开始，我们从来没有开始过。我爱你之时，你并不爱我。如今，我已不再爱你。"

"你若不爱我，为何还说双全，让我和她一起生活，要我试着接纳她？"沈清苓哽咽着问，眼睛却满含深恨看着翘楚。

上官惊鸿半侧身子掩住翘楚，同样笑道："不是你接纳她，其实是我心底里希望她能够接纳你。说是双全，不过是一场谎言，骗你也骗我自己。从那时开始，我已经不再爱你。"

翘楚看着前方高大的身子微颤着，像要将十多年的感情一并在讲述中放下，心里没有半丝喜悦，反而一点点疼痛起来。

她明白他这一刻的痛苦，十年不长，却并不短，尤其是对一个少年来说。少年和一个人度过的十年时光，青春的同享，是任谁也难以取代的。

"我曾说过不会娶你，只可惜如今皇命难违，你我不得不为。但我们成婚以后，我自保你清白之身，待他日一切过去，我便还你自由，护你一生平安。"

上官惊鸿说着忽而止住笑意，声音越发低了。他说得极慢，有种郑重的意味。

仿佛那是承诺。

对翘楚的，对沈清苓的。

翘楚闭眼将眼中湿意藏起。沈清苓眼中的泪水却缓缓流下来，眸光凌乱地看过众人，一脸狼狈难堪。所有人都别过头去。

沈清苓嘶声哭着，定定地看着前面的男人，他却站在那里抱着翘楚，身躯纹丝不动。

"那时你将碧水赶走，我安慰她说，你不过是暂时失去记忆而已，待记忆回来，你就会明白，这些年来是谁陪你走过来的，是谁在你最困难的时候仍然对你不离不弃。

"你会后悔的，你一定会后悔的……"她痛苦地说着，目光又猛地如箭矢般射向翘楚，"林羽，是你，是你对不对，不然他不会这样待我。那一世是我认识他在先，这一世明明也是我先到，我已经决定留在这里陪他，秦歌给你就是，为什么你还要将他也夺走，为什么你要这么残忍？

"你会有报应的，你和你的孩子都会有报应的。你这个夺人幸福的女人，你会像秦歌一样惨死，全身血液流干流净。不，秦歌还没死，他说过要和我在一起的……"

"思微……"看着沈清苓此时悲痛无依的模样，虽然这个人曾一再想置自己于死地，终究是同学一场，两世缘分，翘楚心中也不禁酸涩。

这时，忽听她翻扯出后世的事，看她眸中闪烁着血一样的光芒，狠毒刻骨，翘楚身上激灵灵打了个冷战。

后一世是林羽先认识的秦歌，这一生是思微先认识的上官惊鸿。

都不是她。

是她夺走了思微的幸福吗？

看着眼前情景，众人心情越发沉重，不管怎样，相交多年，谁都不愿看沈清芩如此狼狈痛苦。

但她突然出口的话却又让人满心惊撼——什么是那一世这一世？秦歌又是什么人？

佩兰和冬凝迅速交换了个眼色。秦歌这名字，在上官惊鸿去救翘楚那晚，她们都听沈清芩提过，一时都止不住惊疑。

林羽、秦歌……上官惊鸿心中一咯噔，但此时怀中人气息紊乱，他不得不暂时压住疑问。他虽不信不畏神鬼，涉及翘楚和孩子，他亦是忌讳，尤其翘楚现在寿弱福薄，念及此，心头顿时盈上一股怒意，冷冷对方明道："方叔，带沈小姐回房休息。"

沈清芩悲怒到极点，这时反而清醒过来，同样报以冷笑道："你这阉人，不要碰我！宗璞，你陪我走走。"

方明苦笑。众人闻言，一怔之下不觉气愤，但若要说她，这个时候到底开不了口。

"追本溯源，你是阉人的侄女。"

掷下话的是上官惊鸿。他将翘楚拦腰抱起，头也不回便往铁门走去。

她和别的男子在一起，他也不在乎了吗？指甲深深陷入掌心，沈清芩咬紧牙关，随着宗璞走近，绝望之中又慢慢找回一丝力量，她还没输！方才是说得急了，秦歌的事……

而且，她不信上官惊鸿当真便对她无情了。上官惊鸿对翘楚怜惜，一部分原因不过是翘楚身体不好，且二人已有肌肤之亲，若有一天，她和他……

"宗璞……"

见宗璞拧眉看了冬凝一眼，沈清芩自嘲一笑，快步向林里走去。

冬凝避开宗璞的目光，拉住佩兰的手。

宗璞终于还是跟了上去。

佩兰叹了口气，宁王却微一沉吟，压低声音道："我们先走吧。小幺，我也想问问你，你翘姐姐向你提过秦歌这个人吗？"

院中。

"你让铁叔他们先下去歇息，我们在这园子里走一走好不好？"

更夫打更的声音从院外大街传来，将翘楚紊乱不安的思绪猛地拉回，她蓦然从上官惊鸿怀里抬起头来，却见上官惊鸿正痴痴地凝视着自己。

她心里情不自禁微微一动，出了声。

她随即想起什么，摇头道："三更了，还有两个时辰你便得上朝，你要歇一歇才行，回去吧。"

"不，我一点也不累，我这就陪你走走去。"

上官惊鸿却不愿意，眸光当即一亮，似乎很是高兴，侧身吩咐随在身后的老铁等人："铁叔，你们先回去。"

翘楚亦看向四大和美人。四大和美人有些迟疑，却见翘楚点点头，也只好退下了。

天大地大，星光袅袅，偌大的园子，林荫花道，假山鱼池，不远处溪湖亭台，潺潺的水声从各处婉约传来，反而为这个更深人静的初夏之夜点缀上几丝宁谧。

"放我下来吧，今天一天折腾下来，你也累了。"

上官惊鸿抱着她向湖中水榭而去。他衣服上淡淡的酒汗之气，像有根绳子在心上磨了一磨，让翘楚先把想说的话说出了口。

"你这是心疼我吗？"

上官惊鸿的声音有些沙哑，却将她抱得更紧一些，并无丝毫放下之意。

翘楚怔着，不知道怎么回答，上官惊鸿遂也没有再说什么。倒是路上有不少值夜的护卫和奴仆经过，向两人问礼请安。

不难看出，人人脸上都是既敬畏又高兴，因为他们的主子重新掌权了。

虽说君心难测，翘楚却有种感觉，这一次而后，上官惊鸿不会再轻易退出朝堂了。

她想着，冷不防头上吃他轻轻一弹。

她一看，他已抱着她到了目的地，此时已在亭里坐了下来。

"翘楚，你有什么想问我、想和我说的，说！"

手指在她脸上轻轻摩挲着，他的声音蓦然变得有几分低沉，带着些许烦躁。

"你方才为什么要那么说？为什么要骗沈清苓？"

她微一迟疑，终于低声问了出来。

上官惊鸿蓦地笑："嗯？"

"你说你唯一没有猜到的是赐婚的事，你其实早就猜到了有这可能，对不对？你父皇赐婚，似乎有两种意思——一为安置沈清苓，毕竟沈清苓已没有退路，二来是因为……我。"

翘楚轻轻一笑，却发现仍是满嘴苦涩。

没有人喜欢被隐瞒和欺骗的感觉，但从某一种意义上来说，这个男人其实并没有错。毕竟，他们生活的环境并不同。

他们的时间不多了。

她清楚自己的病。

而今晚，他对沈清苓所说的话，她明白有多难。她一直知道清苓对于他是什么样的感情，不管爱还是不爱，清苓给过他的，是他很珍贵的东西。

今晚，他的话，已经给了她的承诺。

她虽然没有喜悦，却有很多很多感动和感激。

她是不是也可以试着放下？

"翘楚，有没有人告诉过你，女人太聪明不好。"

上官惊鸿眸光一暗，蓦地逼近她，脸抵到她脸上，道："因为我认为那样说你会喜欢。你喜欢那样的绝情，我只想让你能高兴一点。本来有些话我是绝不可能在五哥他们面前说的。那些话让我觉得自己很低很低，我以前也没对沈清苓那么过，可你仍然不高兴，你还在怨我是吗？

"好，那你告诉我，我还要怎么做，你才能高兴起来？告诉我，你还想让我怎么做？沈清苓的命，我不能给你；你这个人，我亦是不会放。其他的，你还想要什么？"

"我真不该爱你，你有什么好，丑八怪，倔女人……"

他说着也动了脾气，低沉的声音带着凌厉和自嘲，粗哑的气息一下下喷薄在她脸上。他忽而狠狠掐住她两侧的脸颊，一句接一句骂道："丑八怪……又丑又倔……

"说话，心里在骂我是不是，说话！"

翘楚脸上有些吃痛，却知道他并没有真正用力。凝视着眼前目带凶狠却又痴然的眸，她想笑又想哭，月色星光仿佛在他的黑发上染上了一层霜华。

她忍不住伸手去碰他的头发，搁在手心的时候方才发现，有些是视觉的差错，却亦不全然是。如霜的头发，是白发，他的头发中，竟夹集着些许白发。

他犹自揉捏着她的脸蛋，那略略有些孩子气的举动，她却终于哽咽着低低哭了出来。

他才二十一二岁，正值最好的年岁，怎么就有了白发。

以前和他在一起也没发现。

放在现代，他其实还是个半大的孩子。

也许还在上学，也许已经工作，虽然也有竞争，但无碍性命，累了就歇息或者放下，何须这样算计。

多情应笑谁，小心早生华发。

白发，是累的。

上官惊鸿却倏地慌了，手忙脚乱地给她擦眼泪，又去给她揉脸蛋："别哭了，爷给你掐回便是。"

他说着一瞥四下，看着无人，随即将铁面摘下，啪的一声扔到石桌上。

他的声音焦头烂额，偏偏一抹打量四周的眼神犀利异常，翘楚怔住，一时竟哭笑不得，愣在那里。

上官惊鸿眉头一皱，已抓起她的手放到自己脸上。

翘楚终于忍不住扑哧一笑，狠狠往他脸上掐了几下，随即闷声道："回去了，清早还要上朝，回去睡觉。"

上官惊鸿却眸光一拢，狐疑地盯着她看，仿佛不敢置信，她似乎已经不跟他生气了。

翘楚既好气又好笑，亦生了几分忸怩，但看他眼角处绵绵密密的血丝，终于认真地面对着他道："我不生气了。"

"为什么？"

他却双手捧起她的脸，更幽深地盯着她看。

"因为你很累，需要休息，都长出白发了。"

翘楚轻轻擎起他的头发，递给他看，随即拿起铁面替他戴好，双手环上他的脖子："回去了。"

上官惊鸿却没有动。

翘楚奇怪，往他脸上看去，却不知上官惊鸿早已欣喜若狂。她只看到他眸光暗暗，却又分明淌着火般的热烈。她还在看，脑勺一紧，唇已被一双温热堵上……

灯火微微，氤氲跳动，将帐上紧紧依偎在一起的一双影子缓缓勾勒出来。

枕在男人怀里，翘楚睡意已重，偏偏满心愉悦，还不想睡。回来沐

浴过后，上官惊鸿又让人到厨房去拿了早已熬好的药，亲自喂她服下了，此时方搂着她倚到床栏上——

上官惊鸿伸掌出去，灭了烛火，笑道："翘楚，我们还是说说话吧。我不想睡，我心里高兴。"

翘楚心里亦然，但一看天色，忙道："莫说了，快五更天了，你歇一歇。"

"嗯。"上官惊鸿轻轻吻上她的头发，"你真没有什么想对我说了？"

"以后，若有事，可不可以不要再瞒我？"

上官惊鸿沉默了好一阵子，慢慢收紧环在她身上的双臂。

"我没有办法承诺你。若是像这次的事，我还是会用自己的方法处理，对你来说最好的方法。但我保证，我只要你，我要我们永远都在一起。"

他的话让她又一次心中涩然。

她哪能陪他到永远？同时又想起一件她一直有意回避不去想的事——他的命也不长，英年早逝。

她得到了他，却不能陪他。她死后，他剩下的十多年里，日子本就不长，还要寂寞地过吗？

这便是她夺走思微幸福的报应？

哪怕她明白，她是他的妻子，并非如思微所说的夺走了他，但心里终究悱恻难安。

"惊鸿，你……很爱我吗？"

喜悦的心情一下变得苍茫，她突然便脱口而出。

这话不假思索，问出口方觉得难为情，虽在黑暗中，她脸上亦是一热。

上官惊鸿没有出声。

情人间的话都是怎么样的，翘楚不知道，但他们之间，他对她也算是有过几次告白，虽没有直接说出什么爱语，不甜腻露骨，却也让人怦然心动，倒没想到直接问他，他也会难为情。

也是，他的脾性本来也不是愿意或是很会说情话的人。

他性格古怪，片刻前还像个孩子，很快又说些担当的话，便像方才。他说，翘楚，若是像这次的事，我还是会用自己的方法处理。

她正有些出神，臀部被一只手伸过托起。她吃惊地呀的一声叫出来，已被扯到他腿上。

他深深吻着她，直至她喘不过气来，他才缓缓放开她，含住她耳珠，哑声道："翘楚，你说我爱你吗？"

两人亲昵的次数并不多，翘楚立刻大羞，却更是恸然，猛地搂住他的颈脖。

　　他旋即回应她，将她抱得紧紧的，紧紧贴着他的身体。

　　她也终于忍不住将心里的顾虑说出来："我们也许并不该在一起，我明知道陪不了你多久，若我死了，你……"

　　他双臂勒得她生疼，声音挟着冷意传来："若再说这些浑话，看我不整死你两个丫头，还有你母亲，北地那些人。你既敢要求我只爱你，也害得我现在只爱你了，便给我好好活着，我一定会想办法治好你，懂了吗？"

　　他说着，突然收住了声音。

　　翘楚正微微奇怪，耳朵微痛，却是被他握住了。

　　"无论以后你怎么了，我都不可能再爱别的人。知道为什么我要带你到老宅去，到我母妃宫殿说那些话吗，还是我该骂你，责你不肯信我？"

　　声音淡淡地灌入耳里，他的嘴贴在她耳朵上，一字一字缓缓地说着。

　　"我懂，我只是希望你以后也能够快活地生活下去。"

　　"只要你永远陪着我。"

　　身体很疲惫，却仿佛被推进了一股力气，翘楚任由他抬起自己的脸，一下一下擦去脸上的湿润，笑道："好，我答应你。这可是你说的。日后你有幸站到最高的位置，我知道，实权在握前，你必须要做那个位置做的事情。选秀娶妻什么，这些事你可以做，但若你私下当真碰了别的女人，将我气死了，我变成鬼也要回来找你算账！"

　　"记住你说过的话。"

　　翘楚原本是半开玩笑，却听他含笑答得认真，微微怔住。

　　翘楚之前本想问自己的身体还能支撑多久，但若问了，她会害怕，他会不高兴，她也想比以前更坚强地活下去，终于，什么都没有问。

　　她心里既安，困顿顿时袭来，在他怀里找了个舒服的位置，便迷迷糊糊睡去。

　　"翘楚……"

　　有声音在耳边低唤，翘楚应了一声。他似乎在说着什么，然而她却总听不清楚。

　　他似乎在说一个名字。

　　秦歌。

　　声音忽而变大。

　　秦歌？他说的是秦歌的名字？翘楚吃了一惊，猛地睁开眼来，却见眼前一片黑暗。

房里虽黑，但应该没有这么昏暗才对，什么都看不见。她伸手摸了摸旁边，他也不在；触手处咯咯作响，像木材的声音，她又是一惊。她明明在床上睡着，这身下是木板不错，但应该垫着褥子。她下意识伸长手臂往身旁摸去，那里赫然又是一块木板。

她心中突突直跳，她不是在房间里！怎么会这样？

她有点猜到自己在什么地方了，咬了咬牙，缓缓伸手往头上摸去。

这一摸，心里凉了半截。

果然，上面亦是一块木板。

"惊鸿。"

方才还没察觉，现在只觉得一阵阵霉腥之气扑鼻而来，身下、手臂上有什么在蠕动啃咬着她的肌肤，她咬牙抑制住惊慌，一边用力叫着那个熟悉信任的名字，一边伸手去推头上的木板。

准确来说，是盖子。

因为，这是一具棺木。

她在棺椁里？

轰隆一声，她又惊又喜。随着棺盖被人缓缓推开，她连忙坐起身来。入眼仍是一片昏暗，但略有些亮光从不远处折射进来，她顿时看清站在棺边人的模样。

那眉眼、那张脸，是上官惊鸿。

他温柔地笑着，看着她，张开双臂便向她跑去。她虽奇怪亦害怕他为何突然将她带回老宅，又放进这具让人惊栗的棺木中，但仍顺从地伸手过去。在两人将要触及之际，她突然醒悟过来，苦笑道："不，你不是上官惊鸿。"

这个人，短发佩枪。

第十九章

疑虑生谁是秦歌　相思深今日睿王

他是秦歌。

这里难道是第十九号墓室？

可是秦歌已经死了。

眼前的这人是谁？

她正想着，却见秦歌突然闭上眼睛，高大的身躯竟向她跌来。翘楚不假思索，便伸手去扶，却见他一身鲜血。她蓦地想起秦歌身死那天的情景……纵使他不爱她，她心中仍是大恸："不，秦歌，不要死。"

"翘楚醒醒，快醒来……"

仍是那个熟悉的怀抱，但那身冰冷却没有了，取而代之的是一身温暖。翘楚浑身一颤，缓缓睁开眼睛来，对方亦将她稍稍拉后，将一块帕子覆到她额上，仔细擦拭。微亮的天色在窗棂后映着男人一身锦袍，他眼里并不掩饰地含着一抹怜惜，亦有一丝深思。

他已穿戴妥当，甚至已戴上铁面。

翘楚却有些失态地拨开他的手，紧紧搂住他。

秦歌已经死了，他却还在——幸好他还在。

上官惊鸿吻着她的额头，低声安慰："莫怕，只是梦，我在这里。谁要欺负你，我都会将他打跑，嗯？"

帐外咳嗽声传来……

翘楚反应过来，忙脸红耳赤地推开上官惊鸿。定是老铁和方明进来叫早，二人这情状……这下可好了！

上官惊鸿却不以为意，在她耳边道："要不我今儿告假，在家里陪你。"

翘楚看他嘴角微有一丝笑意，但语气却认真，一时辨不出真假，嗔道："我既不是红颜，也不想当祸水，你想死是不？才拿回权力，第一天上工就想翘班？"

听她说自己红颜祸水，上官惊鸿不禁莞尔，但翘班什么的，并非这个时代的产物，他自是没听过，但还是大约能猜出她是什么意思，笑骂道："什么生词僻语。"

"北地古夷语。八爷，以后可别自诩博学多才了。"

上官惊鸿微微哼了一声，眸光变深："哦，这真是古夷语吗？小夷女，便是景平，在爷手下亦通晓邻近四国语言，你区区一个北地算什么，古语又如何，爷会不识得？"

翘楚一怔，却知道他的话不虚，第一次觉得有个学富五车的老公有时也不是件好事。她心虚地躺回床上，道："我还要睡一下，你该干吗干吗去。"

被子却很快被人攥住，大手抚上她的头发，声音有些慢条斯理地传来："楚儿，那秦歌是谁？你……梦里一直叫着他的名字。还有，为何清苓也唤你林羽？"

翘楚方因"翘班"一词犯难，这时听他一问，更是一惊。

林羽，是他给她的名字，和现代的林羽应该只是一个巧合吧。但秦歌……昨天沈清苓说起秦歌的时候，她便觉不妥。上官惊鸿是什么人，怎会不问不究？不过是昨天二人的心思都不在这上面而已。

现在，她该怎么跟他解释？

说起秦歌，势必要带出很多东西，譬如，她已经不是原来的"她"，譬如，她来这里的目的……

若将这些都告诉他，他会怎么想？

最重要的是，若让他知道一切，历史会被改变吗？

改变历史的后果是什么？

还有，他虽已应允不修陵墓，历史一变，秦歌的生死会不会还像原来一样？

她不想瞒他，却又一时拿不定主意。她必须好好想一想，才决定怎么跟他说为妥。

"我上朝去了，回来再说吧。"

所幸上官惊鸿看了她一眼，便没再说什么，只在她头发上重重一抚，便出去了。

她微微松了口气，想起什么，虽心知渺茫，却还是立即坐起身来，朝虚空低低唤道："琳琅，你在吗？我有事找你。"

一行数人走在花园中，很快，一个奴仆又带着景平、景清走了过来。

景平有些奇怪，早朝往常都是老铁和方明侍候出去的，今日上官惊鸿却让奴才将他找了过来，忙问道："爷可是有什么事吩咐奴才？"

上官惊鸿"嗯"了声，旋即顿下脚步，众人立即停了下来。

只见他眸光深邃，看向景平。

"我上朝之后，你拿我的令牌到宫中去，令藏书阁的人将宫中有关神鬼的异物志全部调到睿王府来，尤其是有关妖物附身之说的典籍。"

众人闻言都吃了一惊，却随即听到上官惊鸿道："铁叔，你帮我办两件事。第一，加紧追查吕宋的下落。第二，派人到汨罗的部落去，向汨罗打听两件事：一是翘楚幼年可曾出现过任何异常情况，二是打听秦歌这个人，看看他和翘楚之间有些什么交情，我要他的下落！"

老铁应着，忆及昨晚沈清苓的话，却和其他人一样，越发惊疑起来。

上官惊鸿又缓缓看向方明："方叔，你帮我约清苓晚间到竹屋见一面。"

"看我这记性。爷，清苓她恰好让我传个话给你，约你见个面。既然如此，我直接回复她便是。"方明有些欣慰地笑道。

景清却有些颤然，道："爷，这翘主子是妖怪吗？她以前给你吃过一颗古怪珠子。"

上官惊鸿迎着朝霞浅光，负手而立，眼中有抹似是而非的笑："一只连自己的命也保不住的小妖？"景清一怔，又听他轻声道，"翘楚，你这本书翻到最后一页到底是什么？若你果真是妖，亦只能是我一个人的。为我而生，给我生儿育女。"似是自言自语，眼睛深处却皆是柔意。

再说翘楚这边。

琳琅没有回应。

整个上午都没有回应，翘楚也只好放弃。她抚着肚子，正在房里缓缓踱着步子。门却忽然被推开，四大和美人匆匆奔进来，四大喘着气道："主子，铁叔和几个驾车小厮方才回来，几个小厮都在说，宫里出大事了！天降奇兆现奇物，却无人能解释。"

翘楚原本烦恼着，听四大说得稀奇古怪，便饶有兴趣地仔细问了。

谬误通常是出现在传播的过程之中，这个不知第几手的消息，说的是有东西从天而降到御花园，当时很多宫人都看见了。那些东西从未有人见过，不知道是什么材质，黑乎乎的几件，像管子，像匣子。

四大说得兴奋不已，翘楚虽是好奇，却听得一头雾水，心想还是问上官惊鸿比较靠谱。

然而，这一天，上官惊鸿却直到很晚才回来，甚至中午和晚上的两顿饭都没陪她吃。当他带着沐浴过后的清香微凉轻手轻脚地将她从薄被里揽进怀里时，她已经睡着又被他惊醒了。她迷迷糊糊地想起问他，他却淡淡地说了句："我不知道。你就是要问我这些，没其他要说的吗？"她正困着，就随口"嗯"了声，他听罢一言不发地翻身覆到她身上……

翌日醒来，他已不在。

午膳的时候，有婢女来报，说爷派人回来传话，不回来吃午膳了，让翘主子不必等他。

夏王大婚，皇上让他将刑部的事也一并暂理，这两天他是三部一起行走。

翘楚微微有些惆怅，随即暗骂自己，竟然如此想他了。

两个丫头看她如此，取笑了几句。主仆三人正玩闹着，方明在门外求见。

翘楚亲自过去开门，方明眉眼有抹为难之色，道："七王妃在大厅求见。奴才原本说主子病中，不便见客，她却跪倒在厅中，说求见主子一面。"

翘楚奇怪，本来七王妃来找她已是不可思议，更别说跪她了。

方明解释道："七皇子和十皇子在刑部办事，爷今儿也到那边处理些事宜，不想在公文里发现了两位皇子的纰漏之处，因皇上曾交与爷大权，爷问了责，只说过午便行杖责。随身小厮也是懂眼色的，立刻回府禀报了两位王妃。郎妃堂姐和十王妃交情甚深，遂陪同十王妃过来找郎妃说情，郎妃过去了却劝不下。两位皇子和清苓往日公务上也是有些往来的，七王妃又过来求清苓，清苓也过去劝了，还是不行。"

翘楚听罢也很惊讶，没想到上官惊鸿动作如此迅速。

"翘主子看要如何处理？若你不愿见，奴才这就轰她离开。"

翘楚微一沉吟，道："别。"

虽已是夏日，但早上刚下过雨，还是带出了几分凉意，翘楚下了轿，不禁缩了缩双臂。七王妃从另外一顶轿子出来，一脸焦急地拽着她走了进去。

七王妃偶尔也到这里来，此间护卫差人也是认识的，行礼让进，倒是对翘楚多看了几眼。

进了院子，行不多久，便到了尚书房。

门外差人进去通报，随即请二人进来。

翘楚一进门，便见里面气氛肃穆却又有几分诡异。

一桌为界，一侧，七皇子和十皇子被两名差人按压在地上，另有两人拿着刑杖候着，十王妃惊惶无措地站在旁边，哀求地看着刑部尚书和另外两名侍郎，六皇子也在。几个男人却微垂着头，谨慎地站着，没有出声。郎霖铃和沈清苓都在，站在桌案旁边。郎霖铃身旁还站着一名秀丽女子，应该便是她的堂姐。三人脸色都不大好。

这当中最悠然自得的只有桌案后的男人。

他甚至在吃饭，意态慵懒。

翘楚有种认知，即便眼前七皇子、十皇子二人正受杖刑，这个男人仍能安静地吃他的饭。

这是她第一次清清楚楚地感觉到他那种生杀予夺的气势。

众人的目光很快落到翘楚的身上。

郎霖铃和沈清苓微微变了脸色，沈清苓随即垂下眼睑，覆下一层阴影。刑部几名官员立刻走到她面前，给她恭恭敬敬地见礼，甚至六皇子也向她弯腰一揖，这亦是她第一次受到睿王府以外的这种礼遇。

一切都不同了。

她心里为他欢喜，亦有些难言的迷茫。

上官惊鸿反倒是最后看过来的。他放下箸子，微眯眼眸。

翘楚看着他略显深沉的目光，心里微微一怔。七王妃已跌跌撞撞地走到七皇子身边，颤声道："爷，翘妹妹答应施以援手，你没事了。"

七皇子本来面如土色，这时大喜过望。十皇子和十王妃闻言，立刻也看向翘楚。翘楚在心里叹了口气，只听十王妃哽咽着哀求道："求翘姐姐也救救我家爷。"

其实翘楚会过来，一来是看七王妃怀着身孕，她心有不忍，但这并非最主要的原因，而是她想起问责七皇子、十皇子这件事里有一个奇怪的地方。

她正要开口，却听上官惊鸿淡淡地问："你怎么过来了？"

他一双眼睛像鹰隼一样在她身上上下缓缓滑过，很是犀利，却又似带着疏离。

翘楚心里一沉，她的预感没有错。从昨天起，她就开始有这种感觉。方才沈清苓那投在脸上的阴影仿佛也轻轻地压在她的心头。

"这不是你该来的地方。你回去吧，霖铃也一起回去。"

他说罢，继续吃饭。翘楚却又是一怔，他没说沈清苓。

他是要沈清苓留下来吗？

她想起那个奇怪的地方，正要走到他身边相询，上官惊鸿却止住她，没让她过去："你想问什么就站在那里问，不必遮掩。"

沈清苓眼里有着薄薄的笑。翘楚一笑，只道："我是因为想你才过来的。"

这也是心里话之一，她不卑不亢地说完，安静地转身离去。

来时匆匆，这时走过方发现院里有棵类似梅李的果树。

初夏，果子青青小小，她却微微嘴馋了起来。

她弯腰抚住走得有些泛酸的胃部，心里也是闷闷的。肚腹一暖，已被人半拥进怀里，背后的人微微沉声问道："身子可是哪里难受了？"

手腕被迅速扣上，话语里的紧张表露无遗。

翘楚嘴角浮起一丝笑意，一句"想你"，总算赌赢了。

她的话，他在乎，很在乎。

她缓缓地转过身，果然看到上官惊鸿眸光阴沉却紧张。

她指了指果子树道："我没带果脯蜜饯过来，想吃这个。"她说着咂了一下嘴巴："很想吃。"

上官惊鸿狠狠地盯了她一眼，一个旋身跃高，大手很快便捒下数串果枝。

四周守院的差役看得目瞪口呆，没想到堂堂一个重权在握的亲王会做这种事。

翘楚伸手去拿，上官惊鸿打了她的手一下，便牵着她朝一个地方走去。

"八爷，那这刑责该怎么量……"

背后，尚书的声音有些惶恐地传来，上官惊鸿眸光一动，携她转过身。翘楚想了想，道："大人，八爷方才说，七哥和十哥也是此间老人了，有些错实是不该犯，否则怎为皇上分忧呢？姑念初犯，这次便从轻发落，每人杖十板。"

七皇子等人随在尚书之后，闻言都又惊又喜，本来每人一百的刑杖，这时却可减到十板，但又随即迟疑，这不过是翘楚所说，可作数吗？上官惊鸿握着翘楚的手，并没有说话。

经夏王府那天之后，人人都畏惧眼前这个昔日温文的男人。众人忐忑不安，一颗心正悬到嗓子眼上，却听上官惊鸿淡淡地"嗯"了声。

七王妃和十王妃大喜过望，想起以前种种，都尴尬而又感激地看向翘楚，两名皇子更是一揖到地答谢。

郎霖铃自嘲一笑，淡淡地瞥了沈清苓一眼，却见沈清苓虽紧蹙着眉头，但嘴角勾出一抹浅弧。

上官惊鸿看向六皇子："虽说有家仆，还是烦劳六哥代我送郎妃和沈姑娘一程。"

六皇子忙道："应该的，八弟不必客气。"

"惊鸿，那我先回去了，你今晚过来咱们再谈。"临走前，沈清苓突然开口道。

翘楚看到众人都悄悄地打量了自己一眼，又看了沈清苓一眼，她心里微叹了口气，脸上却依旧平静。上官惊鸿将她一揽，又将手中的果子扔给旁边一名差役："去洗一洗。"

他说罢看向尚书："本王借你此处办公，可好？"

尚书悄悄地看了一眼翘楚，恭声答道："八爷随意便是。"

于是，最后便只剩她和上官惊鸿二人回房。

差役送上洗好的果子，便立刻恭谨地将门关上。

被圈到男人膝盖上，翘楚笑道："你不是要我回去吗？"

上官惊鸿低头吃饭，没有回答。

她要起身，他放下碗，一手搂过她的腰，将她紧紧地压在自己怀里。

"咱们说说秦歌的事。"

翘楚苦笑，果然还是因为秦歌。

他已经找沈清苓问过了吧，他今晚到清苓那里去也是因为这件事吧？若沈清苓真的说了出来，会影响到现代吗？

她正考虑着该怎么回答，下颌忽地被抓起，他的声音带着一丝隐抑的情绪："你和他到底是什么关系？"

这话反而让她一怔，不知出于什么原因，沈清苓似乎还没有告诉他秦歌的事，也是怕影响到后世吗？翘楚顿时松了口气，回去要第一时间找沈清苓说说这件事，事关秦歌生死，沈清苓应该能答允暂且不说。

上官惊鸿看她紧蹙着眉头，眸光一沉，想起昨晚沈清苓的话："惊鸿，秦歌的事，你容我想想再说。但现在我就能告诉你的是，翘楚和秦歌的关系不简单。"

不知道该怎么形容当时的心情，心如蚁噬、妒火中烧也不足以形容那种感觉。那个男人是她嫁给他以前的北地情人吧？

和她相识以来的种种生死起伏，让他几乎已忘记她最初嫁给他的目的——为救她母亲的部落；让他几乎忘记她曾经选择过上官惊灏，只因为上官惊灏当时是最有能力帮到她的人。

她是因他的安排、因赐婚嫁给他的，她现在爱他，他清楚地知道。

但她心里却还有一个秦歌。

梦里的声音那般焦急：她还爱着秦歌吗？

他不觉加大手上的力道。

翘楚有些吃痛，却没有去阻止。她伸手摘掉他的铁面，道："惊鸿，给我一些时间，我会原原本本地告诉你秦歌的事。你现在只要知道，我……"

她说着在他脸上轻轻吻了一下。

她沉重又羞涩坚定地看着他，说不出那个字，便用动作告诉他。

她旋即被他拦腰抱起在房中转了起来，他眼中光芒陡然深沉，那是最炽烈的喜悦。他低头抵着她的额头喃喃道："好，我等你。别骗我，否则，我绝不会放过你们。我不保证我会不会杀了他，甚至……你。"

两人相拥了好一阵子，他才放开她，将她抱到房中一张长榻上，摸了摸她的身子，皱眉脱下自己的外袍给她盖上，又将桌上一大沓公文都搬到榻上坐下，将她的头挪到自己膝盖上："陪我办公。"

翘楚看他眼下乌青，心疼他疲累，起来坐好，替他揉捏起肩膀来。上官惊鸿享受地喟叹一声，将头轻轻搁到她的肩上，闭目小憩。

翘楚想起那两件事，先是糗他道："你八爷打谁罚谁，还要定下时间吗？你这人不老实，今天分明就是想要我过来。"

他笑了："爷可没有要你过来，是你自己巴巴地来找我，看上去倒似是因为你在吃谁的醋才过来的。"

翘楚可不信他，这种事他也不是第一次做了，此前便在地牢做过，遂反驳道："你既说你是存心找那两位爷的茬儿，为何不立时将人打了？上官惊鸿，你这人要害人，还能让人接二连三到你府上搬救兵找说客？"

"你若不想见我，你不会修书一封让那个女人带过来，非要自己跑一趟？"上官惊鸿一声轻嗤，笑意猖狂，"你方才那句话，敢说不是赌爷会不会心疼得将你追回来？翘楚，你会来，确实是因为你想我了。"

他心里雪亮得很。翘楚恨得痒痒的，随即失笑，也是，她其实可以修书给他，却全然没有起过这种念头，便老老实实地过来了。

她看他眼睛眯成缝，低声道："那你说你坏不坏，明知我心里有你，这两天还对我那般冷淡。"

那句"心里有你"似乎愉悦了他，上官惊鸿一下坐起身来，将她拥进怀里："你今儿若不来，我怎么知道你的心思，你又不肯对我说。"

"所以，我们都需要学习，学习怎样去爱一个人，而非试探。若我们在知道怎么才能好好去爱这个人以前，已经先爱上了他。"

这些话忽然便在她心里轻轻翻腾起来，她一愣，带着羞赧在他耳边一一道了出来。

上官惊鸿良久都没说话，拿起公文连看了好几份，方深深地看向她："好。"

她知道，他方才也在思考。喜悦慢慢地盈满翘楚身心。两人握手依偎着，微风带着早雨的清新从窗隙送来。翘楚想了想，又道："惊鸿，答应我一件事好不好。"

"你说。"

"由我来告诉你秦歌的事好吗？"

上官惊鸿何等聪明，自是明白她的意思。他喜欢现在的日子，若非她那该死的病，他足够快乐了。他不允许任何人来破坏，秦歌当然也不行。他在查的，他不会放弃；但她要的，他愿意答应她，他希望看她开心快活。

"我答应你，这件事不从沈清苓那里打听。"

他说罢，低头却见翘楚眉眼里都是感激和笑意，心里不禁一疼，若她没有这该死的心疾，那该多好。

想到这里，他皱眉再次问了以前那个问题："你那时都是怎么混过来的，惹下一身毒，以致影响了心肺？"

翘楚听他说到后来声音已是大为不悦，恍惚中想起多年前蛊楼的事，但牵涉到她救太子的目的还是为了秦歌，这时还没想好怎么解释，遂没有多说，只笑道："你又不是不知道我有个擅养毒物的大娘，还不是被她的毒虫咬了，又没有及时服下解药闹的。"

上官惊鸿的眼睛极犀利，但她这话也并不假，说得极为顺溜，是以表面看去上官惊鸿似乎并没存疑，只是眉目骤然一寒。

翘楚知他心中已然大怒，吐吐舌，心底笑道：大妃，你自求多福吧。

她并不知道，此时，上官惊鸿自心里也同样想到蛊楼的事，但他自然不会跟她说质子的事，翘眉救过他的事，他不想让她胡思乱想、多生枝节，且他另外有种顾虑，翘眉身上有种气息似乎隐隐约约地诱惑着他……他自是不会让她知道半点！

他总说一定会治好她，然而每每午夜梦回，他都极为恐惧，怕她哪天便离自己而去，是以每晚他只有累到极点才能入睡，却又不能在她面前露出一点怯惧。

他将她抱紧，下颌枕在她头发顶上轻轻苦笑。

纵使他天天为她输入内息，她的命也只剩下不到半年，届时，孩子亦无法顺利出生。

他将希望寄托在西凉和吕宋身上，派到西凉的探子全数死了——那里冰雪漫天，气温极寒，人一靠近，便立刻送了性命。

而吕宋仍没有任何消息。

当然，最近，他几乎确定他还有另外一个新希望。

嗯，他要尽快安排。

想到这里，他精神顿时一振，在她嘴上偷了个香，柔声道："乖，歇一下。老九撂下的挑子，我将这些处理完毕就带你回府。"

在得到他的保证以后，翘楚心里亦是安定下来。这事若让沈清苓来说，不知道会有什么后果，如此她便安心了。心一安，便有些恹恹欲睡，她低声嘀咕道："你陪我一起歇，你也累了。"

上官惊鸿甚少看到她娇憨的模样，每每看到不禁爱极，此时看她在他怀里像小猫一样蹭着，心神一荡，几乎便真要抱着她一起去睡。他克制地捏捏她的鼻子，轻声斥道："爷还得做事，不然睿王府垮了谁养你，还有你肚里那玩意儿！"

"那是你的孩子，你就不能好好给他个称呼吗？总是小怪物、玩意儿地叫！"翘楚一听，不禁嗔恼道，"难不成你要别的女人给你生孩子，所以你不爱我的孩子？"

她说着，神志略略清醒——因他忽而变得僵硬的肌肉。她伸手拉拉他的衣襟。上官惊鸿几乎立刻将她圈紧，哑声道："我只要你给的孩子。"

翘楚心里甜极，闭眼便要睡去，却被上官惊鸿轻轻拍打脸蛋，又弄醒过来。她瞪他，他却不理她的眼色，眸光幽暗，大掌紧紧托着她的脑勺，强硬地问道："我问你，你当初为何会喜欢我？若我没有能力救你母亲，你还会喜欢我吗？"

翘楚一怔，看他神色突然变得焦灼，似乎并不肯定，要得到她的答案才安心，她心里顿时变得柔软。

待他好，最初是因为秦歌，后来却只因为他是他，从莫愁湖畔他因她负伤开始，她便爱上了他。

前生的他还是秦歌吗？她突然想起西宁街那晚，她问琳琅的问题——也许，她已有了答案，自己找到了答案。他是秦歌，也不是秦歌，但她爱他。

真正爱一个人，是一种感觉，没有原因。这个为何还真是难答。

她告诉他没有原因。上官惊鸿一怔随即笑了，放她睡觉。倒是她没有立刻睡去，被他这一打岔，想起此前没能问到答案的问题来。

"听说宫里出了大事，天降奇物。你看到没有，到底是什么东西？"

上官惊鸿将她重按回膝上，嗔道："天什么降，还不是传得玄乎。是雨水将御花园一棵大树根部的土壤冲刷开，几个奴才在树根处发现了几件古怪物什。"

"哦，那是什么东西？"

上官惊鸿失笑，摸摸她的头："我亦是听说的。若你真有兴趣，我明儿上朝问问去。"

他说着，看翘楚两眼发光，越发好笑，心想自己也是嘴欠，这不是揽事上身吗，他身上的事还嫌不多？只是看她高兴，他心里却很是满足。

他拿起一份公文，却见翘楚仍盯着他，叹了口气，道："让你过来真是个错误。还有什么古怪问题吗？"

"那我回去好了。"

翘楚闻言作势要起，却被他大手一罩，将她的肚腹牢牢挟住："说！"

她一笑，伸手环住他的腰腹，嗅着他衣衫上的清新气息，道："你寻事责罚了你两个兄弟，怕不怕惹火你父皇？"

"不怕，我明面上回敬，父皇反而不会说什么，他顾忌的是暗里相害。"

翘楚一怔，骂道："你这狐狸。"

"他们确实有错不是吗？你以为这事好办？虽说早知他们必有舞弊，但为了拿出证据整这两人，爷将他们签批的卷宗全看了，也累得不轻。一查果然有错。"

翘楚扑哧便笑："看你大义凛然的样子，若是你，只怕也舞弊得更厉害！"

"那是自然，只是爷绝不会像他们那么笨，能叫人抓住把柄。"

那理直气壮的口气，让翘楚愣了愣，随即笑翻在上官惊鸿身上。好久，在上官惊鸿呵她痒的时候，她才作势投降，啧啧道："你这人怎么那般记仇？"

"哼，他们当初如何对待你的？我便是要那七王妃去求你。"

"那我代他们求情，岂非将你的心血破坏了？"翘楚做了个歉意的表情，"只是，七王妃到底有孕在身，且我不像你想得透彻，怕你父皇责怪。而且，你最主要的目的只怕也不是要我来见你。"

"哦？"上官惊鸿挑眉，眼中却隐隐透出一丝玩味来。

"八爷你不像是会在这种地方耍儿女私情的人，你若要我主动找你，睿王府有的是地方、有的是可以罚的人，府中你若要动一个和我有关的人，你不找我，我还不是要找你？所以，你将行刑的时间放到午后，其实是要我来求情，而非见面。"

"听上去似乎在理。"

上官惊鸿淡淡地说道，眼中的光芒却越发闪亮，似是在她身上发现了什么让人赞叹的地方。

翘楚羞涩地避开他炙热的眼光。

"我喜欢聪明的女人。翘楚，在我认识的女子当中，你并不是最擅长心计的，却是最聪明的。"

他低低笑着，缓缓道来。

被爱人称赞，翘楚心里自是喜欢的，哪怕她认为这只是他的溢美之词。

殊不知上官惊鸿确实是这么想的，亦在这些日子里越发肯定自己的想法。

"否则怎么配得上我？"

翘楚原本还在赧然，闻言一愣，对他的厚脸皮好气又好笑，扬手去打他。

上官惊鸿抓住她的两只手，放在唇边轻轻吻住。

"为什么要这样做？"玩闹过了，翘楚认真地问道。

"你既已将这事处理妥当，还问我做什么？"

上官惊鸿反问，将她的手妥帖地放回披在她身上的他的外袍里。

"报仇以外，你是想让我送这些人一个人情，同时也是树立威信，让别人知道你的底线，如此一来，以后谁也不敢再惹你。"翘楚想了想，迟疑着说了出来。

"嗯，你以后在宫内外走动也更容易。"

听他亲口肯定，翘楚心里渐渐被一种情绪占据——也许是感动，也许不止感动，哪怕他的目的不纯粹，亦不单单只为她，但他对她用了心。

"你父皇大抵更不喜欢我了，认为我能左右你。"

她蜷在他怀里，看着窗外的光线慢慢变暗。

"却也能让他更加忌讳，不敢轻易动你，否则必损害他和我之间的父子之情。"

翘楚又是一怔，在橘色的光线中，慢慢掬起他的头发："你的心到底有多少窍？一件事也能想出这么多利害关系来，怪不得你的头发会白。"

"白便白，"上官惊鸿不以为然，嗤道，"男人不需要长得好看。"

因为男人的抱负？翘楚轻轻笑着，却又有一丝酸楚。她看着窗外夕阳，半开玩笑地问道："惊鸿，若有一天，妻子和天下只能要一样，你要哪样？"

"都要。"

"若只能要一样呢？"

"哦，这截然不同的两样也不能双全？"

"嗯。"

"那就天下吧。"

上官惊鸿似笑非笑地说着，却突然重重地吻住她。

翘楚立刻回应了他。

嗯，那样就好。

上官惊鸿却有些错愕地放开她，眸光深沉地打量着她，她不介意？

这一霎，他突然恨她的心窍，他竟然看不透她在想什么！

很快又过了几天。这天，上官惊鸿下朝回来，带回来一个消息：宫里很快将又有一次大宫宴。这次宫宴意义非凡。

西夏王据说因身体抱恙，没来参加最疼爱的小女儿银屏公主的婚礼，这次过来看银屏，并和淳丰、彩宁一起归国。

听说，西夏王将带着最宠爱的两名姬妾一起来，那两名女子都有倾城之貌。荣瑞皇帝不甘于人后，为此，这些天从官家并民间甄选绝色美女，给宫中歌乐坊添色，势要压过西夏。

而宫中另有新鲜事，却是那几件所谓的天降奇物竟无人能识，连见多识广的司天监也不识得。

皇帝对这些物什甚为重视，命司天监研究析查。上官惊鸿为了满足翘楚的好奇心，到负责保管的司天监那里走了一趟，回来后描述倒和四大说的相差不远。

只是，让翘楚越发感到好奇的是，见多识广的上官惊鸿竟也不识得这些东西。

这些天上官惊鸿忙得焦头烂额，宫里、三部，每天辗转各处，大多夜归，她也就不好意思再添乱了——虽然她很想让他仔细画出来让她研究研究，不知是职业病还是孕妇病发作。

倒是日子寻常些了，便似一台戏、一本书没有了跌宕起伏，喧哗落幕，热闹褪色，看客都在散去，但她感觉很幸福。

唯一的热闹是听听宫中的小道消息，听说宫里始终没有找到合适的美人。

皇帝发狠对内务府说，这选上来的人至少得有太子妃之美。可惜甄选上来的女子美则美矣，却还不足以倾城。

为此皇帝想了个办法，对翘振宁一家发了邀请，到朝歌来参加宫宴，说是许久不见，既逢大热闹，相邀爱卿，实是借此让翘容过来。

翘容也是极美的。这样到时至少不比西夏逊色。

彼时，众人在竹屋外小聚，是听上官惊鸿和宁王说的，都笑得不行。

四大嚷嚷说，让翘楚服下绝颜丹的解药，那东陵便有三美了。

众人听闻，沉默片刻都拊掌说好。

大家都已经知道她服食过绝颜丹的事，而上官惊鸿已将解药制出来。

上官惊鸿却说不行。

其实，关于这事，翘楚回来后二人便有过共识，上官惊鸿要她将绝颜丹留着，等他成事之后再用。她开始不明白他的心思，后来在知道皇帝已经得悉夜搜太子府的事之后方明白，她的容颜只会让皇帝杀心更重。

而那晚众人离去之后，上官惊鸿对她说："翘楚，绝颜丹到不需退路的时候或是已无退路的时候再吃。"

她答应了他。

原来，他平日在众人面前决断自信，内心里亦是顾虑重重，只是没说出来而已。

他已经考虑过最终会失败的后果。

日子平凡地过去。

但这样就够。

她小心翼翼地谨守着这份平淡美好。譬如，因怕别人诟病睿王排场而从不多带睿王府的人到刑部去；譬如，从刑部回来的那天，她晚上带着美人去和沈清苓见了个面，保护自己。

她们约在林里见面，四下昏黑，但还是可见清苓脸上的愤怒，问："你到底对他说了什么？他说秦歌的事只等你告诉他，我说什么他也不信。"

于是，她知道今天晚上上官惊鸿已经找过沈清苓，也明白了上官惊鸿的态度，遂没有再和沈清苓说什么。

本来找沈清苓商讨便是最难为的方法，所以她终究在刑部里向上官惊鸿提出了由她告诉他。

没想到上官惊鸿应允了，也做到了。

临走的时候，美人警惕地说："林里还有人。"

她猜测，那人大概是宗璞。

但无论是谁都好，只要她和上官惊鸿彼此信任爱护，他们就一定能很好地走下去，到她生命结束，却也是幸福地终结。

……

翘楚淡淡地想着，拿起身旁的凳子和纱灯走出去。

时间已晚，她已让四大和美人回去休息了。

守夜的几名婢女向她施礼，她点头回应，放下凳子，又在两名婢女的搀扶下，亲自将纱灯挂到门楣侧边一个悬钩上。

就像以前嘱咐景平留盏灯火一样，如今，她夜夜这样做，想告诉他，无论他多晚回来，她都在等他。

她明白他的操劳，这看上去没有用的举动是她能为他做的。

这时，她正要回房去，却见他正领着景平等人从院门口走进来。

上官惊鸿看到她，突然顿住脚步，眸光微有些闪烁，随即低斥道："都多晚了，你怎么还不睡？"

今晚她是想些琐事晚了，往日确实早已歇下。她吐吐舌头，察觉到他语气里似乎隐隐有些烦躁，今天宫里发生什么事了吗？老铁几人给她见礼，她却注意到他们几人的脸色似乎也不甚好，很是凝重，但他眯眼看了看门外的纱灯，目光立时又添了些柔和。

"莫过来，今天和三部的官员一道吃了些酒，酒气重，你受不了那味道，回房等我。"她正要迎上去，上官惊鸿却有些严厉地止住她。

虽然他的语气不甚好，她还是点点头，回了房里。

她在床上躺了一会儿，惦记着他，还是下了床到书房去。

景平等人都已回去休息，书房门外只有两名男仆候着。

仆人看到她，正要施礼，她笑笑做了个噤声的动作，轻轻推门进去。房里屏风后一阵烟雾缭绕，他怕吵着她，果然在这边沐浴了。

他的外袍、单衣凌乱地散落在地上，她随手捡拾起来，一股幽香蓦然钻进鼻子。

那是一股女子的脂粉香气。

她登时愣住，突然明白，他今晚大抵是和官员到风月场所吃酒去了，难怪方才……

她摇头一笑，她是信他的，将衣服轻轻地放回地上，又有些奇怪，他耳目聪敏，她虽蹑手蹑脚地进来，他也绝不可不察觉。

她蹙眉走到屏风后，却见上官惊鸿头歪倚在木桶上，呼吸平稳，已经睡熟。

累坏了吧。她心里一疼，叹了口气，拿起搭放在桶边的帕子，转念一想，还是出去了，低声吩咐了两名男仆几句，让他们不要告诉他她来过。他必定不希望她看到他这一面，这个要强的男人。那么，她又有什么理由不去成全呢？

上官惊鸿不久便醒来，浴后回房。

不同于往日，今晚上官惊鸿轻着手脚上床将她搂进怀里的时候，她还清醒着。

"楚儿，我过几天去将郎霖铃接回府。"

郎霖铃自那天从刑部出来，便又回了郎家。沈清苓这些天也很安静，几乎是足不出户。

她说了声"好"，想了想，又加了句："惊鸿，你做你认为对的事情就行，不必向我解释，我信你。"

上官惊鸿没有说话，只是将她用力抱紧。

她希望上官惊鸿和官员到勾栏院吃酒只是出于一种交际，而非他出了什么事。她没有问，她怕他因她的担心而忧虑。

但似乎确实是她多虑了，因为宫里并没传出什么消息。

上官惊鸿没有事，可她却病了。

东陵的夏季深夜有些微寒，她昨夜出入书房，没有留心多加件衣服，翌日起来不久便发烧了。

上官惊鸿心疼得不得了，一接到府中的报信，什么部也顾不得去了，一下朝就回了家。

虽然早有此前那名随行江南的暗卫给她诊断过开了药，上官惊鸿回来还是结结实实地又给她扎了几针，将一大堆公文抱到床上看，盯着她睡觉。

她这些日子白天都睡得多，这病一来就又睡了一天，此时实在是睡不着了，便枕在上官惊鸿的膝上，大睁着两眼看他处理公文。

上官惊鸿嗅着她头发上的香气，不免有些心猿意马。这些日子以来公务极忙，他回来看她睡得香甜，又不忍弄醒她，也没有好好亲热过，熬着又看了几份，终于低咒一声，将公文推了，抱着她亲吻起来。

当然，她还病着，他也没敢怎么折腾，也只是亲亲摸摸解个心痒。

翘楚笑着去躲，忽听老铁在门口求见，连忙推开他。

上官惊鸿用被子将她盖严，又扯下帷帐，方走到门口。

他很快折回，眉头紧皱，似在烦恼什么事情。

"怎么了？"翘楚有些担心，去拉他的手。

上官惊鸿摸了摸她的头："我得出去一趟赴个约。"

"去吧。"二人虽在一起，但这些天终究聚少离多，翘楚不免有些失望，却笑笑说道。

"你病了。"

"大国手，我被你扎了针、灌了药，已经好得差不多了。你什么时候对自己的医术这么没有信心了，嗯？"

“不行，”上官惊鸿微一沉吟，“嗯，我将你也带上。”

“啊？！”

第二十章

山河志远长公主　结盟复苏沧念佛

看着眼前的好风光，翘楚宁愿上官惊鸿没有将她带上。

天香阁。又见天香阁，她没想到他要赴的约竟在这个地方。

只是，她明白他的心情。

她一直知道，她的病不适宜要孩子，因为孩子可能有残缺，她心脏的负荷亦随之加重。但当真怀上了，她无论如何不舍得打掉。作为大夫的上官惊鸿自然更加清楚，只是他一直顾忌着她的心情，也认为孩子会让她活下去的欲望愈加强烈，才允许她将孩子留下来。

如今，她只要有一点小病，他都紧张无比。

老鸨亲自来迎。今非昔比。

虽说她事前已经知道来见的是什么人，门开时，她还是有些紧张。

女子眸中带着灿烂笑意，看着她旁边的上官惊鸿，柔声道："你来了。"

这女子是彩宁。

幸好上官惊鸿给她重新化装了，打扮成一个小厮，彩宁并没有将她认出来，否则，岂不尴尬？毕竟，彩宁对上官惊鸿动过心思，她就像电灯泡……

而此番邀约，似乎也有些含义。

因为，淳丰没在，而彩宁也没有带婢女过来。

"睿王，你我可否单独一谈？"坐下后，彩宁瞥了她一眼。

上官惊鸿一笑，亲自起身为彩宁斟了酒："无妨，这是我心腹之人。"

彩宁无疑是不悦的，眉眼里闪过一丝阴霾。翘楚紧张亦无奈——并非她自己想过来的，这还得站呢。只是，她也委实好奇彩宁找上官惊鸿的目的。

"彩宁之前在天香阁里若有冒失得罪之处，还望睿王包涵恕罪。"

早就觉得这女子不简单，彩宁果然没令她失望。彩宁原本是对坐着，此刻移坐到上官惊鸿身旁的位子，红唇溦滟，薄带了一丝娇媚，缓缓地挨近上官惊鸿，将她完全无视。

翘楚腹诽，继续看戏。

上官惊鸿也没有避开，双手规规矩矩却也没有任何动作，只简单一句："公主言重了。"

彩宁微微吁了口气，眯起眼眸盯着上官惊鸿看了良久，忽然低低笑出声音："彩宁自小跟随在我王兄西夏王身边，自问阅人无数，唯独看不准你这个人。若说你没有夺位之心，我绝对不信，只有没看见过你上战场的人才会那么认为。你那样的眼神，是必定要站到巅峰才甘心的。"

"公主有话直说便是。"

上官惊鸿原本一直淡淡地看着盏中液体，这时缓缓地抬头，盯住彩宁。

彩宁在他略带犀利的眸光盯视下，秀眉一蹙，仰头将酒饮尽，把杯子往桌上重重一搁，咬牙道："西夏儿女自小长在大漠，也学不来东陵女子的忸怩。彩宁既然数次在百人面前都敢对睿王示好，此时也不必避嫌。睿王是真不知还是假不知？你我成婚，对你是百利而无一害。睿王几番有意无意地拒绝，到底在考虑什么？不妨开出你的价码。"

她说罢，又微微挑起眉眼看向上官惊鸿，两颊虽红晕盈盈，但那句"开出你的价码"却大有女尊之风。若非她看中的对象是上官惊鸿，翘楚必定要赞声好。

上官惊鸿呢，他会怎么回答？

"公主美意，惊鸿此生铭感在心。惊鸿仍是那句话，公主日后若有任何需要惊鸿的地方，惊鸿能力所及，必定全力以赴。内子染病在身，今宵你我就此别过。"

翘楚大为愣怔，绝没想到上官惊鸿会这样回答，而彩宁亦然。

半晌，彩宁犹自有些不可置信地笑道："当真没有任何价码？"

"没有。"上官惊鸿说着，缓缓从怀里掏出一件东西出来。

两名女子都是一怔，正是当日宴上彩宁献给上官惊鸿、上官惊鸿后又转送翘楚的哈达。这幅长绢翘楚几乎已经忘记了。那天正值她逃离皇宫，东西是她后来帮沈清苓换衣服的时候，放到沈清苓怀里的。

上官惊鸿趋前一步，彩宁半僵着身子看着他将绫绢挂到自己脖颈上。良久，彩宁深深地吸了口气，憎恨的光芒从眼里一点点透出，咬牙道："上官惊鸿，你会后悔的，一定会。"

"嗯。"上官惊鸿笑了笑，招手唤已然怔呆掉的翘楚，"小楚子，走吧。"

两人走到门口，彩宁有些凌厉的声音从背后传来："上官惊鸿，给我一个理由。"

翘楚看向上官惊鸿，想看他怎么说，却不防他也正盯向她，在她怔忡间，他的手突然伸到她头上去，她的方巾顿时被他扯下，露出一头青丝。

"公主，我心有所属，娶你无疑是相负。我并非善男信女，却敬公主一介英杰。"上官惊鸿轻声说道，眸光一扬，落到彩宁的哈达上，"那是公主对惊鸿的心意，亦是惊鸿还公主的心意。"

彩宁捏住绢子，身子微微一震，随即紧紧盯着翘楚，惊讶道："你是……翘妃？"

虽然没用人皮面具，翘楚的脸上却被上官惊鸿化过妆，容貌略有更改。见彩宁逼问，她微一迟疑，终究点了点头。

"睿王、娘娘，恕彩宁不送了。"彩宁仰起下巴，冷冷地笑道。

两人携手走到门口，翘楚看向远处的灯火，轻声道："其实彩宁说得不错，此刻两国相互制约，暂无战祸。你娶了她，便等于能得到西夏的兵力相助，彩宁甚至比银屏更能说上话。"

"嗯，彩宁这个女子，我亦甚是中意。她与西夏王实为异母兄妹，她的母亲并不受宠，她能得到西夏王的信任和今日的荣耀，也是在宫中摸爬滚打出来的；且她是个有鸿鹄之志的女子，抱负很大。"上官惊鸿握紧她的手，淡淡回道。

翘楚更是一震，随即笑道："你倒是打听得很清楚。可后悔了？"

"若在以往我会娶她，但今日所为却是不悔。"

声音仍是淡淡传来，翘楚却止不住唇边笑意。上官惊鸿同样笑着，伸手在她额上轻轻一弹。

"其实你没必要带我过来。"翘楚很快生了忧虑，"若你实在担心我，你大可以推掉今日之邀，改天回约。"

她说完没听到上官惊鸿回答，正奇怪间，却见他眯起眼眸看向前方街道。

翘楚一怔，随着他的视线看过去，却见上官惊灏领着曹昭南和王莽走过来。

这一照面，双方都有些惊讶。

上官惊灏却随即淡淡一笑，目光掠过二人交握的手，快步进了天香阁。

互不招呼。

翘楚不知为何却莫名地打了个冷战，只觉得方才从自己身边经过的男人给她一种既熟悉又陌生的感觉，那种感觉让人心生寒意。

是太子府里的回忆在作怪吗？

似乎不仅如此。

不知道为什么，她怕他，很怕。

以前明明没有这种感觉，哪怕经历过太子府的事，且连曹王二人给她的感觉也很不同……

上官惊鸿几乎是立刻感觉到她的战栗，将她揽紧，立即离开天香阁。

"莫怕，我不会让他再伤害你。"上官惊鸿低压着声音却坚定地一遍一遍在她耳畔说着。

上官惊鸿也不用王府的马车，径自领着她走进热闹的人群中。街上的热闹将她的骇意慢慢驱散了，她依偎在他宽厚有力的怀抱里，渐渐地安定下来。上官惊鸿大约是以为她在害怕太子府里的遭遇，她回握紧他的手，低声解释道："惊鸿，我在太子府虽是受了惊吓，但……没有被他欺负过。"

上官惊鸿一震，瞳孔猛力一缩，紧紧地盯着她，良久，才用力在她头上一揉，将她抱进怀里。

他其实是在意的。是啊，他怎么可能不在意？她一直没有跟他解释，他也从没问她，因为怕她难过——翘楚眼里不觉有些湿润。

上官惊鸿捏了捏她的鼻子，笑道："丑八怪，回家吧。"

她使劲点了点头，想起方才的问话，压下心里莫名的害怕，正想问他，上官惊鸿却仿佛知道她想问什么似的，道："若是改日，彩宁是不会再见我的。她送来的拜帖说得明明白白，若我今晚不来，再无会面之期。"他傲然一笑，继续道："原来她还约了二哥。我没错看她，这女子果然是个决断之人。"

"若你不承诺，她便和上官惊灏……"

"嗯。"

天香阁。

"佛祖，你为何如此在意那个女子？"

在前往彩宁房间的路上，曹昭南缓缓将心中疑惑问出来。

上官惊灏没有答话，只是想起多日前的事。

上官惊鸿原来早带了真美人进宫，荣瑞已经查过，他提出的漏洞已不是漏洞。

只记得皇帝将一切说罢，冷冷地睨着他。惊怒之下，他当时亦是上来脾气，问皇帝："父皇可是有意改立储君？"

皇帝忽然笑了，良久才说："你心里只有权欲，父亲和兄弟又都是什么？朕若真要改立亦是你逼的。"

皇帝还在犹豫，他知道；但皇帝的心已经开始向上官惊鸿偏移，他亦知道。

没有哪一次比那一刻更清楚！

那晚，他做了一个梦。

在汗流浃背地叫喊着"本尊便是为权而来又何如"中醒来，夜色在忽然而至的雷鸣声中破晓。

千年一梦。

但他知道那不是梦。

云海缭绕中金光万丈，那被燃烧着的大殿，便是他不坏之身，也感到皮肉焦痛。

"你怎么会在这里？我懂了，你来是探看他的典籍经义，明白赢不了就……他是你弟弟，你怎能这样害他……"

"你跟不跟我走？"

"不。"

"你既不愿跟我走，那就去死吧。"

尖锐的爪撕破手腕的皮肉，女体幻化成一团白绒从他身上跃落。他亦是怒了，一个结印打到那东西身上。它摇摇晃晃，却飞快窜进火光里……

后来，飞天殿被焚，翘若蓝身死。

九重天外。"溯镜可看过去之事，然飞天殿失火之前，镜海天之镜全数被封印，无法查探。你实话说，火可是你为之？"

"师尊，并无此事。"

"不管是或否，沧念，你且随飞天一并到人界历劫吧。"

"师尊认定沧念权欲之念深重？"

"我二人并无如此一说，这乃从你口中释出之惑，可见你心亦然。"

无法参透权欲之念便无法归位，可笑！

天亦助他。

两大古佛曾立下严禁帮助历劫诸人恢复前生记忆的规定，但此番他却因强烈的欲念而苏醒，先于飞天苏醒。而古佛却突历涅槃重生之劫，不久前已在九重天内圆寂，魂灵沉睡，等待肉体再生。

否则，他手下三大主佛亦不能在感觉到他苏醒后，立即到他身边辅助。曹、王二人本就是其中两名主佛分魂所生，如今算是魂魄归整。留一名主佛在天界时刻注意龙非离和龙无霜的行动足矣，因为如今没有一个神佛能使用术法。

据两名主佛说，两大古佛早将镜海地再次封印，谁都不可在那里窥得过去未来之事；历劫之前，他们更将身体神力悉数散去，用以封印天地间所有神佛魔妖的力量。

本来，有些神佛的力量，古佛亦无法封印，譬如他、飞天和龙非离。然龙非离大伤未愈，暂时无法反噬古佛的封印，力量也就被暂时锁住，他和飞天在人界尚未苏醒已被封印。

如今，神佛只能在两界行走，在古佛重生前暂无力量。

这个新局面反而有助于他。在古佛重生前，他要飞天历劫失败，他则将自身被封印的神力通过坐禅修炼法门恢复过来；届时飞天在苏醒前历劫失败，再也无法归位，龙非离神力仍然被封，他只要在古佛重生前回到天界，将其在九重天内沉睡的魂灵消灭，则天地浩大，却再无可阻他之人。

古佛不让他掌权，他偏要掌权，便从这花花人界开始！

"佛祖？"

听到二人声音，上官惊灏一笑，轻声反问道："你们都认为飞天前生爱的女子是茯苓？"

曹昭南和王莽一讶，随即领首。

"嗯，按历劫前种种看来委实是，但上官惊鸿对翘楚的情愫似乎并不简单……这个翘楚到底会是前世的谁？"上官惊灏轻声说着，脑海里慢慢映出一名女子的模样，笑容嫣然，眸似蓝海。

海蓝……他眉目一沉，随即想到，这小妖精早已灰飞烟灭，再说她与飞天平素虽看似有些纠葛，但至死飞天都不肯抱她，不该是她。

王莽道："佛祖，依属下看，且不管这翘楚前生是何人，飞天历劫前，未必不会施手段，让其他女子在这一世里'作为'他喜欢的人出现，以掩人耳目。然而，飞天并没有想到，他与茯苓亲热的一幕会被天人在无意中窥见，而在秘密揪出之前，他已下界历劫。"

"的确如此。佛祖，你想那燃灯最是铁面，青萍则不然。青萍既将茯苓送到另一个世界，想借此分开飞天和茯苓，便可知飞天确实对茯苓动了情。"

曹昭南也点头赞同。上官惊灏仍旧微微皱眉："目下，可先假定飞天爱的女子是茯苓，一切计算暂且按此来定，但到底这是否是实情，容孤想一想。"

"是。"

"孤还有一个疑问，青萍既将茯苓放到异界，此事必定极为隐秘，你们却是从何处得知的？"

曹昭南道："禀佛祖，天后小七的义女年琳琅当日在西海为我们的人所伤，小七闻讯赶来，将其救走。这位天后娘娘灵力极弱，本不可能逃脱，却带着年琳琅瞬间消失。接获回报，我三人方惊觉那恐是飞天的逆光札。我们追踪过去，在中国西宁街十八号古玩店前发现林思微。纵使转世，她身上仍带有茯苓天女的气息。青萍既负责转生之事，我们便猜到必是其做了手脚。林思微在古玩店前盘桓，嘴里说着秦歌的名字，我们特此查了秦歌此人。后来我借秦歌之名将她送回东陵，并暗示她辅助上官惊鸿，借此建立感情，唤醒天界之情。"

"秦歌？"

"按人界轮回之说法，他应是飞天的第三世。但镜海天已封，无法查看具体过去未来。我们都不知道飞天为何也到了那个时空，但秦歌后来却死了。"

上官惊灏眉头愈紧，良久才轻声笑道："这里的事会直接影响到第三生。孤不会让飞天有机会再到中国，所有事情都将在这一生改写和了结！"

他说到最后，语气充满狠戾。

"是，佛祖。"

曹、王二人对望一眼，恭敬地答道，却又听上官惊灏道："仍以今生名号相称便可。第三世中国之行，你们可还曾遇到什么古怪之事？"

王莽想了想，改变称谓："殿下，确有一件怪事。曹总管与属下将茯苓送回幼年沈清苓的身体里，因要察看她与上官惊鸿的关系，曾于东陵停留一段时间，有一晚却见茯苓魂灵被另一抹魂灵从沈清苓的身体里挤了出来。"

上官惊灏微微一震，随即陷入沉思。

"哎哟，殿下到了啊，公主在里面候着，老身为殿下带路。"老鸨从里间走出，一看三人，脸上立刻笑开了花，毕恭毕敬地对上官惊灏说道。

到了厢房门外，上官惊灏吩咐曹、王二人："你们在这里等我。"

老鸨敲门。

"请进。"

彩宁的声音略带沙哑地传来，上官惊灏心神一凛，推门进去，看到里面情景，微微一笑。桌子上放了一把剪刀，一幅绫绢被剪得稀烂搁在桌上。

"公主方才见过孤的八弟？"

"嗯，"彩宁迎上他的目光，眼眸微眯，"还有翘妃。彩宁告诉睿王，当日宫宴之辱，他终有一天会后悔。"

"此仇，便让孤替公主来报如何？"

上官惊灏走近彩宁，伸手将她揽进怀里。彩宁没有拒绝，只轻声问道："殿下不怪彩宁此前无礼？"

"八弟当日一战想必骁勇，惊灏只遗憾彼时因事不曾出战。"

彩宁低声笑了出来，又问："殿下可知彩宁为何想与东陵能者联姻？"

"美人爱英雄，古来有之。"

上官惊灏说着，将彩宁一把抱起，向床榻走去。

"殿下，彩宁虽是西夏儿女，不拘礼节，但你我若……"彩宁腮泛桃红，一瞥自己微开的襟口，阻拦道，"须成婚之后。"

"惊灏必予公主大典盛筵，只是不在……近日。"

"哦？"

"你我会面之事必定很快传出。只是，今日之事，仍是公主拒绝了惊灏。"

东陵的暴风雨就要来了吗？彩宁一怔，瞳中一点光芒却慢慢变得深彻："好个太子殿下。呵呵，那在外间看来，岂非是彩宁仍眷恋着那铁面睿王？"

酷威文化

图书 · 影视

非我倾城

墨舞碧歌 著

终章 下

FEIWO QINGCHENG

江苏凤凰文艺出版社
JIANGSU PHOENIX LITERATURE AND
ART PUBLISHING

目录

第二十一章

宫闱情隐废园处　秘客南来紫衣侯

翌日，翘楚进宫。

她想起昨夜临睡前问了上官惊鸿一个问题。

"那么多女人为何都喜欢你？你明明条件不好。"

上官惊鸿的回答有些意思，他说："因为和我在一起便是共患难，而我似乎有些能力，共患难之后的感情能换东西。"

她问："那我能换什么？"

上官惊鸿一脸坏笑："本王。"

翘楚想着笑了笑，刚想闭目养神，便听美人在轿外说："主子，到了。"

她只好下轿。

前面就是庄妃的宫殿。

翘楚的身子今日还有些怏怏的，上官惊鸿原本想让她留在府里休息，但既然是庄妃的邀请，她就没有拒绝。

毕竟庄妃养育过上官惊鸿，又是上官惊骢和小九儿的母亲。上官惊鸿和上官惊骢应该在下朝后都会过来。按时间算，此时也差不多该散朝了。

今日，是庄妃贺新媳的日子，在宫内摆小席宴请各王的王妃，说是以后希望各位王妃和银屏多走动，多照拂这位新妃。

"翘妹妹，你到了。"

一声亲热的称呼，两个女人随即走过来挽住她，一左一右。

翘楚有些无奈地向美人使了个眼色，止住美人想揍人的动作，回道："七嫂，十妹妹。"

自从刑部的事之后，这两位王妃对她的态度一下子转变了，有时甚至邀她一起去寺庙拜神、到府中吃茶，只是她生性淡然，不爱交际，而上官惊鸿更是绝不乐意她和她们来往，皆一一婉拒了，没有去应酬。

这时，又有几名王妃过来，热络地和她打了招呼，正妃有之，侧妃亦有，但连正妃都对她很是礼遇。

全拜如今的睿王所赐。

她摇头一笑，在女官的带领下，和众妃进殿。

进了殿内，却见翘眉已经到了，脸上围了块帕子，说是染了风寒，怕传染给各位姊妹。银屏挽着庄妃说话，模样娇憨，看来婆媳二人相处得不错。

小九儿也在，一见到她，便兴奋得立刻扑进她的怀里。她便将他抱起来，逗他说话。庄妃斥责了小九儿几句，小九儿只是不肯走，庄妃无法，冲她歉意地笑笑。她只说不要紧，庄妃随即和众人拉起家常来。

众妃有意无意地将话题引到翘楚和翘眉身上，翘楚失笑，她终是当了回主角。她不是多话的人，亦更宁愿和没有心机的小九儿玩耍；而翘眉今日有些奇怪，话很少，不知道是不是真病了。一条纱巾将她的脸遮严，且她又一直轻垂着眸，翘楚看不分明。

突然，翘楚嗅到一阵香气，顿时一怔。这香气，似曾相识。

"翘妃？"

翘楚略有些怔愣，看着站在自己前面的庄妃，后者正捧着一盒酥糕，递到她面前。方才离得远，现在，一股香气幽幽而来。

旁边的十王妃道："可使不得，哪有让娘娘亲自分发的道理？"

庄妃道："看这丫头说的，都是自家人，客气什么？再说，今儿难得你们都赏面过来，本宫高兴。"

翘楚暗道自己多心，现代香水款式这么多，也会碰上用同一款的，何况是香脂萃取尚不发达的古代。脂粉薰香每个女子都差不多，怎么突然就记起是那天上官惊鸿衣衫上的香气？再说，这是庄妃呢，她倒是想到哪里去了！

"娘娘身上的薰香真好闻，是京里香陶斋的新货吧？"

问话的是六王妃。这香陶斋的香精最是有名，为宫廷所用，外面要买也是有价无市。

庄妃一笑，银屏抢先回道："六嫂，母妃所用的衣物和香料都是母妃家中亲自送进宫的。母妃家里有最好的绸庄和香粉店，衣服和香料都只为母妃而做的，外面哪儿有得卖？"

"妹妹，是六嫂问得拙了。娘娘外家富甲东陵，店肆所产多为宫中指名御用，原来这服饰和香粉更是独特，只给娘娘用。"

庄妃笑道："本宫这里还有，若你们喜欢，随意拿去用便是。"

众妃一阵笑语，连连道谢。

"翘妹妹，可是身子不爽？"

佩兰的声音略带担忧地传来。因着她处境的改变，如今在外，佩兰也和众人一样对她热络，但这担忧却是真担忧。翘楚知道是自己的过分安静让佩兰担心了，连忙一笑摇头，默默地掰了点酥糕去喂小九儿。

小九儿吃得欢，看翘楚有些发呆，便自动自觉地凑到她手中啃了一口。他也不是个吃独食的孩子，将自己啃过了的酥糕推到翘楚嘴边，奶声奶气道："八嫂嫂，你也吃。"

翘楚终于有些失笑，也不介意小九儿的口水，刚凑近唇边，手腕却倏地被一股大力抓住。

"八爷。"

随着一声声礼敬的招呼，翘楚抬头看向握住自己手腕的锦袍男子。上官惊鸿眸里明显透着不悦，将她手上的糕点夺下，一把塞进小九儿嘴里。小九儿"哇"地哭了起来，吓得跑回庄妃怀里。

庄妃一声冷笑，众人一阵错愕，也不敢出声。庄妃惹不得，睿王更是惹不得，又想，睿王如此宠爱翘妃，面上也不肯让一下庄妃。翘楚正想说句什么圆场，有人先笑道："娘娘宴请的是各位王妃，不介意我等来蹭个饭吧？"

翘楚一怔，却见出声的是宁王。他身后还跟了七八个皇子，都是下朝之后一起过来的，上官惊骢也到了。只是，不知为何新婚的上官惊骢眉宇间却有一抹不该有的苍青之色。

皇子当中，没有上官惊灏。

上官惊灏和上官惊鸿如今势同水火，庄妃教养过上官惊鸿，今天上官惊鸿过来相贺，太子自是不来。但太子毕竟是太子，有太子的气度，并不阻止太子妃翘眉过来。

庄妃笑着回宁王道："只怕请不到你们这些贵客。"

这时，老铁突然从门口匆匆奔进，附在上官惊鸿耳上说了几句什么。上官惊鸿便向庄妃致歉，说有事要走开一下，去去就回。

众人看上官惊鸿模样谦谦有礼，想着他毕竟仍是看着庄妃的面子，除去翘妃确是他的禁忌……

上官惊鸿走后，众人又说了会儿话。庄妃蹙眉看了翘眉一眼，道："太子妃不如到本宫房里歇一歇，用膳时再使人唤你。本宫若早知太子妃染病，说什么也不让太子妃走这一趟，省得如今太子妃盛情难却，抱病过来。"

翘眉忙道："娘娘言重了，翘眉只是小病，并不碍事。"

庄妃仍是担心，对众人致了歉，说失陪一下，便亲自挽了翘眉进去。

翘楚心里烦乱，跟上官惊骢和银屏说了一声，带上美人到殿外逛逛。

走了一会儿，她们到了一个幽僻之处，美人突然揽过她，低喝道："谁在背后？大胆贼人，竟敢跟踪睿王妃？"

一名小厮打扮的少年很快从后面的树丛中走出来。

"姑娘好耳力。"他说着又恭敬地看向翘楚，"翘妃娘娘，我家爷有请。"

想起殿中男子的气色，翘楚最终没有拒绝，随少年进了一处废置的园子。美人退进一处残花丛中。

"你还好吧？"

翘楚这时看得更清楚，上官惊骢俊朗的脸庞消瘦了许多，他的气色确实不好。

"你呢，你好吗？"上官惊骢却淡淡反问，眸中波光闪动。

翘楚苦笑。今天之前，她很好；现在，她不知道。香陶斋的熏香已是难买，何况是自家做的？她这时突然有些怕上官惊骢，不知道该怎么面对他。她心里又想，自己的想法太疯狂了，一切都是误会吧，回去好好问清楚那个人。

"你可还好？"此刻，她还是担心上官惊骢，便又问了一句。

上官惊骢忽然低笑出声。翘楚看到他眼中竟透出一股衰败来，心里一紧，不由得踏前一步。

上官惊骢盯着那双依旧离他甚远的绣鞋，亦依旧笑道："翘楚，我今儿趁机约你并无他意，只想问你一句，你如今可幸福？我听人说，翘妃很是得宠，但那是别人说的，我想听你亲口说一句。"

上官惊骢话里隐约有抹决绝的意味，翘楚有些怔忡不安，却终是缓缓问道："若我很好，你……"

"我不会再找你。"上官惊骢亦缓缓答着，瞳孔光芒发灰却又另有一股灼亮，两股截然相反的情绪交织在一起。他似乎在死死地压抑着什么，却凝视着她，笑道："小时候，我和八哥都喜欢到这个园子里来玩。不知道为什么，我们自小就不喜欢对方，都不希望对方过来。八哥幼年身体不好，有一回我们打了一架，我将八哥的头打破了……"

"胜者为王，所以这园子便是你的了？怎么落得如今这般破败光景？"

翘楚看着满园破碎的盆栽瓦砾，笑着问道。心情难过，她唯一能做的就是让自己笑，这样才能让对方不担心。

"不，后来父皇一怒之下，将园子封了。"

翘楚一怔，难怪这里如此凋零。

"这些天每天上下朝，我都会暗暗打量八哥。他眼里有笑意，以前他不是这样的，我不喜欢他，但我知道，他其实也苦。他的改变是因为你。我亦不断地探听你的情况，人人都说翘妃很得宠。

"后来我生了场病，开始做一个梦，每次都会梦到这个园子。楚楚，这个园子就是你。我总想着将你夺到手，亦为此做了违心的事，很好笑啊。如今我终是明白，我所做的最终伤害的将是你——舅舅告诉我，父皇已对你动了杀意。

"我会保护你。"

再次想到皇帝的杀意，翘楚亦是浑身一颤，又想起景平曾说过，那紫衣男人是上官惊骢的人，他也为夺嫡在策划什么吧。一股暖意从心中缓缓流过，她为他终于放下而开心，却更为他心痛，她终是负了他一腔深情。

"惊骢，我还是那句话：皇位，若你想要，就去争；若不想，便按你自己喜欢的方式去活。你是我最好的朋友，你过得好，对我来说，比什么都重要。你不必担心我，你八哥会保护我。"

"你的幸福，对我来说，亦比什么都重要。"

阳光映在他有些苍白的脸上，将他的轮廓勾勒得很分明，眼中悲凉却坚定。

翘楚伸手用力擦去眼角的泪水。

"傻女人，莫哭，告诉你一个好消息。还记得我给你的狐毙吗？"上官惊骢爱怜地看着她，想走过去，却很快止住了脚步。

"自是记得。"

"这狐毙不简单，为我夏族地方官员所获，先是到了我外公手上。我外公对我外婆最为宠爱，外婆家中人丁单薄，外公甚至让我母妃随了母姓。"

"听说夏海冰夏大人是你家中义子，怪不得他夏姓，你母妃却是庄姓。只是这些和狐毙又有什么关系？"翘楚疑虑道，心脏却骤紧。她有种感觉，这个好消息只怕并不小。

"狐毙来自一只千年白狐，据说他便是狐族女王的丈夫。白狐在狐族和他族的一场大战中为救狐王而死，那场大战在人界。当时狐王身受重伤，被族众仓皇带走，白狐的尸体便遗落于人界，后被猎人捡拾去了，剥了皮，取了内丹。那两样东西自此便在人界辗转千年，直到落进我外公手中。"

翘楚怔怔地听着，心思反在那白狐身上，出神道："都说狐狸是妖孽，亦能如此深情？”

“谁说不能？”上官惊鸿仰头一笑，继续道，“白狐的皮毛制成了狐氅，内丹亦做成了两颗珍药。外公将狐氅给了我，药一颗给了我外婆，一颗给了我母妃。后来我母妃将丹药献给了我父皇，我父皇自然大为欣喜，认为我母妃对他爱戴。可惜后来老铁受了重伤，濒临死亡。”

“铁叔？”

“嗯，八哥遂去求父皇赐药，父皇原本不同意，后来是母妃求的情，才赐了药。”

翘楚惊讶不已，没想到还有这一段，心中随即苦笑，他和庄妃的情谊果然不浅——只是不知是孺慕之情还是什么。

“但是不久前，我外公和外婆到山中游玩，我外婆被野外毒物咬到，返家数个时辰便撒手西归。我记得八哥说过，那出自白狐内丹的药能愈百毒治生死，只要还有一丝生气，便能救回。若我外婆早已服药，或是中毒后回家立即服药，根本不可能身死。”

“你的意思是……”

“我外婆对我母妃爱逾性命，我当时便怀疑她将另一颗丹药给了我母妃。只是我接报后心中悲恸，又怕勾起母妃心事，并没问她。昨日下朝看到睿王府下人来报，说你病了，八哥慌忙离去。上回我的医女替你诊治时便说你心疾严重，我立即想起这事。楚楚，我会设法帮你拿到丹药，如此你的心疾极有可能治愈。”

“我的病能治？”

翘楚忍不住全身颤抖。虽然上官惊鸿告诉她，他一定会设法替她治病，但她知道，他只是在安慰她，若能治，他早就替她实施手术或采用其他疗法了。

她能活下去……

她伸手掩住嘴，泪水却簌簌而下，流得凶猛。

上官惊鸿方一踏步，双手握紧，停在原地，他甚至不能替她擦掉泪水……

“惊鸿，谢谢你……”

翘楚话未说完，却见上官惊鸿忽然变了脸色：“有人，不可能……谁会来这个早已被封的园子？”他只说了一句，身影一闪已跃到她面前，将她揽进怀里，往美人所在的茂密花丛纵身跃进去。

翘楚被大手轻轻捂住口鼻，见左右二人都一脸警惕，亦满心紧张地看了出去，一个女子的身影随即映入眼帘。

翘眉？

她不是随庄妃进内室休息了吗，怎么会来这里？

她心口突突跳着，却见翘眉蹙眉四处张望着，似乎在等着什么人。

过了好一阵，一阵脚步声匆匆而来。

"抱歉，让你久等了。"

那声音——看着出现在翘眉背后的男子，翘楚几乎不敢相信自己的眼睛。

是上官惊鸿。

"八爷是借娘娘此处来与翘眉见一面？"

"嗯。"

翘眉眸中映出一大片红晕："难为八爷如此用心。"

眼前所有景致仿佛都在翻转，翘楚捏紧双手，方找回一丝力量向那靠近的二人看去，心里想的却是，原来庄妃、翘眉和他都有纠葛。

上官惊鸿缓缓从怀里拿出一个小瓶，递给翘眉。

"这是你身上之毒的解药。要见你一面不易，若贸然送到太子府，叫二哥知道，你的处境更难，我唯有借此地将药给你。"

翘眉微微一震，随即低低哽咽出声："我还以为，你不会将解药给我。"

"互换，很是公平。好了，你回去吧。"

"公平？不，不公平！你可知我为你受了多少委屈？"

翘眉几步上前，将上官惊鸿紧紧抱住。那一霎的颤抖，亦令翘楚的心颤抖起来。

"我们是互换解药，可太子并不那么认为。从夏王府回去那天，他就打了我……这几天他都在打我……"

上官惊鸿将她推开，但并没有走，微微皱眉转过身来。翘眉两眼通红，缓缓地摘下面纱。

二人侧立着，翘楚清楚地看到翘眉的脸。

嘴角破损，红痕淤青，左颊也高高肿起。

"我知道，当年是你。我知道，你心中对我有意，对不对？"

翘眉低声说着，再次依偎进上官惊鸿怀里。

上官惊鸿微微一震，双手垂在衣侧，没有动作，却也并没有推开翘眉。

当年什么？

他们还有前缘？

一股冰冷慢慢地从眼眶滑到鼻翼上，翘楚的心狠狠地抽痛了一下。她伸手抚住心口，模糊的视线里却见上官惊鸿忽然狠狠地推开翘眉，冷冷道："你想要什么，可以告诉我，在我能力范围之内，会做出补偿，但仅此而已。"

他说完终是头也不回地快步奔出园子。

"不，你对我是有感觉的，我知道，我知道……"翘眉嘶哑着声音，捏着面纱哭了很久，方咬牙戴上，随即亦快步出了园子。

"翘楚……"

用力甩开握向自己手的大手，翘楚深深吸了口气，双手往眼上一抹，笑道："惊骢，当你遇到对方狼狈的时候，应该让对方自己静一静。丹药莫要费心为我拿了，别为此影响你和庄妃的感情。我的病治不好了，不会好了。"

她说完拔腿便跑。

也许是她的话奏了效，上官惊骢没有再追过来。

翘楚慢慢收住脚步，一看，竟不自觉跑到了莫愁湖边。

"主子，你莫恼，身子要紧。夏王的丹药，咱们一定得要！"美人慌了手脚，口中低声说道，两眼通红，搂紧她的肩膀。

"睿王他……他可不喜欢翘眉那女人，只是给她解药而已。"

美人不断地安慰她。翘楚心中苦涩，是啊，她是不是该庆幸上官惊鸿到底推开了翘眉，但翘眉碰他那一下，他亦是有些感觉的吧，否则，以他决绝的性情不会不立刻推开她。

还有庄妃。

他们到底是什么关系？

当她终于将所有悲恸死死地压下，在美人的搀扶下回到庄妃寝殿的时候，却见众人都站在殿外，神色俱是焦急。庄妃、翘眉和上官惊骢都已回来了，上官惊鸿、宁王和一些皇子却不见了。看到她，七王妃立刻"哎呀"一声，道："翘妹妹，你这是上哪里去了，怎么现在才回来？可把八爷急坏了！"

她淡淡问道："噢，他呢？"

七王妃一愣，翘楚平素与人交往虽不热忱，但言谈之间却极为温和，也不摆架子。她现在和六王妃、十王妃都极力与翘楚交好，一方面是畏惧睿王，仍为前事心中忐忑，另一方面倒是真愿意和翘楚亲近。她知道上次的事，翘楚若真要计较，他们都必定吃大亏。此刻看翘楚神色冷漠，眉眼间隐隐藏着一股伤痛，她心里有些害怕，竟不敢搭话。

银屏有些不满意，哼了一声："八嫂，这里所有人都在等着你好传膳呢，走走逛逛也得记住个时辰是不是？"

她还待再说，却见一道冷冽目光刺来，竟是上官惊骢。她咬咬牙，扭开头去。

这时，庄妃亦淡淡地笑了声："翘妃回来便好。总归是本宫这殿小，装不下菩萨。大家都进去吧。"

"可不是，三妹往日在北地常常牧马放羊，沙漠泽地自是广阔惯了。"一道声音随即轻笑搭话。

众人看庄妃出言讽刺，翘眉亦搭了话，都是一阵尴尬，两边都是得罪不起的，亦有不少人悄悄去看翘楚的手，果然看见薄茧。

美人看各人目光，心里一怒，便要回敬翘眉，翘楚却伸手拦下她，看向庄妃和翘眉："原来连娘娘自己也认为这屋子小。也罢，翘楚便回去牧马放羊去。"

她说着转身便走，一个低沉的声音挟着怒气却拦住了她："翘楚，你到哪里去了？"

那样的语气，除了上官惊鸿还有谁？

她缓缓转回身来，只见他领着好些禁军大步走过来，不远处宁王和几个皇子也各自领了禁军，想必是去寻她的。

也难怪他会动怒，现在离用膳的时间已经过了半个多时辰。

只是，他眸中跳跃着的火光和担心带给她的并非往日的甜蜜，而是突如其来的倦怠。

她看到旁边女人羡慕的眼光，便连庄妃和翘眉都盯着她。

在别人眼里看来，那是睿王的紧张和爱宠，倒将她对庄妃的无礼一时忽略了，她却只觉疲惫。当上官惊鸿紧紧握上她的双手，又带着怒气再问她一遍时，她心中已然清明。

她知道自己要的是什么，哪怕是那般辛苦地走到今天。

她平静地迎上他的目光，用同样平静的语气回答他："方才到了一个废置的园子去，看到两只漂亮的鸟儿在那里玩耍，看得出神，以致忘了时辰。"

握在手腕上的重量突然跌下。

"王爷，臣妾先告退了。"

她得离开，微微侧身之际，却看到上官惊骢微微蹙眉，翘眉身子一晃，便是老练如庄妃的脸上也变了色。

她走出几步之后，只听到上官惊鸿的声音在背后传来："娘娘，翘楚身子有些不适，惊鸿携她先行回府，惊鸿致歉了。"

　　实际上，上官惊鸿并没有和她一起回府，老铁却是一路跟着，她不知道上官惊鸿去了哪里。其实，她方才那个回答并没有带着多大情绪，她只是不想给自己犹豫的机会，不想为了维系这些天来的幸福而沉默。

　　她原来以为，也许他们回来能谈一谈。

　　她让美人回院里，美人原本不肯，但看她态度坚决，遂咬牙退下。而房门外老铁找了很多婢女守着，方明也亲自过来了。

　　她强撑着吃了点东西便睡下了。

　　但她却睡不着。

　　意识有几分昏沉。

　　蒙眬中，不断有人进来看她。

　　似乎是方明。

　　他是怕她出事吗，却为什么不亲自过来？

　　不知过了多久，她的意识愈加迷糊，只听到一阵急促的脚步声闯了进来，被子随即被掀开，她被人猛地抱进怀里。

　　那样强硬的举动、那阵熟悉的气息，除去这个王府的主子还能有谁？

　　"我过去只是给她送药。"

　　上官惊鸿的声音低沉粗嘎地落在她的耳边，语气很是急促。

　　她缓缓睁开眼睛，在他怀里挣扎。他不愿用强，亦缓缓将她松开，但双手仍捏在她的肩上。她摇头一笑，低声道："惊鸿，送药，我可以，铁叔也可以，甚至庄妃也可以……你心里其实是想去见见她吧……看看她好不好。"

　　说到这里，她也蓦然顿住，突然发现，这样的话说出来，他们还怎么谈？

　　果然，上官惊鸿变了脸色，却又随即摇头，大手捏得她生疼："不是那样。翘楚，听我说……"他眉宇纠结得厉害，突然止住话音，在她唇上重重一吻，却转身快步出去了。

　　翘楚怔愣在床上，不知过了多久，秦冬凝突然出现在她面前。

　　"翘姐姐，我带你去一个地方。"秦冬凝蹙着眉，有些小心翼翼地看着她。

　　驾车的是老铁。

　　前行了一段时间，当秦冬凝领着她走下车来的时候，已是满天星华。

　　这是一处广阔的野外。

　　地上是草沙，不远处有河溪，河溪另一侧远点的地方竟是一片村落人家。

草地上支了几个帐篷，帐篷前支了个架子，架下篝火燃着柴，架上烤着半只羊。地上，又放了好些酒具、茶具，围在周围盘腿坐着的是她熟悉的人，宁王几人还有睿王府的几个人，只差沈清苓没有来。

嗯，没有来的还有上官惊鸿。

她疑惑地被秦冬凝领着走过去。等她也坐下来，佩兰递给她一盏茶，宁王看着她道："翘楚，你也许愿意听听几年前的一个故事。"

他的神色没有往日惯有的戏谑意味，很是庄重。

翘楚虽满腹奇怪，仍是点了点头，也暂且不去想上官惊鸿的事。

其他人都很安静，认真地听着宁王的话，哪怕翘楚从他们脸上看到一种似乎已然知晓的神色。

"六七年前，你翘部曾迎接过一个贵宾，你还记得是谁吗？"

"太子。"

"不，不是太子，是……老八。"

……

木枝被烧得噼里啪啦直响，伴着这种让人安稳的声音，宁王说起很多年前北地的事——那些她曾经历过的事。

每个人都看着她，眼中都有隐藏的喜悦，翘楚明白他们的心思和心意。但她浑身的震颤却非他们认为的原谅或体谅上官惊鸿，而是，她真的没有想到从一开始就不是别人，而是他。

质子、蛊楼，包括少年桀骜不驯带着邪气的眉眼，在她脑中忽然清晰。

她突然想到，若他们当初便知道对方身份，会不会就更改了这中间的过程，一开始就相知相惜，不至于到如今千疮百孔之后还要如履薄冰？

她缓缓地站起来，却看见一个人缓缓地从最近的一个帐篷里走出来。

上官惊鸿？

他紧皱着眉峰，深深地看着她，眼中有一抹紧张，连双手都紧握在一起，却仍脚步不停地走到她面前。

"翘楚，我确实是想去见见她。当年她曾舍命救过我，这事，五哥他们都知道，不骗你。"

翘楚心里惊涛骇浪，良久，上官惊鸿伸手捏住她的下巴，自嘲地笑着，眸光越发暗了些。她眼含泪光，终于低声道："那便做我的女人吧。眉儿，若有一天我得登尊位，必以天下最贵之聘迎娶你。"

握在她脸上的手骤然跌下，如同在庄妃殿外一般。

她流着泪又笑了，没有看他，原本已不着痕迹地退去的众人都惊讶地看着她，不解她话里的意思。

篝火炙香，村户星空，她弯腰从架子旁捡了根木枝扔进火里——他用了心了，大家都用了心了，营造出这么一个气氛。

从没被这么多人在乎过，该知足的。

可为什么爱情偏偏这么难为，容不下一丝杂质？女人怎么总爱较真，男人一生要的东西很多，她们却往往只要一份不变，哪怕撕开表面的平静，最终伤了自己亦伤了别人。

但若说这世上还有值得去较真的，除了情又还有什么？

她看着火光跃动，眼中湿润。

"你要睡，回家睡。"

声音从背后轻轻而来，低缓却分明带着一股强压的情绪。

她哽咽着笑着回道："上官惊灏，你爹喊你回家吃饭。"

"翘眉，我爹不会喊我回家吃饭。"

男子随即又接过她的话，毫不迟疑。

翘楚微微掩住嘴，手慢慢地抚到头上，那里有着一处很模糊的伤疤，若不仔细看，是断断看不出来了。

伤痛，总是只有时间记得。伤痕会淡，人会忘。

上官惊鸿低眉，缓缓地看向衣袍下摆，他脚上也有一处疤痕，亦早已模糊了痕迹。

"他们在说什么，什么太子、太子妃的？"

景清搔头，见气氛有些凝滞，他讷讷出声又很快在宁王、宗璞和景平严厉的目光里住了嘴。

翘楚终于缓缓地抬眸看向上官惊鸿。

上官惊鸿眼中瞳孔明亮，好似倒映了天幕所有的星光。他没有戴铁面，众人能清楚地看到他眼里、唇边阳光般的笑，可笑里却皆是怆然。

他紧紧盯着她，一字一字咬得清晰切齿："你竟敢对我说谎？凤清大妃固然该死，你更该死，你的心疾便是这么来的。"

心疾的事，翘楚反倒没有在意，若是为他而得的病，她更是不再遗憾，心里仍为多年前那个画栋明美的彩楼微微恍神，想起两人之间的种种，亦笑着含泪低头去看篝火。

"没有翘眉，不会再有谁。"

火光跳动，她一惊，已被一股大力揉进怀里。

"若我早知道是你，我绝不会对你做以往那些混账的事……"

火光摇曳中映着她瘦削的身子，心头那股剧烈痛楚压得他几乎无法呼吸——上官惊鸿遽然想，她犯病的时候，是不是也是这么一种光景？

不知道，为何自认不爱翘眉，他心里却隐隐有股躁动，是美人本来便和江山连在一起，都是男人一生求之不竭的东西？

然而，他再也没有什么时候似这一刻般清楚，倾国倾城亦不过是过眼云烟。

他心上那一丝躁动也被她抚上额头的动作带走了。

他知道他的心，从此再也装不下其他。

不仅是舍命之情，而是那年她的每一句话，更是这些时日来的陪伴。

哪怕他知道，她本来要救的其实是上官惊灏——那时虽还没有部落之间的战争，她和她的母亲过得却并不好，她需要一个有绝对的权势的人给她们母女以保护。

翘楚，翘楚。

他虽然早已后悔以前对她所做的种种，却从未像此时此刻这般痛恨自己。

他看到前方宁王、老铁等人眉眼还透着震惊却亦含笑看着二人，他更加用力地抱住她，就像他对她说过的，有些话，他绝不在众人面前说，尽管他们是他最亲近的人，有些事，他亦绝不在他们面前做。

但如今，他只想将她好好抱紧，再也不要错过失去。

因为她，他甚至可笑地请来所有人作证，只因在庄妃殿门口，她的一席话乱了他的心。

他自认机敏善辩，却唯恐说错什么，宁愿让他人来说。

换在往日，即便是沈清苓，他又岂肯这样做？

面对她，他所有的原则早已无存。

"是想带母亲离开北地故而不惜一切代价也要救'太子'吗？你怎么那么傻！"

上官惊鸿温热的气息缭绕在她的肩背上。翘楚苦笑，她没想到竟是在这种情况下揭出当年患上心疾的事，但他的推断却让她暂时不必去想秦歌的问题。

翘楚没有回答。上官惊鸿以为她还在生气，缓缓地将她放开，又迅速瞥了宁王一眼。宁王会意，给众人使了个眼色，秦冬凝立刻道："哎，喝酒吃肉了哟，我肚子都饿扁了。"

上官惊鸿遂环着翘楚一并坐下。众人看他心情总算大好，不比之前阴沉，精神亦为之一振。方明动手割肉递给上官惊鸿，上官惊鸿拒绝了，亲自去给翘楚弄吃的。

翘眉的事，她选择信他，但一波虽止，最让人难堪的事却还在。

但也许亦只是她的误会——翘楚虽不想打破此刻大家的快乐，仍是出了声："惊鸿，我们四下走一走好吗？"

上官惊鸿自是不肯拂她的意，立刻放下匕首，拉她起来。众人亦是知情识趣的，佩兰笑道："快去吧，莫太晚回来，不然一会儿只剩下个骨架子，你二人可别怨我们。"

上官惊鸿挑眉："若翘楚要吃东西，本王到溪里捉鱼虾便是。"

景清嘀咕道："夫人，你看爷那样子，要回也是直接带翘主子回帐子，哪里还会过来这里。"

众人一愣，都心照不宣地各自侧头，忍俊不禁。

翘楚自是明白众人在想什么，脸上一热，又好气又好笑，心里却悱恻不安。

只是没想到上官惊鸿果真将她带到溪边，笑道："想吃鱼虾吗，爷捉给你吃。"

他说着当真弯腰掖起来袍摆，她一咬牙，却终于问了出来："你和庄妃到底什么关系？"

梧桐还没到花期，只见叶，不见花。

梧桐树下，翘楚看了看被遣到不远处的四大、美人和景清，见他们都一脸紧张地盯着她这边看，不禁摇头一笑。这是她最近做得最多的动作，大有无奈之意。

对面，靠得极近的女子微微变了脸色。

"好，我听完了，先回房了。"

她正要离去，对方却将她拉住。

"清苓姑娘，请放开翘主子。"

一股疾风往二人相握之处扫去，拉住她的正是沈清苓，动手的却是景清，他比四大和美人更快一步，警惕地盯着沈清苓。

沈清苓背后的阿绣不敢上前动手。今时今日，睿王府内外谁不知道，翘妃是睿王最爱的女人。

沈清苓一惊，眸光暗了暗，却终是放开了她，淡淡地笑道："你以为我胡说诬造？他看似宠你，但你并没有那么重要。"

"你说的我已经知道了，谢谢。"

沈清苓微微一震，盯着她看了片刻方才离开。

"翘主子，你没事吧？"

景清小心翼翼地问翘楚，翘楚仍是摇头笑笑。看到清苓不快的模样，倒是这些天里她唯一的乐事了，可惜这种快乐并没有维持多久。

从宫里回来那天，沈清苓便找过她，只是她回府便立即睡下，方明怕打扰到她休息，将来访的沈清苓拦下了。

后来，他们去了野外，沈清苓知道了，心里不快，去了别庄散心，直到今天才回来。

前些天她受庄妃之邀进宫的事似乎提醒了一直安静的沈清苓——庄妃和上官惊鸿之间并不单纯的关系。

沈清苓方才找到她，让她将四大等人遣到一边，对她说了这事，又说，小九儿大有可能就是上官惊鸿的孩子。

实际上，她数天前便知道上官惊鸿和庄妃的事，只是却不曾想到小九儿身上去……

她伸手抚上眉心，还记得上官惊鸿那晚的反应。

"是谁跟你说的？"

彼时，他正兴趣盎然地弯腰给她捕鱼捉虾，闻言倏地直起身子，神色瞬间换了个人似的，又冷又狠。

他第一个反应不是否认，而是问谁说的——她知道，那就是真的了。

但她感激他的实诚，起码他敢作敢当，没有尝试去骗她，哪怕女人有时其实是很好骗的。

"你不认为欠我一个解释吗？"

"我和庄敏的事，没什么能解释的，那都是过去的事了。"

"过去？就在几天前，你衣服上还有她的味道。"

上官惊鸿眼中露出困兽般的利芒，痛苦与狠戾并存。仿佛她是他的仇人一般，又仿佛他们之前的拥抱和他的歉意、更加珍惜的心情都是假的。

庄妃对他来说意味着什么？是她一直不知道的却比沈清苓更重要的存在？

终于，他大步上前，用力按住她双肩，沙哑着笑道："翘眉也好，庄敏也好，过去的已经过去，我向你保证，我们以后会好好的，只有我和你。"

他的话没有令她欣喜，只是让她绝望。

过去？她以为在她回来之后，二人之间已经有了共识和默契，都是彼此的唯一，原来那时根本不是。

前事再难堪她都可以放下，但为什么几天前他却仍和庄妃亲近？

然而，他根本不打算给她解释，仿佛在固守着什么至关紧要的东西一样。

唯一令她庆幸的是，她如今竟如此豁然，不会为之犯病。

也许在她心底深处，从来没有真正认定过他们之间会有一个圆满的结局，残缺才是他们既定的宿命，哪怕在那聚少离多、短暂幸福的日子里。

终于，她笑着回看他："你很醒醒醒，上官惊鸿，你真的很醒醒醒，你知道吗？那是你弟弟的母亲、你的养母、你父皇的妻子！"

不知从什么时候开始，愈悲伤，他们都愈笑得璀璨。

他闻言举起手掌，眼眸顿暗，却很快又燃起凌厉怒火，煞是骇人。

劲风从她脸侧擦过，各人似是发现不妥相继而起，吃惊地向二人飞奔而来。

这掌力道之猛，会很痛吧，但她根本避不开，只能选择闭上眼睛。

水声轰隆，一阵冰凉溅到她身上。她浑身颤抖着睁开眼来，只看到上官惊鸿已然走远的身影，溪水表面还搅动着一个一个漩涡。

他终是没有打她。

月光下，半途中的各人怔愕地看着二人。

回程的时候，她才知道那竟是老宅所在的村落，他的用心终究付诸东流。

回到王府这些天，他白天仍是很忙，有时回来，也只会到郎霖铃那边用膳——他后来将郎霖铃接回府了，但他会让老铁几个人轮流守在翘楚身边。

他没再到她屋里睡。

只是，她每每在深夜里入睡之际，总觉得有人将她抱进怀里，在她耳边低喃："别尝试离开我，否则，我必定血洗北地，用它做重娶你的聘礼。"

她不知道那是梦还是真实。不知为什么，她最近都没有失眠，睡得极熟，就像被人暗中喂了安眠药一样，但那道声音低沉得宛若真实。

不管是不是梦，她都没有打算再走。不比前一回，如今王府四周都有盯梢的人，皇帝和上官惊灏都不会放过她。她要将孩子平安地生下来。

而且皇帝以前虽答应保她母亲一族周全，但如今部族已不被皇帝祝福，上官惊鸿要动那边的人易如反掌。

再有两天便是宫宴。今早听景平说，翘振宁夫妇昨日已经到达朝歌，

第二十一章

宫闱情隐废园处　秘客南来紫衣侯

见过皇帝和太子，意欲来睿王府拜谒，却被上官惊鸿婉拒了。

她也不想看到他们，只想看看汨罗，但一来汨罗不在翘部，皇帝并没有另外送信邀请，二来汨罗近日也染了点病，不适合长途跋涉。

其实，沈清苓的话还是给了她重重一击。

哪怕她和上官惊鸿现在已有些形同陌路，但她说什么也无法想象那个坐在她腿上叫她嫂嫂的小屁孩儿是他的孩子。

宫宴是大喜庆、大热闹，然而，她这几天心里总有股强烈的不安感，较之先前方镜的事时更甚。

再说，还有什么事比她现在的情况更糟糕？

她不是迷信的人，但这几天七王妃来找她去庙里拜神什么的，她还真想去一趟。

"小姐，爷一会儿看到你专程在这里等他，指不定有多高兴呢。"

她让四大等人远远地站着，自己在园中慢慢散步——沈清苓既然已走，她还是更愿意待在这阳光之下，却忽然听到一阵嬉笑声从不远处传来。

她正想避开，对方却已发现她了。

"妹妹。"

"郎姐姐。"

她赶紧也回应招呼，知道郎霖铃是在这里等上官惊鸿下朝用膳。

她已搬到书房那边去，不像以前和郎霖铃住在同一处院落、同一条廊道，所以郎霖铃最近回来了，但二人碰面极少，偶尔会在这园子里碰到，简单地打声招呼便各自离去。

她知道，上官惊鸿如今吃宿都在郎霖铃那边。经过这么多的"打击"，她的心理素质强韧了很多，只要不去想，便不会辣辣地痛。

她想，这些日子总会过去的。

即便他将她的路都断了、把翅也折了，时间过去，一切将会磨平。即便她仍被困于王府，她亦是自由的。

她怎么想归怎么想，但她却并不恨郎霖铃。

正准备寻个借口走开，郎霖铃却突然问道："翘楚，有兴趣下盘棋吗？"

翘楚怔了下，这里没有电脑、电视等娱乐活动，亦不能为了某个人总是忧郁着，这提议很益智，因此她并没有拒绝。

但她还是多口问了句"为什么"。

"想看看你的能耐到底有多少。"郎霖铃看着她，轻轻地笑了下，有些自得，有些骄傲，更有些悲凉。

开始围观的只有郎霖铃的婢女扇儿和翘楚那边四大等三人，后来从园里经过的、手上没活儿的奴仆也都过来围观。

二人倒并不避讳，该怎么下就怎么下，该说什么仍说什么。

第一局，郎霖铃赢了，用了很短的时间；第二局，翘楚花了很长的时间扳回一局。

此刻是第三局。

郎霖铃瞥了一眼翘楚被围死的一片区域，道："妹妹，我有种感觉，很快便是你死我活的时候了。"

翘楚想了想她话里的意思，应了一声。

"有些棋子，现在有用，即便拼完生死之后亦很有用处。"

"拼过生死便到结局时刻，还有用处？"

"莫忘了下一局又开始了。"

郎霖铃笑，在棋盘内放下一子。翘楚此时更是完全明白她的意思，轻轻笑道："执子的人懂得。"

"不，执子的人聪明，也因为本事，不将这些棋子放在眼里，需要旁人提醒。"

翘楚看看棋盘上，自己执白，白子情况已极为不利。她想了想，挥手让围观的人退后。

众人正看得兴起，虽不是多数人识棋，但其中也不乏会看的、上了点年纪的仆人，这些人会做解说，主要是对这下棋的两位主子都饶有兴趣，想知道谁胜谁负。这时看翘楚有命，都有些不甘愿地往后退去。景清最是积极，今日轮到他当值守护翘楚，见状立刻低吼一声："退退退，还不快往后退！"

各人见状，想起上官惊鸿这些天性情越发阴沉，虽然听说他因处理各部事宜得力被皇帝在朝上连赞数次，却不知为何他并不因此高兴，反而一身寒霜，对翘妃的宠爱倒似不减，每每令方总管等人守着随侍吩咐，但却不到翘妃房里去。

这爷既然夜宿郎妃房中，翘妃的心情自是好不到哪里去。虽然翘妃平日温和，遇事极好商量，却也不敢多冒犯，因而众人一下子便退到数米之后，远远地看着。因每一局终，郎、翘二人会以梧桐叶算胜负，赢者得叶。

翘楚看众人退后，方道："翘楚明白这些棋子之力，姐姐正好做这提醒之人。"

郎霖铃这时也神色一凛："我爷爷知他能力，但心里始终存着顾忌；他必定亦望我家相助，只是他脾性冷傲，开不了这个口吧。

"他虽待你好，对我却始终有情，否则不会在将我接回后每晚宿在我屋里，是我过去……令他失望了，他才每有意愿却不肯碰我。"翘楚心里一紧，又听郎霖铃压低声音道："若姐姐亦有了孩子，妹妹，你说我爷爷会如何？"

花园门前。

两名花匠跪在地上，簌簌发抖。

"谁再多说一句，本王便一并罚了。"

方才旁边又有数名老花匠帮忙相劝，却被眼前一身冷冽的主子截下了。

本来，这时节多虫害，有些花养不好，若在往日并不至于打罚。

今日，主子方下朝回来，行走间明明看似心情极好，不知想着什么大好之事，一反他这些天阴冷狠厉的模样。众人还在猜测，他却突然眸色一沉，接着是下令重重杖罚。

方明和景平对望一眼，景平蹙眉去劝，方明看向老铁。老铁皱眉，半晌，眸光一动，道："既放了话，怕是谁劝都不行了。我去找个他绝不会一并罚了的人过来说情。爷亦是忍了多天了，今儿又得了个好消息，这些天来那位却一句话也不曾和他说过。"

老铁一走，方明和景平始知有猫腻。上官惊鸿拿着小铲、药壶料理花草，并没有让护卫动手杖答。

这样的事其实也不是第一次了，之前在刑部已经发生过，只是那时上官惊鸿的目的更复杂一些。眼下上官惊鸿的目的虽简单，但情况却棘手多了。好端端的二人便突然闹僵了，没有人知道那晚在溪边他俩发生了什么事。上官惊鸿不说，方明、景平私下问过翘楚，翘楚亦不肯说。

老铁很快折了回来，道："翘主子那边正杀得兴起，一时三刻怕是不会动了。"

这话他自不会对上官惊鸿说，而是跟方明和景平说的。

二人大为惊讶，上官惊鸿却一扔小铲，拂袖站了起来，冷冷道："杀？她在杀什么？"

这是多天以来，上官惊鸿第一次主动问起翘楚。

"正和郎妃在下棋。"老铁苦笑道。

郎霖铃的话让翘楚怔愕了好一会儿，随即微微苦笑。

郎霖铃将利益关系摆到她面前，希望她能劝上官惊鸿……

方才老铁过来，似乎有事找她。她远远做了个手势，示意稍后再去找他，先将与郎霖铃的这盘棋下完。

难下的棋。

"翘楚，你我以前是有嫌隙，但自你意欲离府时，我便有心交之。有些话亦不怕对妹妹说。"

郎霖铃看了一眼远处众仆，放下一子，轻声道："我回郎府数日，听闻了一些事。近日我表哥府中来了位客人，妹妹可知这客人的来头？"

翘楚听她如此说，心知这客人必定不简单，忽然想起多日在玄湘酒楼所见的紫衣男子……心猛地一跳。

郎霖铃见她凝神，继续道："此人乃是我爹过命之交燕翔国国主幼弟燕王爷之子燕紫熙。燕翔国与东陵有城池交界，多年来城邦默认为东陵所有，然数年前，燕翔国国主看城邦日益繁华，说城邦应为燕翔国所有，两国遂起战祸，后以燕翔国战败签下和约告终。实际上，对于这场战争，燕王爷并不赞同。

"燕紫熙此次来东陵，一为寻找离国后失踪多时的妻子，二是受其父之托和我爷爷之邀，到东陵来助我表哥贤王。燕紫熙能力卓绝，有其父燕王爷之风。燕翔国战败以后，父子二人协力出谋划策，数年里将燕翔国力迅速恢复，深受国民拥戴。

"燕翔国内政如今亦是复杂。燕翔国国主年事已高，随着燕王父子壮大，手握半国兵马，朝中大臣亦分为两派，一派拥燕皇帝太子，一派就是拥这位燕王爷为下任皇帝。"

郎霖铃最后一字缓缓出口，翘楚一惊，手中棋子几乎跌滑下来。

这一下，她终于完全肯定，当日所见的紫袍男子就是燕紫熙，原来竟是这般大来头！

她立即想起后来问景平的话……

不对。

景平后来必定骗了她，当时，上官惊鸿说的，必定不是那句什么"你是九弟的人"。

燕紫熙是郎家的另一道城墙和势力！这样的枝蔓牵系注定了他不可能是年轻的夏王的人。

景平有所隐瞒，只有一个可能，便是上官惊鸿早在酒楼里便已觉察到她看出端倪，遂命景平那样说，以转移她的视线。

他不想让她担心。

上官惊鸿的处境并没有目前看到的那么好——内忧外患。

他拒绝了彩宁。虽然现在并未听到彩宁与太子交好的消息传出，但单是贤王，便有郎家军并燕翔半国兵力相助夺位。

他总是事事瞒着她，朝政、感情。

郎霖铃善于察言观色，见翘楚黯然失神，遂缓缓道："方镜的事，让我明白了很多。我愿意全心爱他、助他。你也是一样的，对不对？皇上的身子越发欠安，拼个你死我活的时间确实快到了。你看，如今我表哥已被允许再次上朝，这在皇上看来并没有什么，不过是卖我爷爷一个人情，但贤王既回朝廷，对郎家来说，意义不小。"

"贤王既然被皇帝允许参与朝政，便不再是废王。皇上一旦大行，郎家拥护身为长子嫡孙的贤王继位也不至于被百姓诸多诟病，更为名正言顺。"翘楚当即接口，一番话说得毫不迟疑。

郎霖铃赞道："好，妹妹果然是个明白人。除非我爷爷心中对他的印象扭转，否则，即便到时候继位的是他，太子、夏王、宁王，更有我表哥，四周强敌环伺，这皇位他能坐得稳吗？"

翘楚笑了笑，没说行与不行，只是轻轻道："姐姐小心。"

郎霖铃一怔，看向棋盘，翘楚方才还处于劣势，这突如其来的一子，却成反扑之势——她们各有所长，她擅攻，步步狠，能即刻置人于死地；翘楚则擅守，守中谋攻，难说谁更好更强。二人智谋应在伯仲之间。

她猛一蹙眉，正要设法破之，一阵薄香飘来，一只修长的手突然握住她的手。她很快反应过来是谁来了，脸上一热，想起方才二人的话，也不知被这人听到没有，心里一紧。时至今日，她对他越发深陷，否则也不会说这些、做这些——这时，那只手已拿过她的棋子，下到盘中一个位置上。

翘楚一惊，赶忙下了一子；对方极快，又下了一子……

彼此来往数次之后，对面的声音道："你输了。"

翘楚自嘲一笑，这猝不及防的竟被带动着以对方的速度来下，来不及思考，一下便输了。

她有些气闷，缓缓抬头。上官惊鸿淡淡地睨着她，一众奴仆方才似乎被止住了，这时方慌忙上前见礼。

"铃儿，还下吗？"

上官惊鸿不似往常点头示意，只温声问郎霖铃，正在见礼的各人心里都有些惊怕。

郎霖铃笑道："时候也不早了，午膳应已备好。臣妾陪爷过去用膳吧，翘妹妹也一起来吧。"

郎霖铃眼角略略看过来，翘楚知她是让自己考虑方才的提议，一直在想该怎么回答，这时有了想法，遂对上官惊鸿道："爷稍等一下，翘楚和姐姐说几句话，就让姐姐陪爷过去用膳。"

上官惊鸿淡淡地"嗯"了声。二人走开几步，翘楚压低声音道："郎姐姐，翘楚不能说什么，一切但凭爷决定，但我祝福姐姐。"

郎霖铃微微一震，眸光渐渐冷了下来："妹妹该明白双赢之理。"

"翘楚本来就是个输家。其实姐姐若全心待之，他亦必知道。祝福姐姐是我的心里话。"翘楚郑重回道。

以前，她不会干扰上官惊鸿的想法和做法。

如今，即便他们感情不再，她也尊重上官惊鸿的想法和做法。

男人需要骄傲。人可以被杀死，尊严不能被击败。

何况，若是能为利益而多变的男子，又怎么值得一个人交付？若真是那样，郎霖铃，你愿意吗？

郎霖铃盯着她审视了许久，道："我确实不懂你这个人。"

她也没再说什么，很是干脆直截。

郎霖铃折回身去，柔软一笑，道："爷，我们走吧。"

"本王倒有好些时候没有下棋了。郎妃既不再下，翘楚，那你与本王走一盘吧。"上官惊鸿瞥了一眼石桌上的梧桐叶。

翘楚正想婉拒，又听到上官惊鸿道："今儿倒是人人都闲起来了？"

他说着眼角一扫众仆，众人大惊，瞬间全部跪下，颤声告罪。

"爷，他们也是忙完手上的活儿才过来看的棋，是臣妾不好，没有驱散。"

众人看郎霖铃说情，都感激地看向她。

翘楚却暗叫了声糟。本来在这里围观的都是暂时得些空闲的仆役，上官惊鸿问罪反显无理。以上官惊鸿绝不可能被人钻一丝缝隙的脾性，方才众人只消答声"是"散去便可。而今众人被上官惊鸿一吓，有理变无理，争先恐后地认错，反倒真成了犯错的了。

上官惊鸿却回道："铃儿，你先去用膳吧。"随后朝众仆道："郎妃既已求情，看在郎妃的面上，这样吧，翘妃若赢了本王，你们该干什么还是干什么去。"

翘楚囧，看在郎妃的面上，下棋的却是她，这算什么道理？这样将一众人捏在手上，让她允不是，不允也不是。

上官惊鸿又交代方明等人，说将那两名花匠也带过来，翘妃若赢了，便一并赦了。

郎霖铃抿抿唇，告退了。

翘楚只好重新坐下。

一旁的四大、美人居然朝她竖拇指，让她加油，她哭笑不得。

不知是她潜意识里实在不想与上官惊鸿待在一处以致水准失常，还是上官惊鸿确实厉害得恐怖，她输得快狠准，每每下不到半盏茶时间便输。

她有些自娱自乐地想，若是很没品地赌脱衣服，她现在只怕已输得只剩条裤衩了。

众人哀号，几乎都不再抱任何希望地跪在地上看着她。景清是个没品的小孩，哈哈大笑，直赞爷厉害。老铁等人有些面无表情地看着景清，跪的虽不是他们，但也没有谁愿意在午间阳光下曝晒，除了他这缺根筋的。

翘楚对自己也不抱任何希望了，直怀疑以前跟秦歌下棋，她偶有得手是不是秦歌相让，还是说转世后的秦歌棋艺倒退了。

所有人都暗暗叫苦。

翘楚最甚。若是平日，上官惊鸿在人前也不见得会故意让她而损了面子去，更何况如今两人心有嫌隙……

终于在连打小缺钙、愣头愣脑的景清也意识到不妙而连连呼热的时候，翘楚被逼出了急智，道："爷。"

"嗯。"上官惊鸿头也不抬，悠然自得地盯着棋盘。

"翘楚想向爷讨教一事。"

"哦？"

"爷允了？"

上官惊鸿微一迟疑，缓缓抬起头，见翘楚白嫩的脸蛋被阳光晒蒸得红通通的，额见薄汗，唇色亦越发潋滟，下腹一紧，不觉又"嗯"了一声。

"翘楚想向爷讨教战胜爷的方法。"翘楚缓缓说道。

上官惊鸿明显一怔，挑眉间，伸手握住她的手。翘楚微微一颤，终是没有缩回手去。他带着她的手下了一子，自己另一手下了一子……末了，他一扫棋盘，淡淡道："你赢了。"

众人如获大赦，瞬间退得干干净净，连四大、美人都被景平等人架走了。

翘楚心里忽然有些慌乱，起身道："我也回去了。"

她的手却仍被上官惊鸿紧紧握住，潮热的湿气从他的手心一下子窜到她的手掌里。

　　他冷笑一声，横过石桌将她整个抱起，扯进怀里，随即也不说话，如铁般的手臂勒紧她，俯身便吻上她的唇，动作粗暴似掠夺。

　　翘楚无法推开，被他在口舌里捣弄个遍，唇瓣麻肿了方被稍稍松开，又羞又怒，咬牙盯向他。上官惊鸿亦然，冷冷回盯她："这么多天，你果真一丝都不想我？我不来你是不是打算永远不找我？"

　　翘楚反驳："我找你做什么，我们之间已无话可说。"

　　"无论你想还是不想，今晚我就能将你治好，你我有的是一生时间纠缠。"

　　治愈谈何容易，翘楚不明白上官惊鸿的话里到底是什么意思。他掷下话便离开了花园，大概是到辖下二部办事去了。午后、傍晚都不见他的踪影，倒是四大从驾车小厮那里听到夏王病重的消息。

第二十二章

会庄妃夏九身世 定风波一生之约

是夜，宫。

入睡之际，庄妃觉得有一丝异样，一惊坐起，猛地掀开床帐，果然，黑暗的卧室里，桌边有抹人影。

她心惊肉跳，正琢磨着要呼喊还是怎么才好，声音已淡淡而来："是我。"

她微微一震，烛火乍亮，将来人的模样映得清晰。

铁面青衫，这人居然也不换衣饰……

"娘娘可是有事，要奴婢进来侍候吗？"门外的值夜婢女看灯火忽亮，问道。

庄妃立即回道："没事，只是本宫今晚精神不太好，听不得一丝声音，否则无法成眠。你们且和禁军退到百尺以外守着吧。"

婢女恭敬地应了。

待脚步声远去，庄妃很快穿鞋下床，走到来人面前。

她展颜一笑，便要往他膝上坐下，对方亦没有避让，双手在她腰上一抱。她脸上一热，却被他抱到旁边的凳上。

庄敏眸色渐渐转冷，上一回，他夤夜进宫，她又惊又喜，方一挨近他身上，他却将她推开。

她一声冷笑，低声道："上官惊鸿，你既非想我，何苦进宫？"

来人正是上官惊鸿。此时他眸光微敛，仍是淡淡道："我有事找你。"

"什么事？"

他平日并不多话，庄敏想起他前些日子深夜冒险进宫，却是他得知她母亲猝死一事，到宫中温言慰问，口气顿时软了几分。

上官惊鸿嘴角轻轻扬起，目光却有些截然相反的危险意味："内丹。"

庄敏大震，随即沉下脸色。

"我算是懂了，你那晚进宫并非为安抚我而来，你早就将主意打在这最后一颗丹药上，你想打探清楚丹药是否在我手上。"

"嗯，你母亲死得突然，我立刻便想到那丹药——那颗我本以为早被你母亲服下了的丹药。一问，你果真懊悔当初没有拒绝老太太送你的药。"

庄敏大怒，劈手指向他："八爷，可惜你来晚一步了。惊骢突然身中剧毒，你消息灵通，不会不知吧？这药，我要留着给他。"

"晴雨，你的表现，有两点很是有趣：第一，老九既然身中剧毒，你不是应该早就将药给他了吗，怎么还留着，除非你压根儿就不想给；第二，你居然还能安然睡觉，这该是一个母亲应有的行为吗？"

庄敏闻言，神色一变，笑意愈冷。

"说，继续说，本宫等着听睿王的高见。"

上官惊鸿一笑，毫不隐晦，继续道："翘楚的病亦不是什么新鲜事，若说之前并不是那么多人知道，九弟婚筵前天，父皇'好心'宣她进宫，让医女检查，她的身体状况会没传开来？宫里的有心人怕是都知道了。

"哪怕是再珍贵的药，若真是老九要用，你不会不给，可偏在这个节骨眼儿上，你怎么会不起疑心？老九虽花费时日寻得太医亦难寻解药，但一开始也不至于对自己太狠，你知道，目前他没有到要这药救命的份上。"

庄敏轻轻拊掌，美眸内已是一片阴恻，嘴角笑纹慢叠起来："这说得便如亲见一般，上官惊鸿果然是上官惊鸿。

"所以，你亦应当知道，以我的脾性，我绝不会将丹药给你。即便惊骢到最后不顾自己性命诱药，我只会设法让他服药，而绝不会让他拿这救命药去给你那个女人！"

她话音狠绝，却仍安坐在凳上，目光缓缓地睨着手指上的鲜红丹蔻。

"不，你会和我合作的。"上官惊鸿的声音更淡了些，眸中光芒益深。

"上官惊鸿，你凭什么？"庄敏不怒反笑。

"我手上有你的把柄。有些事只怕你未必愿意让荣瑞知道。"

"把柄？"庄敏轻嗤，"是我夏家偷逃国税一事，还是你我有染之事？莫忘了，与我父亲竞争的那些商贾将证据呈到大理寺手上，证据是你设法令大理寺销毁的；你我有私，虽是我提出要求在先，但若叫你父皇知道，你亦不能逃脱责任。你说你是为老铁求药，一个奴仆便叫你败坏伦常，你父皇会信吗？"

"嗯，一个奴才，似乎确实荒诞。若我是父皇，我也不信，我只会认为那个儿子居心叵测。"上官惊鸿眼中猛然闪出一抹阴霾，微微陷入多年以前的回忆之中，想起翘楚一句"很龌龊"，勾唇便笑。

是龌龊，但那又如何？

庄敏咯咯低笑，双眸却冷冷地盯着他："滚，回去好好想清楚这些年来我是怎么待你的。你幼时，我惜你，若非如此，我得知你写信给夏海冰述说出宫辟府一事，我会不向皇帝告发？你长大，我爱你，情愿借老铁之事与你……"她说着蓦然住了口，狠狠一拂袖。

上官惊鸿只是笑。

庄敏开始以为他不甘心，慢慢心头生了一丝怀意："你笑什么？"

"笑世上可笑之事。可惜，我不比那弥勒，肚腹难容天下难容之人。我上官惊鸿从来便是一个伪君子。我尊贵的教养娘娘，你……确实难为了。上你凤榻第一天，我便在思考一个问题——你的动机到底是什么。

"我父皇虽有那个心，那时却亦已心有余而力不足，倒生生让你难受了。但这不足以让你做出这大不韪之事，要做，亦不该找上我。世间万事，有果必有因，你的事只有一个可能。庄敏，夏九根本不是荣瑞的亲生儿子。对不对？

"你终是心虚，不敢对夏九继承皇位抱太大希望，可他终究是荣瑞心爱的儿子，你怕荣瑞驾崩之后，太子不肯放过你母子，遂将主意摆到我身上来。若我能争，对你来说，不啻多一重保障。"

庄敏浑身一颤，却随即笑道："你胡说什么，惊骢的确是你父皇的孩儿！再说，若他当真不是，你会等到今日才来威胁我？你不过是看我要将丹药给惊骢才这样说！"

"因为早些天我还没有拿到证据。庄敏，这事我早在几年前便已起疑，只是你到底还我铁叔性命，我有心放你一马，才什么都没做。这些天，我让莫存丰翻查二十年前你亲眷的入宫记录。你以为他查出了些什么？彼时，你父母频繁进宫，并多次携带你族中的一位表姐进出。

"当时没有人觉得不妥，实际这当中大有蹊跷之处。你虽是独女，家中堂表姊妹却不少，反倒与族姐感情最亲笃？族姐一说，是因为你的堂表姊妹早在你大婚之日便被宫人见过。你为人谨慎，遂重新为那个随你父母进出宫廷的人假造了身份。那位族姐实是一名男子所扮，是你族中表兄。"

上官惊鸿说得极快，宛似谈笑，却一气呵成。当他话尾一收，庄敏脸色终于变得煞白，好一会儿，方咬牙笑道："这不过都是你的推测。男扮女装，倒亏你想得出！"

"这当初确实只是我的推测，但如今我既然能指出那人的身份，你说为什么？我之所以直到今晚才将事情挑明，是因为找他需要时间，而他此刻已在我手上。宫中老人想必对你这位'表姐'的模样还有印象，若我将他带到荣瑞面前，你说他会认为这是一名与你族姐长相极像的男子还是其他？"

"你我有染一事告到父皇面前，我最多一无所有，荣瑞只怕还舍不得取我性命。但我可以肯定告诉你的是，老九的身世，足够让你夏家诛灭九族。"

至此，庄敏终于惨淡一笑，颤巍巍地站起身来，看向上官惊鸿的眼眸中都是刻毒："上官惊鸿，你这只狼崽子！"

上官惊鸿仍淡淡地看着桌上油灯光芒明灭："狼？铁叔的命到底是你救的，哪怕你当年所为再让我厌恶，我亦无加害于你。夏家有难，我更是出手相助。"

庄敏急道："不仅仅是因为老铁，而是你心里亦有我，我知道的。我问你荣华利禄，你都说你愿意给我。你的语气，我分辨得出，我知道你没有骗我。"庄敏突然低声笑道："当初我确有不是，但这些年来我们也是有过快乐的，我到底是你的第一个女人，小九儿是你的第一个孩子。你看似不喜他，但心里还是爱他的。你如今怎能逼我至此？"

"荣华利禄，你若想要，只要我有，确实可以给你。对我来说，这不过是权力的附加物，有什么可稀罕的？至于你我，"上官惊鸿轻声笑开，眼中黑色深弥，"我们从没有过快乐。"

庄敏只是摇头，眼里的怨恨蓦然化为一股凌厉："那我让你唤我小名，我去你府上找你，我让你背我，你都允了……"

"那时我方入朝堂，不想多生事端，你喜欢，我陪你玩便是。如今不会了。小九儿到底是不是我的种，谁知道？即便他是，对我来说，左右亦不过是一团血肉。"

……

不知过了多久，庄敏跌坐在地上，死死盯着摔在地上的木匣，匣内已空。

桌上灯花凋落，一室凄清，来客已离开，然而二人方才的对话却仿佛还盘桓在耳边。

"翘楚对你来说果真如此重要？上官惊鸿，你这样的人怎么会爱人……"

"我会不会爱人都与你无关。庄妃娘娘，你只需好好记住，若这药不真，将她药死了，我要你夏家九族给她陪葬，包括你的两个宝贝儿子。她死了谁也别想活，你懂了吗？"

月华银辉透过床帐，翘楚猛地坐起身来，捏住眉心。她私下问过景平，上官惊璁的病似乎不轻。

她惊急攻心，根本睡不着。

不行，她要去找美人，让美人到夏王府看看情况。

她才走到门口，门却开了。

门外方明正领着一众婢女行礼，上官惊鸿一袭青袍站在门口。

廊上灯光微映，上官惊鸿见她开门，眸光一沉，将她拦腰抱起，往床榻走去。

方明领着两名婢女进屋，将灯火捻亮了，又连忙退出去，亲手带上门。

"这深更半夜的，你出去做什么？"上官惊鸿将铁面摘了扔到桌上，冷冷问道。

翘楚摸不准他突然过来的目的。这样的深夜，他坐在她的床沿上，她心里突然生了些异样和不适，微微吸了口气，道："我饿了，想传些吃的。"

上官惊鸿若有所思地看了她一眼，走到门边，隔着门吩咐了几句。

他却是替她传食，都是她平日爱吃的食物。二人相处的日子并不长，他竟也将她的喜好都记熟了。

翘楚一阵恍惚，心里苦笑，终于忍不住加重语气道："你有事吗？有便说吧。我吃过东西就歇息了。"

她话里逐客的意思很明显，上官惊鸿却深沉地盯着她，说道："我今晚就在这边睡，以后也回这里睡。"

翘楚一惊，双手不由得捏紧被子："上官惊鸿，你还能再过分一点吗？"

上官惊鸿一声冷笑，大步走回床榻坐下，一手捏住她的下巴，眸中渐渐透出一丝暗焰："我等得够久了，三个月已过，你的胎息算是基本稳定下来了，而且药我也拿到了，今天可以了，翘楚。"

这些话差点把翘楚呛到。她瞪着眼睛，半晌说不出话来。

上官惊鸿却并不理她，又到门边让方明准备热水来洗浴。

没有宣布结束，并不意味着还能继续。她可以在时间里尝试遗忘，但并不代表能接受他再次闯入。她可以如接受宿命一样安静地接受他们今日的疏离，但并不代表她没有怒气，不过是哀大于一切。

然而，这一刻翘楚一直抑制的怒气也终于全部迸发。她掀被而起，走到上官惊鸿面前，指着门口道："我不想看到你，更不会和你做那些龌龊的事，你出去！"

"龌龊？有胆再说一遍试试！"

上官惊鸿似乎最不能容忍这两个字，嘴上虽然含笑说着，额上却青筋迸出。

翘楚脾气上来了，竟盯着他连连说了五六回。

上官惊鸿当然怒极。翘楚看他紧紧捏着双手，似是若非如此，难保他会将她痛打一顿。

面对再恶劣的情况，他也能收发自如；但二人相处，面对矛盾的时候，他永远只剩下最原始的情绪，她亦是倔强无比。两个这样性格的人怎么就凑到了一起，但又好像只有这么一个人能真正左右彼此。

翘楚心里酸涩，随即噤了声。

上官惊鸿却不允许，伸手握住她的双肩，用力地捏住："我早就说过，过去的已经过去，翘楚，你为什么一定要逼我？！"

"没有过去，我们真真正正在一起之后，你还私会你的养母。"

"我去见她是因为……"上官惊鸿厉声说道，却又蓦然住口，似乎并不想多谈。

翘楚自嘲一笑，因为什么，他根本解释不出。她的手颤抖着指向门口："出去！"

上官惊鸿冷冷一笑，不顾她的挣扎，一把将她抱起，扔到榻上，更点了她的穴道。

翘楚只能眼睁睁地看着他将她穿着睡觉的薄纱衣裙扯下，只消片刻，她身上只剩一件兜肚、一条亵裤。

他手下不停，把一件好端端的纱衣撕成条，将她的四肢都缚住，更将她的双手束到床栏上。她的哑穴也被他封住了，手脚不能动，骂亦骂不得。

他怎能这样来羞辱她？！

她心里一阵羞愤难堪，怒道："你要找女人找郎妃去，别碰我。"

"哦，原来我在她房里过夜，你心里一直在吃醋。"上官惊鸿带笑的声音刺耳传来，"我没有碰她，一次也没有。"

"她说你每每对她有意，只是碍于我才没有……"

话一出口，翘楚一阵懊恼，这一说，倒显得她确实在吃醋了。

果然，上官惊鸿立刻笑了出来。

她心里气苦，终于忍不住泄出一丝哽咽。

上官惊鸿似乎被她的声音慑住，立即从她身上起来，挨着她坐下，随即又一言不发地将她身上的束缚全都解了。

"流氓！"翘楚手脚一松，铆足了力气往他身上打。

上官惊鸿也不避开，任她打了许久，方将手足乏力的她抱进怀里，自嘲笑道："流氓？你是我的妻子，我碰你有什么不对？你以为我愿意如此？我想碰你，又怕你反抗伤害到身子才出此下策。你不愿意，我当真便会对你动粗吗？以前我会，此刻，我倒希望我还能。"

"你明知道我不可能去找郎霖铃，我这些天在她那里也不过是想要你紧张紧张，你却好得很，不闻亦不问。我天天想你，办公、用膳、梦里……你对我却只有狠心。"

若是往日，翘楚自问对这样的致命温柔没辙，只是如今一切不同了。她从他怀里挣脱开来，侧过头，低声道："你出去吧，我真的要歇了。"

"你要和我拗，我奉陪，先将这个吃了。"

一阵清香甘苦的味道扑鼻而来，翘楚一怔，低头一看，却见他手上托着一枚白色药丸，和普通丸药一般大小，但丸身上隐隐流淌着一些光华。

听上官惊鸿语气慎重，翘楚知道这东西必定不简单，又想起他方才说"药拿到了"，不禁问道："这是什么药？"

"这药为千年狐狸内丹所化，一经服食，必能抵御住你心腑里的陈毒；届时我再搜罗天下好药给你滋补，你这条命连阎王也不敢收。"

上官惊鸿说着，眼中先前狠戾全部退去，化成一片温柔，波光微涟，竟像湿了眼眶一样。他看她盯着他，略有些不自然地咳了一声，伸手摸摸她的头，走到桌边斟了杯茶水，将药和水一并递给她。

内丹？这便是上官惊骢说的丹药？

翘楚怔怔地看着男人手上方才被她抓出血痕的大片皮肉，心里却已颤抖不已。这突然而至的丹药提醒了她上官惊骢的病因何而来……

翘楚胃腹一阵抽搐，深深地吸了口气："听说上官惊骢中了剧毒，这药你给他……"

"这药不能给他。"上官惊鸿眸光一沉，立刻打断她。

翘楚低声笑了好一会儿，方道："上官惊鸿，我不能要这丹药。第一，上官惊骢必定对自己下了重手，他现在比我需要这丹药；第二，我不要你从庄妃那里拿来的东西，死也不要。"

下颌突然被他再次用力捏住，声音无比冷凝："翘楚，你私下与老九见过面，对不对？否则，你不会知道他需要的正是这药；你口口声声说什么'庄妃那里'，你甚至知道这药的来处。"

翘楚清楚上官惊鸿被惹怒了，他手上的力道说明了一切。

她也不畏惧，迎着他的目光，依旧笑道："八爷，我问心无愧，所以做事无不可对人言。是，我是和他见过面，便是在你离席私会翘眉之前，他当时也在花园里，约我商说这丹药的事。"

"你的意思是，你和上官惊骢就是清清白白的，我的所作所为却肮脏无比！"

上官惊鸿冷冷地将水往床头一放，突然低头将她吻住。翘楚震惊挣扎，却为时已晚，早已被他出其不意地撬开唇瓣，一样东西顺着喉道滑进腹内。

翘楚浑身一颤，一阵异香奇甘的味道从舌苔扩散开来，自是明白被这个男人哺下了什么。他动作极为迅速，她还在震惊中，他才离开她的唇又凑了过来，一阵滑润冰凉再次哺入她的嘴里。

她挣扎着，一阵惊怒。

上官惊鸿却嘴角噙笑，突然伸手在她身上一拂，她顿时动弹不得，竟又是被他封了穴道。

他收住笑容，仍挨着她的身子坐在床侧，时不时抬手用力揾去她眼底默默渗出的泪水。

直到门口传来方明送热水和膳食的声音，上官惊鸿才解了她的穴道。

"这下也已消化了。翘楚，你还要如何？"

他低低笑着，又拿被子将她严严盖好，扯下帷帐，才对门口道："拿进来。"

方明得令，领着多个奴仆丫鬟进来，布置沐浴，试水温，放香花、皂荚，布置菜肴，摆碗筷……各自忙碌开来，然而翘楚这时却怒到极点，扬手便甩了上官惊鸿一记耳光。

众人都惊呆住，纷纷停下手上的活儿，包括方明。

虽然看不清帐里人的模样，但男女身影依稀可辨，这动作出自何人更是看得一清二楚。

方明到底是府中总管，虽然平日为人和善，此时也肃了脸色，缓缓环视了众仆一眼，道："王府不需要嘴碎之人，明白吗？若有，一律杖毙。"

众人颤抖着如捣蒜般点头，再也不敢多看。

一阵劲风猛地从帐内扑出，桌上铁面凌空而起，似乎被什么强大的力道抓进帐里。

帐中，从方才一瞬便盯着自己手掌的翘楚，心头一阵茫然。上官惊鸿将铁面戴上，一揩嘴角破损，笑道："翘楚，我是龌龊，我更是犯贱，才会爱你这样的女人，将你看作是我的命。"

帷帐猛地被撩起，随着男人的脚步声远去，各人也相继战战兢兢地远去，房中再次归于沉寂，唯有香花和食物的香气交混着传来。翘楚只觉得一阵昏昏欲呕，但腹里一股暖香随即散溢开来，立时将那阵呕吐感化为乌有。

她缓缓打开帐子，看着准备就绪的一室的东西，竟突然有股不顾一切的冲动，想出去将上官惊鸿找回来。

末了，她挣扎着起来，从柜子里拿出新衣换了。她还是要去找美人，让美人去一趟夏王府。

她心里闷，踉跄地向门口走去，却有人先于她敲了门。

"上官惊鸿……"她不由自主脱口而出。

门外的声音却道："翘主子，奴才老铁求见。"

老铁进来的时候，翘楚特意朝门外看了一眼，一众婢女奴仆仍安静而有秩序地在廊里守夜，不远处，多名护卫在院子里巡逻着。方明站在旁边的书房门前，景平和景清不知道什么时候也过来了，烦躁地在门外来回踱步，见她看过来，眸中都有些闪烁，却仍是毕恭毕敬地与她见了礼。

他到哪里去了……

翘楚突然心头一疼，那阵茫然更深，却又不得不打起精神看向老铁，明白他在这个节骨眼来找她必定有事。

她招呼老铁坐下，老铁却摇摇头，掀起衣摆跪到地上。

翘楚一惊，老铁是上官惊鸿最亲近的人了，说是如同父亲一样亦不为过。她连忙伸手去挽他，一股力量却萦在她掌边，她无论如何无法将手递到他面前。

翘楚心里难受，低声道："铁叔这是做什么呢，何必这样见外？"

老铁丑陋却明亮的眼中却慢慢透出一丝悲恸来，苦笑道："若我早知爷和翘主子之间的误会，我早就来找翘主子了。爷亦是要强，不想让你知道当年的事，怕你看不起他。这些天来他每每自己愁苦，也绝不与翘主子解释一句。我们问起你二人之事，他更是绝口不提。方才离开时他才稍漏了些口风，想来他心里也是苦得不行……"

"他到哪里去了？"翘楚微微一震，又颤声问道，"误会，什么误会？"

"他到夏王府去给九爷诊症去了……至于这误会，"老铁说着愧疚地垂下眼眸，"是关于他和庄妃的事。"

……

翘楚一宿未曾合眼。

老铁后来去了夏王府。

可是，上官惊鸿一直没有回来。

后来，只有随他出门的小厮被打发回来禀报说，九爷已无大碍。

翌日清晨，又见到那次送青鸟锦裙的大娘。这次她仍为送宫宴的衣服而来。

西夏王与二嫔将于明日抵达朝歌。明日的宫宴不同于往常，虽说两国争锋，看的是国力，但这首当其冲的比美，当是不能输。

只是，这次和上次略有不同。

郎家小表妹"林海蓝"随着红疹女子被上官惊鸿"遣返"回原籍早已消失，但"林海蓝"其实还在。沈清苓作为睿王未来的侧妃，自是也在大娘的服务之列。

衣服仍是华美无比，饶是三人心思各异，饶是大娘依旧聒噪，都被那美丽的衣服吸引住，仔细看了起来。只是，翘楚很快从华光中抽身，新袍虽美、饰物亦更华贵，却终是比不得之前那件青鸟锦裙。

蓬山此去无多路，青鸟殷勤为探看。

青鸟做彼此的信使，业以传情。

这个世界没有李商隐，没有那样歌咏爱情的诗词，但她却宁愿相信，那件衣服里有他的用心。

青色鹏鸟，惊鸿一瞥。

那件衣袍当日被她亲手褪下穿到沈清苓身上，后来她回来，在二人的衣柜里不经意看到，袍子折叠得整整齐齐，深埋在彼此的衣服里。

她鼻子一酸，衣服也没拿，在大娘的惊叫声中以及沈、郎二人讶异的目光里，快步走出了大厅。

方明跟了出来，担忧道："翘主子……"

"方叔，我要出府一趟。还有，你派人帮我做一件事。"翘楚揩去眼中水湿，缓缓道。

这时已经下朝，然而，翘楚辗转走过三部，上官惊鸿却都不在。问他去了哪儿，谁都不知道。

倒是她成了果贩子，每到一部，都被那里的尚书大人令手下采摘一大堆果子让她带走。贵重的礼物，睿王府不缺，倒仿佛这更显矜贵。

翘楚原本伤感难安，这时反倒哭笑不得，显然是某人当日摘果一事广为流传，于是，果子三部独好。她严重怀疑，王府地窖里冰镇着让她随时吃仍吃不尽的新鲜梅果，其产地其实就是吏、刑、兵三部，那人其实每天都顺手牵果，带回王府。

他们之间没有太多的朝朝暮暮、如胶似漆，但在平淡相守的短暂日子里，他确实用了心。

"翘主子。"

翘楚想着、酸涩笑着，直至方明的声音传来。

她没有带四大和美人出来，方明亦有些哭笑不得地命随行保护的暗卫将果子搬到马车上，道："咱们回府吧，爷说不定已经回去了。即便他现在还没回，晚上终是要回去的。你这番走动劳累的，爷知道了反倒挂心。"

翘楚想了想，道："方叔，咱们去最后一个地方。若他不在，咱们就回去。"

平日看电视，总觉得误会释然到处去寻一个人而往往又在迂回弯转处错过的桥段很狗血，其实等在原地互不错过才是最科学的。但原来真遇上这种情况，只恨不得第一时间将对方找到才好，那种逼迫就好似世界当真要在下一秒陷入末日，尤其是她此时心里的悱恻恐惧不知为何越发深了。

到老宅的时候，上官惊鸿果然在那里，正拿着一支扫帚在厅堂打扫，老铁在院子的花圃里除草施肥。

上官惊鸿一看到她，神色一变，立时摔上屋门。

她撩着裙子小跑过去，差点被突然摔上的门板撞到鼻子。

翘楚苦笑，二人相处的这些日子，上官惊鸿以前对她虽说也曾态度恶劣，但甚少耍什么脾气，后来他对她好了很多，她倒是头一回遇上这种情况。

老铁和方明面面相觑，半晌，还是老铁低声和她商量："翘主子，要不老奴进去和爷说几句，你稍等一下。"

翘楚摇头，道："铁叔，你只怕先得把房子掀了才能进去。"

上官惊鸿那架势，估计是绝不会开门了。

老铁和方明再次面面相觑。

翘楚微一沉吟，又道："你们四处去转悠转悠，方叔看看方才我让你办的事情好了没有。若你们回来，我还没能让王爷开门，铁叔你就帮我把这门卸了吧。"

"这……"老铁一愣，好一会儿，才有些为难地笑了。

方明拍拍老铁的肩膀，二人随即离去。

翘楚方才就被这花圃吸引住了，这时便走了过去，细细察看起来。

那花如碗般大，娇艳欲滴，光华夺目，煞是美丽，只是上次来去匆匆，又是踏着夜色，并没有留意到。

这花和在天神村看到的凝霜花很相像，但比凝霜花更璀璨一些。

她想了想，蹲下来做了些事，方踱回屋前敲门。

"上官惊鸿，我知道是我不对，给你赔礼道歉来了。这也到用膳时间了，你开门好不好，我进去给你烧饭……"

翘楚说着不禁微微苦笑，这男女角色怎么看都该换过来才对。

前事她一概不知，他又无论如何不肯向她解释；若要论对错，她也并非十恶不赦，但她知道他心里的苦，愿意做任何事以使他高兴。

她说了许久，上官惊鸿却只是不理她，甚至连一丝声响也不赏给她，只当她是透明的。翘楚伸手擦擦额头的汗，已是晌午，她一宿未睡，又奔波了半天，有些头晕目眩。但就如他曾说的，所幸自此……他们有足够的时间来耗。

她想了想，又道："上官惊鸿，我累了，小怪物也累了，你不肯开门，我们只好走了。铁叔和方叔被我赶走了，我自己回去，你不担心吗？"

……

"赔礼道歉的礼物我就放在门口，我走啦。"

上官惊鸿正倚在门板上聚精会神地听着，却只听见脚步声远去，一会儿便没了声息……他那个气啊，敢情她就这样跑了？！

他知道她来这里的原因。

有些事，他是无论如何都不愿意亲口告诉她的，昨晚灰心之下竟在老铁面前泄了口风。

他明知老铁会去找她，却没有强令制止，其实便是默许了。

原来，他竟可耻到如此迫不及待地想和她和好如初，原则和底线一降再降，她却一跑了之！

上官惊鸿当即怒得不行，平素种种的平静安稳都扔到爪哇国去了，啪的一声把门打开。这不出去还好，出去一看他更是火冒三丈，那女人竟将他辛苦培植出来的无霜花拔了一大把横放在门楣上——那是他在永恒之花凝霜的基础上培植出来的更美丽、更坚韧的新品种。

他突然想起什么，差点把牙咬碎，这便是她说的赔礼道歉的礼物？

他忍着怒火走到院外。对面农户家一个孩子恰好走出来，探头探脑地看着他："铁面哥哥，你怎么拿着扫帚出门？"

上官惊鸿一怔，这才发现自己手上还拿着扫帚，一下气炸了，手一捏，可怜那玩意儿立时粉身碎骨。那小孩看着地上一堆狰狞的灰尘，顿时吓得哭了起来。

上官惊鸿眉头一皱，亦当即僵住。他来老宅的时间毕竟有限，这里是他心灵的宁馨地，他不愿王府的仆人沾染，又不好让老铁等人跑来跑去，平日都是雇邻近几户村民打扫，他有时过来，出手极是阔绰，村民都是千恩万谢，也让家中小孩都来谢赏。小孩子对他不太陌生，他亦是认识人家的。如今好端端地弄哭了人家？

他有些无措地站在那里，突然一双细白的手将孩子拢住："莫哭莫哭，姐姐给你好吃的。"

小孩愣愣地看着眼前的青梅，咂咂嘴巴，一下接过塞进嘴里，倒也忘了哭嚷。

"小虎子，你可是冲撞了公子，还不快赔罪。"这时，一对农家夫妇从屋里走出，对小孩吆喝道。

小虎子怯怯地给上官惊鸿叩头，上官惊鸿无暇理会，恨恨地盯着方才突然从农户家里冒出来的女人。

她有些吃力地将孩子抱了起来，逗了小虎子几句，小虎子立时咯咯笑了起来。她笑着朝小虎子的爹娘道："大哥、大嫂，我代我家夫君赔罪了。"

"妹子是惊鸿公子的夫人？"那对夫妇都有些吃惊，妇人立刻惶恐道，"那说什么也不能收夫人的银两了，惊鸿公子平日给的赏钱够多了。"

那抱着孩子的女人自是翘楚，上官惊鸿听她说"我家夫君"声音甜美，此时又抱着孩子身形不稳，心头一阵烦躁，等意识到自己做了什么时，已将小虎子夺过扔回男人手里。

农户夫妇素知上官惊鸿的脾性，并不见怪。翘楚心里暗喜，上前去拉上官惊鸿的手。上官惊鸿眸光沉了沉，终是没有挥开，在人前给了她面子。

她一笑，从地上提起竹篮子，里面是她刚向这户农家买来的果蔬。

那对夫妇要将银两还给她，上官惊鸿止住了，对方千恩万谢地领着孩子回去了。

上官惊鸿一看人走开，立时便甩开她的手。

翘楚知道，下次要再把这个人引出来就难了，赶紧将篮子往地上一放，快步走到花圃边。

上官惊鸿原本要进屋去，一看翘楚又去拔他的花，大步走到她身边，一把拽住她的手，怒道："丑八怪，你又想做什么？"

翘楚却一脸无辜地朝散在门楣上的花看了一眼，神情认真："在我们那边，情人之间，男子会送花给女子，有时亦作赔礼道歉之用，那是我向你赔罪的。你是不是嫌诚意不够？我再去拔一些给你，你想要多少都行。这花圃多的是。"

上官惊鸿闻言，无语了，站在那里，不知是该生气还是该将这女人掐死。他若不理她，她是不是要将他所有的花都拔光？

半晌，他狠狠地盯着对面女子一副貌似可怜巴巴的模样，咬了咬牙，将信将疑道："你们那边果真有这样的习俗？"

"嗯。所以，以后你若惹恼了我，就送我花，我定然很快就会原谅你了。难不成你堂堂一个亲王比我一个小女子还小气吧，莫恼了，好不好？"

什么叫她很快就原谅他，这次明明是她错了，她倒预约了下次。上官惊鸿闭了闭眼，低咒了一声，他真是有病才会想和她和好！他将她两颊狠狠捏住："翘楚，你还能不能再过分一点！"

似曾相识的话，让翘楚心里微微一颤。她明白他虽仍怒，但这段日子里的风波却算过去了。

她缓缓伸手抱住他，低声道："惊鸿，对不起，我以后也要学着怎么去爱你。"

上官惊鸿心里狠狠一抽，他还能怎样？

只是她一个小把戏、几句话，他便没有办法再走开了。

他握紧手，松开，又握紧，嗅着她身上的清香，感觉着她微微陷进他怀里的馥软，心头火烧，一声低咒，将她拦腰抱起，走进屋里。

穿过厅堂、甬道，大步走进房里，将她放进床褥里，扯下罗帐……

屋外，门楣上的花朵是安静的，像一个安静的人，凝视着屋子，偶尔随风微微颤动。

许久之后，翘楚身子酸痛得动也不想动，趴在某人胸膛上，享受着揉按拭汗的服务，她尚不解恨，狠狠给了下面的人肉垫子一拳："光天化日之下不去办公，你这死人……"

"是谁过来这里勾引我来着，你这只狐狸精……"

"你才是狐狸精。"

翘楚气得牙痒痒的，如他往常掐她般掐他的脸。上官惊鸿本来眉眼都是慵懒的笑意，这时眸光一暗。翘楚在他身上，自然清楚他的变化，又羞又急："上官惊鸿，你脑子里怎么就净想着这些……"

上官惊鸿扣住她的脑勺，又去吻她，急遽的敲门声却在此时传了进来。

便是他老子来了，上官惊鸿也绝不会出去开门。他只装作听不见，吻着身下的人。翘楚脸皮薄，连连推他，急道："应该是铁叔、方叔他们回来了，你快去开门。"

"不去，让他们敲好了。"

"起来，起来……"

翘楚却急得快哭了，万一老铁将门卸了怎么办……

上官惊鸿被她踹了几脚，咒骂了几句，咬牙切齿起来，套上裤子，戴上铁面，还不忘回头道："一会儿补上。"

翘楚一愣，又朝他屁股踹了一脚，上官惊鸿不满地哼了一声，向门外走去。

翘楚却又急了："喂，回来，将袍子穿上。"

"只是铁叔他们而已，你怕什么。"

翘楚大窘，趁这当儿，上官惊鸿闪了。

门口，上官惊鸿面无表情地盯着门口一众人等。

"爷……"

前面的少年才开了个头，上官惊鸿啪的一声将门摔上。

上官惊鸿进房的时候，翘楚正手忙脚乱地穿衣服，只听到他凶凶地问道："你今儿是不是有遣人去请五哥他们？"

翘楚点点头："方叔告诉你了？我这不是跟你学的，将他们找来当调停人的嘛。"

"好的怎么不见你学。"

翘楚一怔，随即傻了："你的意思是说，你五哥他们也过来了？"

上官惊鸿一声低哼，将她的衣服捞起，塞到她身上。

其实不用上官惊鸿多说，光听厅堂上热闹的声音，翘楚也知道了答案。

她想死的心都有了，最后是被上官惊鸿架出去的。

果然，厅上每个人的眼神都很暧昧。

方明将景平、景清也弄过来了。宁王等人还好，景清却愣愣地问道："爷，你方才没穿上衣，奴才看得清楚，那一片青青紫紫的是被什么虫子啃了吗？要不要奴才帮你搽点药？"

上官惊鸿寻了个借口将他骂了一顿。景清感觉委屈，众人笑得不行。翘楚见佩兰手上提着方才被她和上官惊鸿遗忘的竹篮子，急急说道："佩姐，我去做饭。"

佩兰笑道："我去给你打下手。"

冬凝嘻嘻一笑："我也去。"

从宗璞身旁走过的时候，翘楚却微微一怔。宗璞的眼神很奇怪，似乎是在看自己。翘楚有些不安，但终究没有当面相询，心里寻思着私下定要问上一问。

实际上，这时宗璞想起了来此之前小厮带给他的一张纸条。

纸条的落款是清苓。

纸上角落处沾了些许檀香。

当然，他彼时甚是紧张，没有仔细考虑这抹檀香的由来。

其实，即便他深究这檀香的来处，知道是在飞天寺沾染上的，也不会过于奇怪。

他们以前在飞天寺碰面的次数不少。

上官惊鸿大婚后，才多改在王府地下室碰头；再后来，上官惊鸿对翘楚像是黄鼠狼见了鸡，都在王府见面，飞天寺就更被雪藏了。

清苓会去飞天寺并不是什么奇怪的事，那里有她的回忆。

第二十三章

穿越者千年会面　众惊悉蝴蝶效应

此时，王府里的沈清苓也正淡淡地看着那抹不小心沾到指上的檀香。

两个时辰前，她去过飞天寺，是在翘楚离开大厅之后去的。

她会决定到那里去，是因为在取了裙袍回房的途中，听到了从花丛侧经过的几名奴仆婢女的对话。

"你方才有没有听错，我们每月可是只有三两银子……"

"我可是听得很清楚，再说她们手上拿的是银票，不是碎银。当时四大也很是惊奇，对美人说，一百两。美人扫了我一眼，我才急急走开了。"

"倒不知其他两名主子的婢子是不是也能拿这么多？一百两……这可够几年花销了呀，我想都不敢想。"

"别的主子的还真不好说。你们傻啊，也不看看她们的主子是谁，那可是爷最爱的翘主子。"

"她们的月钱已这么吓人，不知道翘主子能拿多少？"

"谁知道，我是想都不敢想。若我是翘主子该多好，减二十年寿命我也愿意……"

"呸，你先将自己的脸弄花吧。"

"你们说爷奇怪不奇怪？翘主子本来模样还行，但自从多了道疤痕，虽说还不至于吓人，但毕竟不养眼了。郎主子家世好、模样又俊，那新来的沈主子，听说以前女扮男装，是太子殿下的伴读，大大的有名，模样也好，你们说这喜欢哪个不好，这爷怎么反而喜欢翘主子呢？"

……

这一天正好是王府发月例的日子，沈清苓回到房间的时候，有小厮拿着封函送来，未几，阿绣也领了月例回来。

王府负责管账的是景平，奴仆的月钱每月定期到账房支取，主子的月钱则由景平亲自派人分发。

沈清苓先问了阿绣的月钱，方慢慢打开自己的封函。

阿绣的是十两，她的是……一千两。

阿绣的月俸规格比一般奴仆要高得多，她明白上官惊鸿对自己终是不同的，可却到底比翘楚的丫头少。若自己拿到的是一千两，翘楚又能拿到多少？

她可以不在意钱多钱少，但那是他心里的天平。

很多时候，人可以很隐忍，但脾气的爆发往往只需要一根导火索。

于是，那一刻，这多日来的委屈难受差点让她疯掉，她去了飞天寺。

她会去飞天寺，是因为前些天在别院小住时发生的一件事。

她已被皇帝赐婚，上官惊灏不会傻到去动她。现在她若出什么事，不是上官惊灏动的手都会算到这位太子头上，上官惊鸿遂允许她自由出入。

别院的守卫自不如王府森严，有一晚，她收到上官惊灏派人送来的书信。

他约她出来见面，商讨离析上官惊鸿和翘楚的方法，说各取所需。

她自是不去，但不知为何，她却让来人带走一句话：他若愿意，便在飞天寺等，说不准她哪一天会去找他。

人很多时候都会这样，做自己认为绝不会做的事。

她让阿绣等在寺外，说自己进去上炷香，找主持问些佛偈。

她其实并无把握，认为上官惊灏早就因她的沉默愤而怒之，将这事搁置脑后了。

不曾想到的是，她才一进去就被一名女香客碰了一下，并轻轻在她耳边说道：“殿下一直在等清苓小姐。”

原来上官惊灏一直在佛堂里安排了人。

她转过经阁绕过佛堂去到后山，在那里等了一顿饭时间，上官惊灏果然到了。

乍一见面，不知为何，她对这个认识多年的男人生了一丝莫名的恐惧，比之前所谓背叛的时候强烈多了。她也不虚与委蛇，直接问：“翘楚便如此之好，以至于太子殿下念念不忘？”

上官惊灏闻言便笑，笑了半晌，方道：“苓儿，你的语气像是在吃醋。你信不信，即便没有翘楚，孤也是真心帮你？”

“对于瞎眼男人的选择，我有什么好吃醋的？”她亦笑了，缓缓道，“信？自是不信。”

“嗯，孤亦不信。只是你既两世为人，还是没能找出将翘楚击败的方法吗？”他反笑。

她闻言大震，良久，才颤声道：“你怎么会知道这些事？”

“孤还知道秦歌。”

她禁不住冷笑出声：“你既然都知道，那你也该知道林羽是谁吧。秦歌迷恋林羽，上官惊鸿喜欢翘楚，便像是宿命一般。"

"翘楚？不，上官惊鸿的宿命是你。"

……

上官惊灏眼里一闪而过复杂的光芒、微微沉吟的声音宛似还在耳边。

他原来并不知道林羽，也不知道林羽就是今日的翘楚。

自然，从他嘴里她问不出他为什么会知道这些信息，但这不妨碍后面二人商量的事情。

沈清苓嗅着指甲缝内的檀香气息，心里没有半丝这清幽带来的清静，心反而跳得很急促。她凝视着窗外姹紫嫣红的花，目光渐渐透出一丝阴狠。

项羽援赵，破釜沉舟就在今晚。

她，已经没有退路。

翘楚是被上官惊鸿抱下马车的，微一颠簸醒了过来，发现已到了王府。

她拍拍他，示意他放她下来。上官惊鸿摇摇头，抱着她径自进门。一路上被下人围观，上官惊鸿自是不当一回事的，翘楚脸上还是热了一片。

晌午的时候，做了些斋饭，吃惯佳肴的各人竟也吃得其乐融融。

饭后，所有人都被上官惊鸿赶了回去。

当然，上官惊鸿并没有要求补回那一次——两人在房里相拥着说了会儿话，她便累了，挨着他打起盹来。

她舍不得睡去。

他有些着急，抱着她，嘴里低低哼着些小曲儿哄她睡觉。

她被他并不算好听的腔调逗得不行，笑倒在他怀里。他不乐意了，板起脸，她反而过来哄了他好一会儿，他方说是常妃以前教的，问她好不好听。

她心疼又快活得不行，夸了几句，逗他说了些幼年和常妃一起的事儿。他说得很高兴，她却渐渐撑不住了，挨着他睡了过去。

直到傍晚时分，老铁的出现吵醒了她。

原来是宗璞有急事找，让他回府商榷。

上官惊鸿拒绝了，只说明天再回。她也是舍不得这时便回去，但还是劝他回府，正事要紧，尤其此刻朝堂里的争斗越发趋向白热化、千钧一发。

这时，上官惊鸿将她放到床上，摸了摸她的头，眸里都是宠溺。"宗璞在等着，我去去就回。你再睡一下，我一会儿回来陪你吃晚膳。"

她记得他每每说回来陪她用膳，可他们之间总被事情阻搁，不由得捏了他一下。

"一定很快回来。"

他也掐了掐她的脸颊，又摸了摸她的头，方才转身。

翘楚正想躺下，却见枕侧有把钥匙，想必是他遗下的，叫住了他。

上官惊鸿回头，看着她握着钥匙递过来的手，摇头："给你的。"

"老宅的钥匙？"她有些奇怪，随即笑了。

上官惊鸿眸光愈见柔和："不是，今天府里发月钱，这是我给你的。"

翘楚越发不解，道："我的月钱怎么变成钥匙了？你想耍赖啊，起码给我个十万八万两。"

上官惊鸿一声冷哼，鄙视地瞥了她一眼："十万八万两算什么。这是王府账房的钥匙，你要支多少银两，过去拿便是，不用知会任何人。"

翘楚吃了一惊。她并不看重这些，但若说不欢喜却是假的。她心头怦怦地跳，笑道："任何人包括你？"

"包括我。"

脚步声随声音远去，翘楚握着钥匙，心里暖烘烘的，仍是将钥匙放到枕侧，等他回来交还给他。她明白王府的财产必定是她无法想象的庞大，但他那句话对她来说已经无价。

她盯着床顶，轻轻笑道："琳琅，你也许不在，也许在却没办法跟我联络，但还是想跟你说，我今晚就和他说秦歌的事，告诉他我在后世的事，虽然我还没有想好最妥善的表述方式，但我不想再考虑了。"

不知是不是这一直压在心里的事，到这时要说特别紧张，那股不安的感觉让她的睡意全消，不知过了多久，门外的争吵声让她一下子从床上坐起来。

开门一看，却是四大、美人和阿绣在争执着什么，守在一旁的几名奴仆都惴惴不安地看着三人，不敢插嘴。

两个丫头想必是上官惊鸿离开前派人叫过来侍候的。

她轻声斥住三人，问怎么回事。

美人一说才知道，却是沈清苓让阿绣来传话约她到花园见个面，说想和她谈谈。两个丫头怕吵着她睡觉，不肯通传。

翘楚想了想，带着四大、美人随阿绣过去了。

到了花园的时候，沈清苓已在那里，就坐在亭里等她。

看到她来了，沈清苓让阿绣退下，又淡淡地看了四大、美人一眼："单独谈谈我们在中国的事、秦歌的事，如何？"

翘楚略一沉吟，让两个丫头也退下了。

"翘楚，不，或许我该叫你林羽。"

沈清苓看着四大、美人的身影退到远处，才轻轻出声，眼里带着一种近乎绝望却又诡异的阴暗的光芒。

"不，思微，我不是林羽。"

翘楚摇头一笑，到如今，她也不想再瞒了。隔了千年，林思微是她在这个世界关于那个世界唯一的联系，她也想好好和林思微谈一谈。过往种种，不论情还是仇，她总是希望林思微能放开心事，重新生活。

沈清苓却浑身一震，怔怔地盯着她看了好一会儿，才失声道："你是……你是海蓝？这怎么可能？"

"怎么不可能？"翘楚微微叹了口气，看向星空。

星空的另一侧，是她们的世界吗？

时间是什么，空间是什么，时空是什么？爱情呢，又是什么？

坚硬得可以穿越过千年时光？

"秦歌爱的是林羽。若有宿命，这一辈子，上官惊鸿爱的应该是林羽。你不该是海蓝，海蓝只是林羽的替代品。不，海蓝连替代品也不是，只是实验品。"

沈清苓冷冷地笑着，猛地执起翘楚的手，双眸紧盯着她，似乎在分辨她有无说谎。

翘楚仍是摇头笑了："思微，你说这世界先有鸡还是先有蛋？两个时空既然平行，到底是云苍这个时空发生的事情影响了我们原来的世界，还是我们那个世界经历过的事也影响了这云苍？"

所以，宿命和未来都可以改变，就像她为秦歌而来，为他改命，就像秦歌爱林羽，但这一生她要和上管惊鸿在一起，不管谁是林羽。在上官惊鸿的眼里，她也曾经是林羽不是吗？她如今要做、想做的，就是守护好他们的感情。

"你若是海蓝，那么你更是为秦歌而来，对不对？因为那一世他爱的是林羽，不是你，你就找他的前世来圆自己的梦？"沈清苓缓缓放开她，突然问道。

"不，是蝴蝶效应。秦歌是为我而死。上官惊鸿若不修陵寝，那么就不会有盗墓，后世的秦歌也就不必死在青年了。"

"你想借改变这一生事情来改变秦歌的命运？"沈清苓微微一震，在亭中来回踱步，好一会儿才停下来，若有所思地盯着她，笑问道，"海蓝，即便秦歌不爱你，你也爱他？"

"是。"翘楚看着星空，亦笑道。

"那上官惊鸿对你来说是什么？你和他好，不过是因为你认为他是秦歌。海蓝，若我告诉你，上官惊鸿根本不是秦歌呢，你会怎么样？"

"他是秦歌。"翘楚很快否定。什么都会错，感觉不会。

"你不也曾错认过太子是秦歌而对他投怀送抱嘛！你做的一切，让上官惊鸿和他身边的人以为你爱他至此，实际上，你一直在骗他。"

"我没有，我……"

"你还有什么能辩驳的吗？"

一阵强烈的掌风将亭边的花叶扫开，一个人缓缓从里面站起来。

青影绰绰。

四周的叶木簌簌而动，人影幢幢又很快清晰，从各处快步出来。

午时老宅里的人都在这里？！

翘楚霎时明白沈清苓眼里那淡淡的诡异之光为何而来。她顾不上去端详各人复杂的脸色，目光只向上官惊鸿脸上投去。

上官惊鸿却好似变了个人。他冷冷地站在草木边，冷冷地盯着她，眸中暗淡，光影难辨，但其中最浓烈的却是憎恨。这样的恨意，她只在莫愁湖畔看到过，那是他无须掩饰，与上官惊灏对峙的时候；还有一次是在提到荣瑞皇帝时。

除了最先惊诧她的身份，所有问题都围绕着她爱不爱秦歌、秦歌和上官惊鸿的关系来问，沈清苓早有预谋，而宗璞促成了上官惊鸿一行先到这里隐伏。

翘楚掌心里都是汗，全身微微发抖，缓缓地看了宗璞一眼。宗璞一震，随即侧过头去。

她亦不再看他或他人，只看向上官惊鸿。

"你说过，愿意等我告诉你秦歌的事，为什么答允沈清苓用这种方式来问？我是为秦歌而来，但我……我爱你。"

爱这个字，她其实说不出来。有人终其一生都不会去说这个字，不是不爱，却是说不出。这是世上最腼腆的字。

但这一刻，即便是在众人面前，再难出口，翘楚还是说了。她企盼地看着上官惊鸿，希望他能信她。

上官惊鸿暗淡的眸光却在她的话后蓦然蒙上讥诮，从她脸上划过："翘楚，不，我应该叫你海蓝，原来你才是海蓝。"

"方才的一切，不是你亲口说的吗？你爱我？不，你从来不爱我！是啊，北地的时候，我们不过是初次见面，你为何要在蟲楼舍命救我？更莫说后来种种，几番出生入死，你总是念念不忘要我不筑陵寝，原来这才是合理的解释。我在你心里，只是一个遥远的男人的替代品。若我不是那个男人，你根本不会爱我。但也许我偏偏就不是他，你要怎么办？"

上官惊鸿眼里的恨意如雾，伴着浓浓的苍凉。翘楚终于明白心被掏空是什么感觉。她向他走去："就当真是我错认，但从和你成婚起，我心里的人是你，不是秦歌，不是任何人。"

"何必自欺欺人？"上官惊鸿却蓦地笑了，"翘楚，方才我一直仔细看你，仔细听你说的每一句话。你在说'他是秦歌'的时候很笃定，你说你心里的是我，不过是因为……不管我是不是他，你心里都已把我当成了他。"

他们经历了这么多，到头来却因为这蝴蝶第一环的因果而落下永世嫌隙？明明心疾已经好了，这时候，翘楚却清楚地感到那股深入心胸的痛楚。她缓缓走向上官惊鸿："惊鸿，我们回去说好不好，让我将那些事原原本本……"

一股大力向她袭来，她尚未靠近他，已被他甩开。她怔怔地向后跌去，他力气很大，就像忘了她肚子里还有着二人的孩子。

幸好，秦冬凝一声惊叫，扑了过来，当即将她扶住了。

若这一跤摔倒……翘楚缓缓地看了眼地面。

"惊鸿，这是沈清苓的计谋，你就不愿意听我的解释吗？我知道，当一个人的替代品不好过，我也当过。因为你的努力，我们拥有一辈子的时间，但一辈子有时太短，一不小心就没有了。你为何不给我一个机会，我们好好谈一谈……"

谈，然后像个傻子一样心软？他可以为她做任何事，甚至死。她呢？她对他从头至尾原来只有欺骗。他们之间这段他弥足珍贵的日子，原来从来没有意义。他不知道要怎么处置她，他真的不知道。恨意涌上心头，上官惊鸿咬紧牙关，吩咐景平、景清："来，将翘楚关到地牢去。"

景平、景清一凛，踌躇不前。秦冬凝猛地摇头，张开双臂拦在翘楚前面，定睛看向上官惊鸿。

"惊鸿哥哥，给翘姐姐一个机会不行吗？我信她爱你，我信。莫说她真的爱你，即便不是，你爱她就够了，为什么一定要她回报？为什么要这么待她？"

上官惊鸿微微一震。宗璞一声长叹，上前握住秦冬凝的肩膀："小幺，这事和你无关。"

秦冬凝缓缓看向宗璞，一扬手，声音清脆。

宗璞不可置信地看着她，其他人也吃了一惊。秦冬凝打了宗璞！

一记耳光，毫不迟疑。

"宗璞，从今往后，你我恩断义绝。我没有你这样的朋友，我们连朋友也不能做。"

屋内，上官惊鸿淡淡地扫着枕边的钥匙，自嘲一笑，上天和他开的一场玩笑，他才做了个好梦，便要醒来。

她不知道，她和他冰释前嫌在一起，他有多开心、多欣喜若狂。

今生后世，这世上果然有如此玄幻的东西？

他查了很多资料。关于她的身份，她是一个妖精、一缕魂魄还是什么，以前，他并不在意更不害怕，反而饶有兴趣地将猜想当成自己在繁重政务之余的娱乐，等她为自己揭晓的一天。关于她的一切，他都喜欢。

如今，他再也不想深究。他只知道，她不爱他。

不要同等，那是冬凝的心思，对他来说，不可。

他爱她，可以给她一切、为她死。他可以不要求她为他生或死，哪怕她不愿意也没关系，但他要她爱他、喜欢和他在一起。

这样都不行吗？

那股怨恨在这个微凉注定无眠的夏夜又这样来势汹汹。

他将钥匙拿起，狠狠地摔到地上。

虽是王府待遇优渥，一般奴仆的月钱也不过五两银子，在府中多年的奴仆方有十两纹银，铁叔、方叔等也只拿五百两，主子的用度郎霖铃他给了千两、沈清苓两千两，但只是她的婢子，他便让景平给了百两。

至于她，他拥有的他都愿意给她。

亲王的所有房屋田产，他在朝歌和外地暗中经营多年的店铺所有的盈利。

他只要她喜欢他，他只要她因为喜欢他，给他生个孩子——属于他和她的东西。

这样都不行。

在花园得知真相的那一刻，他蓦然间竟在心底乞求老天，让他就是秦歌。

他却还有更多的惊恐——他也许根本就不是秦歌。

全身的血液似乎被什么扯着僵在一处，无法流动，他张开口，一股腥甜溢出。他啐掉血，一手搭到自己另一手的腕上，很快又甩了手，仰头喝了口酒，将酒樽摔到地上的钥匙上。

门，突然被轻轻推开。

他眯起眼眸盯着前方跃动模糊的身影，向她走去，笑道："翘楚，谁准你从地牢出来？我不要见到你，你莫想着诱惑我。我不会再和你在一起。我要将你关得远远的，关到环境凄惨的地方。"

她却很是讨厌，更快地走近他，依偎进他的怀里。

她的身子很软很香，似乎搽了香粉什么的。她平素不搽脂粉，身上淡淡的属于她自己的清香，他很是喜欢，如今她要诱惑他吗？

他很是愤怒，想推开她，她却忽然抬头吻住他的唇……

四周很寂静。

翘楚坐在地上，床上很是凌乱，也许是要掩盖这满房狼藉的酒气，充斥着甚浓的香气，又也许……这里来过别的女人。

翘楚安静地笑，安静地凝视着地上的碎屑。

四大、美人被他关起来了，她亦被他关到地牢一夜半天。今天她身体不适，呕吐得很厉害，才又被人带回房里。

她要向他说清楚，也要问清楚这里发生过的事情，哪怕彼时她再没有后路。

昨晚在亭里，冬凝为了维护她，和宗璞决裂了。当看到宗璞灰败的眉眼，如她一般全身发抖的高大身子，她没有丝毫的快感，她只怕冬凝的心是彻底伤了。

沈清苓便在她身边，眼里泛着盈盈的笑意。她平生第二次对同一个人如此愤怒，哪怕这个人几番要置她于死地，她也不曾，唯独在这女子要害景平的时候和这一刻。

她狠狠推了一把沈清苓。

上官惊鸿却将沈清苓扶住，以更冷戾的眼光盯着她。

她不记得自己当时说了什么，只记得上官惊鸿扶揽着沈清苓，冷冷地斥责她："清苓从来分得清楚自己爱谁，她是先爱的秦歌后来爱我。翘楚，我根本不该和你这样的女子在一起，沈清苓比你值千倍万倍。你怪她卑鄙的同时，怎么不想想你自己比她卑鄙万倍！"

再后来，发生什么事她却有些记不清了。

隐约是上官惊鸿要将她关入地牢，冬凝之后，景平、佩兰……所有人求情。

当然，最后她还是被他关进了地牢……

现在，房屋四周那么安静，因为主子都不在王府里吧。

就连老铁等所有人都被上官惊鸿带进宫里参加宫宴去了。

在他回来之后，她一定要见他。无论如何，她都要想办法见他。

嗅着那弥漫一室的酒气和香气，眼里酸涩，她却竟然没有一滴泪。

猛地，门被轻轻打开，两个奴仆手捧托盘进来，随即门被关上了。

"翘主子，吃点东西罢，爷吩咐备下的。"却见那厨娘打扮的女子边朝门外说着，边快步向她走来。

翘楚一看这架势，心里一惊正要唤人，那厨娘立刻做了个噤声的手势，低声道："姐姐，我是冬凝。"

翘楚又惊又喜。冬凝放下托盘，走过来抱住她，哽咽道："姐姐，景平派人送信给我，皇上今早突然下旨，让哥哥在今晚宫宴完结后带沈清苓到她老家谒见她母亲，在那边成婚。还有，哥哥要派人将你关到他以前在郊外处罚暗卫的一个地牢里去，那些人一会儿就到。此刻五哥、景平他们全都进宫了，谁都想救你，但谁都分不了身。哥哥在王府安排了很多暗卫守卫。我身份次要，骗我爹说要打扮漂亮些稍后进宫，又熟悉王府的人，易容成其中一个厨娘才进得来。姐姐，我在这里装成是你，你戴上我的面具赶快逃出府去。"

"冬凝，你有无准备我的模样的面具？"

冬凝一愣，很快摇头："来得太急了，做不来。"

"那很麻烦，若再有人进房，便发现你是个冒牌货。追兵很容易便追到我。"

"那怎么办？"冬凝大惊，一把抓住翘楚的手。

却见翘楚看向远方，目光渐渐坚定："我记得，有件东西，你哥哥曾和我说过，只有两种情况下我能用它：一是，他君临天下的时候，二是……当我再也没有退路的时候。如今我是再也没有退路了。小幺，我不能逃跑。我要参加宫宴，拿回属于我自己的东西。"

冬凝看翘楚说罢似乎陷入了沉思，更急了几分："姐姐，要怎么做？你真要进宫？进宫就再也走不了了，为何不等哥哥想通了再回来？"

"小幺，虽说你们都愿意帮我，但也许除了你之外，他们和你哥哥一样的想法居多。我不走，我不想回避，为自己争取一次。没有人能说清楚下一刻会发生什么事，我不能让他带着沈清苓就那样离开。"

冬凝微微怔住："因为你曾说过的一辈子很短？"

"嗯，我总怕在不经意的时候就错过了。小幺，你也是，宗璞的事好好想清楚，我不想让你因为我而耽误了。"

冬凝摇头："翘姐姐，冬凝唤你姐姐，心里是真当你是姐姐。宗璞的事我不后悔，他确实做得太错，欠缺了所有的光明正大。"

"咱们小幺虽是女子，却侠风不下于男子，年纪稍长，必有大作为。"翘楚心疼地摸摸冬凝的头，冬凝亲昵地往她身上蹭蹭。这时，翘楚的主意已确定下来，想起什么，立时看向冬凝身畔一直沉默着的作男仆打扮的男子。这人戴着火头的毡帽，帽檐拉得极低，是以翘楚竟一直没有看清他的模样。

冬凝吐吐舌，瞟了一眼那男子。男子立刻将帽檐一翻，抬起头来——

翘楚惊讶："樊侍长？"

"嗯，"冬凝苦笑，"我没有帮手了，我要留下来顶包，又怕无人护送你不安全，只好找樊大哥了。"

翘楚却有忧虑，樊如素毕竟不是他们这边阵营的人，这样一来无疑泄露了冬凝和上官惊鸿、宁王的关系。冬凝背后是秦家，但秦家其实还不在上官惊鸿的掌控中。樊如素是夏海冰的手下，夏海冰虽然是上官惊鸿的人，但亦效忠于皇帝，若叫皇帝知道这背后的牵连……

樊如素为人忠厚，却绝不愚笨，立刻看出翘楚的顾虑，拱手一揖，朗声道："娘娘请宽心，忠义公私，樊如素绝不混为一谈。今日之事，相助的是朋友，过后樊如素自当忘记。"

"好，如此谢谢樊侍长了。"

翘楚亦是朗然一笑。三人点头，心意一瞬相通。

"翘主子感觉可好？奴婢这就进来侍候？"

门外，一名女暗卫的声音突然传来。

冬凝低声道："我有意让樊大哥端了个极重的大金托盘，里面堆放各种食物，一般女子拿不动；又说睿王命我二人亲眼看着翘主子将食物吃光，外面才不至于思疑。"

翘楚颔首，赞道："你的易容功夫是越来越精妙了，妆容之外的人事也处理得很好。"

但毕竟看守她是重责，外面的人不敢掉以轻心。

她想了想，走到桌边拿起一个瓷碗，朝着门口冷声道："我用膳不喜人打扰，听清楚没有？若你们非要进来，便先去向你们主子请示，翘楚是不是可以任你们处置！"

她说着用力将碗掷到地上。

刺耳的声音过后，门外十数道声音立刻齐声道："属下不敢，翘主子请慢用。"

上官惊鸿派人看守，彼时神韵虽极冰冷严酷，但众暗卫都知道翘楚是唯一怀着主子子嗣的女人，虽然不知道是什么事让睿王发了这么大的脾气，但到底对翘楚不敢有一丝一毫的怠慢。

冬凝一喜，又听翘楚低声道："事不宜迟，你们听我说。"

"姐姐想到摆脱追兵的方法了？方才姐姐说的东西到底是什么？"

冬凝、樊如素相望一眼，立时精神一振。

屏风将两边隔开。

非常时期，樊如素能做的只有非礼勿视。他背对屏风而立，背后是衣衫窸窣的声音。想起冬凝明丽娇美的模样，他脸上一热，心里暗骂自己一声，立时端端正正地盯着门口。

冬凝猛地一抽气，樊如素一惊反身，却随即震立在原地。

翘楚和冬凝身上的衣衫已经互换过来。

但让他吃惊的原因却是……这位睿王妃的容貌。

冬凝明明只来得及做了一个人面，而那张人面分明被冬凝摘了下来，正拿在手上。

"樊大哥，很美对吧？我原以为太子妃那样的美已是……"冬凝低叹道，眼中泛着由衷赞美的泪光。

"樊如素读书不多，不懂如何形容，只知这当是那倾国倾城了。"樊如素这时方如梦初醒般，看了冬凝一眼，又看向前面捏着蓝色荷包的女子，羞赧笑笑，"请恕樊如素失礼，爱美之心人皆有之，绝无冒犯娘娘之意。"

翘楚摇摇头，侧身看向梳妆台上铜镜。这容貌她是惯见的，然而多时未见，竟也觉得眼前一亮。只是，再美的容颜，也终究会随时间而逝去。

但凡美好的东西，必定短暂，事物总是因为短暂而美好。

只是，她的脸再也不完美了。她定睛看着铜镜，慢慢抚上脸颊的疤痕。

"姐姐……"冬凝眼中亦是惋惜。

翘楚笑了笑，略略一想，走到镜子前，将荷包小心地放回怀里，打开梳妆匣……

厨娘和男仆出门的时候，廊下暗卫都看了过来，男女皆有，十多人一字排开。为首的男暗卫严谨问道："翘主子怎么样？"

这时，廊道另一侧，脚步声骤起，众人一凛看去，另有一队男女快步走来。厨娘明白，这是押解翘楚下牢的暗卫来了，能不能顺利进宫，便看此时。她手心汗湿，却缓缓答道："一切都好。"

厨娘与男仆离去，两边暗卫一交接，后到的暗卫中的两名女子敲门片刻，也不犹豫，便立刻进房押人。

"不好了！"震惊的声音却随即从房里传出。

门外一众暗卫一惊进屋，只见一名女子昏倒在地上，头上被砸了道口子，却是冬凝。

"翘主子走了，方才那两个人中必定有一个是她！"

同为上官惊鸿的死卫，众人都是认得冬凝的，立时有人将冬凝救醒。为首的暗卫派人追了出去，又急问冬凝："冬凝小姐，怎么回事？"

冬凝捂住头上伤口，苦笑道："那男仆是美人所化，她哀求我带她过来见见她主子。我与翘姐姐交情尚好，一时心软便答应了，岂知她主仆二人算计了我。我隐约听到二人商量出城。"

那暗卫长不是笨蛋，心道：你既肯带美人过来，未必不可以帮她们逃脱。

他心中惊急，明白若不能追回翘楚或翘楚有什么损伤，上官惊鸿必定严惩！

方才已有数名暗卫追出去——他很快将在场的统共四十多名暗卫分成三组，厉声道："翘主子她们有二人，为防调虎离山分两个方向走：一组朝咱们的人方才追去的方向追，他们必会沿途留下印记，大家注意追踪相信很快便能赶上；一组往出城方向追去。剩下的人即刻通知其他暗卫，调百十人手增援。"

按大方向来说，其实只有两个：一是往城深处走，一是出朝歌。而他则立刻设法进宫，报告主子。

一名女暗卫留下来照顾冬凝。冬凝趁她不备，将她打昏了，迅速出了王府。

冬凝一路狂奔，一路欢笑，方才委实好险，没想到押解的暗卫这么快就到了，若再早一步，她们还在换衣服，但翘楚的策略无疑成功了！

按她自己的想法，本打算直认是自己放了翘楚的，方才的说辞却是翘楚教她的。

翘楚说，暗卫必定对她的话将信将疑，但这样说仍是有效果的，追兵不得不分成最少两批朝两个方向追；若需调增援，便是三批。这样，追踪樊如素的人便至少少了一半。

他们既占了先机，只要一出府，翘楚立时褪下面具交给樊如素，樊如素在街上用钱雇一名女子戴上面具，而翘楚则隐入人群，去往皇宫方向。

暗卫很快就会追上樊如素，假扮的女子并不是有意为之，必定会露出破绽。但即便他们发现那女子是假翘楚，也已追不上真翘楚，因为翘楚早已走远且亦已非旧时容貌。

而樊如素要做的便是如何脱身——他的情况最是凶险，因为暗卫必定要将他抓住向上官惊鸿交差，一旦樊如素被抓，除非翘楚此去成功，和上官惊鸿言归于好，否则，樊如素处境危险，上官惊鸿必定不会放过他。

但暗卫的人数因被分流少了最少半数，樊如素要脱身的机会便大多了。

幸亏认得暗卫沿路留下的标记，冬凝才很快便在一条隐秘的胡同里找到樊如素。

樊如素的情况很不好。

一名吓得瑟瑟发抖的女子蜷缩在角落处，面具摔在地上。部分暗卫已被分出去追翘楚，樊如素则和七八名暗卫打斗在一起。樊如素身上负伤不少，流了很多血。

冬凝心里一疼，却又一时不知道该怎么办。这些暗卫是她的同伴，她实在无法跟他们动手。

而几眼看下来，武功甚高的樊如素为什么会负伤，她也明白了：这众暗卫的武功本来就好，且招招狠辣，要将樊如素擒住；樊如素却不用致命招数还击，只是自卫，可这样下去他根本无法脱身。

夕阳下，胡同两端，他在角落里负隅而战，她在巷子口。

他似乎是很早就发现了她，一直淡淡地凝视着她，也不出声让她帮忙。

因为怕她难做？

因为怕她伤心，所以情愿自己受伤也不对她的同伴下杀手？

当他又中了一剑，冬凝鼻子一酸，再也忍不住了，一跃上前挡到他面前。

众暗卫一惊，为首两人沉声喝道："冬凝小姐，你这是做什么？莫非你和这人果然是一起的？"

冬凝也不理他们，俯身对樊如素道："你先走，我拦着他们。"

樊如素眸光一沉："不行！莫说你拦不下他们，就算被他们逮回去，睿王虽然和你交好，你也必定麻烦。"

411

"樊大哥，祸是我自己闯的，就该我来承担。"

"我说不行！"

"将他们一并擒住，让爷发落！"

众暗卫不同于冬凝，并不感情用事，他们只效命于上官惊鸿。

很快厮杀又起，剑影刀光翻飞。

混乱中，冬凝大叫了一声"樊大哥小心"，用肩膀替他挡了一刀。樊如素大惊，一怒之下，连续几个杀招逼退了几名暗卫。但此时他负伤已重，二人要脱险已是不可能了。冬凝被樊如素揽在怀中，嗅着他身上浓重的汗血味，眼眶顿时湿了："樊大哥，我对不起你，我们走不了了。"

为了成全上官惊鸿和翘楚的爱情，也许还为了替宗璞赎罪，她赔上了他。

非我倾城终章（下）

412

泪落到樊如素的臂上——那筋脉偾张的手臂猛地一震，他的声音突然淡淡地在她耳边划过："秦冬凝，我们能全身而退，一定能。"

冬凝犹自噙着泪水，闻言吃了一惊，感觉樊如素哪里不同了。

她抬头看去，却见樊如素眼中精芒骤涨。他盯着前面的暗卫，嘴角竟浮了些笑，眼里又分明带着不屑。

冬凝禁不住声音颤抖："不，你不是樊如素。"

"不，我就是樊如素，不过是樊如素有时不知道我罢了。秦冬凝，你可以唤我左兵。"

翘楚到皇城的时候，夕阳艳红，将皇城映得一片旖旎。

因着宫中华宴，皇城守卫也森严了更多，城内外都是黑压压的禁军。

她在一家客栈换了从王府悄悄带出的青鸟锦裙，因不想引人注目，又在市集上买了顶襄帽戴着。

禁军看她身上衣袍尊贵，却面目不辨，都心生疑惑。他们在这里驻守的日子多了，什么大人物、华美衣饰没有见过，自是不当一回事。为首两个头领喝道："什么人，为何遮掩面目，可有进宫凭证？"

她已走到这里，身上背负着樊如素的安危、冬凝的期望，一定要进去。可此时她不能报出自己的身份，否则他们必定通知上官惊鸿。

她想了想，道："兵大哥，奴婢脸上有疤，容颜丑陋，故如此打扮。无进宫凭据，劳烦通知七王妃，让她纡尊出来一趟，奴婢有十分要紧之事要禀报她，事关睿王府翘妃。"

事关翘妃？禁军一怔："你到底是何人？"

"奴婢是七爷府上的一名家奴。"

第二十四章

国色竞艳辉华殿　北方佳人遗世立

七王妃接报的时候，殿上皇帝的脸色很是难看。

西夏王带来的两名美人出乎所有人意料的美丽。

一曰云姬，一曰玉姬。

四个美人，俱是天下闻名，但美丽亦分高下。

初见一面，皇帝率众于殿门前相迎。翘眉、翘容分立太子两侧。皇帝也和内务府早做了安排，甚至撤下了庄、宁二宠妃在正中位置，只留郎后伴着皇帝，太子随之，两个美人随之。

两个女子本已绝色美丽，今日更是盛装华服，那云鬓丽影，一看之间，直叫人舍不得移开眼睛。

而后，由彩宁、淳风领着，年届中年却仍容相威武、唇蓄短髭的西夏王携云姬、玉姬，又另有三名皇子随着，踏着阳光金波而来。

东陵皇族百官都有一瞬被夺去心魂。

若说翘容的美在于一个"娇"字，如桃李芬艳，那玉姬却似梨花带雨、顾盼若颦，楚楚之美让人怜惜，不比翘容眼梢眉角带娇蛮之气，以一股弱柳扶风之美，生生压下了这抹娇。

但玉姬到底不如翘眉，那真是羞煞了桃李芙蓉，剪水瞳不漆而墨，含丹唇不朱而嫣，那种天生的绝美，又加上翘眉贵为太子妃，太子的正妻，更添一份奢华之气，容光到处，逼人心魄。

然而，这样一个美人竟也压不下西夏王最爱的女人——云姬。

云姬的美，竟是兼而有之：耀如春华，皎似秋月，行若轻云出岫，贵华娇艳之外，更带了一股出尘之姿，冉冉若天人误落凡尘。

翘眉和云姬，一时难分高下。

但东陵却忽略了一处，翘眉美则美矣，却是他们惯见了的，于是乍见云姬，自是会多看几眼。

这一相比，翘眉未免稍稍逊了些颜色。

席间，西夏王盛赞太子妃容貌，随即看向自己的宠姬，哈哈一笑。皇帝顿时大怒，硬将怒气压在心头，但眉间已见阴鸷。

后西夏王又令淳丰与三子论国政宗道见闻，皇帝让太子、宁、睿、夏几位皇子应对，竟皆压西夏，立时扳回一局。

东陵君臣大喜。

西夏王神色一沉，当即道："久闻东陵皇室歌乐之艺斐然。"

皇帝遂也不用宫廷歌女舞姬，让睿王府两位女主子表演曲乐——众人立刻想起围场那场盛宴，只可惜据说翘楚今日身体抱恙故未出席，否则，她一手乐器词曲当是一绝。但她到底容颜受损，即便在，也不好上场当众演奏。

沈清苓与郎霖铃即席献艺，本是雅意之人，笛琴合奏，很是让人心旷神怡。西夏王也由衷赞了，但微一沉吟，又让彩宁和云姬回谢东陵皇帝盛情，也合奏了一曲。

彩宁一手好技艺，云姬亦然。

单论曲艺，沈、郎二人与之相比，不过伯仲之间，难说哪边更好。但云姬抚琴吟唱一霎，为含金柳，为芳兰蕊，如雨前茶，那技艺将她的美丽全数透释出来。云姬双眸流转到处，无人不停杯罢声，竟将沈、郎二人压过，也终将翘眉之美完全压了下去。

一曲罢，殿中人竟怔怔盯着忘了鼓掌，良久，方掌声大作。

皇帝本有抛砖引玉之意，当然，并不是说睿王府两位主子才艺不好，但相较佩兰曲艺专精炉火纯青之地，自有不如。

他看西夏王随行亦有歌舞乐师，知其必定令献艺，但佩兰之艺顶尖，又是王妃之尊，只会更胜一筹。

论美，初相比，云姬稍胜翘眉；论政，东陵胜；而在这技艺上，云姬方才一出，即便佩兰曲艺能胜，仍是压不下云姬之魅。

七王妃离席的时候，看对座沈清苓低声和上官惊鸿说着什么，两人神态亲密，撇了撇嘴。她将翘楚看作朋友，颇有些不以为然。

此时佩兰正到大殿里间准备，看来竟可能是一场大型歌舞。虽说是要紧之事，她想总不至于急在这一时三刻。这场紧张的演出即将开始，她原本不愿离席，但来人报说事关翘妃，她略一迟疑，跟七皇子说了声，还是立刻出去了。

到那里，看到的却是一名蓑帽女子，她正疑虑，只听对方低声道："七嫂，是我，翘楚。"

她与翘楚既有来往，认得声音，看翘楚以这样的方式叫自己出来，又看翘楚蓑帽遮脸，心中好奇，玩心一起，伸手便将翘楚的帽子掀了。

两声清脆，落地有声，她仍在惊愕之中，站在前面的两名禁军竟掉了武器。

往大殿赶去的时候，夕阳开始收尾了，橘红的金耀已变成暗红。

夕阳是好，但终究近黄昏。

七王妃噤声，摸不准翘楚为什么会以这种方式过来，但听翘楚简略一提绝颜丹的事之后，看翘楚神色伤感就不敢再多问了。

她是七王爷正妃，要带人进宫自是可以。她此刻仍是震撼不安，想着方才一路禁军纷纷跌落的兵刃。

后来新皇登基后，有一次她黄昏进出皇城，突然停下问一名禁军："你还记得翘妃吗？"那禁军一愣，随即羞赧地笑笑，说怎么会不记得。

这时，她本要去拉翘楚的手，却有些不敢。这个走在身旁的女子根本不像这尘世的人，比那云姬更不像，她竟自惭形秽。

手上一暖，却是翘楚看出她的尴尬，伸手握住了她的手："七嫂，梅果酸吗？"

七王妃一怔，随即笑了："酸死了，很对味儿。你给六嫂、老十她们也送了？我方才还和她们埋怨，我好歹是孕妇，你就不给多送一些，倒匀了去。你之前差人送过来的八嫂给你开的安胎方子，很是好用。你又是个不出门的，我一直欠了你一声谢谢。"

"说什么谢谢，举手之劳。"翘楚拍拍七王妃的手，没再说什么。七王妃高高兴兴地回握住她的手，又想起什么，有些犹豫，仍是压低声音道："郎妃还好，倒是那个姓沈的，你防着点儿。你这般模样，八爷对你又好，原本不惧，但我方才看那女人和八爷……"

翘楚笑了笑，心里一涩，闭了闭眼。此时二人正走进御花园，几名女子飞快地从她们前面跑过，声音急急传来——

"快快，五王妃等着呢。这天公不作美，难道还要帮了那西夏王去不成？这琴什么时候不掉弦，上了场才出问题。幸好宫里多的是好琴。"

"那西夏王也气人，说什么很是期待，若他看得高兴大大有赏。咱们东陵的王妃还要他赏不成？"

"何况即便咱们表演得再好，他西夏王便是不说好，还不折了咱们东陵颜面！幸得皇上圣明，言语相激，让那西夏王派出几个儿子和咱们几位爷谈政论道，还没被折了颜面。"

"可如今这局，我们是输定了，倒枉费了王妃领着我们练了这许多天。"

"你们也莫愁了，我们只是地位低下的舞姬，又能做什么？"

几个舞姬捧着瑶琴叽叽喳喳地说着，很快便转进一处檐屋下。

年轻的姑娘们啊——翘楚失笑："里面似乎很热闹。素闻宁王妃曲艺冠绝，今儿有幸一见了。"

她说着不见七王妃回应，手却忽地被七王妃拉紧："我真傻，怎么没想到这个呢？翘妹妹，你去帮佩兰姐姐吧。若上场的是你……"

见七王妃眼中满是惊喜之光，翘楚反倒怔住了。

"眉儿？"殿上，凤青大妃略有些紧张地问了声。这时，翘眉正不动声色地扫视上官惊鸿那边的案几，却见沈清苓时而低语，他都有应答，皇帝偶尔也会看二人一眼，似乎甚是满意。他对沈清苓如此，却吝啬给她温柔？

碍于她的身份吧。

上官惊鸿，设法当皇帝吧。到时，我便可以和你在一起。

她知道，他一定会要她的，沈清苓对她做的，她也定会偿还。

上官惊鸿似乎是感觉到她的注视，淡淡地看了她一眼。

她心里一喜，却只装作没有看见。这些天，她极力讨好上官惊灏。她知道自己什么时候该做什么事情，就像现在。

从围场回来，她便开始苦练琴筝，花了大工夫在一些曲目上。佩兰献艺，必定压不过云姬风华，她便向皇帝请奏和太子共奏一曲。即便比不下云姬，亦绝对是眼前一亮。

她对上官惊灏说了，上官惊灏笑道："嗯，好主意。"

这时，殿上却有些骚动，西夏王有意无意地显出一丝不耐烦，道："陛下，方才我的小妾抛砖引玉，可是王妃看不起这砖，不肯出来演奏？"

"父王，自是云妃表演得不好，还能是宁王妃怯了迟迟不敢出来？"淳丰一笑接口。

西夏王虽知东陵短期内不愿战争，言行固然肆意，但到底仍有几分约束，在明面上斗美斗智，否则，此时将荣瑞皇帝彻底惹怒挑起战争却是祸事，西夏现在还未可与东陵抗衡，等的是东陵内乱。听淳丰话中带刺，他立刻警告地看了淳丰一眼。

皇帝果然微微变了脸色，只是心里虽怒，面上却只笑道："西夏王莫急，朕倒认为好东西不怕等。老五，你过去看一看。"

宁王应了。东陵一边都捏了把汗，也多有焦急者，纷纷看向殿外。

倒是如得帝王令一般，突然果真有一众舞姬从门口鱼贯走进。

此时，夕阳即下，殿上一众内侍在曹、莫两名大太监的带领下，正不动声色、不妨碍宾主地开始在众宾背后的琉璃灯架上点起灯火。

舞姬一进，很快，宁王妃佩兰领着数名男乐师进殿，将乐器放到场中早已摆放妥帖的案几上并坐下，又在人们的不解中，将铜镜、书和花等物放到一张空桌上。

一切既妥，姑娘们却并没有开始表演，而是一个个有秩序地走到布置灯火的内侍身旁。她们脸上无一不带着灿烂笑意，让人好奇，急切却动不起怒来。

这时，为首一个姑娘突然轻轻一拂衣袖，登时将身旁内侍燃起的灯火拂灭。

众人一惊，却见一个个姑娘相继水袖飞舞将自己身旁内侍点燃的灯火拂灭，只剩帝后龙座上灯火依然明亮，数盏灯火照耀着场中位置。

众人的视线立时追寻到这光亮的地方。

乐曲骤起。

座中不乏懂乐识曲之人，不像之前郎霖铃、云姬所奏都是云苍盛名之曲，这音韵却是从未听过，温柔绵连，又隐有一股萧飒之叹。

"雨过白鹭洲，留恋铜雀楼……"

终于，宁王妃一拨琴弦，轻轻唱出，声音美好得似水涓流。

"斜阳染幽草，几度飞红，摇曳了江上远帆。"

忽有一道微微沙哑的女声接了下去。

那是从殿门外传来的声音。众人一凛，都翘首看去，却见夕阳西沉中，数名男女缓缓走进来。其中两名青年，一个清秀而带书卷气，一个气宇不凡；另有一位老翁、两位老妇，剩下便是数名年轻女子，其中两人甚是美貌，最后一人却薄纱笼面。

这些人到底要做什么？

这时却见仍站立在众内侍旁边的女子突然走到众人案前，一手袖手于后，另一手为众人斟酒，意态恭敬，却姿态飒爽。

从熄灯到现在，第一次，人们觉得舞姬的作用不是艳媚，那相较于任何人都更整齐有序，那笑靥活力，极是动人，让人赞叹。

舞姬在前，略有阻挡，人们都甚为焦急地微微探身看去，对那薄纱女子很是好奇，因为与佩兰相和的便是她。

她声音沙哑，和佩兰黄莺般的嗓音形成了强烈对比，似乎因疲惫损了声音，但她一双明眸闪动，却让人忍不住随着她的目光看去，便像有种魔性般的吸引。

就连两国皇帝都看得专注，而座中有个男人已霍然站了起来。

若有人留意，会发现这个男人是睿王。

只是此刻人心都不在他这里。

回望灯如花，未语人先羞

心事轻梳弄，浅握双手

任发丝缠绕双眸

所以鲜花满天幸福在流传

流传往日悲欢眷恋

所以倾国倾城不变的容颜

容颜瞬间已成永远

此刻醉花满天幸福在身边

身边两侧万水千山

此刻倾国倾城相守着永远

永远静夜如歌般委婉

……

这场表演很是安静，舞姬亦不跳舞。这曲词分别如指间的沙和水，不可盈握淙淙而过，场中似乎出现得很是突兀的男女老少有了诠释。

他们在演绎一个故事。

随着薄纱女子轻轻唱着，她摘下面纱。

那一刻，呼吸可闻，只听到从北地领主翘振宁桌案翻滚下来的酒杯破裂的声音。

也许，这之前，你能指出那是一种怎样的美，是娇是翠，是红是绿，但眼前女子，也便只得那四字能形容——

倾国倾城。

她一侧颊上描了一枚花钿，本该描在额上的装饰，她用在颊上，明明突兀却又不显。那玫红泛紫的花开，衬着一身海蓝锦裙，裙上青鸟缱绻却傲然欲翔，迷了人眼。

也许，倾城真的从来不是一种美，而是一份感觉。

她是故事中人。

那气质不凡的男子是她青梅竹马的恋人。可惜恋人离别，意外死亡，家中又适逢变故，她不得不下嫁。

夫君是读书人，家中原本不算殷实，对她一见钟情，不顾自小婚约在身，撕毁婚约，散尽家财助她、娶她。

家中贫寒，他们苦中作乐。铜镜，他为她描过眉；卷籍，她陪他读过书；花朵，她送过他，他替她别在头发上。

于是，她死去的爱情复燃。

他们经历过最困苦的时间，她为他持家劳作，直至他考取功名。

与他有过婚约的小姐找来一名酷似她恋人的男子，常盘桓于她家外侧，她惑然相见，但一见即止。小姐却告诸婆母与夫君，又买下家中丫鬟，言之有私。她解释，夫君终不肯信。婆母令儿子另娶小姐，夫君默许。

过往如风。

曲词收住的时候，她站在地上看花朵委地，远方丽影成双。

……

当灯火再燃的时候，和佩兰宫廷乐师舞姬一起谢恩的时候，翘楚一直抑制着的紧张一下涌上来：这是她找到佩兰临时编排的曲目，其中暗寓之意很明显，他会怎么想？且这个现场版MV，殿上的人会喜欢吗？

众人跪着，殿上一直安静，亦没有掌声。

皇帝没说话，翘楚和佩兰也越发紧张起来。翘楚想起这一搏的目的，一咬牙关，看看皇帝，又看向西夏王，笑道："不知我皇和西夏王可还满意？"

那西夏王一个激灵，突然站起来，跨步而出，走到她面前，伸手便往她肩膀按来："满意，满意至极，美人快快起来。"

"她是谁？"

"这女子是什么人，谁家女儿？"

这时，仿佛被西夏王打破沉寂，殿上询问之声方四起不绝。

翘楚微微一惊，见眼前男人双眸暗火，皆是侵略之意，就像一只欲跃扑向猎物的野兽。她并不想被他碰触，正为难迟疑之际，一只手已将她半揽进怀里，来人沉声笑道："拙荆献丑了，西夏王满意就好。"

西夏王不甘心，问道："她是睿王的王妃？"

"是，是本王的侧妃翘楚。"

西夏王一下怔住，惊疑地扫视他俩，眼里分明有不甘，遂拂袖回座。

殿上皆是惊愕莫名，但仔细看去，女子脸上花钿的位置似是以前伤痕所在，还有那对眼睛也依稀是旧时模样。但她怎么会变成现在的样子？

皇帝此时也站了起来，神色复杂。其实早在上官惊鸿应答之前，他便已听到翘振宁夫妇背后一名北地汉子和嬷嬷一惊之下，低呼了一声"三公主"。

当然，上官惊鸿也听到了，才没有再隐瞒下翘楚的身份，当是回答已知道绝颜丹的皇帝，淡淡笑道："凤清大妃好养毒，翘楚先前为毒物误伤，变了模样，如今方才恢复。否则，还能是翘领主和大妃为阻止翘楚参加选妃而故意下的毒吗，是吧，翘领主？"

这句效仿淳丰的言语，令人们当下明白了是怎么回事。翘振宁和凤清脸色大变，见上官惊鸿嘴角噙笑，神色却极冷，心中大为忌惮。

场中百人，其实没有人知道上官惊鸿心里的强烈冲击。

身旁女子的服饰、声音，纵使容貌变换，他又怎么会不认得。

他捏紧她的手，又恨又爱。

恨她不爱他，但其实恨归恨，心里却想到，沈清苓直到昨夜才行此法，说明她背后有人。至于这个人是谁，太子还是皇帝？

将她送入地牢，一为恨，二亦为她的安全。

当然，他的心事他自然不会让她知晓。

他确实深恨着她，更厌恶自己还无时无刻不惦念着她的安全。

他可以护她，但不想再入骨入血地去爱她。将她囚禁，再也见不到，他终有一天会戒掉她。

也许，让沈清苓继续留在他身边就好，毕竟，沈清苓确实陪他走过最艰涩的岁月，而他后来却因她舍了沈清苓。

这厢，以西夏王的表现，佩兰已知翘楚和自己商议的想法可行，在皇帝赞赏赐礼之后，直接施礼道："谢西夏王赏赐。"

西夏王一怔，记起之前的许诺，心里低咒了声，面上一笑对背后的女官吩咐道："赏。"

佩兰心中一紧，暗暗看了翘楚一眼，见翘楚微微点头，遂按照翘楚之前所教，笑道："西夏王远来是客，我等怎可要王赏赐，不若这赏赐便由咱们皇上代赏？皇上，佩兰逾越了。"

皇帝此时心中虽多有想法，但翘楚一场表演到底狠折西夏嚣傲，而佩兰的话更是一击西夏王，心情大是愉悦，道："何来逾越之说？宁王妃想要什么？"

便是这句了！佩兰眼中一亮，和乐府众人再跪，答道："佩兰和乐府认为，这赏赐该由翘妃来领得。"

皇帝一凛，缓缓看向翘楚——那副模样他亦感到心旌摇曳，突然想起围场，她曾将赏赐相让于夏王，竟有隔世之感。

终于，他淡淡地问道："翘妃想要什么？"

"常妃殿为大火所损，翘楚恳请，皇上能派匠人修葺，翘楚愿留在宫中相看以尽己力。"

翘楚的回答，让殿上众人俱是一怔，都想到她和上官惊鸿果然是情意深笃。

皇帝微微一震，末了，低声道："准。"

只有上官惊鸿明白，翘楚的真正用意。

这样，他再也无法囚禁她。

座下，他狠狠甩开她的手。

按座次，翘楚此刻坐在上官惊鸿和沈清苓之间。翘楚苦笑道："惊鸿，我知道，你一旦囚禁我，便不会再放我，不会再见我，我没有办法，只能这样做……我在宫里等你。"

上官惊鸿淡淡笑着，不置一词。阿绣受沈清苓一瞥，在背后恭敬问道："爷，可是如期到江南拜谒沈主子的母亲？"

"自是如期。"上官惊鸿没有丝毫迟疑。

原本震惊愤怒的心这才放下来，沈清苓眼梢含笑扫了翘楚一眼。

翘楚缓缓拿起案上一盏酒，喝了一口，伸手去握上官惊鸿的手，轻声道："我会等你，直到我等不到为止。"

上官惊鸿夺过她的酒杯，亦再次甩开她的手："你等不到了。"

翘楚没有再出声，能说的她已经说了，却见上官惊鸿淡淡地盯着对面案座。

上官惊骢和上官惊灏都在那边。

上官惊骢脸色仍有些虚白，但一双明亮眼眸在病容里并不委顿，只是他紧紧皱着眉，手亦紧抚下颚，盯着她这一边，似乎在竭力想着什么，似乎那是湮没在记忆里的遥远过往。

上官惊灏的神色更是古怪，她不知道该怎么形容。他的眼色极暗，宛然诡异，她心头蓦然一紧。

殿中似乎发生了什么事，她赶紧收敛心神看去，此时，莫存丰正手持托盘，走到西夏王诸人面前——却是当日御花园雨水冲刷树根后，所掘之物。

皇帝笑言，目光极是犀利地看着西夏王，说当日银屏公主博学，曾问物志，东陵小国，侥幸能解，适天降异物，东陵不识，不知西夏渊博泱国能指点一二否。

此番，却是西夏王携一众臣子脸上难看了，竟无一能识盘中物。西夏王看向彩宁和云姬，二人亦缓缓摇头。

翘楚却识得这零星物件，只是她怎么也没想到当日只听传闻而产生好奇的竟是这东西。它并不属于这个大陆。

枪管、枪架、撞针、弹夹……

这是一支卸开了的手枪。这里的人怎么会认识？

可属于现代的手枪又怎么会在这里出现？

难道说，这里有地方和现代的某处……时空出现了重叠，那边的物件过来了，但为什么偏偏是枪？

这给她一种不寒而栗的感觉，那个梦，还有秦歌死前的一幕又在脑海里清晰显现。

殿上人纷纷探看，却皆不可辨。西夏王无奈，勉强笑道："既是奇物，东陵人才济济也不可分辨，我等不知亦不奇怪。"

皇帝回以一笑，意味深长，正要让莫存丰收回托盘，这时，却有一道声音轻轻笑道："皇上，清苓想，清苓知道那是什么。"

待听到沈清苓说在古书上见过，那是一种武器，可伤人至深，人们赞叹之后都很是惊讶——就凭那黑乎乎的几块东西便能伤人？

皇帝命司天监拿回去再研究，沈清苓却道："翘妃博识，想那同心蛊当日亦是她解说的，仔细查看，未必便不识此物，这东西一经装置便能用也未可知。"

沈清苓说着走出去，将莫存丰手上的托盘接过来，走向翘楚。

也是合该有事。

翘楚并不像沈清苓一样，渴望做所谓"博识"之人，但盘子一靠近，她一眼看到了枪管上的刻字。

那是一个时间。

她和秦歌初见的日子。

是巧合还是什么？

她一下怔住，这会是秦歌的枪吗？是秦歌刻下的印记？

她仔细看着，确实是秦歌随身携带的手枪的型号。

像有了自己的意志一样，她走了出去，缓缓拿起盘中的东西……场中抽气之声迭起，而后慢慢肃静下来。

彼时，她手上已是一支完整的"武器"。

沈清苓便在翘楚身旁，看得清清楚楚，大为震惊。沈清苓初始之意，只是给翘楚一个下马威，并没有想到她竟会装枪。

手法如此干净利落。

而实际上，翘楚会去装枪，只是想更好地确定这是不是秦歌的枪。

那种拿在手里的感觉。

虽然，那根本不可能有什么感觉。

但她还是做了，秦歌教过她装枪，而她教过秦歌辨认甲骨文。

那些年日他们曾经那么快乐过。

不同时空，灯火耀眼热闹一堂是如今，那边，又正在发生什么事？

只是，如今，上官惊鸿却离她那么远，拿着枪，她的泪水在眼眶里打转。

其他人怎么痴痴地看翘楚，郎霖铃、翘眉等人的神色有多复杂，沈清苓可以不管，但确定自己绝不愿意看到上官惊鸿这个模样：他看着翘楚，那样紧紧地盯着看，就像随时要将她拥进怀里。

沈清苓心中一声冷笑，嘴上却温声道："翘妃可否让我看看手上东西？"

她说着突然握紧翘楚的手，抵向自己臂上方向……

翘楚猝不及防，一惊之下，砰的一声，消散在整个大殿四角，回音震耳。

"莫打我……"沈清苓一声痛叫，手臂洞破，鲜血汩汩冒出，往后退去。

人们惊骇，瞬间意识到沈清苓所言非虚，这东西伤人至深。

翘楚反而镇静下来，淡淡地看着上官惊鸿一跃而出，将沈清苓拥进怀里，掏出帕子，紧紧按在她臂上。他双眸如电般直指她，眼中皆是利芒。

他以为她伤了沈清苓吗？

翘楚心中一息尽冷，将枪头一转，对准自己——

"八嫂，不要！"

恍惚中，翘楚眼中辗转过人们脸上的惊意——西夏一行，皇帝、郎后、庄妃、她的父亲、凤清大妃……上官惊灏推案站起，案桌后一抹白影跃出，向她奔来。

她知道这个人是谁。

他永远都是这样。

她的嘴角不觉滑出一丝笑意。

趁上官惊鸿眸中怒意迸生，亦向她逼来之际，她用枪指向沈清苓。

她的眼中清晰地映着沈清苓一瞬而至的惧意，瞳孔放大，颤声道："海蓝，不要……"

"如期吗，抱歉，你走不了了。"

见上官惊鸿脸色一变，她笑了，在所有惊乱声中，用力扣下扳机……

后来，宫中人谈起今日之事，是这样描述的：

那时，睿王勃然大怒，看着翘妃，令殿中禁军将她擒住。可是，那一下，禁军嗫嚅着不敢上前，倒并非惧怕她手中武器，而是她眼里的笑意。

她笑得像哭泣一样。

虽一身风华，却业已沧桑。

那是一种长途跋涉，途经无数山水，却明白永远无法到达心中庙宇的悲凉。

睿王走到倒卧在地的林妃面前，将她抱起……

第二十五章

倾国倾城不变颜　容颜瞬间已永远

窗外，不知名的夏虫在四周鸣叫，翘楚低声道："铁叔去睡吧，这些天就劳烦你了。"

忠心的老仆摇头，眼中却透着凄凉："翘主子，爷一定会来的。奴才待你歇下再出去吧。"

翘楚笑了笑，没有答话。她不知道答案的问题，所以答不了。

秦歌的枪也许是秦歌送给她的将上官惊鸿强迫留在王府无法成行的唯一方法。

宴毕，她没有再回睿王府，而是留在宫里，今晚会宿在常妃殿。

上官惊鸿终究还是将老铁留下了，殿外有禁军守着。皇帝不会在这个时候杀了她，为了天下悠悠之口。

这是常妃的房间。

老铁安静地守着。她没有睡意，走到柜子前，将上面的蛛丝抹去，打开抽屉，里面有些孩子的衣服。衣服虽已变黄变旧，却还能看出那是价值不菲的料子，但手艺不算好。是常妃做的吧。

她一件件地翻看，然后仔仔细细地折叠好放回去。翻到最后一件的时候，却见那件小棉袄如其他衣物一样被虫子蛀了些洞，然而外露出的棉絮里却隐约透着一丝纸光，她心中一凛，有什么东西藏在衣服里面……

翘楚正想将老铁唤过来也看看，老铁却突然神色一紧，道："外面似乎有些动静，翘主子莫出来，奴才出去看看。"

翘楚一惊，却见老铁已飞快掀开帘帐，走了出去。

她的心怦怦而跳，按情势来说，不该有事才对……她想了想，拿着衣服走到灯火下，取下头上发簪，用力往衣服上一划——空中顿时棉絮纷飞。

棉絮里果然有东西！

那是一张折叠整齐的油纸。这种油纸，耐火水酸蚀。

窗纱外一片深黑，眼前烛火摇曳，虫声凄袅，将房子烘映得很是寥静。捏着手中的纸，翘楚越发紧张，不由得打量了房间一眼，侧方床帐闭合，地上隐约数处暗红，仿佛罗帐一掀，便有幽魂扑出。

饶是胆子不小，翘楚这时还是心头肉跳。她深吸了口气，缓缓地将纸打开。

上面的内容她看得极快，虽然早知必有端倪在其中，一看之下，还是震立在原地。

怎么会这样？

一切都错了。

这便是常妃的秘密。无与能说，便和她一样。

只是说了又有谁信？

即便全世界都相信，那个人不信，也没有意义。

她扭头看着床帐，常妃便死在那里，连着上官惊鸿尚未出生的妹妹、上官惊鸿的半生孤僻。

这个秘密不能锁死在深宫里……

门外骤然传过来的脚步声，啪啪地敲在深夜里。

"铁叔？"

来人并无回应。

她心头一震，将手中纸笺迅速一团，扣在五指内。几乎在同一时刻，门帐被一只修长的手撩起。

夏王府。

夏总管听到上官惊骢房内一声重咳，吃了一惊，连同几个小厮忙推门进去；烛火燃起，他又是一惊，难怪今晚总是心绪不宁。

上官惊骢之前中毒深重，虽得上官惊鸿施救，病体仍沉，也没与银屏同床。夏总管就在房外守着，怕夜里发生什么事。

上官惊骢一身单衣，衣上血迹斑斑。他忙揽起上官惊骢，焦急吩咐道："快去熬药，按八爷开的方子。"

上官惊骢一揩嘴角血沫，眼中却透出一抹苍茫："不必了。夏叔，你即刻帮我备马，我要进宫！"

"进宫？"

夏总管和几名小厮都是一惊，不明白这位少主子是怎么了，明明病体羸弱，却还要如此折腾。

"恕奴才冒犯了，日后爷怎么责罚都好！"

夏总管苦笑，一使眼色，和几名小厮一起按住上官惊骢。

"放开！我要进宫，我做了个梦，梦见小狐狸在叫我，我要去找它。放开，你们放开我！"

看着上官惊骢披头散发的模样，夏总管一阵心酸："爷，翘妃养的那只狐狸元宝不正在我们王府吗？它之前从睿王府溜过来，被你养下了，你不记得了吗？你发病之前还喂过它……"

夏总管说着只觉一股大力逼迫而来，便和几名小厮登时跌出去。上官惊骢又一口血沫溢出嘴角，显然是因为用了内力。他跌撞着从旁边的榻上扯起长袍，向外奔去。

仓促中，夏总管只看到上官惊骢泪湿的双眼。

宁王府。

"可是被魇着了？"佩兰怔坐起来，身旁宁王亦已醒转，柔声问着，将她轻揽进怀里。

佩兰摇摇头，低声道："是梦到今天宫殿的事情了。翘楚那样，我看着难受。夫君，你和八爷是好兄弟，你会不会怪我和小幺？不知道小幺现在怎么样。"

"自是不会。小幺那里，老八已派人去打探了，你且先宽心。"

"嗯。以前我从来不知道有那么玄妙的事情，我其实并不怎么信有前世今生的，更莫说魄转魂移，翘楚那边不知道是怎么一个大陆呢。"

"我也好奇，只是这不来日方长吗？往后再问翘楚便是，问清儿也是可以的。"

"我不会问清儿。"

"嗯。"

"你说来日方长，但八爷真的还会和翘楚和好吗？你是男子，又是八爷的兄长，最是懂他，你告诉我，那件事对他来说当真那么重要吗？"

"八弟爱翘楚至极，翘楚便是他的命，天下以外，他的所有，反而容不下一点点她不爱他。"

"若翘楚真的爱他呢？"

"那种情况，我们局外人很难去评说。我其实亦希望无论翘楚爱不爱他，他都能好好爱护翘楚，那样他会真正快乐。他总有一天会明白的。"

"你说得对，来日方长。我们也帮衬着，一切都会好起来的。"

"嗯，总之是来日方长。小傻瓜，睡吧，我永远陪着你。"

一个时辰前，睿王府。

将被子给沈清苓盖上，上官惊鸿重重地闭了闭眼，却终是忍不住从床沿站起来。

他想进宫。

心里除了这个想法，竟都是空的。

"惊鸿，别走……"

背后，沈清苓脸色苍白，肩、手都裹着厚厚的纱布。翘楚的第二枪，打中了她的肩膀。

翘楚按下扳机的时候，改变了方向。

他看得清楚，她手中那东西原本对着沈清苓的心脏。她盯着他突然摇头一笑，改变了方向。

他替沈清苓疗伤施术的过程中，脑海里竟全是她那妖魅的一笑。甚至，沈清苓忍着痛苦说不用麻药，他也没有制止，随了其意。

他竟想去找她。自己说过的全不作数了吗！甚至在她伤了沈清苓之后——他眸光微微一沉，将沈清苓抱起放回床上，任凭心上如被虫一下一下噬咬着。他留了下来。

沈清苓笑了。她许久没笑了，这时方开怀一笑。她宁肯强忍痛苦弃麻药不用而保持清醒，便是不想让他去找她。

"爷，负伤的暗卫伤势虽重，却并无生命之忧。冬凝小姐的事怎么处理？"她靠在上官惊鸿怀里正想说话，却听门外景平的声音突然传来。

"冬凝现在在哪里？"

"探子说没见她回秦府，应该仍和樊如素在一起。"

"吩咐下去，我要一份樊如素这个人的详细资料，让探子尽快查明。冬凝的事，我稍后亲自办理。"

"是。爷……"

"还有事吗？"

"爷今晚可要进宫，奴才这就去备马？"

上官惊鸿冷冷一笑，盯向门口方向："景平，你好大的胆子，本王的事情还轮不到你来管，滚！"

"我早说过景平和翘楚……"

沈清苓说着却见上官惊鸿眸光极冷，竟突然不敢再说。她咬了咬唇，伸手抱下他的头，轻轻吻上他的唇。上官惊鸿没有拒绝，甚至有些粗暴地回吻她……

天微光的时候，沈清苓被一阵急促的敲门声吵醒。小厮来报，说宫里有消息过来。上官惊鸿出去，她突然浑身一个激灵，一股寒栗油然而生，便跟了出去。

大厅里，奴仆已起来，守立两侧，方明、景平、景清几个人都在，只是每个人的脸色都灰败得很。

过来的是莫存丰。

上官惊鸿眉头一沉，冷冷地看向景平："人是你放的？"

他说话之际，两个身影从门口急急奔进，却是四大和美人。

"是。"景平恭敬地笑答，笑意里却皆是凄凉，"爷，有些事情她们是该知道的。还有，不要每次都将她们关住，翘主子不会愿意看到的。"

翘楚。上官惊鸿心里猛地一拧，却只淡淡地问莫存丰："什么事？"

莫存丰是他的人，且手上没有圣旨，他也不必客套。沈清苓笑，她爱上官惊鸿这个模样，一人之下，万人之上，皓皓气势。

莫存丰这大太监这时的神色竟是极其为难，看了方明等人一眼，后者却都偏过头去。

上官惊鸿缓缓环视众人，目光落到莫存丰身上："莫总管，本王不喜哑谜！"

莫存丰咬了咬牙，末了，终于低声道："八爷节哀，翘……翘妃昨夜在宫里没了，尸首现在停放在常妃娘娘殿里。老铁疯了般拿着剑见人便砍，不肯让人靠近……八爷快过去看看吧。"

上官惊鸿领着睿王府的人赶到宫里的时候，常妃殿很是热闹。

这是常妃死后最热闹的一回。

便连禁军也来了许多，以拦下闻讯而来的人们。当然，能到这里来的都是皇亲了，朝官们早被挡在了宫外——皇帝已传旨罢朝，却还有一部分人在殿内。

"翘妹妹怎么突然就死了，我昨天带她进来的时候还好好的……"

人群里，上官惊鸿透过模糊的视线看到一个怔怔地流泪的女子。她身边又另有两名女子，都是一脸悲恸，拿着纱巾在揾泪，还有几名男子站在她们身旁，静立着，神色亦是黯然。

上官惊鸿突然忘记了这名说话的女子是谁，只记得他们几人在刑部出现过，脑海里又突然映过一张笑靥，有个人拿着一串果枝轻轻摇曳着，俏皮地看着他。

他不由自主地点头道："好，不罚，不罚的，翘楚，我都答应你，什么都行。"

也许是他的声音惊动了凌乱的人群，宫妃、皇子、王妃、宫人并着禁军百十人都纷纷让出一条路来，让他通过。

常妃的房间本甚宽敞，但皇帝、皇后、庄宁二妃、上官惊灏夫妇、宁王夫妇、夏海冰等人都在，又另有多名禁军，一下子变得狭隘了。

还有老铁。

老铁前面横着四五名禁军的尸首。

这名老仆脸白如纸，却两眼血红、目光凶狠，本已丑陋的脸更显狰狞。他嘶哑地叫着，左手拿剑挥砍着。他原本使用右手剑，但右臂却断了，那是被利器所伤，齐肘削掉，血肉模糊，让人心惊，不敢亦是不忍上前。

他背后安静地躺着一名女子。

脑子里一直有个声音对上官惊鸿说：翘楚在骗你，她要你去见他，于是开了这么一场天大的玩笑；她也不怕皇帝责备，因为她知道你会护着她。

他想，见到她的时候，即便她骗了他，他也不会怪她，他会带她回府，不再让她在他母妃那里等了。

房里静得令人窒息，这时，所有人听到动静，都一齐看向他。

上官惊鸿却只暴睁双眸，用力地盯着地上的人。

不，不是她！

铁叔将她半遮住了，他看不清楚，所以看到那件他送她的青鸟裙子，便以为是她。

他笑了笑，走上前去："铁叔，你走开，让我看看。那不是翘楚。若真的是她，她必是服了假死药，我一看便知道。她怎么会突然就死了呢？她昨晚还唱歌给我听，她怀了我的孩子，她很喜欢这个孩子的。"

老铁原本还挥舞着剑花，听到他的声音，缓缓垂下手，喃喃道："爷，我昨晚在房外看到常妃娘娘了，于是追了出去。不，那不是娘娘，她一剑向我斩来。若是娘娘，她要我死，我立时死了便是，何须她动手？我该按你的吩咐，一步不离地守着翘主子的，是我害死了她和小主子……我守不住娘娘，也守不住翘主子。

"爷，我该死。你来了就好，将翘主子带回去，她一直想让你带她回去。"

他说着一声狂啸，剑身一转，便向自己心口刺去。不知谁吓得大叫一声，翘眉、沈清苓还是郎霖铃……

上官惊鸿却仿佛不怕痛似的伸手握住老铁的剑，随即狠狠一脚往他心口踹去。老铁跌摔在地上，夏海冰见状，立即抢上前来，将他的穴道封住。

没了眼前的阻碍，上官惊鸿这时方能好好看清楚地上女子的模样。

她一只手垂跌在身侧，指甲尽断，她死前似乎经过剧烈的挣扎，另一只手却又那么矛盾地安静地按在腹部上。

她的眼睛没有闭上，却并没有怨毒，眼中仿佛流淌着一弯水光，像眼泪。

她的嘴角甚至浮着一丝笑意。

她在笑什么？笑自己？笑他？

不知道。

那笑既悲凉又苍茫。

她的眼睑下有血溢出，脸色青紫。

她是被人活活捂住嘴脸，窒息而死的。

她当时必定很痛苦，很想求生，所以一只手在地上抠挖，但终于抵不过对方强劲的力量，一只脚上的绣鞋也挣掉了，露出了罗袜。这对女子来说，是不雅的。女子的脚，只能让夫君看。

眼中湿润簌簌而下，落到女人脸上，上官惊鸿也顾不上去抹，双手颤抖着胡乱地在她脸上摸索……

没有人皮？

没有。

是她？

是她。

他摇着头，将她抱起，一下一下去吻她："翘楚，醒醒，我来带你回去了。我哪里也不去，没有如期，咱们回去，醒来，怎么都行好不好……"

——惊鸿哥哥，你爱她，为什么一定要她回报？

——我会一直等你，直到我等不到为止。

——你等不到了。

等不到了。

永远也等不到了。

是谁的声音在耳里钻出钻入，像水蛇一样冰冷。

她死了不久，身体还没有完全僵硬。

若他昨晚过来，谁能杀得了她？！

他那时在哪里？

他和沈清芩在一起。

他为什么不过来？

若他过来，若他过来——

锐痛从心底刺出，仿佛有什么同时戳到五脏六腑上，一大口鲜血从他的嘴里喷出来，血水脏了怀里人的脸。上官惊鸿一惊，赶紧伸袖替她擦拭。她这么美丽的模样，醒了看到被他弄脏了，会怪他的。

"戏演够了没有，放开她，上官惊鸿，你不配拥有她！你不配！我是瞎了才将她交给你。"

一股劲风从背后袭来，上官惊鸿眸光一沉，凶狠之光立时盈满眼眶。有人要跟他抢翘楚！谁都不可以跟他抢！

进来的人是上官惊骢。

之前因心情激荡而致昏厥的上官惊骢，醒转进来见上官惊鸿抱着翘楚的尸首，如何不怒，立时便和他拼打起来。

混乱中，上官惊灏眼角一掠皇帝，突然抽出一名禁军的佩剑，瞬间将在场的几名禁军杀死。在场的女子虽然惊讶，却都明白皇家的事不好外扬。

上官惊灏又横剑向四大和美人刺去。他去势极急，睿王、夏王厮打时，美人刚接过翘楚的尸首，四大在旁边护着，都不妨碍击杀，景平等人稍远，相救不及。上官惊鸿见此没接上官惊灏一掌，任他打到自己身上，一声闷哼，身影已到美人之前，手指挟住上官惊灏的剑浪。

上官惊灏退了回去。

上官惊鸿要去抱翘楚，美人不肯给，四大哭喊道："你喜欢的时候对她好，不喜欢便又打又锁。好，好，她一生爱自由却屡受束缚，如今终究是自由了。我们要带她回去，从哪里来就回哪里去。"

"惊鸿，放手。她已经死了，何况，她原本不值得你……"沈清苓满心慌乱，却终是上前拉他。

上官惊鸿如何肯放手，脊梁一动，竟将沈清苓甩到地上，又一掌将上官惊骢打翻。上官惊骢本已身负重伤，顿时昏迷过去。沈清苓怔在地上，却见他五指成爪便向美人抓去。他这时其实已半陷癫狂，救二人更多是因着翘楚而起的本能。

皇帝原本就心情复杂，这时更是大怒。他劈手夺过上官惊灏的剑，又颤抖着指向上官惊鸿："孽子！一个女人值得你们这般手足相残吗？"

盯着那明晃晃的剑尖，十多年来所有的仇和恨在这一刻悉数涌上心头，过去他能忍，而今翘楚已死……

上官惊鸿一声长笑，他的手已皆是鲜血，却仍出手抓向长剑。皇帝一惊，上官惊鸿出手快、狠，那剑竟已被他夺下。

"老八，你这是做什么，难道你认为翘楚是父皇所杀？你竟敢弑君！"上官惊灏眸光一动，已怒喝出声。宁王大惊——这是一声提醒啊，提醒皇帝上官惊鸿要弑君，提醒上官惊鸿翘楚很可能是被皇帝杀死的。

果然——

被利剑指着面门，皇帝已是骇然，此时闻言更是气急攻心，心血仿佛一瞬被人通通抽走，这便是自西征以来一直给他机会甚至想将他扶持成储君的儿子？

"是你杀了她，对不对？"

众人一阵惊慌。随着那一声暗哑而又充满杀意的声音，皇帝浑身一片冰冷。他凌厉地看了一眼上前阻止的几人，一拂衣袖："谁都不许上来！"

他死死地盯着上官惊鸿："若朕答你，是朕杀了她，你便要杀了朕给这女人偿命？"

上官惊鸿耳畔轰鸣，眼中都是泪，手中的剑竟指向了皇帝的脖颈："你已将我母妃和妹妹害死了，为何还不肯放过她和我的孩子？"

"原来在你心里，你一直怨恨朕……朕自问看人识人，从不会错看，却独独看错了你！"皇帝头额青筋暴起，指向上官惊鸿，"来啊，将这个畜生给朕拿下。"

"谁杀她我就杀了谁……"

上官惊鸿握剑的手却毫不迟疑，皇帝话落之际，已往皇帝喉咙刺去。皇帝虽猜到他生了杀心，却断没想到他会真的对自己下杀手。众人亦是大惊，却谁能拦阻得下他！

千钧之际，忽然有人道："翘主子，你醒了？爷来接你了。"

上官惊鸿浑身一震，当时别过头去，却见翘楚仍在美人手里，身子绵软，一动不动。

出声的是景平。他满嘴苦涩，朝着上官惊鸿缓缓跪下去。

只有这个方法才能让他的主子住手，否则后果……与此同时，上官惊灏和夏海冰同时出手，疾点上官惊鸿身上数处大穴……

第二十六章

救兄凝身失左兵　逆君鸿生死大劫

宗人府大牢。

数名差役将受过大刑的男子架回大牢，用力将他掷回草垛里。

男人一动不动，只是眠在草垛上。

他身上受刑极重，一条腿已经被打折。

他是高明的医者，若此时动手接骨，能将伤害减小。

他没有。

她死了，小怪物也死了。他还治来做什么？

脑海里，他仍在拼命回忆那人的一颦一笑，生怕一个不留神便叫它们溜走了。

——惊鸿，因为你的努力，我们拥有一辈子的时间，可一辈子有时很短，一不小心就没了。

最终夺走她命的反而不是她的病，多么讽刺。

他曾想，一辈子确实很长，哪一天，他实在无法熬住的时候，他还能去囚室见她。

其实一辈子远没有想象得那么长，谁都说不准下一刻会发生些什么。即便真的发生了什么龃龉，为何不多给彼此机会？

他不知道，在翘楚那个大陆有个叫席慕蓉的女诗人曾写过这样一些话——

　　这个世界上有很多事情，你以为明天一定可以再继续做的；有很多人，你以为明天一定可以再见到面的；于是你暂时放下……但是，就会有那么一次：在你一放手、一转身的那一刹那，有的事情就完全改变了。太阳落下去，而在它重新升起以前，有些人，就从此和你永诀了。

"翘楚，我很痛……你在哪里……"

他喃喃说着，却又有些急躁。无法行走，他只能趴在草垛上用力爬动，想去看看她有没有躲在哪里。他耳力极为灵敏，但有时一手抓去，却只揪出些鼠虫。他呆呆地将其抱进怀里。

他以为他示弱，她便会出来看看他。

可是她没有。

牢门处，狱卒都识趣地退去。灯火映着两个人的脸，其中一人头上戴着笠帽。

"殿下请。"笠帽男子淡淡一笑，道。

他与之说话的人正是上官惊灏。上官惊灏心中一凛，却笑问道："左大人过来有事？"

"殿下也过来有事吗？"

上官惊灏口里的左大人却是左兵。

一句甚有技巧的反问，上官惊灏怎么会不明白这弦外之音——我是奉皇帝之命过来的，太子殿下呢？上官惊灏仍笑道："来看看兄弟吧。"

"殿下倒是个有心人。"左兵笑应了，自然不会多说什么。他隶属于皇帝，保障皇帝的利益——太子来看兄弟，还是让宗人府主事在鞭子盐水中放些什么慢性之毒，和他有什么干系。

他只是来确定一件事，稍后报告皇帝。

脚步声从门外而来，他立刻隐进牢房暗处。上官惊灏眸光一动，这左兵身份神秘，面目从不可辨，手上握有一纸皇帝的手谕，无论到哪儿皆通行无阻，倒不知今儿来这里做什么。上官惊灏原本准备离开，不经意间遇上这人，这时略略一想，也随即隐了进去。

"宗大人，请。"

几个差役恭敬地将一名男子引进，来者却是大理寺卿宗璞。

宗璞淡淡道："宗某奉皇上之命，来问睿王几句话，需要安静。今日之事，皇上不希望再有他人知道，各位可明白？"

差人一凛，立时道："是。"

人立时退尽，宗璞一掀衣摆，快步走到牢门前："八爷……"

他焦急地唤了几声，却见上官惊鸿衣衫血湿，只是趴在地上，目光凝滞，盯着禾草。

"惊鸿，"宗璞一阵心惊，忍不住唤他的名字，"皇上这次动了大怒，我们绞尽脑汁，却想不到救你的办法，你一定要想办法让皇上放你出去。我知道这几乎不可能，但你若不尽快出去，一旦皇上下了杀令……还有太子也不会放过你，你会死在这里……这次是生死大劫啊！"

宗璞说了甚久，上官惊鸿只是一动不动。宗璞不敢久留，深深地看了他一眼，咬牙离去。

左兵从暗处走出，眯起眼眸一笑，朝上官惊灏恭敬一礼，亦很快离开。

上官惊灏何等聪明，自是明白其中巧妙，从左兵避开宗璞开始，他已有几分猜出宗璞到来并非皇帝之意，一听宗璞之言，果然如此。

而左兵此行，只怕十有八九便是要亲眼证实宗璞是上官惊鸿的人一事。

倒不知这左兵从哪里得来的风声。

又原来，宗璞竟是上官惊鸿的人！

上官惊鸿的野心——这下更好，左兵一报，皇帝更不会放过上官惊鸿。而有一件事，他应该去查一查，他之前曾找出打压上官惊骢外家的证据，没了夏家的财力支持，即便有朝一日，上官惊骢要招兵买马起事，亦是徒劳。

然而证据呈交大理寺，却恰逢大理寺走水，烧毁了所有东西，而不得不撤了案。夏家案件是急案，他的探子曾报，看到上官惊鸿曾紧急出入过大理寺。

宗璞铁面有名，当时以为只是巧合，如今看来，这事和上官惊鸿关系匪浅。

少时教养数月之恩，不足以让他回报夏家。顺藤摸下，不知会摸到什么呢？

上官惊灏低低一笑，快步走进牢里，将地上的上官惊鸿抓起来，将他狠狠地往墙壁上一甩。上官惊鸿一声闷哼，脑勺从墙上滑下，染了一墙血水……

翌日夜，睿王府。

第一次，厅门紧闭。

厅正中，摆放着一具棺木——那是方明和景清亲自从老宅运回的。棺里，摆放着翘楚的尸首。

郎霖铃缓缓掠过眼前的男女，自嘲一笑。她从来不知，宁王、宗璞都是上官惊鸿的人，只是如今，又还有什么用。

上官惊鸿危，众人都危。

这时，景平看了一眼一左一右守在棺木旁边整天不出一语的双婢——皇帝下了令，谁也不能离开睿王府，翘楚的尸首不可能运回北地！

他低声道："翘主子的尸首不能放在这里，棺木里虽置了寒冰，天气热，冰力不足，会腐坏的。景清，我和你将棺木抬到冰窖里去。"

景清黯然，点点头。

"我们也去。"

沈清苓冷笑："人都死了，尸体烧了得了。现在都什么时候了，若不是她，你们主子会落到如此田地？"

仅仅因为对翘楚的愧疚，而今赔上整个睿王府。她心里惦着上官惊鸿，说到悲愤之处，语气也越发重了。

"姓沈的，你说够了没有！"

众人原本都起了怒意，没想到率先呵斥的是郎霖铃。她劈手指向沈清苓，冷冷道："人都死了，你还想怎么样？她到底是爷明媒正娶的妻子，你还没过门，有什么资格在这里说些浑话！"

郎霖铃说着，突然笑了。下棋那天，她虽然大怒于翘楚，但翘楚事后给她送来一盅黑白子，里面的纸函，却让她无法真正去恨这个女子，甚至想，她们若不是一同参加当天的选妃大赛，也许她能做朋友。

——郎姐姐，我们就像这些棋子，命运注定，不由自主。没有办法改变的只能随它，将来的你我各自努力。翘楚虽无法答应你劝他与你同房，但你我当天的约定，翘楚有生一日，一定谨记。若他日他当真为尊，郎家和你必在。除非你选择离开，否则，你永远是他的后。对不起，我能做的只有这点微末。

沈清苓微微一震，抬头间，见各人神色冷冽，竟一时说不出半句话。

她向宗璞看去，宗璞却凝视着在角落里一直沉默的秦冬凝。

一时间，整个厅室陷入死一般的窒息之中。今晨，皇帝下了命令，翌日黄昏，卸上官惊鸿双臂，执行于皇城门口。

然而现在谁也没有办法施救。

皇帝似乎对宗璞的身份有了"更多"的了解，今日早朝，在对上官惊鸿宣刑后说了一番话："卿执全国刑量最高司，切记一切当循法而行，以法而依，朕么……平生最恨结党营私，尤其是与那种不忠不孝之人为伍的。"

若说皇帝就某些事延展训话，诫臣自律的，并不为奇，但这话来得突然，结语更奇，那便耐人寻味了。

朝官惊疑之际，遂思疑宗璞与睿王府关系。

宗璞的身份忽然古怪外泄，皇帝虽然暂时没再说什么，但彼时不少朝臣将皇帝眼中阴沉看了个清楚，宁王亦是在场的。

宗璞往后的仕途只怕大险，但这便罢了，最起码是后事，而今却是皇帝下令，皇八子行刑前，宗人府不准任何人入内。

这一晚，谁亦不再忌讳，齐集睿王府，共商营救之法，可如今之情势，山穷水恶。

终于，郎霖铃霍地站起，道："我再回郎家一趟！"

"再？噢，是了，说来郎妃已回过娘家一回，郎相不肯相帮。你再回倒是有用吗？"

沈清苓脑中气愤，一声低嗤下，全数而出。她知道郎相是断不会帮了！

"你！"

郎霖铃气怒，话音刚落，却听到空气中一声清脆抽动。那边沈清苓连连后退多步，微微一颤，却犹自冷傲地盯着美人。

美人长鞭卷握在手，容颜冰寒到极点，一字一字道："你再说一句，看我杀不杀了你。"

佩兰上前，拍了拍美人的肩，将她稍稍拉下。宁王一瞥沈清苓，道："清儿，郎妃亦是一番好意！"他说着拂袖一挥，又沉声道："此刻我等还内里反，怎么救老八！"

众人不再言语。沈清苓这时反而轻笑："要救惊鸿，还有一法。"

众人一怔，宗璞立刻道："清儿快说。"

沈清苓知道那方法极险，也是方才想到，心里也复杂，但想救上官惊鸿亦是心切，更要让众人明白谁才能帮助上官惊鸿，遂道："设法行刑时将惊鸿劫走。但即便惊鸿被救，亦绝不可能远走，皇上必定锁城，早晚会将他搜出来。所以，同时，今晚找一人与我同赴江南去找我母亲，因为只有她才知道芳菲如今何在。"

"只有芳菲亲自开口，皇上才可能赦免惊鸿。"

各人闻言，都吃了一惊。

佩兰失声道："芳菲还在？她不是已经死了吗？"

"只是对外宣称而已。上官惊灏怕亦未必知道他母亲还在世。芳菲与我母亲交好，我母亲曾告诉于我。皇上一生为何苦恋芳菲，却是他从不曾真正得到过她，此为一。你们又想想皇上杀了多少兄弟才登上这个皇位，在他心里，爱与求的反而是良善女子。芳菲在不谢死后对皇上说，不谢虽不仁，她却不能不义，不谢虽恶有恶报，却终是因她而死，死得亦是凄惨，是以她与皇上约定，十五载不相见，到天下佛堂为不谢祈福化孽。这都是我母亲告诉我的。芳菲心里似乎仍顾念不谢。若我们能请芳菲出面，惊鸿就有救。只要保住手足，他日再谋大事！我与这表姨娘感情甚好，我若求于她……或能有些希望。”

当日虽然是她有意向皇帝请旨到江南拜谒母亲便成婚，以避翘楚，但皇帝却暗里让她向她母亲转告芳菲，他很快便派人接芳菲入宫。

他不想再等了，且十五年之约也已快到！

众人听罢，越发震惊不已。谁也说不准芳菲到底会不会救上官惊鸿，甚至更反咬一口，祈愿之事谁敢说看得清内里乾坤。

但这却似乎当真是为今之计。

宁王和宗璞都非迟疑之人，很快便拿定主意，颔首道：“如此便劳烦清儿了。”

景平和景清也随即躬身，当是答谢。

“好，我明天纵使是死了亦要将爷救出来。”

突然，一道低哑声音竭力而出，众人看去，却见老铁从内堂里蹒跚走出，方明忙过去相扶。

沈清苓淡淡看向郎霖铃：“怎么，郎妃可赞成？”

郎霖铃咬了咬唇，微微弯腰：“劳驾了。”

“爷要留在这里主持大局，宗璞，你随我立刻动身到江南去吧。”

沈清苓见宗璞听众人话音一毕便立即看向冬凝，不由开口轻轻说道。

宗璞一怔，随即点了点头。

这时气氛亦变得紧急起来。众人开始商榷明日营救事宜。佩兰有些担忧地看了看一直不发一言的冬凝。突然有奴仆隔门而报，说府外有人送来一封密函。

众人又是一惊，这个时候到来的密函？！

各人隐进内堂，方明出去接了信……

待得阅信，众人更异，信里写着：睿王此番若无法自救，则必败无疑。刺其心智者，翘妃。翘妃之死，焉能不究？翘妃七日，焉能不在！

是谁送来这么一封信？方明问及奴仆，奴仆只说是一名小厮交给门房。

虽不知送信者是谁，但宁王、宗璞和景平却立刻明白了个中奥妙。

写信者和宗璞的初衷是一致的！他们已无法可施，但若是上官惊鸿，未必就全然想不到令自己脱困的方法。只是他沉浸在自己的世界里，忘了求生。

宗璞当初进牢房劝他，将重点全部放到上官惊鸿生死上面，那虽是眼前最急，却错了。

若宗璞说的是翘楚的仇，你不报了吗？翘楚七日，灵堂你不送了吗？

上官惊鸿未必不会全力求生！

可如今他们再也没有办法进宗人府里。

这封信又还有什么作用？

这个出言提醒的人，到底又是谁？

如今，能行的只能是沈清苓之法……

皇帝派数千禁军守卫，宗人府大牢已不可动，只能在路上打主意。众人也顾不得彻查信函来源，只继续再议明日劫囚大事。

"我赞成这封信的提议，我们要设法进宗人府而非去找芳菲！从小到大，我听到过惊鸿哥哥说不信芳菲！"在众人的议论声中，一直沉默的秦冬凝突然出声。

众人默然，宁王叹了口气，道："小幺，关键是我们无法进去。"

"冬凝，都什么时候了，为何还要在意我和宗璞一起下江南的事，你大可以一起来。"沈清苓摇头一笑。

秦冬凝迎上她的目光，轻声道："你喜欢和谁去，和我有什么关系。"

宗璞心里却顿时一沉，冬凝的模样似乎真的是不在乎。

"你们做你们的准备。若我没有办法在明天晌午之前想出进牢房的方法，那么就按你们的计划。"

沈清苓立时反驳："根本不可能有办法进去，你何苦做这意气之争？"

秦冬凝却并不答她，朝众人笑笑，告辞离去。佩兰也止不住秦冬凝。

宗璞飞快地跟出去，因无法抽身，只得吩咐马夫吊着秦冬凝。沈清苓心里微沉，却随即心想，好，冬凝，咱们便等明天见真章。

一顿饭工夫，马夫却急急来报，说秦冬凝去了樊如素府邸。

众人都是大怔，这当口秦冬凝到樊如素那里去做什么。营救计划已大致拟出，虽十万分凶险，也还不完善，宗璞急怒之下，往樊府赶去。

樊府。

秦冬凝凝视着樊如素，低声道："左兵，我找你，你出来。"

樊如素一开始手足无措，一脸疑惑，后来突然笑了："怎么，秦冬凝？"

秦冬凝听说过，世上有些人身体里还住了一个人或者几个人，他们有时会变成住在身体里的人。那是一种病，偶尔的时候，更是一种力量。当樊如素是左兵的时候，武功很高，那天负了甚重的伤居然将所有的暗卫伤了。

"那天，你帮我救翘姐姐，你知道了我的秘密。是你将宗璞和我哥哥的事捅出去的是不是？"

左兵微微挑眉，盯着她苦涩的眉眼看了甚久，笑道："是，他不该拿樊如素的身世来说事。"

还有，他得保障皇帝的利益，所以他告诉了皇帝。

然后皇帝也到了宗人府去，当然，皇帝在外甚远的地方，但皇帝看到宗璞进去就够了。他进去进一步听清楚了宗璞和上官惊鸿的谈话。

"你要找我晦气吗？"

"不，我又打不过你。"

左兵一怔，原想她会答是。她说得好笑，语气却是认真，他顿时有些失笑："那你找我做什么？"

"能直接报告皇帝，你……为皇帝办事对不对？"

左兵不置可否，只淡淡道："你走吧。"

冬凝摇头，笑道："我还记得那天翘姐姐对我说，她已经没有了退路。左兵，如今我也没有了退路了。我求你，帮我进去看一眼上官惊鸿。"

"秦冬凝，我不是樊如素，懂吗？"

"求求你，我只是想进去看一看他。"冬凝说着，缓缓跪下，"我会尽力报答你的，只要我能做的，我都能替你做。"

左兵眉头一皱，嘴角逸出一抹淡笑。他天生爱笑，所以她以为他与樊如素一样是无害的人？他双眸一眯，淡淡道："我今晚需要一个女人过夜。可以吗？"

冬凝浑身一震，一双清水大眸顿时失神。左兵一声轻笑，便待转身进屋。

"如果我……请你遵守承诺。"

背后的声音让他蓦然一怔，他转身，冷冷道："秦冬凝，看到院子里的花了吗？多少叶子之中才有一株花，你就是这棵树上的最不起眼的叶。你并非他的亲妹，这场皇室斗争，和你一个武将庶女又有什么关系，这样做值得吗？"

"我知道我自己只是叶子，一群人里有些人注定永远只是陪衬，那又怎么样？我做我认为值得的事，我亦是开心，怕只怕这一生想为之付出的人都没有，那才是真悲哀。"

冬凝笑着说道。是啊，她就是那片叶子，就像她之于宗璞。

左兵眉宇慢慢皱紧，盯着眼前害怕得泪水满眼却神色坚定的女子。后来，有一天他突然想起她今天说过的话，彼时，她陪他征战过一场又一场战役，为他操持过家务……在另一个国家里，他终成一人之下，万人之上，得如花美眷。大婚那晚，他却下令全国去搜捕一片叶……

宗璞领着马夫赶到樊府的时候，管家说樊如素已经歇下了。

宗璞只是不管，带着马夫硬闯。樊府不比王府，并无护卫，更无暗卫，普通家丁根本不是对手，两三进并不算大的府邸，宗璞很快便闯到樊如素的卧室门口。

管家仓皇随着过来，宗璞正要往卧室闯，门倏地开了。

樊如素一身单衣走出，淡淡瞥向他。

宗璞微微一凛，忽然觉得眼前男子有什么不同。他抑制住这个想法，冷冷道："将秦冬凝交出来。"

樊如素一笑，随即道："她睡着了，还是莫吵醒她为好。"

宗璞大震，她果真在这里！

不，樊如素有意骗他吧。现在什么时候了，秦冬凝怎么可能大事不顾，甚至宿在这里。但若是她心情不好，来找樊如素喝酒，醉在此间……这可能性极高！

"将她交出来！"

"行，你直接去找她便好，她就在我房里。"

宗璞一听怒意顿时迸发："她是未出阁的姑娘，你竟敢趁她酒醉坏她名声！"

樊如素眸中笑意更盛："酒醉？她很是清醒。"

清醒？宗璞一声冷笑，怎么肯信。

马夫收到宗璞眼色，向樊如素攻去。樊如素仍负手站在原地，嘴角犹自噙笑，竟似并不畏马夫。宗璞心里莫名一紧，嘎吱声响，却见房门又开，秦冬凝急急而出，衣服散乱，身上披着樊如素的外袍。她神色清醒，却确是没醉。

"宗璞，你回去吧。我的事不必你管。"

心里仿佛被什么钝器狠狠一砸，宗璞怔怔地站在那里。

樊如素碰过她了吗？

这是她对他的报复，因为她认为是他间接害了翘楚？

自睿王府花园一别，连日多事，他甚至没能找她，和她说上一句话。她当众打他的一耳，他竟没有半丝怨恨，而是痛苦。帮清芩，是出于一种很复杂的心思；但翘楚的死、上官惊鸿的伤、她的疼还有她对他的恨，快将他逼迫得无法透过气来。

这时，她身上的一切——那股闷痛让他几乎站不稳，他伸手便向秦冬凝抓去——他要她给他说清楚,她是他的女人,她是他的!

他的手未触到她的衣衫,一抹白影已抱过冬凝,转瞬消失在屋檐上……

翌日午。

整个朝歌很多地方似乎猛地寂静下来,有些地方却猛地让人心悸地热闹起来。离黄昏还早,通往皇城的各大要道却已布满前往皇城口的百姓。

而这时,睿王府,上官惊鸿的书房里,所有人亦已齐集。对暗卫的部署,劫走上官惊鸿后的安排都仓促却也已算拟好——便在出宗人府一段的路上动手,万人空巷赶赴皇城门,而沿途观看的人亦如山海。

在围观百姓中制造混乱进而劫囚车。

毕竟是致残,皇帝应该想不到他们会拼死劫人。这虽然凶险万分,但未必便无机会。

宁王拍拍一直紧盯着门外看的宗璞。沈清苓摇头,正要说话,却见一名暗卫领着冬凝过来。

佩兰柔声道:"小幺来得正好,你也快做做准备。你五哥让会易容的暗卫做了一批人面,你挑一张,一会儿便出发。"

"距离行刑还有多久?"冬凝哑声问着,神色既急切又疲惫委顿。她紧紧抿着唇——众人明白,她并没有办法。

沈清苓握过她的手,淡淡道:"小幺,不怪你。"

冬凝咬了咬唇,从怀里掏出一张人皮面具。

皇城。

黄昏的阳光仍是将人照得有些睁不开眼。

也许并非阳光,而是人心。

人们都忐忑不安地等待着这酷刑来临的时刻,百姓、朝官、皇亲、国戚。里里外外人头簇拥,密密麻麻,甚至比几位亲王当日大婚更要热闹几分。就百姓来说,看这场热闹,心情都甚是复杂,并不曾有一丝叫骂,更无人投掷什么。

听说这曾征讨西夏的睿王,这在六部办事雷厉风行、为民间施行了几大举措,包括开河道、减赋税、严律法。不徇权贵的八爷,是因侧妃之死开罪了皇帝而致今日下场。百姓因着皇帝不敢流露同情之意,但心中皆是恻然惋惜。

更莫说心思各异的皇子们和朝官。

一场风云变幻，朝堂势力又变。仿佛暴风雨的前夕，这次，却是大定。

太子，天下！

便连久未露面的贤王也携着他的盟友燕紫熙过来。

上官惊灏若有所思，朝二人看了一眼，又看了看人群里的西夏一行——彩宁。

最后，他唇上浮起一丝薄笑，看向主座上过来亲自监刑的皇帝。

皇后、庄妃、郦妃陪同皇帝过来了。

有些有趣的是，郦妃和庄妃今天换了个位置。

郦妃脸色惨白，似乎很是不适。郦妃为人极守本分，平日不争，这时，她身有不爽，皇帝也很是关切，庄妃亦不介意将自己的位置暂时让给她——当然，上官惊灏明白，郦妃这不爽，并非突然患病什么的，而是惦念害怕上官惊鸿受刑。宁王既与上官惊鸿交好，那么郦妃只怕对上官惊鸿的情谊亦不浅。

他瞥了眼皇子王妃队列中的宁王，后者模样紧张，眼光闪烁，不时看看方才押解上官惊鸿过来的方向；朝官中，宗璞亦然。

他知道他们在看什么。

皇帝也许以只取上官惊鸿两肢做考虑，不意宁王等人大胆到会去劫人，押解路上并不太严，但他却考虑到了——他早已安排大批人手乔装混在来路上的百姓中，以防意外。

所以，他很快看到了他们震惊的神色。上官惊鸿的囚车缓缓驶进来。

没有意外。尘埃落定。

虽然皇帝暂时还没要上官惊鸿的命——当然，他也不想让皇帝杀死上官惊鸿，他要上官惊鸿亲眼看着他君临天下。

但上官惊鸿是再也不可能翻身了。

他的母亲芳菲将很快进宫。

芳菲还没死，昨日早朝过后，皇帝将他留下，告诉他，上官惊鸿的事一毕，便立刻出宫接芳菲进宫。皇帝说："朕已等候多年。"

芳菲进宫意味着什么？

他的帝储之位会更牢固，也到了荣瑞传位的时候。

他从皇帝口里得知此事——他不喜欢等，已派王莽到江南一处小镇去接芳菲。

经年等待，大事业成一刻是怎生心情。

这天地之搏共两场，第一场，他赢了。

到第二场的时候，飞天，你便带着我给你下的毒去死吧。若蓝，可惜你是看不到了。

一股激越又凄然的心情从他的心底飞速涌至四肢百骸。

差役将拖行着的上官惊鸿按跪到地上。上官惊鸿一身肮脏袍服，新旧血迹交集，已看不出本来颜色，仍可笑地戴着铁面。他吩咐宗人府拷打的时候，必定要小心，不可将铁面弄落。上官惊鸿，你合该永不见天日。

上官惊鸿这时亦是安静，披散着头发跪在地上，手脚都是红黑的脏污。

人群中一阵唏嘘之声。

听说，翘妃是被皇帝杀死的。

翘妃原本是倾国之貌，被大娘施放毒药，变了容颜，后得睿王施治恢复，竟比那太子妃和西夏的第一美人更美上几分。自古都说红颜祸国，皇帝为此杀翘妃于深宫，睿王与之决裂。

倾城美人天下绝不止一个，天下却只有一人为一个女子至此，谁不唏嘘？

此时，宁王等人都已大变了脸色，郦妃的神色也越来越难看。她被恩准坐在庄妃的位置上——郎后在皇帝右首，她便在左首。

皇帝盯着地上的上官惊鸿，眸中寒意不变。看得出，他亦恨不得这个逆子死。

只是，他似乎也抱着与上官惊灏相仿的想法——你不是想要朕的命吗？朕偏先不杀你，让你亲眼看看你哥哥将如何荣耀，你又将如何凄惨。

选在此间行刑，不避百姓，不避皇亲臣子，更是以儆效尤。

这时，夕阳越发西斜了去，远处地平线上浩大的日轮开始沉去，橘红的余晖开始收束。忽然人群中发出惊声，原来是刑官猛报，时辰已到。

上官惊灏轻轻眯起了眼眸，看人群凌乱，看宁王、宗璞战栗，看百官一边悄悄打量着皇帝和他，一边拊掌说好。

生杀随心的巨大快感呀。

第二十七章

亲剖爱侣寻蛛丝　万年天界未完棋

然而皇帝却一直没有出声下令行刑。

上官惊灏甚至看到郎相失望的神色——郎家也想让上官惊鸿死，好重新扶植贤王。

上官惊灏一凛，朝皇帝看去，却见皇帝扶住身形不稳的郦妃，郦妃在他耳畔颤声说着什么。

怎么回事？

郦妃纵使不适，但亦绝不可能阻止皇帝行刑。

然而上官惊灏分明看到皇帝眉心猛地一跳，往人群中一个方向看去。

他立刻随之看去，却见那处百姓喧闹，斜阳影叠，并无奇怪之处。

皇帝却突然站了起来，竟变本加厉探长身子去看，立即惹得四下讶异莫名，随他一并看去。

与此同时，人群里，从宁王始，宗璞、六部中吏刑兵三部尚书、六皇子、七皇子、十皇子和嫡王妃全数跪下，最后，夏海冰也缓缓跪了下去。

宁王哑声禀道："父皇，儿臣等愿以性命保睿王。睿王乃一时迷失心智方冒犯了父皇，乞父皇念其社稷之功、围场舍命相救之情，父皇对其二十载舐犊之情，赦免八弟之罪，给其补过之机……"

跪下的人只有少数，但竟有人为大逆不道的睿王求情。

皇帝扶着桌案，心口激烈起伏着，脸上的神色既凶狠又复杂。

随着宁王含泪禀奏，人群里，数名百姓慨然下跪，其后众人纷纷仿效……

当夕阳将最后一抹光芒也收住，上官惊灏站在空旷的皇城门口。

皇帝离去后，绝大多数朝官都向他施礼问安才走。

他冷冷一笑，缓缓转看上官惊鸿方才跪着的地方，猛地击出一掌。

地面顿时崩裂，石砾溅了一地。

他眸光一沉，问身边的曹昭南："你方才便在父皇身边，父皇曾一瞥围观的百姓，你可看到他在看什么吗？"

宁王和宗璞会求情不奇怪，三部重臣、几个皇子相继冒险求情却出乎他意料之外。

这些都罢了，重中之重还不在这里，而是郦妃的话，还有皇帝那一眼。

曹昭南摇头，凝声道："太快了，我顺着皇上的视线看去的时候，已看不到异常，似乎有什么人来了又极快地消失了。我只听到皇上当时说了句'你来了'，情绪很是激烈。"

睿王府此刻却是喜庆的，哪怕上官惊鸿已一无所有。

但人还在，双臂亦保住了！

午间，在所有人出发前，冬凝到来，从她掏出人面开始，他们推翻了所有准备。

她是带着上官惊鸿的话回来的。

在那之前，她去过宗人府。

众人不知道，她用什么办法进的宗人府，但她确实进去了。

冬凝记得，当时上官惊鸿躺在地上，背对着她，也不说话。

她见状，又焦急又心疼，按照那纸上写的说了，那些也确实是她彼时的心底话——上官惊鸿仍是躺着不见半点波动，在她满心绝望的时候，他却突然挣扎着从地上爬了起来……

他头上都是鲜血，却条理清晰地嘱咐，让她去办五件事：

第一，绝不能去找芳菲；

第二，让宁王立刻通知郦妃援手；

第三，让宁王和佩兰分别去找七皇子和七王妃等人，宗璞去找三部尚书；

第四，冬凝易容成不谢；

第五，让老铁和景平在围观的百姓中混进百名暗卫，见机行事。

这是最后一搏。

赌皇帝心中对不谢是否还存有一丝愧疚。

时间必须严密配合，郦妃假装不适，拿下庄敏平日位置，得以随在皇帝身侧。刑官报时一霎她立刻提醒皇帝，告之皇帝自己在人群里看到不谢了，问皇帝是否真要斩不谢唯一骨肉的双臂？同时，宁王和众人一起出面力保，请求赦免。宁王话毕，人群里伪装成百姓的暗卫迅速跪下求饶，民心需要向导和煽动。

若皇帝还念一丝旧情，可顺着众子、众臣求情而赦罪。

因为皇帝比世上任何人更需要一个台阶去下，而百姓看了，亦会对皇帝的做法赞颂。

这件事里，最难难在说服几个皇子和三部尚书，因为那是不可掌控的因素——众人收到冬凝的传话时都既喜又忧。

上官惊鸿却让冬凝告诉众人，也不必对七皇子等人说什么，只消说兔死狐悲。

这些日子，上官惊鸿任职三部，和这几个皇子各部尚书都打下一定交情。日子浅，交情亦不深，但上官惊灏会放过他们吗——谁都知道，太子将睿王视如眼中钉。与睿王有过交集的人，太子会放过吗？

但上官惊鸿这个人以前也几历生死，到最后竟翻了身，这次大劫若真能挺过，还能指望吗？或许能，或许再也不能，谁知道。

在众皇子和各部尚书思虑之际，佩兰又和几位王妃说了些肺腑之言。这些女子都与翘楚甚为交好，七王妃和翘楚更是交心。几名女子和丈夫一商量，太子登基，是劫，帮睿王说话，亦是劫，若左右是大劫，倒不如放手一搏，将筹码押在后者身上。

皇帝废去上官惊鸿所有职务，收回兵权，令他三天内带着家眷迁出朝歌，永远不准再踏进朝歌一步，若有违背，必斩杀之。上官惊鸿终是自己救了自己。

这时，众人进府，皆都心情激荡澎湃。府中大厅，郎霖铃和沈清苓都颤抖着捂住嘴唇迎了上来。

沈清苓大喜之余，看了冬凝一眼，见宗璞在旁边竟毫不掩饰地痴然又痛戾地凝视着秦冬凝，想起冬凝进宗人府一事，心登时沉下去。

景清心里高兴，一个劲追问冬凝如何进得去那守卫森严的宗人府，众人也很是好奇。冬凝轻轻扯出一抹笑来，只说以后再说，能帮到哥哥就好。

各人越发疑虑，打算以后必定要好好问上一问，此刻只对上官惊鸿的情况更是关切。

上官惊鸿此时却并没有和众人在一起。他早在众人进府之前独自从后院绕进，不许任何人跟着。

众人只道他处理伤势去了，毕竟他伤势极重。但他许久未出，众人都担心起来，正要进去查看，他却从里间快步奔来，竟是衣衫未换。

"她呢，我离去前不是让你们将她放到我房里吗？"

他厉声质问，沾满浓稠鲜红的眼睑，里面迸射出一股凌厉的光芒。

众人没想到他方才竟是找翘楚的尸首去了。还是老铁先反应过来，哑声道："爷，天热，我们将翘主子放进地窖了……"

老铁的话未说完，上官惊鸿已消失了身影。沈清苓怔然看着自己停在半空的手，徒抓一手空气。

四大和美人就守在冰窖门口。

看到上官惊鸿到来，他俩都吃了一惊，脸上很快又盈上怒意。上官惊鸿也不搭话，目光一睇美人摸向腰间长鞭的手，先自拂袖一甩。

二婢立刻跌摔出丈远。

上官惊鸿也是血气上涌。他受伤极重，甚至打不过美人，只是出手快占了先机。他立刻拖着脚走进冰窖，又迅速从里面将门闩上了。

"翘楚，我回来了。"

他有些欣喜地笑着，向地窖深处的棺木奔去。

走到棺木前，他却蓦然顿住，捏紧双手，很久，才颤抖着推开棺盖。

棺里女子的模样美丽无双，双目未合，便像往时凝视着他一样。

她整个看去竟似栩栩如生。

仿佛有只巨大的手将他的心握紧死拧，他将唇瓣咬得稀烂，才找回一丝力气，小心将翘楚从棺里抱出来。

他抱着她缓缓坐到地上，迫不及待地吻住她的唇。他也不敢用力，怕她不高兴，只轻轻在她唇上辗转。

她没有动，再也不会像往日一样，生气时，咬他；情动时，羞涩地回吻住他。

他是出来了，可是除了要替她和母妃报仇、要亲自送她下殓这两个强烈的愿望支撑着他，他竟然再也找不到生存下去的欲望。

她唇上濡湿，他一惊去抹，蓦然发觉自己早已泪流满面。

绝望到极点，他猛地想起什么，立时挣扎出几分力量。他抚着她的脸，喃喃道："翘楚，你不是能在别人身上重生么，这回也如此好不好？"

她的眉毛、她的睫毛上面都挂满白白的霜花，冰冷的面容不能回答他。

上官惊鸿等了很久，听不到声响，脑子半是痴迷，想着她是冷坏了，所以不能说话。她身子冰得他全身如针刺寒疼，他却不放手，紧紧抱着她，运功替她驱寒。

"楚儿，你和我说一句话好不好？我知道你生气，你要怎么才不生气？"

他哭着央求她，她却始终没有半丝声息。

他彷徨地四周张望着，看着四周的梅子，突然想起什么，却又不愿意离开她。他将她小心地放到地上，用袍子兜装了些梅子回来，讨好地说："你先吃这个，咱们再待一会儿。我去老宅摘些花回来向你赔罪，还是说你想自己去拔？没关系，这次我再也不会骂你，以后也不会骂你了，你想拔多少就拔多少。你拔我再种便是，种很多很多，让你拔到不想拔为止……"

膝上的人仍是淡淡地看着他，只是不说话，眼里似乎突然有了怨艾。

上官惊鸿一惊，不敢再说话，掰了颗果子去喂她——她却不吃，嘴唇绀紫，一动不动。

他越发惶恐起来，自己嚼碎了，低头去喂她，却发现撬不开她的牙关。目光落到她略有些隆起的肚子上，他颤抖起来，她最爱小怪物，可是小怪物死了，所以她不肯再吃这些东西了。

小怪物死了。

嗯，她也死了。

都死了。

她被上官惊灏捉走的时候，小怪物还顽强地生存了下来，这次却随着她一起走了。

"孩子我们可以再要，我们要很多孩子，好不好。我只要你的孩子，谁的都不要，我会给你们最好的东西……"

"爷，开门！"

门外的声音打断了他和她的谈话，他愤怒地瞪向冰窖门口。

"惊鸿……"

"哥哥，开门，求求你，求求你！"

"老八，翘楚已经死了。若她泉下有知，也定不愿见你如此！"

"你难道忘了，是谁杀死她和你们的孩子，这个仇不报了吗？你母妃的仇不报了吗？你心里也想报仇的是不是？可你莫忘了你再在里面待上一刻，便足以将自己冷死，这样谁来替翘楚报仇？还有你的抱负呢？你说此刻的天下，乍看还行，但最底层的百姓还不足温饱，仍有人流离失所，更别提贪官污吏的可恨……"

嘈杂的声音在外面传来，混着女子的哭声，宁王、宗璞几近咆哮的怒斥，他浑身一个激灵，突然意识到翘楚是真的死了。

他更意识到她即便还有灵识，也不会再回到他身边。

是谁杀死了她？

不是别人，是他。

是他亲手逼死了她。

没有比这一刻更加清楚，是他亲手毁了他们之间的幸福。

冬凝说得对。

他爱她就可以了，为什么要一定计较她爱不爱他。

他心底一直惧怕，他其实不是秦歌的转世，若有一天她发现，他不是秦歌的转世……

但那又如何，即便他真的不是秦歌的转世，他爱她就够了！

有一天，她一定会爱上他，只要他足够爱她。

哪怕这一辈子她都不会爱上他，但能让她幸福，又有什么不好。

这样，他自己不也很开心吗？

原来，幸福不过如此简单。

"好吧，你既然要天下，就要天下吧。"

彼时，他闻言反而一下子怔住，她眼里明明都是失望，嘴边却散着点点笑意。

"生气了？"

"不生气，你的愿望就是我的愿望。你身上扛着大伙的命，更有对这个天下的抱负，有载入青史的雄心。惊鸿，我希望看到你君临天下的模样，一定很威风。"

那天，她曾问他要天下还是她，那是他们后来在刑部里的谈话。

他突然记起，她说他的愿望就是她的。

他突然才懂，她的幸福也是他的幸福。

他将她抱起来，一声长啸。以前，他不信神佛，后来，知神佛却不惧，而今，他感谢这世上有神佛。

"翘楚，等我，我一定找到让你回来的方法。不是有像吕宋这样修仙的人在吗，不是有将你送到我身边的神女在吗，你一定能回来的。到时，你想怎么报复我都可以，杀了我也可以。"

泪水顺着他的脸颊滑到她的脸上，刷着她嘴角的果屑。他情不自禁又低头去吻她："你恨我，很恨我，对不对？所以你一定要回来。这次换我等你，直到等不到的时候，我就去找你。"

他将她放进棺里。是，他还有他的肩负和抱负，有些事情也必定要靠实现抱负才能实现。

譬如，替她报仇。

心里的恨和怒如火燃烧，这冰窖寒气慑人，他竟也不觉得冻，头上身上的伤口痛得他锁紧眉宇，他的神志开始昏沉……

他咬牙支撑着，暂时封盖前，他想仔仔细细再看她一遍。

当目光落到她的手上，他心里一凛。

门，猛地被人猛力撞开，宁王等人夺门而入。

众人都既担忧又紧张地看着他，景平、景清想过来搀扶他，沈清苓先一步上前，他却侧身避过。意识彻底昏迷前，他用尽最后一丝力气，张开双臂，抱住棺木。

众人又惊又惧，怕他伤重，命老铁将当日随翘楚到江南的那个精通医术的暗卫找来。那暗卫替上官惊鸿包裹好伤口，天已快亮。

宁王与宗璞也不离去——从郦妃和宁王替上官惊鸿一出口一下跪那刻开始，他们便已全数豁出去，已无法回头。

两人让小厮进宫告假不上朝，只等上官惊鸿醒来。上官惊鸿的伤很重，肋骨也断了好几根，右腿怕是今生都好不了了。

且如今的形势谈什么报仇雪恨。

上官惊鸿获救的喜悦、翘楚身死的悲伤，都不得不压到心底，每个人都开始忧惧起来——一出朝歌，太子必将所有人诛杀。

他们已陷入绝境！

尤其方才情急之下，老铁大伤未愈为破坚固的冰窖门，却强行运了内力，又伤一筹。他们这边的战斗力又减，上官惊鸿此时的身体也是等同于废人。

幸好，晌午时分，上官惊鸿苏醒过来。各人便守在房里，郎霖铃和沈清苓都守在床边。

"都起来吧，以后莫要到这房里来了。"上官惊鸿淡淡地说着，语气里的疏离意味却很明显。

他穿鞋下床。郎霖铃苦涩，走到一边。他朝郎霖铃略略一点头，郎霖铃一怔，心中生了一丝涩然的喜悦——这多天来的第一抹喜悦，哪怕她早有认知，终其一生，翘楚以外，他不会再爱任何人。

沈清苓仍要去搀扶他，他冷漠地甩开她的手。这清清楚楚的拒绝，让沈清苓心里一酸。她十多年来被这个男人如珍宝般宠着，后因翘楚感情生变，到今天他们重归于好翘楚又死了，他却这般对她——秦冬凝不知使了什么手段竟进了宗人府大牢，将她的面子生生折了，众人虽没多说，但心里必定在笑，这数日堆积起来的担忧、恐惧和委屈顿时全数涌上心头来。

"上官惊鸿。"

她咬牙唤他。上官惊鸿竟没有看她，对紧跟上前搀扶自己的老铁和方明摆摆手，又对老铁道："你好生将养吧。"

老铁知道，翘楚之死，这一辈子和这位主子的嫌隙是落下了，这时看他神色淡漠，但终是一句关心，心里不禁百感交集。

"对了，铁叔，翘楚的尸首，在我去之前有没有被移动过？"

老铁一凛，很快答道："没有。奴才绝不可能让其他人去动翘主子，除了……除了奴才回来前那些歹人。奴才一负伤便即赶回，回到房里的时候，还隐约听到窗外有数抹脚步声远去。"

他说到这里，黯然住了声音。

上官惊鸿的眸光暗了暗，抬步便走。

"老八，你这是要上哪里去？"

宁王声音严厉，亲自过去相扶。上官惊鸿摇头："我去一趟冰窖。"

"你疯了吗？莫要再去冰窖了。"

众人闻言也是一惊。上官惊鸿却轻轻扯出一抹笑，良久才道："我没疯，翘楚的死有蹊跷。"

到了冰窖，众人都感觉到一股莫名的寒意。上官惊鸿将棺盖打开，抚了抚翘楚的头发，方轻轻拿起她的左手。

冬凝眼尖，立时低呼出声："翘姐姐指甲里有东西。"

翘楚左手的指甲，不像右手在地上使劲抠过，指甲崩裂触目惊心，左手的指甲很是完好，没有丝毫破损，只是指甲缝里藏着一圈暗红，似是皮屑。

景平涩声道："可是挣扎时凶手所留下？"

宗璞办案多年，立刻便道："对，可这并无什么可斟酌的呀。"

各人都明白他的意思——不同于平日的案件，既是皇帝命人下的手，必是其亲侍所为，但即便根据伤痕从皇帝的内侍护卫中揪出人又怎样，皇帝会让他们杀了这人抵命吗？不会的。何况，下令的皇帝才是真正杀死翘楚的人。

哪怕皇帝在众人面前并不承认，因为按常理推测，皇帝绝不会在宫里杀死翘楚，所以翘楚之死反而不像是皇帝所为，而是另有人为之，但实际上皇帝却利用了人们这样的心理，杀死了翘楚。

若非上官惊鸿当时悲恸几近癫狂，亲口捅穿，皇帝亦断然不会在狂怒之下承认。

皇帝说话那一霎，眼中的狠辣让在场的人明白，翘楚必是死于他手无疑。

上官惊鸿淡淡看了宗璞一眼，宗璞顿时有股心惊胆战之感。他暗下苦笑，严格说来，他亦是害死翘楚的人——若当日他不曾答应清芩，将翘楚带到花园去，也便没有了以后的一切。

上官惊鸿心里对他必定恨极吧，只是现在还不到找他算账的时候而已。

他将上官惊鸿视作主子，当作最好的朋友，却害死了他最爱的女人和孩子。

他心里一阵抽紧，却见上官惊鸿仍执着翘楚的手，神色温柔又遥远，与眼前的一切很不相称。

"你们还有人记得那天在宫里发现翘楚尸首的情景吗？"

众人一怔。他低声笑道："她的身子现在已被搬动过，但那天每个小细节我都记得。"

"哥哥……"

冬凝一阵心酸。

众人看他原本已似乎恢复神志，但这时听他笑着道来，又是身处阴沉幽冷的冰窖，翘楚的棺木又在这里，越发有种不寒而栗的感觉。

但同时众人又疑窦万分——上官惊鸿到底发现了什么？

郎霖铃、佩兰和景清不约而同已问出来。上官惊鸿眸光微动，盯住翘楚的脸容："铁叔说，翘楚刚死他便回到殿内。那天，在我赶到之前，没有人动过她的尸身，她的身体还保持着她死前一刻的姿势。是以，最重要的问题不在她指甲里的皮屑上，而在于她的左手和右手落差太大。她是被人推倒在地，用布巾捂紧口鼻窒息而死的。按常理来说，她死前必定会拼命挣扎，她的右手反映了这一点；但她的左手却违反了自然，除去指甲缝里有些许皮屑，指甲完全没有破损，死时亦极为安静地放在腹上。

"被打进宗人府大牢那天，我一直在想她，想她最后一面的模样，突然便想到这点。昨晚看到她手上的皮屑，我更肯定了一些东西。你们知道，这意味着什么吗？"

众人暗暗心惊，翘楚的死背后还藏着什么秘密？郎霖铃微微失声道："翘楚想借这个来提醒你一些事情。"

也就是说，翘楚死时极为痛苦，她却忍着，左手不去反抗挣扎，而保持一种平静的姿态。她死了，却还惦念着上官惊鸿，想提醒他一些什么。

"八爷一说，我倒记起些事情。翘楚的左手不仅按在腹上，甚至是微微缠在束腰璎穗上的，只是那时我们不曾意识到这些。"

"将手缠住？如今看来，她必是生怕尸首被翻动，想更好地保持左手的姿势。也许别人不会注意更不会想到这些，但她希望老八能注意到，也知道老八必能想到。"佩兰哽咽着说不下去，宁王补充。他看了棺中翘楚一眼，低声道："你那般明慧，若当初不曾来朝歌参加老八的选妃大赛……"

众人听着都不禁微微一震，原本就还不曾化去的哀恸，这时悉数被勾起，哪怕这个女子其实和他们共处的时间并不算长。

方明举袖揾了揾眼角，勉强笑问："爷可知道翘主子想说些什么？"

上官惊鸿没有回答，眸光一动，突然伸手从翘楚头发中拈下一丝什么，接着从翘楚左手指甲缝里拈出小缕混着皮屑的细丝来。

"用这东西杀人可不留声响，但为何不脏？房里也不曾有棉衣衬袄留下……"

他微微眯起眼眸，宛似自语，大手握紧翘楚的手。

众人朝他手上看去，却见是小撮棉絮，棉丝有一丝泛黄，但果真没有脏黑。

郎霖铃蹙眉，缓缓回想着："翘楚身死那天，地上似乎是落着些许棉絮。"

佩兰摇头："娘娘房中有些旧棉絮并不奇怪，很可能是往日纳衣留下的。"

"若是如此，棉丝不脏不古怪吗？"

景平心思敏锐，突然明白上官惊鸿几句话里的意思。

宁王颔首："我当时也留意到了，只是不曾想到这点。陈棉不脏，确是又一蹊跷。"

"你们可是指歹人用棉袄什么的对翘主子行凶？"

景清一脸疑惑，嗫嚅着问道。

宗璞看冬凝悲恸，怔怔看着棺木，禁不住悄悄伸手握住她的手。冬凝一惊，想挣脱，他却不让。冬凝不想为自己的事情而扰了上官惊鸿，只得任他握着。宗璞一喜。上官惊鸿从发现棉丝始便看出所有问题，他与景平、宁王被上官惊鸿一提醒，也幡然顿悟，接口解释道："棉絮微黄，说明这东西已有些年月；它并不脏污，却说明它绝非往日常妃娘娘纳衣时留下。常妃殿经年不曾打扫，房内陈棉不可能不脏。这便牵出两个问题：若是它是凶手所带凶器，为何带的恰是一件旧棉织物；反之，若凶手是在常妃娘娘房中拿的棉物，为何在行凶之后非要将其带走不可？"

这一说，众人方才明白上官惊鸿话里的意思。

老铁仔细听着，慢慢回想起那日情景，惊道："爷，那天翘主子曾从娘娘柜里拿出些你幼年穿过的衣物来翻看。后来，她指着一件棉袄让奴才看，奴才恰在那时出去了……"

翘楚的死竟似乎还扯上了上官惊鸿的陈袄，老铁的话让所有人越加疑惑。按老铁所说，翘楚死时，那件棉袄该在她身边才对，但房中却并不见踪迹。此刻那件棉袄会在哪里？若找到它，能将一切疑问解开吗？但棉袄既已不在房里，绝大可能是被凶手拿走了，已不可能再寻回。

一些疑团似乎揭开了，更大的谜却在后头。

翘楚，你到底想告诉上官惊鸿什么？

上官惊鸿却较所有人都安静，握着翘楚的手一直没再说话，对宁王方才的惋惜亦不恼，这时突然说道："我要验尸，你们都出去吧。"

他声音轻轻，语气里却有着不容抗拒的强势。

沈清苓咬紧牙关，率先走出。

冬凝眼圈红透，道："让我留下吧，我替姐姐擦擦身子。"

"不必你擦，但你留下吧，其他人都出去。"

众人不敢违拗更不忍，纷纷退出；又想，若非不得已对翘楚两个丫头用了迷药，两人必定不肯。

景平赶忙送去两件大氅，方回到大厅和众人候在一起。

不久，冬凝却被上官惊鸿赶了出来，脸上神色很是凝重，说翘楚衣服里什么都没有，唯独肚腹上有几道深深的抓痕。

众人一听又是大讶。她腹上为何有抓痕？她既是被捂住口鼻杀死的，凶手怎么还多此一举，将她的身子抓伤？

另一处府邸。

敲门的声音将榻上人的思绪猛然打断，榻上人放下手中棉袄——从常妃殿带回的古怪袄子。

本来，这旧物件并不引人注意，但那是一件被利物齐整划破了的棉袄，不由得不让人好奇。翘楚为何要将这件棉袄弄破？那似乎是上官惊鸿幼年所穿的衣物。

除非，棉袄里面藏着什么。

然而，翘楚死后，自己曾仔细检查了整个房间，也没有发现什么古怪。

老铁回来得甚快，但在这之前，确实已查清全房，亦捏摸过翘楚身上的衣服……

却什么都没有。

棉袄里也是。

这件小袄到底藏有什么秘密，那是翘楚到常妃殿的缘故吗？

翘楚！

"什么事？"榻上人冷冷地问门外。

"报，芳菲娘娘进宫。"

宫，御花园。

走进园内，上官惊灏款款笑谈。他略一摆手，打过招呼的朝官便识趣地退到一旁，不敢再去打搅。

前方又有数人走来，却是郎相和贤王，还有七皇子等人。

看到贤王，他想起近日那个在贤王府里出入不浅的男子。

燕紫熙，他知道这个人。

这是他登基前最后一道屏障。燕国多年生聚，兵力已富。

但无妨。

他已有对策。

还有，七皇子这几个人亦是不能留的。

这些便罢，今日午后接到一个消息。那消息很是有趣，必定能成功将上官惊鸿留下来，再也走不出朝歌。

因为死人是走不出朝歌的。

倒是母子同心，不必他做什么，芳菲已向皇帝提出，让上官惊鸿进宫。

他方才已接到芳菲让王莽代传的口讯。

芳菲说："我想看看那个贱人的儿子。"

也许，那个关于上官惊鸿的消息也用不上了。

他们看到他已然退避不及，只能向他见礼，模样也只能是谦敬。

眼底杀意寒，他只笑说不必多礼，又瞥了几处花木旁。

一众妃嫔都来了。郎后、庄妃、郦妃等女子，个个不简单，个个赫然在场。

可那又怎么样。

这些女子还不是得以嫉妒的目光去看最前面花叶扶疏处那抹身影——

他的母亲芳菲。

皇帝紧紧挽着芳菲腰肢，让她靠在自己怀里。

医治多年，芳菲还是有些不良于行，皇帝很是心疼。

此时，筵席未开，皇帝高兴，并未禁止，人人都流连御花园，赏夕照、赏花容，更赏人面——只闻名不曾见过面的芳菲。

睿王府。

上官惊鸿尚未出来，宫中却有消息送到，说太子生母芳菲娘娘进宫，令宫中各妃嫔宫外各皇子各朝官晚上进宫，给芳菲娘娘洗尘接风，以贺大喜。

本来，这消息不该到达睿王府。

但是，芳菲说想见睿王一面。

众人都很是不安，没人能猜测出这一次是吉是凶：之前逼于无奈才想到向芳菲求救，若沈母所言非虚，芳菲对不谢之死存愧疚之心——皇帝因芳菲而囚禁不谢令不谢难产致死，这一去还好；若芳菲和上官惊灏一样，则即使冬凝再易容也保不住不谢唯一的儿子，皇帝绝对会因芳菲而取上官惊鸿的命。

本来，众人看上官惊鸿得保双臂又恢复理智，虽大业希望渺茫，宁王和宗璞留在朝中多有凶险，但总是有了新希望。

众人期望上官惊鸿能想出办法，后天安全离去，暂时隐匿，以后再图机会。

宁王和宗璞低声商议良久，最后一拍案桌，道："走，还是得走，此刻便走。"

沈清苓立刻反对："芳菲说不定是惊鸿的翻身之机。"

冬凝缓缓摇头，神色坚决："你认为芳菲会舍自己的儿子而选择帮惊鸿哥哥？这不很可笑吗？我绝不相信那女人会对常妃娘娘有甚愧疚之心！"

沈清苓听她语气不驯亦是怒了，冷冷道："谁说她会舍太子而帮惊鸿？她自是不会那么做。但她既心念常妃，只要惊鸿对她下些功夫，未必不能再回到朝堂。此次一走，却再难有回头之日。逐鹿天下，是惊鸿的理想。"

"本来一路顺势走去，皇上大有可能传位于他，翘楚却害了他，让他因内疚失了心神。若当日惊鸿能忍上一忍……翘楚已害他一回，你如今还要再害他做出错误的选择吗？"

"他当日不是在做选择，是情不自禁。他不是负疚是真爱翘姐姐才会弑君，翘姐姐亦从没害过他。若硬要说害，是你害了他俩！"冬凝一直强忍的痛苦和怒意也全数而发。

沈清苓心里一声冷笑，走到宗璞面前，放低了声音："宗璞，你素来最知把握时机，这一次你说呢？"

冬凝冷冷一笑，起身便想走开。众人这时亦谁都不去劝说，心中早各有怒意，不过是看在上官惊鸿面上而未发。宗璞伸手抓住冬凝手臂，一声低笑，道："清儿，这事得看八爷的意思。只怕，他不会愿意。"

目光落到二人手上，沈清苓的心慢慢下沉，一股说不出的难受和气闷直压着她。她蓦地抬头盯紧宗璞："连你也要背叛我？"

宗璞自嘲一笑，道："我这辈子做得最错的事，就是不曾早些让你对我说这句话。"

沈清苓浑身一震，用力扳住桌案方才抑制住想要走开的强烈欲望。为了上官惊鸿，这屈辱，她忍。

"不走，进宫。"

她正想着，却听到一个声音从门口低低传来。众人一惊之下，全数起来，看向从门外走进来的男人。

又是黄昏。

暮光将他微瘸的腿脚照得好似从未受损。

又将曾经青丝映成橘红的雪。

众人原本还因那道低沉带笑的声音而讶异，空澄清灵得好像足以傲视天下万物，一切一切。

当看到在门楣处缓缓站定的男子，所有人都惊住，定在原地，不能动弹半分。

他一身青袍几乎都成了红衣，身上竟挂了一身血水……夕光镀在袍子上，那灿灿流辉，仿佛将之染成金光大红的袈裟。

他没有戴面具，卸了还是忘了，不知道，脸上似乎也被鲜血沾染到了，额间一点殷红。

像颗朱砂。

这是郎霖铃第一次看到这个男子的模样，他竟和太子一模一样……可她尚未来得及为那美丽的容颜而满心惊惶欣喜，一股萧瑟的距离感已油然而生。

不知是因为他突然全数变白的头发，还是他头上那抹朱砂艳。

她呆呆看着，如所有人一样呆呆看着，看他轻轻笑着的笑靥。

看他眼里仿佛承载了千万年的悲凉。

看他满是鲜红似在血池子里沉浸过的手。

看他手背上道道似要崩裂开来的青筋。

看他手心里紧紧捏着的纸笺。

他握得如此之紧，好似那是什么至珍宝贝。

......

"老八，你可是伤口开裂了？景平，快传暗卫给他看一看。"

终于，还是宁王抑制住心惊，厉声嘱咐景平。他想上前查看，却终于还是顿在原地。对于这个自小亲近亲厚的弟弟，他突然有种感觉，无法走近，不敢走近。这辈子，只有皇帝和太子给过他那样的感觉，但那些是权力带来的距离，而眼前，较之前者，那种距离的厚重感竟更深重许多。

其他人似乎也如同他一样，是以各人都忘了上去相扶。

景平似乎才从震惊中醒悟过来，向外奔去，却被上官惊鸿止住了。

"惊鸿，你手上拿着些什么东西？你做过什么？"

宗璞随即出了声，他的声音听来也是微微颤抖。

"上官惊鸿，你将我们主子弄到哪里去了？我们去过冰窖，她不在！"

门外突然到来的双婢既震惊又愤怒的质问，让人知道了答案。

上官惊鸿垂下眼睛，凝视着手中纸笺，答道："不必去找，是我将她的尸首弄到书房去了，煨暖剖开，我要取这东西。"

黄昏并不太静，四周总是有些声响的，但这些声音仿佛在这一刻全然死去。

静得沙沙的。

那是上官惊鸿摩挲纸笺的声音。

只剩这声音。

他说得那么平静，仿佛他方才说的是剖了只什么牲畜，而非一个人，他最爱的女人。

在死一样的沉寂过后，整个厅堂变得混乱。

美人红了眼，和四大一起上前厮打，老铁、景平和景清上前制止。

上官惊鸿没有还手，还是很安静，盯着手上的纸。

一种室闷到极点、让人慌得想叫喊出来却又叫不出的哽咽卡在喉咙里，直到老铁等人将双婢制伏、点下哑穴的时候，沈清苓突然发现，自己的双脚竟无法踏前一步。她明明想靠近他，但他淡淡吐出那些话语的时候，她惊骇得定住了脚步。

惧怕，有之，还有一丝从脚底透涌到全身每个毛孔的冰凉战栗，令她举步维艰。从没有哪一个时刻比现在的恐惧更甚——哪怕在翘楚新死、那人悲恸疯狂的时候。

原来，人最可怕的情绪永远不是疯狂，而是疏离。她突然生了一种感觉，自己永远走不到这个男人身边去了。

没有了四大、美人的声音，四周一下又再陷入可怕的寂静之中。

众人互相看着，都发现其他人微不可见的颤抖。

没有人知道上官惊鸿为什么会怎么做，正如没有人想到翘楚竟将什么东西吃进肚腹。

这两个人——这个男人、那个女人，没有人明白他们的想法。也许，只有他们自己懂。

郎霖铃觉得睫毛上有什么东西冰冰凉凉的，嘴唇动了几下，却发不出声音来，恍惚之间，只听到一个声音抖得不成语："惊鸿哥哥，你为什么要那么做？"

问话的是冬凝。

上官惊鸿方慢慢抬头，嘴角笑容不减："她花了心思给我提示，她要我亲手验尸，我也想看看我和她的孩子，她不会再回来了。嗯，这样也好。"

他语气温柔，有一丝混有微黑的鲜红从他嘴里溢出。他袍上的血竟不知是翘楚的，还是他的。

他说着突然顿住，眼中一片恬静，似乎蓦然陷入了什么回忆中去。

各人的心仿佛被什么一抓，想问他有关这油纸的秘密，想问他想到什么东西，终不敢惊扰。

于是，他们不知道，他脑海里，此时漂浮着一座庄严的大殿，殿外，凝霜花开成粉色云海。

那天殿里有客。

茶烟袅袅中，三人围桌而坐。

两名男子：一明黄之袍，发束玉冠；一素白长袍，一头青丝并没有像前者一样盘髻以束，而是末尖用一条澄蓝发带缚住。

二人正在对弈。

另有一名紫裙女子坐在玉冠男子身旁。

她和这男子似乎是夫妻，桌下，男子的手握着她的手。

有数名小沙弥在庭院里打扫，更有数名僧人守侍在白袍男子背后——这些人走出去动辄都是大人物，但对这男子来说，不过都是他的门徒。是以，他们的姿态都很是虔诚，悄然静立，只等那男子有甚吩咐。

早课的声音很是响亮，从殿内传来，但似乎没有打扰到对弈的人丝毫，棋盘黑白纵横，章法极稳。至此，一盘棋已下了个把时辰，仍是胜负未分。僧人们都看得有滋有味，越发紧张屏息。此时两方都是万险，一子错，便是一局终。

女子却看得有些无聊，微微倚在丈夫肩上。突然，她两眼一亮。

一团白影以极快的速度从殿内蹿出来，倏地跳到桌上。这东西降落之际，尾巴一拂，棋子顿时四散，一局不得不宣布寿终正寝。

"飞天，将我变回人形。"

它蹲在棋盘上，屁股向着黄袍男子，一双蓝眸却恼怒地瞅着白袍男子。

这东西两耳尖尖，赫然便是一只小狐狸。

"这小畜生，竟敢打扰佛祖、天帝、天后的雅兴！"

僧人们斥着。有僧人来提小狐狸的尾巴，它吱的一声，竟跃到白袍男子膝上。

那一双男女原来竟是天界帝后，这白衣男子却是万佛之祖飞天。

帝后低笑，几名僧人却慌了。这小妖精好大的胆子，万佛之主的膝盖是它能耍乐的地方吗？

"佛祖恕罪。"众人惶恐地说着，又伸手去抓小狐狸。

白袍男子却突然伸手隔在僧人和小狐狸之间。

"它做错事，已受到打回原形的惩罚，就这样吧。"

僧人一惊，都知这位佛祖慈悲，慌忙退下，只是有些奇怪，飞天慈悯，却从不喜欢人靠近。

小狐狸趴在飞天膝上不肯走，自己调了个舒服的姿势盘成一团，瞪着飞天："你不将我变回人形，我就一直赖着你，你做什么都跟着，上茅厕也跟着。"

飞天也不驱赶它，将散乱的棋子一颗颗放回原位，淡淡道："嗯，我身上寒毒未消，有人爱给我取暖，敢情最好。"

他说着伸手微微按住小狐狸的头。小狐狸闻言一惊本想溜走，却动弹不得，只好求救地看向天后小七。

真相了。

众僧方才明白，飞天为何肯让小狐狸嘚瑟。这位佛祖虽然慈悲，却绝对赏罚分明，一旦有错，惩罚极严。

小七看棋子迅速归位，本正惊叹于飞天彪悍的记忆力，看小狐狸模样可怜，道："佛祖，是你将若蓝变成这模样的？你老人家这是虐待小动物。"

若蓝得到声援，立刻点头："娘娘说得对，飞天你这是虐待。"

飞天不理她，只对小七说了句："天后娘娘，它犯了事，该罚。"

小七朝若蓝使眼色，若蓝拼命摇头。小七推了推身旁那位，想让龙非离帮个口。

一直沉默着的龙非离却一副了然于胸的模样，淡淡问飞天："若蓝又到沧念佛祖那里捣乱去了？"

若蓝也被真相了，耷拉着双耳蜷在飞天膝上。小七摊摊手，表示爱莫能助。

后来，棋下三盘，胜负皆不分，龙非离和飞天约好改天再战。

若蓝已在飞天膝上呼呼睡着了。

龙非离看了若蓝一眼，说："佛祖旧伤未愈，不必相送。"

飞天一笑，说好。他自己没送，却还是遣众僧送行。

及至龙非离离开一阵子，他眉头一蹙，一丝血水从嘴里溢出。他伸手揩去，低头看了看若蓝，突然双手捏诀，桌上顿时出现一团光晕。

光如镜。

镜中有人，却是已和众僧分手的龙非离和小七，龙非离握着小七的手，两人慢慢而行，意态亲密。

小七道："阿离，飞天也太严厉了。将若蓝变成小狐狸，他身上那寒毒谁受得了？"

龙非离却轻笑道："谁让她到沧念那里去了，飞天也是会嫉妒的，只是……小狐狸睡得可香了。"

小七顿时愣住："嫉妒，什么意思？这睡得香又是什么意思？"

"意思就是说飞天若拼着自己受更重点的伤，以神力驱寒，也不是不行。"

"若蓝是飞天亲手接生的，会疼若蓝不奇怪。"小七恍然大悟，分析着，又蹙紧眉头，不解道，"只是，他既然宁肯自己受伤也不愿意让若蓝难受，为何还要将它变回原形？我不懂。"

龙非离收住笑意，突然将小七拥进怀里。

小七脸上一红："龙非离，这还在外面……"

龙非离抚了抚她的头发，方缓缓道："就你这脑袋，能看出飞天的心思？也只有当若蓝是小狐狸的时候，飞天才能抱它。懂了吗？"

光晕倏地在飞天手里捏碎。

他的心事，有人看懂了。

他一声低笑，嘴角带过一抹深刻的嘲弄。

他身上微动，若蓝惊醒了，瞪大眼睛看着他，随即又歪头道："飞天，你身上暖呼呼的，你的寒伤都好了吗？"

飞天伸手一拂，若蓝被拂到地上，摔个七荤八素，恼了："让你老是凶我，小心下辈子我跟你身份性格对调，讨回来。"

飞天冷冷道："佛没有下辈子。"

若蓝怔了怔，良久，低低"嗯"了声，道："我常问娘娘她以前在人界的事，她和陛下在人界经历过很多磨难，所以他们现在很好。做人真好！如果我是人，那该有多好。"

"他们在人界的时候，天后娘娘吃过很多苦。若是你，你也愿意？"

飞天声音更沉。若蓝看他眼中冷冽如霜，头又低了几分，却老老实实点头道："我自是愿意的。经历像他们一样的故事，相守相爱，即使时间只有他们一半，甚至三分之一……我也愿意。"

"你不过是羡慕天后娘娘有天帝陛下罢了。你明天莫要过来了。你有婚约在身，心里既动情念，就回去成婚吧，这里不适合你。"

飞天声音忽然淡了，又恢复平素的温和。若蓝愣住，好一会儿，才道："我不走，我永远留在这里当你的侍女。"

"我三千门徒，不缺你一个。"

"飞天，你是不是知道我……我喜欢你？我不会缠着你的，我还是做我该做的事，替你收拾房子，抄经卷……我不会打扰你……"

"翘若蓝，我说，你现在就回去。"

"你总是这样，我来了三年，你赶过我六遍，每次我总是自己跑回来。你便不怕有一次我不再回来了，永远也不回来了。"

上官惊鸿知道，这次，她不会再回来了。在他将她身体打开的时候，她的眼睛像是有意识一样合上了，没有怨恨，更没有眼泪。

第二十八章

泪眼问花花不语 当年明月已谢去

一步一步走向殿中帝后所坐的案台时，上官惊鸿仍轻轻笑着。

两侧臣子都很是惊骇，说不清是为他这一身并未换洗的血污、他与太子酷似的面容，还是他脸上的笑。

很多人想，睿王疯了，但他微微摇晃的每一步却似乎自有一股气魄，令人畏惧。

众人想，谁都会有些畏怕疯子，只是这样而已。

终于，他在离案台一步之距的地方缓缓站定。皇帝右手畔的女子关切地问道："惊鸿，多年不见，你可好？"看上官惊鸿不语，芳菲蹙眉又问："孩子，你的头发怎么都白了呢？"

上官惊鸿在端详芳菲，这张与不谢一模一样的脸。

她保养得很好，几乎还是年轻时貌美的容颜——瓜子窄脸，蛾眉杏眼，眉眼间书卷气烟熏薄笼。岁月并没在她脸上添了多少风霜，只是脸上当日坠崖时的疤痕虽淡仍在。

他知道，很多人都在暗暗端详着，宫妃、大臣……在看到他的脸后，也大概猜测到了太子生母和不谢，他和太子更深一层的关系。

"怎么，花十余年时间将自己的脸和腿治好了？姨娘是担心后宫最不缺美人，怕留不住父皇的心吧，还是对我母妃的死心存恐惧，怕宫中冤魂？"

上官惊鸿不答反问。芳菲被他说中心事，脸色一变。皇帝已勃然大怒，在看到上官惊鸿一身狼狈时的微涩一下蒸发得无影无踪。他站起身来，喝道："畜生，向你姨娘赔罪，否则，朕此刻便治你的罪，将你睿王府全府抄了、杀了。"

宁王见状不妙，立刻斟了杯酒上前，递给上官惊鸿。上官惊鸿似乎忌惮到睿王府的人，眉宇一拧，还是接过了酒递到芳菲面前。

芳菲微一迟疑，上官惊灏已离座上前，将自己手中的酒盏递过去，笑道："用这杯吧。"

这一下，殿上看得分明，知太子之意，只怕这睿王早和宁王串通好，会在酒中投毒，因为从刑场看来，二人交情竟似极厚——宁王脸色果然微微一变，上官惊鸿的眸光亦暗了暗。皇帝一声冷笑，上官惊鸿摔了原来的酒盏，拿过上官惊灏的酒。

芳菲却只是笑着，似不以为意地接过上官惊鸿的酒盏。

"皇上莫恼，惊鸿对我误会太深。我当年若肯进宫，他母妃便不会冒充我进宫与你……倒成了今天的局面。"

其实她心中很是厌恶，虽有身旁的皇帝看得分明，他不可能在指甲里下毒，但看他一身脏污，指上还沾有血迹，经由这样一双手递过来……

她还是含笑饮尽。

皇帝紧紧握着她的手，一手轻轻拍着，柔声道："你这胸襟哪。"

芳菲一笑，看着上官惊鸿，想闲话家常几句。上官惊鸿盯着二人，眼内情绪翻滚着，手往怀里摸去。皇帝极是机警，眼梢一瞥身侧，夏海冰立时跃到上官惊鸿前面。上官惊鸿脸色一变，宁王就在他身旁，恰见势不对，伸手想来挡，寒光一闪，宁王缓缓弯下了腰。

众人大惊，却见宁王胸前一片血迹，一把匕首插在心口。

上官惊灏眉峰一紧，将宁王拉开。夏海冰一怔之下，眼中闪过一丝痛色，终于沉声喝道："护驾，擒拿睿王！"

案台上郎后、众妃大乱，两侧大臣亦惊得纷纷离座，秦将军、兵部尚书、另有几名武将一起跃出，皇帝将惊吓住的芳菲拥进怀中。

上官惊鸿看着从四周靠拢过来的禁军，往后慢慢倒退，眸中皆是笑芒，道："荣瑞，你不是想治睿王府的罪吗？治啊，看我会不会怕你！要不，你现在就杀了我，否则……别妄想用任何人威胁我，睿王府的人不行，五哥也不行。"

"翘楚死了，这天下谁也不能再威胁到我。"

芳菲一咬牙，挣脱皇帝，一跪而下，急道："皇上，求皇上饶过惊鸿，他是不谢唯一的孩子了，让他回府，莫再囚他杀他了，此刻救宁王要紧。"

皇帝一拂桌案器物，怒道："芳菲，若非朕见机快，这孽障杀的就是你啊！朕如何能饶他？！"

芳菲却死死拉着皇帝，皇帝终于没有下杀令，禁军不敢下杀手。混乱中，上官惊鸿打翻十数个禁军，扬长离去。

众臣却明白，上官惊鸿确实疯了。

亦知道，这位芳菲娘娘在皇帝心中的地位无可撼动。

殿中，七皇子等人与三部尚书却是心惊肉跳，这次拼死一赌，却是赌错了。

重伤的宁王被送去太医院，不表。

夜。

一处宫殿，灯火华盛，却是新辟给芳菲的宫殿。

殿内，皇帝拥着芳菲坐在长榻上，下首上官惊灏正在低声禀奏什么。因上官惊灏事先提出要求，夏海冰今夜没有值夜，值夜的是左兵。

皇帝听罢，猛地站起身来，脸色铁青，高大的身子剧烈颤抖摇晃。芳菲待要拉他，却被他重重挥开了。他眼中血丝像要通通崩裂出外，低吼道："此事可有实证？"

"父皇，儿臣从大理寺夏家逃税一案追本溯源，私下设法从庄妃贴身婢女口中问出，父皇不曾传召侍寝之夜，庄妃确曾多次秘密出宫私会八弟。"

上官惊灏心中暗笑，我母妃既要唱白脸，我何妨唱黑脸？总不能让你走了，飞天。

父皇既准你离开朝歌，你们道我会出兵暗杀，但皇帝的面子，我还是卖的。我不费一兵一卒，也能要你回来，看我登基，坐等受死。

皇帝紧紧闭上眼睛，良久，方对背后深衣蒙面的左兵道："去，将上官惊鸿和庄妃给朕押过来。夏王近日一直昏迷，你带人将夏王府包围，将夏王的半道兵符拿回来，交给太子。"

左兵领命而去。少顷，庄妃被带到，面色惨白，跌跪在皇帝面前。皇帝只是冷笑，芳菲心里同样冷笑，脸上却苦笑道："我原想着明儿将惊鸿和清儿一道宣进宫，这……"

上官惊灏却知道，至此，上官惊鸿是彻底完了。

不论翘楚还是若蓝，都该杀的，不必懊悔——这个能引起上官惊鸿和皇帝决裂的女人，飞天真正爱的人。

庄妃被暂时扣押。

然而，左兵回来的时候，却没有将上官惊鸿带回来。

睿王已不知所踪。

睿王府所有人还在，却没有人知道上官惊鸿去了哪里，他似乎从出殿之后便没有了踪影。

上官惊灏一凛，本就思疑上官惊鸿不可能如此便疯了，因为，这人原本不知自己会在此时揭庄妃一事，他要防的是自己会在睿王府一干人离开朝歌途中设伏。然而芳菲邀宴，表现善意，这人知芳菲必定在皇帝面前"相护"，如此一来，借乱逃走才是好时机！

而另一边，皇帝虽怒宁王当日替上官惊鸿说情，但终与郦妃多年感情，郦妃为人又极是贤惠——且刑场之后，郦妃即跪言常妃当年救命之恩，他暂时摸不准宁王是否有协助上官惊鸿谋逆之心还是相报救命之情，是以，对其伤势甚是忧虑。而太医报，宁王重伤，伤在要害部位，并不似苦肉计，且这苦肉计似乎毫无来由。

左兵又报上官惊骢仍在昏迷，病情不轻，搜了整个府邸，却找不到半道兵符。

皇帝大怒，又下令左兵遣人继续密查兵符，并暗中围住夏王府。

皇帝原本甚是中意庄妃，又见上官惊骢虽恋翘楚，为人却甚是磊落，又越发持稳起来，也是为给上官惊鸿天香阁携翘楚而去以当头棒喝，是以当日授予上官惊骢半道兵符。如今知庄妃失德，皇帝不禁思忖这上官惊骢到底是不是自己亲儿。兹念多年养育深厚之情，上官惊骢此时又还在昏迷之中，最重要的是，内廷不稳的消息不能传到西夏去，皇帝遂只命暗中封府，待查明上官惊骢身世再行定夺，否则，早将上官惊骢收监。

另外，他又下旨让大理寺副卿接下宗璞职务——知晓宗璞是上官惊鸿的心腹后，彼时西夏一行仍在，朝廷重职变动他自是不愿让西夏知道半分，只暗下旨意让副卿慢慢接过宗璞手上的公务。今晚，是时候了！

随即他又吩咐左兵，以伤兄为由，全国缉捕上官惊鸿！

本欲以睿王府、郎府、宁王、宗璞等为威胁，但上官惊鸿殴伤宁王，舍睿王府而走，郎将军握兵在外，如今内廷紊乱，本就不能轻动郎家，何况郎家与他亦早成水火。果然是谁都不可威胁到他，除非那翘楚死而复生。

一番思虑之下，皇帝狠狠下令，若其拒捕，格杀勿论！

他做罢一切，只觉身心疲惫，心中疼痛：今日竟是如斯境况，如今上官惊灏登基已是必然；自己恨极上官惊鸿，欲杀之而后快，只是再无人能牵制惊灏，自己百年之后其他子嗣只怕——

再说左兵领旨，想起一事，正待禀报，却见随在皇帝身侧的芳菲突然脸色一变，痛苦浮上双眸，随即紧紧捂住肚腹弯下腰。

她脸上汗如豆大，竟似极疼。皇帝大惊，立刻宣太医。

太医竟亦无法诊出是什么急病。

少顷，芳菲咳出血来，血中带黑，皇帝与上官惊灏方知，她竟是中了毒。

一时，宫内灯火通明，太医院两名院正亦被召来，后始诊出，芳菲中的竟是武林世家唐门剧毒——蚀骨。

那实是一种慢性之毒，中毒者若体质强硬，可熬上两三年方殒命；

但从中毒者心情激荡初发开始，每隔一段时间，夜半时分便会腹如痛绞、全身如被利刀剔骨，到全面毒发之时，便肠穿肚烂而死。

痛时万痛，死时万痛，死状凄惨。

且最重要的是——此药无解。

上官惊灏闻言一震：这是当日他在牢中令人将药涂抹到鞭上，抽打进上官惊鸿肌肤血沫里的毒，他母亲怎么会同中此剧毒？

芳菲卧在皇帝怀里，一张脸惊得煞白。她本来为皇帝即将传位给上官惊灏而心情激动，不意竟诱发了毒素。

皇帝又惊又怒。左兵淡淡地看了上官惊灏一眼。皇帝何等人，立刻便厉声喝问左兵可是看出什么。

左兵将牢中之事说了。皇帝狠狠地看向上官惊灏，吼道："你说，这是怎么一回事？你喂给你弟弟的毒现在居然喂到你母亲身上了！"

上官惊灏眉头一紧，回想殿中情景，随即明白过来，皇帝几乎在同一时间悟出端倪。

问题仍是出在上官惊鸿献给芳菲的那杯酒上！

曾听说上官惊鸿疯了，甚至将翘楚的尸身也剖了，染了一身鲜血，一身血衣赴宴。然而，他身上的血并不全是翘楚的，有些是他自己的。

是，芳菲喝的是上官惊灏交给上官惊鸿的酒。皇帝看着，上官惊鸿也不可能在酒中下毒，但他手里沾了鲜血，血沾染到杯沿上……

上官惊鸿是故意的，他用上官惊灏给他下的毒经他的血传给了芳菲。

这种毒无药可解，上官惊鸿身负绝顶武功，能熬到壮年也说不定，可芳菲却不行！

芳菲浑身发颤，哭倒在皇帝怀里。在皇帝惊怒之际，上官惊灏狠狠道："父皇、母亲，儿臣此刻便亲自去将那畜生抓回来，我要将他碎尸万段！"

皇帝咬牙颔首，又看向太医院一众，沉声喝道："若无法将芳菲娘娘治愈，朕要你们通通给她陪葬！"

一群太医吓得身如筛抖，左兵上前一步，禀道："皇上，睿王似乎另有用意。"

他说着缓缓从怀里掏出一只锦囊。

"这是卑职在搜拿睿王时，在睿王的书房看到的。"

上官惊灏闻言，猛地收住脚步。皇帝一把攥过锦囊，只见其上贴着一张纸，上写：荣瑞启。

皇帝恨不得将这逆子立刻五马分尸才好，连忙将锦囊打开，却见里面有两角细小白中带红之物薄有磷光，又另有一张纸写有数行字……

是夜，太子府。

上官惊灏将两封信分别折好，一封交给王莽，一封交给曹昭南，眸光黯然，唇边却慢慢浮起一丝笑意，又随即微微沉声道："一定要交到这两人的手上。"

王、曹二人将信收好，知道此事重大，都谨声应了。

上官惊灏一掀披风，点了自己的护兵一千，到东晓街等候。

未几，皇帝车驾到，由左兵领亲暗卫一千，夏海冰领禁军五千护送——皇帝已与夏海冰秘密谈过，夏海冰道誓死护主，庄妃之事，放在后头。

一行人向江南——多年前芳菲隐居之地而进发。

却原来，上官惊鸿锦囊里的纸笺写着：若想芳菲活命，到其江南旧居……

他在锦囊中呈上的两角白物，却是狐丹制成的药丸——从翘楚身体里取出的丹。

这丹没化，一直控住翘楚心脉之毒，但翘楚身死，已是无用。

他说，他将丹丸切割成几份。

这两角丹药远不足以保芳菲性命，最多只能让她延命数月，除非她能得到整颗丹丸。

在太医院无法可施之下，皇帝按纸上提示，将较小一角丹药让芳菲服下，果然暂时止了痛楚。

上官惊鸿果然有药，并非虚假。

多年前，老铁亦服过此药，但皇帝亲到睿王府时，老铁已然不在。上官惊鸿虽舍睿王府，他的老仆却仍忠于他。

谁都知道，上官惊鸿必不会轻易交药，因为他要借此羞辱众人。

这个人确实已经疯了，不惜一切！他手上虽无兵马，此行却极是凶险，但皇帝不管，势必要替芳菲夺下丹药！

车行数天。这天入夜，将到旧居，芳菲绞痛又犯，皇帝心疼至极，不断地吻着她的脸颊。芳菲气喘吁吁，抓着皇帝的衣襟。皇帝恨声道："朕拿到药之后，必定诛杀这畜生，你莫要劝阻朕。"

"这……"芳菲紧蹙双眉，心中却咬牙道，我自是要他死！

他将剩下的丹药给芳菲服下，低声道："我已写下传位诏书，按祖宗家法，放于金銮殿内，也已告诉灏儿。"

芳菲服药，疼痛止住，听到他的话，心中欢喜，两人耳鬓厮磨了一阵。芳菲想，此行若成，这十多年治疗的苦难也值了，以后她便可以和这个男人永远在一起。

不谢，你死了，你输了，他爱的是我！

两人说了会儿话，都是以后的快活生活。芳菲感觉有些疲乏，偎进皇帝怀里，小憩起来。

到了山下，皇帝将她抱出马车。

旧居建在山顶，一片红墙绿瓦，幽雅美丽。但见四下山峦起伏，群山险峻，山腰各处有少数猎户人家，灯火渺渺，很是寂静。

上官惊灏点兵一百，左兵和夏海冰从暗卫和禁军中点百名武功好手，皇帝见准备就绪，便令上山。突有一人到来，却是一名青年，似乎是上官惊鸿的人。

果然，那青年缓缓地看了众人一眼，道："我家爷交代过，翘主子是上官惊灏所害，他不想见到上官惊灏！若这人过去，他便即刻将药掷下这万丈深谷！"

众人一惊。皇帝狠狠地盯了上官惊灏一眼，冷笑道："好啊，原来翘楚是你所杀，果然够狠，果然够手段！"

上官惊灏也不辩驳，眸光一动，只微微低下头去。

皇帝冷冷拂袖，领众人离去。

走到半山处，芳菲突感头昏目眩。皇帝很是担忧，亲自抱了芳菲施展轻功上山，左兵、夏海冰等人连忙紧随在后。

到了屋前，却不见任何人的踪影，皇帝大怒，忽听一阵笛声从屋后传来。

左兵、夏海冰在前掩护，簇拥着皇帝往后院走去。

众人掩在一片树丛中，只见后院有一个亭舍，一大片开阔山地，芳草萋萋，目光所到处却也极为凶险，那山地尽处，山下皆是悬崖峭壁。

此时，玄月当空，上官惊鸿却并不在这里，反而有两名女子并肩坐在崖边。

皇帝大疑，正想喝问，左兵却突然重重一按他的肩膀。他心中一动，侧脸看去，却见左兵示意他莫动，似乎在说：皇上，有可疑。

左兵又迅速看了夏海冰一眼，示意他莫出声。背后众卫见状，也自然屏了声息，等候吩咐。

有虫鸣从草坳里传来。

这百多人的崖顶，竟然静得瘆人。

说来也怪，那两名女子似乎并没觉察到背后有人，犹自低声说笑。

二人一穿珍珠红，一着湖水绿，衣袂飘飘。

芳菲瞋眸看着，浑身一颤，猛地挣脱皇帝的怀抱。

这时，两名女子似乎也说到兴处，那红衣女子不知为何突然猛一转身。她这一转身，众人都大吃一惊。她却仍没有觉察到有人，只道："姐姐，你快看——"

绿衣女子笑问看什么呀，说着也很快转过身来。那红衣女子却快速回转，面向悬崖，回头一瞬，眼中抹过一丝幽诡……绿衣女子正惑然着，说："哪有什么东西呀……"话未说完，旁边的红衣女子已直挺挺地栽下悬崖！

绿衣女子大惊，怔怔地站起来，颤抖着身子，厉声喊道："不谢——

"怎么会这样？不是这样的，故意摔下去的明明是我，怎么会是你？不是这样的！

"你摔下去，他记住的就会是你……

"不可以，他那次到山庄来，我们睡在一起，夜半的时候，他喊的是你的名字。你在宫中，他爱上你了吗？不会的，当初他江南遇刺，他一直以为，救他的是我。你答应过我，你永远不会告诉他的，我和他先有了夫妻之实。你小时候生重病，爹娘不在，是我背着你去求医的，若没有我，你早死了！常不谢，你不能恩将仇报，他是我的……"

随着绿水衣女子的厉哭飘满山谷，芳菲猛地奔出去，亦对着山下咬牙嘶喊。

皇帝怔怔地看着眼前的女子，若非左兵和夏海兵紧紧扶着他，他几乎跌摔落地。

终于，他使劲挥开两人，走到犹自对着山谷嘶喊的芳菲背后，一把扳过她的肩膀——他瞪着眼看她。肩上的疼痛仿佛令她稍稍清醒过来，她惊恐地回望着他："皇上……"

皇帝却猛然摇头。四下的人只听到清脆的一声，芳菲已被他一掌甩到脸上。芳菲捂脸后退，似乎更清醒了几分，吃惊地看向不远处的绿衣女子——那名与自己一模一样的女人。突然，一道身影从崖下跃起，却是方才坠崖的红衣女子，另一名与自己模样相同的人。

她和绿衣女子伸手往脸上一抹，两张相同的容颜顿时变成了冬凝和郎霖铃。

那阵如坠梦境的感觉在背脊冷汗下几乎立刻退个干净，芳菲知道中计。她心口剧跳，顾不得其他，便向皇帝手臂握去，颤然道："你听我解释，事情并非这样的……"

不知道那蚀骨是什么滋味，是不是如同自己此时一样，全身都是刀挖的疼痛，连呼吸也被压得紧紧的，一张嘴便疼。

皇帝低低笑着，脑海里蓦然浮上那张和眼前女人酷似的容颜，那个语兮笑兮的女子，突然觉得眼前这张脸丑陋无比。他毫不怜悯地将向自己手上抓来的女人挥到地上，伸手便从夏海冰身上抽出佩剑。

他举剑往芳菲刺去，却听到一声轻笑，笑声里皆是讽刺和嘲弄。他颓然明白，无论他这时再做什么，都已然晚了。

不谢。

他都对她做了些什么？

其实，这多年来，多少次午夜梦回他梦到她。

他告诉自己，那是芳菲。

他当日将她囚禁起来的时候，她向他解释，他并不信，只冷冷地对她说，除非她肯认错，他才会考虑原谅她。

其实他早已爱上她了吧。

若她认了，他就有理由不辜负芳菲，不再理她。

因为她并不是一个好女子，她心狠手辣。

她难产，血染内殿。他进去的一刻，其实已经后悔了吧，只是她是罪有应得的这个念头支撑着他。

他满手鲜血，却希望和一个善良无争的女子相伴。只为那年一面之缘、数句投机，并不知他身份的女子竟肯为他将刺客引开，舍命相救。

他自此爱上了她。

为何昏厥醒来的时候他却错认了人。

他记不清多久没有流过眼泪了，此时，一手濡湿。模糊的视线中，他只见男子一身银白长袍手持玉笛淡淡看着自己。

"惊鸿，父皇对不起你和你母妃……"他颤抖着说了半句，便再也说不下去。对方的目光冷漠得像头顶的月光。

半生的愿望一瞬落空，芳菲看看皇帝又看看上官惊鸿，蓦然想起这许多年来盘旋在她梦里那满身鲜血的女子的影像。她又惊又怕，止不住浑身激烈颤抖，绝望和怒意也一并迸发出来。她死死看向上官惊鸿："你给我的药有问题！你在纸上特意写上，第一次毒发时，服食较小一片，来到这里方可服食剩下一角。这第二角药……"

上官惊鸿嘴角微扬："嗯，是有问题。这第二角丹药上沾有迷幻之药，这药扰人心神，你看到与当年截然相反的情景，如何不反应？！"

芳菲挣扎着站起来，走到皇帝身边："皇上，你亦是听到的，是他算计我，那药有问题。"

皇帝却突然伸手掐住她的颈脖，她大惊，死命挣扎；在她以为自己就此死去的时候，皇帝又突然将她放开。她跌到地上，抚住痛苦的喉颈，惧怕得再也说不出话来。

"朕不能就这样放过你，朕要将你囚起来，你慢慢等死吧……"

皇帝轻轻笑说着，伸手一挥，立时有两名禁军上前，将芳菲捉住。

芳菲看着眼前男人，只见他鬓角微霜，他也不过四五十岁的年纪，容貌依稀是旧时模样，高大清俊，眼中却皆是当权者的狠厉。

她紧紧盯着他，这时对于生死的恐惧反而淡了，他的话让她的心慢慢沉下去。她愣愣地看着前面的深崖，缓缓流下泪来。

她输了？

她输了。

不谢死了这么多年，她却仍是输了。

她失去了这个男人。

皇帝一口血沫咳出，左兵和夏海冰两人赶紧将他搀扶住，他这时却企盼地看向上官惊鸿。上官惊鸿却看也不看他，亦不说话，只走到崖边缓缓坐下。

"朕知道，这时候朕说什么都已没有用了。朕这便回朝歌，将诏书改了，传位于你。届时，你想杀了朕替你母亲报仇，只管动手。"

上官惊鸿没有说话，便是冬凝和郎霖铃也说不准他这时的心思。他散了鬓髻，一头白发披在肩上，发末束以蓝缎，和往日很是不同，背影宽阔冷峻。他似乎从怀中掏出些什么东西来，随即低了头，端详着手中的东西。

皇帝心中一恸，想了想，哑声吩咐道："海冰，你立刻下去，传朕口谕，将上官惊灏带上来。"

夏海冰领命，领着数人立即下了山。

这时，上官惊鸿的笑声低低传来。

两厢无话，各自而持。

然而，过了一盏茶的工夫，只听到马嘶人声冲天而来。山下是一片宏大茂密的林子，人马似乎竟在里面厮杀起来。

皇帝大大一震，正要携左兵下山相看，恰夏海冰满身血汗，仓促而回，颤声道："皇上，太子反叛了！"

皇帝一惊，随即冷冷笑道："就凭他带来的一千护军？！"

他说着却很快住了声，因为夏海冰身上情况看来并不乐观。果然，夏海冰苦笑道："不，皇上，太子有援兵。并非护兵一千，而是上万援军。他说恐防有变，特意调了兵马过来。卑职言明去意，太子不肯随我上山，反下杀令。如今卑职手下几名副手正领兵抵挡，但我们这边情况很是不利。"

"援军？"

皇帝大震："他用了他手上半道兵符到边关点兵……"

上官惊灏事先竟已做了防范！

"可恶！"皇帝咬牙，身子微微一滑。左兵用力扶住，道："卑职等誓死保护皇上。"

他背后一众兵士亦随即齐声疾呼。

这时，突然有脚步声响，左、夏二人一凛，往皇帝面前一掩，只见一行人从亭子另一侧的树丛转出来，宗璞为首，后面随着睿王府一干人等。

又有一人从众人背后缓缓走出，竟是莫存丰。

皇帝微微一皱眉。

"爷。"

景平一声低唤，上官惊鸿终于从崖边转过身来。他手上拿着一枚蓝色锦囊，众人知道，那是他从翘楚身上取下来的。

他将荷包小心放回怀里，淡淡点了点头。

原来，郎霖铃和冬凝随上官惊鸿先离开，众人在皇帝派人搜府之后也悄悄离开了朝歌。

皇帝和上官惊灏彼时重心不在他们身上，是以路上并没有阻碍，他们抄僻静幽径上了山。

上官惊鸿问景平："可将她安置好了？五哥五嫂他们呢？"

景平知道他问什么，忙回道："按爷吩咐包下镇外客栈，翘主子的尸身保存在客栈冰窖里面。郦妃娘娘也已暗中出宫，此刻和夫人在客栈照料着五爷。另外，也暗下通知了七爷他们离开。"

上官惊鸿颔首。这时，莫存丰赶紧道："八爷，奴才大胆做了个决定，已安排庄妃娘娘和小皇子秘密离宫，现正送往夏家。"

"你竟敢假传朕口谕？"

皇帝冷冷看向莫存丰，莫存丰低头只道"奴才有罪"。

庄敏的事，皇帝自是不可能公开，扣押也是暗中进行。皇帝对莫存丰有所保留，并非事事让他知晓，但上官惊鸿进宫前夕，曾派人通知他暗中保护庄妃和小皇子，并告知他皇帝离宫后可暗中随宁王离宫。

是以皇帝离开当晚，上官惊鸿虽不知庄敏因逆伦一事被扣，莫存丰亦不知详情，但他在宫中人脉极广，却知道庄妃被囚了。

他是老狐狸了，猜想必将有大事发生。他和曹昭南相斗数十年，自是不可能去投靠太子。他既将身家性命都押在上官惊鸿身上，这时准备一搏到底。他想上官惊鸿既重庄妃，便设法将庄妃救下。

他是皇帝贴身大太监，伺候皇帝多年，谁会想有他，这假口谕一传，果奏了效。

皇帝见上官惊鸿心系庄敏，苦笑道："你当真喜欢这女人？"

上官惊鸿不置可否，旁侧郎霖铃黯然一笑，沈清苓缓缓垂下眼眸。

左兵是锐警之人，早在夏海冰回来之际，便派人下山打探情况。这时，有两名暗卫回来，都是一脸急色："报，我们的人抵挡不住，太子即将杀上峰来。"

皇帝气血上翻，紧紧握着左兵的手。他极目而眺，只见山下稍远之处火光透亮，然而林木遮天蔽地，又是夜黑如涛，人马在林中婆影穿梭，看不清战况，但那不断迫近的厮杀之声，仿佛敲打在心上。

山中不同别处，方圆是连绵的空旷，可攻可守，是以上官惊灏能调兵遣将到这里。

出发前为防意外，在上官惊灏的恳求下，他写下诏书。如今，上官惊灏只要将他们尽数诛杀，便可登基为王！

夏海冰道："皇上，卑职率兵死守此处，左兵护你和八爷从另一侧下山。"

"这行不通。"宗璞却打断了他，"义父以为太子为何事先便有所防范？翘妃之死，受益最大的人是太子，八爷后来凭此断定其是凶手并非武断。常妃殿旧袄无故失踪，必是凶徒所为，然秘密既在翘妃身上，则袄中必定无物。八爷突然让皇上到旧居来，太子心思缜密，念及空袄，怎么会没有疑虑？他既有所思虑，必早已做准备，调遣了足够的人马。另一侧的路，我们来时无阻，如今只怕难了，太子必已派人在那边堵截。"

"但两两相比，仍是小路安全。我们绝不能坐以待毙，只要朕能回到朝歌，就可颁诏除乱。"皇帝此时也显出国君的威严来，沉声说道。

他话音方落，却听到有禁军惊声叫道："他们已杀到山脚了。"

靠近山脚处林木渐少，视线可及，众人看去，果然看见太子的兵马已将禁军逼杀到山坳处。

众人大惊，不管是皇帝的人，还是睿王府众人。这时皇帝也顾不上其他，伸手便来拉上官惊鸿："此时不是你与朕怄气的时候，你我先离去。小径纵然设伏，但太子的主力在来路上，我们仍从小路杀下去。"

上官惊鸿身影一动，却向来路走去。

那是送死所为！

但睿王府众人一声不响随了过去，皇帝一咬牙关，与左、夏二人领兵掩护。

山脚下，这一场厮杀很是激烈，到最后，上官惊灏领兵竟将皇帝的禁军和暗卫杀个七七八八。

即便以芳菲为威胁，上官惊灏亦脸色不改，令兵士扑杀。皇帝等人负隅顽抗，包括上官惊鸿在内，人人都已负伤，情势险峻。

然而，便是在这种情况下，上官惊鸿亦没下杀手，只将近身的敌军砍伤打翻，护卫着每一个人。

他似乎没有揭穿芳菲的喜乐，亦没有战况危殆的悲伤。

他只是舍命一般护着每一个人，从睿王府的人到荣瑞这边的兵士。

每个人心头都染上一股悲伤。

为这即将罹难的苦痛，又似乎只为这个男人。

上官惊灏在不远处，被军士护围着，轻轻地笑着。

此时，上官惊鸿正在抵御数十个兵士，上官惊灏眼眸一暗，抓起马腹上的弓箭，缓缓将弓拉满。

嗖的一声，划破夜色。

皇帝等人各在打斗，却有泰半的人看到了向着上官惊鸿疾飞而去的箭。

众人俱惊，却谁都有敌在前，不可相救。

第二十九章

江山不与美人老　倾尽天下为红颜

突然，林间传来一声厉啸，一人跃到半空，横刀一斩，将羽箭砍成两截。

一队军马呼啸而出，为首兵卒，高举军旗。

"八爷，幸亏你等在大路之上，此处灯火通明，微臣方能及时循光赶到。"

火光照耀，上官惊灏脸色一凝，只见旗上一个"郎"字飘扬夺目。

……

荣瑞二十八年秋，江南一夜伊始，东陵爆发建国数百年以来最厉害的内战，其后数十场战役，史上统称"夺嫡之战"。

这场战争在东陵史上留下了最重要的一笔，其中一个原因便是那战况战果往往出人意料。

首先，江南一役，睿王将败，远在边关的大将——郎延平领数万兵士如同从天兵降，败太子于野。

可郎将军亦无法一举拿下太子。

在追赶太子时，被东陵另一员大将领兵阻于江南郊外。

那员将领却是秦将军，一直唯宁王马首是瞻的秦家。

原来，太子早在围场狩猎，已与秦家大小姐秋雨交好，秦家也在之后暗中改投太子。

后世在研究这段历史时，认为秦将军之所以叛宁王，只因宁王独宠正妃不肯与秦家结亲，且其相助睿王，即便睿王登基，秦家得记大功，终疏两层；于太子而言，秦将军却是国丈，地位不可同日而语。

两位皇子同样远虑，早就致信秦、郎二将。秦将军接信即赴边关，将自己部分兵马调出赶来。郎将军亦然。

包括太子在内，各人都是小规模调兵，初时并不想引起大轰动，一切秘密进行，似乎谁都认为可以不动声色将对方击垮，却又旗鼓相当。

郎将军相助睿王一事也多为后人道。

实际上，此事看似古怪，实则不然。

郎家与睿王闹翻并非虚假，但与睿王决裂的是郎相，郎将军实则暗中一直支持睿王。到最后一刻，这位将军成为睿王最强的后盾。

据史学家研究，睿王虽深宠侧妃翘楚，但与郎家决裂之始，已于一深夜遣家仆老铁派人送信至边关。

后来，年月久远，信的内容已不可考究，只能从郎将军的手记窥得一二。

史学家普遍认为，睿王打动郎将军的原因有二：

第一，睿王的亲笔信在决裂之初已送到郎将军手上。睿王是有诚意的，且这诚意落在郎将军身上，这让郎将军感到欣慰，认为睿王比贤王更懂得真正掌握郎家命脉的是谁——兵权在郎将军手中，而非郎相。

当然，并非说郎将军忌讳自己的父亲，但上官惊鸿对战将的看重，让他认为上官惊鸿对战争的把握比贤王深厚许多，且上官惊鸿本身便有实战经验，这样的皇子更可能取得天下，护住江山。

郎家需要传世，这是郎相选择贤王的原因。郎相认为上官惊鸿不爱郎霖铃，日后必定怠慢郎家。但这位老相爷在紧要关头却倒置了本末，郎家要传世，首先需要的是一个能够在争斗中脱颖而出又肯提拔郎家的君主。

对郎家再好的人，没有战和守的能力，也是枉然。

第二，信中睿王言明自己所爱是谁，但必不负郎家。

这不欺瞒、不卑不亢，阐明相互利害干系，反而比任何奢华承诺来得实诚。

后来太子整顿兵马率先回到朝歌，并用兵符调出边关剩余九万兵马，将朝歌约三万禁军入编，秦将军亦将自己十万兵马调出，二十三万大军封锁朝歌并皇城。太子请出金銮殿上诏书，诏告天下，言皇帝被睿王所擒，以清君侧为由讨伐睿王。

另一边，军力稍在秦将军之上的郎将军，十五万大军拥皇帝和睿王于朝歌毗邻都城邺城。

而让这场夺嫡之战更添上一抹色彩的是另外两名亲王的加入。

其一是贤王。郎相拥贤王于南，南燕翔国世子燕紫熙请兵十二万为贤王压阵，以太子诏书乃假伪、皇帝为睿王所囚等为由，辅助长子一登大统。

最让人意外的是，割据西北且靠近边境的夏王。

太子回到朝歌之后，曾派人抄了夏府，却发现王府中昏迷的夏王是假夏王。

一招金蝉脱壳，瞒过所有人，上官惊骢不知什么时候竟已带着夏总管和银屏离开了朝歌，并以半道兵符调出边关十万兵士。

至此，边关防守基本已空。

贤王和夏王一直很安静，割据一方，而在入秋的一个多月内，上官惊灏和上官惊鸿却进行了十多场战役。

二人用兵皆极为小心谨慎，是以死伤不多，互有胜败。

当然，上官惊灏以人势之优，胜多。

实际上，仅以战略位置而言，朝歌亦是大利。

它位于东陵最东，前靠邺城，后临山脉。东晓郡为界，将邺城和朝歌分开。东晓既为朝歌外邑——保护朝歌和皇城最重要的关卡，城墙坚厚连绵，多个城门，城门坚固难摧，可攻可守。

上官惊鸿数次发动攻城，亦无法拿下此郡，更莫说进入皇城。

当然，朝歌的地理位置亦有它的弊处。

它前部既有敌人驻守，背腹又是辽阔连绵的山脉。在拿下邺城之前，一旦粮草将尽，上官惊灏的军队外出买粮极难。

往朝歌背后走，需攀绕重重山脉方可有路径折返东陵南北方城郡。军需大，又是至关重要之事，上官惊灏必须派出重军达数万，然而，这一来路途极远，军疲不说，更说不准上官惊鸿是否亦远行军，设伏于山峰出口之处。即便上官惊灏派探子探测山地出口处无敌军影踪，亦不会轻易派兵出去，慎防中计。

而若想从前方邺城出去，除非彻底灭掉上官惊鸿的军队。

两路皆不通。

然而，这弊端至于上官惊灏却似乎无碍——据郎将军当日从边关撤走的兵士报告，曾见几乎同时撤走的秦军士兵驾了无数粮车离开。秦将军接太子报，似乎早就做好准备，除朝廷配备的军粮外，暗中向边关各城郡的粮商购足了粮食。

上官惊灏粮草充足，可维持一段时间，是以他似乎并不急于主动攻击。这看起来竟有让长途跋涉过来的兵士养精蓄锐之意，以期发动一次大规模歼灭之战，一举拿下邺城。这样，他便可保兵力对付贤、夏二王。

上官惊鸿这一方虽驻守邺城，可随意后撤、向其他城郡购买粮食，却反而处于一种被动状态。

而未几，分据四处的四名男子都接到信报：西夏屯兵三十万于西北边境。

这消息让所有人的心头都蒙上一层阴影。

皇帝于邺城诏告天下，盼四子先释前怨，以国为重，一致对敌。但这则诏告如石沉大海，四王并不回应，便是同在邺城之内的上官惊鸿亦不说不问，皇帝希望促成的秘密会晤落空。人心自私！东陵浩浩大国，却终于落入一个前所未有的困险之境中去。

随后，上官惊鸿密见邺城官吏，环绕邺城行走数趟，又仔细将东陵各郡地图仔细研看了一宿，在几次小规模攻城失败后，竟下令大举出兵攻城。

所有人都不赞成。

这种时候谁不急？谁都知道上官惊鸿急，但急归急，决计不能乱；谁亦都知道上官惊鸿的智谋，但对于这次进攻，无不心惊。

拿不到兵力分布的情报，进攻就好比一场赌博。

东郡的城郭绵长，城门极多，根本不可能知道上官惊灏每一轮战役怎么安排各门守兵，哪处轻、哪处重。

只攻一个城门，对方可迅速从其他城门调出兵马过去支援。

分散攻击，以少数之兵攻击有重兵防守之门，必定折损兵将；以多数之兵攻击弱兵防守之门，亦不能掉以轻心，因为不管这城门的防卫相较其他城门有多薄弱，实际布兵必定不少——兵马数目上，上官惊灏较上官惊鸿有绝对优势。再者，灏军本就居高临下，投石器、羽箭，一轮抵挡下来，其他重兵驻守的城门的士兵已然歼敌，可赶来支援，到最后，仍是上官惊鸿失利。

但上官惊鸿仿佛发了狠，研制了一些新武器，命工匠赶制出来。

这一仗，他对各个城门均衡用兵，七万大军分用到七处城门上，只在一个他于地图上标识为"角"的城门下了重兵，挥军八万攻打。

十五万大军尽数而出。他亲领兵将，对角门发动最凌厉的攻击，似乎试图以既分散又集中的方法去破这个城门。

角门几乎被攻破。

可惜，终究没有成功。

上官惊灏亲率十五万军兵在这个城门上迎战，后来杀得性起，甚而第一次大开城门杀敌。

似乎，这角门也是上官惊灏极为看重的城门。

这一役鸿军伤亡惨烈，灏军死伤达七八千，上官惊鸿却折损了几近五万的兵马。

上官惊鸿大败，五万兵士命丧其手。

硝烟弥漫在双城之间，尸体的血腥味道盈满整个天空和大地。

夜鸦厉叫，到处充斥着死亡的苍凉气息。

夜，鸿军将帅军帐。

帐中，各人脸色凝重。终于，皇帝沉声道："老八，你不可再任意妄为。你若信不过朕，兵权暂时交给你五哥，让你五哥督战。"

众人闻言，相互看了一眼。郎将军率先跪下，一记长笑充满悲意，却缓缓道："陛下，愿为睿王鞍马，无论生死。"

睿王府众人更是二话不说，唰唰跪下。宗璞和宁王相视一笑，亦跪下道："同郎将军言。"

众皇子和几名尚书面面相觑，皇帝却是一僵，良久，方苦笑道："好，好，即便明日便战败，有这些忠心之人，惊鸿，你亦不枉此生了。"

"你有的，朕不曾有过。"

也许，有过，只是已经失去了。

他摇头笑着看了看夏海冰和左兵，前者苦笑，后者眼睑微低，看不清神色，却谦谨一躬。

冬凝怔怔地看着上官惊鸿，从在翘楚身上拿到常妃的秘密那天开始，上官惊鸿的话越来越少，两眉之间的皱褶却越来越深。

他的眼睛，安静淡然得像块玉。

这时，他仍是一言不发，静静看着前方随风轻扬的营帐。

他心里的伤已经好了吗？因为他的重心全数落到这天下上面，所以他才会如此疯狂。

这样也好。

至少他不必那么绝望，战死总比绝望而死要好。

死去的女人怎么比得上这天下！

何况，他还有一直支持他的郎妃，有最初的挚爱沈清苓。

看着郎霖铃和沈清苓站在下首，以妻子、以情人的眼神看着上官惊鸿，冬凝心中轻笑，悲哀散去。

帐内陷入一片衰败萧条的气氛之中，帐外突然有脚步声急至，有兵士在外颤声报道："出大事了，请睿王快出来看。"

众人随上官惊鸿急出，左兵走在后面，眼中犹自打量着那大帐一角的硕大丹炉。打造兵器之始，上官惊鸿就同时也开始熬炼一种药液，让人涂抹在兵器之上，兵器经擦拭，锋芒便更盛。

今日虽惨败，但对敌之时，果然看见兵器极是锐利，轻轻一划，敌军已皮绽肉裂。

帐外，这时只见对面城池，东晓郡内焰火腾空，如同一只火凤。

对方这是要燃焰火以庆？

可似乎又不像，若是庆贺，那焰火似乎又单薄了些许，稍纵即逝。

上官惊鸿一口血沫溢出，众人一惊，明白他是受了刺激。营帐之间都很是安静，士兵们还沉浸在同伴的死亡、明天的未知之中。

帐外的兵士都愤怒地看着这位将军，这个罔顾军士生命的男子，在对角门的进攻中，他看着无数士兵被杀，竟仍下令一次又一次进攻……

见状，人人心中都有一丝后快，却又对这名男子心存畏惧。

不知谁竟还说了声"好"。

"谁还敢嚼舌根，斩！"

兵部尚书沉声一喝——战时，他亦是其中将领，和宁王、夏海冰、左兵和七皇子等人负责掌一部分兵。

景平和景清赶紧搀扶住上官惊鸿。上官惊鸿凝视着近处一名持刃士兵，嘴角却碾出一丝笑意："郎将军，你亲领二万军士经南北几郡绕道到迦雪山脉，在出口处驻扎；左大人作副帅，随行协助。左大人最擅用探子，即派大批探子从山脉一路而进，探查是否有灏军影踪，若有之，请速派人回邺城报告。

"邺城此处，不可再发动任何进攻，死守严防，一定要守住。没有了粮草，上官惊灏支持不了多久……"

他说着头一歪，竟然昏倒过去。

众人大惊，知道他旧伤未好，又在战争中添了新伤，虽然服下剩余狐丹，却抵不过此时怒急攻心，立即命人传了军医。军医在内诊断着，众人在外一边担忧着，一边却又为上官惊鸿的话感到奇怪。

上官惊灏怎么会突然没了粮草，这怎么可能？

上官惊鸿到底在说什么？

惊疑之间，左兵却突然眼中一亮，让士兵即传邺城官吏。

众人越发奇怪，他却劈首就问："八爷密召你们，可与你们探讨过什么问题？"

"回大人，睿王曾问东晓郡内农作物布置的情况。"

听罢众吏回答，宗璞微微一震，脱口道："此间地势使然，谷稻方渐熟，尚未收成。他早前曾在邺城城内四处察看，看的并非城中布防，而是农作物的收割情况。邺城与东晓毗邻，处同一地域，邺城谷物未全熟，则东晓必定也一样。

"他下令攻城，角门一块难道是东晓郡内农粮所在之地？"

各人听闻，一个激灵之下，命人取了地图来。众人或居朝歌庙堂，或远在边关，对东晓地形不熟，但邺城官吏与东晓只是城墙之隔，往日多有贸易往来，彼此情况极为了解，这一圈点下，那角门竟真是粮物遍植之地。

上官惊鸿是想攻破城门，从彼处进去，摧毁尚未收割的粮草？

十皇子悻悻道："这好是好，但对方手上仍有足够粮草；何况，若能攻进城去将地上粮物一把火烧了还好，如今八哥赔了四万多人的命，却……一无所获。"

六皇子和七皇子没有出声，却亦是默认了十皇子的说法。

"五万兵马，你们以为那是什么，"宁王厉声喝道，随即摇头道，"不，他从不做没有把握的事……"

宗璞抿唇苦思。皇帝紧紧闭眼，半点也不了解这个儿子的想法，也没好好爱过他，甚至，不及他的兄弟朋友坚定……

郎将军来回踱步思考着，郎霖铃却无心思考。无论什么时候，上官惊鸿始终是上官惊鸿，带领着众人的上官惊鸿，她不质疑。

凝视着帘帐，等待军医的消息——景平等人在里面陪着，景清像头蛮横的牛犊子一样将她和沈清苓都驱赶了出来，不让她们靠近。

沈清苓这些天来也变得很是安静。

她蓦然发觉，不知从什么时候起上官惊鸿似乎没有再和沈清苓说过一句话。她淡淡道："你可还好？"

沈清苓看了看她，自嘲一笑，仍旧看着军帐，并没有说话。

是宗璞的一声怒斥，才引起沈清苓的注意。

却是冬凝刚从军帐出来，忽然被左兵握住手。左兵最终虽然饶过冬凝，但她想起二人曾经的亲密，脸上顿时一热，又是在大伙面前，慌忙挣扎。众人看二人模样亲密，都吃了一惊。皇帝也连连看了几眼。左兵朝皇帝一躬，一揽冬凝的纤腰，随即施展轻功离开了。

冬凝听到背后一片声音，又羞又急，恼道："左兵，你带我来这里做什么？快放我下来，我要照看惊鸿哥哥。"

左兵却并不撒手，将她径直带到一片谷地，才将她扔在稻谷垛中。冬凝方恼怒坐起，却又被他握住肩膀。他半带调侃的声音淡淡而来："秦冬凝，两军交战，你父亲和姐姐在那边，你在这边，你不难过吗？"

冬凝心中一黯，这么多天以来，除去上官惊鸿曾问过她，所有人的心都在战事上，便没有人再问过她了。

她咬紧唇，抬手擦了擦眼睛，却见左兵眸光一暗，两片温热已覆到她唇上。她脑子一嗡，顿时僵在原地，直到他毫不客气地顶开她的唇瓣，舌尖滑了进去……

"你放开她！"

直到一声沉喝从背后传来，冬凝才一惊，猛力推开左兵。宗璞胸口猛烈起伏，眼中怒意盛极，一手便向冬凝抓去。左兵眉宇一低，伸手在谷地上折了一簇穗儿，一抱冬凝，施展轻功离开。

皇帝说，左兵办事稳妥，也没有人追过来，只他……

宗璞自嘲一笑，定在原地，良久，方循原路慢慢折回。

回到大帐的时候，宗璞却见冬凝从帐外一个士兵腰间拔出佩剑，往左兵手臂轻轻一挥，左兵手中还拿着谷穗，血水滴到穗上，整支谷物顿时发黑。

宗璞一惊，众人已相继失声道："蚀骨。"

"不，这毒必定不是蚀骨，于人体应该无妨。是，睿王是能炼毒，但这大规模死伤，尸横遍野，必起大瘟疫。这样的瘟疫足以屠城。最后，谁都不能幸免。"

左兵微微挑眉，一字一字道。

郎将军恍然想起什么，环视了众人一眼，低声道："我懂了。秦将军当日运走的粮草必定没有我们想象的多，这里其实有一个破绽。我和他各自领到江南救援的兵马除外，我们二人在边关的兵，几乎在同一时间撤出边关，赶赴朝歌。他们只较我的兵先走一步，若他们身上带有大量粮草，行军不可能如此之快，比我们先到朝歌。八爷想必是早就注意到这一点了。"

至此，所有人都一瞬怔住，终于全然明白上官惊鸿所做的一切。

从秦将军虚假的粮车开始，上官惊灏迟迟不主动进攻，最重要的目的在于，他在等谷物收成。

他是个谨慎的人，他要先稳定了粮草——这个战争中最重要的东西。

角门一役，上官惊鸿有意让他知道，自己不惜一切代价亦要攻进角门，毁他粮草。上官惊灏大捷后必定亦忧虑，怕上官惊鸿稍息过后会立刻再攻，因此他最稳妥的做法就是，不再等谷物丰收，而是连夜抢割，宁愿减产。

要满足几十万大军的粮食得有多少，单靠城中百姓抢割，一晚如何能成？

最后，进行收割的必是全体军民。

白天，如此疯狂的进攻，身死的军士不多，但受伤的军士该有多少，伤口一旦沾染到禾苗，这苗枝便毁了……

且在白天的战争中，上官惊灏大开角门，若上官惊鸿的暗卫换上灏军服饰，在太子鸣金收兵时进去了……是，暗卫要近太子身打探情报很难，但若只在暗处观察是否收割谷物呢。

所以，有了焰火。

上官惊灏很快便断粮。

二十三万军兵断粮。

五万以搏二十三万，后世称这一役为"角门之战"。

这是东陵史上最为后人评说的战役之一。

……

众人怔震不已。这时睿王府一干人从军帐仓皇奔出，景清哭道："爷的伤毒很重。军医说，爷根本就没有服下狐丹……他一直在喊着翘主子的名字……"

是夜，边关以西北境。

夏王军帐。

小心翼翼将男子环在自己腰上的强壮的手臂放下，女子缓缓下了床。

坐到地毯上，她凝视着被风微撩开的窗帐，窗外星空辽阔。

她叫小蛮，是这个城邑一个普通农户的女儿。

一切发生得那么突然，她生了场大病，从病中醒来，却成了夏王的女人。

战争中，军兵都需要一些女人，她独独被夏王看上，是幸运的。村里的人都这么说，很多女人很是羡慕她。

幸运与否她不知道，但和夏王在一起她很开心，哪怕以前的事，她大病过后已经全然忘记。

她唯一在意的是，夏王已有妻室。

她渴望干干净净的感情。

夏王对她说，他从来没碰过他的王妃，他们是政治联姻。

他已将公主护送回属于公主的国家，这里打仗，不安全。

这是他唯一能为公主做的。

他腹上有一道刀疤，很深，是公主留给他的。

她笑他："看你以后还敢辜负女人不？"

他笑而不语。

良久他才说："不会，永远不会。"

他说："小蛮，你是我的永远。"

她想，那真是最动人的情话，尤其这话是一个英俊无匹又手握兵权的男人对你说的。

因为这样的男子往往都不专情。

她却不怀疑，他的眼睛告诉她，他爱她，很爱很爱她。

他们的相识似乎简单又命中注定。

数月前，她赶羊马到山上吃草，不慎跌进深沟，为路过的夏王所救。夏王一眼便看中她，并没有将她带回村子，反而将她带回朝歌。

后来，她生了一场病，将一切都忘记了。

夏王说，他没忘记就好。

他如今甚至驻扎到她村子所在的城邑里。

她这几天都在做同一个梦——

梦里，有具红彤彤的棺木，棺中躺着一名绝美的女子。

一名美丽的白衣女子和一名白发女子站在棺木旁边。

有一抹绿光调皮地在棺木上飞来飞去。

白衣女子问白发女子："婆婆，只剩下这个办法了吗？"

白衣女子三四十岁的年纪，绝对不是婆婆的岁数，但她眼中都是沧桑，笑得慈爱又决绝："姑娘，她的外公为救我而死，我早就不想活了，只是我有对狐族的责任，有对她和她母亲的责任。

"她曾到过天神村。她是个好孩子，解开了我的心结，让我从仇恨中解脱出来。只可惜那时我虽然有些感知，却不敢肯定，没有机会和她多聚。

"如今，普天之下，能救她的只有我了，我的丹灵能保住她和孩子。我一直以为，飞天封印天神村，是对若蓝的补偿、对翘族的惩罚。但也许，天神村存在的意义是让我这外孙女得到重生。两大古佛圆寂前封印天地神魔术法，偏偏没办法封住飞天设下结界的天神村，我还能运用术法。冥冥中自有天意，她魂识里有飞天的大佛法加持保护，她和孩子的魂魄得以聚在尸身四周不散。

"飞天已从她腹中取了东西，她相助飞天最后的心愿已了。飞天进宫参加宫宴正好，我寻来一具已死女子的尸身，用幻术将这女子幻化成翘楚的模样，再将翘楚原本的身躯复活，用幻术将她幻化成那失足跌入沟谷致死女子的模样。东陵新死的女子很多，婆婆亦是寻了很久，才寻到一个和她模样有几分相若的。你看这双眼睛多美丽！

"我死后，请让吕先生将她的记忆封住，将她送回半夏身边，半夏必定会给她新身份和新生活。我希望她能快乐地好好地去活一世。也许，飞天是爱她，很爱很爱她，可是她在飞天身边注定是无穷无尽的劫难。

琳琅姑娘，这是我最后的请求。"

……

梦，还有夏王告诉她的关于他们的故事，似乎都值得她去深究，但她不想去动这个脑子。

她深深思念着梦里那两个女子，但她发现，她并不留恋过去，一点也不。

她只为没有记起和夏王的过往而惋惜。

她知道，他们之前必定很好。

因为，醒来第一眼看到他，她很是开心。

她是在夏王军帐里醒来的，醒来几天了。

她最记得，她初醒一瞬，他亮如星辰的眼睛。

这个俊美又帅气的人。

上官惊骢。

他告诉她，他叫上官惊骢，让她直唤他的名讳……

"你怎么到地上去了？"

身子突然被抱起，低沉的斥责声从背后传来，她吐吐舌头，任男人将她塞回薄被里。他捻亮了床前的灯火，随即将她抱到身上。

她趴在他胸膛上，笑嘻嘻地看着他："你方才已经发现了吧？怎么现在才来骂？"

上官惊骢漂亮的眉毛一拧："我就是看看你有没有自觉。谁知道你在地上越坐越开心，也不知道起来。林小蛮，你怎么就没有一点做娘亲的自觉？该罚。"

他作势要去呵她，小蛮咯咯笑着去躲，却被他大掌按住脑袋……她微微怔住，看他眸光如宝石，熠熠凝视着她，眼里都是爱慕、疼惜，仿佛她是他最宝贵的东西。

她咬了咬唇，他猛地将她拉下，深深吻住她。

这是他们这些天来第一次亲吻。

她醒来后，他似乎怕惊着她，虽同床共枕，却并没有如现在一样。她有些不自在，想去躲闪，他却不让，握着她的双肩，在她耳边低声道："若蓝，相信我，我会保护你，会让你幸福，一辈子将你好好珍藏起来……"

我一生渴望被珍藏，妥善安放，免我惊，免我苦，免我无枝可依。

心里仿佛有道声音随着他的话亦低低响起。

他眼中光芒那么阴暗、那么深沉，她不知道若蓝是谁，但她知道方才的话是对她说的。小蛮一颤，终于，试着慢慢回应他的吻。他竟是浑身一震，仿佛不敢相信一般。

他迅速坐起来，将她紧紧抱住，加深了这个吻。他初始还能小心翼翼，很快便失了控……

小蛮呼吸一紧，抓住他的衣襟。他的手缓缓往下滑，突然轻轻按住她腹上某个地方，那里有一处凹凸不平。她一僵，紧紧攀住他背脊的手，跌滑下来。

他立刻住了手，替她将衣服拢好，将她抱进怀里。她抬眼看他，见他眸里涩意一闪而逝，眼中都是紧张和担忧。他眉峰一低，柔声道："告诉我，你现在在想什么，方才起来又是在想什么？"

"我就是白天睡多了，方才睡不着，怕翻身什么的吵醒你才起来的。"

小蛮摇摇头，反而安抚地拍拍他的背脊，笑嘻嘻地又道："你白天出去检兵的时候都是威风凛凛的，如今怎么变成一副紧张兮兮的模样了？至于现在，我就是奇怪……肚子上怎么会有道小疤痕？"

你虽被幻术改变了模样，身体到底还是翘楚的身体，上官惊鸿曾剖开你的肚子取出油纸，后来他虽然帮你缝合了，还是留下了这道永不磨灭的伤疤……上官惊骢咬紧牙关，道："那是你在沟里摔倒，被石头弄破的。"

小蛮点点头，随即调皮一笑："你骗我，是你家公主气不过给我划的吧。"

上官惊骢一怔之下，随即板起脸道："我说什么就是什么。夫为妻纲，你懂不懂？"

"你将我拐了，让我连孩子也怀上了，却还没给我名分，还敢说夫啊妻啊的。"

上官惊骢闻言反而愣住了，一双眸子紧紧盯着她，炫亮夺目。小蛮看他一副怔呆的模样，伸手去戳他的脸。他却握住她的手，用力地亲吻了几下，随即将她狠狠揉进怀里："这话我可以理解为……你想问我要名分吗？"

小蛮还真没想问他要名分，看他似乎有些不开心，看他和她说笑，她也就顺着他的话和他说笑，这时见他竟是欣喜若狂的模样，心里微微一疼，柔声应了。

"我这就让下面的人准备！"

上官惊骢眉眼都是亮晶晶的笑，在她唇上折腾了很久，复将她塞回怀里。

　　小蛮心中也是欢喜，虽然照他所说，他们认识不久，但成为他的妻子，仿佛那是经年的承诺……她想照顾他的生活起居，想让他像现在一样开心。

　　她总觉得他并不那么开心。他看她的时候，眼中总带着一抹小心，似乎她随时会消失一样，睡觉的时候将她搂得紧紧的，所以方才她一挣就开，她便知道他醒了。

　　"告诉我，你现在在想什么。"看她安静下来，他摸摸她的头发，诱哄她道。

　　他语气里还是有一抹紧绷。

　　"惊鹙，我想好好照顾你，让你开开心心的。"

　　小蛮说着自己也觉得好笑，她是不是母爱泛滥了。

　　她抬手轻轻拍了拍肚子，已经显出形状了，不很大，但也圆圆的，微微隆了起来。

　　果然，上官惊鹙健壮的胸膛也微微震动，仿佛听到了什么不可思议的话，直到看她拍肚子，才回过神来，一把握过她的爪子，斥道："林小蛮，你小心孩子。"

　　也许这是他和她的孩子吧，她心里深深爱着这孩子，自是小心不会弄到孩子，只是轻轻拍了拍，但看他满眼宠溺，却又有些气急败坏的样子，觉得好玩，另一只手作势又往肚子敲去。上官惊鹙一声低吼，单手便将她双手包裹起来，定在她腿上，狠狠往她唇上一咬："让你拍。"

　　小蛮微微吃痛，往他嘴上也重重咬了一下。上官惊鹙却反而似乎很是喜欢，嘴唇在她脸上轻轻重重地摩挲。那新长的青楂刺得她痒痒的直躲，后来她有些困了，便依偎进他怀里，道："不知为什么，我怕你不喜欢孩子。"

　　上官惊鹙一怔，小心翼翼地将她抱好，低声道："我怎么会不喜欢你的孩子？"

　　他见她脸上笑靥明亮，将她抱紧一些，枕到自己的臂上："孩子的名字我都想好了。咱们的孩子……我说过，我爱他就像爱你一样。树林里的约定，你忘了，我却永远记得。"

　　小蛮的神志原本有些模糊，闻言一个激灵，睁开眼睛，骨碌碌地盯着他。

　　窗帐外的星光烁烁，小蛮想，她之前想错了，上官惊鹙的眼睛比星星还漂亮。他深深地凝视着她，唇边的笑像穿过千百年的时间："你回来了，小狐狸。这个才是你。"

小蛮不知道他在说什么——更多的是她确实不想考究，他知道他会待她和孩子很好，她很是快乐，她知道，他也是。她伸手去揉他的披散在肩上的乌黑长发，心里都是柔软。

夜色明媚。

睿王大帐。

上官惊鸿的情况很是恶劣，众人此时方才明白，他并不是为战事怒急攻心急出了病，反而是知道策略成功了，宽了心，才病发如山倒。这一个月，他绷得比任何人都紧。

这些天来，他都是颜如白玉的模样，很是温恬，却充满淡漠疏离；这时却全然不是，他脸色青白，躺着榻上，手紧紧压在心口，衣襟里露出半截蓝色荷包，不断叫喊着翘楚的名字，又低低唤着蓝。

没有人知道那个"蓝"是什么意思。

众人只是彷徨，谁能给他一个翘楚？翘楚已经死了。

后来，还是皇帝一个激灵，想出一个办法。

又也许该说，别无他法，出此下策。

因为，景平说，每晚在所有人都歇息后，上官惊鸿会悄悄到一个帐子去。

众人将上官惊鸿抱进那个帐子里。

四大和美人一直在这帐里守着，帐里放着一具终年不化的冰棺。这东西没有人知道上官惊鸿让人从哪里弄来的，在邺城驻军后，他便将翘楚的尸首放进棺内。除去冬凝和佩兰二人，四大和美人不许任何人靠近冰棺。

也难怪冬凝认为上官惊鸿心里的伤好了，因为他不再用强硬手段去驱赶这两名忠心耿耿的丫头。白天他安静地指挥战斗或操练兵士，只有在每晚夜深，当两个丫头也睡去以后，他才静静地过来看翘楚一眼。

四大、美人本来不允许，宁王沉声说"若他死了，我们打输了，你们主子永远回不去北地"，两人才咬牙走开。

景清将上官惊鸿放进棺里。

上官惊鸿似乎感应到了，虽然还昏睡着，却像不畏寒似的，缓缓伸手过去将旁边的翘楚搂进怀里。

紧紧抱着翘楚冰冷僵硬的身体，他方才安静下来，嘴角露出些许笑意。

众人真的以为，这人的重心放到这场他人生中最重要的战争里去了，此时，在帐里静得一根针落地亦能听到的情景中才明白，他们错了。沈清苓一擦眼睛，跌跌撞撞地飞快奔出帐子。

东晓。

翘振宁讨好地一笑，道："殿下，翘某愿回北地带兵马粮草过来相助。"

半个时辰之前，翘振宁便听到帐外一片慌乱之声，携凤清外出一看，远眺而去，却见不少士兵正从田郭那边惊惶而回，每人都如惊弓之鸟。一问方知，似乎是士兵的伤血沾染到谷物便出事，但只要是受伤不重的士兵都安排去收割，这一下来，田地粮物全部被毁。

此时，上官惊灏过来他的营帐，必定是为此事而来。西夏一行离开朝歌，他们却尚未回北地；战争开始，他们便被变相软禁在这里。如今，他们正好借此回去！

上官惊灏脸色极鸶，冷声笑道："回去？"

"翘领主，你以为孤是傻子，还是你脑子出了问题？你此刻立即写信给你的亲信，让他们率兵马带粮草过来。否则，此刻粮草短缺，孤指不定从你们几个开始省口粮。"

有士兵来报说急信到，上官惊灏离开。翘振宁跌坐回榻上，翘眉和翘容之前过来了，翘容早吓哭了，凤清坐在榻沿，脸上一片惨白。

翘眉见状，咬了咬唇。翘振宁突然快步走到翘眉面前，狠狠扇了她一记耳光。

翘眉捂住脸，吃惊地看着父亲。

翘振宁已先怒道："你嫁的好丈夫！还不如翘楚那死丫头，睿王为她连皇帝也敢杀，这样的人怎么会动她父亲！"

翘眉咬牙，死死闭上眼睛，上官惊鸿，你能打赢吗？若你当了王，会好好安置我吗？

主帐里，读罢密信，上官惊灏将桌上东西全扫落到地上。众人一惊，秦将军低声道："殿下，那张仲谋说了什么？"

秦将军口中的张仲谋却正是上官惊鸿军中的兵部尚书。这人考虑两方实力，在战初已密函降上官惊灏。如今上官惊灏看似失利，但张仲谋想叛变亦不能，只要上官惊灏将书信送到上官惊鸿手上，张仲谋就只有死路一条。这个男人现在能做的只有尽量将鸿军的机密情报通知上官惊灏。

"上官惊鸿果然口严，毁粮一事事先不曾告知众人半点。张仲谋说，上官惊鸿派兵封住山脉出口，又命各部死守郫城。如今我军士气大振之后又大落，相反，他军中士气如虹。郫城地势复杂，绝不能强行出击，否则，必损兵折将。"上官惊灏捏紧信函，神色深寒。

"但若不一次拿下郫城，我们的粮草最多只能支持数天。"秦将军说着，也是微微一震。

"不错，最多不过四五天。"上官惊灏眸光倏然一暗，"我原本欲用西夏牵制燕紫熙。上官惊鸿，你原本可多延几天残喘，如今，是你逼得我……"

他略一沉吟，缓缓看向曹昭南："信，你当日交到彩宁手上，她怎么说？"

曹昭南连忙答道："她说，如殿下安排，将劝说西夏王先攻燕军，殿下则集中力量对付睿王，最后两相会合，国土按二比一的比例分，这既可保彼此兵力，相比西夏硬攻东陵，需要对付东陵所有军队，还不知道能不能取胜更有利得多。"

上官惊灏轻轻一笑，道："如今彩宁必定在西夏军中。听说西夏王也亲自出征了，孤要改变进攻策略，孤后晚便暗中出城一会西夏王。曹总管，派探子替我送三封信……"

两天后，夏王营。

小蛮懒懒地倚在榻上看上官惊骢的兵书。本家两位姐姐小梅和小箐过来，说在家中亲自做了些吃食过来，想带给上官惊骢。

上官惊骢在校场练兵，小蛮原本想让夏总管带二人过去，但她想给上官惊骢一个惊喜——这两天，上官惊骢练兵练得越发勤了，命夏总管监督她的膳食，他自己则直到晚上才回来。她又是嗜睡时期，每每自己先睡了，只隐约感觉到他搂着她亲吻许久，才抱紧她睡去……

她心里有些绷紧，总感觉很快将有战事发生。二人见面聊天的时间极少，她遂让夏总管准备了些吃食。虽然两位姐姐似乎有些不高兴，她还是一并随了过去。

路上看到有些衣衫褴褛的少年兴高采烈地向营帐深处走去，小蛮看到他们并没有穿军服，似乎只是此间城郡的孩子，便问夏总管这些孩子怎么到军中来了。

"入营参军，求个温饱。"夏总管轻轻吁了口气，低声道。

小蛮一凛，她身在营区，对外围百姓的情况了解不多，但她意识里对于战争似乎知之甚多。这孩子的到来，无异让她管中窥豹，明白其他城池那战火未到，还能经营，但像这种被占领的城郡，征粮征饷却难免，连稍大的孩子也不得不参军求温饱活命了。

这场战争快点结束吧。战火一旦蔓延开来，最苦的是老百姓，家破人亡，颠沛流离，无处安放。

"小蛮。"

突然微厉的一声，让小蛮恍然回过神来，却见在无数士兵前，上官惊骢皱眉盯着她。他光着膀子，露出雄健结实的肌肉，在阳光下汗水淋漓，有一种热血的味道。

她朝他赞美一笑，又歉然地吐吐舌头。他似乎唤她好几声了，她想得出神，竟连进了校场也不知道。她原本想让夏总管报传，让他出来一下，毕竟这里是校场，有它的纪律，不可儿戏。

两个姐姐却很是雀跃，已经围到他身边，热心地递上饭食、汗巾。她之前没有细究，此刻想来，又见两名女子容貌娇好，比她还貌美上几分，瞬间便明白了她们的意思。

上官惊骢却挥手将两人递来的东西打飞，二人一骇，立刻跪下告罪。

他快步走到她身旁，毫不客气地抬起她的脸庞。她掏出巾帕想替他拭去汗水，他却微微沉声问道："想什么如此入神？"

她明显感到他心绪复杂，反问道："你呢，你又在想什么？"

"想你在想什么。"

上官惊骢鼻中微微喷出一口粗气，好半晌，才哑声道："我怕你和我在一起不开心，怕有人会抢走你。"

他手上的热度灼灼传来，小蛮一怔，好久，才笑道："惊骢，你就对自己这么没信心吗？我只是一介村女，你是皇帝的儿子，是我高攀了。你看，连我两个姐姐都对你有意，我的模样稀松寻常，你还怕我被谁抢走？谁要？再说，我现在和你在一起很开心，你为何反为……"

上官惊骢深深地凝视着她，突然猛地将她揽进怀里。

小蛮大羞，这四周都是人哪。

她轻轻推拒着他，他却只是抱紧她。她急道："不要在这里。"

"那回去我怎么对你都可以是不是？"

耳边热得如火烧的气息卷来，这要她怎么回他，小蛮哭笑不得："上官惊骢！"

上官惊骢听她声音嗔怪，心里甜如蜂蜜。他自是舍不得她生气，微微一瞥副将，让副将继续操练，便揽住她往外走。

"我姐姐她们还在那边，让她们起来吧。"

"她们是什么东西？！"上官惊骢一声冷笑，随即佯装生气，道，"再说，我可没罚她们！当然，若你不乖乖伺候爷，我就将她们还有你家的人拿来问罪。"

上官惊骢有意将话说得响亮，两名女子听得清楚，哪敢起来。小蛮朝两个姐姐摇头，只让她们起来。她也不是不计较，但只要上官惊骢对她们没有想法，她又有什么好在意，更不会去打压；即便上官惊骢有，她亦不会对她们怎么样，因为问题往往不在于女人身上，而在于男人。

她抬手弹了他的脸颊一下，却又微微一怔，这个动作似乎以前有谁对她做过……她又为谁对谁好、谁不信谁而痛？

她不愿多想，缓缓地放下手。

她挑战上官惊骢的男权，上官惊骢也不恼，反而自得地将她揽紧。

两人走到一株树下，上官惊骢突然有些赧然地摸摸鼻子。小蛮看他盯在自己身上，方才发现自己一身汗湿。她尖叫笑骂道："你这坏东西，汗都涂抹到我身上来了，臭死了。"

上官惊骢哈哈一笑，长臂一探，要去捉她，她撩起裙子想跑。他哪能给她跑掉，三两下便将她抱住。

地上有尘灰，他是男子不在意，坐下来将她放到膝上。

夏总管赶忙从暗处走过来，将食盒递上。因为是为上官惊骢准备的饭菜，里面只放了一副碗筷，上官惊骢让她先吃，她也不推就，拿过碗筷，却先夹了一筷子菜放到他嘴边。

上官惊骢一怔，张嘴慢慢吃了，眼眶一热，若时间能永远定格在现在……他和她，有过两天半。

他凝视着小蛮，看她吃饭的模样。她笑了笑，又夹菜去喂他。他终究忍不住，狠声道："你便没有事情问我？这两天你看兵法，歇息前看到哪处，你都会做标记。厚厚一本，你已看到末尾几页，那么晦涩难懂的东西你都能看得飞快。你跌入深沟为我所救一事处处有漏洞，譬如我堂堂一个亲王为何会在那穷乡僻壤经过，譬如我为何会唤你若蓝，你都没有疑问吗……翘楚！问我啊，在我们成亲之前问我啊！"

听到"翘楚"两字，小蛮猛然一震，一股莫名的悲恸从心底慢慢透蚀到全身。她放下碗筷，倏然起身往前便走。

手腕却被人狠狠扣在背后，她咬牙转身，只见他两眼通红，心口激烈起伏，身上汗水震跌到裤上，他眼中都是戾气、都是火焰，却又都是悲凉、都是波光。

在她的感觉里，这是他们之间第一次争吵、他第一次对她发脾气，她凄然一笑，仰起头缓缓反问他："所以你情愿去讲一个粗糙的谎言，因为你也瞒过我一些事却又舍不得？"

"上官惊骢，我不想问，我不想知道，你想将我逼死你就让我问！你不要我就直说！"

泪水一下漫出眼睛，她尖声道着，使劲从他大掌中想挣脱开去。他却疯了般将她嵌进怀中："我不要你？无论担什么罪罚，我都要你！我只是怕你……好，我们不说，我们永远都不说，有什么罪过，都是我一个人的错。"

小蛮在他怀中哭了很久，也不知道哪里来的悲伤，哭得昏昏沉沉，以致两个姐姐愣愣看着。士兵训练出来，到附近吃饭，都吃了一惊，却被上官惊骢冷冷一眼，噤声远远走开方敢偷偷打量。

小蛮刚好抬头，看到这一幕，脸一红，狠狠给了上官惊骢几拳，便要离开。上官惊骢唇一抿，将她拦腰抱起，一路走回营帐。

上官惊骢低头又狠狠亲了她好几下，她却轻轻环住他的腰，问道："要与睿王开战，是吗？"

上官惊骢不语，收紧双臂。

"惊骢，我知道你苦，你怕将我闷坏了，不限制我的行动。我之前便问过夏总管时局的事，对东陵此刻的局势大概明白。我……昨天出去走动的时候，没有带下人，在暗处，听到几个士兵说战场上的事，说你母亲的事。不知道哪里来的消息，现在东陵都风传，说你母亲是……"

"是睿王的情人。"

听上官惊骢淡淡地说出口，小蛮心里一黯。她知道他痛苦，他却不和她说，只自己一人扛着，默默地照顾她。

她将他的头抱进自己怀里。

上官惊骢心中一颤，这样的她，他怎么可能不爱？他将自己埋进她的颈脖里，却听到她轻声道："这样的屈辱，这一战，我知道在所难免……"

"你不赞成，是不是？"

"不，该打的还是要打，做你自己想做的事，认为对的事。但是，若可以，不要让太多无辜的百姓卷进这场战火中去。"

"百姓？"

"嗯，生灵，人命。"

"小蛮，你不知道我有多恨上官惊鸿，有多想杀了他……"

小蛮随后才知道，这场仗比她想的要复杂很多。当晚，入夜时分，上官惊骢的军帐里来了很多人。

很多大人物。

几乎所有的大人物。

包括以西的燕紫熙，边境的西夏王、淳丰王子和彩宁公主，还有东腹的上官惊灏。

上官惊灏这个人让她很不舒服，她看到他的一霎，全身都在悄悄颤抖，似乎是来自血液里本能的惧怕。

西夏王不咸不淡道："夏王，你便是为这女人弃了朕的女儿？这看上去也不怎么样嘛。罢了，正事要紧，让她出去吧。"

上官惊骢冷冷地回道："她是我的女人，不必出去。"

上官惊灏笑着斡旋："西夏王勿虑，一个女子而已。"

他说着瞥了她一眼，淡淡道："她的模样倒有几分像那位……九弟是个痴心人。"

上官惊骢冷笑，说："与你无关。"

小蛮暗里握紧手，仔细听他们商谈。

这几个雄踞一方的男子此时此刻在这里秘密会面，到底要商讨些什么？小蛮猜不出，但她知道，这一晚过后，必定是翻天覆地。

一听之下，果然让人震惊不已。

原来，首先，燕紫熙舍贤王而来，乃另有秘密。他早就和西夏王有盟约……相助贤王不过是个幌子，为出师有名——只因燕紫熙在燕国乃是最为万民赞颂的贤德之侯，面上一向主和，怎么能侵略他国，实却为瓜分东陵国土而来。

然而，西夏王却在彩宁的斡旋下，答应了今晚的一场密谈！

上官惊灏对上官惊骢说："九弟，你据地一方，是不是一定要称王？"

上官惊骢挑眉而笑，淡淡反驳道："二哥，若臣弟真有此意，你还会传信于我，今晚还会将这会面定在我军中吗？"

上官惊灏眸光骤深，道："九弟似乎换了个人。说得好！你十万兵力要当一方豪霸，大可，却不足以为王。"

"是，我只想要一个人的命，还有安身之地，王位……我不在乎。"

众人心知肚明，上官惊骢的话里到底是什么意思——庄妃和睿王的事，突然便在数日里铺天盖地，何况，据传，这位夏王一直恋慕自己的嫂子——翘楚。

和一个人势成水火。

上官惊灏一拍夏王的肩，轻声道："嗯，这便成了，接下来的事好办。

西夏王、燕侯，两位觊觎的是我东陵的国土，可是，若要全取之，先不论我这九弟放手与否，我上官惊灏或是上官惊鸿都不会应允。这样，东陵共有七大板块，我可以送你七分之二——只要你们助我杀了上官惊鸿，灭其兵士。"

第三十章

战火决胜最后局　谋略动天人未回

三天后，亢城发生了一场震惊各国的战争——亢城大战。

史上亦称"亢城之变"。

这场战争在东陵历史上的重要性，无战争可出其右。

亢城，正是夏王所占据地。

小蛮站在城墙上胆战心惊，只见青天白日，硝烟弥漫，尘土飞扬，天幕皆是一片阴沉。

两个时辰前，小蛮却并不在这里，而在一条林路的马车上，在一片颠簸中醒来。

车上，两个婢女惊慌失措地看着她……那是平日服侍她的婢子，只是，她明明人在军帐才对，怎么会在这马车上？她问婢女，婢女只说爷让二人随身侍候夫人。

今天，是西夏率军通过亢城的日子。上官惊骢驻扎的位置恰在西夏入关的城邑，西夏要到东陵，必须通过亢城来。

按密谈约定，上官惊骢将大开城门，让淳丰和西夏武将率军通过，西夏兵马将一路东行；南边燕紫熙亦朝东开拔而去，两相夹击；再加上上官惊灏挥军出城：三路兵马共取郋城。

本来，要击溃上官惊鸿的兵马，并不需如此雄厚兵力，但上官惊灏誓要将上官惊鸿剩余的十多万兵马一次全数歼灭，擒下上官惊鸿。

此次功成，将以东陵国土七分之二相赠二国。

西夏王和燕紫熙答应了——两人虽觊觎东陵国土，但正如上官惊灏所分析的，即便两国联合起来，真将他和上官惊鸿的兵马都打败了，吞下东陵，自身必定折损极大兵力。两国周边另有数个强国环伺，在这种情况下，若其他国家见机攻打，两国难以抵抗，如此一来，反而得不偿失。

但如今上官惊灏不与之为敌，又是三方联手击杀一个上官惊鸿，各自兵力消耗将缩减到最小。

两国不过损伤少量兵马，又能分得国土七分之一，何乐而不为？

而上官惊灏亦不可能出尔反尔，否则西夏、燕翔两国联手，上官惊灏绝对不能与之抗衡。

而另一方面，上官惊灏又与上官惊骢定下盟约，着其开城让西夏兵马通行，并在亢城以守，防止西夏和燕翔有何异动——上官惊骢驻西北关卡，他往日态度谁也不清楚，上官惊灏许下条件：若上官惊骢答应放行，东陵大局一定，以五座城邑相赠，让其永享管治之权。

庄妃的事……小蛮知道，夏、睿一战在所难免。如今一场密议，风险转移，小蛮仍是忧心忡忡。她心里对上官惊灏这人总有股震颤莫名之感，更不赞成分割东陵国土。

但上官惊骢心意已决，且那对他们来说，似乎也是最好的做法——不必打仗……

而今日，在这个节骨眼上，上官惊骢要将她送到哪里去？虽说四方已定下协议，但他还是怕解械卸甲。西夏大军进城，会有不可预知的危险吗？事关重大，亦为表诚意，上官惊灏也没有回朝歌去，会谈一毕，三天前便随西夏王到西夏营，今日与西夏军队一同进城……

小蛮心中咯噔一声，立刻将马车喝停。夏总管的脸从帘帐里透出来，赔笑道："夫人，爷吩咐了，随奴才先到附近村落将养身子，爷忙完此间事便来找夫人。"

砰——

就在这时，突然一声炮响破空而来。夏总管浑身一震，小蛮亦是一震。她瞬间拿定主意。夏总管看她猛然探手进怀，一惊之下，伸手向她抓来，而她已飞快从怀中拿出匕首，抵在喉咙……

以命相迫夏总管，终于，她回来了。

只是，她真的没想到眼前会是如此情景——城门紧闭。

城门外，上官惊骢率兵正和西夏大军大战。

到处是烟尘……城门上，投石器、弓箭、连弩、汹涌而来的士兵……城门下的炮台，再远些的地上是锋利的扎马钉、散落的漠刀、姿势各异或狰狞或平静身死的士兵和马的尸体，殷红的血河。

狂乱的战马奔鸣声、凌厉冲天的厮杀声……她被夏总管和多名士兵团团围着，站在城墙上，怔怔地看着一切。

上官惊骢没有让西夏军队通过他镇守的亢城，而是布置好一切，袭击了西夏军。

西夏军被杀了个措手不及，死伤惨重。

可是，对方毕竟兵多，如今他已呈败势。

他身边的士兵倒了一批又一批……

他的战袍血红迷离，而他犹自一次又一次身先士卒，击杀敌军。

她满脸泪水，突然想起昨晚歇息前两人那场不欢而散的谈话。

她说，她不赞同他放西夏军进城。

她甚至有些轻蔑地看着他，说："你便这样将你自己的国家卖了？"

如今，她知道了，他没有。

他亦并非为她的话而做的决定。

因为战场上所有这些军械、布置，不是一两晚就能备好的。

他早有准备。

可是，兵力相差太悬殊。

她心口一阵冰凉。视线里，标着"夏"字的军旗轰然倒下，她甚至可以看见西夏军中翼深处，西夏王和上官惊灏先是震惊的怒气、如今变化而成冷冽的笑意。这时，只见侧方一股烟尘大起，竟是一支军队从另一个方向疾速而来。

军旗上"燕"字凌厉昂扬。

燕紫熙的军队闻讯过来了！

可是他扎于东陵以南城池，路程甚远，且该已起赴郪城才对……怎么会出现在这里？

西夏和燕翔两军会合，亢城转瞬必破！

这下该怎么办才好？

她正在紧张地思索着，忽听夏总管一声惊呼，却见西夏军中，上官惊灏缓缓举起弓箭向上官惊骢射去——

"惊骢！"

她惊得肝胆俱裂。杀声震天之中，她的声音并不足以传远，不知上官惊骢是不是感应到她的呼喊，转身回看之际，高跃而起避开了，然而，他却迅速变了脸色……

她只听见噗噗数声，夏总管连同身边十多名士兵瞬间应声倒下，胸前皆是利箭横插。她一惊，往前跌去，直直地往下摔去。

耳边皆是风啸之声，闭眼一瞬，她却落入一个怀抱。她一睁眼，只见一个白发男子紧紧抱着自己跃下城郭。

不知是男子那一头未老先苍的白发让人惊怵，还是他酷似上官惊灏的容貌，她如遭火烫，浑身一颤。这个眉眼淡漠的男人竟让她心生难言之感，一种宛如窒息的感觉勒上咽喉……

她愣愣看着自己的泪水滴落在他的手臂上，男人似乎微微一震，一双锐利的眸子本睨着四处烟尘中的众人，目光突然转至她的身上。

但很快，半空中，他将她用力一掷……她感激这一下，即便她现在就死了，也不愿在这人怀中多待半分。

"铁叔、景平、景清，她是九弟的女人，你们护好她，不可有失。"

声音低沉急遽，又瞬间消远……腰间倏地被人圈住，胯下动荡马鸣，一个独臂的丑陋男子将她护在马鞍上，同时，又有两名年轻男子护在他们两侧。

她落地之处正是城门口，眼梢掠处，又是一惊：城门怎么大开，这几个人是从亢城里面出来的？

九弟？他是上官惊骢的哥哥？他是谁？为什么要救她？要以她来胁迫上官惊骢吗？

混乱之际，前方，上官惊灏脸色大变——早已大变，阴鸷又狠戾，策马冲出，向那白发男子驰去，手中剑光卷雪挟涛。

那白发男子一声长笑，亦驱马挥剑迎向上官惊灏。小蛮看不清他脸上的神色，只看到他被包裹在银灰战甲里的身躯很是瘦削，但那背影紧绷笔直，却是一股决绝味道，不像他的萧疏的眼。

她的视线只是瞬时划过，她所有注意力全拴在上官惊骢身上。她很快再次惊住，只见淳丰手上不知什么时候多了一副弓箭，弓箭对准两军相接处震天轰响中犹自紧紧凝视着她的上官惊骢。

他显然被她方才的生死一线吓坏了，便那样痴痴地盯着她，是身边的兵护着他。他竟忘了厮杀，也忘了生死。

可惜这下她却连叫也叫不出，箭已破弦而出，向上官惊骢心窝而去……

她悲凉一笑，心想，她陪他去就是，本来这一回头，便是要死生与共。

权欲、爱恨，人类的欲望总是太大，怎么会没有战争？人与人之间，国与国之间。

情义、家国，步步惊心都是抉择，怎么会没有死伤？你或者他。

她和他憧憬过的明天又在哪里？

她笑着悄然拔出自己私藏在衣里的匕首。自从密谈那夜之后，她便瞒着上官惊骢从下人那里要到了这把匕首，贴身而藏，说不清为什么。

原来竟是为了今天吗？

"爷，不可！"

是独臂男子的一声厉喊，仿佛将天地撕裂开来——她握着匕首的手一颤，却见上官惊灏剑光到处，那个白发男子举迎相挡的剑突然拐了弯。一道远弧，半空晶芒，那剑飞贯而出，那支已近在上官惊骢咫尺的羽箭瞬时被掷落，跌进茫茫军马之中。

同时，上官惊灏的剑挟着强劲的内力，也戳破战甲、刺进那男子的心口，没入过半——

男子手握剑身，狠狠一推。他这一下竭尽全力，是杀虎猎熊之力。上官惊灏本待将剑往他肌肉深处捅去，此时亦被他一推之下逼退，剑身从其胸前被推出。男子随即脚下一勾，往上官惊灏马腹一踢，战马嘶嚎，前腿立起。上官惊灏眸光一沉，持剑的手一并握住马缰，稳住身形。

战场上，怎么能听到刀剑入肉那般细微声响，她却仿佛听到那挥剑一声。她眼前一片光白，竟再也看不清那处情景。

是谁在惊喜高喊："燕王爷，你闻讯而来正好。睿王重伤，你我今日势必要将他困死在此处！"

是远阵中被兵士重重护卫住、眼中狂喜倏亮的西夏王？还是他身旁的淳丰和彩宁？

"惊鸿……"

又是谁在嘶声而喊，挟着惊怒。

是背后的老铁，还是左右两侧的景平、景清？

又或是策马领着无数军马从亢城奔涌而出的皇帝、宁王、夏海冰、樊如素、郎将军……

记得沿路回来所见，亢城几已成空城，所有百姓已撤散到后方村落，城中少数留守兵将闭城，城中军士尽皆出城杀敌，其后战杀到酣，便是城楼上投石射箭的卫兵也所余不多，死伤大片……

西夏王说："睿王重伤。"

白发玉颜，青袍银甲，这个男人就是睿王？

睿王上官惊鸿？

他方才应该是领兵从亢城出来，因为冲杀在最前方，看到她从城楼上翻落，从马上一跃而起……接住了她？

亢城后城，上官惊骢领兵与西夏战斗——西夏要从后城通过，到东部邺城而去，而亢城前城城门早已大开，让睿王领兵进来？

睿王上官惊鸿与上官惊骢竟是早已联手？！

不，皇帝、宁王……她怎么竟似认识这些人，还知道哪个是哪个？

前后所有事情，也不过眨眼一瞬，小蛮的心口却仿佛也被那把剑狠狠划过，卸下一角，一阵剧烈的疼痛从脑袋深处扩散开来，像是要把她的头都破开。天地旋转间，小蛮拼命睁大眼睛，往上官惊鸿看去，却见远方的燕紫熙——那名容貌平凡，此时却一反温静的男子，正眼含厉芒，手握长枪，一马当先，驱马降落到上官惊鸿和上官惊灏身边。

两名男子身边兵士互斗，西夏的，上官惊骢的。

上官惊鸿在马背上摇摇欲坠，在燕紫熙扬剑跃起的一霎，他突然奋力向上官惊灏扑去。

小蛮想，孩子打架，弱小的孩子打不过大孩子的时候，便会那样做。

哪怕那其实是玩命的打法。

可惜，下面的小蛮没能再看到。

在上官惊鸿将上官惊灏撞跌进茫茫军马之中，一阵激痛卷过心脑，她昏倒在老铁的怀里。

燕紫熙手中长枪迅猛出手，向西夏王的方向狠掷过去。彩宁尖声惊叫，淳丰胯下的马突然跃出，挡在西夏王面前枪支贯穿淳丰的心脏，他顿时坠马……

所有人的注意力在上官惊鸿与上官惊灏身上，而燕翔为西夏盟友，谁也没有想到燕紫熙竟欲夺西夏王性命。

"杀——"

西夏王一声悲啸，却突然被一声长啸猝然盖过。一抹青袍银甲从兵士马蹄中旋身跃起，他一手紧紧按住胸口，眸光如电，环伺四野。

那是尘浓蔽天。

那是历史。

那是爱恨。

仍是三军夹击，只是，与亢城夜会的密商不同，乃睿军、夏军与燕军三方夹击西夏军于亢城。

二十四万——为睿军表面调至朝歌最东山腹口、实暗度陈仓密行军至亢城兵士二万，燕军十二万，夏军十万，战西夏军三十万。

此役，杀伤西夏军近十万众。

可恨的是，在混战中，有探子回报，王莽、曹昭南率驻于西夏帐数千精锐兵马，以西夏军为掩护，让上官惊灏逃脱了。

夜色迷离，西夏帅帐。

数十里外，尸体如山，天穹暗月如钩。

"陛下，大皇子此仇不可不报！惊灏这便穿越僻径秘密返回朝歌，将大军调出。上官惊鸿与燕紫熙既仍驻扎于此，你于亢城后城，我于前城，届时前后夹击。我手上二十余万兵马，更有北地翘氏五万军马。昨日我已收到探子来报，北地军马即将秘密抵达邺城近郊。你我四十五万大军，何惧其区区不足三十万兵力？"上官惊灏眸里暗如海之底，缓缓道。

翘振宁那五万军马便罢，关键是那数万石粮草，按日程算，东晓兵士今日便断粮草，但无妨——他出行前已做交代，秦将军明晚将率兵出城攻打邺城，将粮草接应进去。上官惊鸿领一部分兵马而来，邺城内最多只余八万兵马。两相交战，这粮食他势必能顺利拿到。

西夏王神色委顿，仿佛一下苍老多岁。云姬伴驾出征，此时在帐中，从旁轻声安抚西夏王。西夏王眼皮一翻，蓦然笑道："朕损折惨重，如今更赔上淳儿。美人何用？情爱何用，美人可再，国祚唯一。"

"陛下，"云姬淡淡道，"臣妾听军士说，今日战中，马下相搏之际，那睿王上官惊鸿对太子殿下说'还我妻儿，还我河山'。美人无用，情却可鉴。家国天下，岂非先家后国而天下，先小爱而后大及国民山河？睿王因此以少胜多。"

西夏王哑然，美色之外，他与云姬多年感情，闻言皱眉道："美人可是生朕的气了？"

"臣妾不敢。"

"朕为爱妃，必不让那睿王狂妄；誓惩燕紫熙那可恨之徒，为朕的淳儿报仇！倒不知上官惊鸿许他何物，他竟敢叛我盟约！"西夏王一拍桌案，眉须皆戾，从丧子之痛中振作精神，又道，"殿下去吧。你到朝歌便派探子报于朕。"

上官惊灏眼梢一掠帐内一直沉默的彩宁，心知未必不是彩宁使云姬当自己的说客。彩宁在西夏交际极好。

他颔首，领王、曹二人离去。

帐内，云姬轻道："陛下曲云姬之意。"

帐外，彩宁送至林处，上官惊灏握了握她的手："公主且回，待惊灏之好消息。"

彩宁点点头，眉间略有忧色："兵贵神速，且久行军而易疲，这亦是当初你提议我西夏军从亢城而过到东境邺城而去之因。殿下此去，舍以西亢城而过，需绕折许久方可从南边或北边城邑回返朝歌。路途甚远，殿下务必小心，以防睿王追捕。"

"公主宽心。这路途虽远，然南北之道可通城邑路径极多，我等又易容而过，并让数百精兵易容，分开数十批到各可通经路上以扰视听。我亲与他交手，可肯定他伤极重，稍有不慎，他甚至可能毙命。他手下之人必已乱心神，应顾不暇；况为防你西夏进攻，亢城驻兵不可少。此种种之下，除非知我路线，否则，他们要捉我，根本不可能。"

"好，那我便放心了。你行程如何，我随时派探子与你互通消息。我兄长那里，你不必担心，我必定设法保彼此盟约以助你。"

上官惊灏看彩宁蕤首低垂，粉颈一片娇红。她虽无翘眉、翘楚之美，亦不如翘楚牵动他的心，但这女子能于国事上大力助他，他强抑下心中战败之火，缓缓伸手将她搂进怀里。

翌日夜，东陵镜城城郊。

用过食物，王莽问上官惊灏："殿下，可需要继续赶路？"

上官惊灏颔首，忽又心里一沉，手缓缓搭上腰间长剑，冷笑道："此处林盗，竟敢打我等的主意！"

曹昭南立时率数十兵士而起，盯向密林深处。

倒是有不自量力之人，正好这两天上官惊灏积了一肚子气，此时，有人祭旗以供发泄是最好不过。

曹昭南与王莽相视一笑。林木簌动，果有十数人缓缓从林中走出。

居中一人白发青袍，在两个青年的搀扶下走过来。

"二哥，别来无恙。惊鸿在此恭候多时了。"

是……他！

他看上去就像随时会死去，脸色白得像他的头发一样。

然而，他眼中光芒温莹素淡，仿佛世间一切尽在他掌握之中，却又似全然不在乎。

所有人都以敬仰之态看着他……

上官惊灏毫不怀疑，他已经恢复前世的记忆。

便像在天界里，他高高在上，偏生他却似乎并不在乎，惹得许多人都说飞天一身风骨，兼怀万物，是无双之佛。

无双之佛？

在天地之初，他们于混沌之中共生。

凭什么他便是那天地之主！

只是，刹那间，上官惊灏还是心头剧跳。

他输了吗？

他真的输了吗？

这些日子连串事情下来，他并没有进行修炼，只待登基之后再行修炼，得回神力，杀两大古佛，御天下，强行归位——但若他肉身死在今晚……他心跳倏地快得无措，是否意味着他永远无法归位，因为就历劫而言，他……失败了。这场战争死了太多人。

他已无法自然归位；如今，他若连强行归位都不能，他的魂魄会置于何处？重入六道，但即便入六道，按赏罚，亦是牲畜饿鬼之道；还是永为鬼厉，飘荡于这世间？

"佛祖……"

耳畔，王、曹二人颤抖的声音，令他脊背瞬间凉意丛生，冷汗涔涔，竟尝到开天辟地以来最大的恐惧……

他朝上官惊鸿身边那些人一一看去——皇帝、莫存丰、夏海冰、左兵、宁王和六、七、十皇子夫妇、吏刑二部尚书、宗璞、秦冬凝、燕紫熙、沈清苓、郎将军、郎霖铃、睿王府老铁、方明等人、翘楚的两名丫头、上官惊骢和那名叫林小蛮的女子。

也不过二十余人，他自己这边数十人，他怕什么！

他微微一振，却随即又涌起一片恐惧——希望过后，恐惧越发让人颤抖。

不论是上官惊鸿，还是飞天，这人从不做没有把握的事。

这人既截他于此，四周怎么可能不设伏？

他败了！

第一次，他清楚地明白，他输了，彻底输了。

他原本还有四十五万兵与这人对决，却输在这不知名的林路上。

他到底不如他吗？

事实证明？嗯？

上官惊鸿甚至知道，他在这里。

他原本闭眼长笑，又不忿地狠狠睁眼，沉声问道："你怎么知道我在此？难道你已经恢复法力？"

上官惊鸿没有说话，眼梢微微一掠，一个人从林里快步走出。

却是那个分别才一天的女子。她容貌俊秀，眉宇间却间或透出一股野心的光芒。

"彩宁？"

上官惊灏一震，整个人怔住，王、曹两人亦是不敢置信。上官惊灏怒气如烧，充斥着整个胸膛，恨不得将这女人杀了。他一手握拳，一手劈手指向她："你背叛我？燕紫熙相帮的是上官惊鸿，淳丰这笔账该算在上官惊鸿头上，上官惊鸿杀你西夏近十万军士，你竟忘国恨、忘你我之间约定背叛我？"

此时，随在上官惊鸿身边的人都是满腹疑虑：昨晚，老铁传上官惊鸿讯，说今日与上官惊灏见面。众人惊喜之下，随即赶路到此，果然看见此人。

然而他们对于上官惊鸿的消息从何而来却并不清楚，直至彩宁出现。

但诚如上官惊灏所言，彩宁怎么可能相帮上官惊鸿？！

彩宁轻轻一笑，目光徜徉在脖上长巾上。

——那是一条被剪得稀烂的长巾。

有人记起，那竟然是一次宫宴中彩宁相赠上官惊鸿的东西。上官惊鸿却将之送给翘楚。

"你仍爱上官惊鸿？彩宁，你疯了，你为他出卖自己的国家？"

上官惊灏冷冷而笑，倒亦说出众人心中的惊憾。

彩宁亦笑了，红唇透出一片艳色，不似平素莞尔。

"我是喜欢上官惊鸿。我们西夏女子敢爱敢恨，我有什么不敢说的。"

她缓缓举起右手，纤纤玉指中，赫然是三根银针："我甚至可以告诉你，淳丰之死，亦是我促成的。我当时就在他身旁，是我在他马背上扎针，让他跌向我皇兄西夏王，挡下燕紫熙之枪。"

众人闻言，都大吃一惊，连连看了彩宁几眼，又悄悄看向上官惊鸿。上官惊鸿脸上平静无澜，只盯着上官惊灏，让他始终在自己的视线范围里。

上官惊灏却死死看着彩宁，咬牙道："你为他甘愿叛国！"

彩宁摇头笑笑，镇静地迎上他似乎想将她撕碎的目光："叛国？我不是你，太子殿下。我再爱一个男人，亦不会为此出卖自己的国家。你根本不懂我，怎敢要我死心塌地帮你？"

她说着从怀中缓缓掏出一纸书信。

小蛮本在上官惊骢怀中，这时，心里一紧，不觉挣脱了，也如同所有人一样，看向彩宁手中的信。

"还记得天香阁吗？那天我见你和睿王于彼。宫宴上，睿王先是将我的礼物转赠翘妃，后来更在天香阁将之还给我；我当时怒极，但他将东西递给我时，我却摸到巾中有硬物。我剪开了它，发现里面藏着他给我的亲笔信。"

她说着向自己颈上巾帕摸去，信笺从手中飘落。

上官惊灏猛然想起——那天天香阁见面之际，彩宁手上破烂的长巾，他以为她是赌气绞烂，却原来……

他眸光既沉，缓缓俯腰捡起信笺。

只见上面写着："公主爱护之意，上官惊鸿心有所属，无以报还；公主鸿鹄之志，上官惊鸿他日若掌国，必定全力以助，助卿成就帝王之业。"

落款处，是睿王大红印鉴。

"我早知你这女子有野心。你既是西夏王族，在西夏，你再尊贵，也不过嫁得高官子弟；若你助我，则可享东陵后位。天下女子，最尊贵不过于此。你竟想当女帝！"上官惊灏攥紧信函，浑身一震。

至此，看着眼前笑容渐收、眉眼变得严整的女子，无人不惊。

彩宁眼眸一眯，负手于后，一字一字反诘道："有何不可？谁规定女子便不能为帝？"

"我王兄好大喜功，野心大偏生能力却不足，不思休养生息，自强以富国，罔顾国民福祉，一天到晚只想着如何扩充国家版图，可惜西夏还远远没强大到可以一统云苍。即便这次他对东陵之战能胜，下一个国家呢？祖宗基业早晚败在他手上，他不配当这国家之王。

"我知道，即便没有我从中斡旋，你和我王兄亦必能谈拢合作之事。我无力阻止我王兄做什么，在这一点上，他绝不会听我的。他对我有栽培之恩，对他，我不能下杀手。但西夏兵败，淳丰之死却让他打击不小，他心中已生犹豫，再加上你离去后，我的探子会告诉他，汨罗一族已在睿王暗卫相助下困住北地兵马，太子之兵粮草已断。云姬与我交好，会助我劝他退兵。我是在你离开后即报信睿王并随之跟来的。一天一夜，如今想来西夏已撤出东陵。

"太子殿下，上官惊鸿不爱我，但他给我尊重，亦看出我真正想要什么。你区区一个东陵皇后，我严彩宁还不稀罕。我、燕侯、睿王，皆不主战，天下共生。"

那么，较之他，彩宁选了上官惊鸿？

北地兵马亦被困？

原来，上官惊鸿在出兵亢城之前，已做好所有准备——上官惊灏闻言，双手捏紧，良久，一记长笑，冷冷看向燕紫熙："燕王爷亦是早已和孤的八弟达成盟约？"

燕紫熙颔首："紫熙父亲与郎家乃是世交。紫熙赴东陵，一为寻出走之妻，二乃受郎相邀约相助睿王。实则我燕国之主愿与西夏联手，从东陵分出领地。紫熙并不主战，但君命不可违。直至天香阁竞标夜，我亲见淳丰之跛扈，对西夏百姓践踏，我遂坚定绝不相助西夏之心，只酌情助贤王夺权。后与贤王在玄湘酒楼再遇睿王，睿王以燕语问我，可愿私下一聚。紫熙之妻貌丑，紫熙爱之如宝，睿王翘妃貌亦有瑕，睿王却亦似乎极爱之。紫熙心有所感，答应了。"

"睿王拿出郎将军亲信，紫熙始知郎将军心系睿王而非贤王。我父与郎家交情本就始于郎将军，况睿王与紫熙目光相同，皆以天下平和而任。

他说，他的妻子翘楚以和待人，往日言语间，曾说过盼得太平盛世，百姓以安居，他愿亲手缔造一个安乐之世送她，还她不离之爱。紫熙再无犹豫，选睿王而舍贤王。"

上官惊灏猝然低笑，缓缓看向上官惊鸿："八弟，好，真好，你一直藏着——天香阁的竞标，你那时根本不是要得到那姓崔的丑花魁，而是要做一场戏给燕紫熙看，让他放弃与西夏合作。"

上官惊鸿没说什么。皇帝却苦笑，神色复杂："是，燕侯入境，朕亦从探子处收到消息。一旦朕立诏言明下任君主，东陵必乱，朕一直顾虑西夏会与燕国联手对付东陵。那时惊鸿告诉朕，他将设法阻止两国联袂。若非当日天香阁里他携翘楚离开，朕要立的人几乎便是他了。若朕不曾思虑翘楚，要将她杀死，也无以后种种，让你这畜生危害东陵国祚。"

上官惊灏放声大笑，目光狠狠掠过皇帝，回落到燕紫熙身上："那只是做给你看的一场戏，燕紫熙，你如今可是大悔了吧？"

燕紫熙豁然一笑，淡淡道："后来深夜相聚之时，睿王已与紫熙说明；再说，即便是戏又如何，不闻佛家曾说'色即是空，空即是色'。淳丰种种，都是他本相所生，与他人无关。"

上官惊灏大震，一声怒吼，道："你懂什么！你区区一介凡胎，有什么资格与我说佛论道！"

战事吃紧，上官惊鸿又极少言语，与众人谈起前事，众人竟是如今方得知始末，又听到彩宁和燕紫熙都提到翘楚——那个已然逝去的女子，她似乎从来没有参与到这些事件当中去，却就那么在上官惊鸿的生命中留下痕迹，影响着他的一切。

郎霖铃和沈清苓轻轻凝视着上官惊鸿，后者仍是不喜不怒，视线淡淡锁住上官惊灏。郎霖铃鼻子一酸，率先别过头去；沈清苓自嘲一笑，眼中都是泪水，目光却仍然无法离开他。在他将棺中的翘楚抱入怀中的一霎，她恢复了所有记忆。

她为他而来，她怎么能放弃？她不要放弃！

上官惊鸿这个人……小蛮蹙眉，呆呆地凝视着自己的鞋尖，突然对这个白发男子生了很深的好奇。

她摸摸额头，脑子里有些混乱，想去记忆一些什么东西，却又发现脑中如白素，什么都没有。腰上微微一紧，却是上官惊骢将她轻轻环住。他深深地凝视着她，眼中有些悲伤。她朝他笑笑，想让他不要这样。

上官惊灏却突然看向二人，嘴角划过浓重讥讽："我于天下遍传庄妃的消息，你却甘愿与和你母亲有苟且之人为伍？"

上官惊骢眸光阴暗到极点，却缓缓笑道："二哥有本事去传这等丑陋之事，怎么不说说是谁将翘楚杀死的？我是恨上官惊鸿，但我更要将你杀之而后快。"

上官惊灏眼眸暴睁，纵声大笑。

"好，好，飞天，果然是飞天，哥哥亦要赞你算无遗策，赞你不世智慧！该说的，该联合的，在这场战争开始之前，你都算得滴水不漏。可是，翘楚，不，该说若蓝，翘若蓝死了，永远不会再回到你身边。我一生算的是权，你千万年生命里梦寐以求的却只有这只小妖精。可她和你的孽种都通通被我杀了。我原本不想杀她，可她偏偏喜欢你……前世今生，她总是学不了乖。我碰她，她不允许；我用棉袄捂住她的嘴巴，她竟还敢咿咿呀呀叫你的名字，直到断气为止。你是万佛之主、天下之始又怎样，你们注定不可能在一起！"

"当年，茯苓本转生为沈清苓，青萍却将真正的沈清苓的魂灵换到下一世，我手下的人将魂灵换回来；可换回不久，沈清苓却又被一个魂魄进入身体，将其原魂魄逼走一段时日，我手下主佛也无法阻挡。那缕魂魄就是翘若蓝，对不对！你前世必定对她用了大佛法，那是你最厉害的结界护持。你设下这天地之间最大的赌局，你要让翘若蓝重生……可是没有用，她前世死时魂体已弱，此次再死，大佛法最多可护她灵魂数天不散，所有神佛均被那两个老老和尚圆寂前封住神力。没有神力，即便是天帝龙非离也不可能将她的魂魄再送回躯体，她这次是彻底消散在这天地间……"

飞天？

所有人都霎时惊住，上古传说的佛——飞天？

飞天的哥哥是铁面佛——沧念。

都说飞天心怀万物却无情，沧念铁面无私绝无私欲，却怎么——

这两个人竟是这两名佛祖转生？！

茯苓神女亦是上古众神之一，有智慧之名，传说是飞天爱慕之人，以致飞天堕凡。

这名神女却是今日的沈清苓？

翘若蓝又是谁？

神话中从不曾闻她名姓，却是飞天真正的爱人？

她是翘楚？

这些传说中的神佛，怎么可能？！

就在沈清苓满脸泪水，人们尚在震惊中，几乎所有人都以为上官惊鸿再也不会有什么情绪波动时，却听到搀扶着他的景平、景清一声惊呼。他竟一手挥开二人，一步上前，将上官惊灏的颈脖掐在掌中。

王、曹二人待要阻止，老铁、夏海冰、左兵和燕紫熙已身形一闪，将这两人团团围住。

上官惊鸿发丝尽散，眸光如雷如电，满满是凶戾杀气，一颗殷红朱砂在他眉间若隐若现，红如血滴——说是万佛之主，这个男人此刻却毫无慈悲可言。大量鲜血从他胸间溢出，但他竟笑靥如花，却又是无尽苍凉，仿佛浩瀚天地中无边时间里亦没有能让他开怀之物。

霎时，众人突然信了，心中惊憾却又皆想，传说并非杜撰。

却无人知道上官惊鸿此时的绝望。自将那人尸首剖开那天起，他是恢复了部分神志，有些事情却并没有记起，像被人深深藏在了他脑中最深的地方。譬如，他曾对翘若蓝用过大佛法护持的事。

他亦还不知道，古佛已然圆寂。

他只是想，小狐狸再也不愿回到他身边，但也许还能重生。

若自己前生做过什么事，说不定给她留下第二次重生的机会。

原来，没有了。

她已灰飞烟灭，那他还苦苦撑着这个行将腐朽的身躯不死又还有什么意义。

他不惜一切为她报仇，为圆她心愿，荡平一切险恶，让东陵、让百姓归于太平安乐，还有什么意义。

又原来，从始至终，天上岁月到他母亲身死，一直陪伴他的都是她，她的魂魄甚至情愿进入沈清苓的身体。

他拥有天下万物，却只想要她；可如今，注定他已再也无法拥有她。

"飞天，在这场战争里，我犯下大杀戮。你为这天下所谓的和平、为那翘若蓝的心愿，岂非也犯下大杀戮？你也不可能归位了……你如今对我使出的神力只是暂时……你不能杀我，我们只有互助修炼，方能一起恢复神力；诛杀燃灯、青萍，你我方能强行归位，享永恒寿命，做所欲之事……世上女人千万，不是只有一个翘若蓝！"上官惊灏脸色紫胀，眼眸却带着狂热，盯着上官惊鸿，嘶哑地低吼道。

"不要杀他，飞天，他死了，你也活不了！"

沈清苓哭着奔向二人，众人也随即回过神来争相过来阻止，却见上官惊鸿身体数尺之处，仿佛笼着一层屏障，一个蓝色的万字符隐隐透出耀眼光芒，忽然将夜色都撕破，整个林子明如白昼。

可没有人能走近他一步，那道屏障将所有人弹射摔跌。

上官惊灏厉声嘶喊着，却亦毫无办法，眼如死灰。

就在所有人都绝望的时候，一只瘦小的手握着一根蓝色缎带，递到结界外，低声问道："飞天，这是你的东西吗？"

第三十一章

新帝登基白头待　三千宠爱谁家采

当所有人看着地上蓝绸——登基大典上，新帝将所有装饰之物都改为蓝色，当所有人还在回想着半个月前那让人心惊胆战的一幕时，朝歌皇宫金碧辉煌的金銮殿上，礼仪官已读罢一切文献，请新帝就座。

新帝却袖手站在龙座旁，身姿笔直，紧紧盯着大殿门口，似乎在等着什么人到来。

他眼中有一抹深寒的戾气，似乎那人倘若不肯来，他会不惜一切代价将之带来观看他的即位仪式。

半个时辰过去，除去当日在场的知情人，众臣已开始焦虑不安。郎将军一瞥宁王，宁王朝新帝左右两侧的莫存丰和方明使了个眼色。两人相视一眼，方明正要上前劝说，老铁领了一个人上来。

大多朝官不识这年轻男子，有些人却是认识的——围场狩猎，太子妃神秘失踪，便是这人送太子妃回来的。

众人正讶异新帝为何要在此时召见这个人，却听到新帝淡淡道："一别多年，先生可好。"

这人正是吕宋。

吕宋看他眼中戾气，暗暗心惊，勉强笑道："皇上事务繁重，难免有所疏忽，你我相别不过数月……"

新帝低笑出声："先生当知我是以什么身份与先生说话。"

吕宋怎么会不明白眼前男子的身份，不过是装聋扮哑。

如今这个人并非飞天，也并非上官惊鸿，而是有着飞天的记忆、上官惊鸿的性情的新君，最是可怕的一个人——火烧崖谷，连绵百里，逼得他不得不出来。

他知道上官惊鸿想问什么——这位新帝要若蓝魂魄的去处。虽知古佛圆寂前将所有神佛封印住，虽然若蓝有大佛法保护，但无人送她回到肉身，且她肉身确实还是冷冰冰的尸体，但上官惊鸿还是不肯死心，认为若蓝可能还存在于天地间，而若世间还有人能知道若蓝魂魄消息的，必定是龙非离和吕宋这几个人。

在林中，上官惊鸿的神力在擒下上官惊灏后又隐回体内，无法使用，因此他没有办法到天界去找龙非离相询，只能不惜代价将吕宋找出来。

本来，之前，上官惊灏在宫权之斗中败于上官惊鸿，令沧念愤而苏醒；初醒之际，两大主佛离开天界，到人界相助。

人界局势后来逐渐紧张，上官惊鸿又陷入困局。

已携琳琅重返天界的龙无霜却认定飞天既为万佛之主，即便转世，必有办法扭转人界劣势。

而他却巧妙利用主佛下界一事，为天界局势带来大转机。两方神佛既被古佛封住力量，无法借助神力开战——天界原本鼎足三立，他立刻找到中立的神佛，说按古佛旨意，人界之事应有它的发展定数，天界神佛不可干涉；两大主佛擅离天界，有入世之意，此实违古佛规约。中立神佛认为有理，赞同封锁天界，不让任何神佛再出天界。

这一来，因赞成封锁天界的神佛占多数，敌方神佛无法，只得听之。为示公允，由中立神佛看管天界。

三大主佛去其二到人界，余一名驻天境。情况紧急，他与手下神佛无法通知上官惊灏。且后来上官惊灏被暂时恢复神力的上官惊鸿所捉，但可窥凡界情况的镜海天也被古佛封印，他们不知，更无法下界相帮。

而实际上，小七此时已醒来——龙非离闭殿便是要为小七疗伤，后来神力被封，虽然再也无法输给小七神力，但此前之功非同小可。

出天界的路虽然被封，但琳琅手上却有逆光札！在小七的央求下，龙非离、小七借助逆光札悄离天界，回到中国，将十八号古玩店中的两块神镜带回。借助神镜，人界大事，他们都能知道。

小七和琳琅一直被龙非离父子禁制着，直到翘楚身死。

小七、琳琅悲恸，龙非离怕引发小七伤势，不得不设法相帮。他仔细一想，末了，对龙无霜淡淡道："当年我与飞天的棋局，飞天赢了。逆光札、你、我、年琳琅……我们的佛将所有人都算了进去。"

他让龙无霜和琳琅以逆光札出天界到天神村找狐王——天地间，唯有天神村的天人法力仍在。

最后，狐王散千万年灵力将翘楚灵魂送回其体。按狐王遗愿，吕宋封住翘楚的记忆。

后来东陵内战、国战，上官惊灏与王、曹二人被上官惊鸿以神力擒住。天谴佛沧念无法归位，琳琅天谴之劫解除。

龙非离认为，上官惊灏认定上官惊鸿和自己一样已破杀戮之戒，并不正确。

林中，上官惊鸿神力一时复返，一是他的意念太强，当初古佛选飞天为佛界之主，只怕其中一个原因便是飞天的神力比沧念更强大，且飞天管治三界多年，一向无私秉公，身负万世之德，德泽神力；二恰恰是他即将归位的征兆。

此次战争，若非上官惊鸿介入……最后困上官惊灏兵将于无粮之境，群龙无首下，逼其投降，结束东陵内战，则必成东陵、西夏、燕翔三国之战。上官惊灏是在内政紊乱的情况下才肯与西夏等联手，他与西夏王一样，有版图之念，若兵马全握于手上，必定对西夏出兵；而燕国君主原本就有侵吞之心……三国混战，死伤绝对是如今死伤的数倍。

夺嫡之战，以言和方式结束，是功德。

大杀戮之戒已过，最后一劫，反而是恢复神志的飞天对若蓝的欲望——色戒和因此而生的第二次杀戮之戒。

三界不能没有领袖，无论是神佛还是魔，都有欲念，时日一久，必再有像沧念如今一样的大乱。如今此乱既平，只要飞天能压下欲念，上官惊鸿命数一结，便可归位。

一切将归于平静。飞天与若蓝有过回忆，若蓝与半夏也有他们一生平淡幸福的生活，而不必因和佛一起遭天劫而活不长久。这也是飞天下界前所期望的。

可是，事已至此，按飞天此时的意念，只怕已再不愿意如此！

但不管怎样，看这一生局中人人世辗转，此时，龙非离和小七终就这困扰三界的大事达成共识：一切随缘。

他们苦了三生了，该是他们追随自己心意的时候了。别人认为对的未必对，别人认为好的也不一定好，只有自己的幸福才是真实的。半夏值得，若蓝值得，飞天亦值得。

哪怕，古佛重生大怒，取代沧念亲自降下天谴，要了若蓝的命。

想起琳琅代为转告的龙非离和小七的话，又想起自己虽遵从龙非离的嘱咐——飞天下界前的心思，吕宋轻轻一笑。得知翘楚有孕时，他赠她天界之药。那药可隐住胎息不易察觉，可让上官惊鸿不知翘楚身孕，更少一些牵系。但那药亦是佛家宝药，能救命，是以翘楚虽被上官惊灏灌下打胎药，孩子的性命仍是保住了。他虽然不知后面会发生这些事，但敢说他便没有私心吗？他心底其实是希望这两人的牵系不断，会有结果吧。

只是，此时，迎上新帝目光，他还是摇头："皇上，吕宋不知。"

上官惊鸿恢复了飞天的部分记忆，虽然知道自己曾封印天神村，却不知道自己以强大神力封下连古佛亦无法破解封印的天神村，狐王的法力不曾被古佛封印，可让若蓝重生。

但隐下若蓝魂魄去处，是狐王的最后愿望，他们还是要完成，因为是狐王送给若蓝的新生。剩下的便看他们自己了。

新帝也不多话，眸光一敛，冷冷道："你考虑清楚，五天之内，若你交不出我要的消息，我必诛天神村。"

吕宋一震，缓缓转身离开。

上官惊骢心里亦冷冷一笑，五天，足够他带小蛮离去。

各人见新帝之势正忐忑不已，只听荣瑞皇帝重重一叹，他禅位后坐在新帝旁边观听。

莫存丰仍为内务府副管。按新帝所拟旨意任命新官，判叛将兵部尚书张仲谋斩刑——上官惊鸿度局势艰难，必有叛将，让老铁安排人手监视各人，后来果然发现这位尚书，索性将计就计，言调兵于朝歌山腹之口，锁灏兵出入购粮，任其报信上官惊灏，令上官惊灏一急，迅速与西夏王等促成四方密谈……

老铁、景平、景清封御前行走，一品侍；兵部空缺由左兵补上；原吏刑二部官员不变，宁王监此三部；另三部官员虽于上官惊灏占据朝歌以后为之所用，但鉴于局势，从宽处理，仍留任上，夏王监之；夏海冰、宗璞仍留任原职；六、七、十皇子亦原职留任；撤郎相职务，相国一职暂空，稍后进行考核，在旧官员或科举新贤上择人补任；贤王贬为庶人，仍食亲王俸禄；郎将军精忠卫国，封一等公；封秦冬凝为永睿公主；撤秦将军之职，其兵暂由郎将军掌之，念永睿公主之功，免其死罪，责其与诸子禁足于府，轻易不可踏出府邸一步，长女秋雨入庵为尼……功于战者，各有金银田地大赏。

其他官员酌情留任，前太子旧部全部革职严办，由其他各皇子和官员暂时兼补之。

北地翘部既起叛心，撤翘振宁领主之职，贬为庶民，与其妻凤清囚于朝歌。朝廷派官员暂管北地部落，俟后再推新领主。

除对太子旧部严惩外，新帝新政仁明，一时，朝中各人大喜。方明为内务府总管，继续宣读圣旨。

言明庄妃一事实为诱敌之计，特诏还庄妃之誉；废原皇后郎氏，念郎家之功，仍准其留在后宫宫殿与其他妃嫔一起侍奉太上皇；封宁王之母郦妃为贵太妃……

庄妃的事，诸如宁王等人都明白，庄妃与小皇子已被遣送回夏家，此诏却是新帝为夏王名声而颁。

只是，不知为何，新帝却没有追封其母常妃后位，荣瑞听罢旨意亦很是惊愕。他沉下脸来想说什么，随即想到什么，终是忍住。

与常妃的事一样，太子与芳菲这两位昔日被荣瑞皇帝冠宠天下和六宫的贵人，如今的下落也是扑朔迷离。

新帝又赐封郎妃为皇后，沈清苓为贵妃，林羽为贵妃。

众人正为新贵妃林羽的身份而倍感惊讶好奇时，却见缓缓从蓝毯上走进的女子竟是昔日的太子妃——翘眉，但方明宣召赐封的时候却说是新进宫的宫妃林羽。

殿上所有人皆惊。

太子妃更改姓名一事，人人都知道为什么，毕竟新帝总不能公然纳哥哥的妻子为妃。

但即使新帝要这倾城色，大可暗中进行，而非在这明面上，虽说名字可以改，但天下悠悠之口……

这位少年新君心里到底在想什么？！

再说，听说新帝极爱昔日侧妃翘楚，翘眉和翘楚向来不和，即便是沈妃也与翘楚交恶，郎妃家有大功，封后是情有可原，但这两位……

一时，殿上众人大愕，便连宣旨的方明也是脸色复杂，跪在一旁的翘振宁夫妇又惊又喜。

新帝却快步走下台阶，将仍跪在地上的翘眉扶起来。

上官惊骢一声冷笑，将半边兵符掷到地上，冷冷道："谢皇上错爱，只是惊骢能力所限，不足担监管三部重任。兵符交还，惊骢愿携家眷离开朝歌，从此一身自在。"

他也不等新帝应允，便扔下一句"谢皇上成全"，扬长而去。

很多人不明白，为何上官惊鸿竟似乎要重用上官惊骢，毕竟风闻这位皇子昔日对翘妃极是恋慕，却明白上官惊骢此时的不满。

新帝却也不恼怒，只是凝视着翘眉，忽然轻轻笑了。翘眉心怦怦直跳，她终于等到他了！

小蛮走到金銮殿外树丛的时候，看见上官惊骢面色如霜快步走过，似乎正从殿内出来。她正想叫住他，却又有些犹豫，因为上官惊骢不会喜欢在这里看到她的。

从亢城回到朝歌已经半月有余了，她每每想起自己当时为什么不怕死地捡起地上上官惊鸿跌落的发带递给他。

她当时心里都是悲伤，有一个声音在叫喊着不要飞天死。

没想到，上官惊鸿接过了发带，低声说："对，我不能放弃，我要等她回来，将她要回来。"

回到朝歌之后，她每天都在夏王府里将养身子，直到今天，上官惊骢上朝参加新帝即位大典。她想跟过来看看，因为上官惊骢说，他们明天便离开朝歌。

可上官惊骢似乎并不乐意。

最后她还是自己悄悄过来了……不知道为什么。

她想，她看一眼，就走。

就一眼。

就是这微一迟疑，上官惊骢已经走远。

夏总管之前受了伤还在养着。她偷拿了上官惊骢的令牌，让几个小厮驾车过来，几个孩子还在外殿等着。上官惊骢似乎很是厌恶他的哥哥，她快些去看，早点回去，他也许能少生些气。

殿外，内侍和女官有秩序地环侍在两侧，一众女子盛装排立在中央，看模样都是皇亲官眷，正在观看新帝登基典礼——佩兰、七王妃都在。她们都是她在军中看到过的，时间虽短，却颇有些亲切之感。冬凝不在，是在内殿吗？

她笑了笑，招呼道："五姐姐，七姐姐……"

众人都有些惊讶地回头，看是小蛮，佩兰和七王妃一怔之下都笑回了。或许是因为这个女子眉眼间和昔日的翘楚有几分相似，哪怕她的性情和翘楚南辕北辙，她们也不像其他人一样，只将她当作上官惊骢的小妾，上官惊骢又是个换女人如换衣服的人，反而有几分喜欢。

宁王是新帝最重视的兄弟，看佩兰的态度，众女让出道来，小蛮有幸钻到了前排去。她正高兴，却听到七王妃低声对佩兰道："五姐姐，我心里难受啊……你我军中所见，他不是最爱翘妹妹吗？我真搞不懂，如今翘妹妹尸骨未寒，他不追封便罢，偏偏还……你说这翘眉的品性哪一点及得上翘妹妹，就是模样好看，他却那般露骨地看着她，目不转睛。你说这当上皇帝的人都这般薄情么……"

"七妹，莫说了！"佩兰微微厉声打断七王妃。

"我……"

佩兰苦笑："也许，他心里还是最爱翘楚，但这些女子也是他想要的，就像我家爷，不也还有多名小妾吗？七爷又何尝不是？对翘楚，我何尝不痛？只是这种场合……他已经是皇上，再非昔日皇八子，有些事情我们……"

她说着突然意识到什么，看了小蛮一眼。小蛮连忙摇头："我什么也没听到，不要杀我灭口。"

佩兰和七王妃闻言一愣，一时都被她逗乐了。小蛮为示清白，忙往殿里看去，虽然她也不知道自己到底想看些什么。也许是想看看上官惊鸿的伤好了没有吧，这个人，虽然人人都敬畏，她却觉得他有些可怜。

这一看，她却又顿时愣住——新帝面前三名女子，他正凝视着其中一个，眸光深邃又隐隐透出一丝温柔，那名女子却突然跪下，道："求皇上饶恕翘领主二人之罪。领主亦是被太子胁迫，不得已而为之，实非有心对抗皇上。"

新帝沉默了一会儿，却道："林羽，以后你可以见君不跪。"

殿上众人闻言一震，冬凝快步走出，神色焦急，跪下便道："哥哥，这两个人放不得！你想想翘姐姐往日在北地所受的苦难……"

陆续有人说话。

小蛮怔怔地看着百官，有些主张必须严惩，有些却讨好新妃，帮着说话。

在军中曾听到过新帝和他以前侧妃的故事，知道他们似乎很是相爱，知道新帝曾为那女子和旧皇反目，她每每说不出是什么感觉。

这时，她心里却突然生了股怒意。她抿抿唇，正待离开，目光一低，却发现殿门口整整齐齐放着数株花枝，花蕾还小，含苞待放的模样，却很是粉嫩美丽。

她一愣，不由自主走上前去，缓缓弯腰将花捡了起来。

"大胆，无霜花是皇上嘱咐端放于此，绝不可动的，岂容你乱碰！"

听到尖锐一声惊怒斥喝，小蛮一怔，却见两旁数名内侍女官一脸急怒，为首两人向她抓来。

她一惊，脚步一跄，往后跌去。她按住肚腹，心想这下死了，却听到数道声音低呼"皇上"。一股劲风从背后而来，她已陷进一个微凉的怀抱里。

淡淡的龙涎香缭住鼻端。

"夫人没事吧？"

一道微哑的声音在头顶缓缓响起，小蛮还没反应过来，对方已将她轻轻放开。她慌忙转身，却一下撞进前方深暗的眸光中去——上次在亢城是他，这次也是。他在殿中站着，离她甚远，却突然便过来了，较邻近的人更迅速。

小蛮拍拍有些不着边际的脑袋，对自己说，这人不是好人；又抿抿唇，但还是狗腿地说了声谢谢。新帝却忽然脸色一变，想起方才几名内侍的厉声喝喊。她心里暗道不好，这花似乎是绝不能碰的，她闯大祸了。

她连忙将花递到新帝跟前："对不住，我不知道这是不能碰的，你又没竖牌子说明，所以也不能全怪我……喏，还你。"

半晌，却不见对方有动静。她奇怪，忐忑抬头，却见那白发男子怔怔盯着她。殿上人也愣了半数。

殿外，佩兰知道这花的渊源，心道要糟，和七王妃抢了进来，双双跪下，急道："皇上，九妹妹初进皇城，不懂礼节，并非有意冒犯，请皇上恕罪。"

新帝闻言，眸光轻轻跃动，似乎已回过神来，却没说什么，只从怀里掏出一块手帕，递给小蛮："花刺，你的手。"

这一下，殿上另半数的人也愣住了。

小蛮本来心中紧张，怕被问责，这时心里松了口气，果然看见自己的手紧攥着花茎，手掌被扎破了，血珠子一点一点从皮肤里溢出来。她不想接帕子，只将花往新帝手上一推："谢谢，你……皇上多保重吧，民女告退，后会无期了。"

眼睛有些干涩，她有些不适地闭了闭，转身离去，没有看到背后的花从新帝手上跌下来。

"林小蛮。"

背后一声，带着微厉，吓得小蛮又差点摔跟斗。她突然觉得这人也不是那么可怜，确实有些阴恻可怕，但她又不能不理睬他，遂回头面无表情地瞪着他。

"朕替你和九弟赐婚吧，你该有个名分。"

新帝变脸后又淡淡一句。小蛮三度想摔，理应是件喜事，但这话她就是不喜欢，亦不理解，这人不止可怜可怕还鸡婆。好半晌，她才皱起秀气的眉毛不悦地看着他。

新帝自嘲一笑，她是在说他多事吧。

这个小丫头，满嘴古怪的话，哪里学来的。若是换了别人，动了他的花，他怕是会要了那人的手；只是对这个丫头，他却生不出一丝气来，甚至亢城初见将她抱进怀里的一霎，竟……不想放手。

那时，他几乎要认为她就是那个人。

可是，在她身上，他却丝毫感觉不到翘楚的气息和性情。她只是眉眼和翘楚有几分相似，性子却似乎皮得很，倒有些像以前的小狐狸。

若蓝的性子是永远也不会再回来了，吃过那么多苦头，她已不再是他的小狐狸了，她成了翘楚。只有那样，她才能保护自己。

其实，他更希望她还是若蓝，那样她会开心一点。

上官惊聪是她最在乎的人，他想尽量善待之；所有与她有关的人，他都想保护好。

但这次，他却存有私心地想保护这个丫头。

上官惊聪是因为她的模样才和她在一起的吧，以后，找到比她更像翘楚的人，她该怎么办？她已有身孕，若翘楚还在，他们的孩子也差不多大小吧。

种种驱使之下，他竟像个毛头小子一般冲口而出，说要替她赐婚，心里想的是她出身农家，这样人们才不会小瞧了她去。

只是，话出了口，他却立刻后悔了。

他想着，又猛然一惊，后悔，他后悔什么。

他倏然握紧双手。

四周的人却被新帝阴晴不定的模样所慑，偏偏这林小蛮似乎是被上官惊聪惯坏了，也不去想想这站在面前的是谁，皇帝好意赐婚，你还直挺挺站在原地算什么。

各人心事各异，摸不准新帝此时心思——他先前是看在上官惊聪面上才没计较吧，不知为什么，他对上官惊聪大不同于往日，似乎很是爱护；方才上官惊聪不敬，他也没有丝毫难为于上官惊聪，但现在……

冬凝揉揉太阳穴，赶忙加入佩兰二人的求情大军中去，又向景平和方明使了个眼色；佩兰也求援地看向宁王。几个男人叹了口气，正要出列。小蛮怕回家挨骂，却已试探道："皇上，你能不能赐点别的？"

众人一听要晕，这还能讨价还价？！

冬凝一拉小蛮，几乎要低吼出来："姑奶奶，跪下谢恩！以前只有翘姐姐敢这么跟他说话。"

倒没想到新帝却爽快颔首："好。"

众人又是一愣。小蛮伸手指指前方的翘振宁和凤清，低声道："这两个人看着讨厌，还是维持原判吧，谢谢了啊。"

翘眉一惊，立刻起身："你！"

所有人都还没回过神来，小蛮又摸摸冬凝的头，像个长辈的模样。冬凝呆住，她却已转身溜了。

殿上，新帝却轻轻"嗯"了声。

各人皆惊。

倒是郎霖铃勾了勾唇，抑制住心头震颤，幽幽地想，若这人能待我像林小蛮一样，我折寿二十年也值了。

她眼梢一瞥身旁的沈清苓，沈清苓像变了个人似的，越发沉默寡言了——飞天的事是真的，那么这个女子前世是神女，和飞天渊源极深；新帝对她有感觉吧，不然何必封妃。

沈清苓见郎霖铃看着自己，淡淡道："皇后娘娘有何指教？"

郎霖铃听她语气含冷带刺，知道日后宫中和她必有一番好斗，因为两个人都对那名男子绝不死心；突然又想，这样也好，最起码，与人相斗还能提醒自己，自己……还活着。

回到王府，小蛮从后门拐过去，正想悄悄溜进自己房里，门一开，却被坐在桌边的上官惊骢吓住，好半晌，才悻悻道："惊骢。"

上官惊骢搁下手中茶杯，淡淡问道："嗯，上哪里去了？"

他语气轻描淡写，眼中却隐隐有一抹严厉。

小蛮在路上的时候，本来还吩咐了几名小厮保守秘密，想撒个小谎，这时，一看上官惊骢这表情，想着他身为王爷消息必广，哪敢有半句虚言，乖乖道："进宫观礼去了。"

上官惊骢心里一涩，语气更冷了几分："你想进宫，大可跟我说。"

"我有提过，但你让我待在家里。我知道你不喜欢你哥哥，我以后不会再进宫了。我就是去看看……热闹。"

"小蛮，若你多说一两遍，我最后一定会应允的。"

小蛮一怔，见上官惊骢沉默地盯着地面，心里一疼，慌忙走到他身边去。她推了推他的手，他没有理睬她，他生气了吗？

她想到厨房做点吃的向他赔罪，才走两步，却已被他拦腰抱起。

"小蛮，我今天已向我哥哥请辞，我们明天就离开这里。我带你到另一个城郡去，我们以后就在那边生活。"

他在她耳边如是说。小蛮愣住，脱口道："明天就走？"

"你舍不得走？"

上官惊骢将她放到床上，轻轻抚上她的额头。

小蛮摇头，低声道："我哪有什么舍不得的？我在这里什么也没有，只有你。咦，不对，我们现在睡觉，不是还早着吗？"

"那就行，我们明天走。"上官惊骢和衣侧身在她身旁躺下，"你歇一下。虽是马车，赶路劳顿，到底比不得在府上舒服。"

"嗯。惊骢，说个事，他……你哥哥其实对你不差，你母妃的事不过仅仅是诱敌之计吗？我回来的时候都听宫里的人说了。你为什么那么恨他？对了，他还说要替我们赐婚。"

诱敌之计？若没有半点凭据，要上官惊灏借题发挥这么个事，还真不是一般人能想到。

上官惊骢心里冷笑，但听到赐婚时，还是微微一怔，却随即了悟。

若非我狐族幻术高明，狐王将两具身体幻化得毫无破绽，用丹灵彻底掩了你的气息，又让吕宋封住了你的记忆，让你性情大变，上官惊鸿看你身孕，又怎能全然无疑，更怎么会赐婚！我有意编造蹩脚谎言，你却说不想问我，足见过去只会让你痛苦。小蛮，也许这次惊骢并不磊落，但我会待你至好，我们以后一定会幸福快乐。

至于他母亲的丑事，他心中虽恨痛，却并不想和她多说，不想污了她如今快乐的心。而且，小蛮并不笨，很多事情她只是不愿意去想。他抱住她，低低哼道："我该早将你办了，倒省得毫不相干的人来操持我们的婚礼。"

小蛮脸上一热。是啊，他们本来要成亲，只是，战时情势多变，他虽然让下面筹备，却怕仓促简陋了。三牲六礼，隆重喜堂，是他想给她的。

战事结束，回到朝歌那晚，他吻她，她的身子却有些颤抖。他不动声色，只体贴地顺着说："可是叫林中擒拿上官惊灏的事吓到了？是我不好，只是想让你亲自看着上官惊灏被擒住，以后再也不能作恶，你不必再害怕了。"

她是害怕上官惊灏，自从见过这人之后，她便每晚做噩梦。

这多日以来，他只拥着她睡，也没再提婚事。

一来，她的精神确是自林中的事之后就变得有些不爽利，一直恹恹的；二来，他似乎在给她时间，等她全身心去接纳他。

他是个好男人。

她也不知道自己怎么了。

那个烂皇帝上官惊鸿的事关她什么事。

明天离开也好。

她闭上眼睛，道："惊骢，我这就睡觉，咱们明天就走。"

上官惊骢看她乖巧，一股喜悦之情从心底缓缓溢出来，在她头上吻了下："用膳时叫你。睡吧，醒来后又是新的开始。到了那边，一安顿下来，咱们就立刻拜堂成亲。"

"嗯，好。"

可是，计划似乎永远赶不上变化。

他们原定翌日下午就出门，中午的时候，上官惊骢却被夏海冰差人过来，唤他过府一趟。

小蛮等在厅中，拿着一盒果脯在吃，夏总管候在一旁。

突然，一个小厮进门，急道："总管大人，宫里有旨意过来，夫人得出去接旨。"

小蛮和夏总管相视一眼，心中惊疑：在这个节骨眼上，宫中会有什么旨意过来？

及至小蛮接旨才知道，竟是皇后的懿旨——让小蛮进宫，说在宫中摆了个小宴，宴请各家王妃、夫人。

小蛮不大愿意进宫，夏总管也不愿这时节外生枝，只想等上官惊骢回来便离开。

但那是皇后的懿旨，怎可违抗？且宣旨的不是新帝，理应无甚大碍才对。听懿旨内容，皇后似乎只是想和各家命妇拉拉家常。新帝即位，现在后宫虽仍悬空，还没招选秀女进来，但皇后往后统率六宫是必然的。这种小宴并不稀奇，有和各家女眷行亲近之意。

但夏总管微一迟疑，还是一笑问宣旨的太监："听说皇上近日身子抱恙。借问大人一句，皇上可好，此刻可在休养，没有操劳办公了吧？"

那太监瞥了瞥他，淡淡道："夏总管是个有心人。皇上此时倒没有在办公，却胜似办公。太上皇、五爷、永睿公主纠集了一众大人和娘娘跟皇上下棋，说是要赌件大彩头，车轮战好玩得紧。咱们皇上那棋艺，众多大人都败得差不多了，连太上皇和五爷也都败了，谁还能赢过啊？咱家出来的时候，从御花园经过，正见到皇上和宗大人对阵；若是宗大人也输了，便得沈、林两位娘娘上场了……"

小蛮想，这太监真是八卦，说了这么一大通。

下棋，赌博？赌什么？

上官惊鸿果然是个奇怪的人，他身边的人也是。车轮战皇帝？搞什么鬼。

当然，小蛮也管不了那么多了。夏总管故意探听皇帝的事，知道皇帝和皇后的这道懿旨没什么关系，便让她跟几名内侍进宫；临行前，又吩咐她对皇后说几句客套话，设法早点回来，免得爷回来挂心。

她满嘴应着，然而当她进到皇后寝宫，却走不得。

因为像佩兰、七王妃那些命妇和其他宫夫人都不在，皇后说是全都到御花园观战去了，于是很悲剧地只有她一个人相陪。她说了几句想走，可皇后热情，只不肯放人，拉着她说了好些体己话，问她家里情况、问她孩子的情况……

小蛮只好说，生了一场大病，烧坏脑子，不大记得了。她又不能跟皇后明说，她和上官惊骢今天离府。上官惊骢交代过，静静地走，不可声张。

皇后眸里浮上一丝怜惜，似乎是看出她有些百无聊赖，又提议带她到御花园看看热闹去。

小蛮一想会见到上官惊鸿，心里就有些忐忑不安，不大乐意，因为她不大想见这个人。

皇后八面玲珑，一瞥小蛮眼角眉梢微有些不耐烦，心想她出身农家，对六艺棋画这些都不通，又有些小孩心性，喜不喜欢，脸上写得明白；上官惊骢约莫又极是宠爱她，她只怕想着回府去了，便笑诱道："妹子若嫌闷，又挂念九爷，一会儿从御花园穿出去，直接回王府便是。"

小蛮一听能回府，大喜，遂答应了。

郎霖铃领了大婢扇儿和一众内侍宫女，亲昵地亲自挽扶着小蛮出殿，嘴角缓缓浮出一丝不易觉察的笑意。

今天她哪有设什么小宴，不过是个幌子。

先是差人吩咐夏海冰使开上官惊骢——夏海冰是上官惊骢的舅舅，上官惊骢的性子清傲不驯，若说这朝歌里还有谁能让他礼待的，便数这位舅爷了。

郎霖铃出此下策，也是因为没有其他办法了。

上官惊骢对小蛮很是紧张，约莫是她怀着身孕的缘故，轻易不让她出府。

上官惊鸿重伤一直还没完全愈好，这还便罢，他到底年轻力富，但他身上的毒却是大忌——然而，不知为什么，他却一直没有服用剩下的狐丹。若非一身惊人功力和顽强意志强撑着，他的身子早已坏了，倒下了。

让他服食狐丹，他却没有回应。

荣瑞皇帝和宁王、宗璞等人一商量，决定由冬凝开口问他讨要个愿望，想在他应允之后，借此让他服下狐丹。上官惊鸿甚疼冬凝，当时他正在御花园和燕紫熙下棋，闻言没有立即答允，反而笑说和冬凝走一盘，若冬凝能胜，便允她愿望。

冬凝三两下输了，幸好冬凝也是个极能耍赖的丫头，说要去找帮手，若这宫中有谁能赢他，仍算她赢。上官惊鸿也不与她计较，一笑允了。

后来，荣瑞皇帝和宁王相继败了；各人哪能这样就认输，荣瑞皇帝将一众皇子、朝官也宣过去了，加上闻说棋战看热闹的皇室女眷。御花园里确实热闹非凡，连沈清苓和翘眉也过去了。

郎霖铃却想，若没有人能败上官惊鸿，只能让人再劝上官惊鸿。她已劝过上官惊鸿却无用，便想到了小蛮……也许，和翘楚有几分相似的林小蛮可以一劝。登基典礼上所见，上官惊鸿对林小蛮是宽容的，必定有翘楚的原因在。

且不管奏效与否，她亦不想让沈清苓和翘眉得逞了。上官惊鸿昨夜翻了翘眉的牌子。

两人走着，小蛮又听到郎霖铃道："想和妹妹商量点事。"

小蛮微怔，心想，原因来了。

她虽然越发不愿意去揣测别人的事、话乃至一个神色，因为那样真的很累，心里却是亮的，也不多说，只点点头。

"自家人不说两家话，姐姐也不妨直说了。有个事，想让妹妹相帮相帮。"

小蛮倒是笑了："小蛮何德何能，娘娘说便是。"

郎霖铃微一沉吟，低声道："妹妹帮个忙吧，一会儿看能不能寻个机会劝劝皇上。"

小蛮心里咯噔一声，这上官惊鸿又怎么了？

御花园。

新帝环视了众人一眼，淡淡道："若朕没有记错的话，众卿都走过场了吧！可还有谁要和朕再来一局的？"

也没见这人怎么凶狠说话，但就是给人一股强烈的压迫之感，众朝官汗涔涔的："皇上高明，臣等自愧不如。"

荣瑞皇帝和宁王交换了个眼色，宁王又看看宗璞，神色都大是凝重。冬凝急得不行，这里面还真没有人不曾和上官惊鸿"动"过手了——没动手的也是棋艺不精，再不就是像景平这些原睿王府的人，知道上官惊鸿棋艺，不去自讨失落的。沈清苓和翘眉也输了。

她突然灵机一动，看向燕紫熙："燕王爷，你若能赢皇上，彩头能不能送冬凝？"

燕紫熙闻言一笑，道："紫熙十分愿意将彩头送予公主，可惜问题在于皇上是医之国手，这棋艺亦然。你和太上皇过来之前，紫熙和皇上走过几盘，都讨不到好去。"

冬凝一听泄了气。新帝却笑道："燕侯才是国手。当日惊鸿身陷囹圄，多亏燕侯援手。"

冬凝怔住，宁王大是惊喜，击掌道："原来竟是侯爷！"

宗璞看了燕紫熙一眼，手却紧紧扣死，若非你，冬凝和左兵……

如今一切到明面上来，他自是知道左兵是谁。

冬凝想到先前的事，心里一紧，手微微攥了攥裙子。

她悄悄看了看左兵，只见左兵目光一侧，淡淡落到新帝和燕紫熙桌上的新局上，似乎这更让他感兴趣。冬凝一黯。宗璞见此情景，只觉得心口刺痛得如同要炸开一般。

棋局在继续。

新帝执子微微一顿，突然轻声问道："燕侯寻觅多时，可有王妃下落？"

燕紫熙自嘲一笑，摇了摇头。

新帝见状，道："东陵此处，若有任何惊鸿能效力之处，燕侯只管开口。燕侯大德，惊鸿尚未相报。你此番回国，援战一事，燕国君只怕未必肯善罢甘休。"

"那是紫熙心甘情愿，皇上不必多虑。能得皇上相助，已是紫熙大幸，紫熙稍后便送上夫人的丹青。"

"好。"

"另外，还有一事，也想请皇上援手。"

"燕侯请说。"

"紫熙之妻是获国宗室，有一异母之弟流落贵国，也请皇上代为一查。"

"获国？"

新帝眸光一锐，唇边浮起几分浅薄的笑意来。

荣瑞皇帝摇头一笑，接口道："这个号称云苍最穷兵黩武的草原之国几年内必起大乱，大汗昏庸，诸王纷纷起势自立，局势不比我东陵之前轻松。"

燕紫熙眼睑轻垂，握着棋子的手却微微一抖。

看得出，这位能力过人的侯爷此时也是心情沉重，只不知是为其妻国家之难还是其他。

他最后苦笑道："我妻子一脉人丁单薄，若无男丁继承率领，则土地、族人必被其他族系侵吞。我妻子离开燕国，一因与我起了极大的矛盾，二亦必四处寻找那失散多年的弟弟。紫熙稍后一并与皇上详说。"

"王脉流落这倒奇了，王妃之弟怎么会流落在此？"

宁王不解询问，燕紫熙微一拧眉。新帝察言观色，已笑道："五哥可真扫兴，稍下问燕侯吧，此刻可是棋局正酣。"

宁王立时恍悟，只见燕紫熙将话匣一截，只怕有什么难言之隐，这里此刻里外都是人，自是不妥，忙一笑自斥道："该罚，该罚，是我打扰皇上与燕侯雅兴了。"

宗璞见左兵目光深沉一直萦绕在棋局上，冷冷一笑。

这局燕紫熙败了。新帝将棋子一推，道："这玩耍今日就到这儿吧，燕侯随朕到书房去。父皇，儿子便不相送了。"

荣瑞叹了口气。宁王、宗璞、冬凝等着急，却没有办法。亭外诸多朝官却是松了口气，正待告退，沈清苓却突然出声道："皇上，臣妾与你再走一局吧。"

狐丹的事她不甘心，她是关心他的人，怎能任他自毁身体？且上官惊鸿已经很久没有和她说过一句话了，这种沉默快让她疯了，她要和他聊聊天，和记忆回归以后的飞天那天。

翘眉立即笑道："皇上，沈姐姐这局输了，臣妾也与你走一局。皇上可不能厚此薄彼。"

新帝看了翘眉一眼，沉默了一下，终是颔首应了。

咒她必输？翘眉，不，翘若雪。沈清苓心里冷笑，面上却没说什么。今晚，她要去找他！

他既立她，心中对她必有情。本来，飞天对她就是特别的——只是，这一辈子，翘楚的事横亘在他们之间她不信自前生起飞天爱的便是若蓝。像飞天这样的男人怎么会爱若蓝，是这辈子的上官惊鸿对翘楚的愧疚在作祟。但现在，翘若蓝、翘楚都不在了。翘若雪的一副容貌确实动人，但不过是他拿来玩玩拿来气她的罢了，他还在恨她间接害死翘楚。

她心神略略一定，坐到燕紫熙相让出来的位置上，正拈了颗棋子，却听到一道清清脆脆的声音说道："见过皇上，见过太上皇。"

众人见新帝眸色原本沉了沉，正不知为何，却见皇后突然携一名女子出现，新帝竟忽然站了起来。

各人更感惊奇，又见那不速之客却又是夏王那个小妾：林小蛮。

殊不知新帝此时心情沉恒。

昨夜在翘眉房中过夜，后半宿梦里竟都是林小蛮的模样，不是若蓝，亦不是翘楚。

他是皇帝，此刻东陵大局初定，他需要知道每一个人都在做什么。

他手下有的是人，上官惊聪在这两天里在做什么，他很清楚。

他没有阻止。

林小蛮不能再留在这里了。

他不要想起任何一丝和这女人有关的事情。

这一见，他心里又起异样——她不过是模样和翘楚有几分相像。

他还疯了不成?!

"你怎么过来了？"

新帝的声音有些冷漠，似乎极不待见她。小蛮内里腹诽，脸上还是笑笑寻了个借口："皇后娘娘为你老人家分忧，让我进宫，与我谈谈我和惊骢的婚事。"

见新帝眸色更沉，小蛮心里又骂了两句，继续笑道："后来听说这边热闹，便和娘娘一起过来了。"

新帝听罢，不再搭理，只和沈清苓下棋。小蛮气得想抓把棋子扔他——亭子甚大，石座却有限，新帝命人给皇后赐座，却似乎把她忘了。

小蛮皱皱鼻子，只好抚着大肚子站在一旁。

冬凝、佩兰和七王妃几人不忍，只是，冬凝方起来，新帝的目光已落到她身上。

冬凝一惊，只好咬唇坐下。

上官惊鸿对自己礼数周到却很是冷漠，荣瑞皇帝不得已之下只好问方明，得知当年上官惊鸿和庄妃之事真正来龙去脉，恨极庄敏，亦连带恨上惊骢，对小蛮自是不喜，更不命人赐座。

小蛮坠着肚子难受，看沈清苓败，翘眉换座，又与新帝新开一局；新帝修长的手指轻轻敲打着桌面，笑容淡淡，似乎很是爱看翘眉思考的模样。她心里又恼又怒，本想一走了之，想起皇后的话，想起他的伤势——

郎霖铃这时也微微蹙眉看了她一眼；新帝下子之际，翘眉却缓缓抬头，冲她妖娆一笑，宛报殿中之仇。

四周都是朝官，命妇窃然打量着她，眼中嘴边都是不经意泄露的笑。

因为在他们所有人看来，她只是惊骢的小妾，可以随时舍弃？

因为她就像一个小丑？

小蛮只觉得眼睛深痒，仿佛以前也遇到过这些，赶紧去擦眼睛，却擦落满手凉。

凭什么因为她像翘楚，便要她做这些事？

她不是傻子，她会看、会因为一些蛛丝马迹从下人嘴里打听。

为什么她却还是想帮皇后将这事办成再走？

但又凭什么认定翘楚在上官惊鸿心里那么重要，她开口就一定能成？

翘楚是重要到他去封新妃，亦从不曾追封的女人。

是谁的声音在耳边而过——以后必不让你再跪。

她握紧手，扶着大肚子缓缓跪到地上，低声道："皇上，能不能求你一件事？"

午后的御花园突然变得有些安静。

所以，她能清楚听到棋子突然滚到地上的声音，但她不敢抬头，因为她满脸泪水，怕别人看到笑话；所以，她不知道那是谁的棋，他的，还是翘眉的。

朦胧里，新帝的声音冷冷传来："什么事？"

"看在惊骢护国的分上，你不能先答应我吗？只是一桩小事。"

"先答应你？永睿公主于国无功吗？她想问朕讨要东西，也需千方百计设法赢朕方能得到，你凭什么？行，你不妨也来一局，若赢过朕，朕便允你所求。"

小蛮怒得浑身发抖，倔强的脾气反上来了。她咬紧牙关，让自己的声音听起来不那么像在哭哽："好。只是，只是……民女生长在农家，不会这些雅物，这下棋过程中，若有民女不知道的规则或不懂的事情，皇上能不能教教我？"

不知是谁一声轻笑，接着便有些笑声随之而起，嘲讽有之，讥刺有之。

再不愿意去揣测好意恶意，这些感情色彩还是能让人轻易辨出。

她朝最先发出声音的方向看去，却意外看到一张似曾相识的脸，那是一名长得很美的女子，和翘眉的容貌有几分相像。

看到她看自己，那女子倨傲地朝她扬扬下巴。

她死死咬牙仍忍着，终于等来那个高高在上的男人更为冷漠的一声"嗯"。

她一笑，似乎有一道声音在脑海里轻轻说着什么，便循着那道有些沙哑有些沧桑又渐渐远去的女声慢慢一字一字认真道："小蛮不懂怎么才能赢皇上，请皇上教小蛮能赢过皇上的方法。若皇上肯实现方才的承诺，那么，这一局便是小蛮赢了。彩头小蛮愿让给永睿公主。民女告退。"

真的后会无期了，这个吃人的污秽的地方，她永远也不会再踏入一步，哪怕是抗旨。

小蛮扶着地面，自己慢慢站起来。她用力一擦脸上泪水，不看任何人，头也不回转身离开。耳边，有什么泼然落地，似乎是棋子，很多很多的棋子被人猛然翻拂落地，滚动，跳跃，声音清脆震耳。

只是，这一次，她不再去想是谁将棋盘打翻，是他，还是他的哪个她。

走了两步她却愣是走不动了。

手腕被人在背后攥得紧紧的，那种力道，她自知十个她都甩不掉。她狠狠转身，没有被箍住的那只手砰的一声，打在对方胸膛上。

这一下，惊呆了所有人。

"皇上你也敢打！"

抓着小蛮的是猝然打散了棋盘从亭子夺步而出的新帝。

小蛮这时根本不管拉着她的是谁，她打的又是谁。她朝声音来源望去，一看，却又是方才那个女人正又惊义讶地望着她，眼角眉梢却总是不脱趾高气扬的味道。

小蛮也不惧小白，像只小老虎恶狠狠地盯住新帝，间或又看看那女人。

新帝却眸光熠熠，胸膛激烈起伏着，明显很是激动，那是人们从没想到会在他这样的人脸上见到的神色。

那种近乎狂喜又不敢置信的百般忐忑的虔诚。

第三十二章

相思相见知何日　此时此夜难为情

郎霖铃、秦冬凝等尚自惊惧，竟还没反应过来，怔然站着。沈清苓心里却起了一种异样，心口怦怦而跳。更多人却心忖这林小蛮竟不知好歹至此，这次自身大祸不说，还将殃及夏王府。翘眉走到那美貌少女身旁，一指众禁军侍卫，娇叱道："还站着做什么？这女人冒犯了皇上，你们还不快将她拿下！"

这些禁军警觉不差，一直没有上前，却是为新帝此时神色所慑，拿捏不准该怎么做。老铁和景平这时却立时止住了，不说和上官惊鸿亲近如他们，知道此时上前绝不妥。小蛮方才的几句话让他们想到了那个夏日午后的一件事。

那时，还在睿王府中。

和那个人那么像的一个人，上官惊鸿怎么会动她？

翘眉一惊，她身旁的女子跺脚道："姐……"

不消说，这位小姐正是翘容。

小蛮看着二人，也约莫猜到其中关系，冷冷一笑，对新帝道："还不让人将我押下去，好遂了你爱妃的心愿？"

至此，千万种滋味在心头，那般强烈，却竟无一不是恨。

她，恨极了这人！

"莫存丰，掌翘容的嘴，直到夫人叫停为止。"

新帝凝视着她，终于缓缓开口，却再次惊煞所有人。

莫存丰也连忙看了方明一眼，见方明一点头，方命几名内侍上前，将翘容架开，噼啪开弓狠狠扇打起来。

除去当年受过上官惊鸿一掌，翘容这一生哪受过这般折辱？她又疼又怕，连连叫着"皇上饶我"，嗷嗷哭叫起来。

翘眉平日里有时虽也不喜欢这个草包妹妹，但如今翘容被打，打的亦是她的面子，大惊之下，立刻跪下，道："皇上恕罪，不知妹妹哪个地方做得不对，请皇上明示，臣妾回去必定严加管教。请皇上饶过臣妾的妹妹。"

"朕厌恶她已久，你如何管教？"

冷冽一声，让翘眉一下愣在原地。她以为他是喜欢她的，那么她在乎的人，他也该……可是他若喜欢她，昨晚为何不碰她，只和衣在榻上躺了一晚，甚至连她的床榻都不靠近。可若他不爱她，他不会那么温柔地凝视着她，看她半宿。

谁都弄不懂新帝的态度，能做的只有静和候。也许，从林小蛮走进登基大典那一刻，一切便有了不同。

有人心里隐隐冒出个可怕念头，新帝对林小蛮……却又觉得不可思议——翘眉是美，才令新帝不顾天下诟病收进后宫，但林小蛮甚至有孕在身……

小蛮亦被眼前的情景绕得有点晕了，冷冷道："你若不罚，便放我走，我要回家了。"

"不，你我的棋局还没完。"

她被打断，那声音很轻，却充满强硬和压迫。

小蛮哪肯答允，却被他握着手前行："林小蛮，不要逼朕抄了夏王府，杀了府中百口人。"

小蛮一惊，却没有再反抗。她没有选择的余地。

早有内侍将棋子一一捡回。

在所有人紧张的目光中，新帝做了一件很古怪的事——两手分持黑子白子，各自走了数十子，方用锐利的目光盯着小蛮说："到你了。"

小蛮闭了闭湿了又干的眼睛，去拿子儿。

"你不是要教我怎么赢你吗？"

"是，但你自己必须走十子，先将局势挽回。"

御花园中不乏棋力甚强的朝官，荣瑞皇帝、宁王、宗璞等人也都是高手，都看出白子败象已几乎无可解救。

小蛮却思考得很是认真。她出身农家，应该从没学过这些，但脑海里却似乎有着博弈的本能和记忆。她也不斥他无信，想了许久，终于下了一子，新帝立刻随她下子。

谁也没想到，九子以后，白子却有了转机，九颗子每一步都下得恰到好处，巧妙至极。

人们暗暗称奇。小蛮还在为新帝新下的棋子而琢磨，手上一疼，已被人拉起身，用力拥入怀中。

"以前的事，你已没有了记忆吧，但那天我教你怎么赢我的棋，每一步你却仍记得清清楚楚。这盘棋和睿王府那天的一模一样，要怎么转败为胜，只有我和你知道。你说，若有一天我仍敢负你，有了别的女人，你变成鬼也要回来报复。你果真回来了，翘楚。"

鼻端突然充盈的龙涎香，那低沉沙哑的声音，宽阔肩怀的间隙里，小蛮怔怔看着所有人或疾变成惊恐或惊喜不敢置信的脸。随着昔日睿王府那些人眸中含泪缓缓跪下，她手上一抖，原本握在手中的一把棋子，散到地上，嘀嘀嗒嗒响……

当颈中被一抹凉意滑过，小蛮方从那种战栗、不知所措的伤痛呆滞中清醒过来，猛地朝新帝推去。新帝似乎怕她伤到自己，将她稍稍松开，却并不放开她，双手仍紧握住她的肩。也是这一缝隙的距离，小蛮清楚看到新帝眼里的泪光，每一下闪烁里都是狂烈的情绪。

这种表情不适合他平素显得庄严又恬静的脸。

她怎么会是翘楚？

小蛮心里却是痛恨，只觉得好笑，一股悲凉从心底涌出，终于，咬牙吼道："放开我，我不是翘楚，谁要倒八辈子霉谁是翘楚。"

新帝此刻心里却是疯狂的喜悦，若非如此，他怎么可能在这许多人面前便如此不顾一切，将她抱在怀里，只怕她再消失不见……

他明白即便是没有了记忆的小蛮也是恨他的，他正想将人驱散，带她回自己的寝殿，一声厉喝却从亭外而来："上官惊鸿，放开她！"

小蛮原本还在挣扎，听到这声音，立时一震，侧身看去，果然看见上官惊骢正从不远处奔来。

"惊骢，惊骢……"

她使劲朝他叫。新帝心里一沉，一瞥老铁和左兵，二人立刻跃上前，挡在上官惊骢前面。本来，御花园中的禁军都不是上官惊骢对手，但老铁和左兵二人合力，上官惊骢一时三刻之内根本无法挣脱。景平朝景清一点头，两人迅速飞身离开，将更多禁军带过来。

四下众人此时已震惊得不知如何是好，除了部分人认为小蛮确实可能就是翘楚，其他绝大部分人都想到翘楚已经死了。

但既然新帝说林小蛮就是翘楚，那么，她就是翘楚。

谁都以为新帝虽然爱翘楚，但随着登基、册封，内务府也开始选进一大批貌美的秀女，虽然还安排在外殿教习礼仪宫规，翘楚也渐渐埋进新帝的记忆里，此时看来，却全非那么回事。

翘楚一直还在。

是啊，由当日苦心经营到最后却连荣瑞皇帝也可以横剑指向，这样的浓烈又怎么会随时日而逝。

那个倾城美人。

小蛮全然不知别人在想什么，即便知道，她亦不会再为之动容一分。上官惊骢发狂一般，竟将御花园一根大树连根拔起……以此将老铁和左兵暂时逼退，赶到她身边。

她一直听说，他是个勇武的人，力气很大，如今，终于看到，凌乱中，树干厉劲之风扫过，百官、女眷都惊骇逃避，园子顿时轰乱起来，她的心却都快碎了。

他们说过，以后要好好的。

无论怎么样，彼此都要好好的，一起好好的。

她为什么要听皇后的话，上官惊鸿的死活又与她有什么关系。

哪怕，她是翘楚。

上官惊鸿值得她去操这个心吗？

不值得。

真的不值得。

她心疼如绞，悔不当初，心里的痛苦找不到宣泄之口，汹涌地压迫着她。她终于拼命哭喊起来："惊骢，我对不起你！惊骢，惊骢，不要让自己受伤……不要受伤……"

"小蛮，不要怕，我一定能救你出去！"

"求求你们，铁叔、景平，不要打他……"

景平本来带着大批禁军赶到，加入打斗，听到小蛮嘶哑哭喊，又见上官惊骢一身白衣已血红点点，不禁一滞：是啊，他们这样当真是对的吗……小蛮已经和夏王在一起……她其实已不是翘楚。

老铁和左兵一个死忠于新帝，一个冷酷无情，却不曾停手，领着被逼退的禁军又攻上去。

燕紫熙眉宇一拧，亦跃入当中，长剑出鞘，对准上官惊骢……

眼中都是泪水，小蛮却看得清楚，上官惊骢负了伤，却仍嘴角带笑凝视着她。她知道他在叫她不要怕。小蛮心如死灰，绝望之下，终于缓缓看向紧揽着自己的新帝："上官惊鸿，不要杀死他，你要我怎么样，我就怎么样。"

一直沉默的新帝听罢，将唇附到她耳边，轻道："好，楚儿，你总算是明白了，明白就好。夏王府的人，还有他，我若要他们死，他们只能是死。"

那竟是一道比她和上官惊骢的绝望更绝望的声音，声音里透出一股寒意，深冷得她不禁打了个寒战。明明，他语气淡而带笑。

她还在发怔。他已朝老铁等人做了个手势，一把将她横抱起来，扬长而去，将所有人、所有震惊都甩在背后……

回到帝殿，小蛮一动不动地呆缩在床角，直到新帝也坐了上来，将她抱进怀里，又拉高被褥小心盖到她身上，她方猛烈地颤了一下，像只受惊的兔子。

"我会尽快让你恢复记忆……"一记轻吻柔柔落到她发顶，粗糙的手指摩挲着她的脸，"饿不饿，我吩咐御膳房做些吃的过来，做你往日爱吃的……"

惊愕。

小蛮从呆滞混沌里清醒过来，抬头问他："我不要恢复记忆，也不要吃饭。你告诉我，惊璁呢，惊璁怎么了，你将他怎么了？"

"嗯，他嘛，我将他捉起来了，扔进牢里。你乖乖吃饭，我就让人送饭给他吃；你不吃饭，他也饿肚子。"

袖在被中的双手倏然握紧。

小蛮愤恨到极点："你要怎样才肯彻底放过他？"

"做回我的女人，翘楚。"

夜。

小蛮哭闹半天，因为身子本就孱弱，又怀着身孕体力不支昏睡了过去。

方明带着宫女亲自进来掌灯。

新帝便就着灯火痴痴地看小蛮的睡颜。

她脸上都是泪痕，他低低说了句"真丑"，却又低头吻下去，去摸她圆圆的肚子。

那里面孕育着她和他的孩子，他不由得越发痴了，她和孩子都回到他身边了。

半月前，上官惊灏对他说了那些话、说她已魂飞魄散的那一霎，他当真万念俱灰。

若非她将发带递给他，他会杀了上官惊灏，然后他也不会知道自己随后会做些什么。

他方才已派人到行宫找过被半囚禁的吕宋。吕宋看到他已知晓小蛮的身份，便将事情告诉他，说这总算是没有违背狐王的遗愿，因为这是他自己猜出来的。

……

小蛮似乎感觉到有人挨近，咿咿呀呀地咕哝起来，往他怀里蹭。

"惊骢……"

新帝原本一喜，听清她嘴里迷糊不清低喃着什么的时候，他气血上翻，喉中一片腥甜，却又无论如何舍不得将她放开。他轻拍着她的背，好半晌，她终于安静下来。他方将她从自己臂上放回枕上，又仔细替她盖好被子，才翻身下床。

她跟在上官惊骢身边这许久，和上官惊骢必定已做过最亲密的事情！

他抚着心口，大口浓血终于抑不住溢了出来。

和她那时为上官惊灏所擒不同，她和上官惊骢是心甘情愿的……何况，前者和她并没肌肤之实，上官惊骢却……在他不曾看到的地方，他们做过最亲密之事。

那次为上官惊骢受上官惊灏一剑，只要翘楚回不来了，他死了，也成。

现在他恨不得杀了上官惊骢，但他却不能杀上官惊骢。

他狠狠握拳，几乎便要拂袖将桌上所有东西全摔破，却很快用另一只手狠狈地将其握住，仍轻手轻脚出了屋子。

老铁几人全候在院里。

他挥退了其他内侍，在院中石椅上坐下。众人看他衣上血迹，还没从原来的惊悸中出来，便又变成了忧心。

老铁问："爷，翘主子可还好？"

新帝没有说话，只知道，她虽然答应了他，但若按这样哭闹下去，她的身体必败。

有内侍将燕紫熙领过来。燕紫熙将一幅画和信笺交到景平手上，拍拍新帝的肩："紫熙妻弟的情况都写在信笺上了，紫熙也不多说了。燕王催得急，明日就启程回国，皇上好生珍重。"

新帝也一拍燕紫熙肩膀，缓缓道："珍重！你我是朋友，你交托之事，惊鸿务必尽力。"

燕紫熙颔首，也不再说谢，只低声道："惊鸿，也许因为我们都站得太高。有些事，紫熙是过来人，你我一见如故，承蒙你视紫熙为朋友，紫熙有一言相劝——对事，可强硬；对人，亦可强硬；唯独对某个人，有时只怕绝不可强硬。你对所有事情都高瞻远瞩，但在翘妃这里……"

……

直到燕紫熙消失在殿外，众人只见新帝还一动不动地坐在石椅上。方明提议道："爷，不若将四大和美人两位姑娘请过来服侍翘主子，指不定……燕侯爷的话里约莫也是这个理儿。"

上官惊鸿虽然已登基，但在外人面前，他们才改称谓。

新帝闻言，猛地抬头："不，任何能让她产生依赖的人都不能在她身边。"

他自午后变得冷酷的眸光里寒芒闪烁，众人瞬间都惊呆了，为这位主子几近疯狂的占有欲。

他要小蛮眼里只有他。

新帝却又突然淡淡道："燕侯说的是有道理的。"

他说着轻声吩咐了景平和景清几句，快步进了屋里，却留下众人面面相觑——新帝到底在想什么？

小蛮醒来的时候，新帝已不在屋里。

但有几名宫女在一名女官带领下恭敬地侍候着。

女官说皇上早朝去了，娘娘有什么只管吩咐她。

小蛮觉得眼睛又酸又涩，脸上黏糊糊的。女官已灵巧地吩咐下面准备浴汤。

小蛮沐浴完，散了头发，在桌边呆呆坐着，也不想去碰桌上丰盛的早膳。

昨晚惦念着上官惊骢，又怕孩子有事，她方强迫自己吃了几口。

她也知道自己不吃不行，肚里的孩子会坏掉，但她无论如何都吃不下，嗅到食物的气味已经想吐。

想起上官惊骢，她只觉得满心绝望。

门外突然传来景清的大嗓门："哥，到我值班了。"

"小点声儿，莫吵到翘主子。"

"哥，没想到又回到睿王府那个时候的日子了。那时翘主子跟爷置气，爷也是派我们几个轮流守着……只是那时的翘主子比现在可亲切多了，爷才会那么喜欢，爷喜欢性情恬静的女子；可惜现在的翘主子虽然哭闹让人烦，但爷得不到，还是放不开。若她顺着爷，像是翘容那种性子，爷只怕很快就弃之如履。"

"景清，你放肆！这些浑话莫要再说，快打起精神，好好领人守着。你知道若翘主子存心想逃出宫，未必没有办法，她以前便从守卫森严的睿王府逃脱过。"

不知过了多久，小蛮还支肘在桌上思索着什么，只见门被人推开，一袭明黄身影缓缓走进。

女官和宫女连忙见礼："见过皇上。"

新帝让众人出去，走到小蛮身边："今儿不在这里用膳，随朕去偏殿。"

他说着去搂她。小蛮心里一紧，推了他一把，才垂着头低声道："我有事和你说。"

"好。"

"你是不是真想要我？"

"是。"

"你是不是会对我好？"

"一定。"

"那若我要你夜夜都留在这里，不能去你的妃嫔那里，可以吗？"

"可以。"

"听皇后说，你要选秀女？"

"嗯。"

"不给选。"

"好。"

小蛮愣了一下，猛地抬高头，却见新帝眸中却又满满充斥着昨天亭中那种狂喜失态的光芒，目不转睛地凝视着她，透出一股奇异的温柔。

小蛮心头反倒重重地跳了一下，却随即睁大眼睛，宛若狐疑地盯着他："你在骗我。"

"我不骗你。"

"好，那咱们立一个约定——我要你重新追求我。若你违反了约定，对我不好，就再也不能困住我，放我和惊鸰走。"

"好！"

小蛮没想到他答应得如此快，竟像完全不用思考一般。她终于轻轻笑开，心里却恨恨道：我就不信你能对我有多好，让你憋着不找女人，看我不整死你。

"那以后，我们便好好地在一起，你，我，还有孩子。"新帝却似乎并不觉得那些是过分要求，眉眼里反而都是笑意，容颜玉臻，直有股妖惑之美。

小蛮一怔，下意识摸摸肚子——昨夜只顾伤心，现在才想起去正视一个问题，她真的是翘楚吗？

若她真是翘楚，孩子……就是他的。

听说翘楚带着身孕死去。她真是翘楚吗？死而复生，模样相似却不再相同。多么的不可思议。

可是，之前种种，譬如他的力量，不都是她亲眼所见吗？若他前生是飞天，她是重生的翘楚又有什么稀奇。

新帝昨晚告诉过她，她的模样是幻术所化。

可是，她不想让自己是翘楚，因为翘楚一生过于沉重凄凉，她亦真的很恨他。

如翘楚一般恨着。

他忽然握住她的手，让她断了思绪。她吸了口气，就按计划去做。

她深深惦记着惊璁。

惊璁既不介意她的过去，她又怎么能相负？

小蛮眯起眸子，道："我不要走路，也不坐辇车，你背我。"

新帝似乎一怔，小蛮见状心里暗笑道：外面都是宫人、侍卫，如此对待一个女人，不会有损帝王之尊吗，你犹豫了吧？她正想"谴责"他，他却已探手将她打横抱起。

"抱你好吗？背的话会压到孩子。"

小蛮愣住，直到两人穿行在宫中，她还在发怔，便连跟在背后的老铁等人都是那么安静、高兴，似乎并不觉得这有丝毫不妥。

新帝更不消说，他稳稳地抱着她，眼里笑意依旧。他淡然接受着每到一处的见礼，只是间或低头用额头碰碰她的额头。

飞天是这个模样的吗？

飞天是温淡的，但他不会对人这样。

不知为什么，小蛮心里突然有些想法，又突然有些迷惑，在某人第N次碰她的脸蛋的时候，她才警觉出来，一掌按在他脸上，恶狠狠道："改道。"

新帝好脾气地笑问："怎么改？"

小蛮存心要折腾他："咱们去御花园走走再过去。"

御花园在另外一个截然相反的方向，新帝却没有犹豫，只说好。

一路走着，小蛮见他额上沁了层薄汗，仍并不见一丝恼怒，不禁抿了抿唇。

这样抱着人走路会很累，尤其她是一个孕妇，重量更甚。他双臂仍是稳稳的，不见颤抖，但她却清楚感觉到他双脚的不平衡，步履间一高一低。她一惊，他的脚怎么了；之前几次见面，不是战场紧急，便是她心里难受，所以不曾留意。

她这时方才知道他的腿脚似乎有毛病，心里莫名一颤。

背后的景清这时也急得说话了："翘主子，奴才去找辇车过来好吗？爷的脚因为你心灰意冷不肯治，落了毛病，这样他得有多疼……"

"景清，你先到偏殿去。"

新帝立时顿住脚步，微微沉声。

景清被斥，下意识看看景平等人，各人神色难为却只紧紧闭着嘴。他不敢违逆，向二人一躬身，一跺脚，往偏殿方向去了。

"翘楚，你心疼了。"

小蛮心里竟有些不是滋味，咬咬唇，却绝口不肯说让他放下的话，直到他的声音温热清晰地吞吐在她耳边。她方想反驳，顺着他微有些炙热的目光看去，才发现自己的双手不知什么时候竟紧紧搂住他的颈脖。

小蛮连忙收手。新帝宠溺地笑笑，始终没有将她放下来。

抵达御花园，她从他身上下来的时候，他的龙袍已是一片厚重汗意。

入目竟是那天登基大典上看到的那种花，有些新开，还打着骨朵儿；有些已大如海碗，像一场粉色的雪，下遍满园。

她不由自主去摸摸碰碰这些花，心里莫名地有些喜欢、有些惆怅。

新帝将她轻轻揽进怀里："这些是无霜花。从亢城回来，我在老宅那边又种了很多，宫里和睿王府也种。每天除了处理战后事宜、筹备登基，就是种花。"

被那带着薄薄湿意的硕实胸膛包裹着，小蛮一颤，忙不迭挣脱出来。新帝摸摸她的头，探手到花囤，摘了数株花，递到她面前。

心房倏然收紧，小蛮握紧手不去接，刻意避开他越发炙黑的眸光，有些忙乱地岔开话题："这些花，美则美，但偌大的园子，只种一种花，不嫌单调吗？"

"曾经有个人跟我说过，水，一瓢就好。我那时不懂，做了错事，所以种了这些花向她赔罪，希望她能原谅我。她说，有一天，我若做错了事，只要我送她花，她就会原谅我。"

小蛮心头怦怦地跳，冷不防腰臀突然被一只手掌罩住，跌向前面的明黄……直到两片温热重重压到自己唇上，辗转吸吮，带着强烈的掠夺气息和微粗的呼吸，才清醒过来。惊怒之下，她狠狠咬去，他却抱紧她，良久方才将她松开。

四处的守卫或经过的宫人吃惊看着，却又很快转过视线，不敢再看。

他的薄唇上都是血。

他一只手里仍然攥着花朵，将她抱吻的时候也不曾放开。花茎有刺，很自然地将他的手掌全部刺破。小蛮曾被这花蜇过手，知道极痛，他却不怕痛似的，用力握着茎梗，将之折下，只将朵儿递给她。

小蛮接过花，用力掷到远处，一擦嘴巴，恶狠狠地道："若你再这样碰我，就当你违反约定。"

新帝紧紧地盯着她："约定里没说我不能碰你。"

"我不喜欢，很不喜欢！"

"翘楚，不，林小蛮，九弟他伤了，有些昏迷，一直叫着你的名字。"新帝仿佛没有听到她说什么，微微瘸着脚，走过去俯腰将地上的花捡起放进怀里，径自说着，宛若自说自话。

小蛮一惊，上前便攥住他的衣衫："我要见他。"

"行，但今晚我要你侍寝。不是盖被子睡觉，是侍寝。"

让景平和景清在她房外说那些话，是为了激她生气，暗示她，她可以骄纵、可以激怒他，让她厌他，她甚至可以逃走。

无论她怎么待他，起码她可以开心一点，他亦有一个机会。

像如今将她又逼到一个境地，亦在他的考虑之内。

原本不在今天此时，他有心让她缓一缓心情，过一段时间再说。

但她竟是无须做什么，他便情不自禁想吻她，她仅仅是将厌恶写在脸上，已足够将他所有的疼痛和狂邪挑起。

他以这种方式去逼她脑子里想的都是和他有关的事，哪怕是记恨他。

除此以外，他心底深处的悸动，他自己心知肚明。

这种欲望，早在天界那一晚便开始了。

那晚，他在书房里闭目小憩，她悄悄进来替他加衣，悄悄摘下他的发绳，换上她不知道哪里弄来的蓝缎，最后……悄悄吻了他。

她以为他睡着了，他其实很清楚。

他体内的寒毒，不管是焐暖了的床被，还是衣物，对他来说都是没有用的。但即便无用，千万年来，她是第一个这么做的人。

她会悄悄在他身上加诸属于她的烙印，她的小玩意儿……

他没有阻止那一切发生，直到她颤抖地触上他的唇。

她干了坏事，似乎很开心，又似乎很害怕，往他唇上略略一碰之下，便逃也似的跑了。她不仅踩了他一脚，撞翻了他桌上的经卷，将被她不知弄到哪个旮旯后自己辛苦爬回来的千年王八也踢翻了。

鸡飞狗跳的。

他怎么会爱上这么一个女子。

他在殿外站了一晚，念了一晚的佛经，却忘不了她双唇的柔软和温度。

他对自己说，谁也不知道。

就这样吧。

可天知、地知、她知，他也知。

他知道，却没有阻止。

在他还是上官惊鸿的时候，他碰过好些女人，那是记忆回归之前；现在，他已经拿回飞天不少记忆，他对她的欲望，却那么清晰浓烈。

即便没有犯大杀戮之戒，他也犯了色戒。

回不去了。

再加上这一生和她经历的。

他知道，这一生，他再也不可能放开她，亦绝不可能让人摧毁她。

谁也不行。

他是飞天，却再也不是飞天。

为此，他已经做了一个决定。

一切若成，将颠覆三界。

此刻，没有将心里汹涌的疼痛宣泄出来，他犀利地盯着她，将她煞白的小脸和眼底的思考不动声色地映在眼中。

小蛮震怒至极，却也急中生智，想到了一个应对危险的方法，稍稍安下心来，也不置可否，对新帝道："我饿了，吃饭去，公主抱。"

新帝冷冷道："好。今晚之前告诉我。今晚过后，一概作废。我不会再让你见他。"

到了偏殿，小蛮方才知道他宴请了一大群人。

宁王夫妇、冬凝、宗璞这些不消说，几名皇子和王妃也来了，还有左兵。

她原本没什么食欲，又记挂着上官惊鸿的事，但这么多人，众人又极是关心她，她气归气他——这些人，她无论如何没有办法冷漠以对，反倒是她旁边那位比她要淡然上几分。

头盘是一盅药汤，她有些好奇地看着大家一声不吭地将汤喝了，她也慢慢喝了。

"那是爷上朝之前便到御膳房亲自做下的，给翘主子补身子。"

方明笑着解释。怕小蛮不吃饭，新帝特意将大伙找来。盛情难却，小蛮对其他人却是一等一的好。

难怪大家都喝，皇帝亲自做的东西，倒是百年难遇，小蛮想着，想到一件事，脱口道："这只有我和七嫂能喝吧，其他人能喝吗？尤其是五哥你们……"

这话一出，众男士都有些幽怨地看着她。小蛮扑哧一笑，指指某人："没关系，他也喝了，各位爷不亏。"

冬凝、佩兰和七王妃当即笑了，却又随即收敛嗓声。男人们见新帝看着小蛮，眸光很是深沉，只怕和这位小娘娘相处得并不顺利。

念及他前生身份、今世地位、彼此之谊，都绝不可冒犯，众人互看一眼，心中暗忖，这也便只有小蛮敢说。

但大家从此处聊开，倒也其乐融融，一点也不像往日严谨拘礼的宫宴。

当然，大多数是几名女子说话，向小蛮问这问那，不一会儿便说到小蛮和七王妃的孩子是男是女。

七王妃说希望是一男一女。小蛮被问到，不假思索，道："我希望是一个男娃娃，额上要有颗朱砂痣，模样粉粉嫩嫩，又严肃得不理人，欺负起来，一定很好玩。"

众人一听，都激动了，以致景清在佩兰的眼色示意下，正想多拿一盅药汤给小蛮，一激动，手一哆嗦便将药汤洒了。小蛮原本说得兴起，乐极生悲，眼看烫热的水液溅到手上，一双大手极快地盖在她手背上……

直到方明替新帝包扎烫伤，新帝却仍用那种热辣辣的吃人眼光盯着她的时候，她心里一紧，方才意识到自己说错话了。

她突然记起了那天林中所见，上官惊鸿擒杀上官惊骢的模样——眉间那颗若隐若现的朱砂痣。

小蛮还是翘楚的时候，研究东陵风土人情这一块时，唯独对飞天的事情不研究、不调查。众人对这云苍供奉的佛，却都是清楚，但凡飞天庙，都有他的塑像，模样虽不清晰，但一颗朱砂痣红得让人不敢逼视。

于是，没有人想到却又似乎有点意料之中，新帝突然推开手上正在进行的包扎，在小蛮的一声惊叫中，将她拦腰抱起。

"上官惊鸿，你这是做什么？放我下来……我……"

小蛮被某人抱着走出殿外，走过一段路，有一座小桥。

某帝还是听话的，见小蛮恼怒，将她放到桥栏上。小蛮却吓了一跳，她虽然熟识水性，但一个孕妇掉进水里去，可不是好玩的。

她方才在饭桌上都说的什么话！无奈之下，她只好双手紧紧圈着他的脖子，他立刻将头靠到她肚腹间，轻轻蹭了蹭。

便是那极轻的一触，她心跳一停，莫名烦躁，想一脚将他踹翻。脚尖才起，却有微微一下脉动，突然从肚腹深处而来，她一愣，又一下到来，仿佛有人捏着拳，使劲擂了她一下。

但不疼。

接着又是连续好几下。

是宝宝在里面动吗?

也不知为什么,前一刻她还在愤怒躁动,此时,眼里竟倏然便热了。她咬着唇瓣,微微颤抖着。那边他已猛地抬起头,双手捧住她的脸:"楚儿,孩子在动……"

他脸上平素那种始终带一点的素淡全然消失不见,眼中都是熠亮。

他惊喜失措。

是的,不知所措,因为他环在她腰上的力度很大,却止不住轻轻颤着。

突然,他狠狠吻了她一下,不等她回答,又低下头去,侧脸贴到她的肚皮上。

小蛮目瞪口呆,心想,她被冷落了。

心里却并没有不高兴,相反,有股什么感觉溢在心间,窝窝的,很热。

突然想起梦里那抹顽皮飞来飞去的绿光,她嘴角微微上扬。

目光到处,一袭高大明黄,一头如瀑雪。

明明人模人样的,他的动作却像个傻子一样。

飞天从来不会这样,真的不会这样。

她怎么老想飞天的事情!

小蛮气恼地拍自己的脑袋。上官惊鸿站起来,皱眉拉开她的手,斥道:"在做什么呢?"

他猛地又放开她,微微侧过脸去。她看不清楚他在做什么。

只看到他的背脊略有些抖动。

小蛮奇怪,随即想起自己的处境——栏杆距地面甚高,上官惊鸿这坑爹货把她扔这儿,自己发呆去,她现在这德行也不敢蹦下去。她赶紧伸手扶住栏杆,恼怒地叫了一声。上官惊鸿回头,眉峰立刻拧紧,估计自己也吃了一惊,随即将她抱下来,紧紧锁在怀里。

秋凉,他怀里很是暖和,小蛮竟有些可耻地眷恋着他的怀抱,只听到他在她耳边轻声说:"小狐狸,我们有了自己的孩子,你喜欢吗……你给我的孩子……"

小蛮鼻子突然便酸酸的,头重重往他胸膛上狠狠磕下去:"你老是欺负我……你浑蛋……"

"不会了,以前是我不好。"

他在她耳边一遍一遍保证着。

"那你让我见见惊璁。"

上官惊鸿闻言，宛如被一盆冷水从头上浇下。

孩子的动静令他痴傻了一般，她却还惦记着上官惊璁。

他心里猛地腾起一股强烈的情绪。

他知道，那是嫉妒。

于是，他淡淡回道："行，侍寝过后。"

小蛮气得牙痒痒的，踮起脚往他颈上用力咬了一口，口中亦有些乱了："飞天，你可恶，你还是欺负我。你说会对我好，说重新追我，你说话不算话，违反了约定，你要放我和惊璁走。"

飞天。

她唤他飞天。

上官惊鸿心里一动，却并不声张，压住激动，将那沐浴过后、带着幽幽清香的身子又抱紧些，有什么从心里喷薄而出。他紧了紧环在她腰上的臂，握住她的下巴，俯腰吻住她。

那晚在殿里便是这种感觉。

香甜心悸，时间停住。

她一惊，微微涣散的目光，隔着他的肩膀，只见不远处树下宁王等人看着他们，既惊又喜，女子们都不好意思地略略别过头去，却又忍不住偷偷张望。

虽说他身形高大，将她完全掩在他的身躯前，但他吻她，所有人却是看见了。方才还好，只有老铁几个人在，现在……

小蛮不知道他们是怎么回到偏殿的，只知道他不让她走，她只好埋头苦吃。

佩兰等人逗她说话，她想起方才的丑事，只含糊应着，不肯多说。冬凝扑哧笑道："嫂子，我哥哥虐待你，这两天都不给吃的？"

众人大笑，乐呵呵地看着小蛮。

小蛮急了。

看小蛮吃得狠了，上官惊鸿皱起眉头。他将人叫来，是确保她在人前不闹，好好吃些营养，而非像饥民一样。桌下，他伸手摸摸她的肚子，比之前又胀了一圈，他眉毛拧成一团，环视了众人一眼，各人立刻也埋头苦吃，哪还敢再笑小蛮。

上官惊鸿将小蛮的碗筷夺了，问宁王和宗璞："燕侯妻弟的事，朕交给你二人彻查，可有什么结果？"

冬凝道："五哥，快给大伙说说，那获国到底怎么回事。"

宁王看众人都甚是好奇，笑道："荻国是草原之国，由天可汗统领。可惜这位大汗王无能，国土早被各支汗王划分，大战虽暂无，小战却不断，吞并彼此领地。那赫萨可汗便是其中一支，燕侯妻弟正是赫萨汗之子。然赫萨汗虽众多姬妾，膝下却只有一名儿子，这名儿子在一次战争中负了重伤，现仍缠绵病榻。这儿子生死难测，赫萨汗不愿自己的土地和族人被兄弟、族中权贵继承，便无论如何要找回当年遗落在东陵的子嗣……"

"堂堂可汗的儿子怎么会遗落在东陵？"七皇子疑惑道。

宁王待说，宗璞突然轻笑接口道："因为那是赫萨可汗当年到东陵游玩，在勾栏院里种下的种。"

众人恍然。佩兰道："难怪那天燕侯并不愿说。"

六皇子一击掌，道："燕侯和皇上当日便是在天香阁初见面，原来是事出有因。"

景平问道："爷和燕侯尚未深交时，当日与太上皇一场向燕侯昭揭淳丰为人的苦肉计，却是爷早已知道燕侯多番出入风月地寻人？"

上官惊鸿淡淡道："那时尚不知道燕侯是在寻人，但燕侯一入境，朕和太上皇便已各自收到讯息。太上皇大急，召朕商谈燕侯恐要与西夏联手一事。那时，太上皇还是信任朕的，此后，朕方定下计策。"

众人听他语气淡漠，想起他和荣瑞皇帝的关系，今日家宴，亦没通知荣瑞皇帝过来，不禁一时噤声。

小蛮这时却睨了上官惊鸿一眼："你去过勾栏院？"

上官惊鸿轻咳一声，盯着她道："你能不能听重点，我去勾栏院是干的什么事。"

他虽然斥了小蛮一句，但他嘴角微微上扬的弧度泄露了他为她的在意而起的好心情。

冬凝等人悄悄给了小蛮一个大拇指。

小蛮若用心，心里雪亮得紧，比她们任何一个灵敏，就是不喜欢动脑筋。

上官惊鸿仍将询问的目光投到宁、宗二人身上。

宗璞在宁王之前续道："朝歌繁华，这赫萨汗当年所遗之子便在朝歌的风月之地。只是，这二十余年，朝歌变化大，店肆几经变迁，查找起来不易。只是，此事左大人或可援手。左大人高堂多年前曾经是朝歌最有名的头牌姑娘之一，指不定认识这位少可汗之母。"

他这话既出，众人立时变了脸色。宁王低喝道："老宗，你这不是存心添堵吗？"反倒是开宴以来便一直沉默的左兵神色如常，缓缓饮着酒。

人人都知道，宗璞和左兵二人在冬凝的婚事上，有过极大的摩擦，如今宗璞明摆着挑衅；但宗璞和上官惊鸿是过命交情，非左兵可比。宗璞要说些什么、做些什么，不难；而左兵并没反驳，看来这个太上皇旧日的暗卫首领、如今的兵部尚书，身世竟是大大的不堪。

人人心思各异，有人亦难免有小瞧之意。

左兵笑了笑，不管人前人后，人们发现这人很是爱笑……冬凝却再也按捺不住，猛地站起身来，狠狠地看向宗璞："你这是什么意思？"

宗璞本亦淡淡笑着，闻言心却顿时抽紧。

他冷冷一笑，冬凝，我不会让你跟了他。一定不可以。

你是新帝亲封的公主，以后婚事亦将由他来指定。

他绝不会允许你嫁给一个身世卑贱、不般配的人。

你我沟壑已成，但我一定要你回到我身边。

四周一片尴尬。

这时，上官惊鸿却道："冬凝，你坐下，一个女孩儿家如此粗鄙，成何体统！"

"哥哥……"冬凝急了，桌下，右手却被一只手强硬地拉着坐下。

她右侧正好是左兵。

她不解地看着他，他知不知道，若惊鸿哥哥不说一句袒护的话，今日之后，这事必定传遍朝廷。

虽说他当日在对上官惊鸿的事上网开过一面，让她进牢探看上官惊鸿，但他毕竟是荣瑞皇帝的左右手，上官惊鸿因他战时表现出色，赐他尚书郎一职已是莫大恩典，算是还了牢房之情，以后是绝不会再提携了，此刻——

她想让小蛮帮着说句话，这位嫂子虽然忘了她，但按其性子，是会帮她的。

可惜，小蛮这时正不亦乐乎地去抓桌上的果子，递给上官惊鸿，让他剥皮。上官惊鸿亦一心二用，剥得越发得心应手。小蛮吃得欢，压根没有理会到她眨到快抽搐的眼睛；旁边，佩兰轻轻拍了拍她的手。

左兵很快放开她，起来向上官惊鸿禀报，说愿助宗大人。

他坐下的时候，冬凝见他左手握放到膝上，手握得很紧，指节微微泛白。

她一怔，他这样的身世，是如何爬到旧帝的近侍一职的，中间必定吃过很多苦吧……

"嗯，若左卿能协助宗卿，那自是最好。但这之前，朕托你一事，你务必要办好。"

上官惊鸿的声音忽然传来。

"皇上请说。"左兵当即站起来，恭谨回道。

"永睿公主的武功还不成，又痴心于探子各种侦勘技巧，往日老缠着朕教这教那，朕哪有这个时间教她，你且花些时间教一教她吧。"

宴罢，宗璞离去的时候，脸色很是惨淡。

所有人一同走在路上。

冬凝、佩兰和七王妃一起，走在后面的是几名男子和王妃，忽然见最前面的小蛮挣脱上官惊鸿，走到冬凝面前。

七王妃去拉小蛮，小蛮亲热地握住她的手，笑嘻嘻地看着冬凝，却压低声音道："小丫头，我方才有看到你对我做鬼脸，只是，我想你哥哥该是另有安排，才没有出声。你想，除去宗璞，今儿算是家宴，宗璞和你哥哥多年交情，另当别论，但为何要将左兵也宣过来？除非，他本来就有什么打算，譬如要安排你跟左兵学艺什么的；何况按席座安排，左兵坐在你身旁，这于礼不合吧，你坐我旁边倒差不多，这难道是巧合吗？"

三人顿时怔住，确实……她们怎么没有想到这些呢。佩兰连忙问道："小蛮，你是说皇上有意将冬凝指给左兵？"

"那可不一定。"小蛮摇头一笑，"这天下不是平白得来，他这人心机深得很，谁知道他在想什么。我走了，小冬儿。你放心，你有什么事，我一定会帮你的，虽然我如今也是自身难保。"

众人看着小蛮走回上官惊鸿身边，上官惊鸿去搂她，她却一脚往他靴上踩去……

七王妃低声道："我月前尚觉皇上薄情，我家爷却说，皇上睿智无比，前生又是那般人物，他和六哥、十弟以前和皇上不亲，战事过后却是死心塌地，说皇上合该有这些美人来般配。我那时不知该辩一些什么才好，男子毕竟相帮男子，但如今……"

佩兰会意："七妹妹是想说，不管是小蛮还是翘楚，才是最般配皇上的人？"

"是，她懂他。"

冬凝仍为上官惊鸿的安排疑虑，闻言连连点头。

这时，宁王等人上前，问她们小蛮说什么来着了。

听罢，各人朝前方看了好几眼，却随即笑翻了。

小蛮赫然发现，旁侧景清面无表情地端着个盘子，某人往里面放了很多剥了皮壳的果子。他还真剥上瘾了。

小蛮下意识看了眼背后，蜿蜒了一路的果子皮壳。

上官惊鸿拿过景清手上的白玉盘子，递给她。她立刻教育他道："随地乱扔垃圾是不对的。"

为了让大伙知道这种行为可耻，皇帝有错亦是要罚的，小蛮道："罚金五十两。"

上官惊鸿不以为然，对景平道："取一万两给她，预付。"

他说着仍继续剥，继续扔。

景平连着老铁几个都呆了。

小蛮气岔。

宗璞没有感受到这份平淡里的快乐，因为他和左兵最早离开。

走过曲水小桥的时候，却意外地碰到一个女人站在桥上，盯着桥下水波出神。

"娘娘有礼。"

他打过招呼，便待离去，并没有为对方为何会在这里而感到半丝好奇、困惑。

"站住！"女人却微微沉声唤住他，"我如今倒是如此不受你待见了？"

宗璞回头，淡淡地看着女人，末了，自嘲一笑，轻声道："因为你，我失去了惊鸿的朋友之谊，甚至连秦冬凝也……清儿，我错了，你也错了，以后，你我不要再多话吧。"

女人正是沈清苓。她闻言微微一震，良久，亦嘲讽一笑，问道："你后悔了？真的喜欢上冬凝了？"

宗璞没有直接回答，只道："我只知道不想亦不能失去她，我会将她夺回来，无论任何代价……保重。"

背后沈清苓怎么样，他没有理会，往林木深处走去。

水流声在背后潺潺而来，他突然想起翘楚以前说过的一句话：山高水长。

自此，他的悔恨亦是如此。

山高水长。

他眼眶湿热，到林深处，不由自主缓缓跪跌到地上。

得不到的，他永远得不到，亦不想再得到；已失去的，他永远放不下，但还能得到吗？

……

沈清苓此时却倚在桥栏上。

也许，这就是方才上官惊鸿抱着翘楚坐过的地方。

阿绣打听到上官惊鸿在偏殿设了宴，上官惊鸿将翘楚带回寝殿便一直待在殿里，下令不允许任何人觑见。她没有机会去找他。方才她悄悄跟过来了，却看到他和翘楚……

他眉眼里都是笑，他已恢复记忆，飞天不该是这样的……便连宗璞也舍了她。她喉间一甜，伸手狠狠击打在栏杆上。

回到寝殿，上官惊鸿让方明将奏折搬过来。

小蛮被按在某人怀里，郁闷地啃着果子——某人每批几道奏折，就伸手摸摸她的肚子。

敢情听胎动他也听上瘾了。

摸了半天，不见动静，上官惊鸿眉头一皱，往她肚子上轻轻敲了好几下。小蛮怒了："敲你个头！你儿子睡了。"

上官惊鸿一怔，随即笑呵呵的，乐得不行。

小蛮并没有意识到自己的口误，道："你笑什么？"

看她模样带憨，上官惊鸿心神微微一荡，笔一扔，将她从榻上抱到床上，自己随即躺下，将她抓到自己身上。

小蛮也不客气，一屁股坐到某人肚子上，重重压了几下。

上官惊鸿挑眉，道："你想现在便侍寝，朕可以成全你。"

小蛮见他眼光幽暗，马上正襟危坐，想从他身上翻下去。

上官惊鸿却不允许，大掌紧紧抓着她的腰肢，有意无意道："方才……和冬凝说什么去了？"

小蛮一听，倒想起个大问题。

"今儿你让左兵过来，是不是故意的？"

她试探着问，并想探探他对冬凝婚事的安排。

上官惊鸿意味深长地盯着她看了好一阵子，方点了点头。

"你真想将冬凝指给左兵？"

"不，"上官惊鸿微微眯起眼眸，眸中闪烁着淡淡的计量，"左兵这人心机城府太深，太危险。"

小蛮微微一惊，道："那你还将小冬儿和他拉作一对？"

"暗地里，我可向左兵下旨将先前这道口谕毁了。"

小蛮听罢，震惊了半晌，方道："上官惊鸿，你这话说得怎么那般阴谋论似的。你到底在算计什么？"

"你猜。"

淡淡一句，小蛮怔了下，紧紧盯着他的眼睛，突然想到什么，缓缓道："你是在警告宗璞，不，是……报复。"

她说罢最后一个字，见上官惊鸿眸里抹过一丝狠色，心情一下沉重："他不是你最好的朋友吗？"

"若非他是我最好的朋友，若非他办案多年，确实不曾徇私，他早已死了。我既不杀他，亦必不能让他安好。"

小蛮激灵灵打了个冷战，宗璞做过什么事让他如此痛恨？

他不是佛吗？三千世界，包容、宽恕一切。

他轻轻将她揽进怀里："他不曾善待冬凝，此为一；他间接害死了你，此为最。翘楚，任何害过你或是要伤害你的人，我一个都不会放过。因果轮回，报应不爽，佛亦惩恶，更何况，我已不是佛。"

若失去冬凝，是对宗璞的惩罚，那其他人呢？

小蛮倚在床上，脑海里还闪烁着上官惊鸿离去前眸里的阴狠深沉，总觉得很快会发生些什么事。

心底，又是那种熟悉的战栗之感。

她以无法入睡为由，将他撵到了金銮殿批改奏折去。

他也没有强留，吩咐女官守好，娘娘有什么事随时报于他，便离去了。

小蛮将女官和宫女亦撵到屋外去。

她其实没有睡意，没有丝毫睡意。

她知道，身体里有个女人在淡淡看着她，很是悲伤。

在这短短两天里，她竟然已经忘记了惊聪吗？

还是说，她的感情已分作两半？

她笑了笑，慢慢穿鞋下床，走到外室。

外室是书房。

她拈起袖子，也不宣内侍或宫女，自己研了墨，从笔架上挑了一支狼毫；桌上有洁白纸笺，她拿了张纸，缓缓放好。

在纸上写了几个名字——

半夏。

惊聪。

若蓝。

翘楚。

最后写上自己的名字：林小蛮。

少顷，又在自己的名字旁边缓缓写下惊鸿、飞天。

随着簌簌落下的水渍，墨迹慢慢化开。她凝视着纸笺，那些名字仿佛有了生命一般，在她眼前轻轻跃动。

前方竖着一块半身铜镜。

铜镜照人其实不算清晰，但她还是清晰地看到自己的模样。

她在笑，却红了双眼。

有什么不断从眼眶滑落。

"惊骢，我没有忘记你；翘楚，我也没有忘记你。翘楚，我是若蓝。"

她想了想，又觉得这样说不正确，低声道："我和若蓝也不是一样的。我只是小蛮。若蓝有死前的记忆，我没有，我只有……只有那几年和飞天在一起、和半夏在一起的记忆，哪怕很模糊，但我记得那些感觉。那天，当我看到他绝望得像要死去，我将发带递给他的时候，它们就来了。

"翘楚，你的记忆，对不起，我还没有记起来，或许该说，我不愿意再想起来。

"战时，我和惊骢在一起很快乐，就像在天界的时候，我和半夏在一起很开心。虽然我也会去飞天殿悄悄看看他、给他暖暖被褥什么的，如果后来不曾阴差阳错去飞天殿当他的侍女，我会用一生报答半夏对我的好，可是我去了。我说过我不想知道，可在亢城，我再次遇见他……"她说着，用力擦擦眼睛，想让模糊的视线清楚一点。

"惊骢，那天在校场，你很生气的时候，我好像听到你心里在说什么……两天半。我竟不知不觉效法了你，想偷些短暂时日。可是，你病了，我知道，一切都结束了。我偷了一天半。

"翘楚，我知道，你很快就会回来，也许是明天，也许是下一秒，带着若蓝最后的记忆，带着你所有的记忆。但在我对冬凝说那些话的时候，我就知道，我快禁止不住你，那是你的思想。你一直在看着。若蓝从来不如你聪明，因为你要爱一个人，还要保护自己，若蓝只爱一个人。

"你若回来，便会决绝地永远离开他，是不是……"

她一动不动，镜中，女人美丽无比的眼睛，同样一动不动地凝视着她，突然又轻轻颔首。

飞天，在人间，我们有过一天半。

我总算是有过了。

翘楚，请再给我最后一点时间，让我替你出口气，去端了沈清苓和翘眉的窝；让我去救惊骢；让以后你能拥有和他最后一天完整的记忆。

将纸笺撕得粉碎，小蛮含泪一笑，拿起砚台，狠狠向铜镜砸去。

"娘娘，发生什么事了？"

门外女官听到声响，吃惊地领着宫女推门而进的时候，她快步出了门外。

按照清早在御花园想好的，她要去找那两个人中的一个，然后设法救惊鸿。

"娘娘……"

女官一惊，只觉得这个娘娘哪里不同了。

上官惊鸿接到景清遣来的人的禀报，立刻去了翘眉的宫殿。

小蛮到翘眉的殿里去了。

虽说宫里上下都知道他对小蛮的宠爱，翘眉必定不敢动她；翘眉宫殿之外亦埋了暗卫，他还是担心小蛮会吃亏。

只要他不在小蛮身边，每隔一小段时间，就会有人来向他禀报小蛮的情况。

他没有让吕宋恢复她的记忆，在宣吕宋进宫替她医治那一刻，他改变了主意。

他深爱着那个时而沉默寡言时而活泼的聪明女子，拥有着他们所有快乐痛苦的女人，他想她想得快疯了。但恢复记忆的她，真的便会放下上官惊鸿？即便会，她会原谅他吗？

他不能冒这个险。

他再也担不起任何失去她的危险。

"皇上吉祥。"

宫人慌乱的声音将他的思绪打断。上官惊鸿一瞥，竟是看护小蛮的女官和宫女、翘眉殿里的内侍宫女亦全都在院里——并没有人陪在小蛮身边。

他即时大怒，劈手指向景清和女官："朕早已说过，只要她离开寝殿，无论到哪里去，你们都要跟在她身边。若她出一丝差池，谁也别想活！"

他说着狠狠一拂袖，便待推门而进。

女官和翘眉殿内一众宫人吓得顿时跪到地上。景清硬着头皮禀报道："爷，非是奴才等怠慢，是翘主子说她想和她姐姐说上几句体己话，还说……若爷来了，只让爷一个人进去……"

上官惊鸿略一皱眉，让老铁等人留在屋外，自己进去了。

厅里，茶盏还在，香炉青烟袅袅，却空无一人。

一丝躁动之感突然从身体深处而来，上官惊鸿往额上一擦，已是薄汗一层。

有细碎的声音从翘眉的厢房传出，他眸光一沉，大步向内屋走去。

乍看一眼，房内亦无人，却有类似啜泣的声音从垂掩的床帐里透出。

帐幔厚重，看不真切，他目光愈暗，上前一把扯开帷帐。

眼前情景他是猜到几分的，但那一刻，他眸光还是顿了一顿。

床上女子仅以一抹轻纱裹住曼妙的身子。

甫一见到他，女子惊喜带嗔，缓缓坐起身来，哑声道："皇上……"

松垮的薄纱顿时从女人身上滑下。

两只藕臂缠上他的脖颈，上官惊鸿没有推开……

直到女子低低的哭声从对面厢房断断续续传来，小蛮方才将紧紧捂住嘴巴的手放下来。

该松口气的，为何心里堵得慌？

这样的结果不是已猜到几分了吗？

他告诉过她，曾经，翘楚和他有个玩笑，说两心既定，若他有其他女人，她即便做鬼也会回来找他。

既是玩笑，他又怎么会当真？

若他当真，"翘楚"已回到他身边，他怎么还会将她们留在宫中？

从来，将承诺当真的只有翘楚。

她和惊骢终于能走了。

小蛮自嘲一笑，快步出去——对面，翘眉的房间甚至没有关上门。

床帏紧合。

帏下地上散落着女子的轻纱、皇帝的龙袍……

小蛮牙咬了又咬，方能艰难地走到床前，颤抖着伸出手去，想掀开帷帐，只是，手还没碰到帐子，帷帐却被一股厉风扫开。

她惊怔着定在原地。

床上，翘眉一身宫装，衣衫整齐地蜷缩在床内侧，脸容惨白，双眸皆是仓皇恐惧之色，全身簌簌发抖。

终于，她微微颤抖着看向那个倚在床沿一直紧盯着她的男人。

他一身白色单衣，亦是整洁端整，只是他的左手臂上一片血红。床上，赫然跌着一柄去了鞘的匕首。

"怎么，爱妃可还满意朕的表现吗？"

男人冷冷说道，眼梢一扬，内侧翘眉立刻低低呻吟起来，随即痛苦难堪地恸哭了出来。

方才听到的吟哦声，由此而来？

小蛮抚住眉头，轻轻苦笑。

翘眉哽咽着辩解道："皇上，饶过臣妾，一切都是林小……翘楚的诡计，是她唆使臣妾。厅里香炉燃有宫里最厉害的媚药，她事先问臣妾要了解药……臣妾思念皇上情切，方才……"

上官惊鸿却并无为之动容半分，鹰隼般的眸光一直没有离开过小蛮。

小蛮知道，上官惊鸿的话是对她说的，她没有辩解。

舍沈清苓而选翘眉，是因为沈清苓向来骄傲，而翘眉却有私藏媚药的可能。

一问，翘眉果然有。

翘眉苦于上官惊鸿不来，而她能让上官惊鸿过来。

各取所需。

可是，最后，他竟不曾破坏约定，情愿用匕首伤己也不去碰翘眉。

如此一来，她便没有办法带上官惊骢走了。

小蛮说不出心里是喜是悲——喜，他中了最厉害的药也没有动翘眉；悲，带不走惊骢。

她深吸了口气，只觉满心疲惫；亦慑于此时上官惊鸿眼中深暗的沉默，她转身想走。

腰肢却猛然被人擒住，她一声低呼，人已落进上官惊鸿怀里。与此同时，翘眉也被他挥开。

翘眉似乎撞到哪里，一口鲜血咳出，眸里的恐惧更甚，一双美丽的眼睛睁得大大的，颤抖着不断后退。

后来，一切混乱变得秩序井然了。

随着屋外众人听到命令涌入，人声微沸之后，又迅速恢复宁静，宫人环伺，上官惊鸿下令对翘眉用刑。

翘眉被打得皮绽肉裂，往日华贵不复半点，朝上官惊鸿哭喊道："皇上，错在她……你怎能如此？你我少年之情、蛊楼里的舍命相救，你都忘了吗？"

上官惊鸿一声轻笑："蛊楼里的是你吗？"

翘眉一震，随即又燃起希望，一迭声道："那虽然不是我，但那数月里陪着你的是我……"

"那又如何？若非你身体里有她的内丹，朕早要了你的命。"

"内丹？"

翘眉喃喃说着，恍然间像记起什么，怔怔看着上官惊鸿："佛祖，是你……"

"翘楚，不，你是若蓝。"翘眉猛然看向小蛮，眸中都是震惊、迷茫，末了，嚅动着嘴唇，颤声道，"佛祖，你和若蓝……"

"嗯，就如你所想那般。"

上官惊鸿淡淡说着，微一沉吟，对景平道："你监刑，杖毙吧。"

景平忙应了。一旁的老铁等人虽都微讶翘眉的身份，竟又是一名天人，但飞天的事以后，他们亦不至于吃惊。

翘眉殿内一众宫人听着虽不明所以，却气也不敢出一口，心惊胆战，怕皇帝将罪也怪到自己头上，连着服侍小蛮的宫人都颤在一旁。

皇帝要杀谁都可以！但这个男人对一个曾冒天下之大不韪亦要册封的女子如此轻描淡写便下杀令，谁能不惊？

宫中虽然无人敢说一句，但谁都知道，他夺了他九弟的小妾当妃嫔——只因为他认定这女子是翘楚。

他对翘楚竟痴迷到这地步，连这倾城美人也要杀？难道到最后，他是不是还会要翘楚而致六宫无妃？年轻的宫女虽惊，一时又俱都忍不住艳羡地看着上官惊鸿怀里沉默安静的小蛮。

"若蓝……救命……救我……你替我求佛祖放过我……"

此时，翘眉却疯了一般，嘶叫着想向小蛮扑去。上官惊鸿眉眼一沉，景平和景清亲自扭下翘眉。上官惊鸿抱起小蛮便要离开，小蛮却低头扯住他的衣袖："放过她吧，她毕竟是我姐姐。"

他眉眼里的杀气越来越重了。

他说，他再也不是佛，她原本已为之不安，那是自天地初开时他的荣耀；她更怕他会变成魔，这样一个站在权力巅峰的人若变成魔……

"放了她吧，这次的事，是……我的主意，将翘振宁他们也一并放了吧，贬为平民，让他们不能作恶便好。"

她凝视着他，苦笑道。

翘眉绝望之下，听到小蛮求情，心中一喜，随即看向上官惊鸿："若雪愿与妹妹一起侍奉佛祖，让若雪留在宫里吧，若雪以后必定规行矩步……"

纵使他想要她的命，她还是不愿离开他，因为她一直爱着他，何况她心里恨啊，凭什么若蓝便能得到他全部的宠爱，她不服；只要她能留下，还是有希望……届时，她必定杀了翘若蓝。上官惊鸿却看也没看她，眯起眼眸盯着小蛮看了半晌，方对老铁道："派人到大牢去，将翘振宁三口带过来。"

未几，连着随后入狱的翘容，翘振宁等人被带到。

翘振宁和凤清一番波折，也已恢复记忆。看着上官惊鸿，两人都十分畏惧，连连叩首。翘容蜷在一边，惊骇得动也不敢一动，两颊仍高高肿起，像个发胀的馒头，悄悄看着小蛮。当年天界，如今北地，汩罗的委屈，亦算是小报了。小蛮摇摇头，不想再看到这几个人："我先回去了。"

上官惊鸿却一把抓住她的手，和她十指紧扣，淡淡道："死罪可免，但活罪……传朕口谕，将翘氏四口发配至当年困囚翘妃和她母亲的地方去，永生永世，派人看守。"老铁瞬时领了命。翘振宁瞳眸大睁，惊颤道："不。那个地方偏僻贫寒，全年尘暴风雪。不，我不去……"他说着猛地一抓凤清衣襟，吼道："你生的好女儿！"

凤清也是震惊得说不出话来。翘振宁又求小蛮："若蓝，你求求佛祖饶过我们……佛祖最爱的便是你，你开口求他啊……"

"我说过，有朝一日，我必定为翘楚讨一个公道。"

小蛮没有机会再说什么，因为上官惊鸿冷冷地撂下话，便携了她离开，她最后所见的是翘眉绝望恐惧的眼睛。

即便仍留在那里，她也没有办法说上什么。

上官惊鸿说："你可以求情，朕可以给你选择——他们要么这样，要么死。"上官惊鸿似乎早在今日之前，便不打算放过翘振宁和凤清。

不同的只是朝歌的监牢小，北地的监牢大。至于翘眉，他冷冷地说："她不该掺和进你我的事之中来。和你有关的，和你利益有关的，谁都不行。你不怕她伤害到你，我怕。"他确实对翘眉动了杀意。

寝殿里，上官惊鸿说罢，小蛮心里轻轻吁了口气，汩罗多年的委屈，终是完全了结了。她想着，却见他一言不发地盯着她。她心里一沉，想起惊聪，闭了闭眼，低声道："让我去看看他，求你了。"

她已别无他法，唯有求他。

"告诉我，你去找翘眉只是想看看我在不在乎你，或是你想害翘眉，这些通通都行，而不是为别的，告诉我，翘楚。"

她话音方落，却倏然被他狠狠抓住肩膀。他眸光如霜，眼底像敛了一场凌厉的风暴。

"如果我按你的想法告诉你，你会信吗？你信，我就说。"

他明知道她的想法和答案，明知道她所做的一切是为救上官惊聪，却在逼迫她。小蛮看他眼里慢慢染上一层晦暗，那微晃在自己眼前的手臂，红湿透衣，心里竟亦似被那层晦暗淹过，说不出半句谎话。

她竟连半句谎话也不肯说。

她不愿侍寝，是意料中的事。

但她为了上官惊鸿，竟用这种方法逼他破坏约定。她不在乎他是不是和别的女人欢好。

她不在乎。

只要她想要，他愿意将心肺也掏出来给她，但她显然不会领情。

她只想着救上官惊鸿。

这两天里的温情都是假的吗？

他以为，他们会好起来。

她死前，仍然惦记着他，将纸笺吞进肚里。

她的身体里，有他的孩子。

他知道，他以前错得太过，但这两天，他真的以为……他们会有转机。

每一下呼吸都是疼，掌下是她温软的身体，是她……不是别人……上官惊鸿猛地抱起小蛮，向床榻走去。他要她脑海里只能有他，哪怕是恨。

小蛮又惊又恼，朝向自己压下的沉重身躯胡乱厮打着……上官惊鸿一声冷笑，伸手拂了她的穴道。她脑海里一片空白，呆呆地看着他扯开她的衣裙。

他清楚知道，带着飞天意识的他若占有了她，便彻底沦陷。

他不在乎。

他要她。

欲望，可以控制。

情欲却不能。

只要能永远和她在一起，要他做魔也行。

将深入她身体那一刻，也许是猛然觉察她过于安静——他没有封她的哑穴，也许是他想看着她，和她一起沉沦，他缓缓抬起头。

她两眼空洞地看着他，眼睛里什么感情色彩也没有，没有爱，没有恨，没有痛。

小蛮醒来的时候，脑子里热热沉沉，只记得她似乎昏了过去，昏迷前，一双布满情欲的眼睛在她眼前一闪而过，饱含着深切的恐惧。

她心想，拥有那样深锐眼神的人绝不可能会恐惧什么。

然后，身子一软，她便昏了过去。意识彻底消失前，她听到那双眼睛的主人沉声吩咐谁什么，然后，她嗅到一阵似曾熟悉的香气……

而现在，她身子好热好热，她不知道自己怎么了，只下意识想有个人能碰碰自己。她身体上方似乎有个人，她不知道是谁，张口，却发不出声音，但他抵在她身子两侧的手臂却清凉无比，她便循着本能向对方蹭去。她觉得自己不该如此，一股悲恸狂怒的情绪从心深处透将开来，却丝毫没有办法，她热得快死了，全身无一处不难受……

小蛮再次醒来的时候，床帐半开，窗纱外面，天光微亮，她枕在上官惊鸿臂里。他一动不动地凝视着她，不知道看了多久。

小蛮彻底清醒，一股绝望从心底缓缓涌上来——她和他做了那种事。

上官惊鸿似乎知道她在想些什么，轻声道："没有，我发誓。"

小蛮一震，迅速抓住他的手臂，颤声道："你说真的？"

"没有。"上官惊鸿心里暗嘲，因为我疯了般再也看不得你有丝毫伤心。

小蛮轻轻动了动身子，发现自己的穴道已被解开，能动了。她从上官惊鸿手臂里挪出来，慢慢躺进床内侧。

他没有阻止。

她没有问他她之前身上发生了什么事，现在想来，他似乎怒她施药，也喂了她药，但最终……他还是替她解了。

她开始想惊骢的事，想还有没有办法见他、救他。

就在这时，上官惊鸿的声音从背后淡淡传来："再睡一下，早朝过后，我回来带你去见他。"

小蛮怔住，半天不曾动弹。她狠狠掐了自己一下，很痛，不是做梦。

她乍惊乍喜，忍不住，眼泪夺眶而出，是委屈还是什么，早已分不清楚。

背后一声冷笑，却有人探臂过来，将她搂进怀里。

没有话。

第三十三章

春蚕至死蜡炬灰　丝泪方敢到尽头

小蛮不知道上官惊鸿为什么会改变主意，但他没有食言，果真带她去见上官惊骢。

黑暗的牢房里，墙角透着数道微弱的灯光。

这是宗人府入牢。

此时，他领着老铁等人在门口等她，她随狱卒走向深牢。

偌大的牢室虽有多间牢房，这间却只囚了上官惊骢一人。

腥臭潮湿的气味从四面八方扑来，小蛮捂紧嘴巴，压住那股想要呕吐的感觉，压住心头的激动颤抖，随着狱卒在其中一间牢房停下脚步而缓缓站定。

牢中光影昏暗，但隐约可见一道佝偻的身影一动不动地面墙而坐。

她看着那身影，到了嘴边的声音也蓦然打住，泪水汹涌而出。

狱卒恭敬地朝她施了一礼，将牢门打开。她想也不想，立刻弯腰进入牢内。

上官惊骢仍旧沉默着，不曾动弹，仿佛不知道她的到来一般。

"惊骢……"

小蛮没有多想，手颤抖着轻轻按落到男人的肩膀上。

上官惊骢身子如遭火烫，倏然一震，猛地转过身来，掌风到处，小蛮脸上结结实实吃了一记耳光。

小蛮没有叫喊，哪怕牢外狱卒惊得什么似的，连声叫着"陛下"，向门口奔去。她的心里像被什么戳了个洞，温热的东西一点一点从里面流出来，只剩下一身冰凉。

上官惊骢神色复杂，笑中带怒，高扬的手却剧烈颤抖着，待看清她一脸平静，他的眼睛猛然变了色。小蛮不知道他到底在想什么，她没有去揣测，亦没有理会脸上的痛楚，只是抓紧时间仔细观看他是否安好。

第一次那么庆幸一个人骗了她。

相较于其他牢房，这个牢房打扫得甚是干净，上官惊骢身边有清净的水，他身上的衣服虽有皱褶，但布纱紧裹，血迹黯微，伤口似乎在当时便被料理过。他没有昏迷，除去足上厚重的铁镣将他束缚在墙上，令他无法走出牢门，他的情况总算不太糟糕。

"惊骢，对不起，是我害了你。我一定会让你出去。在这之前，你务必保重。"

他虽然打了她，却和她心疼他的自由一事并不相碍，小蛮低声说着，却见他神色大变，伸手便朝她脸上抚来。

然而，他的手尚未碰到她，一股厉风已落到她面前，上官惊鸿不知道什么时候过来了，一掌隔下上官惊骢的手。

"你打了她？"

上官惊鸿眉眼亦都变了色，浑身尽斥着一股深寒之气。

上官惊骢眸中都是痛苦灰败之色："小蛮，我不该打你，我……你将我打回来。"

上官惊骢说着，举掌便向上官惊鸿攻去，想将他逼开好去追她，脚上镣铐发出沉重的响声。上官惊鸿眼梢一掠小蛮颊上红肿，心中怒极，内力凝于掌心，迎上攻击。

背后身影却急急一闪，挡到上官惊骢之前。

上官惊鸿一凛，立刻撤了掌力，手臂一探，欲将小蛮带回自己怀里，可刚一照面，却蓦然定住。上官惊骢一声长啸，悔恨至极，心里既疼又急，此时看小蛮如此相待，心里陡然燃起一丝希望，伸手将她揽住，却亦瞬间愣住。

迷乱人眼的容貌、颊上花钿——那不是小蛮。

只是怔忡片刻，她已从他怀里挣脱。

"也许是小蛮不知道该怎么处理如今的情况，也许是怨气太重吧，所以……我回来了。"

走到牢门处的女子，缓缓回过头来，半开玩笑地说道。

轻轻一笑，仿如初见。

"翘主子……"

牢房外，老铁几人又惊又喜，然而一声之下，竟又不知道说些什么为好。

怎么还能如初？

初见的她，满心伤痛却充满希望。

现在的她，满心伤痛却只余疏冷。

"翘楚……"

上官惊鸿紧紧闭了闭眼，虽然不想让她恢复记忆，但眼前冲破幻术、打破记忆枷锁的她，才是完整的她。这一刻，强烈的喜悦终是大过忧虑，却听到她轻声道："你不也打过我吗？何必指责他。"

上官惊鸿一怔，满嘴苦涩。

一个"打"字，却令上官惊骢心惊，他都做了什么，他竟打了她。他挣扎着向翘楚走去，脚腕顿时被镣铐勒出血来，他却宛如不觉，拼命向她靠近："翘楚，我打你是因为……因为……"

他额上青筋暴突，痛苦地住了口，只是不顾腿脚伤痛，向她走去，却又无法挣脱以寒铁锻造的脚镣。翘楚没有迟疑，立刻走到他身边，握住他的双手，低声道："我不怪你。是我不好，当年的承诺，始终没有实现……惊骢，以后无论你在哪里，都要保重。"

上官惊骢浑身一震，尚未来得及将她的手握紧，她已松开他的双手，快步出了牢房。

直到随后一直沉默着的上官惊鸿紧跟着离开，他方才如梦初醒，厉声唤她的名字，她却再也没有回头。

上官惊骢跌坐到地上，大笑出声。

翘楚。

若我不曾爱上你，该有多好。

若我糊涂到底，又该有多好。

上官惊灏必是被上官惊鸿囚在这宫里的某一处。

且上官惊鸿必定已和上官惊灏互助修炼。

他们二人如今只是凡身，必须从头修起，但二人都懂大法门，又是互助而修，一方为另一方护法，事半功倍。假以时日，二人若能突破关卡，强行归位，未必不能。

上官惊灏已能使用玄光术，这意味着他的修炼必已有小成。

上官惊灏用以窥探过上官惊鸿的情况，否则，不会以意念隔空借法于他，让他看到上官惊鸿和翘楚昨晚不堪的一幕。

虽然只匆匆一顾，但他却看得清楚，翘楚对上官惊鸿并无半分抗拒——衣衫半褪，闭着眼，两颊潮红，双臂勾上上官惊鸿的脖颈……

听狱卒有意无意的碎嘴八卦，他知道翘楚和上官惊鸿吃宿在一处。翘楚心里对上官惊鸿始终并未能完全忘情，尚未恢复记忆的她，平素本能和上官惊鸿有些亲昵，他知道，亦能理解，但她怎能在答允和他成婚以后，在他背后却和上官惊鸿欢好……

他从前舍不得对她有一分一毫诟责，但昨晚过后，他满身心的怒意，无处宣泄，竟鬼使神差地打了她。

明明背叛的是她，他却后悔了，后悔自己打了她。

想不顾一切地追问她，可他又该怎么问。

问了以后，好让她彻底离开他？

他竟可怜可耻到还想和她在一起。

所以，他情愿不问……

所以，在她看着他的眼里有一抹心疼之色，他便降了。

他真是混账透了。

但他现在却只想到她身边去，将她带走，从此只有二人相守。

且上官惊鸿已经变了。

他实在想不透，上官惊鸿为何要答应上官惊灏的要求，前者该做的是将后者杀了。

若说上官惊鸿怕自己的身体伤重，会活不长久，服下剩余的狐丹便是。

这个男人到底在想什么。

翘楚，你心里其实亦在愧疚吧，否则，我打你，你为何满眼泪水却不向我诉一分委屈？

你心底有没有我一分？

上官惊鸿，对翘楚，不管怎么样我都不会放手。

绝不会放手！

上官惊骢微狭的眼末迅速划过一抹狠色。上官惊灏知道他此时处境，既借法于他，必有所图；无妨，只要他能凭借这根基亦开始修炼。

天地间本已没有神力，但上官惊鸿在镜城擒下上官惊灏之际，强大的意念竟突破古佛的禁制，神力少许回归，借助这神力……一切都将不同。

恭敬地向亭前静立的两个主子施了礼，方明喜道，奴才这便命御膳房准备重宴；景清更是笑得合不拢嘴，说负责通知众人去，将四大和美人从睿王府接过来一起热闹。

老铁和景平却体贴地命四周禁军退到更远的地方护卫，留给二人一方安静的环境。

看着众人说话、动作，翘楚心里一暖，弯腰谢了。众人见状一惊，连忙还礼。在他们心中，她便是往日睿王如今东陵王的后。

终于，向来最是沉稳的上官惊鸿却按捺不住，挥手让几人退远，走到翘楚面前，将她拥入怀中。

她终于回来了！

他嗅着她发上香气，恨不得将他揉进自己体内。

前生，她是他的徒弟，皮得不得了。

此时，她眉眼素淡，较之他更像往日的飞天，她的身子微微颤抖着。

他喜欢这份颤抖，那是她存活着的证明，他满心欢喜她竟没有抗拒他。

这一辈子，倒还真给她说中了，互换脾性，叫他怕她。

实际脾性没有变换，是他少年脾性复杂，而他的她成熟了。

但他确实怕她。

他抚揉着她的发，又将她稍稍拉开，伸手去轻轻抚过她红肿的脸颊，恨不得将上官惊骢杀了。

这一次，她却避开了。

她蹙眉看着他，似乎想说什么，却在为难该怎么开这个口。

"有什么只管告诉我。"他看她如此，心里微疼，心想除了让她和上官惊骢离宫的事，其他的，他都为她做，只要她要，哪怕她想要一个国家，他都给。

"我想跟你商量件事，方才却一时不知道该怎么称呼你。"

她摇头笑笑，上官惊鸿心头却蓦然凉了半截。

"上官惊鸿，惊鸿，随你喜欢，怎么都行。"

若是别人，他会认为那是一种讽刺，但她这人从不做这事，她确实是在为难怎么称呼他。

原来，他们竟生疏到这地步了吗？

终于，他还是不动声色地说了这句话来。

她说，要跟他商量一件事情。她还是要跟上官惊骢走？

他抑制住心中偾张的情绪，一言不发地等她说话。

翘楚和小蛮不同，对于小蛮，他还能威逼利诱；但对于翘楚，他办不到。

以前，有门徒告诉他，看见佛祖，自然而然便有种不敢冒犯之心。

他一听置之，一笑置之。

他从没将自己放到这么一个位置上。

人们怕他敬他，是他们的事。

这一刻，他终于明白，那是怎生一种感受。

带着他们所有记忆的她，带着恬静笑意的她，他不敢冒犯。

他很清楚，他爱她，他亏欠她。

但凡对一个人有其中一种感觉，那便是件很棘手的事。

若两种兼备，他知道此刻的自己有多低。

他双手紧握，甚至开始想象当她提出离宫要求的时候，他该怎么不让她生气地去拒绝她。

"该唤皇上的，将事情都想起来，却几乎忘了你已经登基了。直唤名姓过于冒犯，惊鸿过于熟稔；以前倒是想过，有朝一日，你当真成了王，我还是惊鸿惊鸿地唤，岂非很威风？"

她像陷入某种回忆里，眼角带着些许细长笑意。上官惊鸿心里一疼，是他将这一切都毁了。

突然想起她死前的痛苦，他身子微不可见地一颤。

她脸上在笑，心里却恨他已极吧。

她怎么能像她脸上一样对他无恨？

他不敢奢望。

在她将事情说完后，他要和她好好一谈，他要告诉她，她要怎么惩罚他都行。

惊鸿惊鸿，他最是喜欢她这么叫他。

她以前就不爱唤他师傅，飞天飞天挂在嘴边，他嘴上斥责，心里却……茯苓亦会直唤他的名字，他却无甚喜或不喜。

看她微微眯起眼眸看着他，她以为他没有听她说话吗？他都在听，哪怕她要说的是她和上官惊骢的事。

"你说。"他紧了紧握在她肩上的手。

"放了惊骢，好不好？朝歌，他去留都好，随他自由吧。作为交换，我留在宫里。"

上官惊鸿仿佛不敢相信自己所听到的，半晌，才将她抱离地面，微微摇晃起来。

她愿意留下来。

与昨天不同，此时他心里是快活得快要炸开一般："好，好，我答应你。"

"你放开我，别弄到孩子。"

听她声音微喘，他连忙将她放开。他正想伸手去抱她回寝殿，她却小心地往后退了几步，让背脊倚到亭中柱上，低声道："我还没说完。我若留在宫里，你能不能答应我几件事？"

"行，几件都行。将宫里的秀女都驱散是吗？回去我就下令。当初让她们进宫，只是为了让你感知，希望你真的就此回来了。已册妃嫔里，皇后家族对朝廷有恩，她亦是你期许的皇后；翘眉体内有你的内丹，随转世融进她的魂魄里，她身上有你的气息；至于沈清……"

"并非这些。"

她似乎想等他喜不自胜将话都说完，在他提到沈清苓的时候，终究还是截下他的话，道："让我搬出你的寝殿。随便安排我住哪里都行……妃嫔秀女不必遣散，你……总是有需要的……我虽然留在宫里，但自此之后，我们当朋友吧……

"我试过接纳，但只要你一靠近，我就止不住抖。所以，这是我能做出的最大的让步了。你若能答应，我便留下；你若不能，我无论如何必定设法离开的，生还是死都好。"

原来，她肯让他抱，是为了能更直接地让他知道，她已经没有办法忍受他任何的碰触。

上官惊鸿自嘲一笑，却终是颔首应下了。

只要她肯留下。

他尝试着走近她，想将她扶好坐下，和她说说他心里迫切想让她知道的话，她却安静地说："我想歇一歇。有空置的房舍吗？"

睿元殿。

宫里的人都说，皇上亲赐的这个殿的殿名有它的深意。

睿，皇帝登基前的封号；元，有始的意思。

翘楚听着四大碎嘴，笑了笑。她半躺在长榻上，对两个丫头道："我睡个午觉，你们也下去歇一歇吧。"

搬到这里已经好些天了。

将两个丫头从睿王府里要了回来，甫见到她，两个丫头抱着她哭成一团。

她也想死她们了。

自从搬进这里，除去第一天，她亲自拜访了皇后并在宴上见过冬凝等人之后，便让四大在殿外挂了一个小牌子，写上"谢绝访客"几个字。

在这之前，她让美人给上官惊鸿送了封信，说希望能自己安静地待一待。

晚上，为防多事，她也让四大她们轮流宿在她房里。

这样的等于间接地避开了上官惊鸿。

只是，有一晚她从噩梦中无声醒来，四大在榻上睡得正香。她没有睡意，信步走到窗前，想开窗吹吹风。窗子一开，她却见上官惊鸿赫然站在院里，痴痴地盯着这边看……

"主子，你是不是另有什么计划？"

出门前，美人突然一声，将她的思绪打断。翘楚抬头，笑道："我能有什么计划？"

"逃出去。"

四大看了美人一眼，一副摩拳擦掌的模样。翘楚见状一怔，轻轻笑开。两个丫头倒愣住了，好一会儿，美人才问道："主子，你心里到底在想什么？"

她说着顿了顿，但微一迟疑之下，还是将四大拉回去，走到翘楚榻前，低声道："这些天，我和四大一直想问，又怕勾起主子的伤痛，所以才没有……主子，你到底……在害怕什么？睿王……皇帝虽然可恨，但我们在宫里是安全的。这些天来，你做了很多噩梦，白天也很是不安，你一直在害怕……"

四大看美人说话，紧紧抓住翘楚的手，哽咽道："主子，你是怕这一次再也逃不出去了吗？那狗皇帝派了好多人在这里守着。"

翘楚伸手抚住眉心，轻声反问："我的恐惧有这么明显吗，都写在脸上了？"

看来将自己锁在这宫殿里是做对了。

她确是害怕。

但若说害怕，倒不如说是迷茫。

翘楚低头，抚上圆鼓鼓的肚子。

一下一下，孩子又在里面动弹。

小蛮错了。

她回来，并非为了离开，或是报仇。

若她要离开，她不回来便是了。

意识没必要在小蛮的身体里竭力嘶叫……到最后，冲破外婆和吕宋的一切禁制……

若她要报仇，小蛮亦已足够。

临死前一刻，魂魄便像进入了时光隧道，快速经历了一次东陵王的后半生。

像一场梦。

却是一场真实的梦。

原来，从她死在常妃殿到翘楚以小蛮的形式回到上官惊鸿的生命里，所有的一切都没有改变。

云苍大陆和现代世界是平行时空，那是横向时间。所以，她和林思微被送到了这世界里不同的时间点，开始这一世的经历。

然而，这两个时空的纵向性却是：云苍是前一生，现代世界已是后一世。

如果这是一个故事，一段传说，那么，在她的梦里，故事的后来，是在小蛮与上官惊骢见面之后，不久，上官惊骢和上官惊灏联手诛杀上官惊鸿……

后来，上官惊骢将她带走了，上官惊鸿再败上官惊骢。上官惊骢去了哪里她不知道，但上官惊鸿却在原来的伤病中再负新伤，在壮年便死去。

不知为什么，他一直一直没有服食狐丹。

而在他随后十多年的统治里，他真正犯下大杀戮之戒。为了将小蛮逼出来，他杀了北地数万人。

十数年时间，他做了许多强国富民之事，让东陵成为云苍大陆上最强大的帝国；但他亦杀戮成性，施以酷刑，北地以外，他诛杀东陵百姓不计其数。

这都符合以后碑文上对他的记载——一个功高至伟的残酷鬼王。

他等了小蛮一生，小蛮却终其一生没有再出现过。

谁也不知道小蛮和上官惊骢去了哪里。

他修建了陵寝，按照常妃对爱情的梦想，但那个陵寝却并非为他自己而建，而是为小蛮，亦是……翘楚，那位在史上只存在过短暂时间的"林氏宠妃"。死前，他吩咐下去，在陵墓外遍植无霜花。

无霜，无双。

他的尸体烧作灰尘，散于无霜花土壤，每日晨昏供鲜花于墓门。

死了……他也要等。

原来，陵寝里一直找不到东陵王尸首，是因为东陵王根本没有遗下尸首。

原来，飞天历劫完毕以后，没再回到天界，而是进入六道轮回。

亦是后来的……秦歌。

随之转生的还有沈清苓，却是后来的林思微。

梦中那些光影斑驳里，秦歌似乎在寻找什么人，直到有一天他遇见林羽。

林羽酷爱研习医术。

秦歌笑林羽是医痴。

林羽吻住他，低问："秦歌，你知道我为什么这么爱医吗？我一直在做一个梦，梦里，我住在宫殿之中，我的爱人有着最高明的医术，但你知道他是什么人吗？他是……皇帝，我似乎是他的皇后还是他的宠妃。

"秦歌，我真的很喜欢你。你会是我前生的爱人吗？有一天，你会不会不要我？"

秦歌抚着她的头发，轻声道："你身上的气息……或许说那份感知，是我绝不愿放开的。"

林羽笑得甜蜜："我就知道你喜欢我。你身上的刺青不是已能证明一切吗？"

秦歌抱紧她："嗯，刺青是我很早就刺下的，就像为了今天……"

她不知道，秦歌到底还有没有前生的记忆，也许，他已经没有，但是，他似乎牢牢记住了一个名字。

一个很多年前，在东陵王还是皇子的时候，送给一个女子的名字……

后来，还发生了很多事，包括林羽在祖父的研究物品里发现了青花瓷、同心蛊。

林羽。

她不知道现代的林羽是谁，是郎霖铃还是翘眉？

但她回来了。

秦歌的命运根本没有改变。

所有的种种，原来，她这一生的经历才是促成秦歌下一生的原因。

她回来，似乎亦不仅仅为了秦歌的命运。

她还为一个人而来。

她对那个人说了个谎，说让他碰到，她会发抖。她其实并不是害怕他。

她害怕……自己的心。

她将自己困在这里，想好好想清楚，偏生却无法想清楚。这不是一道算数题，不是想就能算出来的。

当日纵有怨有恨，今日仍有牵有挂。

在他怀里，她还会战栗。

因为她还爱他，很爱他，一直爱着，从未忘过。

可这样的他们还怎么能继续下去？

当日伤痛仍历历在目。

她心里还痛，想起这些日子来，从战场到现在的种种，他真的瘸了的脚、他满头的白发、他刚强又破败的身子……她根本没有办法让心里如她脸上那样淡然，她痛她的，亦痛他的。

眼睛慢慢湿润了，她摆摆手，让两名丫头下去。

四大和美人看她这副模样，不敢再问，赶紧退下了。

翘楚苦笑，这些她不知道该怎么跟她们说，除了自己，局外的人，谁亦不明白。

现在，她唯一能肯定的是，她绝不能让他就这么死去。

可恨的蝴蝶效应，一节连一节的扣，这次该从哪里截开？

琳琅曾告诉她，东陵王易主，或是阻止陵寝的修建。

似乎怎么做，都朝原来的轨迹走去。

每一次挣扎，不是改变，而是促成。

有人说，未来绝不可以改变；也有人说，只要力争，未来也是可以改变的。

这次，告诉他，让他杀了上官惊灏？只是，他一直留着上官惊灏，必有用处，未必会杀。

更不能杀了惊聪。

她烦躁地低叫了一声，门外立刻传来敲门声，估摸着不是四大和美人，便是他派来服侍她的几名大宫女。

她忙道："我没事。"

外面女官毕恭毕敬道："是，娘娘。"

她反而越发焦虑得不行，捏着拳头又松开，松开又捏住。

肚子里，孩子似乎翻了个身，小生命朝气蓬勃。孩子，是他的，是秦歌的，是上官惊鸿的，也是……飞天的。

一个秦歌、一个上官惊鸿便够腹诈，飞天这人——翘楚捏紧眉心，又渐渐舒开。

她拿定了主意。

她要和上官惊鸿见一面。

虽然，晚上如果开窗，她应该能看到他。

她还是出殿找他吧，深夜里，只有两个人，人最容易软弱。

主仆三人用过晚膳，翘楚正想到皇帝的寝殿去找上官惊鸿，内务府由方明亲自送来了礼服，说是中秋宫宴，爷问娘娘可要参加。

翘楚这才想起，今日原来已是中秋。

她迟疑了一下，道："我还是不过去了。"

国宴以后，她开始对热闹的地方恐惧、倦怠。

方明很是失望，但仍是放下礼服，嘴唇微微嚅动了几下，似乎想劝说些什么。约莫是上官惊鸿交代过，他终是没说什么，朝翘楚恭敬施了一礼，便匆匆告退了。

很快便入了夜。

四大和美人想逗翘楚开心，让女官拿了些灯笼什么的过来，四处张挂。

未几，上官惊鸿命人送了月饼、糕点过来。

硕大的月盘如坠，银灰幽幽，翘楚坐在院里，凝视着盘子，间或看看两个丫头忙活的身影，疲惫地闭上眼睛。

这是个团圆的日子，她心里突然想见见他。

只是，今天他那边必定热闹，大宴皇亲、群臣，还是……明天再去吧。

便在这时，被遣到殿外守值的几名大宫女中的领头女官求见。

这时候会有些什么事？翘楚微觉奇怪，让她进来了。

女官呈上一封信，道："娘娘，这是沈妃娘娘的大婢阿绣送来的。"

翘楚一凛，缓缓拆开来信。四大、美人一看，四大恼怒，低声咒骂，美人冷笑道："她这是什么意思，自己过不来竟要主子你过去……皇帝必定下了令不许任何人过来打扰，便连冬凝姑娘也不允许过来，皇后送来的汤膳都被女官退了回去。"

哪知道翘楚却道："你们随我过去一趟。"

"主子，咱们真要过去？"

四大方才一直憋着，这时大惊失色地问道。美人亦蹙眉看着她："主子……"

翘楚摸摸二人的头发，想了想，又道："在这之前，咱们去御花园走一走吧。"

四大和美人一怔，皇帝今晚就在御花园设宴。

两人交换了个眼色，见翘楚沉默着，不知在思考着些什么，虽然不明所以，又恨极上官惊鸿，但翘楚能外出走走，不闷在殿里，却是件好事，遂很快替翘楚收拾了妆容，换了礼服。

整顿妥当，四大喜滋滋地说道："主子，你真美……这一过去，艳压全场，让那坏皇帝有得看，没得吃。"

美人笑骂道："什么叫没得吃！你这是什么话，但……我赞同。"

翘楚哑然失笑，这两个孩子说的都是什么话！

御花园。

多日不见，郎相今日亦进了宫，虽被罢了职，但郎将军擢升，郎皇后贵为一国之后，却也荣耀一门，今日在新帝的旨意下也进宫一并庆贺佳节。

众臣见郎相和上官惊鸿行礼祝酒，郎相满脸愧色，只说老臣有罪，心忡，昔日郎相对这位新帝多有微词和不敬，如今上官惊鸿大权在握，见此情状，虽然郎家有功，必借以暗讽一番。哪知，上官惊鸿却微一颔首，将手中酒饮尽，并没多说什么。

上官惊鸿的心情很坏。

这一下，谁都看出来了。

高台上的新帝，与群臣祝酒、让所有人只管纵情吃喝后，便一脸阴鸷，让方明斟酒，一杯接一杯地喝酒。

皇帝如此，谁还敢开怀畅饮？

新帝和荣瑞皇帝原本就生疏了些，荣瑞皇帝在旁边也劝不得。

有人悄悄看向宁王、公主、皇后等人，却是谁也都保持静默，只有沈妃这时突然按住新帝的酒盏。

这种事，沈清苓亦不是第一次做了，那时在睿王府就有过，只是一次比一次悲伤。

上官惊鸿不为所劝，手腕一翻，已将她甩开，在这种场合亦是情面不留。

人们都知道，上官惊鸿对这沈妃平素很是冷淡，偶尔还会到皇后宫殿走走，但从不去沈妃处。不知是新帝记恨荣瑞皇帝当日的赐婚，还是另有其他原委。

但也有消息说，沈妃这位上官惊鸿的表妹，上官惊鸿从小便深爱，爱翘妃亦爱这位女子，且最先爱的是这位娘娘。因对翘妃之死负疚——翘妃身死那天，上官惊鸿留在了沈清苓身边，是以下意识冷落于翘妃，心里实则仍念之。

是啊，如果真不爱，登基以后何必封沈妃？所以，亦有不少人信服这说法。

沈清苓也是豁了出去，这么多天宛如冷宫的生活，宫人虽恭敬有加，但他从不来找她，她带着病痛出席，今天必定要求个明白。

"翘妃娘娘到。"

她正想着，有内侍之声尖锐传来。她心里一阵冰冷，看上官惊鸿立即起了身，连打翻酒杯亦毫无察觉。郎霖铃一眼瞥来，嘴角浮笑，她喉间一痒，又是一阵腥甜之气。

翘楚在内侍领着走来的时候，看着全部起来又跪下行礼的皇族和朝臣，微微一怔。她只是一名妃子，但这已是皇后的礼遇了。

她容貌如昔，已不再是小蛮。上官惊鸿自有一套说辞，绝不可能让她与小蛮的身份重叠。小蛮跟过上官惊骢，这对她的声誉有损。

于是，人们便以为，翘妃乃是得修仙之人吕宋施救重生，而林小蛮已疫殁。

除去极少一部分人知道翘楚就是小蛮，人人都以为小蛮不过是皇帝看中的替代品。翘妃重生，替代品自是不需要了。很多人甚至猜测小蛮是被皇帝杀了，因为怕翘妃不高兴。只是，这一来，便苦了上官惊骢。

背地里，很多人都议论这位被哥哥强占去姜室的王爷。上官惊骢曾被关押，后来被释放，今晚也来了。此时他正凝视着翘楚，眸光暗沉，谁都不知道他在想些什么。

他没有与新帝反目，新帝对他亦仍亲厚。对于这个问题，很多人都猜测过为什么，但皇家的事，最是匪夷难测，谁知道呢。

而虽然不知内情为何，但翘楚与新帝闹了不快却是事实，消息也已传遍宫内外——翘妃回宫月余，却紧闭宫门，新帝并无刻意隐瞒，更不在乎威信之事。于是，人人都知，并非新帝不想去宠幸这名女子，新帝很想，是她不愿。

她有这个资本，因为皇帝爱她至深，从她还是侧妃时便开始，自她苏醒后，皇帝命内务府将宫中秀女遣回原籍，亦宣了旨，见到她，要行与皇后一样的礼数。

当然，众人看她到来，都是大欢喜——宁王等人是替上官惊鸿高兴；朝臣为那美丽容颜衣饰所慑外，也为新帝终于见晴的脸而暗松了口气。上官惊鸿这些天在朝堂上虽一如往日处事严明，脾气却也是出来了。有几名官员犯了小错，便差点丢了小命。

翘楚心里却想，这事要和上官惊鸿说，这跪拜之礼是属于郎霖铃的，哪怕上官惊鸿已给了郎霖铃和郎家最大的荣耀。

她自然也注意到上官惊骢含笑嘲弄的视线，心里难受。上官惊鸿已从席上走下来，手一挥，让众人起身。他一掠二人交会的眼神，嘴角抿了抿，却没说什么，只亲自来扶她。

腰肢被轻轻揽进男人怀中，翘楚见他眼中波光闪耀，嘴边都是细腻的纹路。这时，郎霖铃从台上下来，翘楚微一犹豫，还是想挣脱开来，给皇后见礼。上官惊鸿却不肯放，他神色极尽温柔，手上力道却强硬。

郎霖铃看在眼里，心中苦涩，仍旧笑道："翘妹妹还需与姐姐见外吗？皇上，臣妾多喝了几盏，已有些醉意，先行告退了。"

在场的人察言观色，宁王和冬凝率先告退，群臣纷纷仿效，向上官惊鸿请求离开。难得这位娘娘来了，皇后提点之下，谁都识相地将时间留给这两位。上官惊鸿果然大悦，他的目光，看向翘楚时柔软温暖，看向众人时却犀锐如剑，这时，剑般眸里却淡淡透出一丝满意。

众人只待他一声令下便退了，郎相和郎将军对望一眼，心里虽痛郎霖铃，但亦唯有叹息。上官惊鸿是个厉害的君主，独宠翘楚之心，更是谁都不可左右。郎家虽军权在身，但上官惊鸿颁旨，郎将军领军，宁王监军，他更亲握绝大部分军权，后又赐郎将军忠义侯之名，并昭告天下，言明忠烈，一是表彰，二亦是限制。郎相已做过违逆之事，郎家若再出一丝差池，倒失信于天下百姓，被认为不忠不义，玷辱一族。

所以，此时，他们还能说些什么；何况，上官惊鸿虽不爱郎霖铃，却给了她和郎家诸多的尊重。开宴之前，他将地方官员送来的贡品专挑好的赏给了郎霖铃，只赏皇后。

荣瑞皇帝亦是叹了口气，看向翘楚的目光带了深深的歉意。翘楚看他身边只形单影只地伴着郦妃，摇摇头，向这位曾经叱咤一时的帝王表示，过去的已经过去了。

她看上官惊鸿薄唇微张，正想先行告退——商议的事不急在今晚，她到这里来，一为看看他和上官惊骢可好，二是为沈清苓，想来看看她送信的目的。

她对上官惊鸿的"保安"工作还是极有信心的，上官惊骢此刻绝不可能带她离去，然而沈清苓这里，她却要注意，每个可能影响到生死结局的环节她都不能忽略。

方想到沈清苓，只听到一声钝响，却是高台上位置本在上官惊鸿身侧的沈清苓突然站起来，似乎想下来，却又突然摔倒在台上。

上官惊鸿眉心一拧，翘楚只觉汗热的手，蓦然空了。

她一笑，一瞥背后远远站着的两个丫头。四大和美人虽惊怒错愕，却很快按她示意悄悄退入人群中。人们乍惊之下，随着上官惊鸿大步向沈清苓走去也纷纷上前。

"翘姐姐……"

微乱中，翘楚加快脚步离去的时候，听到冬凝焦急呼唤的声音，并没有回答，只在皇后若有所思的眸光中隐入花树丛里。

台前，阿绣搀扶着半陷入昏迷的沈清苓，惊惶着哽咽道："皇上快救救我家主子。她月前便得了风寒，因思念皇上，不但未见好转，病情反而越发重了，也不让奴婢报告皇上，只说即便报告了皇上……皇上也断不会来看她……今晚娘娘为见皇上，才硬撑着到这里来的，哪知……"

上官惊鸿盯着沈清苓苍白的脸庞，眸光微深，淡淡瞥了太医院的几名太医一眼，几人吓得顿时跪下。院正颤声道："禀皇上，是娘娘没有上报，非是臣等有意欺瞒……"

可传染的重症便罢，得了伤病的，宫里哪个妃嫔会不报给皇帝，那确实并非他们的责任。

上官惊鸿此时却动了怒，冷冷道："若沈妃有甚不测，朕必定将你们治罪。"

冬凝方低声说得一句"惊鸿哥哥，翘姐姐走了"，他眸光朝四周轻轻一扬，终是将昏厥的沈清苓抱起，看样子竟是要亲自到沈清苓的宫殿为她治病。

屋子燃起灯火。

上官惊鸿并没有将沈清苓放到床上，只安置到长榻上，更方便他诊治。

宴上余人散了，宁王、宗璞、佩兰和冬凝等人虽和沈清苓早疏远了些，但翘楚既已苏醒，不至于对她如往日那般恨了，念着旧情，仍过来了，候在屋外。

屋里，一众太医在下首，大气不敢喘一口。沈清苓之前病势不重，希望此刻千万别有甚变故才好。

老铁、方明等人随在上官惊鸿身侧；郎霖铃作为后宫之首，也等在一旁，以示关心。

阿绣在旁边抹着泪。上官惊鸿眸光一直都是冷冷的，但他下手极快极准，数针下去，沈清苓眉心轻蹙，已有醒转迹象。

方明亲自替沈清苓擦去额上汗水，看她身子一直颤抖，似乎畏惧寒冷，又吩咐宫女拿床薄被过来，替她盖上。

几名太医又惊又羡，皇帝这手医术是他们亦比不上的，长此下去，倒真是饭碗难保。院正正要为自己几个美言几句，郎霖铃看沈清苓一眼，却先在他们出声前截了话头，说道："皇上，臣妾原本与皇上约好，席散后到臣妾殿中喝几盅小酒，今晚各种情况不断，此刻又……臣妾还是先回去吧。"

她说着又俯腰对沈清苓道："沈妹妹好生将养，莫病垮了身子，宫中好韶光，皇上又惦念，福寿康宁方好。"

若一生都是这般清冷岁月，还不让人疯了，福什么寿，沈清苓听她话中带刺，心中冷笑。她原本就病势不轻，有意瞒下，也是要激出上官惊鸿真心，今天又预先泡了数刻冰水才赴的宴；方才，她的病势在翘楚与上官惊鸿亲密之隙发作，半是假，却亦半是真。

这郎霖铃虽不比翘楚，但亦着实可恨至极，让人欲除而后快，只管等着——上官惊鸿的心她算是试出来了，到底放不下她，方才连翘楚亦放下了，她现在需要的只是一个时机。

这时，她自不会意气用事，让上官惊鸿和郎霖铃一起离去，强挣着身子，在方明扶持下坐起来，低声道："谢谢皇后娘娘关心，那清苓便待病体痊愈再行拜会娘娘了。阿绣，送娘娘出去。"

郎霖铃冷冷一笑，也不多说，却也并没立即出去。沈清苓继续道："铁叔，你且告诉宁王他们，我身子尚好。方总管，你吩咐下去，让御膳房做些清淡小菜到我这里，皇上今晚只吃了些酒，不曾吃过什么来着。"

郎霖铃听罢，神色更冷了几分，心忖这沈清苓还真要将上官惊鸿留下了。她悄悄一看上官惊鸿——他施完针，按医者的习惯，让内侍递过玉盆，此时正在清洗双手，脸上极静，并没有反驳。她心里微微一疼，他要……留下来。

老铁和方明没有立刻回应，看向上官惊鸿，如今早非往日——他们只听上官惊鸿或是上官惊鸿疯般惦念着的翘楚的吩咐。

上官惊鸿并没对他们说什么，只将擦手的巾帕一扔，眸光在几名太医脸上巡过："这次，朕看见了，便动手相治一回。沈妃病症甚重，若任由你们折腾，保不准半宿不消停。朕不喜欢看到这样的情况，若有下次，沈妃在朕面前再有任何不适，朕便要你们的脑袋。为防患于未然，浅中便须医好，懂了吗？"

院正为首，立刻率众跪下，颤声道："臣等谨记。"

沈清苓闻言，瞬间心魂俱动——他从未忘情，她心里一甜，看郎霖铃脸上晦涩，更是心笑不已；见老铁、方明不曾动作，只想将人都快快遣走，好与上官惊鸿独处，好让某个人看看上官惊鸿的心思。沈清苓正要说话，却忽听上官惊鸿道："铁叔，让五哥他们散了吧。方叔今晚若要留便留下照看，皇后先行回宫休息，朕他日再与你下棋喝酒。景平，吩咐下去，将辇车备好，预备摆驾。"

老铁等人立刻应了，那边，便是郎霖铃也是一震，何况沈清苓。她一咬牙，下了榻，微微跟跄着走到上官惊鸿前面："你在说什么？"

屋内各人安静地退到一旁，不敢打扰上官惊鸿，于是，她的声音微微颤抖着，在四周烛台火光映照中，显得格外响亮。

上官惊鸿眉峰一扬，淡淡道："便是字里意思，沈妃向来聪明，会不懂吗？"

这是翘楚死后以来，他与她说的第一句话，沈清苓的心却凉了半截，突然有几分明白他对太医嘱咐的意思，不是那样的，不是的。她心里顿时狂乱起来，一把握住上官惊鸿的手："惊鸿，你让他们退下，我有话问你。"

"我们之间，早在翘楚身死的时候，便没有任何话可说。是我害了她，但若没有你……"

随着那阴柔危险的声音缓缓而来，她的身子已被上官惊鸿毫不留情地甩开，沈清苓跌坐在地上，仿佛有什么蚊蝇在耳边嗡嗡作响。突然想起那时翘楚被他打了一记耳光的情景，她怔怔地想，可是这般感觉？便似有什么人拿着刀子在挖她的肉，瞬间，她终于完全绝望。不，翘楚必定不是那般的感觉，因为那时，他打了翘楚，手却在颤抖，眼中的神色似乎比翘楚还要痛苦。

现在他眼里只有寒霜。他将她册封了不错，他却是要她留在这宫里，无病无痛，孤寂终老。

突然，他的目光注入些许柔和，她乍惊还喜，却见他转过屏风，走到衣柜前，将柜门拉开，半带无奈半带宠溺地低声道："楚儿，还不出来吗？我备了辇车。我送你回去，好不好？"

翘楚一怔，那只她再熟悉不过的宽厚大手已在柜外朝她伸来，男人深深紧紧地凝视着她。她方一探头，他已将她抱了出来。

四下的人虽对她隐在暗处很是惊讶，却仍很安静。

她知道，他们过后亦不敢在外面多说一句不是。

她会在这里很简单，沈清苓要她来听"真心话"。

最初，她还在猜测沈清苓会怎么做，直到沈清苓在御花园晕倒，她顿时明白，适时离场先过来了——她确实想听听上官惊鸿会对沈清苓说些什么，没想到上官惊鸿却不给沈清苓与之独处的机会。

她并没什么好畏惧的，四大和美人在外面，若她出了什么事，她们会告诉上官惊鸿，沈清苓也清楚这一点。

没有想到他早就知道她在这里。

原来，他方才放开她的时候，在她手上重重一按，是这个意思。

她在宫里的一举一动，他都知道。

阿绣传信，殿里的女官自会第一时间告诉他……

也许该说，宫里谁的一举一动，他都了如指掌。

以前，他本来就是搞情报组织的。

只是，她却并没有太多的欢喜，因为别人的痛苦，哪怕是这个她极恨之人的痛苦，也没有给她带来多大的快乐。

地上的沈清苓提醒了她那些已经不可重新来过的时光。

她入牢那晚，他和沈清苓在她房里欢好过；在她被上官惊灏杀死的那晚，他留在沈清苓身边。

女人何苦为难女人。她自嘲一笑，看向旁边战战兢兢看着上官惊鸿浑身发抖的阿绣，低声道："扶你主子起来吧，地上凉。"

她说罢，挣脱上官惊鸿，出了殿门。

"翘楚！"

背后是沈清苓又怒又笑的声音，她尚来不及和屋外冬凝等人打招呼，只听到他们唤她，便匆匆扎进夜色中。

"主子，我们要回去吗？"

走出殿外一段路，四大和美人从树丛中走出来，不安地问。

她点点头，正要携两人离去，却见两道身影一闪，景平和景清已拦在她前面，将她和两个丫头分隔开来。景平道："翘主子，爷想和你说几句话。"

美人拔剑，指向景平。

背后气息冷凝，翘楚一凛，迅速回过头来。

上官惊鸿果然已在她背后。

他拧紧眉头，老铁、宁王等人跟在他后面。那么多的追随者，月光下，他的身影却峭峻萧瑟，他的眼里还残余着方才的霸气和冷漠，却隐隐透出一丝沧桑。

他盯着她，向她走来，眼里深藏的戾色亦终于一点一点显现出来。翘楚心头一跳，竟有些害怕。他手一挥，老铁和景平已一同围住美人。美人虽怒，几招间却已被两人制住。

"翘楚，告诉我，我还可以做什么？她设了所谓的陷阱，我以为这样做，你足可明白我的心。你以为找一个丫头睡在你屋里就能阻止我进屋，这般掩耳盗铃不可笑吗？我若要进去谁能阻止我，不过是我逼迫自己按你的意愿去做。今晚中秋，你出来做什么，你躲在殿里不就好了吗？为何要让我看到你？你不知道，每多见你一回，我便越控制不了自己。莫要再逼我，我的耐性有限。告诉我，你还想要什么，你还想要我做什么，你才肯真正回到我身边？"

又是这样，每次，他都只会这样……

她倒希望他保留着飞天的一丝淡漠，但到最后，却只剩下上官惊鸿的霸道。

手臂被他狠狠抓着，她看到他手上青筋迸露，心跳更甚。抬头间又见他眼里狠意更浓，她又惊又恸，脱口便道："我懂，我都懂，你要她尝尝从天上跌到地下的感觉……你以为这样我会高兴，但那不是我要的。上官惊鸿，在我被你囚起来的时候，你和沈清苓在我的床上做过什么？你若要我回到你身边，可以。佛祖大人，请你让覆水回收，让时间重来。"

她说着，看四周目光纷纷惊讶地看着她，尤其是看到冬凝和佩兰眼中怜意、郎霖铃摇头苦笑，顿觉自己可怜可笑，三生三世，却总是无法狠下心。她心痛难当，眼睑一重，已是满眼湿意。

上官惊鸿明显也是被她吓到了，脸色一变，伸手胡乱去擦她的脸，朝四下狠狠一瞥："都给我退远点。"

众人见状，一下闪回沈清苓的殿前去。几名太医方才张罗着开药，这时才从殿中出来，见上官惊鸿一脸怒气，不明所以，吓得又一股脑儿跪下。

就算他们跪死了，上官惊鸿也不会管。径自揽过翘楚，他看翘楚两眼越发通红，又疼又急，迭声道："不哭了，随我来。"

翘楚狠狠打了他几下，要他放手。他闷哼着一下一下受着，待她打完，索性一把抱起她，又进了殿内。

沈清苓正怔怔躺在榻上，方明在旁边守着，阿绣替她盖着被子，看到上官惊鸿，又痛又恨，死死盯着他。上官惊鸿也不说话，将翘楚往地上一放，信手点了她身上穴道。翘楚咬牙道："你要做什么？放开我。"

上官惊鸿往她脸上一抚，大步上前，将被褥从沈清苓身上扯下，在沈清苓的惊声中，已将沈清苓一手衣袖拉高。

一颗殷红朱砂如花镶嵌在沈清苓臂上。

翘楚心头一震，定在那里，竟一时不知说什么话好。

这时，院正领着几名太医急匆匆而进："皇上恕罪，臣等已开药，沈妃娘娘服药过后，不久定将恢复过来。"

之前表现不佳，此时太医们看上官惊鸿又进了沈妃殿内，连忙进来请功。

哪知，上官惊鸿本握着沈清苓的手，忽然极快地放下，沉声道："谁让你们进来的？"

众人一惊，心里惶然，立时散了。

沈清苓仍怔怔地看着上官惊鸿，却见他已揽过亦是一脸怔愣的翘楚，随即快步出去了。

一下，万籁俱寂。

喉咙像被什么堵住，沈清苓想哭，却发现眼睛干涸得没有一点泪水。

方明在旁边低低叹了一声："清苓，翘主子回来了。看在翘主子无恙的分上，爷对你仍念了一丝旧情。我和阿绣终究是自己人，外人面前他还是……"

是，衣袖拢上她的手臂，将那抹凝红盖去，他终是顾全了她最后一丝面子。

旧情，翘楚。

若翘楚死了，他会怎么做？

所有的一切都是翘楚。

她为他眼里暗沉过后的清明而失落惊喜参半，以为他是为她等到新婚夜。

原来，都不是。

即使在他最恨那个人的时候，他也还惦记着那个人。

两次，到最后，他都替她穿上衣衫。

沈清苓蓦然大笑，泪水却终于跌了下来。

沈妃，宫门，是他给她的一生一世。

出了殿外，翘楚竟突然不知道自己要怎么说、要怎么做。

殿外，人人都已退到很远的地方，她怎么却仿佛还看到他们眼里的期盼？

她心里又乱又慌，他却亦在逼迫她。

"翘楚，今晚中秋我们一起过，好吗？"

他似乎看到她的惊惶，苦笑道："你如今这个样子，即便我想，又能对你做些什么。何况，你不愿意，我也绝不会……我只是想和你一起过这个团圆的节日。让我陪你坐一会儿，用些膳食；当你累了，我就立刻送你回去歇息，可好？"

飞天从不曾这般低声下气地求人。

他的眸光很是复杂，仍带着狠色，却又掺了试探、小心、恳求……

她心里一动，一个好字要脱口而出。

他们若再在一起……再在一起……

她的心跳得很快，不知所措，只觉得生平从未如此凌乱，深深的渴望和抗拒同时并存互生。终于，她哑声道："我想回去歇息，我累了。"

上官惊鸿眸里的光芒慢慢黯淡下去，终于，他轻声吩咐老铁："放了她的丫头。"

她们终于得以离去。

"主子……"

快到睿元殿的时候，四大和美人低低唤住她。翘楚打了一个激灵，猛地抬头："你们是在问我话吗？"

四大和美人对望一眼，四大咬了咬唇，终于，美人出声："主子，我们没有问你什么。我和四大只是想说，你若想回头找他，就去吧，我们是无论如何不想让你再和他有甚纠葛，太多的变数……可你……你一点也不快乐。方才他问你的时候，我和四大在旁边看得清清楚楚，他转身离去，你站在那里痴痴看着他，就像他平素看你一样，你……是想跟他走的……"

翘楚蓦然定住脚步。

帝殿。

月如盘，辉芒倾洒在树梢上。

"皇上，臣妾陪皇上喝两盏吧。"

"你来了？"

上官惊鸿淡淡地看向在桌子另一侧坐下的女子。

容颜如花，年华正好。

郎霖铃低头一笑，当他看她时，她还是像往日一样，甚至比往日更甚，心如鼓动；而他的心呢？

她"嗯"了一声，替自己斟了酒，慢慢喝了起来。

两个人一直都没有出声，但酒过三巡，郎霖铃酒量不差，亦终是有了醉意。她心里闷疼，咬了咬牙关，终于借着酒意，低声道："惊鸿，你……不需要女人么，今晚……我留下来好吗？我不是要和翘楚争些什么，我只是想陪陪你。"

殿门口，翘楚再次定住脚步，微微苦笑，来得不是时候。

旁边的老铁、景平和景清吃了一惊。从沈妃殿回来，上官惊鸿便坐在院中，一个人默默喝酒，宁王等人要相陪，也让他遣走了，将他们几人也遣出了殿外；后来，郎霖铃过来了……没想到，翘楚随后也来了。他们本来还想给上官惊鸿一个惊喜，没有立刻通报，现在——

翘楚没有走，对老铁等人做了个噤声的动作，静静凝视着石桌边的男人。

她不知道自己在看什么，也许会看到自己绝不愿意看到的，但还是没有走。

另一边，上官惊鸿仿佛没有听到郎霖铃说什么似的，仍沉默地喝着酒。

郎霖铃把心一横，伸手握住他斟酒的手，咬牙道："莫要再喝了！"

上官惊鸿却迅速抽出手。郎霖铃心里一沉，只听到他温声道："朕方才在想，什么对你来说才是最好的。铃儿，朕安排你秘密出宫吧，更换身份重新生活。至于郎家，只要上官氏统治东陵一天，都有它一席之位。"

郎霖铃猛地一颤，真的没有想到上官惊鸿会这么说。他仍唤她昔日昵称，他脸皮微微泛着潮红，但他的眼睛是清明而……无情的，一点也不像看翘楚时的模样——狂乱、不知所措。

"我不出宫。上官惊鸿，你一直知道，我爱你……我爱你啊。我不会和她争。他日你妃嫔多了，我可以像你保护她一般在后宫保护她……"郎霖铃鼻子一涩，涌上心头的不是恨，而是一腔悲哀。

上官惊鸿的笑声轻轻传来。

"你不需要保护她，她有我保护已经足够。没有后宫，我不会再立任何妃嫔。哪怕她不再爱我，我也不会再册封任何女人。

"除了她，我对其他女子都没有那种感觉，亦不存在什么需要。你会过来……倒是方才我对她的欲望那般明显吗？难怪她要跑，呵呵。"

他并非调侃或玩笑，亦并非想让她知难而退，却真是当她是来找他喝酒的朋友，淡淡而诉。

"你真的决定等她？"

"嗯。"

"一定能等到吗？她对你……"

"那就直到我等不到为止。"

郎霖铃清楚看到自己桌上攥得泛出青白的指节，深吸了口气，却还是失态地巍巍站起来。

"你便不怕我会杀了她？"郎霖铃笑着问他。

"若是前生，我们绝不会有过多交集；这一生，太多既定命数，我娶了你，是我负了你，我会用我的方式去补偿。你是个聪明人，不要尝试逼迫我，也不要去试探，你赌不起你整个家族的性命。不管你还是我，还是五哥他们，大千世界，处处婆娑，但无论三界还是六道，每个人都有他的责任，谁都不能单为自己而活。"

耳边，是他温淡如水的声音，郎霖铃觉得他从来没有哪一刻比现在更像个佛。

一个对任何人无情却对一个人有欲的佛。

朋友，知己，到最后，他们只剩下这个，他也只愿意给她这个。也许该说，从初见那天起，一切早已注定。

灯火阑珊处，谁家落魄少年那般骄傲，笑说，不是你帮我，我们是互相帮助。

郎家保住了，也拿到了她多年前想要的，她的愿望实现了，不是吗？

他其实没有欠她什么。

这是她的选择。

若是其他人，她根本不会结交，更不会去爱。

最初的最初，是她想从他身上得到什么。

结果，她赔了自己的爱情。

她的一生一世。

这就是他给她的一生一世，也是她给自己的一生一世。

杀死翘楚，她确实不敢。

她亦不会。

翘楚这人，她杀不下手；他的心，她亦还想占半分痕迹。做到沈清苓这份上，不傻吗？

离宫，她怎么走？在宫里，她还能见见他；走了，她便什么都没有了。

便让他对她心存一丝负疚。

哪怕负疚从来就不是爱情。

但至少，负疚会让记忆更牢固一点，他总能记得他生命里有过她。

泪水满面，她却没有擦，也没有反身往正门出去，朝对面阴暗的偏门走，走了几步，却又猛然回头，想再看他一眼。

却见他已撤了她的杯盏，放到凳子上，将自己的酒杯斟了半杯，放到对面的位置上，笑道："楚儿，我知道你想喝酒，你以前在天界便瞒着我偷偷喝酒。有一回，我也喝了，对你做了些不该做的事。那时我其实没有醉……那晚我又在殿外站了一宿。你总以为我不要你，我不是不想，是要不起，因为你若和我在一起，天谴是必然结局，我怕你会出事。但飞天殿外石兽，它知道我在那里站了多少晚……嗯，你现在有了小怪物，不能多喝了，半杯就好。"

"怎么不喝？不好喝吗？"他说着微微蹙眉，一把将桌上酒盏拿起，自己尝了一口，若有所思地点头，喃喃道："这酒是有点烈，我去取些果子酿酒给你……"

他紧紧握着杯子向正门走去。

郎霖铃心里大恸，对着其他人的时候，他很清醒，其实他早醉了。

翘楚，若我是你，要我怎样都行。即使现在死了，我也愿意。

她痴痴想着，却见他突然站在门口，似乎被什么人挡住去路。

他做了什么吗？

好像没有。

他就是在这里威胁了一个女人，然后发了一通酒疯。

翘楚却拿定了主意。

如果前面注定还有什么伤害，她也认了。

不是她突然变得勇敢了，是她不想让他继续寂寞了。

三生三世，她一次一次受折，早磨损了棱角。

可是，谁让她爱上一个佛？

她必须在勇敢不起来的时间里，也要勇敢。只要他敢爱，她就敢随。

即使他不是佛。如果他确实有让她爱的理由，如果她无论如何还不想放手，与其退，不如试。

也许，会在下一次仍然失败；也许，会好起来。

看他皱紧眉头，死死盯着她，又伸手去揉揉眼睛，她亦低头揩去眼角水汽。方寸之间，她竟不知道要跟他说一句什么。

总不能说我原谅你了，我们重新开始吧。

多逊。

他却还不动，就那么愣愣地盯着她。这个时候的他，不是飞天，不是秦歌，甚至不是上官惊鸿，倒像景清。

"爷，爷，翘主子找你来了。"

旁边，老铁和景平急得不行，四大和美人直翻白眼，景清直跺脚，咆哮起来。

上官惊鸿浑身一震，却仍是不动，又用力揉了揉眼睛。翘楚却忍不住了，走到他前面，往他心口重重擂了一拳，闷声道："你还要和我一起过中秋吗？不要，我就回去了。"

上官惊鸿嘴唇一动，话来不及说出口，下一秒已先将她狠狠抓进怀里，似乎防止她出尔反尔。

手中酒盏落地，荡起一地香气。

方嗅到从地上蹿上来的香浓酒气，翘楚也被酒气沾染。

她被吻得喘不过气来，又想起大家还在旁边，又羞又急，连忙去推他。

上官惊鸿却并不管。过了好一阵子，她真的呼吸困难了，他才缓缓放开她。

翘楚脸上大热，朝他过去几拳："大家都在。"

"谁会如此不识趣，都跑光了……"

翘楚一愣，四下一看，果真没了人——前无皇后，后没咆哮帝，老铁和景平不见了，四大和美人也消失了。上官惊鸿语气凉凉，看也没看，但明显比她上道。

甚至连两侧殿门不知道什么时候也掩上了。

她心里一动，牵着上官惊鸿走过去，推了推，门果然纹丝不动。

被反锁了。

她顿时愣住，哭笑不得。

身上微微一重，却是上官惊鸿将她抵到门上，额头亦抵着她的额头："楚儿，我是在做梦吗？"

他声音粗嘎深哑，语气郑重而认真。见他是真的还在质疑，她鼻子一酸，踮脚咬住他的颈项。

他颈子微微一颤，随即一动不动，任她用力咬着。他一手将她紧紧抱住，一手抚着她的头发。

她咬了好一会儿，方才罢了，抬头挑衅地盯着他，他吃痛，嘴边却都是笑意。他在她唇上重重一啄，突然将她整个抱起，微微转动起来。

她尖声叫着笑着，连连道："小心孩子……"

这是他高兴时的小动作。

她之前已经领教过，他再也不像飞天殿里严肃的男子。

他再不是她的师傅，只可远观。

他们以后会好好的，是不是？

所有劫难都过去了，是不是？

她笑着，却又忍不住微微哽咽起来。

上官惊鸿却立时从激动沉醉里清醒过来，将她放下来，手忙脚乱地替她擦泪："我是大夫，力道是知道的，不会弄到孩子……"

她想了想，又狠狠地打了他几下："你以后还会不会不听我的解释，却去听别的女人的话？"

上官惊鸿闻言心里狠狠一抽，想解释却发现自己竟哽在那里，无法用言语去表达，猛地再次吻住她。

翘楚一颤……情愫以外，她感受到那种坚决，是属于飞天的坚决。这是他等待了那么久的人——那时，他在大殿里引导佛僧早课晚课，每每看到她，便乱了心思；有时课也说错了，也亏得他说什么别人都认为是对的，如果觉得不对肯定是自己错了……

他想着，心神微微一荡，将她拦腰抱起，便要往殿内走去。她双手有些无力地攀上他的脖颈，蜷缩在他怀里，气息在他心口轻轻流转，那温柔的滋味却反而让他清醒过来。

他暗骂自己一句，将她放下纳进怀里，下颌枕到她肩上去平复自己的心猿意马。

他还真是昏了头，她有六七个月的身孕了！

翘楚也是脸红耳赤。她知道他心里在想什么，竟亦忘了要制止他。她有些羞恼地将头往他身上磕了磕。

上官惊鸿迟疑了好一会儿，方支吾道："你……饿不饿？"

翘楚没想到他转移话题，却憋了这么一句出来，顿时乐了，从他怀里稍稍一退，果然看到他两颊可疑地红了，倒不知是酒意闹的，还是……

想到"害羞"两个字，她的心情大好，上官惊鸿脸皮厚，倒是不常会，但飞天……

上官惊鸿看她眼里都是亮晶晶的笑，心中既爱亦有些恼意，毕竟，上一辈子，他是她的师傅，如今竟被她骑到头上去，倒真是应了她当初的话。

有朝一日，他怕她。

他轻咳一声，捏了捏她的鼻子，翘楚立时也伸手去捏他的鼻子。她确实不再怕他了。他低咒一声，复将她抱起来："困不困，回去歇息好不好？"

翘楚又吃吃地笑起来，在他唇上轻轻吻了一记。他低头狠狠往她眉额磕了一下，粗声道："我可没有那种意思。"

翘楚看他脸色愈红，越发笑得不行。一切既定，她心里欢喜放松，确实有些困了，不像他，天天在她房外站岗，还能稳稳当当地去上早朝。但今晚她不想便这么睡过去了，想和他待在一起聊聊天，又想起方才沈清苓说他没吃什么东西，忙道："咱们吃夜宵去。"

上官惊鸿以为她饿了，二话不说，立刻抱了她回转，一看石桌才发现，桌上只有酒。

他拧眉瞥了眼被反锁的殿门，轻轻一提气，抱着她跃到屋檐上，复从檐上跃落，用这种方式出了殿外。

二人凌空出现，禁军以为是刺客。幸得上官惊鸿武功是骨灰级的，几个闪身避开，才没让守殿禁军拿家伙往他们身上刺几个窟窿。

"见过皇上，见过翘妃娘娘。"

众禁军汗涔涔地行礼，老铁等人慌忙从树荫下走过来。上官惊鸿环众人一眼："谁锁的门？"

景清闻言，悄悄往景平背后缩。

他倒是个忠心孩子，上官惊鸿还是飞天的时候，便不是个大公无私的主，会任用铁血镇压的龙非离，会在翘若蓝身上动些隐晦心思。景清也是为他谋取福利，斥责了几句，也就算了。翘楚可不干，景清要锁的是她，让她反悔也不能走，当下便让罚他和殿外的禁军一道站岗去了。

景清嘀咕着去了。

上官惊鸿从来就不是君子，略警惕地看了四大、美人一眼，也将她们赶回了睿元殿。

倒是景平永远不会让人失望，很快让御膳房备好一桌酒菜，便和老铁退下了。

两人用了些膳食，便携手在宫里散起步来。

这也是在天界的时候，二人常做的，只是那时不可能握手而行，如今却是可以了，两人都特别的开心。

经过常妃殿的时候，却意外地听到里面传来些声响，上官惊鸿立刻将翘楚抱了，轻轻跃上屋檐上。

有几个人在殿外的院子里。

上官惊鸿轻功极好，翘楚亦是合作地屏了声息，里面的人并不曾发现。

其中一个人，两鬓微霜，衣饰华贵，坐在院中，桌上也是放了两杯酒。

他自斟自饮了好几盏，有些蹒跚地站起来，旁边一个男子连忙去搀他。他却摆摆手，挣脱了，跟跄着在院里走起来，喃喃道："不谢，我今晚就在你这里歇下可好？你若不喜欢，便报个梦给朕。这些天来，我每每想你，你却不曾入梦，反而比不得前些年，我还能在梦里见到你。"

翘楚琢磨着要不要让上官惊鸿下去打声招呼，却见上官惊鸿眸色冷漠，遂打消了念头。

人都要为自己犯过的错误负责。

年轻的时候，我们总以为自己是对的，嬉笑怒骂，恣意伤害，希望别人都按照自己的剧本来做。

然而，有些事情可以重来，有些却早已覆水难收。

有些错是你这一生绝对不能犯的，不是很久以后懂得了认识了就行；错了，就再也难以回头。

因为，不是每一段感情都能够弥补。

"都说善恶轮回，下辈子，你一定要来找我。我知道是有轮回的，咱们的儿子便是那样。我和你的儿子竟是个佛，那个主宰云苍的佛。你知道吗，他这一辈子是不会原谅我了，你亦然。呵呵，所以，下辈子你要找我报仇。你要记住，务必谨记，切莫忘了。"

荣瑞皇帝说着，伸手向半空一抓，眯起眼眸仔细分辨着什么，随即又跌坐到地上，低声痛哭起来。

连着方才的男子，又一个男子走到他身边，两人想搀起他，他却只是不起，呆呆坐在地上。

两人相视苦笑，正是夏海冰和莫存丰。

这时，荣瑞皇帝突然厉声道："海冰，你去冷宫将常芳菲带过来。"

翘楚一怔，旁边的上官惊鸿将她的手握得很紧很紧，就像怕她会随时离去一般，脸上却依旧冷漠地盯着荣瑞皇帝。

不一会儿，夏海冰将芳菲带来了。

这是翘楚第一次见到芳菲，那个据说与不谢长得一模一样的女人。她的脸容很是憔悴，两鬓颜色竟比荣瑞皇帝还苍白上几分。

冷宫，果然是个鬼地方。

或许该说，得不到帝王的爱宠，宫里绝不是个繁华地，而是个落寞冢。

看到荣瑞皇帝，芳菲眼里却突然有了一丝光亮，颤声道："皇上，你终于肯见我了吗？皇上，臣妾也不要解药了，就让臣妾有生之年陪着你好不好？"

荣瑞皇帝的脸色却和她截然相反，他本来之前突然生了一丝期盼和喜悦，这时，反而越加暴躁起来。他劈手指向她："你滚，不谢不是你这个模样的。她从来不会求饶，只有那次，朕打了老八……"

他说着伸手一拂桌上酒器，身子摇摇晃晃地进了殿……

翘楚心里恻然，本来不明白他将芳菲找来做什么，此刻终是明了——他是想从芳菲身上找不谢的影子。可惜，不谢只有一个。

翘楚的呼吸有些重了，夏海冰和莫存丰立时抬头看了过来，看是二人，吃了一惊，正要叩拜，上官惊鸿微一摆手，指指荣瑞的方向，伸手将她抱了下来。

两人走在路上，上官惊鸿环在她腰上的手将她箍得快要喘不过气来。

若非她怀着小怪物，让他有几分顾忌，她估计他真的要将她勒死。

翘楚索性停了脚步，任他将她揽进怀里。

"荣瑞是个浑蛋，我也是。"

他的声音从她背脊后轻轻传来："他已经没有机会了。我比他幸运，我还有。

"幸好，我还有。翘楚，你绝不能离开我，谁都不能跟我抢你。"

他的声音瞬间变得阴狠起来。

翘楚微微一惊，想起梦里所见他的残暴成性，低声道："我不会离开你的，除非你不要我和孩子了。"

上官惊鸿得到她的保证，眼中燃起一丝情欲，低头便去吻她。翘楚却反而不安起来，道："惊鸿，我有事情和你说。"

"嗯，你说。"他吻着她的颈项，声音里有一丝心不在焉。

她缓缓将梦里所见都告诉了他。

上官惊鸿听罢，慢慢抬起头来，随即轻轻拉开衣领。月光下，翘楚看得清楚，他心口的位置刻着一个"羽"字。

翘楚的震惊和紊乱直到回到上官惊鸿寝殿，他传水洗浴并亲手帮她洗浴完抱她上榻，才渐渐平复下来。

秦歌身上也有这个刺青！

她以为从她变回翘楚那一刻开始，不跟上官惊骢离去，就能主导自己的命运，一切都会渐渐改变，那么，上官惊鸿的命数亦会随之改变，也再没有后世的秦歌死在墓中。

但上官惊鸿的刺青却告诉她，一切似乎还是按照历史的轨迹有条不紊地进行着，甚至，他的刺青是在这一世便刺下的。那下一世的秦歌到底是什么人⋯⋯转生还是上官惊鸿的一场穿越？

她不知道，上官惊鸿也不知道，即便是飞天也不可能知道。

前生，飞天看事十分精确，但他所做的事情，多凭计算预计，包括对他们的今生安排。

哪怕是天界镜海天的未镜也只能预测某一个时间里的一件事，而非人的命运。

何况，镜海天已封。

随着上官惊灏和两大主佛被捉，天上诸神佛似乎也进入了沉寂状态，只等古佛重生。古佛重生后她不知道会发生什么事，也许会杀了她，也许不会，那不是她能把握的，但现在她和上官惊鸿的命运却还抓在自己手里。

她还能做努力。

她知道，上官惊鸿听罢她梦中片段也是有想法的，不同的只是，她虽压抑但还是会将她的恐慌表现出来。在他面前，她很容易便将她的真实想法表现出来。

上官惊鸿却是个绝对冷静的人，没有丝毫怯懦。但她知道，他的心情并不好，他到现在为止的沉默充分说明了这一点。

头上一暖，却是他突然伸手罩住她的发顶。

"你虽有狐王万年丹灵在体内，身体与普通人无异，但你已是七个月的身子了，绝不能多思多虑，明白了吗？我要的是你的健康和小怪物的健康，其他事情你不必去管，有我在。"

语气里带着淡淡的笑意，他终于出了声。

帐外还掌着烛火，他的神色她看得很清楚，眸如碧沉，深得很，却并无波澜，他的话便像一剂强而有力的药，让她稍稍镇定了一些。她伸手到他衣内。

他的肌肉一阵收缩，猛地按住她不安分的手，低斥道："你这是在尝试挑逗我吗？"

挑逗。翘楚闻言倒是笑了，她是有感而发好不好！她倚在他怀中，问出心里的不安和疑惑："惊鸿，你为什么要刺这个东西？"

"不是因为翘眉。"

翘楚听他有些无奈地轻笑解释，认真道："我知道和她无关。这是咱们第一次分手你在东晓大街送我的名字。那时你说，林羽便是翘楚的缩写，楚中有林，翘内镶羽。你赐翘眉这名字，让她不跪，通通都是……为我。"

她说着也有些害臊了，果然听到他一声低笑道："小丫头不害臊。"

翘楚听到他以旧日语气说话，心里一暖，咬咬唇，也道："要不咱们还是将这改成别的字，改翘字，改楚字，改海字，改蓝字……好不好？"

"孩子气，"上官惊鸿爱怜地摸摸她的头发，语气越发和旧日飞天相似，"不是说，字改了有些事情就不会发生……"

他微微拧着眉头，目光更幽深了几分："这字是我在……解剖那天刺上的。羽，倒全非林羽之意。你那时新死，又是这般惨烈，我当时满心绝望……我还是飞天的时候，对这一生必定是做了些安排的，但我有关飞天的记忆始终不曾全部恢复，一直没将飞天封印了天神村、狐王能运用法力和救你这两件事联系起来，总感觉这一世你是绝不会回来了。我当时抱着一定要杀死上官惊灏的心思。我想，我也许会战死，心里竟隐隐寄望下一世……只希望还能有来世，届时，你转生将事情都忘了，我们便能重新开始，我要在别的男子认识你之前先认识你。下一世，你就不再唤翘楚了，也许会叫海蓝……"

"海蓝……你记得？"翘楚眼睛一亮。

"这名字你提过的，沈清苓也用过，我怎么会不记得？"上官惊鸿往她脑门轻轻敲了下，继续道，"也许，不叫海蓝也说不定。天地万物，生命充满变数。但无论你叫什么，名字只是记号罢了，我只要记住你这个人，记住你在我生命里的意义，我就一定能找到你。我还是飞天的时候，你给了我堕天的翅膀；后来我成了上官惊鸿，你告诉我，鸟飞得有天空。这一次仍是你给了我翅膀。没有你这根翎羽，我还是我，平静如水，转眼万年，沧海桑田直到天地毁灭那一天。"

翘楚听他轻声低语，仿佛多年前在经阁大殿传经播道的时候，每一句话都是禅偈智慧，心里一时百般滋味，一下将头埋进他心口里："飞天，是我害了你。你万年功德本可传颂百世，而非一个破戒受后世诟病的佛。"

"我，甘之如饴……"

"飞天飞天……"

她只见他眸眼墨似的，深深地凝视着她，她低唤他一声，话语随即被吞进他覆上来的唇舌里。

翌日醒来的时候，上官惊鸿已不在寝殿，翘楚知道他是上朝去了，他是个极为规律严谨的人。天色还早，她心里紧张，已全然没有了睡意，只等他下朝带她去见一个人。

昨晚睡前，他们达成了一个协议——两人一起开始着手打破她梦里的人物关系。

第三十四章

帝之心天地浩大　爱情不过锦上花

到了下朝的时间，上官惊鸿却没有立刻回来。景清过来传口讯，说皇上处理完几件紧急公务便回来。

翘楚心事重，往信笺写了些东西，放进随身荷包里，虽然知道这东西也许冉也没有机会能给出去。

上官惊鸿很是心细，让冬凝和佩兰进宫陪她。

几个人在御花园里吃茶，倒也其乐融融。

过了不久，却突然有内侍报夏王求见。

翘楚其实很想与上官惊骢谈一谈，除了梦里的情景，她很是担心上官惊骢现在情况不好；但上官惊鸿不在，她不想多生枝节，让内侍婉言拒绝了。

佩兰和冬凝见她忽然静默下来，都是知道她和上官惊骢关系的，忙又寻了事情来聊。

这次说的是佩兰从宁王那里听到的消息，关于燕紫熙。

也许，但凡女子对这样痴情的男子都会动心，哪怕她们已有了如意夫君。

翘楚也是精神一振，但说的这件事情其实和燕紫熙本身的关系并不大，而是他委托查找的妻弟的消息。

冬凝托腮苦笑：“这一查反而是将左兵的身世牵扯出来了……”

冬凝和佩兰走动多，不似翘楚这段时间锁在宫里，反而不知道。翘楚对左兵这人亦是挺感兴趣的，当即问道：“怎么说？”

“左兵的娘亲当年正好便在那小汗娘亲的勾栏院挂过牌。那大汗一行人都找了姑娘，左兵的娘亲服侍的就是那大汗的亲随，据说，还定了情呢，倒是服侍大汗的那个姑娘自那勾栏院关掉以后就失去了踪影。我知道的时候都吃了一大惊呢。”

翘楚闻言，也是吃了一惊，听冬凝嘀咕，笑道：“小幺，你似乎对这位神秘的左大人很是关心。”

冬凝一怔，连忙摆手：“哪有。”

“你本来和樊如素交情便不浅；皇上还在牢里的时候，也是左兵卖的人情，放你进去的……这里也只有我和你翘姐姐二人，小幺，你便说说你和他到底……"佩兰接口，说着捂嘴笑了起来。冬凝急了："我和他真没有什么关系，就是酒肉朋友，此刻也没怎么联络了。"

她说罢，心里也有些黯然。经过那次的事，她在他面前宽过衣解过带，她不知道他当时怎么想，是本身便有心帮上官惊鸿而戏谑于她，还是另有其他什么想法，他最后并没有碰她。但想起当时情景便觉尴尬，她自是不可能像往日找樊如素喝酒一样找他。

何况，以前是樊如素找她居多。

不知道什么原因，樊如素似乎已经隐藏在他体内，很久没有出现了。她其实想问问上官惊鸿，但上官惊鸿这些日子以来，一直在处理和翘楚的关系，她不好打扰。

而回到朝歌以后，左兵亦没有再找过她。

倒是宗璞找她的次数多。

她轻轻叹了口气。

"冬凝，你既唤我一声姐姐，姐姐有话要跟你说。对于宗璞和左兵两个人，你好好想清楚，莫要因为摆脱宗璞而做了错误的选择。"

听到翘楚的话，冬凝微微睁大眼睛："姐姐……"

佩兰看向翘楚："还是你一针见血。"

"其实，宗璞虽……伤害过小幺，但如今也是……不管怎么样，是多年的朋友了，你对他也是知根知底的。他现在对你不比皇上对翘妹妹差，你好好想清楚。"

冬凝蹙眉，垂眸盯着石桌。

翘楚拍拍佩兰的手，低声道："佩姐，倒不是说宗璞比左兵更好，而是希望，小幺考虑清楚自己的心意。"

她终是没有将还是小蛮的时候听到的上官惊鸿对左兵的评价说出来：左兵是个极复杂的人，女人要驾驭他，只怕千难万难。

有上官惊鸿在，冬凝不至于吃什么亏；但若左兵是看在上官惊鸿面上，或许说，他从一开始和冬凝的接触，便抱了什么目的，最后被伤害的肯定是冬凝。

但她不会告诉冬凝这些，因为只有在没有顾虑的情况下，冬凝才能自己考虑清楚，无论是谁，也许两个都不是，但那是冬凝最真实的选择。

"我和樊如素算是甚是投机的朋友吧；至于左兵，我们……应该也是……朋友吧。若说我此刻心里已经完全没有了宗璞，那肯定是骗你们的……但我和宗璞不……"

冬凝尝试着将心里感觉讲出来，却见佩兰的脸色微微一变。翘楚朝冬凝做了个噤声动作，在四大搀扶下缓缓站了起来。冬凝一惊，下意识扭头看去，果然看见上官惊鸿领着五六名男子走近。

其中一个是宗璞，左兵也在。

但宗璞似乎是听到她的话了，眸光闪烁，神色很是激动，紧紧盯着她。若非上官惊鸿在场，他绝对会将她拉住。

左兵瞥了她一眼，嘴角有一丝薄笑，似乎看了场好笑的戏。

他给她的感觉就是这样，冬凝微微蹙眉。

宁王很是照顾她，已笑道："见过翘妃娘娘。今儿我等又受皇上眷顾，过来吃宫里好菜来了。"

转移了话题，冬凝松了口气，侧头避开宗璞炙热的目光。倒是翘楚心里一沉，上官惊鸿明明答应过她，他下朝回来，他们就到囚室去，杀了上官惊灏，可如今——

上官惊鸿看她神色，立刻过来扶住她，轻声道："膳后便去。"

听到这话，她一直悬在喉间的心才放了下来，心想是自己多虑了，怎么会思虑他在这节骨眼上宴客的目的。他们和好，大家比他们还高兴，宴请这众朋友吃顿饭并不奇怪。

旁侧，冬凝给她使了个眼色，她明白，笑道："皇上和五哥、各位大人先到偏殿去可好，翘楚先回寝殿取件披风。"

佩兰也是灵活人，立刻道："佩兰和公主陪娘娘。"

取披风何需堂堂一个贵妃？冬凝不想和宗璞一起走，这点小心思上官惊鸿怎么会看不出来？他眼中浮起一丝笑意，抚了抚翘楚的头发，"嗯"了一声，便领着人先走了。

宗璞还频频回望，冬凝低头数草，只装作看不见。

待得人走远了，佩兰叹了口气，道："小幺，一会儿不是还得见吗？"

冬凝悻悻道："那是一会儿的事，我真的不知道怎么去面对他。"

"嗯，都说莫要逃避，总有些事情暂时的逃避比错误的决定其实更好。"翘楚怜爱地摸摸她的头。

佩兰笑道："好了，好戏还是要做足的，先陪娘娘回去取件披风。"

她说着微微"咦"了一声，却是一件披风已经披到翘楚身上。美人帅气地一拍手，原来是她已折了个往返回来。四大嘻嘻笑道："宗璞那瘟神走了，永睿公主，咱们起驾吧。"

冬凝笑着去揉四大的头发，两人闹成一团。佩兰和美人却心细，相视一眼，美人问道："主子心里还是有事？"

翘楚一怔，苦笑道："我这人是越发藏不住事了。"

到了要将上官惊灏解决的时候，她却恍觉自己的残忍。

佩兰摇头："因为娘娘现在很幸福，幸福的人才怕波折，才会藏不住事。"

冬凝笑得灿灿的："那藏不住事岂非是件好事？"

佩兰复点头，柔声道："娘娘有事不妨和我们说说，纵使不能解忧，也能分担些许。"

冬凝和四大也停止了玩耍，一副认真神色。

翘楚轻轻一笑，幸福，她是幸福的，有他，有她们。若惊骢能好好的，上官惊灏的事亦能完满解决，能和他安稳生活一段时间……哪怕古佛复活之后……她微微沉吟，将梦里上官惊鸿的后半生说了，也说了对上官惊灏的打算。

众人听罢都很是惊讶。冬凝去拉翘楚的手，紧紧看着她："翘姐姐是心里动了恻念吧。即便不说太子与狼谋事，差点便让东陵的百姓陷入分离崩析的苦难局面，他两世害你性命，你要杀他，并无什么不对。我小时候，哥哥便教我，因果循环，报应不爽；更何况他以后可能会危及你和哥哥的命运。这个人绝不能留，一会儿让冬凝亲手杀了他。冬凝不怕动手，这血腥便当是我沾上的。我杀的是坏人，我不怕报应。"

冬凝眼里波光流动，竟是一片气魄。这样的女孩子若非如今金枝玉叶，要去闯，亦是一番名堂。翘楚看着冬凝，一笑颔首。是，奖罚有序，除恶务尽。她没有对不起谁。

这时佩兰提醒时间，翘楚让美人过去一趟，和上官惊鸿说一声，她们很快便到。

几人继续低声商量。

佩兰想起什么，有些担忧："皇上当初留他，似乎是为了……修炼之事。"

翘楚深深吸了口气，低声道："是。他虽然从没在我面前提过，但他体内的毒……当日在镜城林里上官惊灏便说过，若不进行修炼，恢复神力，他势必压不住体内的毒，只怕活不过三两载。"

"这上官惊灏，岂非杀不得？"四大惊道。众人一片静默，还是冬凝"呀"的一声叫了出来："不是还有狐丹吗？我们当初还想尽办法让惊鸿哥哥服用来着呢，只是那时他心情不好……这段时间他又一心在翘姐姐身上，我们才将这事搁下了。"

"对！"佩兰又惊又喜，道，"我们怎么把这东西忘了！如今翘妹妹回来，他自是不会不服了。"

冬凝急道："翘姐姐，你必定劝他服药了吧。"

翘楚却微微蹙了眉："他的命便是我的命，我自是劝他的……他说已经服下了，在月余前知道小蛮是我的那天。"

佩兰和冬凝顿时松了口气。冬凝拍着心口，嗔道："翘姐姐，你说话莫要说一半嘛，都要给你吓死了。"

翘楚却一笑摇头："问题是，他既然服了药，为何一直不肯处置上官惊灏？"

冬凝和佩兰一惊。翘楚走到一个无霜花的花圃前，安静伫立，凝视着鲜丽摇曳的花枝。

"翘楚，你是在担心他想要的不止这个天下，对吗？"

一阵轻笑从背后传来，众人大惊，反身一看，却见守卫的禁军不知什么时候竟被人全数放倒了。

一个白衣男子在地上人的惊恐中负手而笑，眉目苍冷。

"九爷……"

四大颤声说着，警惕地盯着前方。

来人正是上官惊骢，他在御花园外求见不成，但谁都没想到他竟然未走。他若悄悄出入皇宫，要见翘楚反难，但这般正大光明进来谒见却难以胜防。翘楚喜静，禁军都在园外值守，园内留守的不多，加之树木繁密；他隐在暗处，等上官惊鸿等人一离去，便用细小暗器击倒园中禁军。

佩兰和冬凝暗暗心惊。佩兰张嘴之际，冬凝身形一动，便要去搬救兵，空气中响过三声微响，三人霎时软倒在地。

翘楚虽惊，却仍镇静地看着前方男子："也罢，惊骢，我们好好谈一谈。"

"谁要和你谈……我们谈得还不够多吗？我被你伤得还不够多？一次又一次，够了，翘楚。"

上官惊骢淡淡地说着，脚步却迅速向她逼近，眼中都是充满危险的烈焰。

她甚至连叫唤的机会也没有，身上微微一麻，类似于一颗小石子的东西在身上擦过，就发现自己发不出声音，也无法动弹了。

四下的人都被制住了哑穴及行动大穴，没有人能够出声，但人人脸上都是激动和愤怒的神色。

翘楚却没有丝毫怒意，哪怕当日的梦似乎开始走向现实，但她无法恨上官惊骢。感情的事，没有对错标准可言。

迎上她的凝视，上官惊骢微微一震，却随即冷笑："不要用这样的目光看我……做我的新娘是你答应过的，前世今生。"

不能发出声音，但嘴巴还能动，她对他轻轻笑了笑。他却猛地用力擦过她眼中的湿润，见到她目光下睐，他随即将目光落到她腰间罗带上。

他的手触到她腰腹……翘楚一阵颤抖，怎么办？

她正恐惧，眼前暗影一伏，一股劲风扑面而来。上官惊骢一声闷哼，往后连退数步，稳住身形。

下一秒，她的声音和自由已经回来，一身明黄的男子轻揽着她。

"惊鸿……你怎么回来了？"惊喜之下，翘楚几乎喜极而泣。

"你方才便一直郁郁寡欢，你的丫头来报，我还是不放心你，便折回来了，幸好……"

男人大手略用力地抚抚她的腰，冷冷看向上官惊骢，语气瞬间变得冷冽肃杀："你上次在牢里打了她，如今还想造次？你便当真以为朕不敢杀你？"

上官惊骢仰头一笑，眸光如剑，亦是阴寒冷彻："上官惊鸿，何必假装仁慈？你是不经意回来，还是有意设的陷阱，你自己最清楚。好让翘楚认为，若下一次你真杀了我，亦是我自找的，你饶过我多次了，不是吗？"

上官惊鸿没有说话，老铁、左兵和景平景清已拔剑出鞘。翘楚身子微不可见地颤了一下，看了上官惊鸿一眼，见上官惊鸿眸光眯成线影。

"九弟，扪心自问，你何必用这样的话、这样的方式来离间朕和翘楚的感情，让翘楚记住你。同情不是爱，愧疚亦不是爱。她也许会永远记住你，但这样有意义吗？她是我的女人，不杀你，她已经是，杀了你，她仍然是。我先前敬你是条汉子，莫要让我今儿看低你。"

"前生你是佛祖，佛权盖过一切；今生你是帝王，皇权仍然压住一切。"上官惊骢挑眉环视园中所有人，轻笑道，"你敢和我单独一斗吗？输的人放弃她。"

"可笑！"上官惊鸿重重一抚怀中人，侧身掩到她面前，"她不是权位物品，不是谁赢了就能得到的奖赏。今儿你若赢了，我放你回去；你若输了，就留下这条命。谁都不许插手！"

"不要！"

翘楚一惊，却见空中各色光晕闪烁，上官惊鸿劈手夺下景清手中的剑，上官惊骢俯身拿过地上禁军的佩剑。两侧寒光一熠，金袍白衣已缠斗在一起。

宁王领着众人将她团团护在中央，被老铁解开穴道的冬凝和佩兰紧紧握着她的手，她们手上的热度却无法让她感到暖意。她手足冰冷，越看越惊，上官惊鸿和上官惊骢身上各自都已挂了彩。

按照上官惊鸿划下的规矩，她没有办法，只能朝他叫道："惊鸿，放了他……"

上官惊鸿这时停不了手，亦压根没有停手的意思。

他什么都可以容忍。

上官惊骢的命，他可以不要；上官惊骢的自由，他可以给。因为那都是翘楚愿意看到的，即使是在知道这个人会给他带来巨大麻烦的情况下。

但前提是，上官惊骢绝不能对翘楚动念头！

陷阱又怎么样，卑鄙又怎么样，上官惊骢亦深知，彼此彼此罢了。

这边，翘楚越发惊急，恳求地看向老铁和左兵："阻止他们，让他们停手……"

宁王却抢先一步，一躬之下，低声道："娘娘，恕臣等难以从命。"

左兵是个心细可怕的人，竟横剑到美人颈上，美人虽怒却分身乏术——翘楚本就没让美人出手的打算，以场中两名男子的武功，能插得进去的只怕也只有老铁和左兵了。

冬凝有心帮忙，却突然被宗璞擒住双手。她一挣，却只觉竟全身乏力，方发现被他扣住手腕命门。她大惊，他什么时候开始学的武功——

左兵目光一掠，随即没事似的看向场中。

翘楚焦虑得不行，这些人绝不会违抗上官惊鸿的命令，便连对上官惊鸿伤势担忧的老铁亦是如此。

这种服从是最可怕的。这样下去，只有两种情况：一种是，上官惊鸿一旦被重伤，这些人便会全部出手，上官惊骢绝不可能有命离开这里；另一种是，上官惊鸿现在便杀了上官惊骢。

她一咬牙关，正想以自己来引开上官惊鸿，哪知，腹部突然一阵抽紧，她疼得弯下腰来。四大颤声道："皇上，莫打了，主子出事了。"激战中的二人俱都一惊。电光石火间，上官惊骢撤了剑，喝道："去看她。"

上官惊鸿剑势去猛，来不及收，剑光带过，在他面门上狠狠一拖。

翘楚大惊，上官惊鸿掷了剑，回身从众人手里将她劈手夺过……

翌日，在上官惊鸿环抱下，去到上官惊灏囚室门口时，翘楚眼前还恍惚晃过上官惊骢血淋淋的脸，想起他说的话。

——翘楚，你在担心他想要的不止这个天下。

不止天下，那便是……三界，整个天地。

上官惊鸿变了。

飞天并不是个权欲重的人。因为那时，他便是天地主宰，不曾失去过，是以也许不曾发现权力那么重要。

历经人世风霜高低，上官惊鸿如今却想将三界都掌控住吗？

上官惊灏很危险，是他和上官惊骢的联手，才让后来一切应验。

失去她，他也无所谓吗？

不是的，翘楚这么告诉自己。

他虽然野心浩大，她提出了，他当时紧紧皱眉，却答应了。

上官惊骢伤势甚重，已被送回王府休息。她担心得夜不能寐，若非行动不了，她昨天便去看他。面门一剑，伤之外，他的容貌……

上官惊鸿已同意，此间事一了，便带她去看上官惊骢，和上官惊骢好好谈一谈。

三人好好谈一谈。

昨天她动了胎气，上官惊鸿亦是被她吓坏了。

为她施针喂药过后，便守着她寸步不离，直至今天，她的情况稍缓了过来。

也许是怀孕的缘故，又也许是什么原因，她总觉得很是不安，一切都刻不容缓，所以她坚持了过来，也希望尽快去看上官惊骢。

两人后面跟着上官惊鸿的亲信。

宁王等人亦都来了。

上官惊鸿揽着她，突然停下脚步。

前方，老铁和景平走到厚重的铁门前，看守的暗卫朝上官惊鸿和翘楚恭敬行礼，老铁拿出钥匙。

上一次见上官惊灏的时候，翘楚还是林小蛮，记忆被封，对上官惊鸿的爱恨更甚于对上官惊灏的恐惧，但现在她的记忆已全部回来。

死前的一幕一幕从心底清晰浮现起来。

还没进去，翘楚在压抑在调节，但身子却还是不停颤抖着。

翘楚身上即便一丝细微动作上官惊鸿也了如指掌，何况他原本就知道两者的利害关系。

将她往自己身上又带紧了些许，上官惊鸿道："楚儿，莫要进去了。铁叔亲自进去动手；冬凝那丫头方才摩拳擦掌的，也让她和美人一并进去吧；或者五哥所有人进去都行。我陪你留在这里。"

冬凝看翘楚脸色白白的，急道："是啊，翘姐姐，我们进去就好，你在这里等着。那种情景我怕你看不得，宝宝会不舒服的。"

翘楚蹙眉不语。宁王捏了捏佩兰的手，佩兰也劝了。美人从后面走上来，轻挽翘楚一侧胳膊，低声道："主子，奴婢在呢，一定看好。"

翘楚拍拍美人的手，见老铁、景平、方明等人看着自己亦是一脸忧色，心里一暖，想了想，仍是道："惊鸿，我必定要自己看到才安心。"

上官惊鸿大手不觉抚上她的肚腹，亦蹙起眉来，眼里快速闪过一丝不悦。

翘楚大腹便便略带疲惫地倚在上官惊鸿怀里，她心事重重，并没有注意到他此时的表情。

众人有些惊惧，却随即明白他对谁都严厉，对翘楚却几乎是零脾气，但翘楚此刻的坚持却并非是件好事。

谁都没有忘记昨天上官惊鸿抱着翘楚飞奔回殿时脸上的慌乱和暴戾。

他比他们想象中更紧张这个孩子，紧张一切意外对翘楚身体造成的影响。

宗璞微微一揖，对上官惊鸿道："皇上，与其让娘娘在此间焦虑难安，不如让娘娘进去吧。"

冬凝狠狠瞪了宗璞一眼。宗璞想起昨天她的话，心中甜蜜如糖，一拉她，柔声道："小幺，我知道你紧张娘娘的身子，但让她安了心，这对她反而是好。你和娘娘情如姐妹，我……"

他说着一声苦笑："我以后便是无论如何也不会对她……"

冬凝咬咬唇，转过脸。左兵盯着她，眸光暗暗。

终于，上官惊鸿看了翘楚一眼，随即对老铁道："开门。"

当门开那一声闷响回旋在屋内，翘楚心头突突地跳，却仍坚定地看向前方——一个一身黑衣、眉眼冷冷的和上官惊鸿有着一模一样容貌的男子盘腿坐在床席上。

他手脚虽绞着看去极为沉重的铁链，但身上很是干净，这男人看来过得并不糟糕。

他看到众人，眼中迅速划过一抹警色，脸上却淡淡笑道："飞天，怎么今儿生了如此雅兴带上这许多人来探看哥哥？"

"谁看你来着，我们是来杀你。"冬凝沉声道，旁边的美人腰间佩剑已出鞘。

上官惊灏神色一变，很快嘴边又抹过一丝慵懒笑意，镇静地盯住上官惊鸿："不，你绝不会动我，只有我才能助……"

他说着却又猛地住了口，像在瞬间发现了什么古怪——他缓缓看向翘楚，声音亦变了，厉声道："翘若蓝，是你让他来杀我？"

他的话，众人既戒备又默然。这还消说，普天之下，也只有这个女子能使得动一个王，一个佛。

翘楚看男人眼中迸泄出的寒气和杀意，心里虽惊，却颔首道："是，是我。"

她虽惧之前的死亡阴影，但她必不能留他。

冤有头，债有主。

她宁等他下世来报，但绝对不会让他破坏如今的一切。

她话音方落，只听到满室银铛之声遽然而起，直击人心头。一团黑影来势极猛向她的方向凌空扑将过来，仿佛一只凶猛的鹰伸出锋利的爪子向她头顶罩抓下来。翘楚大惊，一只大手覆上她的眼睛，一声闷哑之声在耳边重重划过又颓然滑落。

她被紧紧抱在怀里，向一个方向移去。她急道："惊鸿……放开。"

"翘楚，你总是要我难受。"男人一声自嘲低叹，她眼睛上的压力骤然不见。翘楚目光到处，只见上官惊灏一动不动站在她身侧，离她不过尺许。他眼暴欲裂，死死盯着她，一股浓腥从他心口缓缓滑落，那锋芒尽头，是一只修长的手。

头还是有些许眩晕，翘楚抚着头，有些吃力地坐起身来。

帷帐半开，屋内，一灯如灯，晚上了吗？她隐约记得看到上官惊灏身死，她还是受到了惊吓，昏倒在上官惊鸿怀里。

她似乎昏睡到现在。

她看看空荡荡的床榻，心想上官惊鸿到哪里去了。

房里灯火昏沉，到处落下一层斑驳的暗影，那些影子轻轻摇曳着，似乎随时会扑跃过来。她微微苦笑，胆子还真是越来越小了，上官惊鸿此时不在，必是有什么急事要处理——她眯着眼睛，微微拉起床帐，想叫侍女进来将灯火升一升，突然，一团冰冷覆上她的手，那触感……是人的手。她一喜，抬头道："惊鸿……"

"翘若蓝，你以为我就这样死了吗……你既敢让飞天杀我，我现在便杀了你肚里和他的孽种！"

声音缓缓响起，却并非上官惊鸿，且照面一霎，她亦是看得清楚，上官惊鸿心口鲜血如注，眼睛暴突，眼里刻着刻骨仇恨……

不，不是上官惊鸿。

是他，是上官惊灏。

他还没死？

还是他变成了什么？翘楚骇然，眼看他五指如爪，向她腹部凌厉探来。她也不知道哪里来的胆量和力气，抬手往手臂推抓去……

他脸色疾变，一掌往她天灵拍下——

"惊鸿……"掌风挟寒带霜，翘楚大惊，知道自己无论如何挡不住，孩子……恐惧从心底迅速漫向四肢百骸，她尖声叫出上官惊鸿的名字。

"翘楚，快醒来，乖，醒来，我在这里。"

覆到额头的是温暖干燥的大掌，并非那刺骨的寒冷狰狞。翘楚猛地睁开眼睛，只见帐外灯火薄透，半室黑暗半帐微亮里，男人一头银丝，仿佛披沥着月辉清华，跌散在她身上。他捏握着她的双肩，眼里都是紧张和心疼，却又隐隐夹集着一丝什么情绪。她暗暗辨认着，那似乎是怒意。

只是南柯一梦，她怔怔看着他，一时竟不知道该说什么。

他抿了抿唇，终于将她紧紧搂进怀里。

"惊鸿……"

"活该，让你别看，你非看不可。"

"我……"

"我便如此不值得你相信吗？"

他的手在她背上轻轻抚着，声音却低霾沉愠。翘楚连番噩梦，又担忧上官惊灏的伤势，心里本就难受，这时听他不仅不安慰，反有责怪之意，也动了气，伸手便去推他："是，是我阻了你的大业。你是东陵王，原本也是三界之主，要什么没有，区区一个女人，自是不值得你拿大好河山、大千世界相抵……"

"你不可理喻！"

上官惊鸿声音愈沉，将她放开，紧紧盯着她，眼中怒意丛生，"你自己的身子你不重视，我重视；我们的孩子你爱折腾，我还想要。只要是你翘若蓝想的，我什么不能给？你何苦给我安罪名，还是说你心里根本在怨恨我伤了上官惊灏？你知道你昨夜梦里叫了多少遍他的名字？"

翘楚听他说身子、孩子原本已软下来，甚至想给他道歉，想好好告诉他，她如此固执亦是为了两人的将来还有孩子，一听他提上官惊灏，气得发抖，用尽力气推开他："是，是，我是想着他，却选择了你，留在这宫里，这答案你满意了吗？"

上官惊鸿怕伤到她，她反抗，他也只能缩手缩脚，由着她来。看她肚子粗重缩在内侧，两眼通红，他是明白她到牢房里去的心思，但有些事情，加上上官惊骢……哽咽的声音低低传来，他心里也是狠狠一抽，想去抱她，她却狠狠看着他。

"皇上，五更天了，今儿可需罢朝？"

外间，方明的声音小心翼翼而来。上官惊鸿整夜未寝，守着眼前人，不时为她把脉；知道她情况尚好，他仍放不下她，却又想，也不能事事过于迁就，反而让她轻视了他去。

他要她比在乎上官惊骢更在乎他。

终于，他瞥了她一眼，一声不响穿衣束发出去了。

御花园。

翘楚觉得自己还真是疯了，情人夫妻间争吵并不是新鲜事，哪怕她和上官惊鸿经过种种波折才走到今天，她却半天心不在焉的，默默听着冬凝、佩兰和七王妃几人聊天，心里只想着他，一句话也没搭进去——她们今天又相约过来了，倒不知是自发的还是上官惊鸿的命令，但她终是没有问。她突然发现自己不想听到否定的答案。

这边，众人看翘楚模样萎蔫，心想幸好过来了。众人原本看她昨晚困顿，想让她好生休养，今天并没有进宫的打算，天没亮的时候，宫里却一道圣旨过来了……

冬凝眼珠一转，正要逗翘楚说话，有内侍过来禀报说沈妃过来拜访。

众人闻言都是一凛，昨天是上官惊骢，今天又来个沈清苓。翘楚想了想，让内侍将她带进来。

数天不见，沈清苓像换了个人似的，容颜憔悴到极点。她看到翘楚，眸中顿时浮现出几分喜色；看了看冬凝几人，又微微变了脸色。

"什么事？"

三世记忆，翘楚反而不知道如何称呼她。翘楚没有让上官惊鸿杀她还是怎样，却不代表翘楚心里不恨不喜这名女子。

沈清苓看了看其他人，眼里极快地闪过一丝迟疑。翘楚像看穿了她的心思，轻声道："五嫂她们是我的好朋友，你有话不妨直说。"

沈清苓咬了咬牙，正要说话，一个内侍又过来报告，说皇后娘娘求见。

皇后也来了？宫里发生什么事了吗？这下，连翘楚也奇怪了。

内侍将郎霖铃领过来的时候，翘楚见她身旁还跟着一名女子，越发奇怪。

那女子颜容姣好，却两眼通红，神色悲戚。

及至相见，郎霖铃看到沈清苓也是微微一怔，随即淡淡地笑道："沈妹妹过来可是有什么事，本宫不会扰了妹妹之事吧？"

沈清苓一笑回道："听说翘妃身子抱恙，心里担心，特意过来探看一二。皇后娘娘来访必有正事，不妨和翘妃先议，清苓相等便好。"

她说罢，只站在一旁，并无告辞之意，大有在旁看热闹之心。

翘楚这时倒有几分猜测出两人过来的目的：宫里事没有不透风的，她身子不适也不是今天的事了，她们现在过来，必是听说她和上官惊鸿闹了矛盾。

沈清苓是个骄傲的人，这些大尝到了绝望，这个时候来见她而非去找上官惊鸿，隐约有示好之意。当然，有些话估计沈清苓并不想当着冬凝她们的面说。

可是，便连她也没有把握上官惊鸿会不会回来和她用午膳，这会儿早过了下朝时间，他该回来却没有回来。

好吧，她承认，她也耍了个小心计——她没有拒见沈清苓，是因为上官惊鸿也许会因顾虑她吃沈清苓的亏而回来。

他和她之间这场争吵，若要论对错，还真不好说。他有他的顾虑、他的道理，她亦有她的，最难为的却是将上官惊骢牵扯进去。

如今，她虽惦记着上官惊骢的伤势，却不好再提出去探看，她怕他真会对上官惊骢做出什么事来。

两人争吵，总要有一个先服软。她想过去找他。

可有些事必须要他自己想通，否则，以后他们总还有争吵的时候。

她留在宫里是为了谁，他该明白该相信，不能再像往日一样。

两人在一起，光有爱恋的感觉是不够的。以前，她便对他说过，他们都要学习相处。

今天她反省了半天，她希望他也能好好想想。

可是，才半日不见，她已开始想他，才允了沈清苓的造访。

但她似乎猜错了，上官惊鸿终是没有回来。

他似乎气得不轻。

他们之间的问题不浅。

至于郎霖铃，这女子不比沈清苓，两人在后来的相处中，都生了惺惺相惜之意。

只可惜，感情的事不可相让。

对于这名女子，她始终心存歉疚，是以虽知郎霖铃来访的心思，在众人面前，她还是按照妃嫔的礼数给这个正宫娘娘见礼。

郎霖铃看沈清苓一眼，一笑受了礼方扶起她，她身子弯曲得有些难受，仍是谦敬地施完礼。

郎霖铃似乎还为他事而来，问了几句她的身子情况，指着身旁女子便说："妹妹，这是刑部一位新侍郎的夫人。新侍郎姓宋，是皇上近日在对地方政绩的考核中亲自提携到朝歌的地方官。不承想宋侍郎今日朝上进言，说妹妹既怀龙嗣，皇上何不大赦天下为皇子积聚福荫。皇上当场大怒，不仅将之斥回，说后宫妇人之事怎可与国事混为一谈，并将他打入大牢，要动大刑。宋侍郎是姐姐祖父往日的门生之一，姐姐冒昧过来，是想看看妹妹能不能在皇上面前说个情。按说妹妹与皇上恩爱，妹妹所生子嗣定是他日东陵储君，没想到皇上却……"

"是啊，这岂非是件大好事，为何皇上……"

七王妃惊讶地接口说了一句，在佩兰示警的目光下，慌忙住了嘴。上官惊鸿下朝不回来陪翘楚而让她们过来，已是蹊跷；上官惊骢大闹御花园的事，她之前也是听说了的，又听佩兰说了昨日之事……皇帝和翘楚之间……

沈清苓闻言也是一怔，看了翘楚一眼，眼中闪过一丝笑意。

这时，那宋夫人跪到翘楚面前，颤声道："请翘妃娘娘救命。"

冬凝和佩兰对望一眼，看翘楚垂了眼皮，都担心不已，心忖翘楚这次只怕亦是伤了心了，但她若到上官惊鸿面前说情，却又是一桩麻烦。

冬凝去搀翘楚，朝郎霖铃歉意一笑，道："皇后娘娘，翘姐姐的身子还没见好，娘娘说的事容姐姐回去想想再答复可好？"

郎霖铃不语，朝宋氏一瞥，宋夫人立刻抓住翘楚的裙裾，连连叩头，哭道："娘娘救命。想奴婢夫君也是为娘娘请命……还望娘娘乞怜。"

这一来，冬凝也为难起来。佩兰一急，心想纵使开罪皇后，也要劝翘楚三思。她正想说话，抬头间，却见不远处的花圃之后，上官惊鸿率一众人员静立。他竟是不知道什么时候已过来了，此时正淡淡盯着翘楚。她越发焦急，想给翘楚提个醒，却见上官惊鸿身旁的宁王蹙眉摇头，朝她做了个噤声的动作。

佩兰一震，这帝王家最是无情，但上官惊鸿和翘楚之间，也还要观察考验、看这后宫妃嫔是否干政吗？

她大急，不知怎么是好，本来，按翘楚性情便不会见死不救，何况是皇后开的口，又是事关替翘楚请命的官员。翘楚这次伤了心，必定在上官惊鸿面前争到底——这时，果然看见翘楚弯腰将那妇人扶起来。她一惊，却见翘楚的目光落到郎霖铃身上："姐姐见谅，这事恕翘楚不能施援。凡后宫妃嫔命妇皆不可干政，此为一；其次，大赦天下实非善事，这天下囚徒不乏大奸恶，若皆恕无罪，则其被恶徒祸害之人岂不冤屈？"

郎霖铃脸色一变，似乎绝想不到她会如此说，一时怔在原地。

"皇后和沈妃此前奏请，欲在宫中辟庵堂静修，朕准了，只是后宫设庵不成体统，便在冷宫辟开一处吧。莫存丰，你安排内侍保护。两位娘娘但凡出入，必须有人跟随。玩忽职守者，斩。"

低沉的声音自侧方淡淡响起，翘楚定住，怔怔看向前方，只见上官惊鸿大步朝她走过来。明黄背后，莫存丰躬身应答。

郎霖铃脸色变得惨白，看了上官惊鸿背后的郎将军一眼，郎将军苦笑，摇摇头。她咬牙一笑，颤声道："谢皇上恩典，霖铃静修过后，再回宫服侍皇上。"

那晚所见，她痛苦不甘，虽仍不想取翘楚之命，但总想借机让上官惊鸿和翘楚多一些生分，她可以再次走进他生命里……没想到上官惊鸿……

后宫不可干政，翘楚说得对。这一下，众目睽睽下，是谁干的政，谁敢去为郎家说一句什么。

沈清苓闻言，睁大眼睛死死盯着上官惊鸿："你怎可算我连坐之罪？我做过什么？我只想和她和平而处，还不行吗？"

郎霖铃浑身冰冷之际，居然还分了一分心神去可怜沈清苓。他明知道她绝不会伤害翘楚，也不放心，况且他要囚沈清苓，有的是地方，怎么还会放在身边？

能自由出入却被人无时无刻看守着的冷宫。

他的心变得越来越狠。

听说，他曾爱过沈清苓，很爱。

沈清苓几近崩溃，跌撞着被方明挽着走在她身旁；她和宋夫人亦被数名内侍领出园子。她看到他走到翘楚身边，将翘楚轻轻拥进怀里。他看也没看她们一眼……

翘楚看着四周的人沉默有序地向自己行礼，又有序地告退，将园子留给二人，突然很是茫然。

原来，他们之间的感情，和这么多人有关，甚至和这天下有关。

上官惊鸿似乎并不爱看她这副沉闷的模样，有些粗暴地扳过她的脸。

"今天……怎么回事？"她低声问道，"你算计的是皇后还是我？还是我们二人？"

"都有，也都没有。在将宋侍郎下狱的时候，我想得更多的是，你会来找我。没想到，你倒是比谁都清楚我的想法……"

他的指掌轻轻摩挲着她的脸，语气起伏，带着些激烈。她明白，他此刻的心情并不平静。

他是个有原则的人，他可以宠她，可以为她而死，但对于民生国计，他有他的做法。

她摇头："皇后懂你，否则，她不会借宋侍郎这事来让你我嫌隙……她并不是个恶人，往后放了她吧。"

"若无其他事，我先回去了……"她说着想挣脱他，这样的争执、争斗、心计让人累。

"皇后的事往后再说。"

他的手将她握得紧紧的，让她寸步难移。翘楚亦是动了气，使劲去挣。他眯起眼眸盯着她："皇后不懂我。譬如，你没有将沈清苓拒之门外，我会为了你的小心思过来，因为我不放心。譬如，我今天混账了一个早上，在所有臣子看来，皇帝在认真又严苛地处理着朝政，我想的却是……我们之间的事情。翘楚，去找上官惊璁吧，我陪你去。我们不要再争执了，我不好受，没有办法做事。"

翘楚怔住："上官惊鸿……"

他凝视着她，笑得无奈亦深长："在天界，我做得最多的是忍；在睿王府，我做得最多的还是忍；和你在一起，我要做的却是学习、相信、妥协。"

翘楚咬着唇，末了，终于忍不住笑开，用力投入他怀中。

然而，事情并没有他们料想的顺利。到了夏王府，出府迎接的并非上官惊璁，而是夏总管。夏总管将一封信呈到两人面前。信上写着：八哥八嫂见字如晤，惊璁在围场恭候大驾……

夏总管苦笑，说爷两天前从宫里回来便出发去了围场，说是将从前侍养着的小狐狸带去放了，算是还了一直以来的心愿。

那只狐狸翘楚是知道的，是元宝。他们将它从围场带回来，后来逃到了夏王府。上官惊璁一直亲自喂养，好生照料着；便是战时，他走得急促，也记得将它交给附近居民饲养，到他回到朝歌，方将它接回。翘楚还是小蛮的时候，就在夏王府里和它玩耍过。翘楚闭眼一笑，心想，从哪里开始，就在哪里结束吧。她问夏总管："九爷的伤可还好？"

宫里的太医来过，却被上官惊璁撵了回去。夏总管叹了口气，垂眸半晌，方道："无论好不好，爷下决心做的事情，谁也阻挡不了。恕老奴大胆说句，便像当初爷……妄想娶娘娘为妻。"

翘楚一震，上官惊鸿冷笑一声，瞥了夏总管一眼，又默默地看了她半晌，用力揽过她的肩膀："朕带你到围场去。"

然而，当上官惊鸿因她七个多月的身子为这趟出行做好各种准备，马车缓缓行进到达物是人非的围场时，上官惊骢并没有如约出现在信笺约定的地点。他失踪了。

上官惊鸿让人找遍方圆几里，也不见踪迹。到宁王、宗璞、左兵、夏海冰等人率禁军回报时，上官惊鸿突然变了脸色。左兵和宗璞也同时变了脸色。

翘楚不知道这几个敏锐的男人同时想到了什么，但她清楚看到上官惊鸿眼里的怒气和杀意，比任何时候都浓烈的杀意。这时，她反而想到一件事：上官惊鸿和上官惊骢之间，有人说了谎。这个谎，只怕事关重大。

这时，左兵低声说道："皇上，卑职早就说过，上官惊骢身边的人不可以撤，此刻……"

"别说了！"

上官惊鸿粗暴地打断左兵。从他吩咐各人去寻找到现在，他的眼睛一直盯着她，但那里面的神色她读不懂，那是一种仿佛要将人拉坠深渊的沉重和绝望……

她心头怦怦直跳，上官惊鸿到底在思虑什么，为上官惊骢的欺骗而动怒？

如果说谎的是上官惊骢，他将他们骗来了这里，目的是什么？

若要对付他们，这里没有伏兵，何况，上官惊鸿带了上万精锐出来，加上出行前便通知安排各省各府沿途打点，上官惊骢要做动作，并不容易。

若说是调虎离山，要在朝歌里做些什么布置，上官惊鸿出行前已布重兵驻京，且上官惊鸿的治理和管治是牢固的。他即位以来，不动声色地慢慢撤掉了一批腐败的旧官，能留在朝堂上的都是他值得信任的。他又从地方上抽调了一批新官进朝，像宋侍郎这样看在旧臣的分上调过来加以考核的只是少数。上官惊骢要引起朝政暴动，要在这样一个时间里撼动上官家的基业并不可能。

上官惊骢手上的亲兵更是有限。

上官惊鸿呢？

上官惊鸿真的就原谅上官惊骢了吗？他跟她说的，包括所有的妥协，其实都有违他的作风。

上官惊鸿从没对谁妥协过。

在他还是飞天的时候，他就一手决定了他们今生的命运。

如果说谎的是上官惊鸿，左兵方才的话便是……假的。

目的是要她安心。

上官惊鸿动怒似乎顺理成章，但若仔细考究，其实不妥。上官惊鸿并不轻易动怒，一直以来，无论他处在怎样的劣势，都处之安然，或许说，他早就伏线千里。上官惊骢只是爽了约，能对他造成什么影响，他这时的情绪不值得怀疑吗？

她突然打了个冷战，若说谎的真是上官惊鸿，上官惊骢果真到过这里来，他们出发前，上官惊鸿已经知道上官惊骢的行踪——为了照顾她，马车行进极慢，他有足够的时间派人到这里来……

她低下头，再也止不住牙齿也咯咯打战。

"楚儿，冷？"

随着略带疲惫的声音传来，一只强壮的手臂有力地环到她腰上。

肌肤一触之下，她身子一抖。上官惊鸿是什么人，立刻看出她的不妥，说道："我知道你想见他，但此刻情况你……我答应你，尽快将他找出来。你莫要多想，身子要紧……"

她没有应他，只是猛地抬头看他。

这一照面，上官惊鸿的脸色亦再次变了。

他原本就最会审人度人，更何况她此时眼里来不及掩饰的悲恸和冷漠。

他缓缓松手，一字一字如经过激烈挣扎方从喉咙深处挤出来："翘楚，你到底在想什么？"

"那你又做了什么？"

在秋末霜红的林涛前，轻声反问他。

上官惊鸿一下一下点头，俊美的容颜，也如她一般开始一点一点龟裂。当他额上青筋如蓝，暴眼如红，金黄衣袖猛地扬起之际，霎时，林鸟鸣叫，林中千百人跪下。似乎宁王等少数人知道内情，所有人都不明白，为何皇帝动此大怒，打这个他爱到骨肉里的女子？

"哥哥……"

"皇上，不可……"

那是翘楚第一次看到上官惊鸿这般模样，也是最后一次。

他眸光暴戾凶残又灰败绝望得犹如当日被他们联手捕获的白狐。

她不怕他打她，却怕看到他这个模样。

可眼前一切，她没有办法当作什么也没发生过。她永远不可能嫁给上官惊璁，但这个人在她心里，在她的两世生命里，谁也不可以取代，飞天也不可以。

"为什么不打？"看着他缓缓放下手，她噙泪笑问。

摘下束在发梢的蓝带，上官惊鸿将它扔到地上，凝视着她，他唇上也如她一样浮出浅浅笑意："翘楚，我这一辈子做得最错的两件事，一是你说你希望给上官惊璁自由，我撤走了他身边的人，给他真正的自由，并不过问他的踪迹去向，让他反将了我一军；二是我居然陪你来这里，在你开始质疑我不杀上官惊灏的动机开始，我只是一味退让。上官惊璁这一招漂亮，谁都会怀疑是我杀了他。"

他说着，眯起眼眸掠过地上冬凝、佩兰、四大、美人等人。众人被他清冷的目光一淬，都浑身一颤，立刻低下头去。

被上官惊鸿言中，她们都怀疑他。翘楚心里猛然一疼，这一下竟不知是为了什么，为了谁。

斜阳悠幽，人头攒动，那么多人匍匐在他们脚下。今天，他已拥有无上权力，他们怎么还会有困难。地上黑压压的人，连绵不绝，然而所有人都噤住声息。这时候，便连宁王、老铁、景平等人也不敢去劝上官惊鸿。

"你说过，我们都要学习怎么去爱人，到最后，我又得到什么？也许，我们都错了，我们之间种种原本就是一场闹剧。你一个不知天高地厚的小妖精疯，我与天同寿独活千载万年居然也陪着你疯。"

那是班师回朝前，上官惊鸿对她说的最后一句话。

第三十五章

产子离宫做结局　情深缘浅是归鸿

回到宫里，上官惊鸿命人将她的东西从自己殿里全数搬回睿元殿。

翘楚一直以为，之前她的生死劫难是他们面对过的最大的难题。

原来不是。

无论仕何时候，都能先站到对方的角度去想，才是永远在一起的理由。

既然，她梦里也惦记着上官惊骢的伤势，上官惊鸿必定明白那个人对她的重要性。但凡真爱你的人，便绝不会轻易去伤害你在意的人。

回殿第三天，在她夜不能寐的第三个夜晚，她终于披衣起身，带着四大、美人摸黑到了他的寝殿。

可是，他却不在。

方明这些熟悉的面孔也不在。

守门的内侍说，他去了冷宫，这些天宿在皇后那里。

"主子……"

她心头重重一震，旁边，四大和美人却已变了脸色，直直地看着她脚下。宫灯如霭，她低头一看，只见一些水液混着薄红从裤脚流到绣鞋上。

四大和美人见此情景，吩咐内侍马上去通知上官惊鸿，两人立刻将翘楚送回睿元殿。

美人将翘楚抱到床上，翘楚额头湿了大片，开始疼痛。

四大、美人还是姑娘，女官却是服侍过宫里娘娘的，对女子这些事很清楚，知道这是羊水破了。上官惊鸿虽然不再理翘楚，但在她宫殿里安排了医女，随时照看她的情况。深夜里，女官敲开了几名医女的门，医女急忙聚集到翘楚的卧室，一检查，果然是小皇子要出生了。

小皇子降生得有些不是时候，他甚至还没足月。

但他却要到这世上来了，带着父亲母亲反复、复杂的感情，带着即将到来的痛苦或者快乐。

翘楚只觉腹沉如坠，两手死死抓着床单，低低叫着上官惊鸿的名字。

她想跟他道歉，她想……

她想着很多事情，随着这个新生命的即将降生。

她这些天没日没夜想上官惊鸿，想上官惊骧的境况，想她想通的，想她渴望笃信的人性——关于爱人的那点事情。

爱到深处，必定不会伤害。

当是如此。

而此时，绝望和快乐紧紧缠着她，她觉得有些喘不过气来了。

"娘娘，请听奴婢说，呼纳必须有序……深吸一口气，然后用力……"

耳边的声音很是焦急，又慢慢变得模糊，她用尽全身力气，下体如被撕裂，那么痛，像千万根针在刺，像刀剜，可是听到的依旧是医女们焦虑惶恐的声音。

"产道打不开，小皇子的头卡在里边了，出不来……"

"这血止不住……"

"怕是……怕是难产了……"

她大惊，神志顿时清醒许多。古代生产医术不比现代，她怕她一旦昏厥过去，孩子会有危险。旁边，四大的哭声清晰传来。

上官惊鸿还没来。

按时间，按脚程，他早该到了。

她咬紧唇，不让自己想得太多，忍着痛苦快速转过头去："美人，去，去把他找过来……你说……你跟他说……他再恨我……孩子是无辜的……让他过来……医女们不行……我……"

"你宽心，我一定将他带过来，无论如何，一定。"

一丈外，美人原本和四大僵硬地站立着，慌乱地盯着她，又不敢上前，怕扰到医女，这时，美人宛如惊醒般用力一点头，眼圈红透，声音却一如多年来的坚定。

美人一边狂奔，一边想，自己只是陪她到朝歌的丫头，永远不会是戏里的主人。

但美人看她的喜怒哀乐，感受着她的喜怒哀乐，仿佛那也成了自己的人生。

人生也仿佛这样才有了意义。

可是，没有经历过情爱的美人不明白，爱情是怎么回事，人事可以怎么变幻。

在美人的世界里，爱谁，就一如既往，不管那个人怎么样。

譬如，美人敬爱她，便对她好，永远不会伤她，可以为她死。

所以，当看到皇后殿外一地内侍跪着，美人几乎便要横剑杀进殿里，而上官惊鸿扣着领口的扣子，由郎霖铃伴着缓缓从殿里走出来的时候，她真的惊呆了。

不必她说，门外的侍者，跟在他身旁景平等人蹙紧的眉宇，他必定已经知道她的主子发生了什么事。她使劲去看，想从他眼里发现什么，哪怕一丝担忧的情绪都好，但看到的却是他清冷的眼睛，一如当日在围场……

"皇上，你怎么还不进去，主子在里面等着你……"

"皇上，女子生产污秽，你不宜进去，医女们若……不若宣院正吧……"

"是，皇后娘娘有理，这该宣的是太医院，皇上进去成何体统。"

"皇上，还是你进去替翘主子接生吧。皇上是真龙天子，自是不畏这些……"

"方叔，派人去宣院正。"

"皇上，奴婢们该死，娘娘快不行了，这……"

"皇上还是亲自去一趟吧，毕竟……"

"皇后娘娘此话不妥，皇上这一进去，可是有损……"

翘楚几乎已睁不开眼睛，只知四大哽咽着替她擦拭着汗湿。她唯一的意识是紧攥着被褥，不让自己昏厥过去，可是，对外间那些声音竟还能听得清楚，分辨得出谁是谁。

郎霖铃和沈清苓都过来了。

沈清苓不愿上官惊鸿进来。

有医女出去禀报情况，皇后原本亦不赞同上官惊鸿亲自接生，最终还是松了口；一旁，美人、老铁、景平和景清苦苦相求，他沉默半晌，让方明宣院正。

围场里，她真伤他至此吗？

她脑子里都是空白，眼泪如注，腿脚早被医女提起分开在两侧，麻痛得无法动弹。她猛地绞住被子，抬起半边身子，在医女的惊叫声中，用尽全力叫出他的名字。

一声过后，她再也支撑不住，跌回床褥里。

四大哭叫之际，有人推门而进。

脚步声沉稳，绕过屏风。她知道可能是院正，但她终是不肯闭上眼睛昏睡过去。她缓缓转动眼珠看过去，不知哪里来的风，将烛火吹得一暗，光影中，一袭明黄衣袍。

"见过皇上。"医女们又惊又喜，瞬时齐刷刷跪下见礼。

"都出去。"男子命道。

"是,皇上,奴婢们告退。"

医女们强硬地拉扯开四大,全数退了出去。室内的嘈杂又瞬时陷入安静,包括外间亦是安静的,似乎所有人都屏了声息在听着什么。

可什么声音都没有,她静静安心也绝望地努力睁着眼睛,看他在桌上玉盆里净手。

他眼里很是平静。此时,他是个医者。仅此而已。

终于,他走向她,仍是用医女遗留下来的工具。她看到他手中金针反射的点点金芒,如那年在睿王府初见他替她疗伤。

当他举针往她的穴道刺去、让她的产道得到扩张时,她猛地抓住他另一只空置的手。

他淡淡看她一眼,眼中仍是波澜不兴:"莫要再动,任何动作都会出血。"

他说罢欲将手抽回,她却只是不放。

"飞天……不要放手……永远都不要放手……"她凝视着他,低低说。

一丝冷漠的浅笑从他眼里迅速划过,他用力一扯,她痛得松了手,却随即再握上他的手——除非他远离她、不替她接生,否则绝对无法避开她。

他冷冷地看着她身下染红的被褥,终于任她将手握住。

"翘若蓝,深吸一口气,下面慢慢用力,缓缓便可。到我按你的手时,你便用尽全力推送。"

不知道是不是知道他在,可以安心,翘楚终于抵不住身子的疼痛疲惫,意识开始模糊,但身体还是按照他的指示去做……

那紧滞突然便松开,她大喜。明明力气用光,全身如散架一般,她猛地睁开半闭的眼睛,只见上官惊鸿已离开了她。灯火微昏中,她看不清他的脸庞,只看到他盯着他手上的东西。

小东西浑身濡湿血污,如藕手足轻轻伸张蹬动着。

他倒提着他,突然伸手往他身上一拍。翘楚一惊,失声说了一句"你做什么",响亮的哭声已从那小家伙口中爆发出来。

翘楚蓦然静下来,也有些了悟。她伸手捂住口鼻,更多激动的泪水却从眼里涌出来,却见上官惊鸿像拎小鸡似的,将他放进另一只仍冒着热气的玉盆里,藤云纹龙的衣袖抨起,水花盈盈。

她吃力地撑起身子,贪婪地看着这一幕。她想起身,想走到这两个她生命中最重要的人身边去——只是,身子的虚弱让她无法做到。她只好再次唤他："让我看看孩子，我看看……"

明黄的背影微微一顿，却并没走到她身边。他一掀旁边屏风上搭挂着的布巾，将孩子裹好，快步出去了。

翘楚浑身一震，一阵黑暗袭来，再也支撑不住，摔倒在床上……

翘楚是从宫女的口中知道孩子性别的。

虽然，宫中人为求吉意，早在孩子降生伊始，便"小皇子、小皇子"地唤着说，上官惊鸿似乎亦早知这是个男孩还是女孩，但她一直没有问，想给自己留一个惊喜。

原来果然是个男孩儿。

只是，在她将他生下来之后，她便没有再见过他，上官惊鸿将他交给皇后郎霖铃抚养。

所有人都曾以为他们这场冷战如往常一般，总有好起来的一天。

但时间流逝，所有人都明白，上官惊鸿肯救翘楚、肯亲手替翘楚接生，不过是因为那个孩子有他的一半血脉。上官惊鸿这一次确是死了心，绝了情。

翘楚身子方能动，便到上官惊鸿的寝殿去求见孩子。连续多天，上官惊鸿紧闭殿门，概不相见。

终于，翘楚病了。

生产本已让她消耗身体元气，这一下病来如山倒，她病得很重。

偏偏她倔强执拗，不肯就医；而她的两个丫头也疯了般，只按照她的意愿，不让医女靠近，美人为此已刺伤了数名医女。

上官惊鸿闻讯，并没按宫内外传言一般，最终舍下爱恨自己亲自过来替她诊看，最后更严令冬凝等人亦不准再到睿元殿探望。

这位年轻君主不动声色地表达了他的意思：别尝试用你的命威胁我，你的命没那么值钱。

翘楚经常让四大、美人打探消息，得知冬凝和佩兰等人每天都到上官惊鸿那里求情，希望他能将孩子带过来让她看一看。只有在丫头说着外间消息时，翘楚有一丝生气，除此，睿元殿昏沉暗淡，一派死气。

翘楚的病越来越重。

这天，翘楚静静地卧在床上，听到外面女官和人争执，心想，上官惊鸿总不至于太绝情，将女官们也撤走。这些女官惯见宫中风月，难为亦仍心善，这种时候还维护她，和某人吵架。她一笑，对旁边怒红了眼、若非被美人死死按住已经蹿出去轰人的四大道："让她进来。"

痛打落水狗是沈清苓的拿手好戏。

翘楚为免流血事件发生，让四大和美人出去。

四大急了，一迭声道："主子，我和美人留在这里。"

翘楚轻轻一瞥美人，美人一咬牙关，擒住四大便往外走。

沈清苓也让随行的内侍出去。

内侍不肯，翘楚淡淡道："沈妃的随从倒是尽忠尽责。"

沈清苓脸色一变，内侍永远随她出入，这是上官惊鸿下的旨意。

她随即低低笑出声："无妨。"

翘楚想了想，对正要退出的美人道："将他们领出去。"

"翘妃娘娘，这是陛下的圣旨，你不能这样！"为首一名内侍一惊，立刻厉声阻止。

翘楚低声咳嗽，扶着床栏坐好，血沫从唇边缓缓沁出。她也不揩抹，摆手止住回奔的四大，道："美人，将他们带出去。你们都退到外殿去，没有我的吩咐，谁也不许进来。我有事和沈妃娘娘说。"

这一下，沈清苓和众内侍都是一惊，看她气色败坏，分明已是颓败之象，话语里却自有一股威严，便像她还是那个备受王宠的娇贵女子。

众内侍却是坚决不从，美人眉眼一冷，三两下将几人放倒，唤了一众婢女进来，让她们将人弄出去。婢女们虽然目瞪口呆，还是乖巧地依言办了。

门缓缓掩上，翘楚看向沈清苓，道："思微，有什么想对我说的只管说。"

沈清苓盯着她，从惊愕中回过神来，眸光一动，缓缓笑道："海蓝，你和秦歌的感情，或者说翘楚和上官惊鸿的感情、翘若蓝和飞天的感情，从来没有你想的那么牢固。你知道吗？这些天，他都到了冷宫去找郎霖铃。昨晚，你那个小孽种哭个不停，他烦了，离了皇后的住处。阿绣说得对，只要我不放弃……我这些天一直在外面等他，他看到了我，后来……到了我那边。"

她留意着翘楚的神色，见她在听到末句时眼中极快地闪过恸色，低头猛烈咳嗽，心里多日来的愤恨方稍平，嘴边绽开笑意："若支撑不住，何苦留我在此？我替你说出你的心思吧！你想从我口中听听他的消息，有些事你的婢子怕你伤心，只怕不肯对你说。海蓝，这样不可怜吗，要从别的女人口中探听自己男人的讯息？我早说过笑到最后才是笑得最好的。我不怕将情况如实告诉你，他虽然是因你的小孽种才进了我的屋门，但我终是拿到了机会，你呢……你便在这里等死吧……"

"思微，你过来，我有话跟你说。"

满意地看着翘楚抚紧心口，剧烈地喘着气，她一笑走过去，方靠近，脸颊却被一股厉风扫中，火辣疼痛。她捂住脸，又惊又怒地看着翘楚，翘楚竟打了她？！

翘楚一掌之后，情况比她更糟，双手紧攀床栏，血水又从嘴角溢出。沈清苓怒不可遏，再不去顾忌其他，举手便往她脸上打去。

翘楚避不开这一掌，一口鲜血喷出，溅了她一身。沈清苓一惊，但到底怒气压过惊惧，心想，只要自己不将她弄死，怎么都行！

她冷冷一笑，一掌又往床上满脸血污、眼睛大睁、身子却已半歪向一侧的女人打去。

只是，这掌最终却没能落到翘楚脸上。

她的手腕被人紧紧攥着。

她心头怦怦直跳，惊悚刹那间从心底深处漫出，将四肢百骸浸得沁凉，是美人那婢子来了吗，竟然这般无声无息。

她方想回头，来人已揪住她的领子，将她掼摔出去。

背脊狠狠撞上桌沿，她痛叫一声，惊恐地看着床畔的男子。

这人一袭白衣如雪，脸上覆着一张铁面。

翘楚咬牙撑起身子，轻声笑道："你终于出现了。"

"你做了不少事吧？"男子微一沉吟，问道。

"嗯，我吩咐女官买通在冷宫服侍的宫女，让宫女们私语并叫阿绣听到：皇后养育着宝宝，小孩子哪有不吵闹的，皇上到那边过夜，必定会厌烦，暗示那便是她们沈娘娘的时机。阿绣对沈清苓素来忠心，必定会告诉她，于是沈清苓每天在皇后殿外等。他既憎恶我，沈清苓每天的痴心守候，总能有些什么结果；即便没有，以沈清苓的性子，也总会来'探望'我的。"

"你不肯治病，并不是为了和他怄气？"

"是，自中秋那晚开始，我就对自己说，纵使再多变幻，除非他先放开我，否则，我绝不再放手。"

男子微微一震，随即亦轻声而笑："可惜，他终是先放开了你。他的绝情不假，你的病更不假。你病痛至此，只为将我引出来。如此代价真值得吗，翘楚？再说，真相到底是什么，你又真的了解吗？"

"你今天能出现我就值得。惊骢，你脸上的伤，可以让我看看吗？"

男子明显一怔，盯着床上的女人，她眼中神色非常柔和，声音却那般郑重。他失神了半晌，终于低声笑问："我的伤，你不会愿意看到的，我亦不会让你看。翘楚，你怪我吗？"

"怪，但更怕你出事，此刻终是放心了，也可以去继续追寻我想要的东西。"

将摊开的手掌慢慢合拢，就像抓住了一些东西，翘楚闭眼笑了笑。

"你信他？"

"我有过怀疑。"

"但最后终是选择相信？"

"是。"

"为什么？"

"你是我最重要的朋友，他不会伤害我。"

"最重要的朋友？"

"是，谁也不可以代替。"

上官惊骢浑身一震，深深地盯着她看，目光忽然锐利嘲讽忽然深邃如思。良久，他负手哑哑地笑出声来。

翘楚却微微一颤，他的笑声里带着一丝不易觉察的悲苦。

她蹙眉看他，他眼里的光芒开始一点点地变化，最后全部变成爱怜，不再有之前的半分恨意。

他伸手轻轻抚上她的脸，低声道："翘楚，若你不恨他，我又怎能再恨你？其实，我即使再恨你，我也不会伤害你。

"今日我在这里出现，似乎证实了你所有的猜测。在你心里，是我故意布下疑踪让他与你反目。可真相……确实不是如此。你以为上官惊鸿夜宿冷宫、这般对你是因为生你的气，所以将一切做给你看？不是的，若果真如此，他这个气未免生得太大。事关你的命，不管难产还是伤病随时都能要了你的命。翘楚，我带你去看看，看看真正的上官惊鸿。"

翘楚一怔，心情激荡，又猛烈地咳嗽起来。上官惊骢想起什么，连忙从怀里取出一枚药丸，递到她唇边："虽比不得狐丹、百草丸，但这是夏家的药，对你的伤病大有好处。"

翘楚没有犹豫，张嘴吃下了，身体的痛感果然缓和不少。

最后，他朝她伸出手："便当是你最重要的朋友，可好？"

她微一抿唇，将手放到他的大掌上。

他一用力，将她挽起。

经过沈清苓身边的时候，翘楚不予理睬，上官惊骢却伸手将她挥开。

沈清苓抚住心口，一口浓稠红沫吐出。她浑身打战，却犹自冷冷笑着，也没有告饶，只死死地盯着两人。

翘楚微微一怔，为沈清苓眼里一闪而过宛如绝望的痛苦。

上官惊骢却不给翘楚太多思虑的机会，伸手一点，将沈清苓的穴道封住，淡淡道："茯苓，你以为我会杀你？我还嫌你脏了我的手。"

他说完又对翘楚道："你自是不希望被人看见的，我们不从门口出去。"

可这要如何出去？翘楚正疑惑着，他突然握紧她的手，她只觉景物瞬间变换，讶然间，却见他们已置身在一个废置的宫殿外。

她又惊又喜："你的术法恢复了？"

上官惊骢不置一词，只低声道："跟我来。"

翘楚越发惊疑——他到底要将她带到哪里去？

不远处，小宫女和内侍调笑的声音传来，上官惊骢将她往怀里一拥，提气一纵，跃进殿内。

这里的格局有点像常妃殿。常妃殿给过她死亡的记忆，上官惊灏虽已身死，翘楚仍忍不住阵阵打战。上官惊骢摸摸她的头发，柔声道："我不会让任何人伤害你。"

他语气里的坚定让她稍稍镇静下来。

穿过凋零的庭院，走上台阶，前面是一间厢房。

他的脸色突然变得凝重，对她做了个噤声的手势，停下了脚步。

他松开她，将窗纱轻轻戳破，示意她看。

翘楚心中越发紧张，屏住声息，缓缓俯到小孔处。

仅一眼，里面的情景已让她全身的血液冻结起来。

里面那个盘腿坐在榻上的男人……

他虽然眼睛微闭，安静地吐纳气息，但那如山眉宇，翩翩若矫，是他。

不，不是他。

他一头青丝早已成雪。

这人，黑发跃扬。

那一模一样的容貌还能是谁？

是他的……哥哥。

上官惊灏还没死。

他骗了她！

仿佛感觉到被窥探，男子猛地睁开眼睛，目光凶狠残忍，嘴边抹过冷冷笑意。

翘楚大骇，上官惊骢紧紧地搂着她，压低声音道："莫怕，他并没有发现。"

不知道是怎样被上官惊骢带到莫愁湖的，翘楚怔怔地看着碧波粼粼，眼前却一片昏黑。

她当时只想求个安心，他却发了脾气。

然而，哪怕发了脾气，他还是做了一场戏。

他果真骗了她。

翘楚紧握双手，猛地看向上官惊骢，低吼道："假的，你骗我……"

上官惊骢自嘲一笑："我也希望都是假的，我也希望一切可以重来，然而发生了的就是发生了的。我们总以为我们改变天地，但到最后被改变的往往是我们自己。

"我一直藏在宫里暗暗守着你，若非今日看你被沈清苓欺侮，我暂时是绝不会出来的。上官惊鸿……要杀我。我的法力已恢复一部分，我受伤那天，想看看你，便用了玄光术。哪知却让我发现，上官惊鸿在你熟睡后，去做了一番布置，他翌日杀死的人根本不是上官惊灏。

"那时对你……没有办法放手。想起前生的承诺，我不甘心那样的结局，写下那封信，确是要引开上官惊鸿。只有他不在，我才能在宫里活动，将上官惊灏的所在找出来，好让你知道，他欺骗了你。他当时在围场很生气吧，他必定猜度我会将上官惊灏放了。要囚上官惊灏不易，他用了结界，但有我相助，上官惊灏便能打开结界。将上官惊灏囚着，他们互助修炼，对他来说是利；上官惊灏一旦离开，对他来说则是祸患。"

翘楚一字一字认真地听着，至此，围场里上官惊鸿的怒气和杀意一点一点和上官惊骢的话重合，她终是明白他当时的情绪和左兵等人的反应。上官惊骢没有赴约。紧跟在上官惊鸿之后，左兵和宗璞这两个聪明的男人都第一时间想到了上官惊骢的目的。冬凝、佩兰她们不知真相，但作为上官惊鸿的亲信，宁王他们早就知道并配合着出演了杀死上官惊灏的那场戏。难怪当她担忧上官惊骢时，他会那般愤怒。上官惊骢给他带来了天大的麻烦，她却为上官惊骢担心并疑虑。

她确实错了。每个人都有自己的目的，上官惊骢的心不在言和，上官惊鸿心里也有鬼。

心里几近麻木，不痛不悲。

将三界握在手中，对他来说，真有那么重要？

重要到明知上官惊灏对他们的前途来说意味着凶险，他也要留下？

甚至骗了她。

当然，三界，并不是他放开她的理由。

否则，他不会去演那场戏。

他们曾经几度死生交缠过，他可以为她生死，却终是容不得她为上官惊鸿而责难他。他要的是她对他完全的依从和爱，不掺其他一丝人和事。

但她做不到。

所以，有了他们的今天？

所以，他宁愿舍。

他的心，真的狠。

一切一切，她的信仰便似被铲子一铲一铲地铲去桩基，开始层层崩溃。

上官惊鸿伸手向她脸上抚去，想替她擦掉眼泪。她避开了，紧紧地看向他："惊鸿，玄光术，让我看一看他。"

"让你看，你又能看到什么，看到颜容能看到心吗？画皮画骨难画心。"

他虽然这样说着，仍是低声念诀，一手往湖面轻轻抹去。

那是御花园的亭子。

亭中放了张精美的摇椅。

椅上有檐，将孩子的脸蛋掩住，小家伙似乎在椅中沉睡着，微蜷的手足偶尔踢蹬几下，并没有吵闹。郎霖铃坐在旁边，看了看小家伙，随后缓缓看向旁边的男人。

他正与人交谈着。

对方是一名布衣男子。

翘楚一凛，是吕宋？

吕宋呈上手中的东西："佛祖嘱咐，吕宋幸不辱命。等了多天，无霜殿下和琳琅姑娘终是过来了。"

吕宋给上官惊鸿的是一本札记？琳琅？翘楚苦涩一笑。琳琅担心她，又到人界打探她的消息了吗？

上官惊鸿伸手接过："先生辛苦了。"

吕宋却微微蹙眉，问道："佛祖想要这逆光札却是……"

"这原本是我的物件，物归原主吧。我和翘若蓝的事，也自此不必天后娘娘和琳琅姑娘操心。"

吕宋一惊，随即苦笑道："原是如此。"

上官惊鸿没有说话，这时注意到郎霖铃的目光，眸光稍暖，将身上披风褪下，递给她，方道："我还有庶务要处理，与先生改日再见吧。"

"吕宋告退。"

翘楚深深吸了口气，哽咽着笑出来，他甚至连逆光札也要回来了。

他们之间，天界的朋友，谁也过问不了了。也许，最后，郎霖铃才是适合他的人。

他开始安静地在批阅着奏章。

郎霖铃又蹙眉看了看跪在桌前的几名女子。

翘楚盯着那摇椅痴痴看了好一会儿，又朝上官惊鸿看去，却见他一直没说话。

玄光术原本就无法维持太久，上官惊骢只恢复少许术法，此时已见吃力，额上汗出，光圈开始暗淡。

翘楚亦是放弃了，她想再看小家伙一眼，却见亭畔，宁王、景平等人盯着地上众女，苦笑为难不已。

冬凝突然霍地站起来，哽咽道："哥哥，真的没有转圜的余地了吗，当初秦歌的事你都想明白了，为何……"

"冬凝，你不懂，那是两码事。她不信我，我们之间太多的事，我对她亦是倦了。此刻，对谁都好。你和五嫂、七嫂回去吧，不要逼朕下令让你们永世不得进宫。五哥、七哥的面子朕已卖了，这是最后一次……"

湖水荡漾……那是画面消失前，翘楚听到上官惊鸿的最后的话。他从奏章上抬头，眉眼疏冷。

到现在——三生三世，就如他所说，原来确实是一场闹剧、一场笑话。

翘楚想，她该去问他要一道离宫的旨意。

那样对谁都好。

可是，他肯让她将小怪物带走吗？

她拨拉着腰间的荷包，就算一整个荷包的东西也是没有用了。

"翘楚，我带你离开这里吧。我原来待术法再上一层方出来找你，今日出来虽是过急了，但我早有布置，应该可以将你和孩子都带出去。"

就此离去？

翘楚一震，终于忍不住再次轻轻长长笑出来。

蝴蝶效应，一切原来真的从没有改变过。

她还是要跟着上官惊骢离去？

"归去来兮，总有地方是你幸福安宁的所在，总有一天，你会感觉到幸福，只要你还好好活着……"她握紧双手，心口剧烈起伏，却见上官惊骢一声低笑，似叹似痛，突然伸手往她眼前一拂……

崇天门。

这里是天界的出口，通往人界之路。

一名身穿大红袈裟的男子盯着前面沸反众人，心里轻笑，沧念佛祖已联系过他，用的是通冥之术，以意识传讯，沧念佛祖的神力已在逐渐恢复之中。

他抑制住心里喜悦，走上前去。

众神佛看到他，不管是己方的人，还是中立神佛，都恭敬施礼。

这个男子正是沧念手下三大主佛之一，普释。

"沧念佛祖早就说过，龙非离不配当这天界之主，既早就定下规矩，不可私自到人界插手管飞天佛祖和沧念佛祖之事，只待两位古佛重生；他的儿子龙兀霜却明知故犯，竟启用逆光札私到人界……"

他话音一落，他麾下神佛立时附和，愤怒至极。

众多中立神佛亦神色凝重，终于，有神佛道："去找天帝讨个说法吧。"就在这时，有人低声道："普释主佛，有人从帝殿那边出来。"

普释一看，为首的女子是段晓童？

倒不知这女人过来做什么，但来得正好。

他朝手下使了个眼色，数名佛陀立刻沉声道："娘娘慢走。"

多名中立神佛亦随即走过去，将段晓童拦下。

段晓童停住脚步，淡淡地看向众人。她身边跟着龙无垢、夏雪、夏雨、楚晚等人。

与此同时，帝殿。

"幸亏老娘从西宁街将镜子弄了回来，不然还蒙在鼓里。我刚活过来，这飞天存心要气死我。"

朱七又急又怒，差点将镜子摔了。

"母后，你这镜子这下用也是迟了。"

龙兀霜向来恣意，看着镜中景象，心中竟也只觉一片悲凉，看身旁琳琅怔怔地站着，微微拧眉。

琳琅脸上早已是泪湿一片，哽咽道："怎么可以那样……不该是那样的……"

朱七往眼角揩去，低声道："阿离，早知道我们便不收起镜子，说什么也不让他们自由发展。我们该天天守在这镜子面前，一有什么不妥，还能拿逆光札下界去阻止。琳琅惦记着若蓝，却是在不知若蓝和飞天闹僵了的情况下跟兀霜下的界，想通过吕宋给引见和若蓝见个面。这可好，被死飞天摆了一道，说要拿逆光札用，他们两个将逆光札交给吕宋转交，飞天却不肯让他们见若蓝。他们没了逆光札，不能暗中转移直接回帝殿，只能经过崇天门回天界，让天界那众所谓中立人士看到，揪住小辫子。若非你提醒，说飞天这时要回逆光札似乎不比寻常，拿出溯镜查看，我们还不知道他那边出了大事。飞天这招毒，一箭双雕。此刻那帮老和尚死守在出入的路上，我们又没了逆光札，除非将他们放倒，才能下界；但他们人数众多，你和无霜的法力又被封住，我们根本不可能到人界去……"

"什么叫天天守在这镜子面前？每个人都有自己的生活和选择。我们不可能每天守在镜前看飞天和若蓝的情况，有些事亦不是你我守在镜前便能阻止改变。"

一直站在镜前的沉默不语的龙非离斥她，他虽是斥责，眼里却是对她的怜爱，千百年不曾变过。朱七心里一暖，走到他身旁。他伸手轻轻握住她的手，微微眯起凤眸。龙无霜看着他的模样，心中一动，笑道："父皇莫不是有甚计较？"

朱七和琳琅也立时精神一振，龙非离微一扬眉，轻声道："吕宋既没随你们回来，必是在那边设法阻止，希望他能稍延一些时间，那些敌对、中立的神佛都不让我们单独下界，那朕便让所有人一起下界。"

众人一怔，这时，却听到龙无垢的声音自殿外传来："陛下，任务完成。"

琳琅知道是晓童等人过来了，心里一紧，随即一讶，任务？

朱七拍拍手，也是又惊又喜地看着龙非离："你已行动了？"

很快，段晓童等人从殿外进来。

见过礼，夏雨笑道："陛下谋策，晓童口才，当是马到成功。"

琳琅温声问道："夏雨，陛下是怎么交代来着？"

夏雨瞥了她一眼，眸光一冷，转向晓童。龙无霜眼梢一掠夏雨，正想说话，晓童微微蹙眉，目光一掠龙无霜。龙无霜微一抿唇，方没有斥训夏雨。龙无垢和夏雪一怔，楚晚按捺不住，走到琳琅身边，柔声道："陛下让咱们出去宣说咱们这边梦到古佛梦中报警，将重生于东陵某地，让天界但凡有位阶的神佛都下界迎接，问其他神佛可也做了此梦，并已准备好和陛下一起下界……"

琳琅大喜："果然妙极。"

她看向晓童，郑重一揖，恳声道："晓童姐姐，谢谢。"

晓童轻声道："替陛下和殿下分忧，本就是我的分内事。"

琳琅咬咬唇，仍是笑笑再次道了谢。

手上微微一紧，却是龙无霜握住琳琅的手。龙非离一瞥众人，众人一凛，当即安静下来等候命令。对于这个王，每个人总是心存敬畏。

龙非离召过殿外数名神将："去将段玉桓、夏桑和清风召过来。"

众将领命而去。

龙非离顾虑沧念那边的神佛会对沉睡的古佛肉身做些什么，让他们暗中到古佛的九重天外入口驻守，晶莹和玉致也跟着各自的丈夫过去。大伙倒有些日子没见了，没想到今天因飞天再次聚到一起。时光变迁，沧海桑田，总有些什么是不变的。朱七站在丈夫身侧，微微笑着看向身旁男子。龙非离伸手搂住她，低声道："小七，我们无法使用神力，一旦交战……"

她回握住他的手："无论生还是死，这些年我已知足。你为酬知己，我总会随着你。即便生死不在此时，不比你，我几经重创，寿命总是不长的。"

"彼时，龙非离亦当相随。"

"宝贝乖，你娘亲睡了，你莫吵醒她。"

窗外是不断倒退的绿林幽径，马车如风疾驰。

车内，一个俏丽的女子手忙脚乱地低声诱哄着手中的孩子。那孩子还小，但两眼晶晶亮、圆碌碌，手足粉雕玉琢一般，眉间一颗朱砂，模样可爱至极。

只是，他却一直微微皱着眉，小小年纪竟是一副严肃模样，不断地往旁边的女子身上扑去，想让她抱。这般不安分，让照顾他的人直想哭。

这手忙脚乱的正是四大。

她手中不断闹腾的小家伙却是上官惊鸿和翘楚的孩子，小皇子。

四大心想，人生到处充满着不可思议。

个把时辰前，她们还在宫里，现在居然出了宫。

主子在美人怀里昏睡着。

她们原本在翘楚卧室外面等候，久不见翘楚唤她们，心里担心，便进了卧室，却见一个铁面男子不知什么时候竟进去了，他的声音让她们知道他是谁。果然给主子事前言中，上官惊骢出现了。

主子昏了过去，上官惊骢说不碍事，主子只是过于疲惫才会昏睡。

他将主子交给她们，并让她们收拾细软，说主子昏睡前，让他将她们带离这里。

她们没有疑虑，主子在这里受的苦够多了。

上官惊骢会法术，说着话突然便消失了。当他回来的时候，他手里抱着小皇子。

上官惊鸿回了自己的寝殿。皇后午寐，上官惊骢用术法让看护小皇子的嬷嬷和奶娘打盹，将小皇子从皇后宫里偷偷带了出来，并施幻术将其他东西变成小皇子放回原地。

他又将房中的沈清苓弄昏，幻化成翘楚的模样，放到床上。

做完这一切后，他让美人和四大分别抱起主子和小皇子，他念了句什么口诀。当她们回过神来的时候，她们已在夏王府后院，夏总管和数名小厮候在那里，旁边是备好的马车。

四大最怕安静，偏生此时除了小皇子在扑腾外，马车里极为安静。美人抱着主子一言不发，上官惊骢坐在车厢的另一侧，看了看主子，又看向手中的荷包。

四大终于忍不住了，出声打破这窒息的沉寂，道："九爷，你这般能耐，为何不将咱们变远点，省得坐马车。"

上官惊骢闻言，笑骂道："将你们弄到夏王府，并用通冥之术通知夏总管准备马车，已消耗掉爷好些力量，你这小丫头倒是异想天开。"

四大吐吐舌头，美人突然问道："九爷，我们要去哪里？"

"去边塞，然后设法出境，不能留在东陵了。"上官惊骢答着又轻轻笑道，"去获国吧，那里的草原很美，你们主子会喜欢的。她之前……有孕，行动不便。她母亲汨罗自从被翘眉囚禁过后，身子一直犯病，无法到朝歌看她。我们一旦安定下来，等汨罗夫人身体好点，我便去将汨罗夫人也接过来。"

美人笑着点头，这样的生活一定很不错。

上官惊骢也不再说话，继续看手中荷包。

两次，翘楚都盯着这东西发呆，一次是在御花园，他要将她带走的时候，还有今天在莫愁湖畔。

那是她的东西，他却悄悄拿了过来。

虽然他知道，这样做不对。

那里鼓鼓的，摸上去却柔软，似是塞满纸笺。

他好奇里面的东西。

终于，他伸手将荷包打开。

里面果然是一沓沓的纸笺。

他用力过急过猛，纸片一下抖出，四下散在车厢内。

四大和美人一怔，却各有所顾，无法帮忙捡拾，小皇子咯咯笑着挥舞着胖胖的小手去抓空中那些雪白。

上官惊骢拿起落在衣上的一片。

巴掌大小的纸上写满字。

却来来去去也不过那几句。

——飞天，不要放手。

——若蓝，不要放手。

——半夏，不要变。

他又捡起一片，却见上面写着的也是同样字句。

"九爷……"

在四大和美人看来，他的动作有些癫狂，他却连连捡起多张，逐一看过去。终于，他眼眶一酸，怔怔地看向美人怀里的女人。

翘楚似乎有醒转的迹象，眼皮微跳，美人"呀"的一声，连忙问道："九爷，可要给主子服颗药？你不是说，她这时最好歇息休养，直到我们到达下一个城邑打尖？"

上官惊骢凝视着手上的纸片发怔，他早解了翘楚的穴道，上车前给她服了一种药，让她昏睡。药效有时限。

却也便是这一怔，他没有立刻将药从怀里拿出来，手微微颤抖地捏住怀中瓷瓶，翘楚悠悠醒转过来。

两人目光相碰，上官惊骢如遭电击，一下子避开了，反而是翘楚环视了四周，明白发生了什么事。她蹙着眉，但不想他为难，最终还是笑了笑。

她沉默着，直到被四大怀里的小东西吸引住目光，一撂嘴，已飞快地将小家伙抱进怀里。

四大、美人相视而笑。小皇子会改变翘楚以后的生活，她必定会快活起来的。

小皇子似乎也知道这是他的母亲，咿咿呀呀地张着小嘴笑得欢，伸手去摸翘楚的脸。

翘楚连连亲了小家伙几下，小家伙也不甘示弱，回敬她满脸口水。

她痴痴地凝视着怀里的孩子……只有他是属于她的。

可是，宝宝虽小，那眉目口鼻，却十足是上官惊鸿的模样。

这个孩子比小九儿更像上官惊鸿。像极了。

可恶的是没有一分像她。

她看着他头上的朱砂，一下失了神。

小皇子突然一皱眉，哇的一声哭了，不知是被母亲愁眉深锁的模样吓到了还是别的原因。

翘楚这些天都不得不将奶水挤掉。母亲天性，这时看宝宝哭了，她立刻就想他是不是饿了。她看了上官惊骢一眼，有些尴尬，低声道："惊骢，你出去一下好吗，我想给孩子喂……"

上官惊骢心头一跳，连忙点头，朝前面喊了声，让夏总管将车停下。他方撑起高大的身子，准备到外面去，却听到四大道："主子，你看小皇子长得多好，咱们以前还怕他不足月，难养活……"

美人立刻斥她："呸，你这死丫头乱嚼什么舌根子。我说咱们小皇子就比足月的孩子长得更好、更健康。"

四大嘻嘻一笑："长在皇宫就是不同，多的是人侍候；若是在民间，倒不知要花多少大力气。"

上官惊骢闻言，这一脚却怎么也迈不出去。这个孩子，他知道，花费了多大力气来养。不足月的孩子，怎能有这么好养？

他低头看着紧攥在手中的纸片，一下，眼眶湿润，说不出悔恨还是痛心。

"惊骢……"

背后翘楚惊疑的声音传来，他转过身，缓缓将锁在喉中的话一字一字说出来："翘楚，知道不足月的孩子为何能长得那么好吗？"

翘楚一愣，微微一激灵，似乎有什么极快地从心头掠过又极快消失抓也抓不住——最后，她带着疑问，紧紧地看向上官惊骢。

上官惊骢轻轻坐了下来，哑声而笑，眼中光芒激越。良久，翘楚以为他情绪平复，却见他的身子依然轻颤。

"惊骢……"

"莫要打断我，让我说，我怕我会反悔，然后就此让马车继续前进。"

"你到底想说什么？"

翘楚将孩子交给四大，站了起来，自醒来后莫名颤抖恐惧的感觉此时清晰地强烈起来。

上官惊骢紧闭了闭眼，方用力睁开，低声笑道："翘楚，之前我告诉你的，只有一半是真的，而你这些天经历的、从那个幽闭上官惊灏的宫殿看到的以及我用玄光术给你看的……全部都是假的！你确实不知道真相，真相是我和上官惊鸿联手骗了你。"

第三十六章

有情不在久长时　朝朝暮暮概已永

午后，太阳高悬。河汤小桥，以河为界，两侧砖檐壁瓦，房屋林立。

这是个小村落。

河畔，两个人对峙而立。

说是对峙而立，其实不对。

其中一人卧在地上，一动不动；另一侧一人盘坐在地上，高洁华贵，眼中光华到处，睥睨万物。

朱七泪水满脸，颤抖着转过头。

没有想到，这里也如同当初的飞天殿植满那种粉嫩美丽的花。

她以前送过飞天这花的种子。

是他不顾古佛和所有神佛的反对，给了她和龙非离一次机会。

借花敬佛。

她想将这幸福的种子送给他，希望有一天能开出最美丽的花来。

可是，再也没有机会了。

凝霜花会花开花落，飞天却再也无法拥有幸福的机会。

龙非离的谎很简单，却足以坑人。本是子虚乌有之事，虽纳闷古佛为何只报讯与这天帝，但天界的神佛自是不肯承认古佛没有托梦于他们，即便没有，也只会说有，因为神佛和人其实一样好面子。何况这种时候，没有了神力，谁不焦急，一听古佛重生之期已到，又是人数众多和龙非离一起下界，并不惧怕龙非离耍什么手段。

谁也没想到龙非离根本不顾后果，他的目的只是和平下界。他为飞天而去，而非古佛，谁知道那两个老古董什么时候重生。

溯镜中看到，飞天过去的地方，是一个老宅子，那宅子在一个村落里面。

来到方知，这个村落里所有的村民似乎早被迁徙干净，这里只有无数的凝霜花。村子四周，小河河畔，芳草幽处。

可惜，逆光札之外，他们再次被飞天摆了一道。

不知是该同幸还是同悲，被飞天摆了一道的并不止他们，还有他在下界的亲信们和吕宋。

他们方踏进村子，便被这早就布下的无形的结界困在外面，无法再踏进一步，被隔绝的还有吕宋和宁王等人。

踏进这结界，他们都会死。

没有神力的人、神和佛，谁都不是那个人的对手。

只能是死。

直到现在，朱七想，她还是弄不清楚，飞天这人到底是无情还是有情。

从在围场里决定和翘楚决裂开始，他就没有留下任何余地。

为了翘楚的心愿，他给了上官惊骢真正的自由，将在暗处看守上官惊骢的人撤掉，后来更陪翘楚到围场赴约。

实际上，上官惊骢当日从牢里出来，上官惊灏稍耗自身神力借法给他，便如同给他筑了基，上官惊骢凭借这基础开始修炼。

后来，上官惊骢将他们引到围场。

上官惊骢是要去查上官惊灏的所在，但思念翘楚，从玄光镜中探看翘楚情况时，发现上官惊灏根本没死，一切不过是上官惊鸿安抚翘楚的一场戏。他想揭穿上官惊鸿。他倒并没想过要放走上官惊灏，他只要确定地点。

上官惊灏却把握住机会——实际上，早在上官惊灏借法给上官惊骢的时候，他已开始谋划。

他要利用上官惊骢和上官惊鸿的反目让自己脱身。

上官惊鸿布下结界将他困住，也限制了他单独修行，只有在其到来的时间他才能进行修炼。

上官惊鸿很是勤奋，每天必抽时间到牢中和他一起静修。

这一天直到深夜却没见上官惊鸿到来，他何等聪明，立知有异，用玄光术察看，知道这位新帝出行了。

正是千载难逢的机会。

他即刻再查上官惊骢所在，发现上官惊骢竟已进了宫里，并向囚禁自己的地方而来。

三人之中，上官惊鸿当日率先恢复少许神力，占了先机，神力最强，他次之，上官惊骢末。但纵使上官惊骢的神力不如二人强大，他和上官惊骢合力却比上官惊鸿的力量厉害。

他立时用催眠术让上官惊骢助他。本来，催眠术很难用在他们这种人身上，但彼时上官惊骢心有魔障，很快便被他控住意识，破了结界。

上官惊鸿在围场没能找到上官惊骢，一下便想到调虎离山，当时直觉是二人联手了。

按日程算，上官惊灏早已出宫了。

上官惊鸿的力量原本就只比上官惊灏稍强少许，且日夜护着翘楚行在路上，照顾妻子；上官惊灏则潜心而炼，经这多日修炼，上官惊灏的神力已比他高强。

一旦上官惊灏发难，他已无法掣肘。

一念起，本是千回百转的事情，他却瞬间决断，决定了他和翘楚以后种种。

马车里，孩子哭声震天，在四大怀里扑腾着，想扑回翘楚身上。翘楚忍住心疼不去抱他，死死地盯着上官惊骢，颤声道："再说一遍……告诉我……你是在说谎……"

上官惊骢自嘲一笑，哑声道："翘楚，我也希望这些都是我的谎话。不是，确实不是。说谎的不是我，是他。他其实从没恨过你。从围场开始，他便对你说谎。"

翘楚突然想起围场里的情景。

原来，当时，在确定上官惊骢不在围场的一霎，只有在她看他第一眼的时候，他眼里一闪而过的绝望是真的。

斥责，决裂，到后来的一切都是假的。

不，那样的绝情，怎么会是假的？

她一脸冰凉，有什么簌簌而下，怎么也停不住。

上官惊骢似乎看穿她的悲恸，苦涩一笑："我不骗你。这一切我如此清楚，是因为在你们回到宫里的第二天，我便出来了。我匿在宫里，知道他将你的东西全部送回睿元殿，看到他对你发狠，你伤心痛苦，我便忍不住出来了，想去找你，他却先一步截下我。原来，他……一直守在你的殿外，只是你不知道而已。"

翘楚想，原来，以前他守在她的殿外，每晚看着她，让她发现他，是他愿意的、故意的；而现在，他不愿意了，她便不能发现他。

她咬紧嘴唇，又看向孩子："他将孩子夺去……"

"是，亲自调养。这个孩子很可能夭折，他每天施以真气。"

"你不是说伤病、难产每一样都能要我的命吗？"

"你到他寝殿找他的那天，他是在冷宫皇后殿里不错，但他一直用玄光术看着你……这些天太医院给你送去的药汤都是他亲自熬制的。你的病看似甚重，但绝不会要了你的命。临行前给你服食的丹药亦来自他。"

"上官惊鸿，你既然能骗我一次，现在说的又叫我如何相信？不要说得就像你亲眼所见一般，还是说你根本不是上官惊鸿，而是他派来的易容者又要欺骗我什么！"

"确实是我亲眼所见，因为我一直在皇后寝殿。"

翘楚推翻横在二人之间案几上的所有东西。茶具、酒具当啷落地，清脆碰击之声一下下敲在人心上，小皇子哭得嗓子都哑了。

"他居然这般巨细无遗，我的丫头过去请他，也能见到他和皇后一副缱绻情深的模样。"

翘楚捂着嘴，身子微微摇晃起来。上官惊鸿想过去扶她，却终是定住，任由早已震惊怔愣在一旁的美人将她扶住，他只能苦苦而笑。

"飞天是个怎么样的人，你不比我更清楚吗？"

清楚？

是，她确实清楚飞天。

围场里，上官惊鸿的记忆已完全恢复了吧。拥有着完整的记忆的飞天是个佛，从来不是谁能拥有的。上官惊鸿偶尔会对她说心里的话、会发脾气、会……但飞天不会。飞天心里只有怎样才能让一切都好的想法。飞天这人看似有情，其实最是无情。

心像被什么撕扯开来，翘楚将唇咬破，捏紧双手，方寻回一分力气，低声问道："上官惊灏已不知所踪，所以，你带我去看的不是上官惊灏，而是他让人装扮的，对不对？他甚至早就想好算好，知道我必定不肯死心。玄光镜里，只有吕宋和逆光札的事是真的，其他的……都是他安排大家做的戏，对不对？包括沈清苓来找我，包括你今天看似被我设法诱出，都是他……你配合他完成这一切。"

"是，我在之前便……"

上官惊鸿微微一顿，翘楚替他将话填补完整："早在你被他发现那晚，已和他达成共识。"

上官惊鸿没有出声，却是默认了。

翘楚摇头："围场之前，冬凝他们本来不知道；围场之后，他们亦是知道了。皇后、沈清苓……每一个人，他要花多大工夫来做这些……"

"威逼利诱，他总有他的办法。"

"威逼利诱，是，有什么是他办不到的？全世界都知道，只有我不知道，他独独瞒住我。我恨他，我恨死他了！"翘楚挥开美人，情绪终于完全失控，泪水将声音腌渍成破碎，她甚至听不清自己在嘶喊着什么。

上官惊鸿看她如此，一咬牙关，将她抱起。翘楚自是不依，朝他身上打去。他自嘲笑着，也好，他宁愿她对他不那般委婉客套，这些曾在上官惊鸿面前展现的脾气，他也拥有过。

他将她抱出车厢才放开，紧紧抓住她的肩："翘楚，冷静一点！他这样做的目的你还不懂吗？因为你对他来说是不同的，只有你是不同的。"

翘楚噙泪反笑："不同？若真的不同，他为何当初却不肯为我将上官惊灏杀掉？重掌神力对他来说那么重要！他已是东陵的王，这还不够吗？哪怕我们只有五年、十年，哪怕古佛复活后将我碎尸万段，我也……"

上官惊骢心里一恸，侧头深吸了口气，方能再次面对她。

"那是你的意愿，却不是他的。只有强行归位，他才能保护你。他不可能再让别人来决定你的命运，他早起了囚禁古佛之意！"

"囚禁古佛？"翘楚一震，几乎没回过神来。

"是，不再受他们的规条约束。"

翘楚猛然垂下眼眸，喃喃道："那两个老头子虽然可恶，但就等同于他的父、师，他对他们向来敬重，我不需要他这样为我。颠覆三界……那有违他对自己所定的道义……"

"他只想让你拥有真正的自由。"

上官惊骢说着亦僵住，从什么时候开始，他竟可以这般为那个他曾经最憎恨的人说话？看翘楚一脸苍白、神不守舍，他喉间竟浮上那个最后的秘密："即便他没有反心，这一切亦势在必行。他……本来已经没有多久的寿命。"

所有的悲恸、愤怒、甜蜜通通还没来得及消化，翘楚愣愣地看着上官惊骢："你说什么？"

她轻轻问着，脑海里又飞快地闪过零碎的片段——午后的御花园，那一盘接一盘的对弈，那个自他登基起，就一直困扰所有人的问题。

"他其实没有吃狐丹，是不是？"终于，她颤声问了出来。

上官惊骢默然，良久，在她发疯一般摇晃他的手臂时方缓缓颔首。

"为什么？他为什么就是不肯吃，还骗我说吃了……"

翘楚又急又乱，手忙脚乱地想摸摸脸面，手却又不由自主僵硬在半空，只出于本能怔怔地看着上官惊骢。

上官惊骢却避开了她的目光，声音低得她几乎听不到。

"翘楚，没有狐丹。更早之前已经没有了狐丹。"

"怎么可能……不可能……"

"这是事实。早在战时，我和他约好各自部署引上官惊灏上钩时，他已派人将……狐丹送给了我。只是，那时我并不知道那便是狐丹。他信中说……那是他研制的新药。他说，你必定希望我活下去，除去给你报仇，你希望我好好活下去。我之前为替你拿到狐丹，曾服下剧毒逼我母亲拿出解药。那毒药药性厉害，事后他虽然给我治过，却只能帮我苟延数年性命。"

看着翘楚几近失控的眼眸，上官惊骢却几近嘶吼。

"原来早就没有了狐丹，早就没有了。"翘楚仿佛没听到他说什么，只是低低笑，轻轻说。

"是，我一直不知道，直到他在你殿外截下我那晚，我才听他说了。战时，他也剧毒在身，药只余大半枚，只够一个人续命，他怕我不肯吃，并没有告诉我……我若知道那便是狐丹，无论如何都不会接受他的恩惠。他那时还没完全恢复记忆，亲手剖开你的身体之后，他认为，你含恨而去，不会再回来了，是以，他抱了必死的心，将药留了给我。"

视线很是模糊，翘楚突然分不清，那是上官惊骢眼中的水光，还是自己的。

"他为什么从来不告诉大伙儿和我……"她似在自问，又似在问他。

"翘楚，若他告诉你，他快死了，你会怎么样？"

上官惊骢轻声反问她，翘楚猝然跌坐到地上。

她知道她会怎么样。

就像现在一样，她会崩溃。

"上官惊灏离宫当天便将我的神力全部废掉，是他重新借法给我，让我护你离开，他如今……翘楚，你恨我吗……"

上官惊骢的声音从头顶传来，沉痛而小心。

"恨？我怎么会恨你？一切的阴差阳错，怪只怪我们都是老天的棋子。惊骢，他说得对，我希望你好好的。我要去找他，我不能让他今天就这么死了。要死，我也要和他死在一起。我只求你一件事，替我将孩子交给宁王和佩兰。宁王和他是最亲的兄弟，是生死之交，他们会将他……视如己出。"

翘楚深深地看了四大手中号啕大哭的小皇子一眼，挣扎着从地上起来。上官惊骢猛地一震，才意识到自己都做了些什么。

上官惊鸿花费了所有心力来布置的所有，他全部给破坏了！

他答应过上官惊鸿，代上官惊鸿看护翘楚和孩子一世安宁，却被悔疚和冲动坏了事。

而那个人，将用玄光术探看上官惊灏所在，将上官惊灏引出……同归于尽。

他不能让翘楚回去！

他眼角一掠，递了个眼色给四大和美人。两名眼圈通红的丫头此时的想法和他出奇的一致，立刻闪身挡住了翘楚。

"若你们还当我是主子就让开……"

翘楚背对他站着，头垂得低低的，声音却坚定强硬得有些可怕，让人有种感觉，她会做出任何事来，只要能离开。

"翘楚，对不起。"上官惊聪心里轻道，五指并拢，一个手刀往翘楚后颈劈下。

"我替你过去。"掌风扫到她颈项的时候，他如是想。

河村，老宅。

琳琅抓紧龙无霜的手臂："没有办法救他？"

龙无霜看她脸色白得不成模样，索性伸手将她拂昏。

"父皇，怎么办？"龙无霜眸光一沉，将琳琅的身子收进怀中，看向龙非离。

夏雨一拉晓童，晓童朝二人的方向看了一眼，自嘲地笑笑。

实际上，除却约占人数四分之一的普释等人面带残忍和不再掩饰的欢喜之外，所有人都急得不行；占去人数一半的中立神佛更是变了脸色，又急又忧。

而另一边，吕宋旁边，以宁王为首的众人一次次试着向结界里面闯去。那是一道看不见的软墙，你不会受伤，却永远撞不破、进不去。

冬凝平日豪爽，这时哭喊得嗓子都沙哑了，跌跪到地上："我就说惊鸿哥哥怎么会那般容易让咱们跟踪他过来……"

沈清苓却仿佛全然没有了其他情绪，木然看着郎霖铃也如同老铁等人一样冲到结界边围去，心里、脑里只剩下一个念头：若他死了，她该怎么办，她也随他而去吧，哪怕他……从来不曾爱过她，哪怕到最后，他令她对翘楚做了场戏，但她爱了他千万年啊。

宗璞去挽她。左兵眼梢稍掠二人，立刻一拍宁王和景平，走到吕宋跟前："吕先生，可还有什么方法能突破此结界？"

吕宋苦笑摇头，双眸只紧紧盯住不远处那个一身素衣白袍的男子。

宁王和景平等人立时省悟过来——这人领着一众男女到来之时，百数人，有俗家子弟，亦有僧将，眼看人人竟都是气质不凡，都不禁震惊这些人的身份，但急于相救结界内身中上官惊灏数剑的上官惊鸿，无暇理会。如今看来，这众男女，只怕便是那居于天阙的神佛。

这白衣男子一双凤眸，眸光精炯；身旁女子容颜绝美，一袭绛紫衣裙，衣袂飘飘。这双男女却是——

"原西凉帝后龙非离、年璇玑，当今天界帝后。"

吕宋一解说，众人震惊。关于他们，云苍上那些遥远的传说……再无人犹豫，宁王、郎霖铃为首，所有人立时向这凤眸男子跪下："求陛下援手。"

此时，和他们一样有着相似迫切和心声的还有下了界的数十中立神佛。

对于飞天当初对龙非离的委任，他们认为后者狠辣残暴，对这一做法虽然吃惊，并不太赞同。但这千万年来飞天对他们的影响非同小可，这些人多是飞天的门徒，他们心里仍是支持飞天，包括当初的比赛，他们也是希望飞天得胜。

此时，亲眼看到上官惊鸿和上官惊灏拼斗，上官惊鸿不敌，倒卧地上生死未卜，怎能不惊不急？他们也终是明白那位九重天外无私的佛祖杀心如此之重，此刻也不禁悔恨当初决意中立。

虽然这时已知龙非离带众人到此实非为古佛复生之事，但素知龙非离才智，心忖现在能救上官惊鸿的只有他了。

然而，龙非离却一直紧锁眉宇，只是沉默不语。

在上官惊灏一步一步向上官惊鸿走去的时候，上官惊鸿眼眸半掩、一身血伤仍在地上无法起来。佛僧里许多人终于忍不住朝上官惊灏喊道："沧念佛祖，回头是岸。飞天佛祖是你的弟弟，是我们三界之主，你不可妄动杀念，否则，于你亦必是大劫。"

上官惊灏蓦然反身，冷冷地盯着众人。

众人被他这么一看，都心惊胆战，他眼中的是比普释等人更森佞百倍的喜意和杀意。

为己而喜，为他论杀。

普释嘴角一扬，领着手下神佛向上官惊灏恭敬一揖，傲然看向这些神佛："笑话！何谓回头，若沧念佛祖饶过飞天，飞天岂会不报复佛祖？何况，飞天因何下界受劫的真正原因，你们其实还不知道吧？"

众神佛一怔，有人厉声道："人因前世今生因果而劫，佛因普度众生而劫，佛祖更是如此。普释，你莫要再打诳语，你该做的是和我等一起相劝沧念佛祖，千万莫再犯大戒，弑杀飞天佛祖是天地大罪。"

普释脸色一变，上官惊灏冷冷一笑："天地？什么是天，什么是地？

自此我就是……天地！"

"你！"

那说话的僧侣震愕在场，众僧大怒，一时诟责激烈，又与普释手下的神佛对辩，一时争持难休，仿佛是当年佛辩会延迟了多年，在今日举行。

普释稍有些心惊，上官惊灏自不畏惧。此时此际，他还畏惧什么，天地间能掣肘他的人很快就会全部消失。

上官惊灏朝普释一瞥，普释领会。早前上官惊灏与他有过联系，他对飞天的事亦知之甚详，笑着缓缓续道："诸位僧友，你们倒真以为飞天下界为的是民？实是咱们这位功德无量佛祖犯了大劫！

"色戒！他早在天界便和翘家那小妖精翘若蓝好上了，古佛才会让他下界受劫难。他却再犯戒律，甚至和翘若蓝育生子息。那翘楚便是翘若蓝再生，翘妃产子可是东陵举国皆知之事呀。这事想来天帝陛下最是清楚不过，是吗，陛下？"

普释话语既落，整个村庄河畔霎时鸦雀无声。原本据理力争的中立神佛都愣住了，不敢置信，都是求证似的死死看向龙非离。

面对信徒的质疑，一直仿佛跌伏在地、一动也不能的上官惊鸿仿佛突然得到了什么力量，猛地睁大双眸，低声说了句话。

他的声音听来很是衰败孱弱，似乎只要上官惊灏再给他多补一掌，他便会死掉，但那声音却很是镇静，有种众人多年以来早已习惯的坚定淡然。

讲道以外，飞天话不多，但他说出来的必定是听话的人愿意去信服的，因为他的话是旨意，因为时间过后，你也会发现他是对的，因为他总是经过深思熟虑的。

在这种古怪的时候，他其实也没有说什么，他只说了——

"是，我爱她。"

他替龙非离回答了。

他这句话，让所有僧众，无论是原本反对他，还是对他一直心存敬畏的，都骤然变了脸色——怔忡有之，震惊有之，愤怒有之，轻视有之。

佛爱上了人便错了吗？

不说佛罪，只问对错的标准到底是什么？

其实，真正的对错，从天地伊始便没有。

是绝大部分人给它规定了方圆，才有了一切所谓依据。

那边，老铁等人看到这些神佛对上官惊鸿的态度，心中大恸。不管人还是神，谁都有信仰，一旦认定的信仰崩塌，便会不知所措，乃至愤怒、轻蔑和憎恨。

可是，从龙非离到景清，从最复杂的人到最简单的人，都明白，有些事其实无对错可言，但可惜，谁都想尝试改变别人的想法，到最后，谁也都没有办法改变谁的想法。

只是，倒连上官惊灏也是微微一震。这原本是讳莫如深的事情，他无论如何没有想到上官惊鸿竟会承认！他是必不能留上官惊鸿，就像他，若非上官惊鸿当日将他留下，他何来今日逆反之机。

这个天底下唯一能威胁到他的人，他现在就要将其肉身摧毁。

上官惊鸿的魂灵因为强大的念力，一时三刻还消灭不了，但只要其肉身死去，他将其灵魂收入器皿之内，无肉身承载，他再以祝融之火烤烧法器。

当年他杀死被飞天重伤困在天界深谷的祝融，盗取祝融上古神火烧毁飞天殿，并将火种藏在人界，是以当年两大古佛也无法找出证据，飞天殿大火是他所为。

当年飞天引灵山圣寒之水重伤火神祝融，却也因此负伤；如今，用这火来杀飞天，最多不过数日，飞天的魂灵便会湮灭，自此，云苍再无飞天。

只是，这样一个将死的人，在这千万岁里留下的名望，是上官惊鸿唯一能保有的东西，也该是飞天最是在乎的东西；否则，这许多年来，飞天对天地神魔施以多次援手又是为何？

他却是绝不留情。铁面之名外，快意杀伐，他最是喜欢。

今日，谁也不可阻拦他；往后，他更是喜欢做什么便做什么，要杀谁便杀谁！

眼看众多原本中立的神佛变色僵立，普释领着手下神佛，一声较一声响亮激动地喊着"沧念佛祖才是我等的万佛之主，佛祖擒下飞天这逆佛叛徒"。宁王等人对此又急又怒，看向龙非离的眸子无一不充满哀求。

"龙非离……"

然而，直到朱七也紧张地握住龙非离的手，龙非离还是没有开口说什么。

没有告诉所有人能救还是不能。

上官惊灏再次向上官惊鸿走去，生死一瞬。

众人亦知连龙非离也是没有办法了。这位天地间最霸道的神，如今并无神力。

沈清苓以外，宁王以下，所有人都再次本能地向结界奔扑而去。

终于，这些关心上官惊鸿的人都绝望了，龙无霜等人绝望了，朱七也绝望了。

龙非离拍拍妻子的手背，终于说了到达这里以来的第一句话："小七，就这样吧。"

"不能这样，怎么能就这样罢了？！"

冬凝和景清闻言，激动的嗓音已不知是哭还是吼。左兵和老铁尝试向空中突围而去，可是仿佛天有多高，这结界就有多高。

天很蓝，阳光很刺目。

"龙非离，他不是你在天界最好的朋友吗？你想想办法啊！"

朱七紧紧握捏着龙非离的手臂，她知道这个人的话都是一锤定音的，只是她不明白，为何龙非离嘴角竟有抹如释重负的浅笑。

都是龙非离身边最为熟悉的人，夏桑和段玉桓似乎也因留意到龙非离的古怪表情而若有所思地相视一眼。

龙非离心情未必比爱着飞天或上官惊鸿的人要痛，但必定比任何一个人复杂。

飞天是天地里唯一能和他各个方面都战成平手的人。

像对手一样的朋友。

也是赐了他新生的人。

可惜，甫一抵达此处，他就明白了飞天的真正用心。

这个人知道，逆光札拦不住他，所以在这里设下结界。

但飞天既设下结界，而非其他方法阻挠他下界，或用障眼法将他们和宁王等人引到别处，那就说明，飞天极有可能早已想好将沧念杀死的方法。

因为，只要飞天一死，他设的结界便会完全失效，而沧念会立刻杀了他们。

飞天考虑至此，断不会让他们这样贸然跟来。

但按说飞天此时已受了重伤，最大的可能就是……和沧念同归于尽。

他没有办法阻止飞天。

即便有办法能阻止，他想，他也会迟疑。

这是飞天的选择。

沧念不能活着。

否则，那会是三界最大的浩劫。不难想象，沧念按照自己的喜好去统领三方国土，任意杀戮。

飞天这样做，是为了所有人。

更为了翘若蓝。

那个他们下界前从镜里看到的已在马车里带着一身伤痛、亦带着新的希望和她的孩子一起离开的女子。

若换了他，他也会这么做。

小七死，他一定陪她。

他若死，他却更希望她能好好活着。

像他们那样冷硬的人也会有心疼的时候，也有甘心情愿为一个人去放弃一切的时候。

名声，性命。

让翘楚好好活着。在上官惊璁的守护下，在细水长流的日子里，慢慢将悲伤放下，幸福起来。

要翘若蓝好好的，若这是飞天前世今生最大的愿望，他又有什么立场去阻止？

龙非离是明白他的想法的，目光掠过龙非离，上官惊鸿如是想。

他仍然半眯着眼睛，不必去看，他知道，上官惊灏正向他走来。

那流淌在前方的凌厉气流，他很清楚自己现在的处境。

从围场回宫，他就开始设法找寻上官惊灏的下落。

对付这个人，官兵搜寻是没有用的，一个结界掩眼，便谁也寻他不着。

玄光术不能持久，但能窥知对方情形，两人均已向对方下了对玄光术的禁制，即便使用玄光术也不能看到对方所在和情况。

他便用感应灵气之法去寻。在他们修炼的现阶段，还不能做到将自身灵力全部掩藏起来。这方法耗时虽久，但终是让他找到了上官惊灏。

翘楚一离开，他便立刻动身到上官惊灏的藏身之所——京郊一个村庄。

上官惊灏自皇宫出逃后，这些时间都在潜心修炼，为的是一举将他歼灭。这时看他过来，上官惊灏自身术法虽并未大成，但忍不住起了杀心。

他装作有意窥探上官惊灏的修炼情形，并让上官惊灏发现。

上官惊灏并不知道，他是存心如此。

看他一被发现，便立刻逃走，上官惊灏立刻追了过来。

一直到了这里。

他知道逆光札一事，吕宋必会觉察不妥，通知宁王等人；宁王进宫见过郎霖铃，领着众人尾随他而至；亦料到即便失却逆光札，龙非离也必定能设法追到这里来。

早在动手去找上官惊灏之前，他已在老宅附近布下结界，阻挡任何人插手。

会选在这里，是因为他早将这里当成自己的葬身之所。

山幽水静，凝霜花遍布。

在所有人看来，上官惊灏术法高于他，他绝无胜算。

其实，并不是。

方才打斗，他的肉身受了数处剑伤，已虚弱，但要消灭他的魂灵，必定要用强大神力方可。

上官惊灏不会愿意消耗身上神力的，因为上官惊灏还要留着神力将两名古佛的肉身毁掉，阻止古佛重生。

他一死，古佛一灭，届时，天地再无人可阻挡这位大佛祖。

他时刻使用感应之法，却并未感觉到天地里其他灵神之气，古佛尚未重生或有重生的迹象。

相信上官惊灏也必定如此，时常注意古佛的情况。

古佛必在肉身四周布下结界守护，要破这些结界，上官惊灏此刻不能在他身上耗费过多神力。

要杀他，必定得借助外来神器和手段。

当年，飞天殿的大火，上官惊灏怎能脱得了干系？上官惊灏用的是祝融的火种，才会将他的小狐狸活活烧死。若是普通大火，若蓝一身灵力，虽不高，但必能自救。

他目光一锐，上官惊灏当即发现了他眼里的杀意，脸色大变。

来不及了。他低笑，正要启动言咒，却见上官惊灏突然反身，低吼一声"上官惊骢"，一掌向结界之外劈去！

"飞天，他被我的灵力击中，对我用了杀咒，耗了大灵力，莫要启动灵山之水，用其他术法困杀他！"随着一声带笑厉喝，结界外，有人委地。

"灵山之水……"

若攻击他的是别人，他绝不耗费极大灵力，用一击便可奏效的杀咒，但上官惊骢是此时天地里最后一个拥有神力的人。

他不能不立杀之！

上官惊灏一震，眸中迸出狼般凶狠的光，映着已被洞穿的结界，结界外震惊或惊喜的麻麻密密的人——那些大红袈裟，那些天人衣裳，那些现世皇服，嘶吼道："你休想能杀我，飞天——"

上官惊灏迅速转回身，但这等时刻，一子错、一步慢，结局便全然不同！

快如电光石火，一道强光一股巨大的力量袭来，上官惊灏瞬间如被无形的绳索缚住身子，竟动弹不得。

"哪里走！"

龙无霜一声冷笑，将琳琅交到朱七手上，和夏雪、龙无垢率先截住向上官惊灏而去的普释等人。

上官惊鸿慢慢放下手，却看也没有看上官惊灏，而是猛力撑身起来，看向跌在地上的上官惊骢。

龙非离、宁王、诸多僧侣，三方的人，似乎谁也没有想到，最后上官惊骢会牺牲自己来救他，此时，都怔然看向地上浑身鲜血、五脏六腑大概都已被震碎的白衣男子。

一切都发生得太突然太快，从上官惊骢出现、越过人群和结界、念诀向上官惊灏发动攻击，似乎不过弹指惊雷的工夫。

如今，这个青年眼看是不行了。

人界的不知杀咒，但看他的样子已知道，天界的人都知道杀咒。

肉身灭，灵魂散。

谁也不可能再救他。

飞天还没归位，两大古佛还没重生。

天大的喜悦似乎还来不及庆贺，便染上了伤感。

他亦是龙非离等人旧日之友，是宁王的兄弟。

而此刻，他亦成全了上官惊鸿的性命，是所有人的恩人。

宁王一声低啸，冬凝怔怔道："九哥……"

郎霖铃和沈清苓对望一眼，沈清苓低声道："半夏，谢谢。"

上官惊骢冲密密团团在身边的人眼里的感激笑了笑，最后静静地看向朝他走来的上官惊鸿。

人们立刻两侧分开，让出一条道来。

上官惊鸿轻轻摆手，止住老铁和景清前来相扶的手。他多处剑伤、一身血湿，和上官惊骢相比，似乎好不到哪里去，但这些伤还要不了他的命，上官惊骢却……

他不由自主地握紧手："若我们之中有一个人必定要死，那也该是我。三界和翘楚都是我的责任，你不在了，我该怎么跟翘楚说？"

上官惊骢原本一直微微看着他，闻言却突然流下眼泪。他的身子开始有一层薄薄的荧光闪烁，形体若现若隐。

很多人还记得，这一幕当年曾在哪里见到过。

那时，高耸云中雄伟浩瀚的大殿在猩红的火光里化为灰烬。

灰尘扬起，覆盖住一具女子尸身。

女子后来也变为尘土磷光。

星星点点，漫入天地。

上官惊鸿盯着上官惊骢，忽然想到什么，心头猝然一震："你怎么知道我会用灵山之水？"

众人正愣怔着，一声清亮的啼哭突然从人群背后传来。

"主子，你在哪里？"

"翘楚……"

因此时所有人下意识地安静，这声音听起来很是清晰。最开始的是孩子的哭声，哭声之后，又是接连的惊急呼喊。

众人听着，顿感心惊胆战，这最后一道声音竟和上官惊骢的如出一辙。

后方的人群很快散开，只见三个人从不远之处疾步奔来。

最前面的赫然是上官惊骢，另有两名女子紧随在后，其中一人手抱婴孩。

两名女子却是翘楚的两名婢子，四大和美人。

两个上官惊骢？

不知为什么，人们蓦然心想，若这突然到来的男子是真的上官惊骢，那这地上的人……是谁？

仿佛瞬息被深藏在体内的灵山之水夺窍而出，上官惊鸿心骤然一沉，全身上下，无一处无一寸不是冰凉彻骨。

人们惊颤地朝地上的白衣人看去。

荧光之下，已非男身。唯一没变的，是她仍安静地凝视着上官惊鸿。

那张美丽苍白的脸谁都认得。

很多年前，她在飞天殿前变成尘土。

今天，竟像注定一样，她又即将在这里变成烟尘。

翘楚，地上的是翘楚！

幻化成上官惊骢的翘楚。

琳琅正从朱七怀里醒来，看到地上的情景，失声痛叫出来："海蓝，怎么会是你，你怎么这么傻？"

她是海蓝的引路人，她怎么能看到海蓝这样的结局？

即便海蓝愿意，她也不甘啊！

朱七一手捂住嘴巴。

走到近处的上官惊骢和四大、美人也如方才僧侣一样，僵立在人群之中。

"翘姐姐……"

随着冬凝一声尖叫响彻郊野，所有人都心头急跳，仿佛被魔咒魇住般看向地上女子，又缓缓看向仍在人群之外那个云苍曾经最大主宰、今日东陵之王的男子。

他亦如女子般安静，静静地凝视着她。在翘楚一声咳嗽时，他蓦然一声长啸，终于如疯狂般奔向她。

"冬凝，小七娘娘，琳琅，别哭……琳琅，你该说海蓝挺聪明、挺厉害的。半夏说飞天要和沧念同归于尽，我便猜到了他必定会引灵山之水。我能运用外婆的灵力了，成功地骗了上官惊灏……琳琅，咱们之中，有人总归是幸福了。这就好。"被紧紧抱在上官惊鸿怀里，翘楚吃力地扭头，低低笑着安慰几名朋友。

还在路上的时候，她说要回来找上官惊鸿之际，强烈的意念让身体里来自狐王的灵力开始苏醒。上官惊骢想将她弄昏，她在与之说话的时候已经料到。

是以，上官惊骢以手刀击向她的时候，她先发制人地控制住他和两名丫头。上官惊骢一时不备，纵使灵力在身，也吃了亏。

"是，小狐狸很是聪明。"三人大恸，朱七旁边的龙非离却轻声说道。

"翘若蓝！"

数丈开外，上官惊灏怒红了眼，胸口急促起伏，凶戾地看着她，厉声喝喊。

翘楚若非变成上官惊骢的模样，上官惊灏也不会耗费大量神力来击杀她。

实际上，也许上官惊灏仅需一成灵力便能杀死她；生死一瞬，为确保一定将"上官惊骢"杀死，竟用了七成的力量。

但有六成力量却是浪费的。

上官惊鸿如今力量虽不如他，但上官惊鸿并非如面上表现一般，已无法还击，实则保留了实力，又出手极快，一举便将他擒下。

所有人方才的疑惑，至此豁然明白，心里反而越发惊惧一声不响地抱着翘楚的上官惊鸿会做出什么来。

此时，翘楚看了看四下，又缓缓看向上官惊鸿。上官惊鸿仿佛不知道她受伤了似的，双手将她身上的骨头捏握得快碎了。

他眼中是艳红的火，是深渊的黑，她明白他的怒和痛。

无以复加的痛。

"当初在天界……是我勾引的你，你没有犯戒律，是我不好。这一生你只是历劫，我们之间不作数，你不是也和其他女子有纠葛么，这只是……"

翘楚说着说着突然不敢再说，因为见上官惊鸿眸光如静止的水，凝止不动，就那么盯着她看，似审视又似笑。

这一辈子，他会哄她，但骨子里，她总是有对他的小害怕、小畏惧的，来自前世最深的感觉。他是她的师傅。

此刻，他的笑比哭更难看。

"怎么不说了？不是很想撇清我们的关系吗？你怕我难堪什么？怕我被这里的人、神和佛都瞧不起？"终于，他轻声反问。她身子疼痛，怔怔地看着他。他缓缓环视四周，目光清朗，声音清朗："翘楚，早在前世我已犯了戒，情戒也好，色戒也罢，我对你，心里一直希望……能像天帝陛下对天后一样。我想和你成为夫妻。今生亦如此。历劫只是借口，只是手段，我只想让你重生。我为众生而生，却为你而堕天。所以，这里，有谁要反对的吗？"

上官惊鸿的语气很是温淡，便像他往日在飞天殿里对哪名僧侣的提问一样。

但若说方才所有人都被上官惊灏身上肃杀之意所慑，现在被他看到的人都禁不住生生打了个寒战，比方才恐惧万倍……

他眼里的寒意，仿佛只要谁说一个不字，他便立刻杀了那个人……不是肉身的陨灭，若逆他之意，便是灵识的永远消失。

"佛祖饶命，佛祖饶我！"普释被他的目光扫到，吓得腾地跪下，颤声连连哀求。

飞天还是飞天，飞天却又已不是飞天。

他是他们的佛祖，却也是个魔。

可是，飞天真的错了吗，翘若蓝又错了吗？

飞天爱上翘若蓝，并不曾对三界有损，其实他原本可以利用半夏去猎杀沧念，便像方才翘若蓝所做的一样，让半夏突袭于沧念……

但他没有。

每个人都知道，半夏对翘若蓝来说很重要。

他选择由自己来承担。

因为众生，因为翘若蓝的爱亦在众生之中。

他护她所护。

佛之爱是大爱。

大而不小。

但若小而及大……

色是空，色果然是空，那其实他爱和不爱又有什么大碍。

河畔幽草上，每个人如是想，人、神乃至佛。

翘楚满眼都是泪水。

前生她连一个拥抱也无法得到，这一生，她终是拥有了三界。

上官惊鸿低头吻她，柔声道："楚儿莫怕，我这就带你到九重天外去，我必定会唤醒两个老头子救你。凝魂之法，记得吗？这一次也是可以的。我们再也不分开。"

翘楚吃力地伸手轻轻抚上他满头的银丝："不，若还有再生，我不要就这么和你在一起，你还是要重新追我。上官惊鸿，我真的恨死你了，你总是做你自己认为对的事，我也怕和你一起只得寸缕时间，可是我更怕遗憾。

"活在当前时间里，珍惜眼下所有的，不比永远更好吗？永远有多远，谁也不知道。只要我们这一刻是幸福的——你说过不放手的，你却放了……"

翘楚说着哽住了声音，怎么还会有再生？

只是，蝴蝶效应自此而止。

再无给东陵王陪葬的妃子。

东陵王不会再有别的女人。

她是死在他怀里的。

她没有离开。

可是，他们还没来得及幸福，他们过往的甜蜜太短。

她终于忍不住哭了出来。

却又蓦然惊觉，她脸上早已冰凉。

她一惊看去，却见上官惊鸿早已泪流满面。

那是任你怎么暴躁、心疼如刀割，脚永远踩不到地的感觉。

终于，在她微弱的指控里、在孩子又凌厉起来的哭声里，上官惊鸿所有的平静都瞬间退去。

是，在这千万年里，他做的每一件事都瞻前顾后。

却独独忽略了最简单的——

他们本该拥有的幸福。

不行。

她不能死。

她死了，纵使他再掌三界，又还有什么意义？

时间和生命又有什么意义？

"是，是我错了，楚儿，你好了，我便重新追你，然后我们永远在一起。"

他将她一把抱起，捏诀便要往九重天外而去。翘楚却握住他的手："惊鸿，孩子，我要抱抱孩子。我好痛，好冷……我知道……我到不了九重天去了。你让我抱抱他，你往后好好照顾他，我不是个好母亲……"

看到她唇角涌出的大量血红，抱在手中的躯体若隐若现，光影越发暗淡，上官惊鸿心魂俱裂，一股火灼般的感觉从身体深处、从胸腔汹涌而出，快要将他的身子涨破。再也无法抑制那股盖天掩地的剧烈痛怒，他轻轻放下她，回身冷冷地看向上官惊灏。上官惊灏仿佛从他眼里看到什么可怖的东西，眸光充满惊恐，脸容皆是狰狞扭曲："不，不要，飞天，不要杀我，我不和你争三界佛位，我不和你争翘……啊——"

那个"楚"字尚未出口，当空的烈日竟似突然消失于云天里，整个河野四合都昏暗起来。乌霾的天地间，上官惊灏的身体竟被裹上一层烈火。那火势之急之猛之厉，众人还在惊战中，上官惊灏整个身子已变成烟尘，簌簌地散跌在地上。

有无数幽蓝的光点从那些灰尘里飞逸出来，又刹那间消失在河涧、草地，远处的山坳、林木里。

他死了。

这个与飞天同源而生、曾是天地里拥有最强神力的佛，就这样死了。

魂飞魄散。

他要将重伤的飞天的魂灵彻底灭掉，尚需时日，飞天要杀他，便这样杀了。

一眼。

"恭迎佛祖归位。"

仿佛是福灵心志，再无迟疑，所有神佛，乃至普释和其手下诸多被龙无霜等人挡下去路的神佛，全数躬身拜揖。

飞天的所有神力都回来了，甚至开启了更霸道的力量。

龙非离一众、宁王一众，虽不似神佛一般，但也都从悲恸里暂时脱离，紧紧地盯住上官惊鸿。

上官惊鸿却并无喜悦，眼上脸上仍有泪水。这个主宰天地的男人竟会哭，这也是所有人第一次看到拥有完整记忆和力量的飞天哭。

他快步走回翘楚身边——翘楚微微笑着看着他，这才是他，不再受任何人的束缚。

她蓦然对上一双葡萄般美丽明亮的眼睛。

那眼里水墨般蒙着氤氲水汽。

"小怪物……"

却是上官惊骢将小皇子从四大手里接过，小心地递到她面前。翘楚大喜，又听到上官惊骢哑声道："翘楚，你不该这样。若来的是我，我死了，换你和他幸福，不好吗？"

"我不想让你死。也只有这样，我和他才不欠你，惊骢。"

在上官惊鸿怀里，翘楚答罢一笑。上官惊骢伸手按住眼睛，退了回去。

上官惊鸿将小皇子放到翘楚怀里。

这小东西刚才大哭过，这时看母亲在面前，不闹了，睁着眼睛瞅着自己的母亲，咯咯笑开，不识生死喜悲。

翘楚手上的力气渐渐消失，抱不动小皇子了。上官惊鸿摸摸她的头，眉眼都是决然冷硬，只有凝视着她的目光又复方才宠溺温柔。他一扯自己腰间衣带，将小皇子紧紧缠到自己背上，又将翘楚抱起，低声道："我们现在就出发，你一定能去到九重天外。小怪物就在你伸手可及的地方，你可以摸他，逗他玩。你若死了，我便随你而去，孩子交给五哥、五嫂。"

翘楚一震，随即咬紧牙关，缓缓点头。

人群有秩序地让开——这一刻，谁也没有说话，无论是龙非离这边的人，还是宁王那方。

便在上官惊鸿念咒移离之际，却突然有声音从龙非离背后而来："飞天，不必到九重天去，我们早已不在那里。暂借两名天帝陛下派到九重天外驻守的后生身躯一用。"

众人大惊，上官惊鸿一顿，眸光一动，立刻看向从龙非离背后缓缓走出的两名男子——

段玉桓和夏桑。

他们原本是龙非离手下将领。

但此时，谁也不会将他们当成是这两人。

夏桑低笑一声，道："飞天，恭贺渡过最后一劫，恭贺归位。你往后是佛亦不再是佛。天地既有生便必然有死，我们亦有命绝的时候。燃灯与我已无再生，此一别，便是永远。但三界善恶循环，必须有主察看，匡扶因果，善恶皆都有报。我们只怕你动情而损智，只怕佛之大爱亦有私时。予你之劫难，实属无法不为之。你如今的力量，天地再也无人可阻，足以相救翘楚。"

三个月后。

夜半，宫。

光影微微扎眼，翘楚缓缓醒来，旁边的位置是空的。

她一笑，轻轻撩开床帐。灯火氤氲，烛光微跃，那个人一身单衣，果然在灯火阑珊下。

只是，过去不曾见到过的无奈却出现在男人清俊的脸上。

"再不睡、再乱吵，将你母亲吵醒，我就将你扔掉。"男人低压着声音威胁道。

翘楚扑哧一笑，男人一怔反身，手里赫然抱着一个孩子。

"哎，佛祖，飞天，秦歌，上官惊鸿，还是我该唤你乳娘？"

某人轻哼一声，挑眉盯着她。

翘楚柔柔地看着他，在他慢慢变得爱怜的目光下，缓缓地起身朝他走去。

番外（一）

回首灯火阑珊处

距离老宅的事已过了两个月。

那件轰动三界的大事。

飞天归位叛出天界，又仍然执掌天界，并亲自破除了古佛对所有神佛种下的力量禁制封印，一切回到正轨。这纪年的大事在天地两界是彻底流传开来。人界还甚是安静，因为他们还要生活在这里，上官惊鸿做了措施。

但这些都和翘楚无关。

被某人治愈伤势，在宫里休养了个把月，和朱七、琳琅亲亲热热地小聚了段时间，到龙非离和龙无霜一脸铁青地从天界来向她讨人后，她也带着小怪物回了娘家省亲。

此时，毡包里，翘楚推了推拴在木车上的小摇篮，颇满足地看着自己的儿子。

小怪物张开没牙的小嘴，很赏脸地笑得露出粉嫩的牙床。

她忍不住伸手去捏他的脸颊。小怪物有些吃疼，眉头顿时皱成一团，狐疑地睨着她，不懂他娘亲为何欺负他。

"这孩子真可爱……"冬凝直呼有趣，想学着翘楚去掰他。小怪物瞪了她一眼，她吓了一跳，心有余悸道："翘姐姐，也只有你下得去这个手。他这模样，我总觉得是惊鸿哥哥。"

"主子当然下得去手，咱们主子是吃定你哥哥的，你哥哥能拿她怎样？她不欺负小皇子才怪，你也不想想她是因为什么回的娘家？"

有人掀开帘子，走了进来，却是四大和美人挽着汨罗走进，四大咕哝道。小怪物被翘楚揉捏得有了脾气，这时终于"哇"的一声哭了起来。汨罗"哎呀"一声，抱起小怪物哄了几句，责怪地看了翘楚一下："你呀，老是欺负这孩子。让皇上知道，可是大罪。"

翘楚没说什么，挽扶汨罗坐下。冬凝、四大、美人却是笑了，让皇上知道，皇上很喜欢。

上官惊鸿算是彻底讨厌上小怪物了。原本以为回宫之后他就美人在怀了，翘楚每天不是和几个闺密耍就是和孩子玩，根本不分给他半点时间。好不容易朱七和琳琅走了，翘楚又要回娘家。

他连她一根手指头都还没碰过，能不讨厌小怪物吗？

但他既为一国之君，又不是昏庸的类型，大小事务不断，也没有办法跟翘楚在这边耗，是以将翘楚送到北地又亲自给丈母娘诊病之后，不得不一脸铁青地回了朝歌。

从他离开到现在，算起来，也有十来天了。

翘振宁被流放，北地被上官惊鸿派了一名祈姓官员和数名副官领兵打点一切事务。可怜这位祈大人每隔两三天便收到顶头上司送来的信函，让询问娘娘何时返朝，必须提早通知皇上，皇上来接。

"楚儿啊，娘问你，你又不肯说和皇上之间发生了什么事，你和皇上要性子又是何苦。你虽是这等容貌，娘亲和他母亲当日交情深笃，他对你也是宠爱有加，但他到底是一国之君，你便不担心宫中的女人……"

汨罗叹了口气，眉眼都蹙起来，是真担心。

汨罗和众人不同，没有恢复前生记忆，也许一辈子也不会再记起，但这未必是坏事。

冬凝笑道："汨罗娘娘宽心，惊鸿哥哥拟了诏书，立小皇子为太子，只等姐姐回去便昭告天下，举行礼祀。这心意还不清楚吗？"

汨罗一怔，又惊又喜地看向女儿求证。

翘楚安抚地拍拍母亲的手背。

她回来北地，一为让上官惊鸿替汨罗治病，二来确实在生上官惊鸿的气。老宅的事，他对她的欺瞒，她很生气。当时生死离别便罢，现在说什么她也不能轻易原谅他。

倒是冬凝——

她瞥了瞥小丫头，道："小丫头片子你该回去了。"

冬凝闻言立刻忙不迭摇头："宗璞天天来我家蹲点，我才不回去。这里多好，有你，有小怪物。"

她说着嘿嘿一笑。帘外突然传来婢女急促的声音："翘妃娘娘，汨罗娘娘，祈大人求见。"

"又来问归期了。"美人没好气道，想想又觉好笑，四大早已乐得不行。

祈大人进来，却是一脸急惶之色，一看翘楚，跪下便奏："娘娘，皇上来了。"

几名女子呆掉，冬凝"哎呀"一声，道："惊鸿哥哥也太没出息了，这才扛了几天就忍不住了。"

汨罗却振奋欣喜，将小怪物放回翘楚手上，连连道："快带小皇子出去给皇上看看。这回莫要跟皇上置气了，虽说将立太子，但皇上随时能册封其他女子……"

"娘再不出去，那人脾气不好倒要不高兴了。"

翘楚无奈，忙搬出撒手锏。

汨罗方才连声说是。

到得祈大人的毡包，果然见上官惊鸿领着宁王等人来势汹汹地坐在里面。看到翘楚，他眸光一深。翘楚眼里，这人却有些风尘仆仆的模样，青苍微现，想是并没使用瞬移之法，路上并无安歇，一路兼程。他对自己下了禁令，除特殊情况，否则回天界前绝不用术法，不扰人界秩序。

宁王等向翘楚见礼，祈大人亦领着一众副手向上官惊鸿见礼。上官惊鸿却抢先一步，摆了摆手，径自去搀扶汨罗，又替她把了一阵子脉，方才笑道："将养了些日子，娘的病果然是大好了。这次也随惊鸿和翘楚到朝歌去吧，他日挂念此处，再回便好，便在宫里住下，了却惊鸿和翘楚惦念。"

上官惊鸿虽非第一次如此称呼汨罗，但汨罗听去，还是感慨异常。上官惊鸿身份尊贵，这称呼于礼不合，汨罗心想自己这女儿性子倔，皇帝到这份上岂非已是三千的宠爱，点头便应了："只是怕打扰了，皇上既盛情……"

翘楚方才听到祈大人报，便想这人倒也迅速，才十来天便过来了，没想到他是早有预谋，只等汨罗养好身子，让汨罗随行，汨罗哪能不撺掇她回朝歌！

上官惊鸿说罢，淡淡睨着她。那边，宁王已笑吟吟地吩咐道："娘娘和汨罗娘娘将回朝歌，烦祈大人尽快打点。"

祈大人正要答应，却听得翘楚道："祈大人先不必忙活，翘楚暂时不回朝歌。"

这话一出，众人一怔，那祈大人夹在中间，汗流浃背，说是不是，不是也不是，一脸扭曲地看着上官惊鸿。上官惊鸿微微挑眉，汨罗一惊，连忙将翘楚拉到一边；佩兰和七王妃也过来当说客，见状立刻去逗小皇子，乘机低声道："娘娘，回去吧。你再不回去，皇上要将整个朝歌都掀翻了。你不在这些天，他那脾气大得生人勿近。"

翘楚微微一愣，没有完整记忆的上官惊鸿也许偶尔还会犯犯少爷脾气，飞天却不是个会闹脾气的主。她抿了抿唇，抱着小怪物走到上官惊鸿面前。上官惊鸿原本沉了脸色，这时看她主动过来，眸中泛出些柔和，伸手去握她的手。

翘楚却将胖嘟嘟的小怪物扔到他手上。

小怪物是母亲控，眼前这人虽是他爹，他却认定父亲不让母亲抱自己，眉宇一竖，板起张扑克脸，凶恶地瞪着上官惊鸿，神色越发和他爹肖了个十足。

众人忍俊不禁，却又不敢笑。景清一声闷笑，被旁边的景平往肚子送了一拳，遂也不敢发出动静了。

"我又一次死而复生，不再是若蓝和翘楚了，只是海蓝。"翘楚压低声音，稳稳道，"你说过不会逼迫我的，我还要在这边多住一段时间。"

"我不管你是谁，十三天了，我能容忍的极限就是这个。"

上官惊鸿立刻驳回。

上官惊鸿这些天玄光术用了不下百回偷窥，这时看到她，哪里还按捺得住，拎起小怪物便要追，突然觉得手上一片湿润，他脸色一变，一摸某怪物屁股，果然全是漉湿。

小皇子撒尿了，尿了他爹一身。

看上官惊鸿脸上绿了一片，毡包内众人差点憋出内伤，却又不得不死死忍住。佩兰和冬凝在上官惊鸿将小怪物甩掉之前，赶紧上前抱过了。

上官惊鸿盯了对面笑得无齿得意的儿子一眼，一指宁王，冷森森地迸出一句："给你和五嫂。"

小怪物屁股最后还是挨了上官惊鸿几下打，嘹亮的哭声传遍各个毡包。

看他闹得不行，夜里，翘楚亲自哄他睡觉，让他和自己睡一床，他这才罢了，一双小手紧紧捏住翘楚的衣襟，可怜兮兮的。翘楚亲了他好一阵子，又哼了些小曲，他才慢慢睡了过去。

翘楚也累了，很快睡熟。

不知过了多久，却听到外面侍卫婢女连声大叫。她这毡包经上官惊鸿命祈大人派重兵四周守护，他又在她附近歇息，自更不可能让她有事，这时却听到四下声音混乱惨厉。她又惊又疑，立刻坐起来。小怪物还一脸无惧在她身旁呼呼大睡。她目光到处，却只见帐篷外火光透天，战马嘶鸣、人们呼救的声音不绝于耳。

很快地，所有声音又消失不见。

她大惊，立刻抱起儿子，跑了出去。

这一看却让她险些魂飞魄散——地上血流成河，毡包之间，都是火光，到处躺着血淋淋的尸体，都是过往岁月里和她生活过的北地百姓，此时竟尽都死去，死相悲惨；母亲、四大、美人、冬凝还有其他人都不知道哪里去了，整个世界所有时间便像蓦然静止了一般，只剩下远处一道白色身影。

她原本以为是别国、别族突如其来的偷袭，当她紧紧抱着小怪物，战栗地看清那道花火里天地间唯一的身影时，她几乎跌倒在地上。

她跌跌撞撞地朝他奔去，当嗅觉被浓重的血腥充满的时候，她终于走到他面前。

上官惊鸿仍是淡淡睇着她，他身上清幽而干净，竟不沾一丝血气。她一手艰难地抱着孩子，一手拼命地捶打他，真的恨不得杀了他——这都是活生生的人命，他怎能这般残忍！

她梦里的血洗北地，她以为早已过去的……

他也不阻拦，末了，突然一把将小怪物夺去。她一惊去争，他大手一扔，小怪物被掷到半空之中。她吓得心跳几乎停止，却见一道身影一闪，已将小怪物接过，迅速退到更远的地方。

是左兵？

她惊魂未定，怒气却腾地涌上，却被他用力按进怀里。她拼命挣扎，却听到他一声轻叹："翘楚，你看看四周。"

翘楚一怔，鼻翼那股血腥仿佛突然消失不见。她从他怀里抬头，却见四下仍是入睡前的景象，夜空静谧，毡包处处，护兵哨岗，在毡包外走动的百姓，更远的黑黝黝的群山。

"吓死我了！你怎能用幻术吓我，你这疯子，你浑蛋！"

翘楚自是明白发生了什么事，恨得切齿，狠狠朝他心口打去，咬牙道："不许用法术，不许用内力抵御，不许还手。"

"嗯。"

上官惊鸿却温声应了，一手揽着她的肩，任她发泄，良久，方轻着声音在她耳边缓缓道："翘楚，跟我回去，其他的我都可以依你。但你不在我身边，一刻我也等不了，我怕……我真的会用这个方式重娶你，不管你是谁都好，北地的公主，若蓝还是海蓝。从我背叛古佛、从我对你动了欲望那一刻开始，你说对了，我确实已经疯了。"

翘楚蓦然想起龙非离携朱七回天界前和她单独说的话，面对这样的人，翘楚还有什么办法。

原来，她在梦里看到的，以另一种形式应验了，虽然只是幻象。

上官惊鸿的效率很惊人，很早便安排好一切，汨罗等人早等在各辆马车中了。

这人哪里是个佛，比魔鬼还卑鄙！无怪小怪物睡得香，这根本只是她一个人的幻觉。当翘楚狠狠瞪着车厢对面的上官惊鸿的时候，马车已在大批官兵的护卫下连夜行进在回朝的路上。

翘楚恼怒之下，看他自上车起便盯着她上下看，一副不怀好意的模样，立下和这人约法三章：没有她的允许，他绝不许碰她。

目光归目光，上官惊鸿倒是说到做到，其他的都依她，爽快地答应了。翘楚知道他心里必定想的是暗地里使计便是，但她这次下定决心，怎么也不让他碰，让他憋个内伤。

只是，路上颠沛，小怪物没多久就醒了。他有些兴奋地往翘楚身上蹭，上官惊鸿看得两眼火光，一把将他拎到了自己膝上。翘楚和孩子相处下来，自是知道他的习性，将小怪物抢回自己怀里："他饿了，你下去，我喂他。"

上官惊鸿原本恨不得将小怪物扔出马车让别人看管，闻言心情顿好，双手环胸，笑吟吟道："你喂还是不喂，我就在这里。"

翘楚气得说不出话来。车里有干粮，她调了点奶糊给小怪物，无奈小怪物这两个月都是她亲自哺育的，嘴巴刁得很，见是其他东西，立下不干，哭个惊天动地，以致大伙都停下马车，每人问了一轮，宁王、佩兰这对"父母"更在外面焦急地问了好几回。

翘楚原本就心疼，何况这半夜三更的，大伙都在车里憩息，更怕打扰到他人。在上官惊鸿故意命所有马车继续赶路后，她把心一横，狠狠看了上官惊鸿一眼，缓缓解开衣襟。

上官惊鸿原本坐在对侧戏谑地盯着她看，当看到小怪物将脑袋钻进她雪白的胸脯里，双眸蓦地暗了。

翘楚被他这一看，羞恼之极，道："再看将你眼睛剜了。"

上官惊鸿怔了怔，随之笑得肆意："谋杀亲夫吗？只是，普天之下能动我的人还真的没有。一个也没有。"

翘楚咬牙，侧过身子。上官惊鸿哼了声，似乎想起什么要紧之事，将自己外袍脱下，覆到她身上，又让马车停下，拉开帘帐出去了。

翘楚心里奇怪，凝神静听，听他走远吩咐方明什么，却听不清内容，不一会儿，他进来，嘴上笑意甚浓。她将外袍扔回给他，心中越发好奇他到底跟方明交代了些什么——她敢肯定，必定和她有关，且不是什么好事。

她想问，却又不想理睬他，正迟疑间，继续行进的马车突然颠簸起来，她吓了一跳。上官惊鸿立刻跨步过来，将母子两人都抱在怀中，以防摔倒。这般接触，上官惊鸿心里热烘烘的，嘴上却施施然道："意外罢。"

"是你叫方叔吩咐马夫走这些洼路的！"

翘楚顿时气血上涌，她以前怎么会暗恋这个道貌岸然的人！

上官惊鸿却否认："天地良心，我没有。"

"那你方才跟方叔鬼鬼祟祟说些什么？"

上官惊鸿自是不会告诉她，他方才吩咐方叔回宫以后立刻安排几名乳娘进宫；至于这车会颠簸，确实不是他命令走洼路，是……他自己施内力弄的。

翘楚听他正儿八经地说了句"妇人不可干政"，心想，行，他欺负她，她就欺负他儿子，遂将任凭天翻地覆仍面不改色吃食的小怪物扯下来，甩到他身上。

小怪物一呆，在那个天下最尊贵的怀抱里一副极尽委屈的模样，手脚并用向翘楚爬去。

翘楚恨屋及乌，大的小的都不甩，鉴于各车人员分配已满的情况，挤上了佩兰的马车，这次换宁王一脸扭曲地改乘到上官惊鸿的马车来。

车内哭声震天。

如是过了些天，已到东陵境内。

这天入黑还在林间赶路，来不及到客栈打尖，天公不作美，出林之际，下起倾盆大雨来。

寻着一处破败庙宇，众人在官兵的簇拥下下了马车，进庙避雨。

庙宇不大，不能相容数百号官兵，宁王、左兵和景平三人负责将大部分官兵遣散，到前方村落人家避雨，雨止即回，留下数十精锐在庙门处守护。

其实有上官惊鸿这号人在，这些措施委实有些多此一举，几名男子还是一丝不苟安排去了，翘楚心笑，宫里人的忧患意识果然强。上官惊鸿却道："在人界，上官惊鸿还是上官惊鸿。除了你，谁要什么时候生，什么时候死，我都不会用额外的力量介入。否则，便是改变命运。"

布置罢，众人又从车上取出毛毯，在庙中燃起篝火取暖聊天。

聊天内容是男人们的国事。

宁王、佩兰向来恩爱，被翘楚强制分开几天，这下很惜时地依偎在一起。小怪物被迫和母亲分开，这些天除去喂哺时候能和母亲玩耍，其他时间净对着他爹，正纳闷得不行。他是个变通的主，见号啕大哭没用，便改哀兵政策，大眼睛水汪汪地睇着翘楚，既可爱又可怜。翘楚心里其实早便想他想得不行，这下彻底投降，抱着他亲了又亲。旁边，上官惊鸿越发坚定了用乳娘的想法。

他伸手去搂翘楚，翘楚倒没拒绝，看佩兰和七王妃在各自丈夫怀里享受得很，心想免费人肉靠垫不用白不用，将头轻轻靠进他怀里。

两人身上覆着一张大毯。

毯下，他突然小心地将慢慢睡过去的小怪物从她怀里挪到自己膝上。翘楚窃以为，这些天小怪物将他吵得快成仙了，若非是他儿子，他早挖坑将这小王八蛋埋了。这时看他主动抱小怪物，她不由得一怔。怔忡间，他已经伸手将她仍略带冰凉的双手包裹住。

翘楚心里亦如眼前火光暖暖的，只觉一世流年便如这火光，暖过，亮过，便不曾枉过了。

听着他们说话，她渐渐在他怀里困顿过去，他揽在她腰上的手也随之收紧。两人衣衫相抵。

另一边，冬凝却很不自在，也不知道方才怎么坐的，宗璞竟在她旁边坐下。五哥、七哥、惊鸿哥哥在说荻国的事情，他却低声问她可要在他身上靠一靠。

她顿时面红耳赤，心想，他以为他们是惊鸿哥哥和翘姐姐的关系吗！她立下对自己另一边的人道："我跟你换个位置。"

旁边的人却仿佛没听到她说什么似的，她蹙了蹙眉，气恼地看过去，一看却怔住，另一侧的人却是左兵。此时，左兵正和上官惊鸿几人倾谈着。

他是故意不理睬她，还是确实不曾注意到她说话？冬凝仔细观察了下，看不出个所以然来，心里对自己说，按理必定是后者。他们原本交情甚笃，他怎么会不理她呢？然而，女子的直觉却又告诉她，左兵确实在疏远她！不动声色地，一点一点地。不知为何。

她心里一凉，没有听到这时上官惊鸿淡淡说了句话，倒是原本昏昏欲睡的翘楚听到了立时惊醒过来。

上官惊鸿说的是"左兵，回朝以后，你便到荻国去，继承汗位"。

不说翘楚惊讶，但凡于座闻言的都吃了一惊。经数月探查，当年教赫萨汗买下初夜并圈养起来的名妓在赫萨汗返国之后亦神秘消失在朝歌。她带孕离开，这许多年来，孩子生死难测——要求个确切答案，必须花费更多人力时间全国调查方可。

但无论如何，左兵却绝非那个孩子，而是那位支汗王亲随的骨肉，因为樊如素亦即左兵的母亲服侍过汗王的亲随。当日宗璞为将左兵一军，将这巧合的身世查个一清二楚。至于左兵习得上乘武艺乃至后来进宫身居秘密要职，便是另一段造化了。

如今这岂非李代桃僵？众人正面面相觑，左兵却答道："臣遵旨。"

他脸上带着服从的平静，眼中亦有着淡淡笑意，不加掩饰。

宗璞眸光阴鸷，一旦继位成功，左兵则将手握大权……但这既是上官惊鸿的意思，未必没有深意在，又想左兵一走，冬凝少了份心思，他心里虽忌，却没有说什么。倒是宁王摇头道："皇上，你和燕侯私交甚深……这做法可会不妥？"

冬凝这时也回过神来了，急道："哥哥，这怎么行，这对燕侯说不过去啊。"

景清鸡啄米地点头："爷，公主说的是，得想个说法让燕侯相信才行。"

冬凝囧，横他一眼："景清你别捣乱，我指的是道义啦，不是要哥哥怎么掩饰，哥哥说的，想必燕侯都是信的。"

四大也顺道横他一眼。

景清回瞪四大："死丫头！"

"朕正有意将这死丫头指给你，倒遂了朕和你们翘主子的心愿。"

景清正骂得爽，冷不防上官惊鸿一句过来，顿时吃鳖，哭丧着脸道："爷，你不能这么害我。"

四大也被吓得不轻。上官惊鸿就有乱点鸳鸯谱的习惯，这些话某次逛街也说过了。让她和景清这货在一起，她宁愿当灭绝师太。她立刻求救地看向翘楚，翘楚却也顺着上官惊鸿的话玩笑了她几句。她惊悚，又去推身旁的美人帮口，美人和景平亦是一致地笑了。

上官惊鸿一指景平和美人："还有你们。"

景平和美人黑线。四大决定自救，美人虽不厚道，她也帮美人一把，学着小皇子眼泪汪汪，道："姑爷，看在我和美人打从出场便被你锁进柴房无数次分上，饶过我们吧！不是每个故事都得少爷配小姐、书童配丫头，需要大团圆结局的。"

众人一阵好笑。景平悄悄看了翘楚一眼，见她亦是笑逐颜开，心中的涩意一时轻了数分。

是呀，人生哪得这般圆满！有些人能走在一起已经不易，有些注定是连开始也不会有，更莫说结果。但这样也便足够，守在他们身边。

翘楚似乎看了他一眼，眸光柔和含笑。他想回应，却见上官惊鸿淡淡看着他。他一惊，上官惊鸿两次赐婚，其实意在他！他立刻朝这位少主子点头，脚下柴枝轻爆间，表明心意。

众人一阵好笑，只剩冬凝看上去怅然若失，忧心忡忡。翘楚见状，道：

"这遣派一事，皇上必已和燕侯打过商量罢。"

她这话虽然是看着大伙说的，实是告诉冬凝。

"娘娘这话怎么说？"

立下，便有人惊奇问道。

翘楚看了看上官惊鸿，她其实也只是猜测，上官惊鸿的心思并不好猜，但毯下，他紧了紧她的手。得到他的鼓励，她将自己的猜测说了出来。

"荻国将要大乱，时间紧迫，血脉可再寻，赫萨汗的族权倘落到族中竞争者手上，却是棘手。左兵有萨赫族几分血统，最是适合？"

冬凝重复了她这几句话，一时各人静了——上官惊鸿要帮燕紫熙先保住他妻子族权。宁王和七王也相继颔首："娘娘言之有理，这权宜之计，燕侯应允。"

宗璞随之笑道："权宜过后，各归其位方是圆满。"

他话中意有所指，众人不好说什么，左兵一声嗤笑。上官惊鸿淡淡道："晚了，都散了罢。"

众人原本都为上官惊鸿和翘楚的事高兴，此时气氛却微有一丝窒闷。冬凝静静走开，只有汨罗心头是欣慰的：翘楚得到上官惊鸿的宠爱和认同，亦得到大家的认同。

翘楚看出冬凝有心事，但此处不便，只有回宫再和她聊了。

因雨势始终不消，晚上便歇在庙中，取马车上帘帐在庙中各柱上系晾拉开，将庙内划分成数处。官兵一律不睡，在庙门前值夜。庙外雨水涟涟，声音清脆。此情此夜，倒有几分意趣。

翘楚被众人不由分说地塞进上官惊鸿的地盘里。

她先自声明各睡各的，上官惊鸿似笑非笑地"嗯"了声。

地上铺着毯子，倒不会太难受，但抱着小怪物躺下，翘楚方才发现他们这边没有盖的毯子。

大家已睡下，她压低声音对某人道："出去拿床毯子。"

上官惊鸿却摊摊手道："素宿客栈，每辆马车不过配备一床毯子偶尔拿来盖盖，像铁叔这些内力深厚的连毯子也不用。现下每人至少需要两床毯子，你说还会有剩的吗？"

听上去似乎有理，但方才是方叔领官兵分的毯子，他是皇帝，他们这边难道没有优待？翘楚将信将疑，想起什么，急道："娘那边呢？"

"这里无论谁缺，娘那边都不缺。"

翘楚心里一暖，见他支肘枕在毯上，庙中渐渐熄微的篝火透帐而来，他眉若远山眸藏墨。她心头一紧，心里暗骂自己一句，她也如他一样，就那点出息吗？上官惊鸿察言观色，又来撩拨她："你俩丫头挤成一团，冬凝会些武功……至于五嫂和七嫂，旁边有五哥、七哥，人肉炉子舒服得紧。你嘛，你不畏寒你儿子也怕吧。"

他朝自己平放在毯上的手臂瞥了一眼，嘴角含笑。翘楚自是明白他的意思，她怎么可能不畏寒，小怪物更甚。小怪物也不是专与他爹作对的，此时熟睡中的他也很配合地往翘楚怀里缩了缩。

翘楚认命地往某人臂上枕去，耳边只听到上官惊鸿一声低笑，意味深长得很。

她背对他而卧，怀中小心抱着小怪物，他手臂紧紧环着她的腰，腿脚夹着她冰凉的双脚。他怀里果然舒服，不知是用了内力还是其他，暖如炉，如果忽略那不断落在她后脑勺、后颈上的骚扰的话。她暖和，连带着小怪物也暖和起来，手足欢快地微微张蹬着。

翘楚很快舒适地在丈夫怀里睡去。不知过了多久，她只觉得唇上紧窒，有些透不过气来，又痒痒刺刺的。她睡意仍浓，却也清楚发生了什么事，带着床气去推他捶他。上官惊鸿却越发无法无天，彻底被他弄醒过来。

她不知什么时候被他扳过身子，此时正仰躺着面对着他。他深深睨着她。

虽被帘帐隔开，他们又在最里面的地方，但四周都是人，翘楚羞恼，却让这天地里只余雨声的夜深人静勾起了对俯撑在自己身上这人的最深的依恋。

眼里深沉炙热的情愫让她无法抗拒。她终于还是投降了，伸手缓缓环住他宽厚的背。上官惊鸿最终只在她唇上狠狠咬了一口，便微微松开了她。翘楚突然想起被冷落的小怪物，怕他受寒，一惊弹起。上官惊鸿抱着她一指旁边，她看去，只见小怪物吮着手指，仍睡得香甜，小小身板上赫然盖着一张大毯子。

她哭笑不得，狠狠往某人心口擂了一拳："你骗我。"

番外（二）

极目望尽天涯路

上官惊鸿握着她的手，笑得像偷腥的猫。翘楚伸手去掐他，突然听到一声沉喝从庙前传来："何人擅闯庙宇？"

"可笑，我要进便进，这庙还是你家的不成？"

这肆意张扬的声音——

自老宅以后，翘楚就再也没有见过这个人，没想到今晚会在这里见到他。世上总有很多巧合，这一次的巧合，翘楚说不出的感慨与开心。

上官惊鸿是知道她心思的，命官兵放人进来。当众人闻声而起，篝火再次燃亮，来人看到他们的时候，明显也是一怔，随即轻轻点了点头。

上官惊骢以外，还有一名妇人和孩子，通身华贵，又有家丁十数人。

说是巧合，其实亦不尽然。

出得这个山麓，便是一城，夏家就在这城内。

这妇人和孩子正是庄敏和小九儿。

上官惊骢离宫后，便拿定主意羁旅湖山。这一生他仍是放不下翘楚，但这千山万水之后，他愿在天涯海角处，偶尔听听她和上官惊鸿的消息，用他的方式陪伴着她。

和外公还是保持着联络，庄敏原本是不愿再见了，但接到外公信使，知道庄敏按捺不住，竟寻思到朝歌去找上官惊鸿讨要名分，他才回家相劝。

逢庄敏到山中宝寺禀神，他便寻踪而来，在林中树下遇到庄敏。

却是傍晚之际，庄敏携小九儿下山为大雨所困，马儿受惊奔入林中，不知所踪，不得已避在一棵老树下。

众人困顿半宿，湿了一身，看雨势渐小，遂行。到中途雨水又大，家仆想起此处破庙，便将几名主子领了过来。

众人都知上官惊鸿和庄敏关系，都不敢多加言语，只和上官惊骢见了礼。

倒是小九儿看到翘楚很是喜欢，软软糯糯地叫了声"八嫂"，又好奇地看向她手中的小怪物："娃娃……"

翘楚心里有些难受，终朝他柔柔一笑。大人恩怨，罪不在孩子，这孩子和汨罗一样，都不曾恢复以往记忆，少了些执着惦念。她问道："小九儿要过来和弟弟玩吗？"

小九儿兴奋地拊掌，便要向她走去。

领子却被她母亲狠狠拽住。

庄敏冷冷看着翘楚："你倒是有能耐。听说两个月前，皇后病薨，沈妃出家修行，都是你的杰作罢。如今偌大的宫闱，他只有你一个妃子。"

翘楚没有回答，有些事情她无须向庄敏解释，也不像庄敏想的那样，要向庄敏炫耀些什么。郎霖铃没有死。她不愿离去，都被上官惊鸿送出宫了。宫中年月最易枯萎，留在宫里，郎霖铃会死。

至于沈清苓，她和沈清苓的恩怨，看在朱七分上，她让上官惊鸿将沈清苓放了出宫。

病薨修行不过是说法，她不知沈清苓此去何处，只记得沈清苓离去那天，轻轻笑着说："呵，翘楚，我能去哪里，画地为牢。"

庄敏看她不声不响，又看上官惊鸿环着她的腰，她手中婴孩和上官惊鸿模样仿佛，竟比小九儿更像几分，心中越发嫉恨，放开小九儿，指着上官惊鸿道："去，过去，叫父皇。他不是你八哥，是你父皇。"

小九儿哪里明白个中复杂，原本便对上官惊鸿心存畏惧，这时无论如何不肯上前。他脸蛋涨红，嘴里嚷道："不是，他是八哥。我不过去，不去。"

庄敏大怒，平素疼他，这时终于忍不住劈手往他头上扇去，翘楚一惊："莫打！"

上官惊鸿眸光一暗，衣袖一甩，庄敏只觉被一股大力卷住身子，往地上摔去。上官惊骢微微皱眉，终于上前一步，将她扶住。

庄敏死死盯着上官惊鸿，突然又笑道："惊鸿，你是爱我们的，我就知道，不然你不会让莫存丰救我们，不然你不会舍不得我打他……他是你第一个孩子，我是你第一个女人。"

"你不是我第一个女人。你以为我为何会收碧水当通房丫头？就是因为我从没想遂你愿。他也不是我第一个孩子，我第一个孩子是上官敏，是翘楚的孩子。"上官惊鸿冷冷打断她，"若非翘楚喜欢你这孩子，你将他打死我也不会插手。"

庄敏一愣，随即癫狂一般大笑："你说谎，你骗我，小九儿以后是要继承你的位置的……"

翘楚心下恻然，看小九儿站在地上瑟瑟发抖，正想将小怪物给上官惊鸿，过去哄一哄小九儿。上官惊鸿却哪容她心软，抱着她并未松手，朝老铁和景清使了个眼色。

"惊鸿，不要伤小九儿。庄妃到底是他生母，你若杀了她，小九儿该如何自处……"翘楚恳求着。老铁和左兵迅速上前将庄敏按住，上官惊骢没有阻止。他知道，翘楚是庄敏和小九儿的唯一生机。上官惊鸿不是飞天。

"景平，你随她回夏家，告诉她父亲，让其严加看管。这孩子不能再留在夏家，安排一户好人家收养。"

听了上官惊鸿的话，翘楚方松了口气。庄敏突遭巫变，又见上官惊鸿眼里净是他身旁母子的模样，清楚意识到一切成空，疯了般竟挣脱老铁和左兵的钳制，奔出庙外。

老铁和左兵领人追了出去。

景平将小九儿抱出庙外，临别前小九儿愣愣看着翘楚。翘楚心里一酸，喊道："小九儿乖，八嫂很快就带弟弟去看你。"

良久，她安静下来，却落入上官惊骢深注的目光中。

"翘楚，这对他们来说是最好的，我母亲不适合和小九儿生活。我知道你想收养小九儿，但那样他终会卷入朝堂之争……"

翘楚心里明白轻重，不觉叹了口气。

上官惊鸿将空间让给二人，并没有说话，只微微睐眸看着小怪物。小怪物不知什么时候醒了，咿咿呀呀叫着，一手抓着她的衣襟，一手抓着父亲的一只手指把玩，又在上面吐了串泡泡……这对父子虽然经常拆对方的台，但上官惊鸿此刻眼里分明有着为人父的骄傲和纵容。她明白，即便小九儿不和小怪物争，上官惊鸿亦容不下小九儿，因为在他心里，皇位只能是小怪物的。

她朝上官惊骢点点头，又轻声道："惊骢，你以后有何打算，咱们还能保持联络吗？"

上官惊骢笑道："原想四处走走，稍定下来便给你写信，现下倒省却了麻烦。你知道我素来最厌舞文弄墨。

"这一次，我不需要你答应我什么。翘楚，我在下一世等你。"

他说着看向上官惊鸿，微挑的眉，带着挑衅和宣告："下次，我必定先于你找到她，当她的师傅，做她最爱的人。"

上官惊鸿眸光如电回迎，眼中都是霸道笑意，一字一顿道："你——休——想！"

惊骢，谢谢成全。若非你当日告知，若非你今日毫无怨恨地离开……翘楚闻言心酸，便在这怔松间，上官惊骢亦如小九儿一样消失在庙外风雨中。外面的天仍黑，他最后的声音在风中依稀传来："翘楚，我会好好地活，你也一样，咱们来世再见……"

来世。翘楚摇头一笑，他们这群人大概不会有来世吧，倒像宗璞说的，百年后，各归其位；但心里还是莫名伤感，下次再见他，已是年华老，岁月长。

只是，若真还有下一世，倒值得期待。到时，他们这些人又是怎生模样？

莫怪都说，只羡鸳鸯不羡仙。

肩膀蓦然一紧，却是上官惊鸿板着和小怪物凶人时的扑克脸看着她，沉压的声音落在她耳边："下一世，你的丈夫仍是我。"

她笑，将小怪物递给他，他单手抱住，她缓缓伸手握紧他的手。

众人被这人的脸色煞到，纷纷退避，唯独景清天然呆，摇头问道："爷，你给个指令，咱们接下来该继续睡觉还是该干什么？"

"你们出去绕庙跑一圈回来。"

上官惊鸿话语一落，景清立刻让众人打得满头找包。

回宫以后，一切似乎彻底平静下来。

燕侯亦接讯了过来。只是，始料未及的是，以为即将到来的重心是给左兵送行的宴会，却变成了另一桩事——时隔多月，彩宁公主再次出使东陵，并带来西夏王的和约。

这时，倒是自战后便一直缠绵病榻的西夏王迫不及待要签下和约当定心丹了。

在上官惊鸿率百官在金銮殿上迎接彩宁的时候，冬凝去后宫见翘楚，对她说了一件事情。

"冬凝，你真的决定了？"

佩兰也在，听罢冬凝的想法，忧心忡忡道："可这样咱们都放心不下，你惊鸿哥哥、翘姐姐，我和你五哥……"

"佩姐，我快十八岁了。"

冬凝也有些伤感，侧身逗摇篮里眨巴着大眼睛盯着她看的小怪物玩。翘楚拍拍佩兰的手，对冬凝道："关于左兵，你哥哥的评价是复杂、非池中物，并不希望你和他有过多纠缠。"

"你们认为我喜欢他？"冬凝微微低呼，摇头，"我是喜欢他，也很感激他帮过惊鸿哥哥，但不是你喜欢惊鸿哥哥那种喜欢……我当樊大哥和他是好朋友……我只是纳闷他为何突然就要和我划清界限……如此说来，我算是明白了，是惊鸿哥哥的授意……”

翘楚微一沉吟，道：“这只是其一。我倒认为左兵这人若真心想和谁结交，不会因任何外力而阻移。”

“对，我也这样想，”冬凝想了想，点头笑道。佩兰奇怪，小姑娘并没有任何不悦，还是笑眯眯的。

“所以，你的主意我赞成，冬凝，按你想的去做吧。”

只是翘楚的话，却让她着实吃了一惊。

但让她更吃惊的却是随后的晚宴。

席间，彩宁有意无意笑问：“翘妃，这东陵王册后大典什么时候举行啊？若就在月内，彩宁将这杯喜酒一并讨吃了再回西夏。”

此次，郎将军从边关赶回列席，闻言微微变了脸色。不少臣子亦顾虑地看向皇帝身旁的女子。

皇后薨，后位悬空，这将受册封的除了一人之下、万人之上的翘楚还有谁？

上官惊鸿一笑，正要说话，翘楚看彩宁凤目斜挑，噙笑看着自己，知道她有意为难，先上官惊鸿答道：“皇上和郎后少年夫妻，患难与共，皇上早先便说过，皇后既薨，此生再不立嫡妻。这册后大典，只怕要等新皇继位再行了。皇上千秋，这时日算下来岂非百载？这不好吧，怎敢劳驾公主相等百年？”

彩宁一窒，竟一时说不出话来。

翘楚笑了笑，没再说话，剩下的便和她无关了。见郎将军递来的目光郑重而感激，她颔首一笑。

她和上官惊鸿的磨难已经过去，但以后也还会有新的波折。最贵最苦人间帝王位，眼下新官很多，上官惊鸿继位以后换了很多新血，他们是上官惊鸿的人，但亦因为是上官惊鸿的人，为皇帝考虑，六宫无妃不是好事；谁都怕她会兴风作浪，于生育皇嗣、优胜劣汰来说亦不好。

而彩宁对上官惊鸿的情意，是谁都能看出来的事。燕国眼下并不平静，燕侯功高盖主，又私自用兵相助东陵，若燕侯父子不反，则不久将被燕王诛灭；然而燕侯父子并无篡位野心，实不想反，正是为难之境。获国皇帝天可汗昏庸，统治之势已乱，燕王已和获国最大一股势力蒙京大汗结盟，谁也不知道这两人结盟以后会做些什么。东陵国力虽盛，但毕竟经过大战不久，耗损甚大；夏王与银屏公主的婚事已成云烟，但若上官惊鸿能与彩宁结亲，和西夏再次联姻，则东陵的力量更加稳固，到他日军力恢复全盛，便可谋更远宏图。

这时，众臣听到翘楚一番对答伶俐，竟无可辩驳。郎将军是感激的，道："微臣谢皇上娘娘大恩，郎家必定铭记于心。"

不少青年官员闻言，却对这翘妃忧心更重，认定她有意阻挠上官惊鸿纳妃。

宁王素来不瞒佩兰朝事。翘楚这两日听佩兰说起，这官员中有刑部、礼部两名新晋官员，一叫周磊，一唤林瑞，二人尤其激进，数次对她弹劾，又劝皇上恢复选秀，扩盈后宫。若非上官惊鸿看这二人才学过人，早便将其入牢。她有意察言观色，见堂下席中两名青年眉目锐利，不动声色地向她连连看了好几眼，明白便是那两个人。

这些事情，闺房之中上官惊鸿并没向她提及，她知道，他是不想让她担心。他这些天倒是与她就小怪物喂哺的事较得起劲，说她身体不好，让乳娘喂哺便是。她自是舍不得，与他拗着。

她只当作没看到这两人的动作。上官惊鸿的眼光只比他人锋利，对堂下动作怎会无所觉，眸中顿时蒙上一层冷意。

彩宁这时却又道："皇上，彩宁有个不情之请。我身子近日多有不爽，西夏御医却诊不出个究竟来，来到东陵，也请宫中御医看过，亦断不出结果。皇上是大国手，宴后可否请皇上到彩宁行宫走一趟，给彩宁诊看一下？"

上官惊鸿调侃似的看了翘楚一眼，低声道："看，你不把我当回事，还是有很多人把我当回事。"

翘楚笑回："你可以给她肯定答案，省得你的臣子认定我好妒。"

偏生周、林二人以为她在劝阻皇帝，听她话声方落，便即起身奏道："娘娘，彩宁公主是东陵的贵客，皇上为公主诊疗乃是待客之道，还望娘娘明鉴。"

翘楚无奈一笑，她可是什么都没说。现在想来，中国史上那些宠妃的罪名其中一些可不是这样来的？

赞同周磊、林瑞的官员，此时也都纷纷起来，说："请娘娘明鉴。"倒是宁王、宗璞等人和一些老臣暗道不妙，宁王方站起来，上官惊鸿已拍案而起，冷声笑道："朕倒不知，这堂上要明鉴的人什么时候成了翘妃而非朕！"

众人一惊，一时不敢出声，周、林二人亦颤声道："臣不敢。"

"那些对朕不敬的臣子朕不喜欢。既然你们目中无朕，也不必再留在这里。夏海冰，将他们拉下去斩了！"

夏海冰一怔，没想到上官惊鸿几次三番饶过这两个年轻人，这次竟这么狠；随即又想到必是因为翘楚在堂，上官惊鸿怒其对她不敬，杀鸡儆猴，再也不准他人在翘楚面前胡言乱语。

他是禁军之首，宫闱中执法所在，又知上官惊鸿心意，不好说些什么，立下便唤禁军上前，将二人押住。

那两人亦是少年意气，他们对上官惊鸿仍是礼敬，这时竟竞相责骂翘楚。宁王和宗璞心里暗咒，却终是和其他求情的官员一道出言求情。

郎将军却反对，冷冷道："皇上面前，岂容你等多言！这大不敬之罪，该杀！"

左兵同时出来唱黑脸。

冬凝在一旁看着，心想，这朝堂的事情果然复杂，人心更复杂，不管宗璞还是左兵。

翘楚这时赶忙相求，道："皇上，敏儿封嗣之典在即，便当是为敏儿积福，饶过两位大人可好？"

她桌下紧紧握着他的手，亦不以其他诸如两位大人心存社稷皇上这些理由相求，直截了当用小怪物来求情。

上官惊鸿凝眸看了她半晌，终是答应了，目光如刀："此次看在太子面上，下不为例！"

周、林二人心惊胆战，和好些官员一样看了翘楚好一阵子，又惊又疑。他们年少气盛，但还不至于糊涂到因是翘楚相求宁肯连命不要的地步，翘楚是真心还是假意都罢，他们立刻谢了恩，一切抗争过后再计议。

彩宁公主冷眼旁观，心里不是滋味。她已到婚嫁之龄，西夏王多次提及她的婚事，她原本想将上官惊鸿放下，可偏偏无法将自己嫁给别的男子，可以说，上官惊鸿是她除去夺位之外另一个梦想。

她拿了杯酒，走到上官惊鸿面前，幽幽道："皇上还记得往日和彩宁的约定吗？"

出乎众人意料，上官惊鸿没有推诿，接过她递来的酒："席散朕便随公主过去。"

翘楚闻言也是微微一怔。彩宁看着她，轻声笑了。

夜已甚深，上官惊鸿还没回寝殿，小怪物已经睡得天昏地暗，嘴挂泡泡。

翘楚想起他临走前淡淡一句，说"若我忘了时间，你来找我，我便立刻回来"，竟鬼使神差地领着四大和美人，挽着宫灯便来到彩宁下榻的行宫之前。

微喧的声音从里面的院子传来，门外的侍从见到她，向她行礼，她想了想，做了个噤声的动作，便领着两个丫头往回走。

一回头，却见上官惊鸿负手站在来路上，眸中笑意浅浅流漾着，饶有兴味地打量着她。

四大笑道："姑爷，这次莫要将我们锁进柴房了。"

她说罢挽着美人知情识趣地很快便跑了个不见踪影。

"上官惊鸿，你幼不幼稚？"翘楚如他惯常一般，微微挑眉看着他。

却换来他的轻哼："怎么回头了？"

"人不能踏进同样的河流两次。你能在里面弄出些什么玄虚来，你敢对彩宁做些什么吗？我自然要回去睡觉。"翘楚说着懊恼起来，"是我傻，我根本就是白来了。"

到今天，她和他都明白再也没有任何事能让他们心生嫌隙，有的只是平淡厮守里他的捉弄。

上官惊鸿一怔，低咒一声。翘楚尖笑着逃开，很快让他一把逮住，拦腰抱了起来。

"放开，你这是做什么，好歹这还在人家的地方。"

"她又不会出来，里面够她忙的了。"

翘楚心里一动："我听到声音，好像挺热闹的。谁在里面？"

"她不是让我过去吗？我将周磊、林瑞还有几个文官都带过去了。她原本就'无恙'，我替她诊断完自是离开，留下周大人、林大人几名青年才俊和公主畅谈治国政见。原本想让你来找我，我可借故离开，谁料你不肯合作。"

翘楚一愣，笑骂道："你人都走了，彩宁看到他们岂不碍眼？你这不是变相整治那两人。"

"我当日不和彩宁联姻，今日也绝不会。这些年轻人还需要磨炼，难道东陵便非要依靠西夏不成，那我派左兵到获国去做什么。"

翘楚听他轻声笑开，背脊一个激灵，左兵的事还有猫腻……

"若成，你便不怕他手握大权以后会反噬？"

"东陵有他的母亲，这里是生他育他的地方，哪怕他遇到过再多不堪，我相信，到最后他还是不会攻打自己的故乡。"

"我怕……"翘楚微微蹙眉，终是没将心底的忧虑说出来。对于驾驭左兵，上官惊鸿有他的想法，她不宜多加干预，遂道："那两位大人，你今天原本就没打算动他们吧。"

"是，我只是要他们承你的情。这样的事以后还陆续会发生，翘楚，你怪我吗？”

"不会。这是你的国道，我自是……"

听她毫不迟疑地回答，上官惊鸿心里一紧，这多日来拘禁在心里的情感再也压抑不住，拂袖挥灭桌上灯火，扯下罗帐。

当那股潮热掠夺铺天盖地席卷到她身上，翘楚方想起一个问题：他们什么时候回到了他的寝殿？可她无法说不，也不愿说不。她被他压制着双手，被带进全然属于他的世界里。

夜色沉沉，夏府。

夏海冰送客出府，长叹了口气，道："今晚唤你们过来吃酒，你们真当作是吃酒来着了，一句话也不说。罢，你们不说，我来说。既同朝为臣，便当好好侍奉皇上，为东陵效力。云苍局势风起云涌，你们都是将相之才，切莫因一己之私误了国事。将相和，方是东陵之福，百姓之福。你们都曾生活在这社稷最低最底之地，莫忘了当日之志才好。"

宗璞躬身一揖，道："是，谨记义父教诲。"

宗璞说着看向夏海冰另一侧的男子。左兵沉默半晌，夏海冰心里有些不安，却终听得他道："老师提携之恩，左兵永不敢忘。人不犯我，我自必不犯人。"

夏海冰看他踏着夜色远走，不觉又是一声低吁："宗璞，公主之事，我私下曾探听过他的口风，他并无他意，你大可不必……"

"没有？从牢房救皇上开始，他便在冬凝身上打主意。当然，他要的并非冬凝，而是为以后的权力铺路。义父，左兵这人养不驯。有一句话我一直没对皇上说，说了皇上也不会听——左兵此去荻国，必是东陵他日祸乱，五年，十年……必起风波。但是，有我一天，必不会让他得逞，无论是冬凝还是东陵！稍后，我将请命出使北荻，监着着他。"

夏海冰苦笑，看着另一名男子冷笑道罢也告辞而去，抬头望着天上月轮："不谢，我这一生帮助过三个少年，他们都是人中龙凤。你说，他们以后都会怎么样？"

回答他的并非是多年前的软语轻笑，而是大街更夫的报数。

通往宗府的马车上，宗璞淡淡吩咐马夫："今晚不必去公主府。"

马夫看宗璞气色甚好，微微奇怪，这位主子天天晚上都要去公主府蹲蹲点方休，今晚不过去？马夫向来不多话，还是问了一句："大人？"

"方才宫中宴罢，她答应了我明日的邀约。我说过，必定会等到她为止。你看我不是终于等到了吗？"

马夫方才省悟，听他低笑，一鞭抽打在马儿身上，驱车奔行，眼梢到处，月朗星稀，明天想必是个晴天吧。

另一边，左兵没有回家，而是驱车到了柳子湖畔。

一个中年男子和一个女子站在那里，正看着湖心画舫，灯火莺红处，歌乐笙笙。

中年男子看他到来，施了一礼，笑道："大人可终于来了，小姐等了好久了。"

这人正是樊府管家。

听提到小姐，左兵素来冷淡的脸上微见柔和。女子却似乎仍沉浸在湖中歌舞升平里，并不曾注意到他的到来。直到他脱去外氅，轻轻披落到女子身上，女子方惊喜地回过头来："大哥。"

他微微拧眉，低斥道："小颖，怎么到这风月之地来了？"

"听说皇上和翘妃娘娘也来过这里，还在这里遇到刺客呢。咱们很快便到荻国去了，我身子弱，你和姨娘不许我多出来走动，现在还不走走看看，就没有机会了。"

"今晚便罢，下不为例。"

"大哥最好了。"

她一笑投进他怀里。左兵微微一怔，随之缓缓搂住她。

小颖心里微涩，若非他和他娘亲自幼受她父亲照拂甚多，他还会对她这般好吗？他心里自有眷慕的如花女子。荻国天可汗的四女，素有才名，多得这位公主一直斡旋，天可汗才勉强控住如今局面。

但不管怎样，她和他相伴二十载，是谁也比不上的感情。

她正想着，管家提醒道："大人，入夜时分，公主托人送了一封信过来。"

"秦冬凝？"

"可不正是那刁蛮多情的公主。"小颖掩嘴一笑，"她这个人最烦了，常送东西过来，说给我补身子。山珍海味，咱们府上便没有吗？她到底图个什么。"

樊如素喜欢这位公主，左兵可不喜欢。她喜欢樊如素，更喜欢左兵。

左兵不置可否。见管家恭敬地从怀里掏出信笺递过去，他心里突然一动：入夜时分，他在宫中赴宴，秦冬凝也是在的，有话为何不当面对他说？

也是。

这些天他有意疏远了她。一是上官惊鸿的意思，最重要的是，喜欢

691

她的是樊如素，而非他。但对她所做种种，既为报复宗璞，也为更好地接近上官惊鸿，但他并不想伤害她，还是如今的做法最好。

左兵打开信笺，只见上面数行字，字迹算不得娟秀。

"左兵，我走了。你是不是误会了什么？其实即便我真喜欢你，你不喜欢我，和我说便是。倒是怕我以前纠缠宗璞那样纠缠你？不会的。希望下次再见，你能让樊大哥出来，我想和他吃盏酒。你父亲当年抛下你母亲，我不知道这些年你是如何过来，想必不易，其中有很多悲苦和故事吧。若不是亦不会有你，因为樊大哥不如你坚毅强硬，有些事必须足够强势的人才能撑过来。只是，这到底对樊大哥不公平。我知道，你心里有恨，亦身怀大抱负。获国之行艰难重重，务必保重。此次一别，不知什么时候才能再见，我要四处走走。我的梦想你不知道，樊大哥却是知道的——会各国奇人异士，还有……行侠仗义，嘻嘻。

"左兵……他日再见，祝君仍好。

"另，小颖儿的病，我问过惊鸿哥哥，他说是自小落下的病根，无生命之虞，但难治。我已和翘姐姐说好，宫中一旦有好药，她便会派人送到获国给你们，永不间断。"

草包冬凝果然是草包。不知为什么，读罢这封半白不文的信，左兵的手竟微微一颤。

这一松，信笺便脱了手，随着寒冽的北风向湖里飞去。他提气想去追，小颖却掩身过来，轻声道："大哥，这里冷，咱们回去吧。"

他遂住了手，替她掩好大氅。

他日再见。

纸笺的字迹在湖里消融开来。

左兵没有回头。

应该是不会再见了，他不会再回东陵。他的天地在北获。有一天回来，他倒是说不定会攻打这个曾让自己承受过所有苦难的国家。

与此同时，一匹快马向东晓大街驰去，马上骑士一身劲装，身段苗条。

路过刑部大门的时候，只见墙上竟递伸出数段繁茂果枝。

这些梅果竟经冬不落？

曾听七王妃说过这里和翘楚之间的故事，她轻轻一笑，心里的离愁便在这一笑里缓了许多。

她要不要进去偷一枝带走？树根盘桓，根是世上最牢固的东西。无论她将要到哪里去，到燕国去看燕侯那位丑颜王妃，到沙漠之国乌孙去寻找早已失落的文明，还是到草原之国北荻去寻访那位名动天下的公主……她都会回来。

希望宗璞明天赴约发现她不告而别的时候，不会暴跳如雷吧。他和马夫老是到她家门口蹲点，她唯有出此下策。

惊鸿哥哥，翘姐姐，五哥，佩姐，保重。

左兵，保重。

其实她对左兵也许有那么一些口是心非，可她懂他的意思。

她一笑，一拉马缰，驰进黑夜里。

她不知道她此时成了别人眼中的风景。

刑部院里，一男一女紧挨着坐在瓦檐上，女子正含泪看着少女的身影消失在大街前方。一摸女子微凉的脸颊，男子将大氅套在她身上。

"都是你，害我几乎忘了来送她。"

女子脸上一热，低低道。

男人笑道："我本来就没有打算过来送她。翘楚，她长大了，不再需要我们的看护。"

这两人正是翘宫的东陵王伉俪。

翘楚想了想，点点头，声音却仍有一丝伤怆："大家都走了。小七娘娘，琳琅，小九儿，惊骢，冬凝，以后，四大和美人也会离开，有属于她们自己的家。"

"嗯，你的宝贝敏儿也会离开你，他将来会有他的皇后，不再要你这个娘了。"

听着上官惊鸿颇有些幸灾乐祸的口气，翘楚恼了，赏了他一拳："喂，我在伤感呢，你能不能配合一点？"

上官惊鸿盯着她，湛亮的眼眸里突然注入一些什么，那些深深的东西仿佛一下将她包裹住，饶是已经经历至此，亲密至此，翘楚还是心头一跳。就像当日初进飞天殿，她站在千百人里，看他从内殿缓缓走到大殿，给所有新徒做训诫时的心情，一袭雪衣，光华习习，照亮了谁的眼睛。

"一个人的生命里合该有多少过客，无论他们曾经怎么待你，好，坏，还是随时间变了心，留下或是离开，但愿意待你好的人会永远待你好，也一定会有一个人，永远都不会离开你。"

男人低沉的声音随风散飞在耳边，领上有些紧窒，翘楚怔怔低头看，只见一双布满伤痕的手灵活地翻动着，正在替她系紧大氅系带，让她不受寒风侵蚀。她突然又湿了眼睛。

但她知道，这次是幸福的眼泪。

番外（三）

小怪物的小时光

名字的烦恼

上官惊鸿：上官怪物。

翘楚不愿意，底下一干人反对。

翘楚：上官小天，上官小歌，上官小红……

上官惊鸿很欢喜，底下一干人反对。

宁王及一众人：上官慕楚，上官爱蓝……

上官惊鸿死活不同意。

如是，激烈争执无果，荣瑞皇帝捧出皇族族谱，按族谱记载，上代是"惊×"辈，这代是单字，有如下选项：敏，横，雷，操，衮……

众人一致决定，小怪物大名：上官敏。

抓周的故事

抓周是预测孩子前途和性情的仪式，小怪物自不例外，周岁于殿堂内在朝臣见证下抓周。

物品有：玉玺、书、弓、笔、算盘、账册、吃食、玩具……

如小怪物抓玉玺，则秉承父业，君临天下；抓书则允文好学，前途锦绣；抓弓则武艺超群，威慑天下……

小怪物一瞟眼前物事，一手抓了玉玺，将之塞给翘楚，众人欢呼正要跪拜；小怪物下手极快，又将书抓在手中，再塞给翘楚……如是将所有东西抓完，全部塞给翘楚，最后一把抓住翘楚。

众臣畏慑，全部纳拜，道太子文承武德，一统江湖。

上官惊鸿脸色如锅底。

教育的问题

小怪物长到五岁，到了接受教育的年龄。上官惊鸿、翘楚夫妻琢磨一番，决定前期以自由教学为主，小怪物想学什么，便教什么，坚决让小怪物发展成为德智体美劳全能人才；小怪物性情顽劣，二人又决定延请"外教"，因为上官惊鸿教，打得狠，翘楚教，舍不得打。

奈何五名太傅每位第一天上任均被小怪物吓走。

宗璞自告奋勇接下此活。

上课问：太子想学什么？

小怪物答：如何篡位。

宗璞呆怔一盏茶工夫：为什么？

小怪物答：好将母妃抢过来。

宗璞成为第六名请辞的老师。

神童的养成

上官惊鸿一心传授小怪物一身医术，小怪物不肯学。某天，小怪物见翘楚一脸疼惜看着上官惊鸿的头发，遂跑去问宁王：伯父，父亲的头发为何是白的？

宁王答：因为你母亲会心疼。

小怪物听罢，将一众太医赶出太医院，博览群书，做各种实验，如是闭关七天，方兴冲冲出关找翘楚。

翘楚看着满头银发的儿子，斥：你给我染回来。

小怪物瞥向幸灾乐祸的上官惊鸿：染发，父亲也会。

翘楚一指上官惊鸿：你也给我染回来。

番外（四）

犹记惊鸿曾照影

我叫秦歌。

如果要用两三句话概括我这个人，可以说上对得住父母，做事亦有不择手段的时候；打击竞争对手绝不留情。工作以外，我的嗜好是翻阅佛经。

直至遇到林羽。

她是医生，出身不错，祖辈父母都是名牌大学的有名学者。她人长得漂亮，无论学识和气质都是上乘。

林思翰，那个和我干架到大的发小，为此还打赌，说什么也不相信我这种人会"从良"。

我家老头却很是欣慰。

这牵连到多年前的事。

据说我出生后便啼哭不断，哭至嗓子出血也不停，一堆医生、专家都没能找到原因。我家老头当时那个急，后来还是他的知交林云璁也就是林思翰的父亲介绍了一位高僧，到家中念了一段经文，我才安静下来。

这位高僧提点了几件事。

一是我父亲的一次大升迁，二是林叔叔的身体状况，第三便是我。说我前生贵不可言，足智多谋、今生仕途必在我父亲之上，但切记戒溺情和色，否则彼此都是生死大劫。

前两个预言还真应验了，于是，秦、林两家对此深信不疑。

只是，我和大哥、林思翰偶尔说起此事时都一笑置之。我父亲会升迁、林伯父会染病，这两件事都不难猜。老头子这些年绩况很是不错，林云璁事务累人，又耽于应酬，没病没痛才怪。

至于我，佛偈梵语原本就有安宁之效，这些事便要看人以什么角度去看：信，有；不信，便无。

我恰恰相反。

我一直在寻找一个女人。

她没有具体模样。

哪怕我从没想过，找到这个女人后我要做什么，像那些写烂了的爱情小说里的情节一样，让她当我的女人？

我不知道。

我有一种不安，却又渴望。

像我这样的人居然也会有不安，很可笑不是吗？

但不管怎样，我渴望见到这个人。

为了这个虚无缥缈的人，我甚至不去真正碰触任何一个结交过的女人，除了自己并无渴求以外，也仿佛是怕她会生气。

而林羽应该便是我要找的人。

她跟我说过她的梦。

说古代宫廷里那个拥有无上权力却孤独的皇帝，说那个皇帝会医术，说她恍惚是他的女人，说她爱他。这一世她学习医术便是宿命，为更了解她爱的人，为铭记，为寻找。

我喜欢这个故事。

虽然，皇帝是个遥远的名词，生杀予夺，独裁天下，我还不曾自大到那种地步，但我竟认为我便是她要找的人，并想她便是我要找的人，否则该如何解释我心口上那个生来便宛若标记的字。一个"羽"字，正应合上林羽的名字。

在林思翰被我全家坑了一大笔钱后，某天，他恍然记起什么，一拍脑袋说："你身上那玩意儿，你还穿开裆裤的时候老子便见过，怎么竟给忘了？！这输得真冤枉，看来林羽那小妞果然是你命中克星。"

他会忘记并不奇怪，因为越是熟悉的人和事，越会在一个不经意的时间里遗忘。

只是，遇到林羽，对那个早在多年前失去踪迹的、法号青萍的老和尚的话，我倒有几分探究起来。

人果真有命运？甚至也许还有前世今生？

我家老头很重视这个，认为我终于收敛起心思，好好经营事业生活。

我一听便笑。

在这辗转时岁里，我如走马观花，走过一站风景，观一站风景，却不下车深究，仅此而已。

哪怕我对林羽也无情欲可言，但我和她相处很安心。我不碰她，也许是多年看佛经所致。连林思翰都说，她才算是你的初恋女友。

我已了却多年来那个虚无缥缈的梦——找到一个人，将她好好收藏。

我必定前世负她甚多，如果真有前世的话。

本来，一切都将按照这轨迹进行，然后一世长安。

如果不曾发生那个意外。

一个月来，林羽神思不宁，哪怕她掩饰得再好，但我知道她身上必定出了什么事。

我淡淡一声，让这兰心蕙质的女人大为震惊，终于交代出一件匪夷所思的事。

她为研究一个医学课题，竟在自己和外祖父艾威博士的一个女学生身上种下蛊毒。同心之蛊，同疼同死——其中一人疼，另一个也会疼；其中一人死，另一个也会死。

她无法解开这种毒，遂向她的老师求救。她的老师是国内有名的医学教授，立刻联系了世界各国的医学专家商议。

蛊是苗疆传世之物，在我的资助下，他们在那边山区建立了基地。林羽需赴苗疆观察。

临走前，她哭着将印有她名字的帕子送给我，让我别再生她的气，让我等她五年；说她爱我，没有了我，她的生命也再无意义。

在机场里，我却不置一词。我确实动了怒。我一直认为，我一直在寻找的那个女子偶尔会有坏脾气，会惹我生气，会……但不会做这样的事。

林思翰说我的道德标准太过分，只许州官放火，却不许百姓点灯。我可以坏事做尽，却偏要一个无瑕的人。

我向林羽提出分手，但我仍为她做了事，因为我想，她是我做了多年的梦。

我暗中派人在那个叫翘海蓝的女生的寝室里装了摄录器材，让人观察她的情态，为远在苗疆的林羽输送去数据。

然后，日月似水。

如果没有第二个意外，我甚至不知道翘海蓝是谁。

那天，林思翰找我去和林思微吃饭。林思微是他的妹妹。这女孩对我的心思，我一直明白，但我对她不过如林思翰对我妹妹秦菲。若非看在林思翰的面上，为免麻烦，我甚至不会去应酬她。

林思翰知道我和林羽的嫌隙，我也知道他在打什么主意。

那天是林思微的生日，看在两家交情的分上，我答应过去吃饭。

不承想，目的地却是市内一个汉墓遗址。

那是一处新发现的古墓，林思微所在的班级跟着教授在挖掘现场实习、打下手。

林思翰去招呼林思微，我趁机走开，四处闲逛起来。我正对坑口出土器皿产生了兴趣，却突然被一个女孩从背后叫住。

她叫我学长，让我帮忙搬仪器。

我并不想搭理她，明显她是错认人了，转身想拒绝之际，却蓦然定住。

有那么一下心脏猛地一击。

目光便那么定在那女孩的脸上。

她不算漂亮，但那双深郁如海洋的眼睛却仿佛在哪里见过。这双眼睛的主人会闹很坏很倔的脾气，会惹我生气，会……

我那一句"你认错人了"便在她嘴角微翘的弧度里安静地退回到喉咙里。

我脱下外套，将袖子挽高，在她的指挥下，竟老老实实地将活干完。

在她向我道谢、将帕子递给我擦汗的时候，我碰触上她的手指。

冷。

这么一个热火朝天的场地里，她的手为什么会这么冷？

在我为这突如其来的多管闲事的念头微微吃惊的时候，林思翰一声叫唤拉回我的注意力。

那女孩似乎也吃了一惊，道："你不是系里的学长。"

这时，林思微走过来，狠狠地看了她一眼，道："翘海蓝，这是我朋友秦歌。"

她如受惊的兔子，吐吐舌头，又连连向我说了几声"对不起"，便拎着她的工具包逃也似的走了。

那一霎，我的脑子亦微微轰鸣一声。

翘海蓝，她就是翘海蓝，那个被林羽下了蛊的女孩？

而林思微的导师正是林羽的外祖父艾威。

是她没错！

我推了晚饭，回到公寓，立刻让人调来录像带。

当从屏幕中看到那双海水般的眼睛时，我竟生起一股怒火。

那一刻我竟庆幸我派去监看她的是女人，而非男人。

我不知道我是怎么了。

接着发生的事，全都超乎我的预料之外。

我将装在她身边的摄录器撤走。

林思微的几次邀约我都过去了。

因为有时会看到她。

林思微并不喜欢她，言语里没有她的多少信息。而从穿着上看，她过得不算好。

她和人打招呼时，嘴角会微扬，眼里却是一海风雨，从不曾见晴。

而她似乎早已忘了我这个有过一面之缘的人，看到我，从不曾打招呼。

我派人查了她的作息时间表。

她每晚会在学校的一个亭子里看书，我处理完事情就会开车过去，买一杯咖啡在附近坐着，暗暗观察她，直到她回宿舍。

为她隐私考虑，我没再派人监看她，改用这样的方式观察她的痛苦与喜乐，将数据传给林羽。

我那段日子太枯燥，唯独对观察她这项活动甚是喜欢。哪怕我知道，我的行为和一个变态没什么两样。

我开始喜欢上她学校外一间餐厅的咖啡。

然而，有一晚，我在亭外等了许久，她却没有出现。我每隔半小时去买一杯咖啡，喝到第五杯的时候，我终于烦了，便想取车离开。略一迟疑，我竟然去买了第六杯咖啡。

从餐厅后门返回更近些，我买完咖啡出来，竟听到有声音从巷子深处传来，走过去一看，却发现她在那里，正被几个醉酒男人纠缠着。

她眼里流露出恐惧的神色，却仍带着冷静，试图让自己镇定下来。

我想必定是三小时等待的不耐烦，让我勃然大怒。

我大步过去，将为首的男人击倒。

其他几人狠狠地向我攻过来，我一声冷笑，像这样抓痒式的斗殴，对平日里勤于锻炼的我来说，简直是笑话。

这些人惨叫着逃走。

"去哪里了，这么晚才回来？"

翘海蓝瞥了我一眼，身子微微哆嗦，似乎也想拔腿而逃，却在我一喝下，苦恼地停住脚步。

我想，我此时脸上的表情必定难看到极点，否则她看上去不会比方才看到那几个浑蛋更慌张。

她眼珠一转，似乎想撒谎，在我沉沉看她一眼后，她才老老实实交代说，月前生了场病，打工的钱都花光了，不得已到她爸家拿生活费。她父母离异再婚，两边都不怎么管她。她爸不想给，她便等晚上去。这时他的老婆和儿子都回家了，他搁不下那个脸面。

我讨厌看到她对别人说话脸上笑着、眼里却抑郁的模样，讨厌她明明想哭却假装坚强世故的模样，我一言不发地伸手将她搂进怀里。

我用了极大的力度，仿佛要将她所有的面具都挤破。

她在我怀里发抖，不知道是害怕我还是害怕方才那些浑蛋。

她试图挣脱，我却不让。

终于，她苦笑着抬头看我，道："秦先生，这是什么意思？"

秦先生。

原来，她记得我。

这一瞬，我竟傻了一样欣喜若狂。

我喜欢她此刻的神色——被我逼出真实，再也不是往时那种一脸笑意却实为疏离的模样。

我低头对她说："翘海蓝，以后不必再为学费的事烦恼，不开心的时候也不必装作若无其事。我会替你解决所有的问题，我们在一起吧。"

她愣愣地看着我，半晌，对我说："真奇怪，我们不过几面之缘，是陌生人。我听林思微提起过，知道你是什么人。我知道你只是玩玩，我玩不起，但你这样，我竟然当真。秦歌，从没有人对我说过这样的话，我会死心塌地。怎么办？"

我心里仿佛被什么尖锐的东西狠狠一戳，竟疼得无法呼吸。

我知道她是在等我那种类似承诺的东西，但她仿佛也知道我不会给。笑了笑，垂下头。

我所有的反常因林羽而起，自然我没有给翘海蓝任何承诺。

但不知为什么，我竟始终没有说出一句"我们会聚也会散"。

那个寒冷的冬夜里，我将大衣脱下罩在她身上，紧揽着她，将她带回家。

我自己的公寓。

这是我第一次将一个女人带回来。

我原以为带回来的会是林羽。

我想，如果她还在校内，我便无法对她好好观察，所以我让她搬到我的公寓。

我和翘海蓝就这样开始了我们的生活。

而她虽然答应了和我在一起，但她对我仍存在着避讳和距离。她会为我洗衣做饭，却并不太敢靠近我。

她有自己的房间。

我并没有反对。

我知道，她害怕伤害。而最开始，我也不逼迫她靠近。

我想，我是在为林羽收集数据。这女孩子是无辜的，我这样做已是卑鄙和残忍，还能要她和我亲热吗？哪怕我这人从来就不是好人。

但一切渐渐脱离规矩，再不在我的掌控之中，那是我活了二十七年却从未遇到过的。

便是最平淡无奇的事情，一起吃饭、看看电视、偶尔谈话——我从不深谈，她也很安静，只略说一些她学校里的事，却又似乎怕我不耐烦，每每几句便打住。仅仅是这般温暾、无趣，我却很喜欢，仿佛以往岁月的生活都只是蹉跎。

我心里的烦躁亦一天大似一天。

我想，必是这多年来的日子过于清心寡欲，就像个佛，从没真正拥有过一个女人，我开始不满我们的现状——连亲吻、拥抱也不曾有的生活。

那天，吃过晚饭，她在厨房刷碗，我静静地走进去，从她背后抱住她。

她是吃惊的，以致一个转身，溅了两人一身皂泡，两人一起狼狈。

我不管不顾，低头去吻她，做了我这些天来一直想做的事。

她拼命挣扎。

"这样算什么，当婊子又要立牌坊？"我冷冷地说道。

她不敢置信地盯着我看了半晌，一声不响地将碗洗刷干净，安静地回了房间。而我就像个傻子一样在厨房里呆站了半天。

翌日起来，我送她回学校上课，却发现她手上拎着一袋行李。

我微微一震，在她轻声朝我说"秦歌，我还是回去了。这些天，谢谢你的陪伴"的那一刻，我只觉一股激烈的情绪从心底喷薄而出，我从不知道我会做这样的事——我将已走到门口的她抱起折回，摔到沙发上。

在那张色泽灰暗的沙发上，我狠狠吻住她。

那是我第一次这样对一个女人。

她明显被我吓到，越发死命挣扎，却最终败在我的力气下，她无力地捶打着我，狠狠地盯着我，红通通的两只眼睛满含泪水。

那个冬夜的心疼又汹涌而出，我将她抱起安置在我膝上，在她耳边说："翘海蓝，我们永远在一起吧。"

她当时的表情，我想我一辈子都会记得——又惊又愣，又哭又笑，眼泪和鼻涕搅和在一起，丑死了。我却只比往日更喜欢。

大约是见我紧紧地盯着她看，她一口咬在我的脸上，将她所有的脾气都爆发出来。

我喜欢这样的她。

这一刻，在所有温暖狂喜的激烈情绪的包围下，我不再认为自己将她带回家是为了林羽。

那么古怪。

我突然爱上一个人，这么多年来的寻找仿佛成了笑话。

我曾怀疑林羽不是那个人。这一刻，我知道，不管林羽是不是，我都不会再去寻找那个女子。

也许，翘海蓝是个错误。

但无妨，错了，我就继续错下去。

然后，我竟然开始患得患失起来。

我虽然从不相信林思微的鬼话，但我竟然怕翘海蓝对我并非如我对她一般，我怕她只是爱上我的家世、我的地位、我表征的所谓优秀。当然，我心里的想法不会告诉她，那样我就再也不是我自己了。

我只知道，我要她深深地爱着我，要她如同我一样患得患失。

我将林羽送我的帕子从抽屉里拿出来，放进我大衣的口袋里。

她替我收晾衣服的时候发现了，问我怎么有块女生的帕子？

我告诉她，那是我第一个女人的东西。

她怔了怔，没有再问，我也没有再说，看她默默地替我将帕子折叠好，放回衣服里。

那天的晚饭，有两个菜她居然忘了放盐。

我很高兴。

我有意调侃她，她本来静静地扒着饭，闻言啪的一声放下碗筷，跑到我面前，说："秦歌，我讨厌你心口上的刺青！"

她那模样就像只凶巴巴的小兽，我心里的欢喜却像要炸出来一般，将她拥进怀里，粗鲁地吻住她。那一晚，我几乎要了她。

不知为什么，在我动手去解她身上最后一道屏障时，一股不安从心底深处而起，通过四肢百骸，覆住全身，我最终罢了手。

该死的佛经。

我们过了如细水平流却幸福甜蜜的三年。我疯了般地想要她，却每每在最后一刻罢手。

然而，这三年的点滴，让我觉得她早已是我的女人。

她教我吹笛子、弹奏各种古乐；我教她安装器械，携她看侦破片。她会在家做饭等我；我会在她外出作业回来时，去火车站、机场接她……

有一段时间，我曾以为，我对她的爱恋会随时间而消退，她真的不过是我枯燥的感情生活里的一个意外，那句"永远在一起"将使我此生第一次失信于人。

哪知，恰恰相反。

每过一天，我对她的喜欢便深一分。

我喜欢这个脆弱又坚强、撒谎生气时会朝我破口大骂但始终善良的女人。

我替她缴的学费，在她毕业工作后，她全数还给了我。

这是我唯一不喜欢的一点。

她可以依赖我。我要她依赖我。

终于，在她又一次参加挖掘归来的前夜，我到首饰店买了戒指。

这次，我再也不会放过她。我要她。

并要让她成为我的妻子。

然而，这枚戒指却没有如愿交出。

飞机降落时机体出现故障，起了大火，幸好最后并无大事。

但这意外着实将我吓了一跳，那一晚，我不动声色地安抚自己的同时，我将她抱在怀里，一遍一遍地安慰她。

她也是吓坏了，蜷在我怀里说："秦歌，我不怕死，就是怕再也见不到你。那时，你该怎么办？"

我心里大疼，将她狠狠地压在身下……

翌日，她回研究所上班。

傍晚，我处理完自己的工作，驾车去接她。

她等在附近一个购物中心的门口，看我从车里出来，一笑便向我奔来。

行至中途，她却被斜下里一辆横驶而出的轿车撞倒。

那一刻，我惊得魂飞魄散。三十年来，我第一次感到恐惧。

她伤势不轻，伤了内脏和四肢。在她住院那几天，我考虑旧事重提，向她求婚，却又突然想起一些事情来。

多年前那个法号青萍的僧人的话——

戒溺情和色，否则，彼此都是生死大劫。

我隐隐意识到，这些年来，我面上虽然说不信那和尚，实际却深受他宛如催眠般的影响。

为什么我一直不将她变成自己的——这一刻，我似乎找到了答案。

凝视着她在我怀里虽痛却又恬静安心信赖的睡颜，我咬紧牙关：谁也不可以将她从我身边夺走！

两天后，我意外地收到一封信：

"缔结连理的念头不仅不该，连你们在一起也不应该。放了她也放了你自己吧，时日一迟，必出祸事。"

来信没有署名。

我却知道，这信来自青萍。

可笑！

在我刚知幸福滋味的时候让我放手，让我放开这一切的来源？

不可能！

我怀疑这背后的阴谋。

然而，秘密调查了两宗意外，却发现都属自然。我随后甚至查到我父亲身上，想必是他考虑到门户问题而暗中阻挠，却也没有结果。

我一边派人暗中保护她，一边设法寻找青萍。

但随后的事情却让我猝不及防。

她随队到外地一个墓地考察，墓穴地表突然塌方，她和几名工作人员被困地宫……

这次，她负了更重的伤。

从不懂恐惧是什么的我，再次尝到恐惧的滋味。

我不知我和她之间到底存在着什么禁咒，但在将青萍找出来之前，我不能拿她的性命来冒险。

这事明着对她说，她不会离开我。我必须让她暂时死心离开。

我不是个犹豫的人，挣扎数天，终于在一个夜晚向她提出分手。

她是愕然的，因为片刻前，她还在为我擤面，被我激烈亲吻。

她眼中那久久不退的痛苦和嘴角强扯的笑弧让我几乎不顾一切地将她抱进怀里。

她问："理由？"

我说："腻了，林思微比你更适合我。"

我给她一张支票，希望她在我将她重新带回身边以前可以自由生活，不必为生计操劳。

翘海蓝。

我的蓝。

终于，她安静地走了。临走前，她在我们的房间里收拾东西。我藏在门外，一动不动地看着她，看她将林羽的帕子从抽屉里拿出来，将她的发卡放进去。

那年，我将帕子用完，就一直放在抽屉里。不是心上的东西，放在哪里都一样。不扔掉是因为忍不住想欺负她，让她对我依恋，为失去我而感到恐惧。

小傻瓜。

她不知道，她从不知道，那一刻，我的心比她更疼。

从此，我将发卡藏在最贴身的衬衣口袋里。

我一边疯狂地派人搜索青萍的消息，一边让人打听一切有关她的事情。

我知道有关她的一切。

知道她随考古队在市郊一个地方进行考察，那里可能有大墓；知道他们资金短缺，因为那地方被认为有大墓的可能性低，没有批。

我以林思微父亲的名义资助考古队，林思微原本就是考古队一员，林云骢又是古史狂热者，一切顺理成章。

我曾对她说，林思微比她更适合我，她以为我已和林思微交往，实际上，那段日子我刻意对林思微甚好，却从没向林思微提出交往的要求。

只是，林、秦两家却是乐见其成的，以为我果真动了念头，和林思微在一起。

林思微对这误会乐见其成；正好，让这笔资助水到渠成，我又不必出面。

终于，一些时日过去，他们的考察有了成果，挖掘出一个竟似不属于任何朝代的大墓来，他们叫它"东陵王墓"；而我对翘海蓝的思念也到达了极点。

林云骢对古墓兴趣极大，提出要过去看一看。他原本只找了我父母和妹妹秦菲同行，我和林思翰手上事多，他们并没将我们预计在内。

我却随他们过去了。

我想去看看翘海蓝，光明正大地看看她。

当她看到我搂住林思微进去的时候，她的脸一下白了。我呼吸一窒，她认定我和思微在一起了。

林思微故意刁难她。

我顾虑林云骢护短，有意为她开脱。

她却一如往日般倔强。在她徒手握上洛阳铲尖时，她的血仿佛是从我手上流出的。

她的身子、她的所有一切都是我的，她却这样自暴自弃，我险些忍不住过去将她掐死。

在与那些盗匪对峙的同时，我将她搵过鲜血的帕子捡了起来。

那上面有她的血。

那也是我的血。

在这危机四伏的环境里，我一边暗暗地注视着她，一边和盗匪斡旋，寻找让所有人平安脱身之法。

我是熟悉她的，却原来还不了解她。

在我思考着各种方法的时候，她以自己为诱饵，将第十九墓室的门打开，并趁机进去了。

墓室深黑不可测。当她那一声"我工具包里有用以爆破的装置，反正你们这伙强盗一定不会放过我们，我要将里面的东西全部炸烂，我死，也要让你们一个子儿也拿不到"从墓室传出来，瞬间我就明白了她的想法。

她要将这伙贼人引进去，从而让我们借机逃进第十八墓室。

她知道，我必定会明白她的想法。

三年的默契，抵得上一切容易变幻的感情，不是吗？

那伙人果然进去了。

他们会杀了她！

她是不打算要这条命了。

如果她死了，我生命的意义便只剩下佛经。

那还要来做什么？

我想也没想，便在她发动机关、将墓门关下的刹那，将慌了阵脚、正争先恐后从墓室奔出的匪徒击倒在墓门口，又夺下小夏才从腰间拔出的佩枪，几步奔上前，从门隙下滑了进去。

墓门很快闭上了。

室内贼人将灯火燃亮，刹那间，躲在墓门边瑟瑟发抖、眼睛却依旧倔强的她毫无遮掩地被暴露出来。在他们扣下扳机的一瞬，我开了枪，将灯火射灭。

我庆幸自己方才没有零点一秒的迟疑，否则，她已成为冰冷的尸体。

黑暗中，我揽着她退到墓室中央的红棺处。

我压低声音对她说"乖，别出声"，就像每晚睡前，我必定和她说的"乖，晚安"。

她哽咽着念着我的名字。

那一刻，我知道，我即便身死十回，也要护她无恙。

翘海蓝。

我爱她。

仿佛真有一个前生。

我爱了她三十年。

此生的寻觅只为一个圆满，我是那个残缺的圆。

不知道这世上可有人也有过这种感受？

苦苦寻找着一个人，不断寻找。

然后一见钟情。

拼着中弹受伤，我奋力打开棺木，将她放进去。

棺盖一霎，枪火明耀。

流弹擦伤她的肩，我侧身掩在她身前，看她泪流满面……

在将所有人解决、枪从我已然握合不上的指间跌下的瞬间，我想，如果这墓地果真是穿过时空而来，但愿我和我的枪也能穿过任何时间地点，永远保护你。

哪怕我的人生即将步入辉煌，未来将无限精彩，但如果到这里为止确实已经是我的一生一世，我想我已经不遗憾了。

爱过你，被你爱过。

番外（五）

璟幻：司火

璟幻是结缘殿中一个小神官。

结缘殿，专司世间姻缘。

他们是姻缘神。

可即便司姻缘，也有大小之分，结缘殿主神司缘和副神官秋茌，管的是神的姻缘。而殿中其他神官管的是除去神外的妖、人、兽、诡等姻缘。

然而，结缘殿主神，司缘神君却在十年前神秘消失。

自打司缘神君消失，秋茌神君便把司缘手上的一些任务分配到了大家手上。能为上神谱得一份好姻缘，神官们都很是雀跃，毕竟这多了一个与上神们交好的机会。

当然，作为一个小神官，璟幻从没被派到过，她依旧是结缘殿中一个普普通通的打工人。就是那种业绩谈不上出色，你却也找不着她什么错处，比起奇差无比但至少算有点个人特色的神官还糟糕，让人记不住。

但她没想到，以飞天之尊，下界历劫的情缘竟被派放过来。

殿上，秀殊和金童两位尊者正和秋茌神官说着什么。殿中，所有神官都假装认真工作，实则竖起耳朵偷听，虽说什么也没听到。

秋茌神官躬身应答着，突然，朝她的方向指了一指。

璟幻登时有种头皮发麻"大事不妙了"的感觉，秀殊二人看了看她，点了点头。

众神官神色古怪地看着她。有人将失望嫉妒写在脸上，有人艳羡不已，有人却似乎松了一口气。

她想，兴许是秋茌神官指错了。

及至两位尊者离去，秋茌把她叫到侧殿。

殿外，众神官趴在门口听墙角，秋茌"轰"的一声把殿门轰上。

璟幻心中大汗："秋茌……神官，有何……有何……吩咐？"

秋茌说道："尊主下界历劫，人界的几段情缘，就交给你安排了。你到司命司，找到负责的神官，配合命数来写。"

所谓写，即是结合司命殿的命理册，为与其历劫有关的女子，安排下有渊源羁绊的身份性别，至于日后会如何发展，那便不是他们能决定的了。

这与凡人的姻缘不同。凡人的姻缘是早已写进三生册的。

"可是，秋荭神官，您是不是安排错了？小仙的资历……"她战战兢兢说道。

秋荭笑了："你入殿多年，却不得升迁，我和司缘神君对你颇为看好，认为你能堪重任，你便莫要再行推托了。"

十年前一个风雪之夜，司缘神君突然失踪，只留下一张纸。

我去寻破解之法……

字迹潦草，显得十分焦急，而后便失去了讯息。

神君许久未归，结缘殿惊报天界，可即便飞天及天帝陛下亲自查探，也并未找到神君任何气息。

神君是否已出事了，天界派出的调查官仍在调查之中，这是天界迄今最离奇的失踪案。

"还是你不信神君和我看人的能力？"秋荭突然说。

璟幻心中一凛，上前一步："小仙必定谨小慎微，不负您二位所托。"

"好！情思虚幻，入梦即可，不必当真。"秋荭吩咐。

璟幻明白，这仙家历劫，罗帐燕好，有当真春风一度的，也有幻情入梦，并非真实的。

飞天要的是后者。

她点点头，正准备离开，走着走着，却突然遍体生寒——这看似简单却事关飞天的任务为何交给她？

她只是个小神官，还在凡界之时，她身无旁技，又是中人之资，便为媒事奔走，顺道为自己觅桩姻缘，哪知因此促成过好些姻缘，积下功德，得以任职于此。

她不似这殿中神官，有业绩爆棚的，有能言善道的，还有和上神们沾亲带故的，她木讷少言，言行无趣，平素不擅与人打交道，入殿多年，与秋荭神官私交，算不得差，也绝谈不上好，怎么算，这好差事也轮不上她。

是了，若飞天历劫失败，她也脱不了干系，遭贬也是轻了，最坏的……不堪设想。

她转身过去，却见秋荭嘴角一丝诡谲之色，她顿时一惊。

"还有事吗？"秋荏似笑非笑地问道。

"没，没有了。"

她终究是没有拒绝。这种事，该她的，逃不了的。

夜深，璟幻再次来到结缘殿自己的桌案前面。

她万分不安。

福无双至，祸不单行，何况，她还怀揣着另一个天大的秘密。

她从怀中拿出一本姻缘册，打开到某一面，而后双手捏诀，施术于册上，本空无一字的册上，出现两个人名，当中，牵着一条红线。

没有人知道，司缘神君失踪前一晚，曾见过她。

司缘把这本姻缘册给了她，命她贴身收藏，嘱咐她替他暂为保管，不可教这天地之间第三个人知道。还说，若自己不曾归来，十年之后，命她必定亲手将这红线……斩断！

她隐隐觉得，司缘神君的失踪，也许跟这条红线有关。可为何，神君不把这本姻缘册交与秋荏神官，或是这殿中任何一位结缘神官，而偏偏要给一个没有背景，甚至工作还有点怠懒的人？

不管偷偷看多少次，这条红线另一端两个人的名字，都让她战栗不已。

这两个神，怎么可能是一对？

一个是前天帝陛下认可的下任天帝人选。

一个是邪恶至极的神明。

他们说，飞天殿的火种，就来自这个人。

她颤抖着，双手执剑，高高举起，准备落下。

恐惧、犹豫，犹如热焰在体内翻腾。

十年之期已满，这一剑，当不当下？

旧的神明远去，新的神明已经到来。

非我倾城终章（下）

716

图书在版编目（CIP）数据

非我倾城.终章：全2册/墨舞碧歌著.——南京：
江苏凤凰文艺出版社,2021.10
  ISBN 978-7-5594-5837-7

  Ⅰ.①非… Ⅱ.①墨… Ⅲ.①长篇小说－中国－当代
Ⅳ.① I247.5

  中国版本图书馆 CIP 数据核字 (2021) 第 077725 号

非我倾城．终章：全2册

墨舞碧歌 著

责任编辑	王昕宁
特约编辑	王译莘　马春雪
装帧设计	卷帙设计·菩提果　QQ 2649686699
封面插画	寂　阳
责任印制	刘　巍
出版发行	江苏凤凰文艺出版社
	南京市中央路 165 号，邮编：210009
网　　址	http://www.jswenyi.com
印　　刷	天津鑫旭阳印刷有限公司
开　　本	680 毫米 ×970 毫米 1/16
印　　张	45.5
字　　数	765 千字
版　　次	2021 年 10 月第 1 版
印　　次	2021 年 10 月第 1 次印刷
书　　号	ISBN 978-7-5594-5837-7
定　　价	88.00 元（全 2 册）

江苏凤凰文艺版图书凡印刷、装订错误，可向出版社调换，联系电话 025-83280257